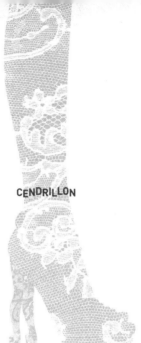

CENDRILLON

신데렐라

CENDRILLON

에릭 라인하르트 장편소설 | 이혜정 옮김

AGORA

신데렐라

1판 1쇄 발행 2010년 2월 26일

지은이 에릭 라인하르트
옮긴이 이혜정
펴낸이 김찬

펴낸곳 도서출판 아고라
출판등록 제2005-8호(2005년 2월 22일)
주소 서울시 마포구 도화동 559 트라팰리스 A동 1905호
전화 02-337-0518
팩스 02-337-4018
홈페이지 www.agorabook.co.kr

ⓒ 아고라, 2010
ISBN 978-89-92055-28-4 03860

＊책값은 뒤표지에 있습니다.

어느 때보다도 더.

『신데렐라』는 서로 한 번도 마주치지 않는 주인공 네 명의 이야기가 뒤섞이면서 진행되는 소설입니다. 네 명 중 가장 먼저 등장하는 로랑 달은 금융업계에서 일하고 있지만 길을 잃고 방황하는 시인이며, 후에 헤지펀드 회사를 차리게 됩니다. 두 번째로 등장하는 인물은 독일에서 일하는 지질학자로, 이름은 티에리 트로켈. 그는 인터넷에 아내의 사진을 올리는 등 자신의 아내를 전시하지요. 세 번째 주인공인 파트리크 네프텔은 텔레비전 생방송 무대에서 유명인들을 살해하겠다는 계획을 갖고 있습니다. 마지막으로 등장하는 인물은 작가이자 기혼남이며 두 아이의 아버지인 에릭 라인하르트로, 파리에서 살고 있습니다.

한 번도 만나지 않는 이 네 명의 인물들, 서로 아무런 상관 없이 각자 자기 이야기의 주인공으로 등장하는 이들은 과연 누구일까요?

친애하는 한국의 독자 여러분, 그 해답을 발견하는 기쁨은 여러분의 몫으로 남겨두렵니다. 다만 여러분에게 저의 속내를 털어놓자면, '나'라는 존재는 과연 무엇인지, 우리가 살고 있는 이 세계에서 우리가 동시대적으로 겪고 있는 일이 무엇인지를 쓰고 싶었습니다. 저는 자화상과 사회 비판, 다큐멘터리와 픽션, 폭력성과 부드러움, 순진함과 잔인성, 유머와 진지함, 명철함과 환상을 함께 엮어내고 싶었고, 순수한 하늘과 금융업계, 지질학자라는 직업과 텔레비전 토크쇼, 증권 시장의 현실과 움푹 들어간 발바닥, 벨벳과 플라스틱, 메디어와 브리가둔, CAC 40에 오른 회사의 사장들과 여신 페르세포네, 무기고와 어리석은 여배우의 목구멍 속, 피가 넘쳐흐르고 순환하는 완벽한 구멍을 잇고 싶었습니다. 저는 이 세상을 이야기하는 소설을 쓰고 싶었습니다. 이 소설 속의 많은 페이지를 제가 가장 좋아하는 계절, 모든 가능성이 열려 있는 계절인 가을에 바치고 싶었습니다. 제 아내를 묘사하고, 그녀가 지닌 불가사의를 탐험하며, 그녀가 발하는 아우라의 힘을 많은 부분 문장으로 그려내고 싶었습니다. 그녀를 섬세하게 표현하고, 잔뜩 휜 날렵한 그녀의 발바닥과 그녀에 대한 저의 사랑에 대해 말하고 싶었습니다. 저는 매력과 사랑, 품격, 마법과 현재의 중요성을 말하고 싶었습니다. 사회와 개인의 사생활을 결합시키고, 정치와 감수성, 시적인 세계와 경제 사회를 결합시키고 싶었습니다. 또한 오늘날의 세계가 처한 상황을 제시하고 싶었습니다.

저의 이런 욕망은 서로 아무런 관련도 없는 수없이 다양한 상황들이 그물처럼 얽히게 했습니다. 그리고 많은 상황들이 한데 모인 이 집괴(集塊)가 바로 이 소설의 형식입니다.

많은 페이지를 읽은 후에야 글의 의미를 이해할 수 있는 이 다원적이고 반향적이며 불안정하다고 할 수 있는 이 소설의 형식은 우리가 현실과 허구를 넘나들면서도 균형을 잡을 수 있게 해주며, 우리가 살아가는 이 세상에 대한 탐험과 애도는 우리의 자화상을 그리는 걸로 이어집니다.

제가 토크쇼 무대에서 유명인들을 살해하려는 반항적인 인간의 몸으로 다시 태어날 때, 그를 통해 우리 자신의 모습을 깊이 꿰뚫어볼 수는 없을까요? 증권 브로커인 로랑 달, 아니 절대의 욕망에 대해 훌륭하게 떠들어대는 에릭 라인하르트는 또 어떤가요? 타협과 급진성의 문제에 대해 깊이 고민했던 말라르메와 같은 시인, 사랑에 빠진 남자, 테러리스트, 그리고 주주 사이에는 명백한 공통점이 없을까요? 제가 만들어낸 인물들은 저 자신을 밝히고, 가장 높은 곳에서 저를 좌지우지하는 우리 세대의 꽤 많은 의문점을 파헤치는 관측기와 같은 존재입니다. 그들을 통해 저는 여러분과 경제적 자본주의, 미디어 매체의 음란성, 지식인의 실종, 인간의 잠재성, 사회결정론, 사회적 차별, 반항, 복종, 테러리즘에 대한 의견을 나누고 싶었습니다.

허구를 위해 만들어진 등장인물들은 소설이 전개될수록 우리 현실의 끔찍한 폭력성에 의해 구석으로 몰리고, 여러분은 그를 통해 끔찍하게 사실적인 감정을 느껴야 할지도 모릅니다. 반면 에릭 라인하르트가 기록하는 주변 환경은 환상의 희뿌연 안개 속으로 조금씩 사라져갑니다.

제가 꿈을 꾼 것일까요? 이 소설의 각기 다른 인물들은 개별적인 꿈들일 뿐일까요, 아니면 악몽과 같은 가설, 희망, 은밀한 두려움일까요? 누가 실재하고 누가 존재하지 않는 것일까요?

확실한 것은 제가 한국의 가을을 만날 수 있기를 진심으로 바란다는 점입니다.

에릭 라인하르트

1

로랑 달(시몽 타네라는 가명으로 가짜 여권을 만들어야겠다고 여러 번 생각했지만, 시간이 없어 그 생각을 실행에 옮기지는 못했던)이 공항으로 가기 위해 오스망 대로에 서 있는 택시에 올라탄 12월의 어느 오후, 그는 몇 주 전에 시작되어 계속 눈덩이처럼 불어나고 있는 끔찍한 사건으로 인해 궁지에 몰려 있었다. 그래서 지금껏 쌓아올린 사회적 지위도 포기하고 사랑스러운 딸들, 가정부와 정원사, 런던에 있는 아파트, 전화로 나누던 재기발랄한 대화들도 다 내팽개치고 도망쳐야만 했다. 그 순간 그의 머릿속에는 그가 오랫동안 품어왔고 관심을 기울여야 마땅한 단 한 가지 생각, 열 달 전 기차에서 만났던 미지의 여인에 대한 생각밖에 없었다. 로랑은 아내가 욕조에 걸터앉아 발가락에 바르던 봄의 향기가 풀풀 나는 부드럽고 하얀 크림에 대해서도 생각하지 않았다. 심지어 두 딸들의 금발머리를 꾸미는 동물 모양 머리핀에 대해서도 생각하지 않았다. 이국적인 목적지로 가리라 생각하며 고속도로 위를 달리고 있지만 사실은 어디로 갈지 아무 생각도 없는(어쩌면 브라질의 상파울루로 갈 수도 있을 것이다), 이미 명예가 땅에 떨어진 이 남자는 자기가 이렇게 떠나버리면 어떤 일들이 벌어질지, 그 고통스러운 결과에 대해서는 왜 단 한 순간도 생각하지 않는 것일까? 로랑은 지금 자신이 처한 상황에 초연한 것 같았다. 공항으로 가는 택시 안에서 그는 누가 시키기라도 한 것처럼 한 마디도 하지 않았다. 택시 뒷자리에 앉은 로랑 달은 자신이 조작해낸 범죄 사실들이 밝혀지고, 그 일이 인터폴과 금융수사팀에 알려지는 데는 몇 시간이면 충분하리란 사실을 잘 알고 있었다. 그는 차창 밖으로 연달아 나타나는 창고들, 공장들, 수많은 트럭들과 운전수들의 휘날리는 머리카락, 커다란 광고판들이 패러디한 화려한 삶의 모습을 바라보았다. 그것들이 지금 자신이 처한 출발, 단절, 속도, 치욕 따위의 돌이킬 수 없는 현실에 영향을 미치지 않도록 열심히 그 광경을 바라보았다. 아내인 클로틸드의 두 귀가 떠올랐다. 두 딸이《월스트리트 저널》의 오래된 제호 속에서 오려낸 사진들도. 그 역시 한때 티티안*의 작품을 모사한 그림을 액자로 만들려고 했던 적이 있었다. 왜 로랑은 아내와 자신의 친구들, 아내의 의붓아버지, 감옥, 그리고 동료들이 그를 위해 증권거래소 안뜰에서 잘라낸 야자나무, 거실 벽에 걸린 성녀 마르그리트의 숱 많은 붉은 머리카락에 대해서는 전혀 생각하지 않는 것일까? 무슨 이유로 로랑의 생각은 존재하지도 않는 한 여자에게만 고정되어 있는 것일까? 과장된 도취감, 어떤 희망, 한 조각의 감정 이상이라고는 말할 수 없는 한 여자에게서 열 달 전부터 내내 벗어나지 못하고 있는 이유는 무엇일까? "어제 저녁에 난 온 가족의 구두를 다 닦았어요! 한 달에 두 번씩 집에 있는 구두를 다 닦는 사람이 바로 나란 말요!" 짓궂은 얼굴의 택시 운전사가 룸미러를 통해 로랑을 뚫어지게 바라보며 외쳤다. 앞선 질문의 대답은 이렇게 요약되었다. 로랑 달은 자신이 즐겼던 특권, 자신이 기꺼이 누렸던 직업상의 영광, 자신에 대한 친구들의 호의적인 평가, 그리고 자신을 향한 아내와 어린 딸들의 존경 어린 사랑마저도 모두 거짓말과 기만의 기적적인 효과였다고 생각하고 있었다. 시대착오적인 희생심을 발휘해 자신들의 구두는 각자 닦는다는 원칙을 기꺼이 무시해버린다 해도(운전사의 얼굴이 그를 바라

이 책에 삽입된 각주는 모두 옮긴이 주다.
* 본명은 베첼리오 티치아노로 베네치아에서 활동한 16세기의 화가. 티티안으로 잘 알려져 있다.

보았다) 모든 것들은 그것을 존재하게 하는 허상이 사라지면 와르르 무너져버리는 것이다.

　이웃집 여자는 제노바에 사는 자신의 친구가 사흘 후에 나를 초대할 거라는 사실을 알려주었다. 이웃집 여자는 그가 과학자라고 소개하면서 전공은 잊었다며 미안하다고 했다. "아마 기상학자일 거예요." 그녀가 말했다. "확실해요? 착각하신 거 아니죠? 기상학자라는 거 말예요. 제노바에서 열리는 학회에 절 초대한다고요? 제 책들은 이탈리아어로는 번역된 적이 없거든요." 그녀는 확실하다고("확실하고 분명하다"고 중얼거렸다) 대답하면서, 평소와 같은 감정 기복이 심하고 포착할 수 없는 느린 걸음이 아닌, 도망자처럼 날쌘 걸음으로 충계 사이를 빠져나갔다. 5층에 사는 그 여자가 내게서 멀어졌을 때, 나는 그녀가 자신의 감정을 절대 드러내지 않는 부류에 속한다고 생각했다—회사 복도에서 만난 말단 직원에게 전혀 속내를 보이지 않는 사장님들과 마찬가지로. 그녀는 절대 변하지 않는 물건, 즉 냉장고 따위와는 아주 다른 존재, 미친 듯이 날개를 퍼덕이지만 덧없이 사라질 하루살이 같은 존재였다. 따라서 어떤 계략이나 방해공작, 유쾌한 인사, 적절한 문제제기, 대화를 시작할 때면 으레 쓰는 예의 바른 말로도 그녀를 움직일 수 없을 터였다. 그녀는 나와 우연히 마주칠 때마다 묘하게 흥분하고 조바심을 내면서 진부한 격언을 구사하곤 했다. 승강기 안에서나 충계 아래에서, 또는 경비실 앞에서 경솔한 대화로 시간을 낭비하기 전에 말이다. 내가 그 이웃집 여자를 자세히 볼 수 있던 것은 단 한 번, 놀랍게도 그녀가 고분고분한 모습으로 내 앞에 나타나 그 상태를 그대로 유지하고 있었을 때였다. 《르몽드》의 문화란에 사진과 함께 실린 그녀에 대한 기사가 내 눈에 띄었던 것이다('어럽쇼, 이웃집 여자잖아!'). 사진 속의 그녀는 움직이지 않았다(거실에서 포즈를 취했음에도 불구하고 그녀는 장갑을 끼고, 외투를 걸치고, 늘 쓰고 다니는 귀족적인 모자를 쓰고 있었다—결국 그녀는 어쩌다 스쳐지나갈 때면 볼 수 있는 순간적이고 일시적인 모습 그대로였다). 그 기사는 그녀가 존재감이 없는 사람이 아니라는 내용으로 채워져 있었고, 어떤 상황에서는 바쁜 일정을 자신이 원하는 대로 끝낼 수 있다는 사실을 장황하게 설명하고 있었다. 나는 그 기사를 읽고 그녀가 번역가(이탈리아어, 영어, 독일어, 포르투갈어를 번역하는)이며, 1970년대에 활동했던 중요한 예술가들 몇 명과 친분이 있다는 사실을 알게 되었다. 기자는 그 대표적인 예술가들로 파졸리니*와 파스빈더**를 꼽았다. 일류 예술가 그룹의 절친한 친구라고? 그럼 이류 그룹의 불명예스러운 정부(情婦)고? "그 사람은 왜 저에게 바로 전화를 걸지 않았을까요? 제 담당 편집자에게도 말하지 않고요. 어쩌다 당신을 통하게 되었느냔 말입니다." 나는 난간에 팔꿈치를 괴고, 중앙의 텅 빈 공간에서 점점 커지며 나선형의 궤도를 그리는 그녀의 그림자를 두 눈으로 쫓으며 말했다. "잠깐만요, 정말 그렇지 않나요? 제가 어떻게 해야 하죠? 제 말이 맞죠? 왜 그 얘기를 저의 담당 편집자에게 하지 않은 걸까요?" 심포지엄이나 강연회, 서점 사인회 등에 작가를 초대하는 일은 편집자를 거치는 것이 관례다—자신을 꽁꽁 숨긴 채 현실과 멀리 떨어져 일하는 변덕스러운 번역가에게 그런 일을 의뢰한다는 것은 흔치 않은 일이었다. 나는 결국 그녀의 집으로 가서 항의를 하기로 결심하고 계단을 성큼성큼 올라갔다. 문 앞에 이르러 초인종을 눌렀다. 한 번. 두 번. 아무 대답도 없었다. 세 번. 조용했다. 이 여자는 도대체 뭘 하는 걸까? 그때 갑자기 내 어깨 위에 누군가가 손을 올려, 나는 소스라치게 놀라 몸을 돌렸다. 5층에 사는 바로 그 이웃집 여자가 내 앞에 조용히 서 있었

---

* 이탈리아의 시인이자 소설가이며 영화감독. 신사실주의 문학의 기수.
** 독일의 전설적인 영화감독. '뉴 저먼 시네마' 감독 가운데서도 가장 논쟁적인 영화를 만들었다는 평가를 받고 있으며 대표작으로는 〈불안은 영혼을 잠식한다〉가 있다.

다. 그녀는 육체를 초월한 듯한 미소를 입가에 띠고, 해독 불가능한 난해한 표정으로 나를 바라보았다. 그녀는 어디로 사라졌던 것일까? 그 미소는 창백하고 무기력하며 아주 넓게 드리워진 채 고정된 것이었고, 그 광대한 무표정은 그 순간 나에게 안개로 둘러싸인 바다의 영원함을 떠오르게 했다. 곧 그녀는 증발하고, 그 푸르른 미소가 그녀를 삼켜버릴 것 같았다. 그녀는 언제 흔들림과 날아오르기를 멈추고 증발할 것인가? 만질 수도 볼 수도 없는 이국(異國)이 그녀의 존재 자체를 완전히 흡수한 것인가? 우리는 잠시 동안 서로의 눈동자를 바라보았다. 미소라고 말할 수 없는, 낯선 존재에 드러난 형체 없는 흔적과 같은 그 멈춰진 미소를 관찰하는 동안 내 머릿속에는 그녀가 자신과 비슷한 사람들 사이에, 영원히 고립되어 다른 것들과 상충하며 신격화된 채 은둔하는 소수(素數)로서 기품 있게 자리 잡고 있다는 생각이 떠올랐다. 프라임 넘버. 뉴메로 프리메이로. 뉴메로 프리모. 에어스테 짤. 프리모 뉴메로. 에에어스테 아안탈*. 여러분 중 심하게 문학적인 분들을 위해 소수가 *자기 자신과 1로 밖에 나누어지지 않는 수*라는 것을 밝힌다. 아마도 그녀는 젊은 시절에는 소수가 아니었을 것이다. 다른 숫자들, 또는 파스빈더와 파졸리니에 의해 나누어지지 않았을까? 그들이 살아온 시대와 그들의 죽음, 그녀가 품었던 노스탤지어가 도저히 접근하기 어려운 내밀한 공간으로 그녀를 인도하였거나, 아니면 어느 누구도 그녀의 마음을 풍성하게 만들지 못했던 것은 아닐까? 이윽고 서로 심각하게 바라보던 시선을 거두자, 5층 여자는 몸을 움직여 승강기 쪽으로 눈을 돌렸다―멈춰 있던 그녀의 미소가 사라졌다. "여기서 뭐 하시는 건가요? 집에 계신 게 아니었어요?" 내가 그녀의 집 현관문을 손가락으로 가리키며 물었다. "어디 계셨어요?" 이 질문은 뜬금없고 어처구니없을 뿐 아니라, 어리석고 조심성 없는 것

---

* 영어, 독일어, 이탈리아어, 포르투갈어, 네덜란드어 등으로 모두 '소수'라는 뜻.

이라 여겨져 마땅했다. 나는 그녀가 열쇠 구멍에 별 모양의 열쇠를 집어넣었을 때, 당혹스러운 미소를 지으며 사과했다. 그녀는 아파트 안으로 천천히 들어가며 중얼거렸다. "내일 아침에 그가 당신에게 메일을 보낼 거예요. 내일 아침에요." 나는 그녀의 얼굴에 갑자기 우울한 표정이 떠오르는 것을 보았다(전체적인 실루엣이 움직이자 그녀의 얼굴도 여느 사람들처럼 표정이 바뀌었다). 아침이라는 단어가 부드럽게 닫히는 문틈을 통해 내 귀로 들려왔다. 그리고 그 문틈으로 단호하고 결정적인 그녀의 눈빛이 보였다. 이제 다시 그녀는 사라졌다. 그녀의 수달가죽 칼라가 달린 검은 외투와 굽이 납작한 신발, 까다롭게 생겨먹은 모자와 교살자가 낄 것만 같은 반짝거리는 장갑이 내 눈앞에서 사라지는 순간, 내 입은 새로운 아포리즘을 뱉어냈다─니체철학의 지지자인 5층의 이웃집 여인이여, 황홀경과 같이 덧없고, 정액이 쏟아져나올 때처럼 재빠르도다! 내일 아침이라고? 그가 내일 아침 내게 메일을 보낸다고? 하지만 어떤 주소로 보낸단 말인가, 메일을, 그 기상학자가? 나는 다시 초인종을 눌렀다. 한 번. 두 번. 나는 그녀가 나를 정중하게 대하지 않아 화가 났다. 마루를 딛는 발 소리. 제기랄, 이게 뭐란 말인가! 내 작가 인생에서 이 무슨 웃기지도 않은 사건이란 말인가! "왜요?" 그녀가 밀랍 먹인 참나무 문 너머에서 물었다. "그럼 주소는요?" 내가 물었다. "주소요? 무슨 주소요?" "내 메일 주소 말입니다! 메일 주소도 없이 어떻게 나한테 메일을 보냅니까?" 이웃집 여자는 문구멍으로 나를 바라보았다. 유리 구멍의 안쪽에서 조그맣게 왜곡된 한쪽 눈으로 나를 바라보는 그녀는, 나를 무척이나 귀찮아하는 소인(小人)처럼 보였다. "그렇군요. 주소가 있어야 되는군요. 그렇다면 죄송하지만 메일 주소를 종이에 적어서 문 아래로 넣어주시면 좋겠네요." 그 순간 대화가 끝났음을 알리는, 문이 닫힐 때나 수화기를 내려놓을 때 나는 찰카닥 하는 소리가 내 머릿속으로 분명히 들려왔다. 그녀는 파졸리니와 파스빈더도 이런 식으로 다루었을까? 이렇게 전혀 조심스러워하는 기색 없이, 감히 거스를 수 없는 소수의 단호함으로?

　하지만 그들이 어떻게 알겠는가, 무슨 기적적인 방법으로 내가 매일 아침식사를 할 때마다 제노바에 대해 말한다는 것을 알겠는가? "당신은 어떨지 모르겠지만, 난 결정했어. 난 오늘 저녁에 제노바로 떠날 거야. 맹세컨대(나는 뜨거운 커피를 한 모금 마셨다), 정말 맹세컨대, 난 여기서 나가는 길로 곧장 여행사로 가서 브리스톨 팔레스 호텔에 전화를 걸어 예약을 할 거라고." 마고와 내가 자주 드나들었던 15년 전보다 손님들이 더 많아진 그 호텔에서, 우리는 보일러나 식기세척기, 가스레인지와 냉장고 따위가 그대로 다 보이는 차가운 의자에 앉아서 아침식사를 하는 대신 침대 위에서 아침을 먹을 것임을 분명하게 알리는 것이 좋겠다. 이것은 아침마다 내가 습관적으로 떠올리는 현실 세계의 상상이다. 잠자리에서 일어나자마자 차가운 의자에 앉는 사람들은 어떻게 자신에게 최면을 거는 것일까? 제노바의 브리스톨 팔레스 호텔에서 주방의 차가운 의자에 허벅지를 드러내고 앉는 장면을 떠올리는 것은 고약한 일이다. 나는 이와 관련해 아내의 견해가 새롭게 만들어낸 생각과 은밀하게 우리를 보호하기 위한 대책을 나중에 다시 언급할 것이다. 또 침대 시트 아래에서의 아침식사라는 정치적이고 비밀스럽고 반항적이고 사치스러운 이 고립된 영역이 우리의 생활 속에서 갖는 중요성에 대해서도 다시 언급하리라. 레오나르도가 태어났을 때에도 우리는 주방에서 식사를 해야 한다는 우울한 가설은 애초 배제하고, 계속 침대에서 영양분을 섭취했다. 아기는 엄마의 넓적다리 사이에 눕혔고, 무거운 쟁반은 내 무릎 위에 놓았다. 유유자적하게 시간을 흘려보낸 이 순간은 한가로운 산책이나 방종과 비슷한 무엇으로, 하루 중 우리가 가장 차분하게 보내는 시간이었다—그래서 우리가 거리로 나설 즈음에는 이미 훤한 대낮이었다. 나는 집 앞

시멘트 바닥 위에 발을 딛는 순간을 굉장히 좋아한다. 그 순간, 나는 마치 무대에 등장한 배우처럼 잠시 주변의 공간과 하늘을 바라본다. 딱딱한 의자에 앉기 위해 침대에서 나오려고 결심하는 중대한 순간을 미루었다가, 10분 후엔 그 잃어버린 시간을 만회하려고 서둘러 달리는 것이야말로 거친 세상에 비굴하게 복종하는 최상의 방법이다. 정해진 시간보다 한 시간 일찍 일어나는 것과 침대 시트 아래에서 45분간 한가롭게 뒹구는 것은, 정복자처럼 거만하게 고개를 꼿꼿이 세우고 시트 아래에서 더 머물고 싶은 열망과 그곳에서 한시 바삐 떠나야 한다는 생각, 이렇게 서로 반대되는 생각을 하게 한다. 그럴 때 세상은 공기가 빠져 흐물흐물하게 쭈그러든 조그마한 빨간색 공 같다. 우리는 그 공이 우리의 손에, 우리의 변덕에, 우리의 미소에 갇힌 무능한 포로라도 된 것처럼 빈정거리며 그것을 가지고 놀 것이다. 휴식의 중요성을 강조하는 나의 이 쾌락주의가 매일 아침 제노바가 의미하는 자유롭고 유희적인 유혹에 대한 설명이 되었는가? 레오나르도가 자라 후 우리 세 사람은 베개에 머리를 기댄 채 농담에 불과한 헛소리를 하고, 전체적으로는 침묵을 지키고, 뜻이 모호한 탄식을 중얼거리고, 산만한 생각이 이끄는 대로 그 시간을 보냈다. 우리는 레이몽 크노*나 로베르 데스노스**의 시들을 졸음 가득한 목소리로 읽으며 그 시들을 본따 허술하게 계산된 농담거리를 지어내곤 했다(그리하여 지난번에 내가 쓴 소설『존재』에 시인 데스노스의 이름을 딴 데스노스 박사가 등장한다). "내 얘기는 간단해. 나는 제노바에 가고 싶을 뿐이야. 될 대로 되라지. 난 오늘 저녁에 떠날 거야. 오늘 밤에는 브리스톨 팔레스 호텔에서 잘 거라고." "됐어. 아빠는 제정신이 아니야. 또 시작이야, 제노바에 가고 싶다는 타령! 아빠, 미리 얘기하지만 아빠 혼자 가야

....

* 문학적·언어적 익살이 뛰어났던 프랑스 작가.
** 프랑스의 시인. 초기 초현실주의 운동의 방향 설정에 큰 역할을 하였다.

될걸……. 우리는 제노바에 안 갈 거라고요!" 레오나르도가 자기 엄마를 보며 말했다. 둘째 도나시앙이 태어났을 때, 우리는 앞으로 어떻게 해야 우리의 몸이 서로를 거북스레 여기지 않고 그 공간에서 조금이라도 편하게 있을 수 있을지 고민했다. 그런데 그것이 실제로 가능한 일이었을까? "우린 정어리 통조림이 되고 말 거야." 레오나르도가 말했다. "우리도 남들처럼 평범해질 수는 없는 거야?" 마고가 물었다. 그녀는 자기가 갑작스레 움직이는 바람에 쟁반에 놓인 뜨거운 차와 커피가 살갗 위로 쏟아질까 봐 멈칫했다. "택시가 있었네." 아주 조그만 눈에 행복에 겨운 눈빛으로 우리의 맏아들이 중얼거리기 시작했다. "택시, 택시, 택시 미터─파리를 도는 택시─택시, 택시, 택시 구이─여행을 정말 좋아해─택시, 택시, 택시 미터─헝가리까지 갔어─택시, 택시, 택시 구이!" 마치 환상 예술가 같은 레오나르도의 생각을 존중하면서 우리는 미국산 킹사이즈 침대에 누워 각자 독립적이고 넉넉한 공간을 차지하려 했다("만약 당신과 레오나르도가 진짜로 큰 침대에서 자고 싶다면……"이라고 내가 말하자, 레오나르도가 화를 내며 소리쳤다. "알아요, 다같이 제노바에 있는 브리스톨 팔레스 호텔로 가는 수밖에 없다는 걸!"). 우리는 만장일치로 우리의 습관을 절대 바꾸지 않기로 결정했고, 잠에서 깨어날 때 몸들이 서로 뒤섞여 있는 상태를 사랑스럽게 받아들이기로 마음먹었다. 그렇게 지금 우리 네 사람은 침대 위에 쌓여 있다. 도나시앙은 마고의 넓적다리 사이에 걸려 있고(결국 끝까지 버티지 못하고 바닥으로 미끄러져, 마치 바에서처럼 유머러스하게 시트를 두르고 서서 아침식사를 한다), 레오나르도는 나와 마고 사이에 반대편으로 머리를 두고 누운 채 쟁반 가까이에 있는 조그맣고 핏기 없는 두 발을 움직이고 있다─자칫하면 이 상황은 음란한 장면이 될 위험이 있는데, 녀석이 책상다리를 하듯 다리를 구부리면 우리의 털이 녀석의 발목에서 자라게 될 것이다. "영불해협을 지났어, 택시, 택시, 택시 미터! 페리호를 이용해서, 택시, 택시, 택시 구이! 날씨 좋은 날, 도착했어. 택시, 택시, 택시 미터! 아라비아의 사막에서, 택시, 택시, 택시 구이!"

라 로슈 쉬르 용* 지점은 매우 특이한 사람이 이끌고 있었는데, 그가 자동업무처리에 쉽게 적응하지 못하고 혼란스러워하는 것을 모두 의아해 했다. 잘생긴 외모와 독특한 성격을 가졌으며 운동도 잘하고 상식 따위엔 얽매이지 않는 인물, 즉 혈기 넘치는 플레이보이 부류인 그 지점장은 마리 오딜 드 생 이폴리트라는 귀족 여인과 결혼했지만, 그 귀족 여인은 결혼한 지 얼마 안 돼 그의 곁을 떠났다. 그는 요트용 상의를 즐겨 입고 백금 크로노미터**를 가지고 다녔으며 부자 동네에 있는 아내 명의의 아파트에서 살았다. 차는 접이식 덮개가 있는 메르세데스 벤츠였다. 표면상으로 볼 때 그는 라 로슈 쉬르 용 지점의 대표였고, 당당한 풍채와 매력적인 시선, 신경 써서 꾸민 화려한 외모로 인해 다른 사람들에게 끊임없이 영향을 미쳤다. 곧잘 선물을 주고, 좋은 말만 하며, 다정다감한 그에게 여비서들은 열광했다. 그는 월요일마다 여비서들에게 (그녀들이 모시고 있는 간부들에게 폭로하고 싶게 만드는 말투로) 토요일 저녁의 저녁식사에 대해 들려주었다. 그는 저녁식사 자리에서 만난 여배우들, 카레이싱 선수들, 방송국 아나운서들에 대해 떠들었다. 회사 안과 밖 생활의 이 괴리감은 그에게 해를 끼칠 수 있었지만, 실질적으로는 도움이 되었고, 남자 동료들까지도 사로잡았으며, 회사에서의 그의 존재감이 금세 사라질 거라고 추측했던 동료들의 생각을 일찌감치 불식하면서 도저히 범접할 수 없는 세계를 구현해냈다. 그는 사교계에서 맺은 다양한 친분 덕분에 호화로운 건물의 관리 책임자이자 고급 의상실 대표라는 직함도

---

* 프랑스 서부 방데 지방의 중심 도시.
** 행해 중인 배에서 경위도선 등을 관측하는 데 쓰는 정밀도가 높은 휴대용 시계.

얻게 되었다. 그렇게 해서 직원들 전체의 호의적인 호기심을 얻은 끝에 그에게는 아내의 성(姓)인 귀족의 성이 부여되었다(몇몇 사람들은 그것을 놀리고 싶은 아이러니컬한 감정을 품기도 했다). 입사한 지 2년 만에 포기본 지 사장은 그를 지점장으로 임명했다. 그가 여러 관리자들 중 누구보다 대담하고 유능하기 때문이었다. 지점장 승진과 함께 그는 라 로슈 쉬르 용 지점으로 발령을 받았다. 어떻게 하였기에 그가 그토록 가파른 상승 곡선을 탈 수 있었던 것일까? 그러나 로랑 달의 아버지가 라 로슈 쉬르 용 지점의 수석 관리자가 된 지 몇 달이 됐을 때, 공교롭게도 이폴리트의 귀족 아내가 그의 곁을 떠났다. 그후 이폴리트는 그곳의 생활에 질식할 듯한 답답함을 느꼈을 것이 틀림없다. 그는 파리의 생활이 그리웠다. 자동업무처리로 이뤄지는 업무 방식은 참을 수 없이 단조롭게 여겨졌으며, 난봉꾼적인 기질로 인해 그곳의 단조로운 생활이 더더욱 못 견디게 답답했다. 마리 오딜은 시내에 빌린 사저에 그만 혼자 남겨두고 이사를 했고, 그녀와의 결별 후 이폴리트는 무너졌다. 그는 술을 마시기 시작했고 서류는 아예 들춰보지도 않았다. 그러자 로랑 달의 아버지는 그를 자극해 속내를 털어놓게 한 후 그의 고통을 위로하고, 그를 믿는다고 속삭였다. 로랑 달의 아버지는 아주 비굴하게 굽실거렸으며, 후한 평가와 인정을 받고픈 마음에 언뜻언뜻 보이는 이폴리트의 허점 사이로 사력을 다해 파고들었다. 그는 매일 저녁, 그날 일어났던 사건들을 파악하고 중요한 문제들을 해결하기 위해 퇴근했던 사무실로 다시 돌아갔다. 지점장 사무실의 휴지통에서는 빈 술병들과 구겨진 종이뭉치들이 발견되었다. 그 종이들을 펼치자 낙태한 태아를 담는 관처럼 생긴 수십, 수백 개의 상자가 시체의 머리와 음란한 그림들, 나선형 낙서들과 함께 잔뜩 그려져 있었다. 그 황폐한 내면으로 끼어들고 싶은 마음이 로랑 달의 아버지를 자극했다. 그는 밤마다 팽개쳐진 서류들을 들고 집으로 돌아와 주방 식탁에서 새벽 2시까지 일했다. 이폴리트는 미안한 마음을 전하기 위해 로랑 달의 아버지에게 전화를 했다. 하지만 대부분의 시간은 한탄으로 채워졌다. 이폴리트는 유감을 표시하며 자리에서 물러나겠다는 의사를 밝혔다. "그들이 20이 아닌 30을 산다고 하면 우리 가격을 12퍼센트 낮추는 게 낫겠소?" 그가 로랑 달의 아버지에게 물었다. "그게 경쟁을 부추기는 유일한 방법이지요." 전화선 저편에서는 아무 말도 들리지 않았다. "모르겠소. 미안하오. 당신이 원하는 대로 하구려." 그는 술을 마시고 수면제를 삼키겠다고 말했다. 로랑 달의 아버지는 지점장님은 아무것도 두려워할 게 없고, 지점의 사무를 잘 처리하고 있으며, 편히 잠들 수 있다고 위로했다. "얼굴 한가운데 코가 붙어 있는 것이 당연하듯이 아주 자연스레 파국이 닥칠 거란 예감이 들어요." 로랑 달의 어머니는 거의 매일 밤마다 로랑 달의 아버지에게 말했다. "몇 달 전부터 당신은 아무도 모르게 혼자 지점을 지휘하고 있잖아요. 괜히 당신 혼자 덤터기를 쓰기 전에 포기본지에게 그 사실을 알려야만 해요!" 어린 로랑 달은 세파에 시달리느라 쇠약해진 아버지가 꼭 이루고픈 욕망 때문에 상처받으면서도 그 욕망을 버리지 못해 끊임없이 모욕당하는 모습을 보는 것이 괴로웠으리라고 나는 이미 말한 바 있다. 소외당하고 버림 받고 모욕당하는 아버지를 보는 것. 누구 하나 이해해주는 사람 없이 고통스럽게 살지만, 매일 또다시 희망을 품고서 전쟁터로 떠나는 아버지를 보는 것은 괴로운 일이었으리라. 로랑 달의 아버지가 갇혀 있는 보이지 않는 궤도는 내려갔다가도 올라가고, 쓰러졌다가도 일어나고, 빛을 잃었다가도 다시 반짝거리며 집요하게 이어졌고, 고지식한 로랑 달의 아버지는 그 속에서 체면과 품위를 완전히 잃었다. 포기본지에게 알리라고? "그가 이런 상황을 알 필요는 없지. 어쨌든 난 몇 달 전부터 성실히 일해왔으니까 곧 보상을 받게 될 거야." 이 말을 들으면서 로랑 달은 다시 희망을 가짐. 빵가루를 입힌 생선튀김 한 조각을 포크로 찍어 입으로 가져감. "누구한테 보상을 받아? 그 사람이 자기가 술만 퍼마시고 있던 몇 달 동안 당신이 대신 지

22

점을 이끌었다고 포기본지에게 얘기할 것 같아요? 그 인간이 자기 집에서 편히 쉬는 동안, 당신은 아무런 보상도 없는 일을 위해 밤낮없이 일한 거라고." 엄마의 말에 로랑 달은 몸이 떨림. 두 사람의 대화가 길어질수록 빵은 갈가리 찢김. 질문을 하고 대답을 하고 망설이고 토론이 열기를 띰에 따라, 빵조각들은 다양한 자세를 취한 인디언들의 행렬 조각이 되어 식탁 위에 늘어섬. "나는 그를 믿어. 귀족은 신의를 저버리지 않거든." 엄마가 폭발하는 것을 봄. 새 조각품들을 식탁 위에 늘어놓음. "뭐? 귀족! 흥, 귀족 좋아하시네! 어떻게 그에게 그런 이름을 붙여? 그는 여자 백작과 결혼한 천박한 플레이보이일 뿐이야! 더러운 인간이라 내팽개쳐진 거고!" "그래도 사교계를 들락거리잖아." "사교계? 사교계라고 그랬어, 지금?" "그는 라 로슈 쉬르 용의 라이온스 클럽 회원이자 시장님 친구고, 이브 몽탕도 아주 잘 알아. 차는 메르세데스 쿠페를 몰고 다니지. 그 사람은 내가 자기를 위해 기울인 노력을 절대 안 잊을 거야. 게다가 곧 퇴임할 가능성도 있고. 그렇게 되면 자기 자리를 되찾기 위해 나를 후보로 지지할 거야. 내가 그룹의 경영 방침을 그에게서 알아냈다는 게 알려지면, 난 전부 다 잃는 거야. 그는 부정할 게 틀림없고. 아무도 그 사람에게 불리한 증언을 하지는 않겠지. 그 사실을 아는 사람도 그의 여비서밖에 없으니 그건 확실해. 에, 당신도 알다시피, 그 여비서는 그 사람 정부거든." 혓바닥 아래에서 빵가루를 입힌 생선의 바삭바삭하고 조금 까칠까칠한 덩어리가 느껴짐. 애써 태연한 척하는 아버지의 태도에 의문을 가짐. 어렴풋하게나마 아버지가 함정에 빠져 길을 잃었다고 추측됨. 사흘 후, 새로운 위험으로 인해 무너진 아버지를 보게 됨. "도대체 무슨 일이 일어난 거예요? 왜 아무 말도 안 하냐고! 뭔가 심각한 일이 벌어졌다는 걸 내가 모를 줄 알아?" 고함 소리와 격렬한 부부싸움 때문이기도 했지만 한밤중에 일어나는 근육의 경련과 회개하는 듯한 침묵 때문에, 위기의 흐름을 알리는 위험 신호인 너무나 절대적인 소강 상태 때문에 로랑 달은 잠이 깸. 어떤 소리가 분명하게 들리지만 말소리는 들리지 않음. 사람의 목소리는 단 한 마디도 들리지 않음. "난 당신을 알아. 당신은 지금 쇼크 상태에 빠진 거야. 두 시간 전부터 꼼짝도 않고 있잖아. 머리조차 움직이지 못하잖아요. 무언가 심각한 일이 벌어진 게 틀림없다고!" 한밤중에 떠도는, 제대로 들리지도 않는 이 무서운 문장들 때문에 로랑 달은 잠이 깸. 소리의 파동이 마치 뱀처럼 잠의 너울 속으로 스며듦. "자, 움직여봐요. 팔 좀 들어보라고! 제발 그렇게 동상처럼 꼼짝도 않고 의기소침하게 앉아 있지 말란 말예요! 도대체 또 무슨 일을 당한 거예요?" 로랑 달이 침대에서 살금살금 나옴. 복도의 문 뒤에 숨음. 엄마의 계속되는 질문에 아무 대꾸 없이 소리를 빨아들이는 아버지의 너무나 고통스러운 침묵에 귀를 기울임. "그래도 금방 털어놓게 될걸! 당신 입을 열게 하려고 내가 밤을 꼬박 새울 것 같아?" 저절로 녹아버려 떨리는 멜로디가 된 엄마의 목소리가 들림. 깊은 숲처럼 광대한 침묵 속에 휩쓸린 아버지의 고통이 구체화되는 소리가 정면으로 들림. 로랑 달은 문 뒤에서 두 사람이 조금씩 움직이며 내는 소리, 물건 옮기는 소리, 가늘게 새어나오는 한숨 소리로 점점 강조되는 침묵의 소리를 들음. 그것은 한밤중 침묵의 소리가 아니었다. 그것은 그들이 호흡하는 독가스로, 아버지이자 남편인 한 남자의 고통이었다. 아주 작은, 보통사람에게는 거의 들리지 않는 굉장히 작은 소리들이 모조리 들려 아이는 공포에 너무나 민감해졌지만, 그만큼 스스로 강해졌다. 한참 시간이 지난 뒤, 로랑 달은 이폴리트가 냉정을 되찾고 진정 국면에 들어갔다는 사실을 알게 됨. 그가 재활센터에 들어갔고 점차 술을 줄이게 되었다는 것도 알게 됨. "그래서? 문제가 뭔데?" 로랑 달의 어머니가 물음. 두 사람이 냉정을 되찾는다는 느낌이 듦. 두 사람은 무질서한 대화를 나누며 결과적으로 진정이라는 일시적인 위로를 향해 다가감. "그 사람이 술을 끊고 나아진다는데 왜 당신이 그렇게 고통스러워하는지 모르겠네!" 로랑 달의 엄마가 말함. 안심한 로랑 달은

기분이 좋아져 희망이 가득 찬 마음으로 다시 자러 감. 다음 날 밤, 새로
운 밀담이 또다시 들려오자 고통이 다가오리란 예감을 느끼며 자리에서
일어남. 다시 복도의 어둠 속에서 열광적으로 보초를 섬. 장님처럼 아무
것도 보이지 않는 상황에서 단지 마음으로만 듣지만, 귀에 들리는 문장
들은 로랑 달의 뇌 속에서 극도로 팽창됨. 아버지가 어떤 비서를 통해 이
폴리트가 본사 생산팀장으로 지원했다는 소식을 들었다는 것을 알게 됨.
그렇게 되려면 이폴리트가 기운을 회복해야만 한다는 아버지의 말을 들
음. "당신 지금 무슨 얘기를 하고 싶은 거예요? 그 얘기가 의미하는 게
뭐냔 말이에요." 압도적인 침묵 아래 목을 졸라매는 듯한 매듭이 가슴속
에서 구체적으로 느껴짐. 열흘 후 로랑 달은 같은 장소에서 보초를 섰고,
지난 몇 주 동안 아버지와 이폴리트의 관계가 악화되었다는 사실을 알
게 됨. "사이가 나빠졌다고?" 로랑 달의 어머니가 물음. 다른 날 저녁에는
아버지가 더 이상 중요 문서에 접근할 수 없다는 사실이 아주 조금씩 폭
로됨. 게다가 이폴리트가 아버지를 비난했다는 사실도 알게 됨. 로랑 달
은 만 여덟 살의 초등학교 3학년인 자신이 너무나 나약하고 위태롭다고
느낌. 식인귀같이 불가사의하고 위협적이며 냉담하고 신비한 이 세상.
과연 로랑 달은 어떤 기적을 통해 어른들의 사회라는 무시무시한 철제
아가리를 피할 수 있을 것인가? 아이는 아버지에게 받는 것만으로는 부
족한 보호를 어떤 미심쩍은 우월감이라는 이름으로, 어떤 동기로 얻을
수 있겠는가? "그가 쓴 평가 점수가 문제야." 로랑 달의 아버지가 말함.
밤의 어둠 속에서 로랑 달은 자신의 모습 그 자체임. 로랑 달의 머릿속에
떠오르는 생각은 이제 악몽 그 자체일 뿐. 방 안에서 엄마가 반박하고 질
문하고 짜증내고 움직이고 물건을 옮기는 소리가 들림. 이폴리트가 지점
의 사업 발전을 측정하는 숫자상의 결과에 대해 걱정스러운 평가서를
작성했다는 사실을 알게 됨. "그래서요? 그 평가서에 당신이 관련된 건
아니겠죠? 당신은 목표치를 제대로 달성했겠지?" 로랑 달은 신경질적으

로 살갗을 벗김. 엄지손가락에서 얇고 기다란 살갗을 벗겨냄. 이 침묵이 잘 해결되어 끝나기를 기다리며 어둠 속에 누워 있음. "내 목표 달성 지표는 끔찍해." 마침내 아버지가 털어놓음. "지점장님이 지점을 잘 이끌어 갈 수 있게 돕느라 내가 담당한 고객들에겐 소홀히 할 수밖에 없었어." 아버지가 곧 울음을 터뜨릴 듯한 목소리로 말함. 이 폭로로 불거져나온 걱정거리들 때문에 엄마가 내는 잡다한 소음들이 신경질적으로 느껴짐. "그럼 그 평가서는? 그건 누구에게 가는 거야?" 아버지가 대답하는 소리가 들림. "난 아무것도 몰라. 그가 평가서를 진짜로 보냈는지 아닌지도 모르겠어." 엄마의 목소리. "지점의 고객 지원 담당 직원들을 제외하면, 그가 누구에게 그걸 보낼 수 있겠어?" 형체 없는 위협에 둘러싸여 있다고 느껴짐. 잠시 후, 아버지가 평가서 서두에서 포기본지의 이니셜을 보았다고 말하는 소리를 들음. 전기 충격. 문 뒤에서 펄쩍 뜀. 어두운 색깔의 옷을 입고 수염이 무성하게 난 거대한 몸집의 프로 레슬링 선수 같은 포기본지의 모습이 눈앞에 떠오름. 튼튼하고 거대한 두 다리를 땅에 깊이 뿌리박고 선 포기본지, 두 팔을 앞으로 뻗어 로랑 달의 머리를 잡아챈 후, 넓적다리 사이에 그 머리를 박아 마치 커다란 호두까기처럼 머리통을 으스러뜨리는 포기본지의 모습이 눈앞에 선함. 엄마가 대답하는 소리가 들림. "직접 문제의 핵심을 파헤쳐봐요." 세상에 지배당하는 아버지를 마음속에 그려봄. 세상이 으스러뜨린 가족을 상상해봄. 세상은 냉정하고 말할 수 없이 잔인한 약탈자다. 세상은 얼음같이 차갑고 냉담하며, 아이의 고통에도 무관심하고, 칼날만큼 객관적이며 선명하다. "난 당신이 입을 열게 하려고 밤 샐 생각 없어." 엄마가 몸을 떨며 덧붙임. 아버지가 악의 없고 파렴치하지도 않으며 최소한의 민첩성도 없는 남자로 여겨지는 동시에, 무기력하고 수동적이며 작은 인형밖에 움직이지 못하는 나약한 남자로 느껴짐. 아버지가 자유로운 정신과는 반대의 이미지로, 또 야생 동물, 순환하는 바람, 잡을 수 없는 빛과는 반대의 이미지로 느껴짐. 기다림. 집게손가락을 축으로 삼아 기다란 금색 머리카락 한 올을 끝없이 동그랗게 말음. 나비를 잡는 것이 슬픔을 불러올 수도 있다고 혼잣말을 함. 아니, 슬픔을 불러옴. 낡아서 쓸모 없어진 탁자는 다락방으로 옮겨졌다가 쓰레기장에 버려지고 다시 어디론가 옮겨진다. 왜 아버지는 연민을 불러일으키지도 못하고, 원한다면 얼마든지 멋대로 움직일 수 있는 그런 부류의 인간들에 속해야만 한단 말인가? "새벽 3시예요." 로랑 달의 엄마가 더 이상 참지 못하고 말함. 잠옷을 입은 로랑 달은 약간 추위를 느낌. 양탄자 위에 웅크리고 누워, 고백으로 끝날 흔치 않은 억눌린 순간을 기다림. 은밀한 폭발로 인한 충격의 파장이 퍼져 아버지가 뱉어내는 단어들을, 발음하는 문장들을, 박자에 맞춰 나타나는 문장부호들을 나뭇가지들처럼 떨게 함. 문 뒤에 누워서, 이폴리트의 평가서가 오직 아버지를 무너뜨릴 목적을 위해 작성된 것이라는 사실을 알게 됨. "무너뜨린다고?" 로랑 달의 엄마가 물음. 바스락거리며 종이를 펼치는 소리가 들림. 아버지의 마른기침 소리, 아버지가 떨리는 목소리로 평가서를 읽는 소리가 들림. "분기가 끝나기도 전에 자신에게 주어진 목표치를 달성하는 직원들도 있지만, 개중에는 십중팔구 목표치에 도달하는 것이 불가능해 보이는 사람들도 있다(이 부분에서 아버지는 울먹였다). 나는 그들에게 경고한다. 더욱 노력을 기울일 것을 부탁한다. 지점의 미래도 사정은 같다(잠깐의 침묵. 아버지의 감정이 마치 눈부신 빛처럼 어두운 밤 속으로 퍼져나갔다). 그리고 필요한 경우, 나는 본부의 명령에 따라 주저 없이 징계에 들어갈 것이다." 긴 침묵이 이어짐. "그래서?" 로랑 달의 어머니가 물음. 직원들의 성과를 기록한 표가 클립으로 묶여 있었는데, 가장 성과가 좋은 사람은 목표치의 95퍼센트를 달성했다. 나머지는 대부분 70퍼센트 정도를 기록했다. 끝에서 두 번째 사람이 45퍼센트에 머물렀고, 꼴찌인 로랑 달의 아버지는 35퍼센트에 불과했다. "타락한 인간!" 로랑 달의 어머니가 외침. "그 사람은 끔찍하게 타락한 인간이야! 내가 몇 번이나 말했잖아!" 엄지손가락의 살갗을 벗김. 두 사람이 피를 흘리는지 알고 싶음. 아버지가 길고도 길게 변명을 늘어놓는 소리가 들림. 아버지의 마음이 가벼워진 것 같은 느낌이 듦. "난 반박할 수 있어. 그의 경영 전략이 나쁜 거야. 그는 나의 가치를 떨어뜨릴 수 있다고 믿고 있어. 하지만 그가 틀렸어. 그는 적을 만든 거야." 상황이 묘하게 급변함. 부드럽게 변한 아버지의 목소리를 들으며, 세상의 호전적인 기운데 대항해 개개인도 깊이 생각하고 스스로를 방어하며 고심하여 전략을 짤 수도 있겠다고 생각함. 단호하고 수완이 좋으며 선수를 칠 줄도 아는 아버지의 얘기를 계속 들음. "그의 뜻대로 되도록 내버려두지는 않을 거야." 아버지가 결론을 내림. 로랑 달은 말라붙은 어떤 물질을 촉촉이 적신 것처럼 밤이 부드러워졌다고 느낌. 그러나 뒤이어 터져나온 엄마의 확연하게 자신감을 잃은 말을 듣고 다시 기운이 빠짐. 항복하는 엄마. 절망적이라고 말하는 엄마. 로랑 달의 머릿속에 확실한 재난의 무게를 박아넣은 엄마. "절망적이야……. 난 지겨워……." 엄마가 중얼거리는 소리를 아버지가 들음. 말뚝처럼 자신의 느낌을 깊이 박은 엄마. 엄마의 부드러움에 아내의 신랄함이 합쳐졌기 때문에 더욱더 충격적인 말뚝을, 거칠면서도 약한 말뚝을, 뾰족하고 부드러우며 명확하고 여성적인 말뚝을 박음. "그가 당신을 엿먹인 거야. 그는 자신이 뭘 하는지 알고 있어. 그자는 교활한 인간이야. 그런데도 당신은 그가 뭘 했는지도 모르고, 일부러 그런 짓을 했다고는 생각하지 않잖아! 당신은 당신보다 아주 강한 존재 위에 또다시 떨어진 거라고! 그자는 당신 따위는 산 채로 삼켜버릴 거야. 당신의 그 잘난 친구인 생 이폴리트가 말이야!" 엄마 말이 맞다는 생각이 듦. 바깥세상이 커피 저장고로 그려짐. 열린 뚜껑문, 지하로 통하는 어두운 구멍, 손님들에게서 멀어지는 사장, 밑으로 내려가는 병 운반대. 어느 날 우리는 그 구덩이로 들어갈 것이고, 어둠과 침묵 속에 잠길 것이라 생각함. 또 다른 날 저녁에는, 아버지가 이폴리트를 보좌해야만 한다고 믿었다는 사실을 포기본지에게 알리려고 본사에 신청한 미팅 약속이 취소되었다는 것을 알게 됨. 무너지고 망가져 그때까지 한 번도 보지 못했던 처참한 몰골로 집으로 돌아온 아버지를 봄. 견딜 수 없을 정도로 팽팽한 긴장감이 감도는 침묵의 저녁식사. 껍데기 속의 달팽이처럼 전혀 움직이지 않는, 매우 낙담한 아버지. 엄마가 던지는 질문들, 엄마의 한숨과 눈물, 엄마의 슬픔이 마치 박살난 배를 삼키는 바다처럼 완전히 아버지를 삼켜버림. 몇 번 똑같은 동작을 반복해서 가까스로 입에 포크를 가져간 아버지. 그의 입술이 마치 다른 사람의 입인 것처럼 기계적이고 무력하게 벌어짐. "이제 정말 이런 생활이 지겨워……." 로랑 달의 어머니가 끝내 이렇게 말함. 그러고는 입 안에 있던 작은 완두콩 몇 개를 포크로 골라냄. 단 한 개의 완두콩도 먹지 않은 로랑 달은 텅 빈 접시 중앙에 겨자 한 덩어리를 놓고, 그 주위에 완두콩들을 여섯 덩어리로 나눠 배치함. "내 인생은 실패했어. 난 인생을 허비한 거야." 로랑 달은 침실로 가지만 잠들지 못함. 아버지와 엄마도 원인을 알기 위해 이 영화의 마지막 장면을 기다리고 있는지가 궁금함. 엄마의 첫 마디가 조용히 파장을 일으켜 '바스락' 소리를 내기를 조심스레 기다림. 칠흑 같은 밤중에, 큰 나무 아래 떨어진 낙엽들 위를 기는 파충류처럼 그의 잠든 피부를 떨게 할 은밀한 것을 기다림. 긴장하는 밤. 긴장하는 침묵. 시간으로 가로막힌 호흡. 조용히 침대에서 빠져나옴. 복도 문 뒤 바닥에 누움. 그리고 귀를 기울임. 몇 시간 동안 귀를 기울임. 엄마가 아버지에게 묻는 소리를 들음. 대답하지 않고 빠져나가려는 아버지의 움직임. 몇 번의 탄식 소리가 흘러나오고 떠나라고 위협하는 소리가 들림. "가고 싶으면 가요. 대신 다시는 돌아오지 마요." 로랑 달의 엄마가 말함. 엄마가 일어서서 방을 나가려는 듯함. 공황 상태. 절망감과 분노에 찬 여자는 문을 벌컥 열고 한달음에 도망칠 것인가? 로랑 달이 뒤로 돌아 침실을 향해 엉금엉금 기어감. 가던 길 중간에서 움직임을 멈추고 엄마가 말하는 소리를 들음. 여전히 거실에 있는 엄마. 숨가쁜 호흡. 울고 싶은 마음. 문을 열고 들어가 엄마의 두 다리 사이에 몸을 던지고 두 다리가 거기에 있음을 확인하고픈 마음. "장 피에르." 엄마가 말함. 아버지가 엄마에게 이미 지나가버린 사건에 대해 말하는 소리가 들림. 포기본지의 사무실로 간 로랑 달의 아버지가 자리에 앉자마자 누군가가 사무실 문을 두드리는 소리가 들렸다. "들어와요." 포기본지가 대답했다. 이폴리트 씨가 사무실로 들어와 긴 진홍색 망토를 의자 위에 던지는 것을 본 로랑 달의 아버지는 얼이 빠졌다. "생 이폴리트, 생 이폴리트가 그 자리에 나타난 게로군!" 로랑 달의 엄마가 소리쳤다. "좀 늦었습니다. 죄송합니다." 이폴리트 씨가 말했다. 포기본지는 그를 바라보며 한 발다가가서는, 그가 입은 옷의 재단이 훌륭하다고 칭찬했다. "시가 한 대태우시겠어요?" 이폴리트가 조그만 나무 상자를 포기본지에게 내밀며 말했다. 로랑 달의 아버지는 아무 말도 하지 않고 두 사람을 지켜보았다. 이폴리트 씨는 포기본지의 오른쪽에 있는 라디에이터 위에 걸터앉았다. 두 사람은 시가의 냄새를 맡고 끝을 자른 후 성냥불로 시가의 몸통을 그슬리며, 시가 원산지인 아바나에 대해 대화를 나누었다. "내게 할 말이 있다면서요." 포기본지가 로랑 달의 아버지에게 눈길을 돌리며 물었다. 로랑 달의 아버지는 얼굴부터 붉어졌고, 어디서부터 말을 해야 할지 몰라 당황했다. 다 망쳤다는 느낌, 울고 싶은 생각뿐이었다. 그래서 입을 다물었다. 로랑 달이 반들반들하게 페인트칠해놓은 문을 손가락 끝으로 건드림. 세상이 비할 데 없이 잔인하게 느껴짐. 갑자기 너무나 시끄러운 소리가 나며 뚜껑문이 지하실의 어둠 위로 저절로 닫힘. 빛은 전혀 보이지 않음. 그곳에 혼자 남음. 그 어둠 속에서 혼자 더듬거림. 혼자? 공포. 소름 끼침. 우리는 누구나 혼자다. 아내와 마주 앉은 로랑 달의 아버지도 혼자였다. 로랑 달의 엄마는 로랑 달의 아버지를 도울 수 없었다. 단지 그의 이야기에 귀를 기울이는 수밖에. 남편과 마주한 로랑 달의 엄마도 혼자였다. 남편을 도울 능력이 없는, 그저 그를 위로할 뿐인. 로랑 달 역시 혼자였다. 문 뒤에 숨은 채, 아버지가 너무나 무력하게 무너지는 모습을 지켜보며. 로랑 달은 어느 날 자기도 차례가 되면 저렇게 만신창이가 되어 바깥세상으로 나갈 모습을 상상하자 무기력한 기분이 듦. "어쩌면 내가 당신을 도울 수 있을 거요." 포기본지가 말했다. "왜냐하면 나도 당신에게 할 말이 많으니까. 나는 당신의 실적에 대해 얘기하고 싶어요. 우리의 친구가 보내준 아주 유익한 평가서가 저기 있어요. 분기 중간에……" 그는 반월형 실내화를 신으며 숫자를 셌다. "당신은 목표에 훨씬 못…… 잠깐 기다려봐요. 자, 여기 찾았어요. 목표량의 35퍼센트 달성. 당신 혼자만 이런 종류의…… 으음…… 뭐라고 할까……. 결과를 보였어요. 그러니까 다른 사람들은 책임질 일이 없지만 당신은 책임을 져야 해요." 책상 위에 실내화 신은 두 발을 올리며 그가 덧붙였다. "이 형편없는 상황을." 머리가 텅 비는 느낌이 듦. 로랑 달의 아버지는 의자에 앉아 아무 생각도 나지 않는 머리를 가로저었다. 자신은 두 갈래 길 앞에 서 있었다고 아버지가 엄마에게 설명하는 소리가 귀에 들림. 평야 쪽으로 난 왼쪽 길은 생 이폴리트를 고발해야 하는 길이고, 또 한 길은 오른쪽 숲으로 난 길로 자신이 고스란히 모든 책임을 지는 길이었다. 아버지의 겁 많은 기질을 고려해볼 때, 포기본지 앞에서 이폴리트와 맞서는 광경을 상상하는 것만으로도 주눅이 들었을 것이다. 로랑 달의 아버지는 숲으로 난 길을 택했다. "최근에 좀 힘든 일이 있었습니다." "어떤 성격의?" 로랑 달의 아버지는 절망했다. "뭐라 정의하기가 곤란합니다. 간단히 말하자면 개인적이기도 하고 직업적이기도 한 고충입니다." 포기본지 사장은 생 이폴리트를 향해 몸을 돌리며 크게 웃음을 터뜨렸다. 아버지가 엄마에게 개인적이기도 하고 직업적이기도 한 고충이라고 하는 말이 들림. "단어의 정의로서는 나쁘지 않은걸?" 강렬한 의상을 입은 프로 레슬러의 잔인한 웃음소리가 귀에 들려옴. 자신을 죽음으로 밀어넣는 고통을 느끼는 아버지의 위축된 목소리가 들림. 영화관에서 밝은 영상이 급작스레 커질 때처럼 한밤의 어둠 속에서 자신이 밝게 드러나는 느낌이 듦. 아버지가 쓰러지고, 으스러지며 붕괴되는 모습을 직접 봄. "개인적이기도 하고 직업적이기도 한 고충이라고!" 포기본지가 외쳤다. "고백컨대 내 30년 직업 인생 동안에 말이오, 친애하는 장 피에르 달 씨, 난 한 번도 그런 고충을 경험하지 못했다오!" 거실에 침묵이 감돎. 엄마가 코를 푸는 소리가 여러 번 들림. 축축하고 섬세하며 눈물 섞인 소리가 들려옴. "생 이폴리트 씨와 그 점에 대해 얘기해보았소. 지점장도 잘 알고 있더군. 지점장은 그 고충이 당신 내부에 있다고 얘기했소." 이폴리트는 팔짱을 낀 채 로랑 달의 아버지를 조용히 바라보았다. 거리를 내다보려고 두꺼운 커튼을 벌리며, 플란넬 바지에 떨어진 작은 담뱃재를 무심히 털어내는 이폴리트의 모습이 눈앞에 그려짐. 엄마가 우는 소리가 들림. 이번에는 로랑 달이 울기 시작함. 모든 것이 무너졌다고 느낌. 자기 집이 망했다는 생각이 듦. 하지만 이상하게도 그 사람 때문에 생겨난 고통임에도 불구하고, 자기도 모르게 이폴리트 씨에게 악의적인 매력을 느끼고 있다는 것을 깨달음. "우리는 최근에 그 점에 대해 이야기를 나누었소." 포기본지가 말을 이었다. "당신이 과연 목표량을 달성할 수 있을지에 대해 우리 둘 모두 회의적인 생각을 갖고 있소. 덧붙여 설명하자면, 생 이폴리트 씨는 올해 말에 본사로 가기 위해 라 로슈 쉬르 용 지점을 떠날 거요. 그러니 당신을 괴롭힐 특별한 이유는 전혀 없지." 그 순간 생 이폴리트의 눈빛이 빛났다고 말하는 아버지의 목소리가 들림. 아버지가 차지하고 있는 그 자리에 대한 생생한 반감이 느껴짐. "솔직하게 털어놓겠소. 당신은 이 직업에는 확실히 어울리지 않소. 그러니까 이 서류에 사인해줬으면 좋겠소." 포기본지가 아버지에게 내민 것은 아직 사인하지 않은 12만 프랑짜리 수표 한 장과 근로계약 파기 협약서였다. 거기에는 '업무와 적성이 맞지 않음'이라고 씌어 있었다. 엄지손가락에 혀를 대자 피 맛이 느껴짐. "당신은 생 이폴리트 씨가 베푼 관용에 대해 고마워해야 할 거요. 당신이 계약 파기를 하면서 이렇게 후한 보상금을 받을 수 있게 하느라 그는 최선을 다해 나를 설득했소. 만약 나 혼자 결정했다면 당신은 법에 정해진 최소한의 금액만 받고 회사를 떠나야 했을 거요."

　5층에 사는 이웃집 여자가 나에게 제노바에 사는 친구에 대해 처음으로 얘기한 그 다음 날(그녀의 뒤통수에 대고 축제용 색종이를 한 움큼 날리듯 몇 마디 던진 게 전부지만), 나는 《리베라시옹》*에서 부동산 정보를 하나 읽었다. 그것은 소설처럼 은밀한 힘으로 나를 몇 시간 동안이나 사로잡았다. 아주 단순하고 평범한 부동산 광고에 불과했지만 그 몇 줄의 내용은 그날 아침이 이단적이라고, 난폭하게 이단적이라고 생각될 정도로 너무나 매력적인 실존적 충격을 주었다. 그날은 토요일이었다. 나는 학교 입구에서 레오나르도를 데리고 나와서, 커피도 한 잔 마시고 신문도 읽을 겸 카페로 같이 가자고 제안했다. "그럼 《레키프》** 사줄 거야, 아빠?" 아이가 물었다. "《레키프》라고! 너 벌써 《레키프》 읽으려고? 그런데 그 신문 이름을 어떻게 알았니?" 나는 깜짝 놀랐다. 《레키프》는 범세계적인 매체로 이탈리아 친구이자 영국 친구, 미국 친구, 스페인 친구인 동시에 독일 친구다. 즉 이탈리아에서는 당신의 《가제타 델로 스포르트》이며, 영국에서는 《스포팅 라이프》고, 미국에서는 《스포츠 일러스트레이티드》이며, 스페인에서는 《마르카》고, 독일에서는 《키커》다. 나는 신문에 규칙적으로 등장하는 문장들로 아이를 교육시키려는 욕심을 느끼며, 설령 여덟 살짜리 아들이 회계감사 같은 온화한 열정으로 《레키프》를 읽는 장면을 봐야 하는 서글픈 일이 벌어진다 하더라도 아이가 특별한 주제에 대해

---

* 프랑스의 유명한 진보적 일간지.
** 프랑스의 스포츠 일간지.

뿌리 깊은 호기심을 드러내는 것을 보는 것만으로도 지적인 분야에 매우 첨예한 나의 기대를 만족시키기에는 충분하다는 생각이 들었다. 앞서 말한 특별한 주제로 비센테 리자라주*라는 주제를 들어보면 그가 머리카락을 자른 일까지 기사화되어 신문에 실렸다. 그래서 나는 《레키프》라는 신문이 제때에 매우 중요한 일상을 반영하는, 제대로 자리매김한 매체라고 감히 생각했다. 나는 《리베라시옹》과 《레키프》를 사서 아들에게 이렇게 말했다. "자, 《레키프》다. 넌 그걸 읽어. 기사들을 끝까지 다 읽어야 돼. 그리고 아빠한테 내용을 요약해서 말해주렴." 레오나르도는 테이블에 앉았고, 나는 바 앞에 서서 진한 더블 에스프레소를 주문했다. 《리베라시옹》을 읽을 때면 왜 내가 항상 개인 알림란부터 읽는지 도대체 알 수가 없다. 아니, 솔직히 말하면 난 내가 그 난을 훑는 이유를 잘 알고 있다. 나는 낯선 여인이 보내는 로맨틱한 메시지의 대상이 되기를 기다리면서, 그렇게 되지 못하는 것에 진짜 깊은 실망을 느끼고 있었다. 하지만 아무도 내가 지하철에서, 버스 안에서, RER**에서, 카페 테라스에서 그것 때문에 시간을 보내는지는 모른다! 나란 사람은 낯선 여인의 메시지 대상도 될 수 없을 정도로 하찮고 미미한 존재란 말인가? 그날 아침에도 신문에는 내 주의를 끄는 기사도, 개인 알림란에서 내게 찬사를 보내는 글(이를테면 나는 다음과 같은 글을 보게 되기를 바랐다. "4일 월요일 오후 4시 30분경, 7호선, 갈색 머리, 큰 키에 푸른 눈동자, 검은색 옷을 입고 당신은 내 맞은편에 앉아 『클레브 공작 부인』***을 읽었어요. 우리는 시선이 마주쳤고 서로 미소를 지었죠. 당신은 팔레루아얄 역에서 내렸어요. 당신의 시선을 잊을 수가 없어요. 용기를 내지 못한 게 후회스러워요. 난 당신에게 반했어요. 연락 기다릴게요.")도 없었다. 어쨌든 그 면을 천천히 읽어내리며 뜨거운 커피를 한 모금 마시고,

* 프랑스의 유명한 축구선수. 한때 세계 최고의 좌측 수비수로 손꼽혔다.
** 파리의 교외를 왕복하는 철도.
*** 17세기에 프랑스에서 활동했던 라파예트 부인이 쓴 심리 소설.

가끔씩 레오나르도가 매우 남성적인(?) 신문 내용을 잘 읽고 있는지 확인하려고 고개를 돌리곤 했다. 그러다 어떤 부동산 광고를 발견했는데, 그것은 단박에 내 주의를 끌었다. "팔레루아얄*에 위치. 지하 창고를 다양한 면적으로 나누어 매매. 8~40평방미터까지 있음." 전화번호도 적혀 있었다. 나는 커피잔을 바에 올려놓고, 그 광고를 읽고 또 읽었다. 그리고 생각에 잠겨 창문 너머를 바라보았다. "아빠, 있잖아, 데이비드 베컴 말야……. 아빠 알아? 레알 마드리드의 축구선수.**" "응, 알고 있어." 내가 레오나르도에게 대답했다. "들어봐, 아빠. 데이비드 베컴은 5년 동안 5천만 유로라는 상당한 액수로 질레트 면도기와 새 광고 계약을 체결할 예정이래. 데이비드 베컴의 광고 수익은 축구선수로서의 수입보다 다섯 배가 더 많다는데. 5천만 유로면 많은 거지, 응?" 나는 그렇다고 대답하며 "엄청 많은 거야. 무진장. 상당히 큰돈이지"라고 덧붙였다. 그리고 다시 부동산 정보에 몰입했다. 지하 창고라고? 지하 창고에서 일한다? 팔레루아얄에 숨어서 다음 소설을 써? 『선잠』, 『가정의 기질』, 『존재』라는 세 권의 소설을 쓴 지금의 작업실에는 근래 들어 위험이 다가오고 있었다. 13년 전부터 임대해온 그 작업실은 12평방미터의 조그만 크기로 매우 아름다운 공원 근처에 위치해 있었다. 나의 날카로운 예감에 따르면, 건물 주인은 은밀하게 작업하는 작가들에게 무의식적으로 경멸을 느낄 뿐만 아니라, 내 작업실을 둘러싸고 비어 있는 세 개의 방을 하나의 주거공간으로 만들고 내 작업실까지 합치고 싶은 욕심에, 임대차 기간이 만료되기를 기다렸다가 나를 내쫓으려 하는 것 같았다. 몇 주 전부터 건물 주인이 재산 관리인을 대동하고 내 작업실이 있는 층에 여러 번 나타났기 때문에

---

* 루이 13세의 재상이었던 리슐리외 추기경의 저택이었던 이곳은 그가 죽은 후 왕가에 기증되었다. 루이 14세가 어릴 때 이곳에서 살았으며, 그때부터 팔레루아얄이라고 불리게 되었다. 현재 이 건물에는 상원 의사당 외에 상점과 서점 등이 있다.
** 작가가 이 소설을 쓸 당시 베컴은 레알 마드리드 소속이었다.

나는 불안을 느끼고 있었다. 경비실 아주머니는 그 두 사람이 내가 있는 '7층'을 보수하기 위해 아직은 불분명하지만 어떤 계획을 세우고 있다고 알려주었을 뿐, 더 자세히는 말하지 않았다. "여기를 주거공간으로 만들 준비를 하고 있는 게 틀림없어." "여길 주거공간으로 만든다고요? 7층에 다가요? 하지만 어디에, 어떤 방들로요?" 그녀 역시 아는 게 별로 없었다. 그후 더욱 불안한 조짐이 나타났는데, 그것은 낯선 물결(부동산 투기라는 거센 물결)을 통해 등장했다. 건물주와 재산 관리인은 교섭을 하느라 끊임없이 내 작업실 문 앞으로 다가와 떠들어댔다. "왜 다른 장소에서 얘기하면 안 되는 건데? 제기랄, 왜 하필이면 이 층을 보수하고, 왜 하필이면 내 작업실 옆이냐고?" 나는 일할 기분이 나지 않아, 문에다 귀를 대고 그들의 이야기를 들었다. "내 생각에는 저기예요. 자, 보세요, 여기부터 저기까지요." 한 사람이 말했다. "별로 좋은 생각이 아네요. 그보단 저 구석에서 저기까지가 좋겠어." 다른 사람이 제안했다. 그들은 내가 듣든 말든 무심하게 나를 학대하며 내가 얼마나 더 머물지에 대해 토론했다. 나는 생애 처음으로 부동산 투기의 물결에 휩쓸리게 된 상황이었으며, 7층을 보수하는 데 매우 중요하고 유일한 공간이 나의 조그만 사무실이라는 사실은 피할 수가 없었다. 다른 쪽에는 이미 정비된 두 개의 스튜디오 외에 야간당직자가 사는 방 하나, 학생이 사는 방 하나, 모로코 출신의 노동자가 사는 방, 60대 알자스 지방 노인이 임시로 사용하는 거처가 있었고, 재정비하지 않을 것이 확실한 공간들이 남아 있었다. 왜 재정비하지 않느냐고? 그곳은 공원이 보이는 6층의 2인용 침실에 딸린 공간으로, *세계적인 유명세를 갖고 있으며 으뜸가는 마르크스주의 철학자*의 널찍한 사무실로 사용되고 있었기 때문이다. 그 사람은 책을 여러 권 낸 작가이자 캘리포니아 대학의 교수이며, 유행을 선도하는 유명 여배우의 아버지이기도 했다. 유행을 선도하는 유명 여배우? 자, 이제 여러분의 호기심이 발동한다. 틀림없이 여러분은 그녀의 이름을 밝히라고 요구할 것이다.

불행히도, 복잡하고도 다양한 독자 여러분, 헝가리 친구들이여, 티롤*과 히말라야에 사는 친구들이여, 여러분이 이 여배우를 알지 의심스럽다. 그녀는 사교계에서 환영받는 매우 영향력 있는 인사로, 그녀가 명성을 얻은 것은 특권 계급이 서로 공모하는 메커니즘 덕택이다. 게다가 그녀는 철학자의 딸답게 프랑스 공화국에서 명실상부한 특권을 갖고 있는 두 학교를 1등으로 졸업하는 업적을 달성했다. 한 곳은 문학 분야의 학교이고 다른 한 곳은 드라마 예술학교로, 두 학교 모두 엘리트를 양성해내는 곳이었다. 이 여배우가 스위스 영화에 나왔던가, 불가리아 또는 유고슬라비아 영화에 나왔던가? 아니면 할리우드 영화에? 그녀는 조용히 내리는 이슬비처럼 단조롭고 천편일률적인, 좌파 부르주아 지식인층만의 고유하고 어쩔 수 없는, 너무나 파리다운 영화에만 출연했다. 사실 그녀가 프랑스의 국경을 절대 넘지 못할까 봐 두렵기도 하다. 잘 교육받고 학위를 받은 파리지엔느**이며 상류 계층의 여배우라는 컨셉트로, 여러분의 나라에는 존재하지 않고 앞으로도 결코 존재하지 않을, 잘 교육받고 학위를 받은 파리지앙***이며 상류 계급의 비평가들이 쓴 기사들 속에서 추앙받는 영화감독들, 즉 잘 교육받고 학위를 받은 파리지앙이자 상류 계급인 영화감독들이 대부분 자신들을 위해 만든 영화 속에서, 잘 교육받고 학위를 받은 파리지엔느이며 상류 계급인 젊은 여자의 역할밖에 연기하지 못하기 때문이다. 내가 잘 교육받고 학위를 받은 파리지앙이자 상류 계급이라고 말할 때에는 특권 계층과 보수주의자를 의미하는 것이며, 메마르고 교과서적이며 경직된 사람들을 의미하는 것이고, 썩은 것을 의미하는 것이며, 부수적인 것을 의미하는 것이고, 모방적인 것을 의미하

---

* 알프스 산맥의 산간 지대에 걸쳐 있는 지역. 오스트리아 서부의 티롤 주와 이탈리아 북부의 트렌티노알토아디제 주로 나뉘어 있다.
** 파리의 여자 시민.
*** 파리의 남자 시민.

는 것이며, 지루하고 대수롭지 않으며 학술적인 것을 의미하는 것이다. 또한 위험에 처해 있지 않다는 의미지만 그것은 안전하게 자리 잡은 것과는 반대의 의미다. 그것은 아무것도 변화하지 않기를, 그리고 그렇게 완벽한 상태로 항상 머물러 있기를 바란다는 의미다. *그렇게 아무것도 변화하지 않는 것, 그것이 완벽한 것이다!* 어쨌든 간에 유행을 선도하는 이 여배우는 진짜로 유명하며, 마르크스주의 철학자는 결과적으로 두 *배로 유명해졌고*, 이 상황은 두 배로 *종신토록 계속되리라*는 것이 분명해졌다. 물론 이 부동산 투기꾼 두 명의 탐욕스러운 발걸음은 두 배로 유명한 마르크스주의 철학자의 사무실에도 간혹 이르곤 했다. "그래도 말이야, 진짜 그렇다 해도, 이 2인용 침실을 회수할 수 있다면 그 공간에 만들어질 아파트를 상상해봐!" 건물주가 재산 관리인에게 하는 말이 틀림없었다. "하지만 그건 아주 예민한 문제죠. 생각해보세요. 철학자, 그의 딸, 각종 언론 말예요." 재산 관리인이 건물주에게 하는 말임이 분명했다. "하지만 잘 모르겠어요. 그렇게 생각하세요? 예상 가능한 일인가요? 심각하게 고려해봐야겠지요……." 마침내 두 명의 투기꾼들은 그에 비해 해치우기 쉽고 사라져도 괜찮은 무명의 소설가 작업실 앞으로 냉혹하게 되돌아왔다. 두 배로 해치우기 쉽고 두 배로 사라져도 괜찮은 무명의 소설가—마르크스주의 철학자와 그의 딸의 명성은 나의 절대적인 무(無)명성을 더욱 강조할 뿐이라는 사실을 고려해볼 때. 게다가 나의 조그만 작업실은 비어 있는 작은 공간들 옆, 복도의 아주 끝 쪽에 있었기 때문에 (전체로 보면, 희망하는 비율의 아파트 모습이 그려지는 상당한 크기의 장방형 공간), 건물 안에서 나의 존재는 투자라는 야심만만한 계획을 가진 건물주의 의도를 좌지우지하는 데 빛나는 역할을 했다(과장할 필요는 없다. 내가 효율적으로 운용하지 못하는 것은 내 작업실로 사용되는 이 하녀용 침실뿐이 아니다. 이 침실은 이렇게도 저렇게도 업그레이드되지 않는다). 누가 건물주들과 재정 관리인들의 탐욕으로부터 나를 보호해줄 것인가, 어떤 특권 계급이 묵인해준단 말인가? 아, 레오나르도, 나의 순진무구한 아들이여, 너는 네 아비가 쉽게 해치워질 수 있고, 사라져도 아무 상관없는 사람임을 꿈에도 모를 것이다. 기포가 생기는 알약처럼, 알카 셀처*처럼 재산 관리인이 물컵에 넣어 녹일 수 있는 사람이라는 걸 정녕 모르리라! 지하 창고에서 일한다? 팔레루아얄에 파묻혀서 다음 소설을 쓴다? 읽으면 읽을수록 그 부동산 정보는 나를 매혹시키고 나의 마음을 빼앗았다. 팔레루아얄! 루아얄 궁! 내가 팔레루아얄에 둥지를 튼다! 열흘 전 재산 관리인에게 전화해서 그들의 계획이 무엇인지 알려달라고 간청한 후라 이 열정은 더욱더 간절한 것이었다. "알 필요가 있어요." 내가 재산 관리인에게 말했다. "아주 뿌리 깊은 필요죠." "정확하게 뭘 알고 싶으신가요?" 그가 내게 물었다. "당신들의 계획, 당신들의 의도, 이 건물 7층의 변화 말입니다. 잠을 잘 수가 없어요. 먹을 수도 없고요. 더욱이 글이라고는 한 자도 써지지 않아요." 그는 지금으로서는 아무것도 결정된 것이 없다고 정중하게 대답했다. "어쨌든 지금은 말이죠. 건물주가 다양한 각본을 연구하고 있어요. 다양한 각본 말예요." 그는 공손하고 침착했다. "안심하세요." 내가 걱정을 하는 데 신경을 쓰는 눈치였다. "자, 자……." 뭔가 거짓말을 하고 있다고는 생각할 수 없을 정도로 단호한 말투였다. "제가 계속 정보를 드릴게요." 재산 관리인들이나 부동산 중개인들의 전형적인 말투였다. "좋아요. 계속 정보를 주세요. 난 다모클레스의 칼**이 머리에 떨어지기를 기다리지는 않을 거니까!" 이 말이 끝남과 동시에 침묵이 찾아왔다. "좋아요." 잠시 후 그가 대답했다. "난 알아야겠어요! 언제쯤 다가올 건지 알아야 합니다!" "이미 말씀드렸잖아요. 아직 결정된 건 아무것도 없다고

---

* 소화제의 일종으로 물에 녹이면 기포가 생긴다.
** 디오니시오스 1세가 아첨하는 다모클레스를 화려한 연회에 초대하여 한 올의 말총에 매단 칼 밑에 앉혀, 행복이란 항상 위기나 불안과 함께 있음을 깨닫게 하였다. 그후 '다모클레스의 칼'은 절박한 위험을 뜻하는 말이 되었다.

요." "경고하지만, 이 개발 말예요. 경고하지만, 이것은 어떤 거라고요!" "어떤 거요?" 나는 그에게 이렇게 말할 뻔했다. 라디에이터에 내 몸을 묶을 수 있다고. 이렇게 말할 뻔도 했다. 단식을 감행하겠다고. 또 기자들에게 알리겠다고 말할 뻔했다. 나는 나를 구출하려면 정의의 힘이 필요할 거라고, 나는 당신에게 꾸준히 알릴 거라고, 정중하고 예의 바르게 '당신이 어디에 발을 딛고 있는지 내가 계속 알려드리죠, 친애하는 선생님'이라고 말할 뻔했다. 하지만 나는 애써 냉정을 유지했다. "견딜 수 있을지 확실하지가 않아요." 나는 만족한 표정으로 재산 관리인에게 말했다. "견뎌요? 견딜 수 있을지 확실하지 않다고요? 이 말을 위협이라고 해석해도 될까요?" "해석은 마음대로 하시고요. 간단하게 말하자면 내가 이 상황을 견딜 수 있을지 확실하지가 않아요. 그걸 알리는 게 내 의무라는 생각이 드네요." 그리고 나는 즐겁게도 열흘 후, 팔레루아얄의 지하실에 있는 내 모습을 상상하고 있었다. 40평방미터의 널따란 지하실, 한 발짝만 내딛으면 정원이 있고, 환기창을 통해 지나가는 여인네들의 다양한 신발과 하이힐의 뾰족한 구두굽, 날씬한 발목 들을 볼 수도 있을 것이다! "그가 자살할지도 몰라요!" 어쩌면 재산 관리인은 건물주에게 이렇게 주의를 주었을지도 모른다. "하녀용 침실에서 목을 맨 그를 상상해보세요! 우리 입장이 난처해질 거라고요. 철학자와 그의 딸을 설득하는 게 낫겠어요." 레오나르도가 내가 계속 상상의 나래를 펴는 걸 방해했다. 나는 아이에게로 몸을 돌렸다. "아빠, 있잖아, 지단이 어쩌면 프랑스 대표팀에서 은퇴할지도 모른대!" 레오나르도가 자리에서 일어서면서 외쳤다. "지단?" 내가 말했다. "난 어쩌면 책을 쓰기 위해 지하실을 하나 살지도 몰라. 글을 쓰기 위한 넓은 지하실이지. 내가 제일 좋아하는 동네에 말이야."

2

　내 책상은 남쪽의 조그만 채광창들이 나란히 정렬해 있는 망사르드 지붕* 벽의 반대쪽에 놓여 있다. 처음에 나는 책상을 오른쪽 구석에 놓았었지만, 내가 쓴 책들의 아이러니와 그 책들이 지닌 퇴폐적 분위기에 어울리는 배치가 아니어서, 며칠 만에 현명하면서 성가시기도 한 지리학적인 원리에 힘입어 결국 책상을 옮겼다. 내가 잠시 평상심을 잃었던 적이 있는데, 작업실 때문이었다. 밀랍을 먹인 지 너무 오래되어 이제는 밀랍이 다 벗겨진 이 작은 책상을 나는 아내의 할머니가 창고로 사용했던 앙리 드 몽프리드라는 작가의 집에서 찾아냈다. 그 집은 연속주택**에 자리하고 있었다. 하얀 지붕에 집 밖으로 솟은 창문과 작은 탑이 있어 예전에 해수욕장에서 볼 수 있었던 방갈로와 비슷한 그 화려한 주택단지는 빌라촌이라고 부르는 게 가장 적합할 것이다. 모험적인 작가였던 앙리 드 몽프리드가 죽자 그 집을 구매할까 하고 관심을 보이는 이웃들도 있었지만, 아내의 조부모는 그 관심을 거부했다. 그렇다고 꽤 넓은 집을 더 크게 만들 생각도 하지 못했던 그들은 500평방미터 넓이의 조용한 공간에 가구들과 낡은 물건들을 빼곡하게 쌓아두었다. 뇌유 쉬르 센***의 포장된 긴 오솔길 끝에 자리한 이 집을 묘사하는 것을 잠시 잊었다. 그 집이 위치한 오

---

* 루이 14세 시대의 건축가 망사르가 고안한 지붕으로, 경사가 완만하게 이어지다가 급하게 꺾인다.
** 유럽이나 미국에서 똑같은 유형의 집들이 연속으로 모여 있는 주택단지.
*** 센 강 주위의 지방.

솔길은 거만한 부르주아들과 도덕가들이 잘 다듬고 관리해서 녹음이 우거진 평화로운 공간으로, 그 집과도 잘 어울려 보였다. 그러나 마고의 할머니는 거드름을 피우는 부르주아들과 도덕군자들의 입에서 나오는, 이 집에 어울리지 않는 어떤 평가도 받아들이지 않았다. 그곳에 있던 작은 책상은 흔히 학교에서 쓰이는 책상과 같은 형태로 아주 평범하게 만들어진 것이다. 선반에서 물건을 내릴 때 쓰는 발판들, 잔뜩 쌓인 서랍들, 여러 장의 판유리들과 함께 가구 창고에 잠들어 있던 다른 책상들은 나의 망사르드 지붕 아래 나선형 계단을 통해 끌고 오기에는 크기가 너무 컸다. 그래서 나는 으뜸가는 마르크스주의 철학자를 만나러 갔다. 그 대단한 책상을 들고 끙끙거리며 7층까지 나선형 계단을 올라오는 대신 그의 방이 있는 6층으로 엘리베이터를 타고 와서 한 층만 계단으로 이동할 수 있을지 알아보기 위해서였다. "그게 크고 훌륭한 책상을 제 작업실로 옮길 수 있는 유일한 방법입니다." 나는 교양 있는 명사의 신분에 어울리는 방식으로 설명하느라 온 신경을 집중해서 으뜸가는 마르크스주의 철학자에게 말했다. "만약 그 방법을 쓸 수 없다면, 전 매력 없는 작은 책상을 놓아야만 할 겁니다. 매력적이지는 않지만 뭐, 제가 할 일과는 확실히 어울리는 책상이겠죠." 나는 공원을 바라보고 있는 널찍한 2인용 침실에 놓인, 으뜸가는 마르크스주의 철학자의 어마어마하게 큰 책상을 보며 덧붙였다. 평소에는 매우 친절한 그 과묵한 철학자가 신중하고 냉담한 태도를 보였기 때문에, 나는 내가 간과한 어떤 이유로 내 부탁에 무슨 문제점이 있나 보다 생각했다. '이사'라고 불러 마땅한 행위가 자신의 땅을 지나고 자신의 거실과 주방을 경유해 이뤄진다는 사실, 게다가 작가의 책상과 관계된 이사라는 점이 마르크스주의 철학자의 관념적인 두뇌 속에서 어렵게 조합되었을 것이 틀림없다. 그래서 나는 내가 누구인지를 분명하게 보여주는, 경험이 일천한 작가에게 잘 어울리는 밝은 색깔의 나무로 된 작은 책상을 들여놨다. 이 작은 책상은 마고의 할머니의 아이들이 사용했던 것으로, 이 책상을 사용한 아이들 중 마고의 아버지만 빼고 모두 유명한 과학자가 되었다. 색이 바랜 상판에는 오래된 낙서들이 남아 있는데, 대부분 라틴어나 그리스어로 씌어진 그것들은 아마도 미래에 과학 천재가 될 아이들이 수요일 오후에 끼적거린 짓궂은 농담이었을 것이다. 당시 초등학생들은 라틴어로 웃고 그리스어로 농담을 지껄여 투키디데스*의 마음을 돌려놓을 정도였다. 원전은 모르지만 사람들의 입에 가장 많이 오르내리는 놀라운 문장이 눈에 띈다. '페가수스**여! 넌 단지 페르슈***산의 말일 뿐이다!' 이 교훈적인 문장의 북동쪽에는 내가 『선잠』을 쓰던 당시에 이탈리아산 커피포트를 올려두었다가 태워먹은 자국이 검게 남아 있다. 위쪽 왼편 모서리에는 재떨이와 회색 키보드, 그 위를 두드리는 내 손가락들을 비추는 스탠드가 위풍당당하게 서 있다. 권위적이고 독단적이고 뻔뻔하게 버티고 선 그 스탠드는 과학자이자 실업가였으며 한가할 때는 포르노 작가로도 활동했던 마고의 할아버지의 책상에 있던 것으로, 마고의 할아버지가 여가 시간을 어떻게 보냈는지를 증명하듯 그의 책상 서랍에는 마고의 사촌들 중 가장 회의적인 몇 명이 쓰던 초등학생용 공책들이 가득 들어 있었다. 마고의 할머니가 돌아가셨을 때, 나는 이 겁나는 조명기구를 점찍었다. 작업실 왼쪽 벽면으로는 세면대와 작은 책장, 전기 라디에이터가 쭉 자리하고 있다. 다섯 칸짜리 작은 책장에는 대부분 예술 서적들이 꽂혀 있다. 거기 있던 책들 중 몇 권은 돈이 필요할 때 팔아버리기도 했다. 우선 사진가인 내 친구 돌로레스 마라가 삽화를 그린, 내 친구이자 안무가인 앙줄랭 프렐조카주****에 대한 책을 팔았고,

---

* 『펠로폰네소스 전쟁사』를 저술한 고대 그리스 역사가.
** 그리스 신화에 나오는 날개 달린 말. 벨레로폰이 이 말을 타고 키마이라를 퇴치했다.
*** 북프랑스의 옛 지방.
**** 프랑스 국립안무센터(CCN) 예술감독을 역임하고 있는 안무가. 〈로미오와 줄리엣〉을 파격적으로 재해석하는 등, 많은 화제와 논란을 낳았다.

구두 디자이너 크리스티앙 루부탱에 대한 책과 사진가 파트리크 메시나에 대한 책 역시 팔아넘겼으며, 서예 예술가인 파비엔느 베르디에의 작품에 대한 책과 그림 속에 나타난 폐허의 표현을 다룬 서적도 팔아버렸다. 책장 맨 밑칸에는 내가 이따금 사용하는, 역시 마고의 할머니 집에서 가져온 여섯 권짜리 로베르 불어 사전이 꽂혀 있다. 그리고 그 옆에는 오래전부터 봐온 로베르 보통명사 사전과 세 권의 동의어 사전, 영어사전이 있다. 어떻게 보면 이 책장의 테라스라고 할 수 있는 곳에는 언더우드 타자기가 당당히 자리하고 있다. 나는 『선잠』을 소개하는 데 거의 지면의 반을 할애한 《르몽드》를 기사가 잘 보이게 반으로 접어 타자기 자판에 꽂아놓았다. 기사는 이렇게 시작한다. "에릭 라인하르트의 강렬하고 선명한 푸른 시선을 단박에 외면하기는 어려울 듯. 생생하고 예리한 시선과 함께 조용한 미소가 드러난다." 기사의 내용을 의심하는 사람들을 위해 파트리크 메시나가 찍은 사랑스러운 사진이 함께 실려 있다. 내 얼굴의 왼쪽 윤곽을 피해서 근사하게 찍은 이 사진은 나를 찍은 사진들 중 가장 잘 나온 것이다. 냉철하고 깊이 있어 보이는 표정을 짓고 있는 사진 속의 나는 선명한 눈빛을 가진 잊혀져가는 배우의 분위기를 풍긴다. 사진작가는 단호함과 모호함, 존재와 부재를 모두 담고 있는 이 표정을 어떻게 잡아낸 걸까? 사진을 찍는 세 시간 동안 파트리크 메시나는 나약함과 강함, 게으름과 완강함, 진솔함과 현실성, 무거움과 가벼움, 광기와 합리성이 서로 상쇄되는, 나의 성격을 이루는 이 모순되는 표정들을 얼굴에 동시에 드러나게 하는 데 성공했다. 그때까지 나는 상황에 따라 둘 중 한 가지의 성격만을 가져 존재하거나 사라졌고, 요정이거나 현실주의자였으며, 작가이거나 편집자였고, 나태하거나 책임감이 강한 사람이었다. 서로 상반되는 두 가지 성격이 동시에 드러나는 경우는 거의 없었다. 글을 쓰면서 단어를 찾다가 문득 고개를 들면 이 사진은 마치 거울처럼 나를 탐색한다. 이 거울은 단어를 찾고 있는 현재의 내 모습을 비추는 동시에, 단어는 물론이고 이미 자신의 길까지도 찾아낸 사람을 비추어주며 어서 그 사람을 다시 만나라고 부추긴다. 내 눈과 같은 높이의 사진 속 두 눈이 나 자신을 알기 위한 섬세하고 긴 여정을 떠나라고 조용히 속삭이는 것이다. 그렇게 성실하게 탐구하는 모습은 바로 6년 전의 나지만, 동시에 어느 날 유배지이자 은신처이며 섬의 연안인 안식처로 떠나기 위해 넘어서고 싶은 보이지 않는 선 너머에 있는 나, 그 내가 될 존재이기도 하다. 책장 위쪽 칸에는 버넷*의 『도시가 잠들 때』와 불가코프**의 『연극 소설』, 곰브로비치***의 『페르디두르케』가 꽂혀 있다. 책장 옆, 전기 라디에이터가 놓여 있는 벽면에 압정으로 고정시켜놓은 꽤 많은 잡지 기사들은 아침마다 나를 즐겁게 한다. 우선 《텔레라마》****에서 오려낸 것은 내 소설 『가정의 기질』에 대한 두 페이지짜리 기사로, 사진도 큼지막하게 실렸다. "이 작품은 이리저리 달리고 요란스레 뛰어다닌다. 그것은 몹시 즐거운 난폭함이며, 시끄러운 심술이다." 기자는 또 "괴상하고 예리하며 충격적인 『가정의 기질』은 이 작가의 출현을 알리는 즐거운 사건 중의 하나"라고 썼다. 약간 아래쪽에는 나의 세 번째 작품 『존재』를 다룬 《르몽드》의 6단 기사가 거의 반 페이지에 이르는 분량으로 두 장의 사진과 함께 실려 있다. 기사의 제목은 24포인트 활자로 인쇄되어, 절대적이고 절박한 분위기를 풍긴다. '현기증을 일으키는 작가, 에릭 라인하르트.' 그 기사는 다음과 같은 문장으로 마무리되었다. "눈에 띄게 절제되어 있으며 현기증을 일으키는 이 소설, 당당하게 산산조각 난 이 존재의 표현에 따르면, 에릭 라인하르트는 부드러움이 내재된 잔인성으로 동시대인들을 그려낼 줄 알며, 자신의 세대에서 가장 참신하고

* 프랜시스 버넷. 『소공자』와 『소공녀』, 『비밀의 화원』 등을 쓴 미국 작가.
** 러시아의 소설가.
*** 폴란드의 전위적인 유대계 소설가이자 극작가.
**** 프랑스의 대중문화 주간지.

재능 있는 소설가들 중 한 명이라는 사실을 확실히 증명한다." 내게 활력을 주는 이 몇 줄의 문장을 계속 읽고 있을 수만은 없다. 자신의 작업실 벽에 이런 인증서들을 압정으로 고정시키려면 자기가 정말 그에 걸맞은 사람인지 의심해봐야 할 것이다! 《르몽드》라면 불가리아의 친구들, 덴마크의 학자들, 텍사스의 벗들에게는 《엘파이스》*, 《인디펜던트》**, 《뉴욕타임스》, 《코리에르 델라 세라》***, 《프랑크푸르터 알게마이네 차이퉁》****과 같은 존재다. 책이 나온 지 사흘밖에 안 된 날, 벤치에 앉아 무심히 신문을 펼친 순간 내가 느꼈을 흥분을 상상해보라! 그것은 나의 컴백에 관한 최초의 기사였으며, 나는 확실한 가치가 드러나기도 전에 좋은 카드를 들고 있게 된 셈이었다. 《르몽드》가 은밀히 무도회를 열어준 것이었다. 6단짜리 기사, 무려 반 페이지의 할애, 게다가 기사의 제목은 너무나 근사했다. '현기증을 일으키는 작가, 에릭 라인하르트'라니! 마지막으로 그리 까탈스럽지 않아 보이게 나온 나의 얼굴 사진으로 한 면 전체가 장식된 《엘르》의 기사도 꽂혀 있다. 그 기사는 섹션 맨 앞장에 위치해 《엘르》의 문학 섹션을 여는 역할을 맡았는데, 그것은 가장 감동적인 방식으로 예술가의 노력을 흘려보내 사랑받고자 하는 격렬한 욕망을 이루는 일종의 봉헌과 다름없었다. 《엘르》가 지나치다 싶을 정도로 내 책을 거창하게 다뤄줬기 때문에, 나는 헤아릴 수 없이 많은 여성들의 무리가 나를 사랑스럽게 바라보고 있는 듯한 느낌이 들었다. 버스에 앉거나 침대에 누워서, 또는 욕탕이나 미용실에서 손가락 사이에 잡지를 들고 생각에 잠겨 있는 수천 명의 여성들이 말이다. 그렇다고 내가 잡지나 신문 한두 면에 실리기 위해서, 사람들이 나를 봐주고 따뜻하게 어루만져주길

* 스페인 최대의 신문.
** 영국의 유력 일간지.
*** 이탈리아의 일간지.
**** 독일의 대표적인 조간 신문.

원해서, 언론에 나온 것을 계기로 로맨틱한 하룻밤을 얻기 위해서, 이 대단한 잡지들에 기삿거리를 제공하기 위해서 글을 쓴 것은 아니었다. "소설의 장면이 익살스러우면서도 잔인하게 이어진다—빵집에서, 병원에서." 《엘르》의 기자는 문체와 단어의 조화, 전체적인 개요에만 치중하면서 문학으로서의 특정 메시지를 온전히 전달하기란 어림도 없는 일이라고 썼다(매번 이 문장을 읽을 때마다 나는 "정말이야! 맞는 말이야!"라고 외친다). "그에 반해 라인하르트는 시끄럽고 난장스럽게, 특히 비명과 웃음소리로 떠들썩하게 사회의 붕괴를 유도하는 작업에 이름을 새겨넣는다. 이 소설은 소설 속 등장인물들로 변신한 작가의 모습들로 군데군데 틈이 벌어져 있다. 라인하르트는 즐겁게 놀며, 그건 우리 역시 마찬가지다. 지적인 웃음, 그 이상은 아무것도 없다." 이 기사의 오른쪽에는 아서 밀러*의 사진이 붙어 있다. 〈추락 이후〉가 처음으로 극장에 오르던 날, 한 손에 담배를 들고 초조해 하며 무대 뒤에서 연극에 주의 깊게 귀를 기울이는 모습이다. 이 사진 위에는 베이지색 종이에 검은 잉크로 인쇄된 글자가 붙어 있다. "거장과 마르가리타**/불가코프"라고 적혀 있는 이 종이는 독일의 천재적인 연출가 프랑크 카스토르프가 자신의 가장 지고한 작품들 중 하나를 베를린에서 초연할 때 인쇄한 전단지다. 그 옆에 붙은 햇빛에 과다하게 노출된 폴라로이드 사진에는 내 아들 레오나르도의 얼굴이 담겨 있다. 마치 구스 반 산트***의 영화에서 방금 뛰쳐나온 것 같은 긴 머리에 이상주의자처럼 보이는 창백한 피부색, 지친 듯하지만 우아한 표정을 하고 있다. 이 폴라로이드 사진 위, 아침마다 내가 죄의식을 느끼며 바라보는 벽에는 이런 문장이 적혀 있다(내 사진들에서 멀지 않은 위치에 있다). "BRING ME THE HEAD OF ÉRIC REINHARDT(에릭 라

---

* 미국의 극작가. 대표작으로 〈세일즈맨의 죽음〉이 있다.
** 러시아 최고의 작가로 꼽히는 미하일 불가코프의 소설.
*** 미국의 영화감독으로, 주로 언더문화와 소외된 인간들에 대한 이야기를 감각적인 영상에 담아낸다.

인하르트의 머리를 내게 가져와).” 샘 페킨파의 영화 제목*을 패러디한 해학적인 메아리다. 마지막으로 제일 꼭대기에는 항상 나를 열광시키는 잡보기사들 중에서 《리베라시옹》의 여기자 플로랑스 오베나가 쓴 기사를 잘라 붙였다. '쉬르멕의 도로에서 사고와 똑같이 자살하다'라는 제목의 이 기사는 이렇게 시작된다. “10월 4일 새벽, 시몽은 고속 구간에 앉아 있었다. 그 장소는 지난 7월에 시몽이 둔덕 위에 있던 한 남자를 자동차로 친 장소다. '그 사람의 눈빛을 잊을 수가 없어'라고 시몽은 친구에게 말했다고 한다.” 천장 바로 밑의 벽에는, 내가 마고를 만난 회사를 그만둘 때 마고가 수집용 화폐와 함께 나에게 선물한 라울 위박**의 석판화가 붙어 있다. 그곳에서 조금 떨어진 곳에는, 서예 예술가인 파비엔느 베르디에에게 내가 기획한 예술 서적을 선물한 데 대해 그녀가 고마움의 표시로 준 작품이 한 점 걸려 있다. '공허'의 개념을 붓글씨로 형상화한 그 작품은, 검은 먹물을 묻힌 붓을 단 한 번에 그어서 완성한 작품이다. 파트리크 메시나의 비현실적인 사진(아까 언급한)에서도 암시가 되었을지 모르지만, 파비엔느 베르디에는 내가 균형을 잃었다고 늘 생각했다. “넌 조화로움을 되찾을 필요가 있어! 우주 에너지의 숨결에 도달해야만 한다고!” 나는 내 작품이 나를 갈가리 찢어버려, 전쟁과 투쟁, 긴장감밖에 만들어낼 수 없다고 대답했다. “내 작업에서도 실체를 구성하는 것은 해체라는 개념이야. 현대인과 현대인의 유배지, 은신처, 외딴 섬의 연안에 대한 강렬한 욕망의 분리가 그 자리를 차지할 때도 있고.” “하지만 조화로운 합일성이 필요하다고!” 서예 예술가는 으르렁댔다. “넌 너의 조화로움을 되찾아야만 해! 네 안에 공허를 만들어야만 조화로움에 도달할 수 있지. 침묵과 명상을 통해…… 은자의 고독의 극치 말이야!” 나는 놀

---

* 1974년에 발표된 영화 〈Bring me the head of Alfredo Garcia〉를 가리키는 것으로, 샘 페킨파는 폭력과 인간의 본성, 소외된 계층을 그려낸 미국의 영화감독이다.
** 프랑스의 초현실주의 사진가.

라서 파비엔느 베르디에를 바라보았다. "공허? 은자의 고독의 극치라고? 왜, 15년간의 감옥 생활은 아니고? 나를 비우면 어떻게 내가 글을 쓸 수 있겠니? 나를 가득 채우고 있는 에너지, 다양한 그 많은 것들, 감각과 기억 들, 꿈, 개념들, 이미지들, 빛, 욕망, 에피파니(직관, 통찰) 등으로 인해 내부에서 스스로 고양되고 풍요롭고 살아있다는 것을 느껴 엄청난 에너지를 발휘하는 내가 말이야. 내 작업은 그 수많은 것들에서 감각을 끌어내고 효과를 만들어내려고 그것들을 서로 연결시켜 구성된 거라고!" 사실 파비엔느는 한 번도 나를 설득하지 못했다. 하지만 길을 잃고 혼란스러워할 때, 가슴이 답답할 때나 감정이 폭발할 때마다, 나는 그녀가 준 작품의 확실하고 강렬한 터치를 열렬히 바라보았다고 고백해야겠다. 설사 이 작품이 나를 이상적인 방법으로 이끌어 결국에는 공허가 나를 독점하게 될지, 아니면 공허와 비슷한 어떤 것, 침묵이나 조용함이 나를 독점하게 될지 모른다 해도, 나는 그 순간들과 그 순간이 나를 이끌어 어떤 평정을 허락하는 상황을 이용했던 것이다. 이 작품의 아래쪽으로는 서류를 넣어놓는 작달막한 붉은색 가구가 있다. 이 가구 위에는 불꽃 모양의 고리가 달린 황금색 샌들 한 짝과 측면이 깊이 파인 진홍색 무도화 한 짝, 점점이 크리스털로 장식한 핑크빛 모슬린 샌들 한 짝, 수국 꽃잎이 새겨진 반투명 합성수지 샌들 한 짝, 수탉의 깃털로 장식된 침실용 실내 슬리퍼 한 짝이 놓여 있다. 이 신발들에는 모두 약 10센티미터의 날씬한 굽이 달려 있고, 수많은 군중 속에서도 도드라지는 특이한 형태를 가진 도발적인 신발들이라는 공통점도 있다. 세계적인 구두 디자이너 크리스티앙 루부탱이 한 짝씩 준 이 신발들은 나를 중국의 서예 이론에 조금은 조예가 있는 사람으로 만들었다. 나라는 사람은 공허와 침묵이 다가왔을 때 그 선결 조건들을 통합하는 재능과는 거리가 먼 만큼, 또 인터넷의 해부학 재료 사이트를 뒤져 찾아낸 특별히 감각적인 물건을 이 신발들 사이에 놓아둔 만큼 더더욱 그것을 증명한다. 이 특별히 감각적인 물건은 요족*이라 이름 붙고 이상하게 생겨먹은, 병적으로 휜 여자의 발 모형이다. 파비엔느 베르디에가 그것을 본다면 나더러 구제불능이라고 말할 것이다. 손으로 칠한 독일산의 이 발 모형의 곁면을 열면 작은 번호가 적힌 뼈와 근육, 힘줄을 볼 수 있다. 아킬레스건. 엄지발가락과 연결된 기다란 굴근**. 나머지 발가락들을 연결하는 기다란 굴근. 엄지발가락의 짧은 외전근***. 8번과 9번 근육이 발바닥에 오목하게 들어간 부분을 덮는 근육이란 것을 기억할 것. 나머지 발가락들에 있는 짧은 공통의 굴근. 다리 앞쪽 근육의 힘줄. 엄지발가락의 긴 굴근의 힘줄. 발등의 부척골**** 인대. 나는 나중에 발의 오목한 아치에 대한 이야기로 다시 돌아올 예정이다. 나에게 가장 강렬한 기쁨을 안겨준 신체적 특징, 결과적으로 육체와 연결되어 가장 깊게 뿌리내린 나의 고정관념들 중 하나에 대해 왈가왈부할 것도 없이 다시 돌아오련다. 인터넷에서 나를 만족시킬 수 있는 휘어진 발 사진들을 찾다가, 나는 인터넷 사이트와 요족 모형물을 찾아냈다. 현실에서는 이렇게 생긴 발은 한 번도 본 적이 없었다. 이 발 모형의 오목한 부분은 넘을 수 없는 절대를 이룬다. 사람들은 터널 입구, 다리의 아치, 동굴의 궁륭이라 믿을 것이다. 다른 발들에 비하면 유독 움푹하게 휘어 나의 욕망을 자극하는 마고의 발조차 플라스틱으로 만들어진 이 의학 모형의 너무나 확실한 형태에는 이르지 못했다. 이런 관점에서 볼 때 만약 이것이 용어를 나타낸다면, 이 변형된 형태의 결말로서 마고의 두 발의 옴폭한 아치는 매번 그리로 향하는 내 시선을 책임져야 하며, 병리학의 가장자리에서 이상적이고 꿈을 꾸는 심각성의 정도를 구현하는 것이리라. 이 발 모형이 놓인 가구의 옆, 망사르드 벽

---

* 평발과는 반대로 발의 움푹한 아치가 깊은 발.
** 팔꿈치나 무릎을 구부리는 것처럼 관절 양쪽에 있는 뼈 사이의 각도를 줄이는 근육.
*** 밖으로 끌어당겨 벌리는 작용을 하는 근육.
**** 정강이뼈와 발가락 사이의 뼈.

쪽에는 HP 레이저젯 4 플러스 프린터가 있다. 그리고 다양한 물건들이 놓여 있어 꽤 풍요로운 이 벽의 맞은편에는 오렌지색과 빨간색이 섞인 시트에 덮인 침대가 놓여 있다. 이 침대에서 나는 명상이나 마찬가지인 낮잠의 도움으로, 번쩍 빛나는 기술적인 해결 방법과 이야기를 풀어나가는 황홀경, 기대하지 않았던 뜻밖의 인물들을 자주 떠올리곤 한다. 『존재』에 등장하는 데스노스 박사도 그렇게 불쑥 튀어나왔고, 그 무모한 소설의 급변하는 내용이나 돌발적인 사건도 대부분 같은 방식으로 떠올린 것이다. 『선잠』의 멜로디가 탄생한 것도 이 침대 위에서였다. 그때 나는 눈을 감고 이 책의 운율을 몇 시간이고 흥얼거렸다. 글쓰기라는 음악에서 하나의 유형이 되어 나에게 각인된 모험적인 단어들의 자동적인 어조. 침대 위쪽에는 다니엘 슈바이처*의 포스터가 테라스의 반투명 유리창에 절연테이프로 붙여놓은 크리스티앙 루부탱의 부츠의 모습을 담은 알루미늄 종이 위에 접착제로 붙어 있다. 알타 메쉬라는 이름의 이 부츠는 검은 색깔의 물결무늬 망(모기장을 연상시키는 망사 제품)으로 짜였고, 12센티미터 높이의 가느다란 굽이 달렸으며, 안이 들여다보인다. 나는 언젠가 촬영이 끝난 그 부츠를 크리스티앙 루부탱한테서 훔쳐 마고에게 줄 생각이다. 한겨울 거리에서 투명한 부츠 속으로 보이는 마고의 발가락들과 매력적인 발바닥의 움푹한 아치를 우러러보기 위해서 말이다. 침대의 머리맡에는 마고의 할아버지가 다니시던 제약 연구소에서 가져온 낡은 서류 정리함이 놓여 있다. 거기에는 내가 쓴 소설들의 1쇄본부터 쇄가 바뀔 때마다 한 권씩 모아둔 책들이 있고, 출간되기 전에 문장을 삭제한 원고나 오래 작업이 진행되는 동안 각각의 글쓰기에 사용되었던 여러 권의 수첩들도 있다. 마지막으로 이 자료들 위쪽의 벽에는 돌로레스 마라에게 헌정된 포스터 하나가 붙어 있다. 그 포스터에는 앙줄랭 프

---

* 스위스 출신의 지휘자.

렐조카주가 〈Near Life Experience〉를 공연하러 나와 함께 동행하여 베네치아에 갔을 때 찍은 사진이 실려 있다. 무대 위에 흩어져 있는 무용수들의 사도(使徒) 같은 자세와 고독한 몸짓이 담겨 있는 사진이다. 그들이 어우러진 모습은 핑크빛 줄무늬가 있는 매혹적인 앙상블, 갈색과 보랏빛이 섞인 비현실적인 옅은 보랏빛의 색조로 물든 하나의 덩어리다. 내가 너무나 좋아하는 이 사진은 내가 글을 쓸 때 나를 정면으로 바라보고 있다. 내 시선이 가장 자주 머무는 곳이 바로 이 사진 위다. 기사들보다도, 내 얼굴 사진보다도, 한 짝씩인 신발들보다도, 발 모형보다도, 그리고 먹물로 그려진 아주 단순명료한 그림보다도 말이다.

저녁식사가 끝나면 바로 서재로 들어가 문을 잠그고 인터넷 서핑을 하는 것이 티에리 트로켈의 빼놓을 수 없는 일과였다. 그리고 마침내 그 일을 하기로 한 날인 어느 가을날 저녁, 그는 아내와 함께 뒤셀도르프행 기차를 탔다. 오래전에 한 약속을 지키기 위해 티에리는 미지의 세계를 향해 비가 많이 내리는 풍경 속으로 아내를 이끌었다. 그는 벌써 몇 년째 저녁식사 후의 취미를 즐기고 있었으며, 늘 아내와 함께 기차를 타게 되길 꿈꿨다. 그의 퇴근 시각은 점점 더 일러졌으며, 급기야 저녁식사도 하지 않고 서재로 들어가게 되었다. 아내에게는 외국에서 받은 과학 서적들을 훑어보고, 업무용 보고서들을 편집하고, 일과 관련된 서류들을 작성하기 위해 혼자 조용한 시간을 보내는 거라고 둘러댔다. 티에리의 아내는 결국 10월의 어느 토요일 저녁, 남편이 오래전에 한 약속을 지키기 위해 남편과 함께 잘 알지도 못하는 어떤 지방의 끄트머리에 있는 외진 곳으로 떠났다. 그러면 문제가 해결될 거라고 생각했기 때문이다. 하지만 남편이 묻는 말에는 전혀 대답하지 않았다. 어두운 밤은 그들이 지나치고 있는 풍경들을 순식간에 사라지게 했다. 두 시간 전부터 티에리의 아내가 바라보고 있는 것은 유리에 비친 그녀 자신의 얼굴이었다. 내면에서 펼쳐지는 영화와 같은, 순간적으로 나타났다 사라지는 작은 불빛들 너머로 고정된 긴 얼굴. "뭐 안 좋은 일 있어? 당신 왜 그러는 거야? 우리, 몇 달 동안 이 일에 대해서 얘기하지 않았었나?" 그녀는 아무 말도 하지 않고, 생각에 잠긴 듯 밤을 탐구하는 자신의 길쭉한 얼굴을 바라볼 뿐이었다. 티에리는 아내가 나르시스트가 아니라는 것을 알고 있었기 때문에, 그녀가 유리에 비치는 자신의 모습을 보기 위해서라기보다는 자기 마음속의 생각을 깊이 들여다보기 위해서, 생각에 몰두하기 위해서 유리창을 물끄러미 바라보고 있다고 생각했다. "그만 좀 해, 실비. 그러고 있지 마. 무슨 말이라도 해봐!" 자기 마음속의 생각을 깊이 들여다본다는 것. 티에리는 아내가 안 좋은 생각을 할까 봐, 마음이 흔들릴까 봐, 그 일을 하는 것에 겁을 먹게 될까 봐 걱정스러웠다. 그도 두 사람의 얼굴을 바라보았다. 풍경이 지나갈 때마다 비쳐 들어오는 빛과 그림자들에 포개어져 반투명의 형형색색으로 빛나는 아내의 얼굴, 그리고 자신의 얼굴을. 전자 차임벨 소리에 이어 스피커에서 그들이 최종 목적지의 바로 전 역에 접근하고 있다는 목소리가 들렸다. 지금부터 45분 후 어둠 속에서 오른쪽 선로가 나타날 때까지 두 사람은 침묵을 지킬 것이다. 이틀 전 받은 전화에서는 뮌헨역에서 그들을 기다리고 있겠다고 했다. 그들은 좁은 도로를 자동차로 달려 미지의 숲의 어둠 속으로 들어갈 것이다. 꽤 오랜 시간 그 숲 속을 달려, 푹 팬 도로의 끝에서 무성한 나뭇잎들에 둘러싸인 거대한 석조주택 앞에 멈춰 서게 되리라. 며칠 전 메일로 그들이 갈 곳의 사진을 받았다. 그들은 이동할 것이다. 움직일 것이다. 어두컴컴한 숲 속 깊은 곳에서 길을 잃은 동화 속 아이들처럼 헤매며 방황할 것이다. 공간적이며 정신적인 동시에 시간적인 거리가 그들의 일상으로부터 그들을 떨어뜨려놓을 것이다. 그들은 자신들이 살던 집에서 먼 곳으로, 자기 자신들로부터 먼 곳으로 가 변신할 것이다. 티에리와 몇 달간이나 이야기한 끝에 티에리의 아내가 받아들이기로 결심한 이 일의 위협적인 울타리. "당신이 원한 게 이거라면……." 결국 그녀는 이렇게 말했다. "당신이 진짜로 원한 게 이거라면……." 비현실적인 역에 2분간 정차한 후 기차는 뮌헨으로 향하는 45분간의 직선거리를 내달리다가 속력을 줄이기 시작했다. "당신이 동의했잖아! 우리 둘 다 동의한 일인데 왜 그렇게 입을 꼭 다물고 꿈쩍도 않는 거야!" 티에리가 말하자 실비는 그의 얼굴을 바라보았다. 그의 얼굴은 아주 큰 도면처럼 보였을 것이다. 어쩌면 그녀는 그 얼굴이 어마어마하게 크고, 낱낱이 분리된 편린들로밖에 이해되지 않았으리라. 대답하는 실비의 표정은 남편에게 말하는 자신의 입술을 읽고 있는 듯했다. 그에게 말하는 동시에 자신에게도 말을 하는 입술. "아무 말도 하고 싶지 않아." 입술이 또 그에게 말했다. "나중에 얘기해. 지금 말고." 이번에는 텅 빈 열차의 깊은 곳에서 그녀의 입술이 자신을 위해 중얼거렸다. "날 가만히 내버려둬." 티에리 트로켈은 이해했다. 그는 아내가 우울한 상태에 있고 싶어한다는 것을 이해했고, 미지의 풍경들을 가로지르는 이 여행이 그녀를 삼켜버리는 끊임없는 명상의 순간을 열었다는 것을 이해했다. 그를 열광시키는 것이 아내를 괴롭혔다. 그의 힘을 북돋는 것이 아내를 나약하게 만들었다. 그를 움직이게 하는 것이 아내를 방황하게 했다. 티에리 트로켈이 이 일을 할 수 있게 한 것들, 기차, 밤, 바비에르 지방, 지리적인 이동 등이 아내를 불안하게 한 것이다. 이 철도 여행은 그녀가 겪어야만 하는 정신적인 이동을 너무나 잘 반영했고, 그 고립된 저택은 그녀가 정신적인 고립 상태로 이용해야 함을 너무나 잘 드러냈다. 어두운 밤 동화 속 깊은 숲 속이 일으키는 공포는 이런 점에서, 그녀가 존재의 어두운 구석에 대해 생각하는 것만으로도 내밀하게 경험하는 공포와 비슷했다. 외부의 현실은 너무나 강하게 그녀를 내부의 현실로 돌려보냈다(유리에 비친 그녀의 모습이 자신의 얼굴이라는 현실로 그녀를 돌려보낸 것과 마찬가지로). 따라서 결국 실비는 자신을 방황케

하는 얼음같이 냉정하고 기나긴 꿈의 복잡다단한 굴곡 속으로, 고통 속으로 빠져들었다. "대체 왜 그래? 뭐가 문젠데?"

"미쳤어! 우리 아빠가 미쳤어요! 아빠가 지하 창고에서 일하고 싶대요! 지하 창고를 사겠대요!" 신문의 광고란을 읽기 시작한 이후 가파른 계단, 어두운 회랑, 궁륭형 벽들, 거리로 난 채광창 따위들(나에게 들러붙어 절대 떨어지지 않는 이미지들)이 퍼뜨리는 방사의 힘이 머릿속에 흩어졌던 참을 수 없는 수많은 나비 무리를 올가미에서 자유롭게 풀어주었다. "그거 선정적이고 예쁘지 않아, 레오나르도? 그 은유 말이야, 마구 늘어나는 나비에 대한 그 은유." 그 깊숙한 곳으로 도망가려는 계획은 환상적인 장소에서 불쑥 나를 솟아오르게 했다. 아주 우연히 나는 굉장히 마음에 드는 수학적 부분을 발견했다. 현실적인 상황들, 또는 그와 반대인 환상적인 상황들이 존재했고, 그 상황들이 알코올화된 액체가 든 주머니를 터뜨리듯 생각들 속으로 퍼졌다. 그러자 생각들이 도취되고 풍요로워지고 다양해졌다. 임대하라고 권유하는 《리베라시옹》의 부동산 정보로 뚫린 구멍 때문에 수많은 잡념과 서류 들이 내 머릿속으로 흘러들며, 그것들을 만들어내는 소프트웨어가 움직이기 시작했다. 그러자 산술적인 결과 대신 풍미 있게 천천히 흐르는 액체가 내 뱃속으로 흘러들었다. 믿을 수 없도록 편안했다. 호흡이 느리면서도 깊고 규칙적인 호흡으로 바뀌었다. 뱃속에서 아이의 조막만 한 손이 빨간 수성 펜으로 느리고 서투르게 나선을 그리는 것 같았다. "내 뱃속도 일종의 지하 창고 아니냐?" 내가 레오나르도에게 물었다. 나는 붉은 머리의 젊은 이탈리아 여가수가 신경의 말단들로 덮인 내 뼈를 혀로 핥는 느낌을 받았다. "그게 무슨 얘기야?" 마고가 레오나르도에게 물었다. 나에게로 몸을 돌리며 그녀가 말했다. "지금 작업실로 쓰는 그 하녀용 침실은 어쩌고? 이제 그 하녀용 침실에서 나오고 싶은 거야?" 나는 카프카의 '성(城)'에 대해 생각했다. "나는 성을 준비했고 제대로 거기에 도달한 것 같았다."『통상 관념 사전』에서 플로베르가 정의한 '위폐 제조자'에 대한 의미도 떠올려보았다. "항상 지하에서 일하는 사람." 플라톤의 '동굴 우화'에 대해 생각했고, 빌리에 드 릴라당*의 「뜻밖의 즐거움」도 떠올렸다. 또 에드거 앨런 포의 「아몬틸라도 술통」에 대해서도 생각했다. 내가 가장 중요하게 생각하는 영화들 중 하나인, 자크 베케르** 감독의 〈구멍〉도 떠올렸다. 이 영화에 대해서는 나중에 다시 언급하겠다. 또 오비디우스의『변신 이야기』에 등장하는 페르세포네 신화***에 대해서도 생각했다. 내가 언급한 이 실례들이 지닌 신비한 아름다움을 여러분이 알아챘는지 모르겠다. 카프카의『변신』으로 시작해서 오비디우스의『변신 이야기』로 끝을 맺었던 것이다. 그것은 사건의 결정적 특징을 받아들이는 유형들이며 참고 기준들로, 다이아몬드가 들어 있는 보석 상자처럼 그 지하실에 대한 생각을 모으는 내 상상력의 가장 값진 것들이었다. "그건 다음번 변신을 위한 수단일 뿐 아무것도 아냐. 쫓겨나기 전에 손을 뻗어 미리 선수를 치고, 다음 책을 위해 자발적으로 나 자신을 재정비하자는 거지." 내가 마고에게 대답했다. "상상해 봐! 팔레루아얄이야! 마치 내가 팔레루아얄의 억압된 비밀과 잠재의식, 아니 추억 속에 자리한 것 같잖아! 나는 그곳의 깊은 생각 속으로, 역사적 실체가 잠들어 있는 그 속으로, 내밀한 진실인 팔레루아얄의 꿈 속으로 내려가는 거라고!" 모두들 내가 허풍 떤다고 생각할 것이다. "지하 창고에서? 팔레루아얄에 있는 지하 창고에서 말이야? 도대체 지하 창고에

---

* 19세기 후반 프랑스의 소설가 겸 극작가로 미래 문명에 대한 묘사를 통해 현대 사회를 풍자했다.
** 로베르 브레송, 장 피에르 멜빌과 더불어 프랑스 영화가 고전기에서 누벨바그로 이전하던 시기의 주요 감독들 중 한 명이다.
*** 페르세포네는 꽃을 따던 중 저승의 신 하데스에게 잡혀가 석류를 받아먹은 대가로 1년의 반은 지하 세계의 여왕으로, 나머지 반은 지상에서 지낸다. 페르세포네가 지하에 있는 약 반 년 동안은 어떤 열매도, 곡식도 맺지 못한다.

서 어떻게 일을 해? 당신이 제아무리 관념적인 인간이라 해도, 류머티즘에 걸릴 것 같은 그런 환경에서도 여전히 관념적인지 보라고!" 나는 다음 문장보다 더 정확한 양자택일의 보기는 없다고 생각했다. 제일 꼭대기 층이거나 지하실이거나, 공중에 높이 위치하거나 지하로 들어가거나, 하늘에 있거나 대지에 있거나. 접근할 수 없고 고립된 이 두 가지 경우의 양자택일에 대해 나는 아내와 레오나르도에게 서둘러 공표했다. "조류 아니면 설치류고, 독수리 아니면 지렁이인 셈이지. 심지어 신들도 이 극단적인 경우밖에 선택할 수 없어. 하늘의 공간이거나 땅 속 깊숙한 장소거나. 제우스*(하녀의 침실에서)를 바라보거나 하데스**(지하실에서)를 바라보거나." 중간 층인 4층에서, 즉 위아래 층에 둘러싸인 곳에서 글을 쓰는 것은 상상할 수 없는 일이다. 문장을 짜내면서 지하를 탐험하고 내부 깊숙이 내려가며 파고들기. 내가 일하는 방식과 이보다 더 잘 어울리는 것은 없다. 매번 책을 쓸 때마다 갱을 하나 만들어내기. 매일 아침 세상에 초연해져서 땅 위에서 사라지기. 고정관념으로 구멍 뚫기, 되풀이되어 쌓이는 강박관념. 바로 지하실이다. 또 없나? 맞다, 난 파리를 여행할 수 있다. "아빠는 지구 위에서와 똑같은 방법으로 파리를 여행할 거야." 내가 레오나르도에게 말했다. 언제 여행을 떠날지 결정해야 하리라. "어떤 동네로 갈지, 여행객처럼 하루 종일 그 동네를 걸어 다닐지, 그리고 로마의 공기, 프라하의 공기, 런던의 공기, 리스본의 공기에 정복당하는 것과 똑같이 거리의 공기에 오염될지를 결정하는 거지." 그러려면 땅 밑으로 내려가는 것으로 충분하다. 비행기를 타듯이 지하철로 뛰어드는 거다. "차라리 잠수함이 낫겠어." 레오나르도가 말했다. "네가 그게 좋다면, 좋아, 잠수함. 아주 좋은 생각이네." 그리고 잠시 후 낯선 도시로 다시 나오

---

* 그리스 신화에서 천공을 지배하고 세계를 통치하는 최고의 신.
** 그리스 신화에서 죽음과 지하 세계를 관장하는 신.

는 것이다. "너도 크면 언젠가 알게 될 거야. 어떤 동네건 각각 그곳만의 고유한 음악, 고유한 문화, 고유한 역사, 고유한 습성, 고유한 사람들이 있다는 걸 말이야. 그런 방법으로 그 마을을 생각해야만 하는 거지. 너무나 매력적이고 캐낼 것이 무궁무진한 거야." 아무런 할 일이 없는 동네에, 아니 아무런 자극도 없는 동네에 가면 여러분은 공짜로 그곳을 여행하고, 그 마을을 진동하게 만들 수 있다. 베네치아를 떠올릴 때와 마찬가지로, 몇 년 전부터 내게는 생각만 해도 열광하게 되는 장소가 있다. 그곳이 바로 팔레루아얄이다. 내 머릿속에서 나온 것치고는 상상을 초월하는 것 아닌가? "지하철을 타고 떠나는 여행. 이 동네에서 저 동네로 옮겨가고 팔레루아얄에서 하루를 보내면서 쾌락과 열정을 경험하는 이 능력!" 내가 마고에게 말했다. "그건 네가 양탄자 위에서 꼬마 자동차를 가지고 놀 때와 비슷한 거야." 레오나르도에게도 이렇게 결론내려주었다. 팔레루아얄의 지하실로 간다는 건 책을 쓰기 위해 제노바에 자리 잡는다는 것과 똑같은 의미다. "매일 아침 글을 쓰기 위해 제노바의 브리스톨 팔래스 호텔에 있기로 결정한 것만큼 흥분되는걸." "됐어, 아빠, 또 시작이야! 그것 봐, 제노바의 브리스톨 팔래스 호텔에 대해 또 얘기하기 시작했잖아!" 레오나르도가 소리쳤다. "우리 아빠는 미쳤어요!" 또 뭐가 있더라? 레오나르도 앞이어서, 채광창을 통해 보게 될 날씬한 발목들이 첫 번째 여행에 더해진 별미, 아니 더 나은 두 번째 여행이 될 거라고는 차마 얘기할 수 없었다. 두 가지의 여행은 서로를 거울처럼 비추게 될 것이다. 나는 귀여운 아들에게는 도시에 대한 불합리한 욕망이 순식간에 구성되기 위해서는 젊은 여자의 발목으로도 충분하며, 발목에 대한 억누를 수 없는 욕망이 순식간에 구성되기 위해서는 낯선 도시만으로도 충분하다는 사실은 밝히지 않았다—발목과 도시*는 게걸스러운 탐닉의 동일한

---

* 프랑스어로 발목(Cheville)과 도시(Ville)는 어미가 같다.

욕망 속에서 혼동된다. 이토록 중요한 나의 내면에 대해 가족들에게 무슨 말을 더 할 것인가? 나는 아무도 원하지 않는 장소를 얻고자 하는 이 생각이 너무 좋았다. "그건 확실해!" 레오나르도가 말했다. 누가 지하실에서 살거나 일하고 싶어하겠는가? "아무도 없지." 마고가 확인해주었다. 평범한 인간이라면 누가 나처럼 쥐들이 우글거리고 곰팡이가 잔뜩 핀 축축하고 건강에 해로우며 햇빛도 안 드는 지하에 매장 당한다는 생각에 기뻐서 날뛰고, 발광하기에나 적합하고 음산한 생각에나 어울리는 비밀 종교의식을 행하는 장소나 지하 감옥과 같은 장소를 생각하며 흥분하겠는가? "아빠밖에 없지." 레오나르도가 대답했다. "지하실에서 은둔하고 싶어하는 사람은 진짜 아빠밖에 없어!" 그래, 나밖에 없다. 나만의 장소, 오직 나에게 운명적으로 연결된 곳. 비밀스럽고 중대한 결함이 있으며 무언가를 매장하는 장소, 그리고 내 생각들과 마찬가지로 내밀하고 개인적인 곳. "사람들은 내 지하실보단 차라리 바보나 자기 이웃의 지능을 더 부러워할 거야."

　　로랑 달의 아버지는 새로운 직업을 찾고 파리 근처로 돌아가기 위해 퇴사하면서 받은 보상금을 썼다. 그는 외곽순환도로를 만드는 미국 캘리포니아 기업 프랑스 지사의 영업부장직을 얻었다. 연봉이 꽤 높았기 때문에 그는 냉큼 그 직업을 선택했고, 그 덕에 다소 체면을 차릴 수 있었다. 로랑 달의 부모는 파리에서 남쪽으로 40여 킬로미터 떨어진 곳에 건축 중인 르빗 분양지에 자리한 캘리포니아 스타일의 주택을 한 채 사서 집주인이 되는 꿈을 실현했다. "캘리포니아 스타일의 집에 캘리포니아 기업이라니!" 로랑 달의 아버지가 감격스러워하며 말했다. 그들은 앵글로색슨 스타일의 원조임을 강조하는 붉은 벽돌과 차양이 있는 중간형 모델을 선택했다. 모델하우스를 둘러보고, 이미 분할된 도로를 돌아보고, 자신들이 선택한 대지를 살펴보는 데 몇 주가 걸렸다. 포크레인의 커다란 고무바퀴가 흙을 골랐고, 말뚝으로 경계선을 설치한 진흙투성이의 땅에서는 땅바닥을 뚫고 강렬한 색깔의 튜브와 선 들이 삐죽삐죽 솟아올랐다. 그래도 그런 대로 훌륭한 모습의 이 땅은 나중에 그들 집 정면에 정비될 녹지대 덕분에 가치가 높아질 것처럼 느껴졌다. 진흙으로 둘러싸인 시멘트 포석과 차곡차곡 쌓인 이음돌, 그리고 부식방지제용 덮개로 싸여진 가로등 들이 드문드문 늘어서 아련한 분위기를 만들어내며 분양지와 그 주위의 경계를 지었다. 분양지의 경계선 옆으로는 논밭이 까마득히 이어져 있었고, 고압선은 전체 땅을 가로지르면서 아무도 살지 않는 땅처럼 그곳을 고립시켰다. 매매계약서에 서명을 하고 나자, 로랑 달의 가족은 틈날 때마다 건축 현장에 들르지 않고는 참을 수가 없었다. 그들은 갈색 웅덩이가 패어 있고, 나무판들, 낮은 발판들, 흰 양동이들이 뒹구는 자신들의 집이 있는 사각의 대지에 자리 잡고 앉았다. 로랑 달은 엄마가 축축한 시멘트 위에 뷰필 조각으로 그려준 대략의 집 형태를 되새기며, 자기 침실과 침대, 커다란 상자, 옷장을 그려넣으려 애썼다. 아직 바깥 날씨가 추울 때였다. 게다가 차 안에서 고무장화로 갈아 신고 내려야 했다. 로랑 달의 여동생은 땅 위에 널려 있는 작은 고철덩이 중 몇 개를 주워 시멘트 포석 위에 대충 늘어놓았다. 그러고는 가져온 인형들을 각자의 침대라고 정한 고철덩이들 위에서 재우기도 하고, 의자 위에 앉히기도 하고, 문 앞에 놓기도 했다. 부모님은 서로 꼭 껴안고 정원이 될 곳을 성큼성큼 걸어다녔다. 여기는 울타리를 칠 선이고, 이쪽은 인조석을 놓을 자리며, 저기는 커다란 마로니에 나무를 심을 장소라며 꿈꾸듯이 바라보았다. 몇 주 후, 골조도 없고 칸막이벽도 없긴 하지만 중요한 벽들이 세워졌다. 그들의 거주지가 될 장소에 부피를 부여한 셈이었다. 물론 이 구조물이 아늑한 공간으로 바뀔 거라 상상하기란 쉽지 않았다. 길에는 아스팔트가 깔렸다. 타르 위로 흙 자국이 드러났다. 바닥에서 튀어나온 총천연색의 전선 피복들은 여전히 드러나 있는 상태였다. 한 달 후 골조와 지붕이 자리를 잡았고, 칸막이벽도 모습을 드러냈으며, 흙손으로 석회를 던질 때 생긴 점선의 흔적이 모여 회색빛 판을 만들었다. 다섯 공간의 유기적 결합이 구성되면서 각각의 공간은 제 기능을 찾아가고 있었고, 한 공간은 다른 공간으로 연결되었다. 여기서는 저녁을 먹고, 저기서는 씻고, 저쪽에서는 놀고, 이쪽에서는 텔레비전을 볼 수 있을 거라 상상할 수 있었다. 침대는 어디에 놓고, 소파와 책장은 어디에 놓을까? 다시 몇 주 후에는 둥근 손잡이가 달린 문들까지 모습을 드러냈다. 플러그와 전기 스위치, 창문과 덧문 들이 달리기 시작했고 위생시설과 배관 공사가 진행되었다. 엄밀히 말해 그때부터 본격적인 내부 공사가 시작된 것이다. 복잡하기만 한 난장판에서 벗어났다는 느낌이 들었다. 로랑 달의 부모는 카탈로그를 보고 문과 덧문의 색깔을 각각 양홍색과 검정색으로 선택했다. 그러자 자동차에서 나는 소음처럼 소란스러운 토론이 시작되었다. 로랑 달은 덧문은 초록색으로, 문은 빨간색으로 하고 싶어했고, 여동생은 덧문은 파란색으로, 문은 검정색으로 하자고 했으며, 부모는 원래대로 양홍색과 검정색을 고집했다—결국 두 아이는 검정색 문과 양홍색 덧문으로 결정되었다는 소리를 들었다. 이렇게 집을 꾸미는데 열중하는 동안 가족들은 그때까지 낯설게만 느껴졌던 안락한 기분에 점점 가까워졌다. 3개월 전부터 미국계 기업에서 일하고 있는 로랑 달의 아버지는 믿을 수 없을 정도로 은혜로운 시기를 살고 있었다. 그는 자신이 꽤 가치 있는 사람이라고 여기게 되었고, 과거 옛 상사들의 괴상망측한 성격 때문에 차곡차곡 쌓였던 불행은 이제 끝났다고 생각했다. 이제는 저녁식사 시간에 깊은 고뇌에 빠져 위축된 모습으로 식탁 앞에 앉아 있던 그를 더 이상 볼 수 없었다. 그의 모습은 자신의 직업과 자신을 둘러싸고 있는 동료들—외국인이든 프랑스인이든—에 대해 열정적으로 이야기하는, 활짝 핀 한 남자의 모습이었고 로랑 달의 엄마는 매일 저녁 믿기지 않는다는 듯한 얼굴로 그 자리에 함께했다. 그의 모습에는 자신의 신념과 가치를 인정받고 있다는 자부심, 직업에 대한 열정이 담겨 있었다. 대화 사이사이에 앵글로색슨 식의 음조로 울려퍼지는 이름들, 피터, 존, 빌……. 그 이름들은 까마귀 떼처럼 저녁식사의 소란스러운 분위기를 연출하는 프랑스식 이름들과는 전혀 다른 운율을 지니고 있었다. "세상에! 당신, 새 사장님을 빌이라고 부르는 거야?" 로랑 달의 엄마가 놀라서 소리쳤다. 그러자 로랑 달의 아버지는 사장이 그렇게 부르라고 넌지시 권했다며, "당신은 이제 벽지와 양탄자에나 신경 써"라고 말했다. 그날 저녁, 아버지는 로스앤젤레스에 대해 더 알고 싶다는 자신의 요구 사항을 모(母)회사의 사장이 언급했다고 말했다. 프랑스 지사의 지사장(아버지의 직속 상관)은 그런 요구가 흔한 것은 아니지만, 장래성이 있다며 높이 평가했다. 집에 대해 살펴보자면, 로랑 달의 어머니와 아버지는 인테리어 전문가들과 아이들의 의견을 참고하고 색상과 질감의 조화를 감안해 오후 반나절 동안 새 집 꾸미기 계획을 짰다. 로랑 달은 자기 침실에 쓸 것으로 단정한 타탄체크 무늬 벽지와 갈색 양탄자를 선택했고, 그의 여동생은 잔잔한 분홍색 꽃무늬 벽지와 초록색 양탄자를 선택했다. 거실은 고풍스런 분홍색 황마천 벽지와 밤색 양탄자로 결정되었고, 부모님의 침실은 우수 어린 프린트 벽지와 감청색 양탄자로 꾸미기로 했다. 도배를 하고 양탄자를 깔면 집은 생기를 띨 것이었다. 로랑 달의 여동생은 다양한 샘플들을 얻어 벽 위에 붙이기도 하고 시멘트 바닥에 늘어놓기도 하면서, 인형들에게 의견을 물었다. "이 예쁜 벽지로 꾸며질 내 침실을 상상해봐. 진짜 예쁠 것 같지? 분홍색의 잔잔한 꽃무늬 벽지와 그에 잘 어울리는 초록색 양탄자라니까! 얼마나 아늑하겠니!" 실내에는 활기찬 음악이 라디오에서 흘러나왔고, 로랑 달의 부모는 몇 주에 걸쳐 주말마다 벽지와 양탄자를 정하느라 그들이 살게 될 침실에서 20상팀짜리 동전으로 제비를 뽑았다. 로랑 달은 손바닥을 펼치는 순간 자신이 선택한 20상팀 동전의 한 면이 드러나는, 따뜻하고 친숙하며 조심스럽고 다정한 그 손을 사랑했다. 아직 아무것도 없는 그 공간에는 캠핑용 소형 테이블과 접이식 의자 두 개, 매트 한 개, 아이들이 무릎 꿇고 앉을 수 있는 담요 몇 장이 있을 뿐이었다. 방 안 여기저기에는 벽지 조각들이 흩어져 있었고 도구 상자, 나지막한 발판, 재단기 두 개, 풀 자국으로 얼룩진 하얀 천 조각들(아버지가 옛날에 입던 셔츠들을 자른), 그리고 허옇게 거품 자국이 남은 맥주병들이 뒹굴었다. 어머니와 아버지는 낡은 셔츠들을 가지고, 시멘트 바닥과 발판 위에 난 풀 자국을 두 손으로 닦아냈다. 그 셔츠들 때문에 때때로 로랑 달과 여동생의 머릿속에는 라 로슈 쉬르 용에서 있었던 나쁜 기억이 불쑥 솟아나기도 했다. 그 셔츠들은 모욕당한 아버지가 입었던 옷이었고, 그 옷들은 강렬한 인상을 남겼던 당시의 사건들을 떠오르게 했다. 점심을 먹으러 모이면 로랑 달의 어머니와 아버지는 페인트 통 위에 앉았다. 아이들은 테이블에 둘러앉아 일찍이 경험해보지 못했던 즐거운 기분을 만끽했다. 소형 테이블에는 소풍 갈 때 먹을 수 있는 음식들인 올리브, 소시지, 아페리티프*와 함께 먹을 조그만 사각 치즈, 샌드위치 등이 놓여 있었다. 자투리 벽지들의 소재를 맞추고 무늬를 일치시키기 위해서는 인내심과 세심함이 필요했다. 그러나 몇 주 전부터 이어져온 풍만감으로 인해 이 작업들은 아무런 방해도 받지 않고 순탄하게 진행됐다. 로랑 달의 아버지는 이틀 전에 로스앤젤레스로 출장을 가기로 확정되었다는 텔렉스를 받은 상태였다. 그는 그날 저녁에 주방에서 그 텔렉스를 가족에게 보여주었고, 그것은 가족들의 감동적인 시선 아래 이 손에서 저 손으로 옮겨지며 식탁 주위를 돌았다. 그리고 로랑 달의 어머니의 빛나는 얼굴 아래에서 몇 분간 머물렀다. "아, 그러니까……" 그녀가 행복에 겨운 나머지 목이 메어 말했다. 그들은 절단기로

----

* 식전주.

벽면 아래의 널빤지 가까이 있는 지저분한 것들을 베어내고, 바닥에 떨어진 쓰레기들을 우아하게 치웠다. 양탄자는 각 방의 크기에 정확히 맞게 사각형으로 잘랐다. 황금빛 문지방도 즐거운 마음으로 조였다. 평범한 내열성 재료들조차 행복감에 도취한 로랑 달의 부모님 마음에 맞게 복종하는 것 같았다. 그 분위기는 작업이 진행될수록 점점 고조되었다. 로랑 달은 정원에서 공놀이를 했는데, 그가 튕긴 공은 아직 고르지 않은 땅의 비탈면과 흙덩어리 때문에 이상하게 튀어올랐다. 여동생은 소꿉놀이를 좋아했다. 주방에서 가짜로 저녁식사를 준비하고, 인형들을 가짜로 씻기거나 재우고, 인형들에게 옛날이야기를 들려주면서 놀았던 것이다. 주말이 되자 제비뽑기의 결정에 따라 로랑 달의 침실이 처음으로 장식되는 영광을 안았다. 그 다음 차례는 여동생의 침실이었고, 부모님의 침실은 맨 마지막에 꾸미기로 결정되었다. 금요일 오후 로랑 달의 아버지는, 파리-로스앤젤레스 간 왕복 비행기 표를 받았다. 퍼스트 클래스였다 (출장은 그 달 말쯤으로 예정되었고, 그가 돌아오면 지금 살고 있는 아파트의 계약 만료일에 맞춰 이사하기로 했다). 로랑 달은 한참 동안 비행기 표를 만지작거렸다. 그리고 아버지에게 유럽과 아메리카의 정기 여객기에서 사용하는 휴대용 식기 세트를 가져다달라고 부탁하고, 아버지가 머무르게 될 호텔에 비치된 샴푸와 수건 따위도 갖다 달라고 했다. 그 다음 주 토요일, 욕실 설비가 끝나고 물건들이 갖춰졌다. 그 다음 날에는 손에는 드릴을 들고 입에는 나사를 문 로랑 달의 아버지가 커튼 봉을 고정시켰다. 커튼 봉은 전혀 기울어지지 않고 완벽하게 고정되었다. 한 치의 오차도 없이 말이다. 예전에는 아주 간단한 수리를 할 때조차 제대로 하는 법이 없었던 그였기에, 로랑 달의 엄마는 남편을 짓궂은 표정으로 지켜보았다. 그 순간 아이들은 전기 라디에이터 옆의 매트 위에서 담요를 몇 장 덮고 누워 자고 있었다. 잠에서 깨어난 로랑 달은 커튼이 쳐지고 말끔하게 장식된, 신선한 페인트 냄새가 나는 거실을 보고 깜짝 놀라 감동 어린 목소리로 외쳤다. "다 끝났네! 이제 오고 싶을 때 이사만 하면 되겠다!"

그 결정적인 월요일 아침, 인내력이 한계에 다다른 나는 아침식사를 마치고 레오나르도를 학교에 데려다준 후, 평소 자주 가는 카페로 갔다. "오늘 아침은 어떠신가요, 에릭 씨? 잠은 잘 주무셨어요? 하루는 기분 좋게 시작하셨나요?" 카페 종업원이 평소와 마찬가지로 느끼하게 물었다. "진한 에스프레소를 더블 잔으로 마시면 기분이 좋아질 것 같군요. 세 번째 잔까지 마시면 더 좋아질 거고." 그렇게 말한 후 나는 휴대전화를 꺼내 지하실 매매업자의 번호를 눌렀다. 이미 언급한 적이 있는 나비들이 머릿속에서 날아올랐고 그 수는 점점 많아졌다. 붉은 머리의 젊은 이탈리아 여가수 열두 명이 혀로 내 뼈를 핥고 있었다. "자, 여기 진한 더블 에스프레소입니다, 에릭 씨. 집필은 잘 되어가십니까? 계획한 대로 진행되시겠죠? 훌륭한 작품 기대할게요." 세 번째 통화음이 울렸다. 네 번. 다섯 번. 누군가가 전화를 받았다. "아, 예?" "여보세요, 《리베라시옹》에 광고 내신 지하실 건 때문에 전화 드렸는데요." 전화기 너머에서 말한 사람에게 내가 말했다. "엥, 지하실이요?" "예, 지하실이요. 팔레루아얄에 있는 지하실 말입니다. 지난 토요일에 광고 내신 분 아닌가요?" 몇 초가 흘렀다. 나는 담배에 불을 붙였다. 감동이 복받쳐 몸이 떨렸다. "아, 지하실이요. 네, 지하실 광고요. 제가 냈죠." 그는 망설이는 것처럼 느껴지는 확신 없는 태도로 머뭇머뭇 대답했다. "세세한 부분을 좀 알아보고 싶어서요. 당신이 팔고 싶다고 내놓은 그 지하실 말예요." "세세한 부분이요? 어떤 세세한 부분이요? 뭘 알고 싶은 건가요?" 나는 상대방이 약간 무례하게 대답해서 놀랐다. 내가 놀란 건 그의 무례한 반문뿐 아니라 목소리 때문이기도 했는데, 그의 목소리는 먼 곳의 것인 양 아득하게 들렸고, 느리고 어조가 불분명한 말은 여러 번 끊겼다. 나는 그 지하실이 정확히 어디에 있는지 알려달라고 했다. "팔레루아얄에 있어요." 그가 말했다. 나는 다시 정확하게 알려달라고 부탁했다. "그러니까 정확하게 어디요? 주소가 어디죠?" 기이한 일련의 대화들이 툭툭 끊기고 이상한 방향으로 흘렀지만, 가까스로 지하실이 몽팡시에 거리, 팔레루아얄 건물에 있다는 것을 확인할 수 있었다. "좋아요, 완벽해요. 그럼 당신이 내놓은 지하실들은 즉시 입주할 수 있게 설비가 다 갖추어진 상태인가요?" 내가 물었다. "바로 입주하실 수 있죠. 어떤 부분은 거의 다 되었고요." 그가 대답했다. 내 미래의 작업실이 류머티즘에 걸릴 것 같은 분위기를 지녔을 거라는 마고의 빈정거리는 듯한 말이 불현듯 떠올라 나는 혹시 지하실이 습하냐고 물었다. "습해요." 그가 대답했다. "습하다고요? 가지고 계신 지하실들 모두 습한가요?" "다 습해요." "진짜로 습해요? 심하게 습해요?" 새로운 침묵의 물결이 밀려왔다. "심하게 습하냐고요? 다시 말해 도료를…… 도료가 아직 덜 말라서…… 시멘트 포석도…… 설비를 이제 막 끝내서…… 아직 매우 습해요." 그렇다면, 만약 그의 말대로라면, 그가 말하는 습도란 그 공간의 본질적인 습도보다는 벽돌 공사와 더 연관이 있지 않겠냐고 내가 반박했다. "제 생각에는 그곳이 원래 습하다기보다는 공사 때문인 것 같은데요?" "반반이에요. 하지만 사흘 전부터 24시간 내내 방습기를 가동시키고 있어요. 곧 완벽하게 건조해질 거예요." "완벽하게 건조해져요?" "최대한 건조해진단 뜻이죠. 조금은 습하겠지만 거의 건조한 상태로요." "좋아요, 완벽해요. 그곳에 대해 설명해보세요." 그는 내가 질문을 하면 대답하기 전에 습관적으로 몇 초를 흘려보냈다. 나와 그 사람의 대화 사이로 끼어든 침묵과 그 남자의 느릿한 말투와 태도는 마치 내가 그 지하실의 무언가를 탐내고 있는 듯한 느낌을 안겨주었다. "제가 무슨 설명을 해드리길 바라는 건가요?" "어떻게 들어가는지, 또 지하실의 배치라든가 어떤 설치가 되어 있는지……." 다시 몇 초간 침묵이 흘렀다. 그는 조그만 계단을 통해 들어갈 수 있다고 설명했다. 또한 그 지하실들은 두 층으로 나뉘어 있다고 덧붙였다. "지하 1층과 지하 2층으로요. 매매할 세 개의 지하실들은 지하 1층에 있고요, 면적이 훨씬 큰 네 개의 지하실들은 그 아래층에 있어요." 그는 지친 것 같았다. 그는 벽에는 기초 페인트칠을 했고, 벽돌들이 드러나게 석회용 도료를 칠할 예정이라고 설명했다. "꽤 예쁠 거예요." 그가 결론지었다. 너무나 달콤하게 나를 핥아주는 여가수들의 혀는 진짜로 달콤했다. "그럼 바닥은요?" "시멘트 바닥이에요. 시멘트 포석을 깔았어요." "이제 가장 중요한 질문이에요. 잘 들으세요. 지하실에 거리를 내다볼 수 있는 채광창이 있나요?" 내가 물었다. 그러나 내게 돌아온 대답은 "그만 전화를 끊어야겠어요"였다. "뭐요? 뭐라고요? 전화를 끊는다고요?" 그는 아무런 대답도 하지 않았다. "잠깐만요. 내 질문에 대답해줘요. 지하실에 채광창이 있어 거리를 볼 수 있나요?" "아뇨. 밖을 볼 수 없어요." "그 말은 빛이 들어올 통로가 전혀 없다는 뜻이…… 창문이 전혀 없어요?" 나는 바닥에 담배꽁초를 던진 후 발로 짓이겼다. 그럼 보도에 닿을 듯이 가까운 창문은? 지나가는 여자들의 날씬한 발목은? 세상으로부터 고립되고 밀폐되고 완벽하게 폐쇄된 어두운 공간, 그렇게 깜깜한 은둔처에 칩거하는 게 이상적인 일일까, 과연? 나는 왼손가락 세 개를 차례로 펴고 나머지 두 손가락을 조금 구부려 약한 농도를 표시하며, 종업원에게 세 번째 커피를 갖다달라는 뜻을 전했다. 내 아침 친구인 종업원은 아연실색했다. 자기 손가락을 세 개 펴고 나머지 두 손가락도 내가 했던 것과 똑같이 해 보이고는, 나무라는 얼굴로 그 주문이 비상식적이라는 표정을 지으며 다시 한 번 더 확인했다. "들어보세요……." 전화기 너머의 상대가 말했다. 점점 더 회의적인 생각이 들며 잔뜩 들떴던 마음이 가라앉았다. 나는 단호하게 고개를 끄덕여 종업원에게 주문이 맞다는 것을 확인시켰고, 그는 내 의사를 확실히 알아들었다. 약간 덜 진한 세 번째 에스프레소. "뭘 들어봐요?" 나는 신경질적으로 물었다. "그냥 그만두세요." "뭘 그냥 그만둬요! 무슨 얘기를 하고 싶은 겁니까?" "거기는 지하실이에요! 제기랄, 지하실이라고요! 거기서 뭘 하려는 겁니까?" 그가 외쳤다. 지하실. 이번엔 그의 목소리가 아주 정확하게 들렸다. 담배를 많이 피워 거칠어진 목소리. 은둔하는 사람의 목소리처럼 우울한 울림. 혹시 이제 잠이 깨는 중인가? "그렇다면! 만약 그 지하실에서 사람이 살 수 없다면! 그럼 왜 설비를 갖춰놓은 겁니까? 왜 지하실을 팔려고 내놓았냐고요!" 그는 대답 대신 갑자기 기침을 하기 시작했다. 나는 그가 힘겹게 숨을 고르는 소리를 듣고 있었다. 천식 환자인가? "당신은 그 지하실 중 하나를 나한테 팔고 싶지 않은 겁니까?" "그런 건 아니에요……." "그럼 뭐예요? 그럼 당신은 그 지하실에서 뭘 하십니까?" "나는 일을 해요." "무슨 일을 하시는데요?" 그는 대답하지 않았다. "거기서 뭘 하시는데요?" "다른 이야기를 합시다……." 그 남자는 분명히 아주 이상했다. 종업원이 내 앞에 세 번째 에스프레소를 갖다놓았다. 나는 슬픔을 드러내며 조금 고개를 끄덕여 고마움을 표시했다. "다시 채광창 얘기를 해봅시다. 채광창이 하나도 없어요? 그런 종류의 창문이 전혀 없다고요?" "있어요. 작은 환기용 구멍이 있어요." "작은 환기용 구멍이요? 그러면 그 구멍으로 환기가 되나요?" "파이프를 통해서…… 파이프의 끝에 작은 창살이 있어요." "그러면 그 창살을 통해…… 거리를 볼 수 있나요?" 이제 카페 종업원은 포크를 닦고 있었다. 오른손으로 이상야릇한 행동을 취해 내 주의를 끌면서. 머리를 옆으로 흔들고 충고를 아끼지 않는 권위 있는 표정을 빌려 종업원은 내게 관두라고, 습기·류머티즘·폐쇄는 나쁜 것이라는 표시를 했다. 계속하여 기계적으로 포크들을 닦으며 그는 입술로, 주름진 입술로, 슬퍼하는 표정으로, 절레절레 흔드는 머리로, 사랑이 담긴 두 눈으로 자신의 의사를 전했다. 종업원은 어서 전화를 끊으라고 나에게 친절하게 조언하고 있었다. "아뇨. 그건 그야말로 환기용 창일 뿐입니다." "그렇다면 그걸 넓히는 게 가능할까요? 그러니까 예를 들어 작은 창문으로 만들 수 있어요? 뉴욕 주택들의 작은 창문처럼." 종업원이 머리로 아니라는 표시를 했다. 그는 입을 다문 채 머리를 흔들며 강렬한 시선으로 나를 설득하려 애쓰는 중이었다. 지하실의 환기 구멍을 넓혀 창문을 만들 수 있다는 벽돌공 얘기는 들어본 적이 없다고. 그의 표정은 내게 이렇게 말하고 있는 듯했다. '당신이 무엇에 대해 말하는지 알아요.' 나는 거칠고 성난 눈빛으로 이 성가신 존재에게 댁의 포크에나 신경 쓰라는 뜻을 전했다. 기이한 매매업자가 수화기 저쪽에서 말했다. "진지하게 생각건대 그 지하실은 당신하고 맞지 않는 것 같네요." "당신은 그것들을 팔려고 별로 애쓰는 것 같지 않네요……." "이봐요." 그가 말했다. 그리고 또다시 침묵이 흘렀다. "그곳에 좀 가봐도 될까요?" 내가 물었다. "모르겠어요. 어쨌든 당장은 안 돼요." "당장은 안 된다고요? 지난 토요일에 신문 부동산 정보란에 광고를 내놓고, 이틀이 지난 지금, 당장 그 장소를 방문하는 것은 불가능하다고 얘기하는 겁니까?" 종업원이 오른손으로 머리 주위에 동그라미를 그려, 내가 통화하고 있는 작자가 머리가 돌았다는 표시를 했다. 그리고는 몸을 돌려 식기세척기 문을 열었다. "그럼 당장이 아닌 때는 언제인가요……. 언제를 의미합니까? 이번 주말?" "다음 주." "오늘 저녁." "내일 전에는 안 됩니다." "내일 아침." "내일 저녁." "좋아요. 어디에서 만날까요?" 내가 물었다. "콜레트 광장. 팔레루아얄 광장에 있어요." 그가 대답했다. "왜 그 건물 앞이 아니고?" "전 콜레트 광장이 좋아요." 그가 고집스럽게 대답했다. "보통 부동산을 보려고 만날 때는 그 건물 앞에서 약속을 하죠." "그냥 콜레트 광장에서 만나요." 더 강경한 대답이 돌아왔다. "저녁 6시 괜찮아요? 저녁 6시에 콜레트 광장의 신문 가판대 옆에서 만나죠?"

3

그가 돌이킬 수 없는 일을 저지른 것은 가을 저녁이었다. 파트리크 네프텔은 어머니에게서 하얀 폭스바겐 폴로를 빌려 프랑수아 1세 거리를 향해 고속도로를 달리며 오랫동안 맛보지 못했던 만족감을 느꼈다. 그는 앙심과 악의를 잔뜩 품은 채 신경질적으로 차를 몰았다. 결정을 내리기까지의 상황 때문에, 지금 운명을 완성시키기 위해 운전을 하고 있는 파트리크의 태도는 단호했다. 존엄성 회복. 파트리크는 이 기품 있는 운전이 자신의 첫 번째 업적이 되리라 예감했다. 그는 어머니와 함께 온둔하고 있던 지저분하고 작은 골방에서 벗어나, 근처에 있는 극장처럼 커다란 방으로 들어갔다. 그라는 존재를 편협하게 한정짓는 칸막이벽이 몇 달 전부터 절망적인 상황 속에 그를 가두어놓았다. 차창 밖으로 여러 풍경들, 철탑들, 창고들, 광고판들이 연달아 지나갔다. 늘 그를 작아 보이게 하며, 그를 거부하고 모욕하는 이 세상. 평소에는 그에게 적개심만 안겨주었던 세상이 오늘 저녁에는 그를 향해 문을 열고, 그가 변신할 수 있도록 돕고 있는 것 같았다. 하얀 폭스바겐 폴로의 트렁크에는 노란 담요로 싼 무기들이 들어 있었다. 조수석에는 가죽 띠로 묶인 서류가 놓여 있었는데, 서류에는 화이트보드용 마카펜으로 "암초에 부딪힌 슬픈 왕자"라고 씌어 있었다. 파트리크는 거리에 비스듬히 줄지어 선 침엽수들을 지나 오를리 공항 쪽으로 달렸다. 비행기의 기다란 동체가 착륙을 준비하고 있는 게 보였다. 파트리크 네프텔은 오른쪽 차선으로 이동한 다음, 착륙 장면을 보기 위해 고개를 돌렸다. 막 수천 킬로미터를 주파한 열기를 사방으로 퍼뜨리며 하늘과 고도의 분위기에 흠뻑 젖은 에어버스가 저 멀리 출발지의 공허한 냄새를 풍겼다. 멀리서 움직이고 있는 에어버스는 근육이 있는 유기적 동물, 거의 사람처럼 보였다. 에너지의 거대한 이동이 즉각적으로 느껴지는, 잘 차려입은 여행객들로 가득 찬 에어버스 속의 무질서는 추억과 감동, 연료의 냄새를 하나로 결합했다. 평소 고통스러운 감정 없이는 비행기를 바라보지조차 못했던(비싼 자동차들과 여자들을 바라볼 때도 마찬가지지만, 비행기야말로 가장 비정한 방법으로 그의 욕구불만을 구체화시키는 존재였다) 파트리크 네프텔은 소원을 이룬 듯, 편안한 표정으로 자신에게서 새어나오는 취기에 빠져 에어버스를 바라보고 있었다. 비행기를 타고 날아오르지는 못하지만, 자신은 프랑수아 1세 거리를 향해 고속도로를 달리고 있으므로. "어디 가는데?" 파트리크 네프텔의 어머니가 물었더랬다. "무엇을…… 도대체 무엇을 옮기는 건데?" 그녀는 담요에 싸인 단단하고 긴, 정체를 알 수 없는 물건을 바라보았다. 아마도 텔레비전 문화에 익숙한 어머니는 너무나 암시적인 이 덩어리에서 데자뷔를 느꼈던 것일까? 양모의 부드러운 질감 사이로 금속의 느낌이 전해졌을 테니 이상했을 만도 하리라. 강하고 극적인 어떤 것이 나른하고 평화로운 느낌을 대신했다. "난 왠지 그 물건이 싫구나……. 좀 보여다오." 그의 어머니가 덧붙였다. 권총 한 자루와 두 자루의 소총. 파트리크는 전날 저녁 어머니가 휴가를 떠난 이웃집에 가서 화분들에 물을 주고, 집 안을 환기시키고, 주인이 기분에 따라 풀리도르*와 클레오파트라라거나 클린턴과 모니카**, 또는 샤를마뉴***와 미스탱게

---

* 1960~70년대에 활동했던 프랑스의 자전거 경기 선수, 레이몽 풀리도르를 뜻한다.
** 전 미국 대통령 클린턴과 그와 스캔들을 일으킨 모니카 르윈스키를 가리킨다.
*** '카를 대제'로 더 많이 알려져 있는 카롤링거 왕조의 국왕. 서유럽의 정치적·종교적 통일을 이룩했다.

트*라고 부르면 다양한 소리로 대답하는 멧비둘기 두 마리에게도 모이를 주고 있을 때, 그 무기들을 훔쳤다. 새들에게 붙여진 이 다양한 이름들은 마르셀 르테리에의 엉성한 유머 감각을 보여준다. 마르셀 르테리에는 리에브르 거리 32번지에 사는 우레와 같은 목소리를 지닌 보험업자로, 새들을 부르는 그 이름들은 권력에 반항적이며 모순적인 그의 정신을 보여주는 것이기도 했다. "마르셀 르테리에, 리에브르 거리의 보험업자요!" 마르셀은 자신을 소개할 때 이렇게 외치며 웃었다. 파트리크 네프텔은 무기들의 존재를 진작부터 알고 있었다. 몇 년 전에 마르셀 르테리에가 붉은색 표지의 두꺼운 책 뒤에 숨겨놓은 촌스러운 장롱 열쇠를 찾아, 장롱 안에 가지런히 정리해둔 무기들을 보여준 적이 있었기 때문이다. 그날 마르셀은 장롱 안에는 *완벽한 몸매를 욕망하는 기이한 형상*의 D컵 실크 브래지어들도 잔뜩 쌓여 있다는 사실도 고백했다. 그는 정상이 아니고 앞으로도 그럴 것임이 확실해 보였다. "이봐, D컵이라고. 우리를 추잡하게 만드는 것은 104사이즈 D컵이라니까!" 파트리크 네프텔은 몰래 마르셀의 집 열쇠를 손에 넣기 위해 어머니가 잠들 때까지 기다렸다. 그는 세밀한 부분까지 다 기억하고 있었다. 두꺼운 책, 거추장스러운 노르망디식 장롱까지 모두 다. 그는 장롱 안에서 무기들과 브래지어들을 찾아냈다. 그리고 기이한 장면을 담은 사진들도 발견했는데, 그는 결국 참지 못하고 수음을 해서 회색 펄이 섞인 실크 속옷에 정액을 뿌렸다. "술을 마셨잖아. 사고 나겠어. 가지 마라. 자동차도 원래 자리에 갖다 두고." 그가 문밖으로 나가는 순간, 어머니가 소리쳤다. 이제 파트리크 네프텔은 오를리 공항의 전용 도로를 막 지나쳤다. 공항의 입구에서부터 전용 도로의 길이는 약 15킬로미터였다. 그렇게 많은 양의 서류들을 준비했으면서도, 이 계획이 실행되는 날이 있을 거라고는 생각하

---

* 프랑스의 샹송 가수.

지 않았던 것일까? 다만 기분을 전환하고, 시간을 죽이고, 자신의 내부에 점점 쌓여가는 분노를 모으고, 허구라는 구원적 욕망을 실현하는 것에만 목적이 있었던 것일까? 그는 이 계획이 정말로 실현될 수 있을지, 성공 가능성이 얼마나 큰지에는 별로 신경 쓰지 않았기 때문에 그리 발달하지 않은 자신의 지적 수준에 걸맞게 두루뭉술한 계획을 세우게 된 것일까? 이제는 알 수 없다. 전날 오후 늦게 어머니가 그의 침실로 들어오며 이렇게 말해준 것으로 충분했다. "난 르테리에 씨 댁에 간다." 어머니는 방한용 재킷 단추를 잠그며 이렇게 덧붙였다. "휴가 갔던 르테리에 씨가 내일 돌아오거든." 파트리크 네프텔이 함축적이고 결정적이며 강렬한 결심을 갖는 것, 그날 저녁 무기를 훔쳐 다음 날 그 일을 결행하기로 결심하는 데에는 어머니의 그 말 한마디로 충분했다.

티에리 트로켈의 아버지가 또다시 위험에 처했음이 밝혀진 것은 1분기도 지나지 않았을 때였다. 어려움이 시작되기 몇 주 전, 티에리의 부모는 프랑스 지사장과 그의 아내를 저녁식사에 초대하기로 마음먹었다. 이 아이디어는 집에서 몇 킬로미터 떨어진 센 강변에서 시간을 보내던 햇빛 찬란한 일요일의 도취감 속에서 떠올랐다. 기업 합병으로 가치가 높아진 티에리 트로켈의 아버지는, 상사와 사적인 유대 관계를 강화해 자신의 입지를 더욱 굳건히 할 수 있게 되기를 바랐다—지사장이 초대에 응하면(티에리의 아버지는 간부 자격으로 분양받은 토지에 고급스럽게 세운 캘리포니아 스타일 주택의 가치를 정확하게 평가받기를 원했다) 저절로 사회적인 지위가 오르기라도 할 것처럼. 초대한 날짜(초대를 받은 지사장과 지사장 부인은 흔쾌히 승낙했다)까지는 열흘이 남아 있었으므로, 티에리 트로켈의 어머니가 메뉴를 결정하고, 시장을 보고, 집을 꾸미고, 저녁식사 준비를 어떻게 해야 할지 계획할 시간은 넉넉했다. 부부는 매일 저녁 그 이야기를 했다. 그들 가족이 저녁식사를 어떻게 준비해야 할지에 대한 내용을 상세히 적고 있는 공책을 티에리의 누나가 펼쳤다. 누나는 그 공책을 '궁전의 집사', '안주인', '명인 파티셰'라고 불렀다(아버지는 딸이 디저트를 만드는 것에 찬성했고, 그러면 지사장과 그의 아내를 자연스레 감동시킬 수 있으리라 여겼다). "하지만 지사장님 내외분이 네가 만든 타르트*를 맛볼 때가 되면 넌 벌써 잠들어 있을 텐데." 티에리의 어머니가 말했다. "엄마, 죄송하지만 그날 좀 늦게 자게 해주세요. 제가 디저트를 갖고 나갈게요!" "네가 자지 않고 기다리기엔 너무 늦은 시각이야, 베네딕트. 대신 네가 손님들께 아페리티프와 앙트레**를 드리도록 하렴. 그리고 네가 손수 디저트를 만들었다고 알려드려. 혹시 음식 만드는 모습을 보고 싶어하시면 보여드리고." 메뉴를 짜려면 다양한 요리를 해야 했다. 준비 과정은 티에리 트로켈의 어머니가 열 권이나 되는 요리백과사전에서 선택한 요리법들을 하나하나 시험해보는 것으로 진행되었다. 그 요리들은 대부분 티에리 아버지의 회의적인 평가와 부딪혔다. 그의 아내가 스페셜 요리로 선택한 주요리(저녁식사에 건 내기는 하루하루 점점 커졌다)를 별로 마음에 들어하지 않았다. "이게 우리 둘이 얼마 전에 찾아낸 그 요리법이야?" 티에리의 누나가 끼어들었다. "어떤 요리법?" "학교 파하고 나서 요리법을 보느라 두 시간이나 걸렸잖아!" "두꺼운 나뭇잎을 가느다란 끈 모양으로 자른…… 오렌지색과 파란색 요리……. 요리사 모자 네 개와 동전 네 개……." "요리사 모자 네 개와 동전 네 개?" 티에리의 아버지가 물었다. 그는 커다란 컵에 담긴 물을 벌컥벌컥 마셨다. 티에리의 어머니는 남편이 거부한 요리를 손톱으로 찔러보며 포크를 입술에 갖다 댔다. 티에리 트로켈은 맛대가리 없는 채소들을 접시 가장자리로 밀어냈다. "각 요리

* 밀가루와 버터를 섞어서 만든 반죽에 과일이나 채소를 담아 구운 프랑스식 파이.
** 식단의 중심 요리.

마다 요리의 난이도와 그 요리를 하는 데 드는 비용을 가리키는 표시들이 나와 있어. 난이도와 비용을 요리사 모자 한 개와 동전 한 개부터 요리사 모자 네 개와 동전 네 개까지의 등급으로 표시한 거지. 요리사 모자 네 개라는 건 그만큼 요리가 어렵다는 뜻이야. 동전 네 개는 그만큼 비용이 많이 드는 비싼 요리라는 뜻이고." "그렇다면 동전 네 개와 요리사 모자 네 개니까, 그 사람들의 혼을 쏙 빼놓을 수는 있겠네." "맞아, 아빠 말이 맞아요. 동전 네 개와 요리사 모자 네 개짜리가 좋겠어요!" 티에리의 누나가 외쳤다. "나도 도울게요. 엄마랑 나랑 둘이 요리하면 되잖아." "안 돼, 그러니까…… 좋아, 나도 좋아……. 하지만 실패할 경우를 생각해봐!" "실패하긴 왜 실패해?" 자신없어하는 아내의 말에 티에리의 아버지가 반박했다. "당신은 한 번도 요리를 망친 적이 없잖아." "없지, 맞아요. 하지만 모자 네 개짜리 요리는 진짜 복잡하단 말야! 닭볶음 요리가 요리사 모자 하나에 동전 하나짜리라는 걸 생각해봐요." "더 큰 이유가 있어야 돼." "뭐를 위한 더 큰 이유?" "음, 그들에게 닭볶음 요리를 내놓지 않기 위한 이유." "나도 근사한 요리를 대접하고 싶지만, 만약 그 요리가 실패한다 해도 나중에 불평하지 말아요." 티에리 트로켈의 아버지는 가족과 대화를 나누던 중 불쾌하고 씁쓸한 기분이 들어 버럭 화를 냈다. 과단성 없는 아내가, 자신이 지점장에게 불러일으킬 좋은 느낌, 즉 매사에 열심이고 믿을 만하며 열정적이라는 느낌뿐만 아니라 최근에 크게 발전한 직업적인 도약에까지 손해를 입히지나 않을까 걱정스러웠기 때문이다. 잔뜩 화가 난 아버지의 낮은 목소리와 진지한 말투가 들리기 시작하자, 티에리 트로켈은 온몸이 떨렸다. "동전 네 개와 요리사 모자 네 개여야 한다고 했잖아! 그런 요리를 내놓아야 소심하단 얘기를 안 듣지! 우리가 초대한 손님들이 우리한테서 훌륭한 잠재력을 발견하면 좋잖아!" 다음 날 티에리의 아버지는 새로 짠 메뉴들을 다시 살펴본 후, 식사 순서가 다음과 같은 요리사 모자 네 개와 동전 네 개짜리 메뉴를 선택했다. 앙트

레 : 작은 회색 새우와 얇게 저민 파 퐁듀로 장식된 굴찜. 주요리 : 속을 채운 새끼 양 엉덩이 살 요리. 복잡한 요리법 : 양고기를 동그랗게 파고, 그 안에 다진 속을 넣는다. 사진에 나온 것처럼 겉이 황금색이 되도록 바삭하게 굽는다. 주요리 다음 코스 : 송로버섯 오일을 뿌린 계절채소 샐러드와 각종 치즈 한 접시. "송로버섯 오일은 듬뿍 뿌려야 돼." 티에리의 아버지가 힘주어 말했다. "특히 송로버섯을 기본으로 한 다진 속 요리를 먹고 난 다음에는." "근데 송로버섯 오일은 어디서 사지?" "파리에 있는 이탈리아 식품점에서 사야지." "이탈리아 식품점이라고? 파리에 있는 이탈리아 식품점! 난 파리에 있는 이탈리아 식품점은 하나도 몰라!" "찾게 될 거야." "그러려면 샐러드용 송로버섯 오일 달랑 하나 사려고 기차를 타야 하잖아." 디저트 : '자정의 종소리 열두 번'이라는 이름의 과자. "내 타르트는!" 티에리의 누나가 소리쳤다. "요리사 모자 세 개짜리라 '자정의 종소리 열두 번'의 조리법을 배운 거야. 하지만 내 사과 타르트가 별로인 게 확실해, 아빠?" "요리사 모자 세 개라……. 오케이. 동전은 몇 개지?" 티에리 트로켈의 아버지가 어린애같이 천진난만하게 물었다. "딱 한 개야. 동전 네 개짜리 디저트는 거의 없어." 티에리의 어머니가 말했다. "그런데 베네딕트가 디저트를 준비하는 게 지점장 보기에도 좋을 거라고 하지 않았나? 지난번에 당신이 그랬잖아." "베네딕트, 넌 날 도우면 돼. 그러니까 엄마 말은 네가 '자정의 종소리 열두 번'의 요리장이라 이거지." 초대한 날짜가 되기 며칠 전, 티에리의 아버지는 그날 자기가 앞장설 테니 고속도로로 뒤따라오기만 하면 된다고 지사장에게 말했다. 이 말은 저녁식사가 있는 날 아침에 티에리의 아버지가 자동차를 갖고 출근해야 한다는 뜻이었다. 아내에게 한마디 말도 없이 이틀 전에 산 자동차 말이다. "어머머, 도대체 저게 뭐야!" 그가 발코니 창문으로 아내를 데리고 가서 자동차를 보여주자 그녀가 물었다. "도대체 저게…… 도대체 저 물건이 뭐냔 말야!" "서프라이즈!" 티에리의 아버지가 떨리는 목소리

로 대답했다. 싸울 기세로 자신을 나무랄 아내의 반응이 타당하다는 것을 알기 때문에 그의 목소리는 주눅이 들어 있었다. "우리 가족을 위한 안락한 새 자동차지!" 그러나 그는 이 기만적인 변명(가족들을 위해서 차를 샀고, 가족들을 놀래주려고 비밀리에 그 일을 했다는)으로 아내를 속일 수 없었다. 티에리의 어머니는 남편이 왜 자동차 대리점에 달려갔는지를 너무나 잘 알고 있었다. 자동차를 보여준 후 저녁식사 시간에(주방까지 쫓아온 남편에게 "저게 흔히들 말하는 여행용 세단이란 말이지……"라고 그녀는 중얼거렸다) 그녀는 남편이 낡고 후진 직원용 자동차인 R14의 운전대를 잡고 지사장을 안내하는 것이 부끄러워 서둘러 차를 구입한 거라고, 그것이 차를 산 유일한 이유라고 남편을 힐책했다. "그게 아니었다면 그렇게 서두를 필요가 없었겠지. 나랑 먼저 상의를 할 수도 있었을 거야. 그랬다면 퇴근하는 길에 충동적으로 자동차를 사들이지는 않았을 거라고!" "무슨 그런 생각을……" "당신은 당신이 직원용 차량에 앉아 있는 모습을 지사장에게 보이는 게 부끄러웠던 거야. 그게 진실이잖아. 그래서 애들처럼 몰래 새 차를 사려고 서둘러 달려갔던 거야!" 티에리의 어머니는 울음을 터뜨렸다. 몇 분 동안 변명을 하던 티에리의 아버지는 결국 이렇게 인정했다. "그래, 직원용 자동차 때문이야. 당신은 지금의 내 직위, 나에게 준비된 미래, 사람들이 나에게 보내는 존경심("내가 하루 동안 얼마나 아첨을 떨어야 하는지 알아?" 티에리의 아버지가 그렇게 말하자 그의 아내가 그의 말을 끊었다. 그녀가 주장했다. "뭐? 당신 지금 나한테 돈 벌어 온다고 위세 떠는 거야? 그럼 집안일에 대한 보수는 얼마인지 말할 수 있어?")이 앞으로도 사라지지 않을 거라고 생각해? 로스앤젤레스에 있는 사람들보다 파리에 있는 내가 더 인정받을 거라고 확신해? 그래, 결과적으로 당신은 어깨를 으쓱할 수도 있지(티에리 트로켈의 어머니는 흐느껴 우는 소리 사이에 어깨를 으쓱했다). 로스앤젤레스, 완벽한 로스앤젤레스 말이야. 당신은 내가 신뢰를 잃지 않고 계속 직원용 차를 굴릴 수 있을 거라고 진짜 믿는 거야?" "저 유치한 짓은 도대체 얼마짜리야? 5만? 6만? 7만 프랑?" "어쨌든 할부금을 갚는 데 R14만큼 오래 걸리지는 않을 거야. 그러니까 이제 그만 좀 해." "당신한테 중요한 건 지사장이 고속도로로 당신을 따라올 그날뿐이잖아. 정말 한심하다, 한심해." "여보……." 티에리의 아버지가 은근한 목소리로 아내를 불렀다. "곧 갚을 수 있을 거라니까. 진짜 특별 할인가로 샀어……." "전자제어분사장치가 장착된 푸조 504닷!" 티에리 트로켈이 과장되게 소리쳤다. "가죽으로 꾸며진 실내 공간! 전자 차창! 엄청난 세련미!" "확신컨대 내가 잘 한 거야. 진정하고 나면 당신도 멋진 차라는 걸 인정하게 될걸." "그러니까 얼마냐고?" "8만 4천." "당신 지금 뭐라고 했어? 내가 잘못 들은 거지? 할인해서 산 자동차가 8만 4천 프랑이라고?" "이미 말했지만 최고급 모델이야. 전자제어분사장치, 가죽 실내, 금속성 도료." "8만 4천 프랑이잖아!" "배기량 2천 cc고 시속 220킬로로 달릴 수 있어요." 티에리 트로켈이 끼어들어 말했다. "지사장을 여기까지 모시고 오는 데 8만 4천 프랑이라고!" 초대 날짜 전날, 티에리의 어머니는 장을 보고 식탁을 꾸몄다. 다음 날 아침 10시부터는 요리를 하기 시작했고, 디저트 '자정의 종소리 열두 번'을 만들기 위해 딸이 학교에서 돌아오기를 기다렸다. 그녀는 송아지의 넓적다리 뒷부분을 소금과 후추, 레몬즙에 버무렸다. 그리고는 새끼양의 엉덩이 살을 창자로 묶었다. 여러 종류의 허브를 다지고, 당근, 샐러리, 양파도 다졌다. 파는 얇게 저몄다. 그리고 시대에 뒤진 것 같지만 중탕수를 이용해 시간을 맞추었다. 스물네 개의 굴 껍질을 따고, 조가비 모양의 그릇을 씻어 식기 탈수대에 엎어놓았다. 굴에서 나온 즙은 망사천을 받쳐 빼냈다. 버터를 녹여 거르고, 달걀은 흰자와 노른자를 나누었다. 티에리의 누나는 식탁 위에 즐비하게 놓인 수많은 그릇들(움푹한 볼, 샐러드 그릇, 오목한 접시, 받침접시들) 안에 어머니가 준비한 각종 재료들(썰고, 다지고, 졸이고, 양념한)이 얌전하게 들어앉아 뒤섞이기를 기다리고 있는 것을 보았다. 두 사람은 케이크를 만드는 틀에 황산지를 깔고, 3분의 1만큼 바닐라 아이스크림을 채웠다. 아이스크림이 깔린 그 위에 스펀지케이크를 한 층 놓고, 그랑 마니에르* 향기가 풍기는 알코올이 첨가된 시럽을 부어 듬뿍 적셨다. 티에리의 누나가 거기에 아이스크림을 얹고 다시 셔벗을 올리는 동안, 티에리의 어머니는 미리 준비한 투명한 접시에 기름을 두르고 새끼양의 엉덩이 살을 놓았다. "자, 이제 시계를 좀 보자. 7시 15분이로구나. 30분밖에 안 남았네." "이제 난 뭘 하면 돼?" 딸이 어머니에게 물었다. "어디까지 했어, 베네딕트?" "엄마가 시킨 대로 바닐라 아이스크림 한 층과 셔벗 한 층을 올렸어." "겉에는 윤기를 냈니?" "잘 됐는지 모르겠어." "아주 잘했다. 이제, 잘 보렴, 스펀지케이크를 한 층 놓고(그녀가 딸의 도움을 받아 만든) 그 위에 황산지를 덮은 다음 냉장고에 넣어두고 잘 굳길 기다리면 돼." "이 종이를 덮어?" "그래, 해봐, 조심해서. 그래 옳지, 잘 했다." 미리 준비한 꽃들은 세 개의 꽃병에 나누어 꽂은 다음 가구들 위에 놓았다. 티에리의 어머니는 밤이 되기를 기다려 어떤 조명을 밝힐지 결정하고 커다란 촛대를 놓을 장소를 선택했다. 그녀는 촛불을 붙이고 전깃불을 끈 다음 강렬한 빛을 내는 전등갓에 거즈 천을 씌웠다. 그리고 청동으로 된 작은 휴대용 촛대들을 옮기고 열두 개의 초에 불을 붙였다. "이제 완벽하게 된 것 같구나. 어떻게 생각하니, 애들아?" "아주 성공적이에요." 티에리 트로켈이 대답했다. "환상적이에요!" 티에리의 누나는 탄성을 질렀다. "우리 집이 아닌 것 같아요! 궁전에 있는 것 같아요!" "아빠랑 손님들은 늦지 않으실 거야. 곧 앙트레를 내놓아야겠지." "늦지 않으실 거라고요?" "8시경이면 도착하실 거야." "지금 몇 신데?" "8시 20분 조금 넘었어." "내가 거실로 가서 한번 내다볼게." 흥분한 아이들은 아버지와 손님들이 늦게 올까 봐 불안해서 주방과 거실 사이를 왔다갔다 하며 손님들이 아

* 코냑에 오렌지 향을 가미한 프랑스산 리큐어.

79

직 도착하지 않았다고 연거푸 어머니에게 보고했다. 아이들은 어머니가 뭔가에 그토록 열중해 있는 모습을 그때까지 본 적이 없었다. 티에리의 어머니는 정확하고 엄밀한 동작으로 이 구역에서 저 구역으로 움직였다. 가스레인지의 손잡이를 돌리고, 식기를 수도꼭지 아래에 놓고, 냄비의 내용물이 넘치지는 않나 확인하고, 샐러드 소스에 소금을 뿌리고, 손목시계를 들여다보고, 오븐의 문을 열고, 샐러드 접시에 담긴 내용물을 포크로 휘저었다. "내가 도울 일 있어요?" 티에리의 누나가 물었다. "응……." 어머니는 천천히 말했고 중얼거리는 문장 뒤로 무엇인가 골똘히 생각하는 것 같았다. "손님들이 도착하면 먼저 아페리티프를 드실 거야. 그때 아빠와 티에리는 거실에서 손님들을 접대하고 너랑 나는 굴찜을 데우자. 파로 만든 퐁듀는 막 불에서 꺼냈어. 탈 것 같아서. 손님들이 도착하면 다시 데워야지, 뭐." 그녀가 시계를 보았다. "왜 안 오는 거지? 벌써 9시 10분 전인데!" 9시 15분에도 아무도 도착하지 않았다. 9시 30분. 여전히 아무도 오지 않았다. "너희들 이 닦았니?" "새끼양고기는 어떻게 해야 할지 모르겠네. 곧 도착할 거라 생각해서 벌써 오븐에 넣었는데." 어머니는 주저하며 이로 손톱을 깨물었다. "하지만 오븐에서 꺼내지 않으면……." "엄마, 손님들이 늦게 오신다고 식사를 망치지는 않을 거예요!" 티에리 트로켈이 겁에 질린 목소리로 외쳤다. "그럼, 당연하지. 걱정하지 마. 엄마가 다 알아서 할 테니까. 설사 손님들이 밤 12시에 도착한다 해도 식사는 문제 없을 거야! 자, 이제 가서 손 씻고 이 닦으렴!" 10시 10분 전. 여전히 아무도 오지 않았다. 티에리 트로켈의 어머니는 완전히 익어버린 양고기를 오븐에서 꺼냈다. 파로 만든 퐁듀는 조리대 위에 놓인 채, 퐁듀용 작은 냄비 속으로 다시 들어가기를 기다리고 있었다. 10시 15분경,.티에리 트로켈은 차가운 유리창(응결된 물방울이 흘러내리는)에 손가락을 대고 창밖의 어둠을 탐색하다가, 연달아 두 대의 자동차 헤드라이트가 사각형과 둥근 불빛으로 짝지어 집 앞 길에 나타나는 것을 보았다. 사각형 헤드라이트는 차고의 앞쪽 길을 올라오며 유리창에 정면으로 빛을 비추었고, 둥근 헤드라이트는 정원이 면한 길 쪽에 멈추어 섰다. 티에리의 누나가 소리쳤다. "왔어요, 엄마! 오셨어요! 오셨다고요! 도착했다고요!" 자동차의 헤드라이트 불빛이 꺼진 후, 티에리 트로켈은 차문이 열리는 것을 보았다. 자동차 실내등이 켜지며 아버지가 차에서 내렸고, 손님들의 실루엣이 어둠 속에 나타났다(여자의 모습은 크고 검은 차체에 부분적으로 가려졌다. "재규어닷!" 티에리 트로켈이 누나에게 말했다. "우와, 진짜야. 저 아저씨는 재규어를 타고 왔어!"). 차문이 닫히는 소리가 들리고, 집 앞 길에서 손님들 앞에 서는 아버지의 모습이 보였다. "오셨어요! 손님들이 도착했어요!" 티에리가 주방으로 달려가며 소리쳤다. 주방에 있던 티에리의 어머니는 서둘러 손을 씻고 행주에 대강 물기를 닦은 후, 오븐 밖에 내놔 식어버린 새끼양 엉덩이 고기를 살펴보았다. 티에리 트토켈의 아버지가 지사장과 지사장 부인을 모시고 현관으로 들어섰다. 티에리의 가족은 아버지의 얼굴에서 라 로슈 쉬르 용에서 익히 보았던, 겁에 질리고 부끄러워하는 표정을 발견했다. 그 얼굴에서 가까스로 들릴락말락한 목소리가 무기력하게 흘러나왔다. 격렬한 긴장감이 현관 앞의 분위기를 얼어붙게 만들었다. 지사장 부인의 얼굴은 극도로 피곤해 보였다. 티에리의 어머니는 움츠러든 달팽이나 조가비 속에 혼자 숨은 너무나 예민한 복족류같이 겁먹은 남편의 표정을 보고 그 자리에 얼어붙었다. 손님들이 티에리의 어머니에게로 다가가자, 티에리의 아버지는 지지직거리는 트랜지스터 라디오 같은 목소리로 사람들을 소개했다. "이쪽은 제 아내 미셸입니다." 그가 중얼거렸다. "그리고·이분들은 프랑쾨르 지사장님 부부셔." 그는 아내의 시선을 피하며 이상한 동작을 했다. "전 자크, 아내는 마르틴입니다." 지사장이 덧붙였다. "반갑습니다. 저희 집에 두 분을 모시게 되어 정말 영광이에요. 이 아이들은 베네딕트와 티에리예요, 저희 아이들이죠." 티에리의 어머니가 남편이 말하기 전에 아이들을 소개했다(멍한 상태에 빠진 남편이 자녀들을 인사시키는 것을 빼먹었기 때문에). 아이들의 머리를 쓰다듬어주고(지사장은 다정하게, 지사장 부인은 무관심하게), 그들은 거실에 앉았다. "맛있는 냄새가 나네요." 자크 프랑쾨르가 말했다. 티에리 트로켈은 그들이 도착했을 때부터 지사장 부인이 기분이 좋지 않은지 불쾌한 표정을 짓고 있다는 것을 느꼈다. "마티니, 좋죠." 자크 프랑쾨르가 대답하며, 짧게 깎은 헤어스타일, 콧구멍 밖으로 튀어나온 무성한 코털뿐만 아니라 조끼까지 갖추어 입은 정장, 반짝반짝 빛이 나는 구두, 그리고 팔목에서 번쩍이는 커프스 버튼의 찬란한 빛이 어울리는 외모와 똑같이 진지하고 예의 바른 몸짓을 했다. "손 좀 씻을 수 있을까요?" 지사장 부인이 건조한 억양으로 말했다. "당연하죠. 딸아이가 안내할 겁니다. 베네딕트, 사모님을 욕실로 안내해드리렴." 티에리의 어머니가 대답했다. "어떤 욕실로요? 우리가 쓰는 거요, 아니면 엄마, 아빠가 쓰는 거요?" "너희들이 쓰는 욕실이 낫겠지." "음, 우리는 긴 여행을 했답니다." 자크 프랑쾨르가 마티니 잔을 들며 빈정거리듯 말했다. "저녁식사를 하러 부르고뉴로 갈 뻔했어요. 이런 말을 하고 싶진 않지만("오해하지는 마세요······"라고 그는 티에리 트로켈의 어머니 쪽으로 몸을 돌리며 덧붙였다.) 두 분의 집이 부르고뉴 지방의 식도락적인 분위기를 부러워하나 봅니다." "무슨 일이 있었나요?" "우리가 늦게 도착한 게 근사한 저녁식사에 나쁜 영향을 끼치지 않기를 바랄 뿐이죠······." "어떻게 된 거예요?" 티에리의 어머니가 남편에게 물었다. "트로켈 씨가 고속도로에서 나가는 길을 지나쳤던 것 같습니다." "고속도로에서 나오는 길을 지나쳤다고요? 어쩌다가 그랬어요?" "나도 모르겠어." 티에리의 아버지가 시무룩하게 말했다. "틀림없이 잠깐 실수한 거죠. 잠깐 딴 생각 했던 거예요." "저도 어떻게 된 건지 모르겠어요······. 정말 죄송합니다." 무덤 저편에서 들리는 듯한 목소리로 티에리의 아버지가 사죄했다. 지사장 부인이 천천히 걸어와서 다시 자리에 앉았다. 그녀가 얼굴을 일그러뜨리고 고통스러운 표정을 짓자, 티에리 트로켈이 학교에서 만든 원색 도자기 두 개에 담긴 식전 비스킷 모듬 세트를 권했다. "당신 괜찮아?" 자크 프랑쾨르가 자신의 아내에게 다정하게 물었다. "아니, 안 좋아." "제 아내는 목에 문제가 있답니다. 그래서 자동차 여행은 금지되어 있죠. 물론 가까운 거리는 괜찮지만, 오랫동안 차를 타진 못해요." "그런데 차를 타고 세 시간씩이나 달렸으니……." "세 시간 동안 자동차로 달렸지요." 지사장이 다시 한 번 확인해주었다. "아스피린…… 드릴까요?" 티에리의 어머니가 물었다. "고맙지만 저한테도 있어요." "우리가 지나친 고속도로 출구의 다음 출구가 약 100킬로미터 정도 떨어져 있어서……." "정말 죄송합니다." 티에리의 아버지가 같은 말을 한 번 더 반복하자, 지사장 부인이 쌀쌀맞게 대꾸했다. "사과는 아까도 하셨잖아요." 견디기 힘든 무거운 분위기가 거실을 감쌌다. 티에리의 어머니가 저녁 무렵부터 밝혀놓은 희미한 조명이 대화의 드라마틱한 분위기를 더욱 강조했다. "저희 집사람 말이 맞아요. 저녁식사 내내 사과할 필요는 없어요. 충분히 힘들었으니까요." 지사장은 그렇게 말하고 나서 "정말 맛있는 냄새가 나네요. 뭡니까?"라고 물었다. "속을 채운 새끼양 엉덩이 고기 요리예요. 얼른 식탁으로 가시죠." "좋은 생각이에요." 마르틴 프랑쾨르가 대답했다. "저녁을 먹고 빨리 집으로 돌아가고 싶어요." "알았어요, 여보. 모두들 괜찮다면 식탁으로 갑시다!" 지사장이 소파에서 일어서며 외쳤다(그는 마티니 잔을 비우고, 두 손을 비비며 주방 쪽으로 갔다). "너희들은 이제 침대로 가라. 베네, 티에리, 두 분 손님들께 인사하고 가서 자야지." 티에리의 아버지는 아무 말도 하지 않았다. 차례가 되자 그도 자리에서 일어서서 잔을 놓고(잔을 옮기는 행동도 너무나 슬퍼 보였다), 성대한 식탁이 차려진 식당으로 향하는 커플에 끌려가듯이 천천히 걸어갔다.

나는 매일 아침 느무르 카페로 가서 저녁 7시경이 될 때까지 테라스에 앉아 있곤 한다. 거기서 하는 일은 수첩에 메모를 하는 것이며, 낮 2시경이 되면 오베르뉴*식 샐러드로 점심식사를 한다. 중간중간 고개를 들어 광장을 지나는 짜릿한 실루엣이 없나 확인하면서. 지금 시각은 오후 6시 30분. 나는 부드럽게 비치는 빛에 흥분하여 가을의 찬란한 광채가 떠오르는 오랜 기억에 대한 글을 단숨에 써내려갔다. 내가 앉아 있는 장소는 은밀한 빛을 발하는 샹들리에의 촛불들로 밝혀진 것 같다. 나는 팔레루아얄과 가을이 보여주는 서정적인 열정에 익숙하다. 팔레루아얄과 가을은 난해한 관계망으로 연결되어 있고, 그 관계에 대해서는 여러분에게 밝혀야 할 것이다. 이 광장은 나에게 영감을 준다. 생각의 실마리를 끄집어내주고, 기분을 들뜨게 하며, 때로는 자리에 앉는 것만으로도 논거를 이끌어낼 수 있게 해준다―특히 2년 전에 『가정의 기질』을 다루었던 라디오 방송에 대해 떠올릴 때는 더욱. 여기 있을 때면 갑자기 생각이 떠오르는 것이 오히려 그렇지 않은 것보다 더 정상적인 일이다(가을이 깊어지면 이 현상은 보다 완벽한 황홀경에 가까워진다). 바로 이 이유 때문에 내가 느무르 카페에 자리를 잡기로 결정한 것이다. 나에게 뭔가 요구하는 게 있는 듯한 그 강연을 준비하기 위하여. 그런데 그게 뭐지? 강연과 관련해 그들이 내게 요구한 내용은 확실히 모호했다. 나는 제노바의 출자자라 자칭하는 사람의 소식을 전혀 듣지 못했을 뿐 아니라, 지난 화요일부터는 그 난해한 5층 여자와 한 번도 마주치지 못했기 때문이다. 그녀는 아마도 여행 중이거나, 아니면 아파트에 칩거하며 꼼짝도 않고 조용히 번역에 매달려 있을 터였다. 여러 번 그녀의 집으로 가 문을 두드려보았지만 아무 소용이 없었고(그 집 초인종은 작동하지 않는 게 확실했다. 녹이 슨 놋쇠 초인종을 눌렀지만 아무 소리도 나지 않았다), 집 안에서는 마룻바닥

---

* 프랑스의 중남부 지방으로 다양한 요리법이 발달되어 있다.

이 울리는 소리도, 구두굽이 부딪히는 소리도, 옷감이 스치는 소리도, 비난하는 말을 중얼거리는 소리도 들리지 않았다. 밀랍 먹인 참나무 문 너머(문구멍으로 그 번역가가 내다보며 두려움을 감추던)에서는 살아있는 숨소리라고는 전혀 들리지 않았다. 그러므로 그녀가 집에 없는 게 확실했다. 그래도 나는 매일 그녀의 문을 두드릴 생각이었다. 구체적으로 말하자면 오늘 저녁, 그리고 내일 아침에도. 왜냐하면 그 강연을 준비하는 데 몇 주를 할애해야 하는지 알아야 하니까. 가을빛의 광경이 매우 화려한 팔레루아얄의 이 카페 테라스에서 많은 시간을 보내기로 결심한 두 번째 이유는, 광장에서 9월 14일 화요일 저녁 7시에 보기로 했던 그 불가사의한 지하실 매매업자가 약속 장소에 나타나지 않았기 때문이다. 나는 지하철 입구에 있는 벤치에 앉아 있거나, 신문 가판대 옆에 서 있거나, 가판대 주위를 불규칙적으로 배회하며 그 이상한 인간을 기다렸다. 난 갑자기 나타날 그자를 놓칠까 봐 불안했고, 아니면 만나기로 한 사람이 누군지 정확히 알지 못하는 상황에서 그자가 나를 보지 못하고 실망할까 봐 약속 장소의 최중심에서 가능한 한 잘 보이게, 그가 갑자기 나타났을 때 내 몸이 가려지지 않도록 사방이 잘 보이는 장소에 눈에 띄게 서 있었다. 한 시간을 기다린 끝에 기운이 빠진 나는 그 긴 기다림을 보상할 겸, 느무르 카페의 테라스에 앉아 페리에를 마시며 위로의 시간을 가졌다. 거기에서 나는 갈색 머리를 한 두 명의 젊은 여자를 점찍었는데, 두 명 다 세련된 정장 차림으로 한 명은 검정, 다른 한 명은 밤색으로 차려입었다. 나는 두 여자가 앉은 테이블 바로 오른쪽에 자리를 잡았다. 그리고 잠시도 눈을 떼지 않고 두 여자가 신은 신발을 자세히 관찰했다. 동시에 그 미스터리한 지하실 매매업자를 계속 기다렸다. 그와 전화 통화를 하려고 여러 차례 시도했지만, 그자의 전화기는 꺼져 있었다. 나는 "접니다. 8시 15분이네요. 우리가 만나기로 한 시간은 7시입니다. 저는 현재, 느무르라는 카페의 테라스에 있습니다. 검은 옷을 입었고, 제 테이블 위에는《르몽드》와 빈 페리에 병이 놓여 있습니다"라는 음성 메시지를 남기고 전화를 끊었다. 그리고는 내 왼쪽에 앉은 갈색 머리칼을 지닌 젊은 여자를 바라보았다(그녀는 아주 섬세한 샌들을 신었는데, 샌들의 이음고리가 발목 뒤로 늘어져 너무나 유혹적이었다). 게다가 그녀는 담갈색 눈동자로 내 눈길을 받아들이겠다는 의미를 담은 시선을 계속하여 보냈을 뿐만 아니라, 나중에는 가볍게 미소까지 지었다. 나는 고개를 돌리기 전에 어색한 미소로 답했다. 가을은 내 몸에 자리 잡았던 육체적인 상황을 아직 충분히 따라잡지 못했다. 아직 일부가 여름에 머물러 있었던 것이다. 나는 담배에 불을 붙였다. 잠깐 흥분 상태가 나타났다. 그가 올 것인가? 내 메시지에 답할 것인가? 나는 그날 저녁에 수염이 덥수룩하고 지저분하며 목에는 기다란 거즈 스카프를 두른 50대의 남자가 나타날 거라 믿어 의심치 않았다. 개기름이 질질 흐르고 손톱 밑에 시커멓게 때가 끼었으며 비쩍 마른 사람을 떠올려보았다. 그리고 소용돌이치는 개울로 떠밀려오는 나뭇가지들처럼 어색한 걸음걸이로 광장을 지나는 사람 하나를 보았다. 실패의 고뇌에 빠진 50대의 예술가, 입은 지 30년은 되어 보이는 옷들을 아무렇게나 겹쳐 입은 차림새가 꼭 무너진 오두막의 벽면처럼 보이는 남자였다. 그렇게 광장에 나타난 정체가 불확실하고 수염이 덥수룩한 수염쟁이들이 모두 그 불가사의한 지하실 매매업자라도 되는 듯, 나는 그들이 나타날 때마다 촉각을 곤두세웠다. 그런고로 나는 문제 있는 차림새의 50대 남자에게 이번 주에만 세 번 달려갔다(팔레루아얄 근처에서 그런 사람은 흔치 않았으며, 때문에 그런 사람들은 멀리서도 눈에 띄었다). 그들이, 정말 우연 중의 가장 큰 우연으로 9월 11일에《리베라시옹》에 부동산 광고를 낸 장본인이 아니라는 것을 확인하기 위해서 말이다. 느무르 카페의 테라스 앞에서 내가 만들어낸 이 장면은 결과적으로 다음과 같은 상황으로 분석될 수 있다. 1. 나의 쾌락을 위해. 2. 그 분위기 있는 관측소에서 가을의 풍미가 펼쳐지는 것을 맛보기 위해. 3. 광장에 끊임없이 나타나는 너무나 자연스런 군상들의 모습을 지켜보기 위해. 4. 내가 준비해야 하는 강연에 대해 진지하게 생각해보기 위해. 5. 나의 믿음을 배반한 그 불가사의한 지하실 매매업자를 공중에서 낚아채기 위해(그자는 내가 자신에 대한 아주 정확한 몽타주를 갖고 있다는 것을 모르고, 아마도 집으로 돌아가기 위해 콜레트 광장을 가로지르는 부주의한 실수를 저지를 테니까). 가을과 팔레루아얄은 이 테라스에 있는 나의 존재에서 비롯된 본질과 연결될 것이다. 나라는 존재가 난해한 관계망을 통해, 스스로 밝혀질 방도를 찾아내야 하는 것처럼? 자, 여기 강연의 실마리가 있다. 팔레루아얄과 가을. 마치 나라는 존재가 거기에서 스스로 밝혀질 방도를 찾아내야 하는 것처럼. 그것이 독자들이 내가 쓰기를 바라는 글의 존재 이유일 수 있을 것이다. 아일랜드의 동지들, 페루의 탐미주의자들, 세네갈의 문학가들도 사정은 마찬가지일 테지만, 내가 팔레루아얄과 가을, 시간의 주기와 여왕의 얼굴, 신데렐라, 요정 이야기, 마법, 놀라운 여러 장소의 반짝임, 광장에서 춤추는 무희들을 변화시키는 젊은 여자들의 신비한 내면만큼이나 낡아빠진 주제에 이렇게 개입하는 것이 허용될 수 있을까? 내가 5층의 이웃집 여자, 점점 정체가 희미해지는 그 여자에게서 알아낼 수 있는 확실한 단 한 가지는 주제에 관한 한 강연자들에게 완전한 자유를 주는 것이 관례라는 사실이었다. "우리가 연구 실적을 발표하는 과학자를 기다리는 것이 당연한 것처럼, 자신의 작품들을 슬라이드로 보여주는 조형 예술가나 자신의 세계와 예술 이론의 껍질을 하나씩 벗기는 작가를 기다리는 것이 당연한 것처럼, 연출이라는 효과적인 수단과 배우의 보조는 함께 필요한 거예요. 그런데 열쇠가 어디 있지?" 그녀와 나는 아파트 문 밖에 있었고 내게는 앞을 가로막은 인터폰이 붙은 유리문을 열 열쇠가 없었다. "그렇다면 제 책에 대해서 얘기해야 하나요? 어떤 각도에서?" "그건 당신이 결정하세요. 아, 여기 열쇠가 있네요." "그럼 각도를 선택할 권리는 내게 있군요…… . 원하는 것을 내 맘대로 구성한다…… ."

그녀는 유리문을 밀고 홀로 들어갔다. 우리 아파트는 경비원들이 게시판에 적어놓은 글에서 볼 수 있듯이, 나와 비슷한 느낌의 행상인들과 방문판매업자들에게는 출입이 금지된 공간이다. "내가 참석했던 강연에 대해 생각해본다면 말이죠. 당신은 아주 예외적인 각도에서 당신의 세계에 이르는 게 좋겠어요. 설사 당신의 작품에 대해서 한마디도 할 수 없다 할지라도. 주변의 대상을 이용해서 당신의 작품에 대해 이야기하도록 하세요." 5층 여자는 엘리베이터 버튼을 눌렀다. 엘리베이터 버튼에 표시된 작은 삼각형이, 내 몸속에서 소리를 내는 극도로 흥분한 심장이 뛰는 것과 똑같은 속도로 깜빡였다. "그럼 언제요? 어떤 대상으로? 시간은? 메일은 어떻게? 그리고 당신은? 그래도 어쨌든 간에!" 그녀가 몸을 돌려, 우리가 대화를 시작한 후 처음으로 내 눈을 똑바로 바라보았다. "웃기는군요. 당신은 노벨상 후보에 오른 그 과학자 친구가 자신의 강연 주기에 당신을 포함시켜줬다는 그 명예로운 사건의 정확한 가치를 잘 모르는 것 같네요. 그곳에는 굉장히 많은 수의 청중들이 모입니다. 호기심 많고 교육을 많이 받았으며 국적도 다양한 사람들이 800명에서 1,200명 가량 모이지요. 《뉴욕타임스》에도 광고가 실려요. 거기 모인 사람들의 국적만 해도 60여 개국이나 된답니다." "그 과학자가 제 책을 읽었나요?" "당연히 읽었지요!" "그렇다면 왜 당신이 제게 이 얘기를 전하는 거죠?" "난 당신의 대화 상대자가 아니에요." "그 기상학자와 친구라고 하시지 않았나요?" "그는 위대한 과학자예요. 국제적으로 명성이 있는 기상학자죠. 아주 뛰어난 가을 전문가예요." 버튼의 삼각형이 깜박이기를 멈추고 아예 계속 불이 들어온 채로 멈춰져 있었다. 나도 두 눈을 깜빡이기를 멈추고, 그녀가 한 말에 깜짝 놀라 금방 사라질 것만 같은 5층 여자를 바라보았다. "뭐라고요? 방금 뭐라고 하셨어요? 가을 전문 기상학자라고? 가을에 관한 한 나도 전문가예요! 아주 뛰어난 가을 전문가는 바로 납니다!" "몰랐네요. 진짜 묘한 우연이네요." 엘리베이터 문이 열렸다. 이제 5층 여자는 흔들리는 엘리베이터 속으로 들어가 5층 버튼을 누를 준비를 마쳤다. "이제 모든 일에는 이유가 있다는 걸 잘 아시겠죠. 자, 제 생각에 확실한 건, 이 초대엔 심오한 이유들이 있다는 거예요. 설사 당신에게는 보이지 않는다 하더라도." 엘리베이터 문이 다시 닫혔다. 닫히는 틈 사이로 그녀가 이렇게 말했다. "저녁 시간 즐겁게 보내세요."

황홀감 때문이었다. 그는 고속도로를 달리고 있었다. 가장 큰 죄는 황홀감이었다. 그는 전날, 연습 삼아 차려진 근사한 만찬 식탁을 보았다. 아내는 화려한 광채가 지사장과 지사장 부인의 정신을 홀딱 빼앗을, 동전 네 개와 요리사 모자 네 개짜리 등급의 코스요리 전체를 자세히 설명했다. 그리고 꽃과 촛대를 놓고, 몇 개의 전등갓에 거즈 천을 베일처럼 씌워서 꾸밀 집 안 곳곳의 분위기에 대해서도 들려주었다(그가 대형 트럭을 추월하는 순간, 셰익스피어의 이름이 머릿속에 떠올랐다). 고속도로 출구까지는 20킬로미터 정도밖에 남아 있지 않았다. 그는 가죽으로 싼 날렵한 운전대를 어루만졌다. 천진난만한 행복감이 그를 감쌌다. 오후에 열렸던 회의가 그에게 활기를 불어넣고, 행복감을 허락했다. 이제까지 전혀 알지 못했던 멋진 기분이었다. 회의가 진행되는 동안 그는 사람들에게 강한 인상을 남겼다. "오늘 회의에 매우 만족합니다." 지사장이 밖으로 나가면서 그에게 말했다. "당신을 채용하길 잘 한 것 같습니다." 환하게 밝혀진 속도계 바늘이 시속 150킬로미터를 가리켰다. 비스듬히 기울어진 차 앞유리 너머로 표지판들과 시멘트로 만든 예술작품들이 연달아 지나갔고, 저녁 하늘을 가득 메운 먹구름들도 획획 지나갔다. 그는 플래터스*의 테이프를 밀어넣고 신혼 시절에 즐겼던 멜로디를 향수 어린 감정으로

---

* 1950년대에 활동한 미국의 흑인 혼성 그룹.

들었다. 정말 유쾌했다. 속도를 내고 싶다는 욕망이 그를 사로잡았다. 오른쪽 발이 가속 페달을 지그시 밟자 속도계 바늘이 점점 올라가기 시작했다. 전자제어분사장치가 장착된 푸조 504의 엔진은 비축되어 있던 강력한 힘으로 운전자에게 복종했다. 가죽 냄새가 풍기는 차 안에서 얼마나 눈부신 감정을 느꼈는지! 그는 카스테레오의 볼륨을 더 높이고 백미러를 힐긋 바라보았다. 지사장의 재규어가 네 개의 둥근 헤드라이트를 번뜩이며 뒤따르고 있었다. 지극히 온당한 특권적인 권리를 누릴 때 찾아드는 자부심! 그는 특권 계급의 암묵적 허락이 고속도로 위를 거침없이 내달리는 속도감으로 그와 자신을 결합시켰다고 생각했다. 앞뒤로 달리는 두 대의 자동차는 남의 눈을 피하는 커플처럼, 두 자동차의 모터의 힘과 동체의 근사한 외양으로 추월당한 다른 자동차들―꽉 막힌 오른쪽 차선에서 옴짝달싹도 못하고 있는 다른 자동차들―의 주의를 끌었다. 마치 날아오르는 환상처럼. 영광과 계시로 가득한 순수의 순간이었다. 황홀감에 젖어 현실을 잊게 된 순수의 순간, 육체와 물체를 초월해 비상하는 그 순수의 순간에 그는 일상에서 벗어나 고속도로의 행렬에서 이탈했다. 그는 점점 더 속도를 높였고, 속도계 바늘은 시속 184킬로미터에 이르렀다. 그는 마치 그럴 권리를 지닌 특권 계급처럼 속도를 즐겼고, 흥분을 돋우는 둥근 헤드라이트 네 개에서 눈을 떼지 못했다―그러다 문득 오른쪽을 돌아본 그의 눈에 기다랗게 열을 지어 쇠퇴의 길을 걷는 하층민들의 자동차 옆 쪽으로 쿠드레이-몽소라는 출구를 가리키는 표지판이 보였다. "제기랄! 제기랄! 망할 제기랄! 제기 제기 제기랄!" 만약 혼자였다면 그는 아마도 오른쪽 차선으로 슬쩍 끼어들었을 것이다. 하지만 지사장이 자신의 뒤를 따라오고 있는 상황에서 지사장을 놀라게 할 짓은 감히 할 수가 없었다. 계속 앞으로 달리는 수밖에 없었다. 갑자기 둥그런 네 개의 헤드라이트가 위협적으로 느껴졌다―재규어의 라디에이터 그릴의 강력한 생김새가 무섭게 보였다. 숨이 막히고, 이마에는 송송 땀방울이 맺혔다. "제기랄!" 그가 차 안에서 소리쳤다. 그는 화가 나서 카스테레오를 거칠게 껐다. 모든 것이 제자리로 돌아갔다. 세상의 질서와 현실 세계의 계급도. "말도 안 돼!" 그는 차 안에서 눈물을 흘렸다. 날렵한 가죽 운전대 위에 올려놓은 손가락 뼈들이 욱신욱신 쑤셨다. 겁먹은 눈으로 흘깃 백미러를 바라본 그는 사무실에서 떠날 때 무언가 깨달아야 했다는 것을 알아챘다─그의 역할은 지사장을 인도하는 것이 아니었다─겉으로는 그렇게 보일지 몰라도─뒤를 따르고, 지배당하는 쪽은 그 자신이었다. 재규어는 라디에이터 그릴의 나란한 치열을 드러냈다. 반짝이는 크롬으로 만들어진 치열. 둥글고 날카로운 눈. 밤의 포식자에게 어울리는 명민한 시선. 고양이과 육식동물처럼 정확하게 고정된 눈동자. 두 자동차 사이가 점점 가까워지는 것이 느껴졌다. 티에리의 아버지가 속도를 늦추었으므로 두 차가 점점 가까워지는 건 당연한 일이었다. "정말 비극이야……." 그가 울면서 탄식했다. 재규어가 범퍼에 닿을 듯 바짝 붙었다. "뭐라고 말해야 되지? 집에 도착하려면 시간이 얼마나 걸릴까?" "정말 너무나 맛있습니다. 요리를 진짜 잘하시는군요, 부인." 자크 프랑쾨르가 오르되브르*를 끝내면서 말했다. "그렇지 않아, 여보? 트로켈 씨, 이렇게 솜씨 좋은 요리사와 같이 산다는 말은 한 적 없잖아요." 지사장의 칭찬에 티에리의 아버지가 뭐라고 중얼거렸지만 아무도 알아듣지 못했다. 다음 단계로 티에리의 어머니는 속을 채운 새끼양의 엉덩이 고기 요리를 잘랐다. 껍데기가 바삭바삭하고 노릇노릇하게 구워진 것을 보고 식탁에 앉은 사람들은 환호성을 올렸다. 딱딱한 껍질은 살짝 벗겨내어 창살대처럼 만들고 거기에 달걀노른자를 정성껏 솔로 칠해서 만든 것이었다. 앙트레를 먹는 동안, 티에리의 아버지는 알아들을 수 있는 말은 한 마디도 하지 못했다. 의기소침한 남편 앞에서 낙담했음에도 불구하고

---

* 주요리 전에 먹는 전채 요리.

그의 아내는 대화를 주도해나갔다. 그녀의 어디에 사교계와 요리에 대한 재능과 가정적이면서도 지적인 대화를 주도할 용기가 숨어 있었단 말인가? 뛰어나고 정확하고 겸손한 인상을 남기며 그녀는 말 그대로 남편이 바라던 모습을 실현했다. 그녀가 내놓는 요리마다 손님들이 경탄을 금치 못했음은 물론이요, 그녀는 정원일이며, 튤립, 아이들 교육 문제, 캘리포니아, 신용대출, 융단, 다양한 색깔, 굴에 이르기까지 모든 대화를 주도하며 침묵하고 있는 남편의 자리를 메웠다. "정말 훌륭하십니다." 자크 프랑쾨르가 말했다. 모래, 해변, 물놀이, 텔레비전 프로그램에 대한 대화가 계속되었다. "맛있는 파로 만든 퐁듀를 조금 더 드릴까요? 사모님은 어떠세요?" 티에리의 어머니가 물었다. "아니, 됐어요." 지사장 부인이 솔직하게 대답했다. 다시 파, 노부인들, 은퇴, 프로방스 지방에 대한 대화. "은퇴 후엔 저희도 프로방스 지방에서 살고 싶어요. 보다 정확하게 말하자면 코트다쥐르에서요. 제 고향이 프로방스거든요." 티에리의 어머니가 말을 이었다. "아, 그래요? 훌륭하네요. 프로방스 어디시죠? 어느 쪽?" 자크 프랑쾨르가 퐁듀를 게걸스럽게 먹으며 물었다. "카바이용이요." 그녀가 대답했다. "멜론의 고장! 카바이용은 멜론이 유명하지! 집사람이 멜론을 무진장 좋아해요, 그렇지 여보?" 순간, 티에리의 아버지는 대화에 끼어들고 싶어 '굴'이라는 단어를 식탁에 뱉어냈다. 개수대에서 나는 것 같은 목소리로 발음된 '굴'이라는 단어, '굴'이라는 이 단어는 가엾게도 출산 시 축축하고 끈적끈적한 태아가 나오는 모습을 연상시켰다. 그는 갑자기 숨이 막히고 얼굴이 빨개졌다. 장과 목구멍 사이에 있는 뭐라 불러야 할지 모르겠는 근육에 힘을 주어 그 단어를 밀어낸 것 같았다. 식탁에 모인 사람들은 깜짝 놀라서 그를 바라보았다. "뭐라고요?" 지사장이 정중하게 물었다. '굴'이라는 단어가 스러져가는 음역의 목소리처럼 그의 입술 사이에서 다시 미끄러져나왔다. 그는 장애아처럼 말을 더듬었기 때문에 '굴'이라는 단 한 단어를 알아듣는 것조차 불가능했다. "미안하지만……" 지사장이 참을성 있게 계속 미소를 지으며 말했다. "다시 한 번 말해주겠어요?" "굴이요……." 티에리의 어머니가 용기를 내어 남편의 말에 덧붙였다. "이 굴은 3번 양식장에서 키운 굴들로, 코르베이-에손에서도 아주 좋은 상품을 취급하는 도매업자에게서 산 것이거든요(티에리 트로켈의 아버지는 아내의 말에 고개를 끄덕였다. 바로 그 말을 하고 싶었다는 듯이). 《렉스프레스》지에서 이 도매업자에 대한 기사를 읽었죠. 그러니 왜 코르베이-에손에서 그렇게 각광받는 생선장수를 찾았느냐고는 묻지 마세요……." 서서히 술기운이 오르자 티에리의 아버지도 조금씩 안정을 찾았고, 무가치하고 문제가 있으며 스스로를 조금씩 갉아먹는 말들을 머뭇거리며 내뱉지 않고 제대로 된 문장을 말하기 시작했다. 여주인은 모두에게 속을 채운 새끼양의 엉덩이 고기 요리를 나누어주었다. "정말 대단히 훌륭한 요리입니다." 지사장이 칭찬했다. "이렇게 맛있는 요리를 먹어본 적이 별로 없었던 것 같아요." 지사장의 아내도 처음으로 좋은 소리를 했다. 분위기는 화기애애했고, 포도주 병이 연이어 비워졌으며, 속을 채운 양고기는 타원형 쟁반에서 사라졌다. 대화는 다양한 주제로 퍼져나갔다. 옛날 추억들, 일화들, 우스갯소리들……. 티에리의 어머니는 자신이 한 요리법의 중요하고 섬세한 부분에 대해 이야기했다. 그녀의 남편은 조금씩 입을 열어 간혹 한 마디씩 끼어들다가, 다른 화제들을 모방하며 본격적으로 대화를 하기 시작했다. 고속도로에서 저지른 실수 때문에 진짜로 상처받은 모양이었다. 유리문이 달린 영국식 진열장 안에 비행기 모형들이 여러 개 놓여 있는 것을 발견한 자크 프랑쾨르가 물었다. "왜 저렇게 비행기 모형이 많아요? 모형에 관심이 많나 봐요?" "비행기에 관심이 많죠." 티에리의 아버지가 잔에 포도주를 따르며 대답했다. 그가 이렇게 술을 많이 마시는 것은 드문 일이었다. 말하자면 전례가 없는 일이었다. "몰랐던 사실이네요. 그럼 비행기를 직접 몰기도 합니까? 해본 적 있어요?" "비행기 몰아본 적 있지요. 그것도 많이요." "아, 그래요? 직접 비행기를 조종해봤다고요? 언제, 무슨 이유로?" "군대에서요. 군에 있을 때 전투기 조종사였어요." "아, 몰랐어요." 지사장은 접시 옆 식탁보에 떨어진 빵조각을 주워 먹으며 말했다. "이력서에는 적혀 있지 않던데." "오래된 젊은 시절 이야기로 손님들을 지루하게 하지 말아요……. 옛날 얘기예요, 이이가 젊었을 때 일이죠." 자크 프랑쾨르가 관심을 보이자 티에리의 어머니가 말했다. 그녀의 남편은 얼음처럼 차가운 아내의 비난 어린 시선 때문에 거세 콤플렉스가 일어나겠다고 생각하며 다시 입을 열었다. "전 1962년 2월에 마라케시 항공 학교에 등록했어요. 바칼로레아 시험의 1부 성적을 얻은 다음이었죠. 전 어렸을 때부터 비행사가 되고 싶었어요. 독일로 돌아가기 위해 당시의 하늘을 나는 B-12 폭격기의 부르릉거리는 소리를 듣고 난 밤 이후로 그게 제 인생의 가장 큰 꿈이었죠. 그래서 조종사 과정을 밟았어요. 이중 조종제어장치를 다루는 법에 대해 23학점을 이수했고, 그 다음엔 혼자 조종석에 앉았죠. 2년 후에는 샹베리에서 헬리콥터 조종 교육을 받았어요. 샹베리에서는 벨 47 G-2*, 시코르스키 H-19**와 H-34를 조종했죠. H-34는 직접 배출식 1,800기통짜리 괴물로, 진짜 근사했어요……. 아마 여러분은 모르실 거예요. 그 시절이 내 인생의 가장 아름다운 시간이었죠……. 아직도 원형 조종간 위에 있는 가속장치의 손잡이를 돌리며 가스를 넣을 때 떨리던 엔진의 진동이 기억나요. 전부 다 기억나요. 헬리콥터 안의 냄새, 기름과 연료 냄새, 가스가 배출될 때 나던 냄새…… 좌석의 낡은 가죽 냄새…… 금속 동체…… 미닫이문의 손잡이…… 계기판…… 각종 계측기들, 압력계들, 바늘 색깔들, 각종 금속 스위치들……. 관제탑과 연결된 무선기로 교신하던 내용들도 기억납니다. '샹베리 탑 시코르스키 12와 낙하산 투하 지

---

* 미국의 벨 사에서 생산한 헬리콥터 시리즈 중 하나.
** 소련 태생의 미국 항공 기술자 시코르스키가 개발한 헬리콥터 시리즈.

역에서 다시 만난다.'" 그가 냅킨으로 입을 가리고 낮은 목소리로 중얼거렸다. "시코르스키 12는 14를 따라 기압을 올린다. 순풍을 만나면 지상 2천 밀리바로 오른다. 시코르스키 12는 7노트로 우회하라." 그가 다시 정상적인 목소리로 말을 이었다. "저는 시코르스키 H-34를 아무 무리 없이 이륙시킬 수 있었지요." "인상적이군요……." 심하게 고집을 부린다는 평가를 받는 부하직원을 얼르듯이 자크 프랑쾨르가 말했다. "샐러드 더 드실래요?" 티에리의 어머니가 마르틴 프랑쾨르에게 물었다. "예, 아, 아뇨……. 그만 먹을게요." 그녀가 취해서 딸꾹질을 하며 대답했다. "그럼 지사장님은요?" 티에리의 어머니가 자크 프랑쾨르를 향해 몸을 돌리며 물었다. "기꺼이 더 먹죠. 더 주세요. 어디까지 얘기했죠? 그럼 여기 이 식탁에서 헬리콥터를 이륙시킬 수 있어요? 고맙습니다. 예, 됐어요. 고맙습니다." "여기서 할 수 있냐고요? 지금 저한테 이 식탁에서 헬리콥터를 이륙시킬 수 있냐고 하셨어요?" 티에리의 아버지는 잠시 두 눈을 감았다가 뜨며 시작했다. "헬리콥터 정면으로 바람, 회전날개 장치 당김, 제동장치 당김, 바퀴 정지, 꼬리바퀴 풀기, 녹음기 스위치 오프, 정유 선별장치 잠금. 실린더에 기름을 분산시키기 위해 시동장치를 세 번 회전시키고, 두 개의 녹음기를 '양립'에 연결시키고, 분사장치 펌프를 작동시키면서 시동장치를 다시 누릅니다. 자, 엔진 작동, 이 심포니를 들어보세요. 이게 진정한 아름다움입니다…… 정유 혼합을 '다량'에 놓고, 회전날개 연결장치의 유압펌프를 작동시키고, 분당 1,800회전임을 알리고, 회전날개를 분당 135회전에 맞추고, 가스를 줄이면서 연결장치를 작동하고, 마지막으로 기계적 연결장치를 작동시킵니다. 자, 이제 됐습니다. 날개가 회전하고 엔진이 작동하기 시작했습니다." 티에리 아버지의 몸은 식탁에서 약간 떨어져 있었다. 상상 속 조종간의 페달을 작동시키는 그의 발이 보였다. 그는 빈 포도주 병을 앞에서 뒤로, 오른쪽에서 왼쪽으로 움직였다. 온 신경을 모아 신중하게. "이제 조종제어장치의 기능을 확인합니다. 원형 조종간, 컬렉티브 피치*, 꼬리 회전날개의 조종간. 제동장치를 다시 당기고 승무원들에게 알립니다. '주의 요망, 우리는 이륙합니다!'" 깜짝 놀란 자크 프랑쾨르는 샐러드에서 고개를 들어 새 영업부장 쪽으로 눈을 돌리고, 어리둥절한 얼굴로 그를 바라보았다. "엔진 200회전, 만약 연결장치가 작동한다면, 회전날개는 220회 회전해야 합니다. 좋아요…… 이륙합니다…… 자, 이제…… 천천히 굴러갑니다(그는 천천히 다리를 떨며 일어섰다). 기계들과 조종제어장치들을 확인하기 위해 이런 상태로 5, 6미터 더 굴러갑니다(그는 균형이 맞지 않게 두 다리를 구부린 채 그대로 멈춰 있었다). 이제 상승합니다(그는 천천히 두 팔을 벌리며 몸을 세우기 시작했고, 허공에서 십자가에 못 박힌 자세를 한 부하직원의 얼굴을 뚫어지게 바라보는 지사장의 몸 위로 불쑥 솟아올랐다). 60노트의 빠르기, **일반**으로 혼합, 2천 미터에서 부스터 펌프는 <u>오프</u>…… 자, 이제 다 됐습니다. 헬리콥터는 현재 순항 속도를 유지합니다……" 그가 자리에 앉으며 마무리했다. 포도주를 한 모금 길게 마신 그는 잠시 지사장의 반응을 기다렸다. "기억력이 정말 좋군요. 그런데 왜 그 일을 그만뒀어요?" "가정을 꾸리기 위해서였죠." 티에리의 어머니가 재빨리 대답했다. "저희가 만난 게 그 무렵이거든요. 그러니까…… 그때보다는 조금 나중에…… 제가 하고 싶은 말은…… 그게 아니라…… 샐러드 좀 더 드릴까요?" 그러자 티에리의 아버지가 펄쩍 뛰었다. "당신 무슨 소리야! 우리가 만난 건 그로부터 한참 뒤라는 거 당신도 잘 알잖아! 아내가 연도를 혼동했나 봅니다." 그가 지사장 쪽으로 몸을 돌리며 덧붙였다. "헬리콥터 얘기는 지루하니 이제 그만 해요. 이번 여름에 바캉스는 어디로 가실 계획이세요?" 티에리 어머니의 질문에 마르틴 프랑쾨르가 대답하려는 순간, 티에리의 아버지가 먼저 입을 열었다. "포도주가 다 떨어졌군. 치즈를 다 먹

---

* 헬리콥터의 회전날개 꼬임각 조절장치.

96

어치울 겸 포도주 좀 더 하실까요?" 그가 지사장에게 물었다. "예, 그러죠. 더 드시고 싶으시면요. 하지만 난 됐습니다. 아내를 데리고 파리까지 가야 하잖아요. 당신은 어때, 포도주 좀 더 들 테야? 아까 당신이 약을 먹은 걸 생각하면 더 권하고 싶지는 않은데……." 지사장 부인은 티에리의 어머니를 향해 이상하게 신경질적으로 보이는 고갯짓을 한 번 함으로써 남편의 충고를 단번에 무시해버렸다. 그녀는 술을 더 마시겠다는 뜻으로 남편에게 잔을 기울였다. 그러자 티에리의 아버지가 외쳤다. "한 병 더! 한 병 더!" 남편의 고집스런 시선, 걱정스러울 정도로 들떠 있고 한 자리에 고정된 그 시선 앞에서 티에리의 어머니는 몸을 일으켜 주방으로 사라졌다. 지사장은 마른기침을 하고는, 손으로 네모진 턱을 받치며 새로 온 영업부장의 얼굴을 곰곰이 뜯어볼 준비를 했다. "왜 그만뒀냐고 하셨죠? 샹베리에서 불시착 연습을 했을 때였어요. 전 학교 뒤편으로 자동선회해서 착륙했어요. 자동선회가 무슨 뜻이냐고요? 에, 음, 바로 이런 겁니다. 헬리콥터가 엔진을 끄고 착륙합니다. 날개의 양력을 유지하면서, 조용히, 아무 소리도 들리지 않는 침묵 속에서 말이죠. 왜 학교 근처냐고요? 음, 그런 것 있지 않습니까. 젊음, 장난기, 웃음소리와 놀라는 반응을 끌어내고 싶은 욕구 같은 거요. 헬리콥터는 아무도 모르게 조용히 착륙할 수 있지만, 대신 이륙할 때는 소음이 엄청나거든요. 제가 거기에 있는 걸 아무도 몰랐어요. 마침 학교는 쉬는 시간이었고요. 그런데 갑자기 운동장에 있던 아이들의 치마가 위로 들리고, 모자들이 날아갔으며, 나뭇잎들이 뽑히고, 창문들이 일제히 덜컹였어요. 다들 공황 상태에 빠졌죠. 아이들은 학교 지붕 아래로 도망쳤고, 선생들은 지붕 위 2~3미터 상공에 떠서는 움직이지 않는 시코르스키 H-34 헬리콥터를 바라보았어요. 전 그들의 표정, 콧등에 난 뾰루지, 눈동자 색깔까지 다 볼 수 있었습니다. 조금 과장된 걸 수도 있겠지만 어쨌든 거의 그랬어요……. 열다섯 명을 수송하고 2.5톤의 화물을 운반할 수 있는 약 20미터 길이의 화물수송기를 상상해보세요! 그 굉장한 프로펠러를 말이에요!" 갑자기 식탁 주위가 조용해졌다. 식탁으로 돌아온 티에리의 어머니는 포도주 병의 마개를 따려 했다. "놔두세요. 놔두세요. 이리 주세요……." 자크 프랑쾨르가 이렇게 말하며 포도주 병을 받아서 마개를 따기 시작했다. 마개의 중심을 축으로 두 팔을 양쪽으로 들어올리자 조금 전에 티에리의 아버지가 식탁에서 날아오르듯이 양팔을 벌렸을 때와 비슷한 자세가 되었다. "당연히 작은 문제가 발생했습니다. 학교가 고소를 했거든요……." "포도주 더 드실래요?" 지사장이 티에리 아버지의 말을 잘랐다. "여보, 당신은? 샤토뇌프 뒤 파프*로 74년산이야. 작황이 훌륭한 해였지. 아주 맛있을 거야." "내 능력을 확인하기 위해서, 아니 어쩌면 나를 처벌하기 위해서였겠죠. 연대장은 불시착 테스트를 치르라고 했어요." 무겁게 고개를 끄덕여 그의 말에 호응해준 마르틴 프랑쾨르가 차가운 손으로 갈색 머리카락을 헝클더니, 자기 남편이 반쯤 채워준 엄청난 무게의 건조물을 냅킨 위로 옮겼다. 그 몇 초 사이에 그녀의 말과 행동 모두가 이상해졌다. "그때 말입니다. 날고 있는 순간에 연대장이 '엔진 정지!'라고 말했어요." "고마, 고마워, 여보." 지사장 부인이 중얼거렸다. "엔진 정지요? 엔진이 정지됐던 거예요?" "그게 아니라 테스트 내용이었던 거죠. 엔진이 정지된 상태처럼 하라는 거였어요. 교관이 나한테 소리쳤어요. '엔진 정지!' 전 엔진을 껐어요." "오케이, 오케이, 알아들었어요. 미안해요. 아, 혹시 담배 연기가 싫으세요?" 지사장이 티에리의 어머니에게 물었다. "아뇨, 전혀요. 담배 태우세요. 재떨이 갖다 드릴게요." "연대장은 다시 이륙하라고 명령했어요. 들판 끝에 포플러나무들이 있는 곳에서. 나는 나무들 사이로 충분히 지나갈 수 있다고 확신했어요. 헬리콥터 직경이 16.8미터니까 20미터 정도면 충분하죠(그가 두 팔을 벌려 대충의 거리를 가늠하자, 지사장은 하바나

* 프랑스 남부 론 지방의 와인 명산지인 샤토뇌프 뒤 파프에서 생산된 와인.

산 시가의 끝을 자르면서 본심을 감춘 회의적인 표정으로 그를 바라보았다). 머릿속에서 무슨 생각을 했는지는 저 자신도 모르겠어요……. 아마도 나무들 위로 지나가기 위해 헬리콥터를 수동 조작해서 후진하는 게 귀찮았겠죠……. 어쩌면 원형 조종간의 달인이란 걸 연대장에게 보여주고 싶었는지도 몰라요……. 아니, 어쩌면 학교 통학버스 몰듯 헬리콥터를 운전하는 엉터리라고 꾸중을 듣게 될까 봐 두려웠는지도 모르죠……. 지사장님이 그와 똑같은 상황에 처한다면, 사람들이 지사장님에게 뭘 원할지 아시겠어요?" 지사장은 입에 문 시가를 빙글빙글 돌리며 꽤 오랜 시간을 들여 시가에 조심스럽게 불을 붙였다. "예? 내가 어떻게 알겠어요, 그 연대장이 뭘 원했는지." 시가에 불을 붙인 후, 자크 프랑쾨르는 빨갛게 타오르는 시가의 끝을 자세히 관찰하고는 인상적인 시선으로 부하직원을 가만히 응시했다. "연대장이 원한 게 뭐였겠냐고요? 혹시 내가 당신 말을 잘못 알아들었으면 고쳐줘요. 내 생각에 그 테스트는 당신의 능력을 확인할 뿐 아니라…… 당신의 정신 상태를 점검하려는 목적도 있었던 것 같은데……. 그러니까 뭐랄까…… 책임감?" 티에리의 아버지는 잠시 생각에 잠겼다가 잔을 또 비웠다. "예, 맞아요. 어쩌면. 마라카시에서 우리를 지도했던 교관은 성난 미치광이였어요. 우리는 콩포스텔로 떠나는 순례자들을 수송하는 게 아니라는 말을 끊임없이 해댔죠. '빌어먹을 전투기!' 소리를 입에 달고 살았어요. '자, 힘내자! 가자, 청년들이여! 너희들은 호모가 아니다!'" 티에리의 아버지가 교관을 흉내내어 커다란 목소리로 외쳤다. "그는 항상 우리한테 '너희들은 호모가 아니다!'라고 말했어요. '자, 힘내자! 가자, 청년들이여! 너희들은 호모가 아니다!'" 그는 포도주를 한 모금 길게 마시고는 촛불이 따뜻하게 밝히는 조용한 식탁에서 마지막으로 한 번 더 반복했다. "너희들은 호모가 아니다!" 티에리의 어머니가 일그러진 얼굴로 남편을 바라보았다. 그녀는 쉬지 않고 말을 쏟아내고 있는 남편의 입을 막을 도리가 없었다. 지사장 역시 지금 눈앞의 상황이 믿기지 않는다는 듯 당혹스러운 시선으로 부하직원을 바라보았다. "그래서요?" 그가 물었다. "나는 수동 조작을 하지 않고 다시 이륙했어요. 두 그루의 포플러나무 사이를 빠른 평행이동으로 날아올랐죠." "잠깐만요……. 지금 당신은…… 쉬는 시간에 학교 운동장에 멈췄다가 비행한 후에 대해 말하는 거지요('쉬, 는, 시, 간, 에'라고 그는 각 음절을 분리해서 정확하게 발음했다)? 부대를 지휘하는 연대장 앞에서 나무들 사이로 이륙했다……." "그렇죠……." 뛰어난 재주를 보였다는 평판을 받아 지사장의 신뢰를 더욱 공고히 하려는 욕심으로 티에리의 아버지가 자랑스럽게 대답했다. "저는 두 그루의 포플러나무 사이를 통과해 들판을 빠져나갔어요. 조용히, 나무 둥치에 닿을 듯이 살짝……. 한 가지 꼭 말하고 싶은 게 있어요. 당시에 저는 최악은 아니었다는 거요!" 그는 사부아산 치즈 반쪽을 흔들며 취기를 빌려 뻔뻔스럽게 덧붙였다. "포플러나무 사이를 빠져나온 후에는 징계위원회에 소환됐어요." 그 말이 끝난 후, 식탁에 둘러앉은 사람들은 그의 얼굴에 갑자기 붉은 반점이 나타나 넓게 번지는 것을 보았다. 반들반들 윤이 나는 달걀형의 반점들은 가운데가 봉긋 솟아 있었다. 놀라울 정도로 일정한 모양의 이 반점들은 색깔이 도드라져 그의 피부를 더욱 창백하게 보이게 했다. 티에리의 어머니는 당황해서 멍하니 있었다. 늘 그렇듯 진창에 빠진 그녀의 남편은 평소의 두 배나 되는 불안감과 끝도 없는 공황 상태로 그녀를 밀어넣었다. 그는 정신과 피부, 언어와 육체, 기본적인 실체와 존재의 외관을 변질시키는 병에 걸린 것 같았다. 심지어 목소리, 몸짓, 불분명한 발음조차 그라는 인간의 썩어빠진 변신을 증명했다. 그가 붉은 포도주의 타닌 성분에 알레르기가 있다는 사실은 나중에야 밝혀졌다. "그들이 절 소환한 이유는 제가 위험한 조종사기 때문이라고 하더군요. 하지만 헬리콥터 날개 끝에는 초록색 이파리 자국 하나 남지 않았어요! 포플러나무는 날개 끝에 손톱만큼의 자국도 남기지 못했다니까요! 나무껍질 한 조각도 묻지 않았어요! 그래서 가끔 저는 제가 비행술의 천재가 아닐까 생각했답니다!" "자, 이제……" 티에리의 어머니가 일어서며 말했다(그녀는 싹싹 비워진 샐러드와 치즈 접시를 다 모아서 층층이 쌓아올렸다). "알려드릴 게 있어요. 저희 딸아이 대신 드리는 말씀이에요. 딸아이가 이 디저트를 만들자는 아이디어를 냈고 또 예쁘게 만들었어요. 두 분을 위해서요. 거의 혼자 만들었답니다. 이이가 증인이지요." 어떻게 그녀는 가슴에서 터져나오는 흐느낌과 말소리에 섞이는 오열을 참아내고, 그렇게 강하고 단호한 태도를 유지할 수 있었을까? "집중하세요. 잠시 후면 베네딕트의 디저트가 등장합니다!" 그러고 나서 그녀는 접시들을 가지고 주방으로 갔다. 긴 침묵이 식당을 감쌌다. 티에리의 아버지는 벽을 보고 있는 지사장을 바라보았다. 지사장 부인은 빵 한 조각을 갈기갈기 조각내 포도주잔 주위에 흩어놓고 있었다. "하지만 그게 문제가 아니었어요. 그러니까 제 말은 제가 건드렸냐, 아니냐의 문제가 아니었다는 뜻이에요." "그 점에 대해서는 나도 그들의 의견에 전적으로 동의해요. 당연히 문제는 그게 아니죠. 당신이 건드렸건 아니건, 학교 운동장에 추락했건 아니건 간에. 문제는 당신이 저지른 무책임한 행동……" "하지만 제 말은 그게 문제가 아니라는 거죠. 제가 한 행동에는 아무런 위험도 없었어요. 나무 사이로 무사히 빠져나갈 줄 미리 알고 있었거든요." "아무런 위험도 없었다고요? 학교 운동장 위를 날고, 나무들 사이를 지나갔으면서……" "아니, 그래요, 하지만 그 1주일 전에 발 디제르*에서는 스키 코스를 달리는 스키어들을 초저공비행으로 따르던 연대장 보좌관이 경사면에 부딪혀 추락하는 사고가 있었어요." "그 일 때문에 조금 흥분했던 거군요……" "조종사들은 무사히 탈출했어요. 반면 헬리콥터는 박살이 났지요. 초록색 코스 위에 떨어진 박살난 헬리콥터……. 보기에 좋지 않죠……. 그것도 올라가는 경사면에서 멀지 않

---

* 프랑스의 가장 동쪽에 위치한 론-알프스 지방의 도시.

은 곳에…… 하필이면 애들 방학 때에!" 티에리의 어머니가 디저트 접시 한 아름과 작은 디저트용 은제 포크를 한 다발 들고 식당에 다시 나타났다. 자크 프랑쾨르가 그것을 받아 나누어주었다. "매우 긴장된 상태였어요. 연대장 보좌관은 마흔여섯 살로 옛날에 인도차이나에서 근무했던 사람이었죠. 그 사고로 군대에서 쫓겨나지는 않았어요. 국방부가 보호하는 인물이었거든요. 여론에 따르면 징계가 필요하다고 했지요. 거기에 제 포플러나무 사건이 보태진 거고요." 재떨이 가장자리에 놓인 시가의 재가 부스러졌고 지사장은 의문스러운 침묵으로 일관했다. "저는 희생양으로 이용된 거예요." "구체적으로 말하자면?" "제 승무원 경력은 말소되었죠." "군대에서 쫓겨났어요?" "제가 쌓은 승무원 경력이 말소되었어요. 결론적으로는 조종사 자격 자체가 박탈된 거예요. 비슷한 상황이라면 누구나 당하는 일은 아니었죠!" 거북하고 긴 침묵이 식탁 주위를 둘러쌌다. 침묵이 어색했던 지사장이 일부러 트림을 했다. 티에리 트로켈의 어머니는 다시 자리에 앉았고, 남편의 칼라 깃 주위, 목울대 주위와 얼굴에 빈 점들이 새로이 나타나는 것을 바라보았다. 그녀의 남편은 부끄러운 줄도 모르고 더할 나위 없이 뻔뻔하게 행동하고 있었으며, 한편으로는 슬프고 나약해 보였다. 그녀가 몸을 돌리자, 지사장과 지사장 부인이 너무 놀라 얼빠진 모습으로 그녀 남편의 얼굴에 갑작스레 번지는 반점들을 바라보고 있는 게 보였다. "군대에서 쫓겨났다고요?" "자, 저희 딸아이가 만든 디저트예요. 이름은 '자정의 종소리 열두 번'이랍니다. 글자판하고 누가 초콜릿을 씌운 시곗바늘만 제가 조금 도와줬어요. 과자는 딸아이 혼자 만든 거예요……. 딸아이 혼자 완성했죠." "그러고 보니 자정이 다 됐군요. 12시 10분 전이에요." 지사장이 손목시계를 들여다보며 말했다. "내 재규어가 호박으로 변하기까지 10분밖에 안 남았어요! 당신은 집에 일찍 들어가고 싶어했는데……." 지사장이 갑자기 자기 아내한테 말했다. "뭐, 뭐라고, 뭐라고 했어, 당신?" "아니, 벌써 가시려고요!" 티에리의 아버지가 소리쳤다. "이제 정말 집으로 돌아가야 해요." "난 헬리…… 헬리…… 콥터를 타고 집으로 가고 싶어!" 그 순간 마르틴 프랑쾨르가 머리를 식탁에 '쾅' 소리가 나게 처박으며 고꾸라져, 물결치듯 어깨를 떨며 중얼거렸다. 자크 프랑쾨르가 벌떡 일어서서 아내를 일으켜 서둘러 거실을 가로질렀다. 티에리의 어머니가 그 뒤를 따라가 현관 앞에 있는 옷장 문을 열어 두 사람의 외투를 꺼내주었다. "너무나 고맙습니다. 오늘 저녁 식사는 정말 말할 수 없이 근사했습니다." 자크 프랑쾨르가 인사를 했다. "헬리…… 헬리…… 콥터 얘기 때문에 나는 헬리콥터가 타고 싶어졌어! 그러니까 당신 친구가…… 우리를…… 우리를 태우고…… 조금 태워줄 수 있지…… 않을까……." "여보, 우리 친구는 이제 헬리콥터를 운전하지 않아. 그는 이제 공업용 작도 장치를 판다고. 그가 그리워하는 조종석, 기름 냄새, 원형 조종간, 컬렉티브 조종간과 꼬리날개 같은 것들을 생각하면 그에게는 불행한 일이지만…… 내가 보기에도 그 그리움을 완전히 없애는 건 불가능한 것 같지만……." "하지만 난 원해! 원한다고! 당신 내 말 좀 들어봐!" 지사장 부인이 고래고래 소리쳤다. "여보, 여보, 조용히 해요. 이제 그만 갑시다." "난 가고 싶지 않아! 비행기 타고 싶다고 했잖아! 당신의 그 똥덩어리 같은 재규어에 타고 싶지 않아!" "죄송합니다……." 자크 프랑쾨르가 티에리의 어머니의 귀에 대고 중얼거렸다. "약 때문에 그래요. 알코올과 약이 섞여서 그런 겁니다." "난 하고 싶어! 하고 싶다고! 사방이 저 황마천 조각투성이……. 저 장식못 박힌 소파들……. 낡은 핑크빛 황마천 조각들……. 미치겠어! 이 집! 이 집도 똑같아! 기술…… 기술…… 영업부의 유배지! 미칠 것 같아, 토할 것 같다고! 이건 악몽이야! 당신이 어떤 저녁식사에 나를 끌어들였는지 보라고. 이 새로운 행성은 뭐야. 그리고 이 좀비들은 누구야. 우리는 너무 멀리 있어!" 그녀가 울음을 터뜨렸다. "집에 가고 싶어! 당장 내 침대로 가고 싶다고! 한밤의 그 들판들! 날 비행기로 데려다줬으면 좋겠다고! 내 말 들려?" 그녀는 몸부림치며 소리를 질렀다. 그리고 경련을 일으키며 격렬하게 몸을 뒤틀더니 자기 남편의 두 팔에 의지해 몸을 반으로 접은 채, 현관의 촌스러운 타일 바닥 위에 '요리사 모자 네 개와 동전 네 개'짜리 등급의 요리를 몽땅 쏟아내기 시작했다. "대걸레를 가져올게요……." 티에리의 어머니가 주방으로 달려가며 말했다.

4

이번 주 팔레루아얄에서는 상세히 기록하고픈 사건들이 꽤 많이 일어났다. 우선, 안무가 앙줄랭 프렐조카주가 월요일 아침 9시 30분에 휴대전화로 내게 전화를 했다. 나는 일찌감치 느무르 카페의 테라스에 자리 잡고 앉아(레오나르도를 학교에 데려다주고 다시 집에 갔다 오지 않으려고 이렇게 계획을 짰다) 치밀한 여성 독자가 읽는 방식으로《엘르》를 찬찬히 넘기며, 내 소설에 바친 찬사로 가득한 기사를 우연히 만나기를 바라고 있었다. 내 책을 낸 출판사의 편집장이 그 잡지는 분명히 내 소설을 칭찬할 것이라고 말했기 때문에, 나는 잡지를 읽다가 자연스럽게 그런 기사를 발견하게 되기를 바랐다. 말하자면 심혈을 기울여 잡지를 읽고 있었다고 나 할까, 그 잡지의 여성 독자들에게 내 소설이 어떤 영향을 미쳤는지를 확인하기 위해서 말이다. 나는《엘르》를 읽으며 애완동물, 즉 개나 고양이를 운반할 때에는 할 베리*, 커스틴 던스트**, 제시카 심슨***처럼 샤넬이나 루이뷔통에서 만든 애완동물 캐리어를 이용해야 한다는 것을 배웠다. 또한 올 겨울 최고의 머스트 해브(must have) 아이템은 샤론 스톤이 두른 엘시 카츠****의 어깨에 걸치는 망토로, 새틴 매듭으로 잠그게 되어 있다

---

* 흑인 최초로 아카데미상 여우주연상을 수상한 미국 배우.
** 〈뱀파이어와의 인터뷰〉 등에 출연했던 미국 배우.
*** 가수 겸 배우로 활약하고 있는 할리우드 스타.
**** 빈티지 패션으로 유명한 미국 디자이너.

는 것도 알았다. 나는 잠시 눈을 들어 팔레루아얄 광장을 바라보았다. 광장에는 개를 산책시키는 노인네들과 갈매기들뿐이라 아침 바닷가만큼 평화로운 분위기였다. "지난주 런던 패션가의 가장 큰 이슈는 무엇이었을까? 자수와 뜨개질로 장식한 엄청나게 우아한 버바 백들……. 영불해협 건너편의 유명인사들은 하나같이 이것을 차지하려 난리를 치고 있다 한다. 그들은 즉시 보따리 장사꾼들에게 노팅힐이나 쇼어디치의 이 참신하고 보헤미안적인 물건들을 주문하며 감격스러워했다." 내가 이 부분을 읽고 있을 때, 휴대전화가 울렸다. 진한 더블 에스프레소 잔 오른쪽에서 전화기가 깜빡거리는 게 보였다. 전화기를 재빨리 집어 끊으려던 내 눈길이 전화기 액정 위에 뜬 번호에 닿았다. 프렐조카주였다. "나야. 잘 지냈냐?" 그가 잠이 덜 깬 목소리로 물었다. "아주 잘 지냈지." 나는《엘르》에서 내 소설이 찬사 가득한 기사의 대상이 된다는 사실은 밝히지 않았다. 그 얘기를 하면 그가 기사에 뭐라고 씌어 있냐고 물을까 봐 불안했다. "잘 돼가?" 아침의 감미로운 행복이 중단되려 하고 있었다. 며칠 전에 그와 점심식사를 같이 했기 때문에 나는 그가 파리의 국립 오페라단에서 발레 〈메디아〉의 안무를 만들기 시작했고, 그 때문에 팔레루아얄에서 200미터 거리에 있는 호텔에 묵고 있다는 사실을 알고 있었다. "일어났어?" "아침식사 중이야. 넌? 넌 어디야?" 나는 조금 전보다 훨씬 천천히, 아주 신중하게《엘르》의 문화면을 살폈다. 거무스름한 수염이 덥수룩하게 자란 장 루이 뮈라*의 얼굴은 그 어느 때보다 고상해 보였다. 우리에게는 보이지 않는 어떤 장면을 보고 충격을 받은 듯한 장만옥의 옆얼굴, 스키 모자를 쓴 그 모습은 너무나 아름다웠다. "팔레루아얄이야. 느무르 카페의 테라스. 이리 와라. 커피 한 잔 마시자." "그럴 시간이 없어. 20분 안에 오페라 극장에 가야 되거든. 너한테 제안할 게 하나 있어." 프렐조카주

---

* 프랑스의 대중 가수.

는 자신이 오페라 극장에서 맡고 있는 작업에 내가 참여해서 그리스 비극이 발레 〈메디아〉로 탄생하는 과정을 글로 써주기를 바랐다. "항해일지 같은 거지. 매일매일 적는 거 말이야." 그렇게 쓴 일지를 발레 공연 프로그램에 실을 거라고 했다. "담당자들이 좋은 생각이 있냐고 묻더라고. 글을 쓸 작가에 대한 의견 말이야. 그래서 너라면 창작 일지를 쓸 수 있을 거라 생각했지. 그렇게 된 거야." 누군가가 정해진 주제에 대해 글을 쓰라고 제안할 때마다 내가 느끼는 첫 감정은 당혹감과 두려움이다. "나한테 그런 능력이 있는지 모르겠다. 좀 두려운 제안인데." "농담하지 마! 당연히 능력이 있지, 이 사람아!" 그 순간 문득 《엘르》의 한 페이지를 가득 채운 어떤 여류 작가의 얼굴이 눈에 들어왔다. 그녀는 내가 상상할 수 있는 한 가장 역겨운 스타일의 신발을 신고, 팔걸이 없는 의자에 앉아 있었다. 그녀의 발에 신겨진 것은 가죽과 열성형(熱成形) 처리 고무로 만들어진 밀크 초콜릿 색깔의 딱딱하면서도 축 처진, 정형외과에서 쓰는 소품 같은 것이 구두굽 주위에 추잡하게 연결된 낡고 종잡을 수 없는 신발이었다. "잘 모르겠다. 오래 걸릴까?" "꽤 오래 걸릴걸. 자세한 건 네가 담당자들과 직접 얘기해봐. 가장 중요한 건 깊이 있는 텍스트를 써줘야 한다는 거야. 네가 〈Near Life Experience〉에 대해서 쓴 텍스트보다 더 공들여야겠지." 〈Near Life Experience〉 때보다 더 공들여야 한다고? 정말로 할 수 있을지 모르겠다. 그보다 더 공들여 쓸 수 있는 능력이 과연 있을지 정말 모르겠어. 그때 그 텍스트도 엄청 공들여 썼던 건데 말이야. 실패하긴 했지만 애는 많이 썼지." 내가 이어 말했다. "언제까지 대답해야 해?" 그렇게 물으며 잡지의 페이지를 넘겼다. 프랑수아 오종*이 최근에 만든 영화에 대한 한 단짜리 기사가 실려 있었다. 나는 이 영화감독이

---

* 1990년대 프랑스에서 활동했던 감독들 중 가장 창조적이고 능력 있는 감독으로 평가된다. 근친상간, 살인, 성 정체성 등의 강렬한 주제를 대담하게 그려냈다.

싫다. 기사의 제목은 '천국의 이면'. "바로 답해줘. 세 시간 후에 담당자들을 만날 거니까." "제기랄. 좋아. 잘 모르겠지만, 알았어. 그들한테 내가 제안을 받아들였다고 전해. 능력이 없을까 봐 두렵지만 어쨌든 오케이라고 전해." "좋아! 당장 전화해야지. 이야, 진짜 잘됐다, 우리 이제 매일 볼 수 있겠어!" 두 번째 사건은, 그 다음 날 유명 주간지의 서평란을 담당하고 있는 소피를 만난 것이었다. 거의 저녁 7시가 다 되어서 나는 카페를 떠날 준비를 하고 있었다. 그때 그녀가 느무르 카페의 테라스, 내가 앉은 테이블로 다가와 인사를 했다. "안녕하세요? 잘 지내세요?" 나는 자리에서 일어나 그녀의 볼에 입을 맞춰 인사했다. "아주 잘 지내요." 내가 대답했다. 나는 발가락이 예쁘게 드러나는 해변용 샌들을 신은 그녀의 발을 눈여겨보았다. "여기서 뭐 하세요?" "특별히 뭘 하고 있었던 건 아니에요. 그냥 여기서 시간을 보내는 중이었죠. 강연 준비로 글을 쓰는 중이거든요. 그리고 어제부터 오페라 극장에서 프렐조카주의 안무 창작 일지를 쓰기 시작했고." "내일 저희 잡지에 선생님 소설에 대한 기사가 나오는 거 아세요?" "출판사 홍보 담당자에게 들었어요." "아주 훌륭한 기사예요. 마지막 부분이 약간 편집되긴 했지만, 선생님 책을 아주 긍정적으로 평가하고 있는 기사랍니다." 나는 그녀를 바라보았다. 그녀도 나를 바라보았다. 그녀는 짓궂은 미소를 지었다. 소피는 나에게 늘 빈정거림이 담긴 미소만 보냈다. 이런 식의 태도도. '아무도 나를 그렇게 대하지 않는다'라고 말하는 듯한. '나는 너의 예술적인 포부 때문에 위축된다고 느끼지 않을 것이다'라고 말하는 듯한. '누구도 나를 좁은 어떤 것에 가둘 수 없다'고 말하는 듯한. '나는 존재한다, 생각한다, 나는 가치 없는 인간이 아니다, 아마도 내가 기사를 쓰는 수많은 작가들 대부분만큼의 가치가 있을 것이다'라고 말하는 듯한. 무언가 하여튼 그런 식이었다. 무언가가 그녀를, 흰 피부와 갈색 머리를 지닌 이 여자를 기지 넘치는 언행만큼이나 순간적이고 가볍게, 파악할 수 없이 냉소적으로 만들었다. 터질 듯 팽팽

하면서도 핏기 없이 창백한 배(梨)처럼 풍만한 가슴을 지녔을 갈색 머리의 여자. 그녀의 갈색 머리와 육체적인 분위기, 피부 색깔, 탄력 있고 감미로운 가슴은 딱 내 스타일이었다. 나는 그녀가 수채화로 그린 듯한 파르스름하고 넓게 퍼진 유두를 테칼코마니처럼 양쪽에 하나씩 가졌을 거라고 추측했다. 언젠가 저녁에 그녀와 대화를 나눈 적이 있었다. 그날 그녀는 술을 조금 마셨는데, 자신을 조금 성적 매력이 있는 여자로 묘사했다. "나는 조금 성적 매력이 있는 여자예요." 그렇게 말했거나 "이게 나의 성적 매력이죠"라고 말했다. 정확히 뭐라고 말했는지는 기억이 나지 않는다. 그녀가 "아주 긍정적"이라고 말했을 때, "훌륭한 기사"라고 말했을 때, 희미하게 미소 지으며 "마지막 부분이 약간 편집되긴 했지만"이라고 속삭였을 때, 자신이 약간 창녀 같다는 것을 그녀 스스로 내비치고 있으며 내가 잡지에서 그 기사를 읽을까 봐 두려워하는 거라는 생각이 들었다. 소피가 "훌륭한, 아주 긍정적으로, 마지막 부분이 약간 편집되긴 했지만"이라고 묘사한 기사가 실렸다고 편집장이 전화를 했을 때, 나는 그에게 "뒤죽박죽 얽히고설킨 기분이에요……"라고 말했다. 그런데 조금 *성적 매력이 있는* 것을 *약간 창녀 같다고* 해석해야만 할까? 성적 매력이 있다는 표현이 창녀 같다는 표현보다는 훨씬 순수하고 우아하며 매력적이지 않은가? 아니면 천박한 여자? 노는 여자? 똑똑하고 가증스런 계집? 한편 나는 그녀가 나와 비슷한 부류라는 느낌을 받았다. 그녀의 서평을 보고 그녀가 무모하고, 장인정신이 강하고, 솔직하고, 외부의 영향을 잘 받고, 약간 열등감이 있다고 평가하는 오만방자한 작가들보다는, 회의적이기는 하지만 내가 훨씬 더 그녀와 가까웠다. 그런데 왜 그녀와 나는 서로를 믿지 못하는가? "원하신다면 드릴게요. 제 가방에 있어요." 소피가 말했다. 그녀는 막 인쇄되어 아직 가판대에 진열되지도 않은 신선한 주간지를 내밀었다. "자, 그럼 이만. 나중에 봬요. 기사 잘 읽으시고요." 그러고 나서 그녀는 내 테이블에서 멀리 떨어진 뒤쪽 자리에 앉았다. 당연히 나는 그녀가 지켜보는 가운데 그 기사를 읽고 싶진 않았다. 내 책에 대해 쓴 '아주 긍정적'인 이 기사는 '마지막 부분이 약간 편집'되어 등을 보인 채 그녀의 시선 아래 드러나 있었다. 팔레루아얄 정원의 의자나 근처의 벤치에 앉아 그 기사를 보며 놀라고 싶지 않았으므로, 나는 광장에 있는 호화로운 건물인 루브르 호텔의 화장실 안으로 들어가 문을 잠갔다. 그리고 사방을 막은 벽들 때문에 모차르트의 음악이 아주 작게 들리는 화려한 변기 위에 앉아 기사를 읽었다. 기사를 다 읽었을 때, 그 장소에 있는 것이 다행이다 싶었다. 갑작스레 설사가 나왔고 뒤이어 배앓이가 시작됐기 때문에, 어쨌든 그 순간 나는 자유롭게 쏟아낼 수 있었다. 그 기사를 다 읽고 난 후의 고통스런 상태로 바로 거리로 나가기는 불가능했을 것이다. "뭐 먹을 거야?" 그날 저녁, 동네에 있는 레스토랑 테라스에서 마고가 물었다. "물 한 병하고 커피 한 잔. 당신 먹는 거 보기만 할 거야." "기사 하나 때문에 의기소침해지면 안 되지. 그런 글 따위에 좌절감을 느끼지는 마." "물론 그럼 안 되지. 하지만 강렬한 표현을 좀 봐! 그 사악한 문장!" "그러면 그 의견에 동의하는 게 되는 거야. 당신은 늘 당신 책이 실험적인 농담인 것처럼 나한테 얘기했잖아. 감자 먹이기 같은 거라고, 붕괴와 순수한 감정의 해방구라고. 당신은 감정의 해방구라는 표현을 백 번도 더 썼어. 농담 이상은 아무것도 아닌 책을 써서, 문학합네 하는 진지한 인간들을 마음껏 비웃어주고 싶어했잖아. 풍자적인 감정의 해방구! 그런데 당신이 목표로 한 그런 인간들이 당신 작품을 받아들이지 않아서 놀란 거야? 하지만 비평가가 이해했잖아. 비평가가 이 책은 거친 욕설로 마음껏 조롱하는 것이 목적이라고 제대로 이해했잖아." 나는 아무 말 없이 마고를 바라보았고, 마고의 얘기는 계속 이어졌다. "이런 방식의 끝까지 갔다고 나한테 여러 번 말했잖아. 이제 거기서 나와야만 한다고." "맞아, 당신 말이 옳아. 개념적인 책의 끝까지 갔지. 형식주의라는 내 작품 경향의 끝까지. 당신이 옳아." "자, 보라고! 비평가가 쓴 문장을 읽어봐. 탁월한 솜씨! 창의적인 문장! 정확하고 풍부한 재치! 독창적인 발상! 유쾌한 유머! 비타민이 많이 첨가된 풍자라고 칭찬했잖아! 게다가 익살스럽대! 당신 책이 익살스럽다고 비평가가 썼다고! 이 사람은 정말 똑똑해. 문장 한 줄 한 줄마다 번득이는 당신의 재치에 찬탄을 보냈다니까." "짓궂은 꼭두각시 인형 조종자 같진 않고?" "그가 당신을 짓궂다고 생각한다고 해서 한탄하면 안 되지." "정말로 만족해? 충고치고는 사랑스럽다고? 근사한 꼭두각시 인형 조종자가?" "하지만 그도 고통스럽다고! 당신은 문학 애호가가 느끼는 고통의 한가운데서 견디고 있는 거라고! 당신은 문학 애호가의 존재가 이상하지 않아? 당신의 쾌락을 그가 어떻게 받아들이길 원해? 부도덕해. 당신의 인생은 부도덕해. 대부분의 사람들에게 우리가 사는 인생은 부도덕하다고! 게다가 당신은 그 부도덕에 대해 이야기하잖아. 그것을 찾아 헤매고 글로 쓰면서 즐기잖아! 다른 사람들이 돈을 낭비하고 골드 카드를 꺼내듯이, 당신은 언어와 독창적 발상을 낭비하잖아! 교외의 두 칸짜리 집에 사는 남자가 있어. 그는 단과대학 교수야. 아침마다 학생들을 가르치러 가려고 RER를 타고, 입에는 늘 백묵을 물고 있지. 그래도 당신은 보호받은 거야. 당신은 낭비하며 살잖아. 그 사람의 두 칸짜리 집 창문 아래를 당신은 오픈카로 부르릉 엔진 소리를 내며 달리잖아. 낭비, 노골적 특성, 맹렬한 조롱, 남용, 풍부한 재치, 하지만 이것들은 모두 참을 수 없는 가치들이라고. 절대 받아들일 수 없는 게 뭔지 알아? 그건 라디오 프로그램을 통해 복수하는 거야. '프랑스 퀼튀르*'에서 당신에게 복수한 것 전부 다 말이야. 너무나 프랑스적이고, 너무나 귀하며, 너무나 절도 있고, 너무나 사회의 비참한 모습을 잘 묘사하며, 너무나 어리석게도 문학적인 그들의 정신을 드러내기 위해서 말이야. 그런데도 그들이 당신을 사랑해주면 좋겠어?" 나는 사랑스러운

---

* 프랑스의 문화 전문 라디오 방송국.

눈길로 마고를 바라보았다. 정말 굉장한 여자 아닌가. "만약 이 기사에서 그가 말로 형상화시킨 긍정적인 요소들을 인정한다면, 당신은 이 소설을 쓰면서 얻고 싶었던 기사를 얻은 거야. 그 외 당신에게 상처를 주는 문장들은 책의 질적인 부분과는 아무 상관도 없어. 그것들은 당신이 암호화한 호전적인 의도에 대해 기자가 그 부분만 낚아채 심한 혹평을 하고 과도하게 반응한 것뿐이야. 그는 당신 책이 찬란하고 창의성이 풍부하지만 작가의 만족감과 무절제가 웃음을 막는다고 얘기하고 있어." "정확하게 바로 그거야." "정말 그거라고 생각해? 그가 한 말처럼 당신이 너무 과하게 표현해서 웃음을 막는다고? 웃음을 막는 건 그게 아니야. 그를 웃을 수 없게 만드는 건 당신의 계획이야. 내 사랑, 당신은 세상에서 가장 똑똑한 기자와 맞닥뜨린 거야. 그는 당신 책이 뛰어나다는 건 인정하고 있어. 하지만 받아들일 수가 없는 거야. 왜냐하면 그는 최고고, 그의 성난 정신이 총부리 끝에 매달려 있으니까." 다음 날, 세 번째 사건이 일어났다. 광장을 지나 내 쪽으로 오고 있는 스티브 스틸을 보게 된 것이다. 그를 못 본 지 20년이나 됐지만, 나는 그의 신경질적인 모습을 보는 순간 대번에 그가 스티브 스틸이라는 것을 알아차렸다. 우리는 1983년부터 1985년까지 자크 데쿠르 고등학교에서 HEC*에 진학하기 위한 준비반에 같이 다녔다. 등교 첫날 우리는 우연히 트뤼댕 거리에 있다가 서로를 알게 되었다. 본격적으로 친해진 건 그로부터 5년 후 영국 맨체스터의 교외에서 어학연수를 받으면서였다. 거기서 우리는 프렌치 키스라면 미쳐 날뛰는 방탕한 영국 여자애들을 끌어안고 뒹굴며 4주를 보냈다. 풍만한 몸매와 밝은 색깔의 피부에 창녀처럼 옷을 입은 여자애들은 대부분 못생긴 아이들이었다. 그녀들은 자신들이 쉬운 여자란 사실을 보란 듯이 드러냈다.

----

* Hautes Etudes Commerciales, 전문적인 상업 종사자들을 양성하기 위한 목적으로 설립된 상업학교. 전문대와 대학, 경영대학원이 모두 포함되어 있으며, 비교적 우수한 학생들이 입학한다.

그녀들 사이에서 인기를 얻으려면 몇 초만 그녀들과 몸을 맞대면 됐다. 우리는 혀를 그 애들의 입 안으로 부드럽게 밀어넣고 열에 들뜬 손가락을 그 아이들의 옷 속에 넣어 가슴과 엉덩이를 더듬었다. 우리는 열대 지방의 귀족들처럼 이 여자에서 저 여자로 옮겨 다녔는데, 그것은 일시적인 사랑조차 허락하지 않는 무모한 행위였다. 비쩍 마른 걸로 모자라 성욕까지 모두 말라버렸던 우리의 꼴이란. 우리가 우리 또래의 여자애들을 안아본 것은 그때가 처음이었다. 그 기적과 같은 달콤한 시기가 지난 후 내 혀를 여자의 입에 다시 넣기까지는 몇 년을 기다려야 했다. "에릭! 이게 웬일이야!" "정말 반갑다! 이리 와. 여기 와서 앉아. 테라스에 자리가 하나 있어. 너 어떻게 사냐?" 그는 뉴욕에서 헤지펀드를 운영하고 있으며, 프랑스에는 사촌의 결혼식 때문에 며칠 다니러 온 거라고 설명했다. "파리에는 2년 만에 오는 거야. 곧 다시 뉴욕으로 떠나야 돼." 스티브 스틸은 HEC 준비반에서 가장 기상천외한 인물이었다. 그는 보통 이상으로 에너지가 넘쳐흘렀다. 그때까지 내가 만난 사람 중에 가장 강렬하고 날카롭고 집중력이 뛰어난 존재로 몹시 놀라운 민첩성을 지니고 있었다. 그를 보면 매일 그 강렬함을 여러 번 비워내야만 한다는 느낌, 물뿌리개의 관 속에 가득 찬 물처럼 반드시 뿜어줘야만 한다는 느낌이 들었다. 언젠가 학교 식당에서 식사를 하던 스티브 스틸이 의자에서 벌떡 일어나 혁명적인 구호를 외쳤던 적이 있다. 흥분하여 이성을 잃은 그는 주먹을 쳐들고는 입 안 가득 통닭구이를 문 채 짐승 소리 같은 고함을 질러댔다. 수업 중이거나 별로 중요하지 않는 시험이 있을 때면, 그의 넘치는 에너지는 반복적인 작은 행동이 되어 그가 얼마나 예민한 신경의 소유자인지를 드러냈다. 그는 믿을 수 없을 정도의 빠른 속도로 볼펜을 이 손가락에서 저 손가락으로 옮기며 끊임없이 돌리곤 했는데, 그가 한 번도 실패하지 않고 늘 놀라운 곡예를 선보였던 데 반해 나와 다른 친구들은 그 기술을 익히는 데 번번이 실패했다. 특히 나를 위협한 것은 그의 지적인 능력이었다. 그가 연쇄적으로 떠올리는 생각들만큼 정확하고 신경질적이며 괴상한 행동들이 내게는 그의 지적 재능의 가장 확실한 증거처럼 보였다. 어느 날 수업이 시작되고 약 10분쯤 지났을 때, 교실에 낯선 거렁뱅이가 들어왔다. 그는 책상에 바짝 몸을 붙이고 불길한 소리를 내며 말을 더듬다가, 마침내 빈 자리에 주저앉았다. 당황한 선생은 교실 밖으로 나가더니 잠시 후에 연구부장을 대동하고 돌아왔다. "지금 여기서 뭘 하는 겁니까? 당장 나가세요. 안 그러면 경찰을 부르겠어요!" 거렁뱅이가 벌떡 일어서서, 얼굴에 쓰고 있던 커다란 맹인용 안경을 벗더니 금발 가발도 벗고 양 볼을 부풀렸던 솜 덩어리도 뱉어냈다. 그러자 스티브 스틸의 얼굴이 드러났고 교실에 있던 사람들은 모두 경악했다. "깜짝 놀랐지!" 그는 재미있어 어쩔 줄 몰라하며 소리쳤다. "나인지 몰랐지! 아무도 나란 걸 못 알아봤어!" 그는 찢어진 옷 속에서 쿠션을 꺼내며 낄낄거렸다. 1학년 말이 되었을 때, 그 장난기 많은 성격에도 불구하고 스티브 스틸은 프랑스에서 가장 좋은 경영대학에 들어기는 데 유리한 상위 그룹에 속해 있었다. 반면 나는 가장 성적이 낮은 그룹에 있었다. "너, 수업 중에 콰지모도*로 분장해서 들어왔던 거 기억해?" "그때는 완전히 고삐가 풀려 있었지. 지금 생각해보면……." "뭐 마실래?" "커피 한 잔만 마실게. 좀 바빠서. 비행기를 타야 되거든. 네가 작가가 됐다는 건 알고 있었어. 자크 데쿠르 학교 시절부터 작가가 되고 싶어했잖아. 내 생각에는 그게 무슨 쓸모가 있을까 싶었지만, 너는 오로지 작가가 되겠다는 일념으로 그 2년을 보냈지. 넌 작가로서 성공한 것 같구나." "너한테 읽어보라고 내가 쓴 글을 췄던 기억이 난다." "솔직히 고백하자면 네 책을 읽어보지는 못했어. 잡지에 난 기사들만 봤을 뿐이지. 예를 들면 지난 월요일에 《엘르》에 난 기사를 읽었지. 여동생이 나한테 일러주더라고. 내 여동생 기억나냐?"

---

* 빅토르 위고의 『노트르담 드 파리』에 등장하는 인물로, 곱추에 괴물처럼 묘사되고 있다.

"물론이지.""걔는 그 기살 보고 감동받았어. 제기랄, 무슨 기사가 그러냐!《엘르》의 여자들은 너를 무진장 좋아하더라!""너는? 넌 금융계에 몸담고 있냐?""응, 뉴욕에서 헤지펀드를 운영해.""근래에 헤지펀드에 대해서 꽤 많이 얘기하던데.""국제 금융의 심장이지.""흥미가 가는데. 나도 엄청나게 관심 많아.""그래? 국제 금융에 관심이 있어?""우리 한 번 더 만나서 그 얘기 좀 하지 않을래?""난 오늘 저녁에 뉴욕으로 돌아가야 돼. 그런데 왜 관심을 갖지? 책을 쓰려고?""꼭 그런 것만은 아냐. 그냥 흥미로워. 바칼로레아 시험을 보기 전까지는 나도 금융 쪽을 공부하고 싶었거든. 준비반에 들어갔던 것도 금융 쪽을 공부하고 싶어서였어. 아마도 진로를 바꾸지 않았다면 금융계에서 일했을 거야. 그러니 그 분야에서 네가 무슨 일을 하는지 궁금한 거야.""원한다면, 런던에서 중개인을 하는 친구들을 소개시켜줄게. 뉴욕으로 오는 것보다는 런던으로 가는 게 훨씬 쉽잖아." 나는 그렇게 해주면 좋겠다고 대답했다. 그러자 스티브 스틸은 내 수첩에 데이비드 핀커스라는 남자의 연락처를 적어주었다. 그는 런던에 있는 헤지펀드에서 일하는 사람으로 서른두 살이고, 자기 친구의 막내동생이라는 말과 함께. "만나보면 알겠지만 아주 똑똑하고 예민하고 장난스러운 친구야. 물론 일은 열심히 하지. 작가를 만나게 됐다고 하면 무진장 반가워할 거야. 공항에서 내가 미리 전화해놓을게.""고마워. 정말 고맙다.""그리고 내 연락처도 남겨놓을게. 필요하면 주저하지 말고 메일 보내거나 전화해."

유산을 상속받은 후 티에리 트로켈의 조부모는 그로 뒤 루아와 라 그랑드 모트* 사이에 있는 아파트를 한 채 샀다. 그 아파트는 해변을 따라

---

* 두 곳 모두 프랑스 남부의 해안 도시다.

계단식으로 배치된 세 채의 낮은 건물들로 이루어져 있었다. 중앙 공간에는 강낭콩 모양의 수영장, 공놀이를 할 수 있는 하얀 벽면으로 둘러싸인 광장과 배구장, 아이들이 놀 수 있는 기본 시설, 즉 평균대라든지 그네, 시소, 밧줄 묶인 사다리 등을 갖춘 놀이터가 있었다. 이곳에는 놀랍게도 프로축구팀 AS 생테티엔의 선수들이 여럿 살고 있었다. 높은 연봉을 받는 스포츠 선수들이 세상과 단절된 호젓한 빌라보다는 오히려 이런 스타일의 아파트를 선호하던 시절이었다. 해변에서 이뤄지는 수다스러운 대화는 과일과 야채를 흥정하는 사람들, 부인들과 의사들, 사장들과 부동산 중개업자들, 지점의 비서들과 기업가들의 부인들, 치과의사들, 공중인들, 전기 기술자들, 현모양처들의 목소리를 하나로 뭉뚱그렸다. (티에리 트로켈의 어머니는 자기 옆에 와서 앉는 열네 살짜리 풍만한 소녀와 수다를 떠는 걸 좋아했는데, 그 소녀는 사춘기를 맞아 묘한 감정이 머릿속에 꽉 차명한 상태였다. 소녀는 남자애 글씨라고 착각할 정도로 알아보기 힘든 글씨와 심장 표시, 매니큐어로 꾸민 트랜지스터라디오의 유럽 1채널에서 흘러나오는 히트곡 퍼레이드를 즐겨 들었다. 그 아이는 이웃에 사는 남자들의 묘한 눈빛을 즐기며 육중한 가슴을 자랑스레 드러내곤 했다. 덕분에 티에리 트로켈은 엄청나게 큰 유방 위의 오톨도톨하고 커다란 갈색 유두름에 견딜 수 없을 만큼 강렬한 매력을 느끼게 되었다.) 1969년부터 1983년 티에리 트로켈이 바칼로레아 시험을 통과할 때까지, 그는 매년 8월이면 어머니, 아버지, 할머니, 할아버지와 함께 그 바닷가 아파트에서 지냈다. 매년 여름에 보는 아이들은 늘 똑같았지만, 티에리 트로켈과 그의 누나는 자신들의 조부모를 자주 찾아오는 은퇴한 노부부의 손녀 한 명하고만 친하게 지냈다. 뮤리엘 발디존느라는 이름의 그 아이는 발레아스 출신이었다. 그 바닷가 아파트에서는 끼리끼리 모이는 문화가 발달해서, 소수 정예의 사람들이 모여 폐쇄적인 모임들을 만들기도 했다. 그들은 수영장 가장자리, 배구장, 담배를 피려고 만들어놓은 구역을 돌아다니며, 서로 끌어안고 맥주를 마시거나 땅콩을 까 먹었다. 고유한 전통에 따라 아페리티프 시간이 되면, 주민들 전체가 멋부린 옷차림에 한껏 치장한 외모, 머리에는 기름을 바르고 얼굴에는 잔뜩 크림을 바르고 화장을 한 모습으로 나타났다. 여자들은 무리지어 서서, 가장 유명한 축구클럽의 근사한 유니폼을 입은 사람들이 세련된 모습으로 공을 굴리는 것을 지켜보았다. 그러나 진짜 축구선수들은 정말로 세련된 차림새였기 때문에 쉽게 구별되었다. 그들은 하얀 바지, 면 재킷과 테니스 칠 때 입는 반팔셔츠를 입고 맨발에 검은 모카신을 신었다. 구릿빛으로 몸을 태운 그들의 아내들은 인형 같은 금발머리를 하고 보석들을 주렁주렁 달고 실내 슬리퍼를 신고 가장자리가 풀린 짧은 반바지를 입고 몸을 흔들며 걸어다녔다. 수영이나 윈드서핑을 하기 위해 바닷가에 갈 때를 빼고는, 티에리 트로켈은 그 시간에 밖에 나가는 걸 싫어했다. 그는 발코니에서 잡지를 읽거나 난간에 팔꿈치를 괴고 사람들이 열광적으로 아페리티프 시간을 즐기는 모습을 바라보았다. 그 멤버들이 사라지고 한참 후에는 한 무리의 청소년들이 나른한 표정, 포마드를 바른 머리, 잘 어울리는 드레스와 값비싼 상표의 스포츠 의상으로 치장하고 나타나, 이리저리 뒤섞이다 같은 방향으로 무리지어 사라졌다. 티에리는 쌍안경으로 그들을 관찰했다. 계속 쌍안경을 들여다보고 있다 보면, 아무런 목적이나 이유 없이 오직 사람들 앞에 그 쌍안경을 드러내고 싶다는 욕구 때문에 산책을 하고 싶어지곤 했다. 그렇다면 그 바닷가 아파트에서 이루어진 모임들은 어떤 것이 있었을까? AS 생테티엔 그룹, 디봉(자동차 타이어를 생산하는 공장의 소유주) 가족의 모임, 의사들의 자제로서 다른 사람들보다 훨씬 거칠고 성(性)에 개방적인 아르데슈 출신 사람들의 소란스럽고 외설스러운 모임이 있었다. 또한 미를 추구하는 모임이 있었는데, 그 모임에 들어갈 수 있는 자격 조건은 뛰어난 몸매와 근육, 환한 미소였다. 그리고 이상한 공통점으로 엮이는 불확실한 형태의 모임들을 볼 수 있었는데, 그 중에는 매년 회원 수가 증가하는 이해가 잘

되지 않는 혼성 그룹도 있었다. 이 모임들은 회원들을 억지로 강제하지 않았다. 이들은 경멸하는 분위기에 둘러싸여, 자기 멋대로 주장하며 일 반적인 논리에 역행하는 폐쇄적인 정체성이 특징이었다. 어린 시절의 티에리 트로켈은 뮤리엘 발디존느만으로 친구가 충분했다. 뮤리엘의 조부모는 바닷가에 있는 티에리에게 초콜릿 빵을 가져다주기도 하고, 그를 자기네 집으로 초대해 아이스크림을 맛보게 해주기도 했다. 이런 것들이 그의 집에서는 전부 금지된 음식들로, 그가 집에서 먹을 수 있는 간식거리는 빵 속에 들어 있는 설탕조각뿐이었다. 뮤리엘의 집에 가면 가끔 뮤리엘의 언니를 볼 수 있었다. 이제 막 가슴이 봉긋하게 솟아오르고 젖꼭지가 눈부신 갈색으로 변하기 시작한 그 누나는 작은 자극에도 예민하게 반응했으며, 때로는 아이스크림 콘을 든 채 멍하니 넋을 잃어 아이스크림이 녹아서 뚝뚝 떨어지기도 했다. 그로부터 몇 년 후부터는 티에리 트로켈도 욕구 불만 상태가 되었다. 뮤리엘 발디존느는 그의 욕구를 충족시키기에 알맞은 여자아이는 아니었다. 그 아이는 가슴이 납작하고, 사투리를 쓰며, 짐짓 상냥한 체하는 불쾌한 스타일이었다. 그는 종종 쌍안경을 들고, 보기 좋은 근육질들에 둘러싸인 채 바닷가에서 피부를 갈색으로 그을리고 있는 젊은 여자들을 위아래로 여닫게 되어 있는 창 덧문 틈으로 바라보았다. 그는 한 손에는 쌍안경을 들고, 다른 손으로는 발기한 성기를 움켜쥐고는 표면이 까슬하게 일어난 마룻바닥에 사정을 했다. 그의 눈에 비친 이미지는 한순간 암흑에 싸였다가 다시 또렷해졌다가를 반복하다가, 격정적으로 움직이는 손목을 따라 흔들리며 구토를 일으켰다. 매년 여름 똑같이 이런 생활을 반복하던 티에리는 단념하지 않고 끈질기게 훈련한 덕분에 자신이 완벽에 가까워졌다고 생각했다. 어느날, 자신이 아주 눈부시게 아름다운 여자들도 유혹할 수 있다고 생각하게 된 것이다(그 전까지는 절대 그럴 수 없다고 생각했었다). 그곳에는 섬세한 부분까지 매력적인 여자들이 꽤 많았는데, 그의 마음을 흔들어놓은 여자들 중 몇 명은 보통의 여인네들과는 비교조차 할 수 없는 강렬한 욕구를 불러일으켰다. 열네 살인가, 열다섯 살을 향해 가던 여름에 티에리는 신체 조건으로 그를 사로잡은 젊은 여자를 바닷가에서 마주치게 되었다. 티에리가 제일 먼저 한 생각은 그녀가 고지식할까 아닐까였다. 처음 만났을 때 그녀는 차분한 분위기 속에서 물 속에 발을 담그고 꿈꾸듯이 파도에 몸을 맡기고 있었다. 그런데 갑작스러운 그의 출현으로 차분한 분위기가 깨졌다. 그녀는 기분이 상했는지 조개껍데기들을 주워 한참 들여다보다가 바다로 던졌다. 그녀의 몇 가지 행동을 보고 그는 다음과 같이 추측했다(성기를 단단하게 만들기 전에). 그녀는 사회 생활을 하지 않고 혼자 자유롭게 사는 여자이거나, 직감대로 병원에 있는 여자일 거라고. 그녀의 피부는 놀라울 정도로 창백했다. 터키석과 흡사한 청록색으로 피부 아래를 구불구불 흐르는 것이 투명하게 비치는 푸른색 혈관 역시 너무나 고귀했다. 티에리의 주의를 끌었던 또 다른 점은 숱이 무성한 그녀의 체모였다. 신체적인 모습으로 보았을 때 그녀가 건강에 이롭지 못한 여건 속에서 살았다는 것은 말할 것도 없고, 참혹한 영향을 미치는 항정신성 의약품을 먹은 것은 아닐까 하는 생각마저 들었다. 양쪽 겨드랑이에 무성하게 자란 시커먼 털뿐만 아니라 수영복 밖으로 비어져나온 무성한 덤불숲, 게다가 배꼽에서 삼각형의 은밀한 부분까지 오솔길처럼 이어지는 털도 눈에 띄었다. 티에리는 그 처녀의 창백한 피부, 체모의 반란, 훤히 드러난 복부가 자신에게 황홀한 영향을 미치도록 내버려두었다. 잠시 후, 해수욕을 하기로 결정했는지 그녀가 분홍색 겉옷을 벗었다. 그러자 먹음직스러운 배 모양의 커다란 젖가슴이 드러났다. 그녀의 젖가슴은 믿을 수 없이 섬세했으며 분홍빛에 가까운 넓은 유두륜을 갖추고 있었다. 그녀는 티에리를 보며 한참 동안 미소를 보냈다. 티에리도 그녀의 미소에 화답하려 했지만 미소가 지어지지 않아 찡그린 얼굴이 되고 말았다. 그녀는 다시 그에게 미소를 짓고, 소지품들을 축축한 모래띠 위,

거품이 이는 모래밭 가장자리에 남겨놓은 채 파도 속으로 뛰어들었다. 그날 아침 내내 그 젊은 여자가 지내는 아파트의 위치를 추적해본 결과, 티에리 트로켈은 그 아파트가 가증스럽고 건방진 모임의 리더로서 독보적인 존재인, 티에리가 끔찍이도 싫어하는 청년의 소유라는 것을 알고 경악했다. 거기서 그 여자가 뭘 하는 거지? 티에리는 자신이 알아낸 사실을 믿을 수 없어하며, 그녀에게 접근하려던 계획이 모두 수포로 돌아갔다고 생각했다. 어쩌면 그 미지의 여인은 그 모임의 참여 조건들을 충족시키지 못해 일부러 티에리 트로켈에게 잘 보이는 자리를 선택해 해변에서 혼자 피부를 태우고, 혼자 시간을 보낸 것인지도 몰랐다. 어쨌든 그 덕택에 티에리 트로켈은 덧문으로 가려진 은신처에서 근사한 쌍안경을 든 채 마룻바닥에 하얀 액체를 뿌렸다. 너무 골몰한 나머지 갑자기 메스껍고 어지러워서 화장실로 토하러 갔다. 그는 그렇게 감미롭고, 그렇게 선정적인 가슴은 그때까지 만난 적이 없었다. 먹음직스러운 배의 옆모습, 윗뿔의 옆모습, 그러니까 끝부분이 하늘을 향해 뾰족하게 선 열정적이고 상냥한 윗뿔의 옆모습처럼 근사한 선을 가진 젖가슴은 한 번도 보지 못했다. 정복하고 싶은 그 여자, 그에게 처음으로 미소를 보내고 그를 달뜨게 한 색다른 육체의 젊은 여자는 바닷가의 아파트로 돌아가 하루 종일 부모님과 함께 있었다(모임 리더의 부모님과 그녀의 부모님은 친구 사이였다). 티에리는 그날 저녁 자동차 창문 너머로, 사라지는 그녀의 모습을 쓸쓸히 지켜보았다. 그때부터 그는 매년 여름마다 그녀도 그곳에 왔는지를 주의 깊게 살펴보았다. "넌 왜 항상 혼자 집에만 있는 거니?" 기회 있을 때마다 그의 어머니가 그에게 물었다. "왜 귀여운 아가씨를 찾으러 나가지 않는 거야? 왜 네 또래의 아이들과 어울리려 하지 않지?" 티에리 트로켈은 바닷가에서 보내는 즐거운 시간들이 고통스럽게 느껴졌다. 매년 이렇게 이어지는 여름은 죽음과 우발적인 붕괴에 사로잡힌 막간극처럼 여겨졌다. 사물과 존재는 그저 단순한 동체, 비상식적인 구조

120

물, 번쩍거리는 외부, 부서질 듯 나약한 형태, 볼링공과 볼링핀으로 이루어진 시스템 이상이 아니었다. 눈길을 돌린 곳에서 그는 재앙이 떠돌면서 다가오는 명백한 조짐을 보았다. 티에리네 식구 네 사람은 오후가 시작될 무렵 해변으로 나가는 길에 게시판으로 봉인된 회색 철문 앞을 지나갔다. 거기에서 그들은 사람들의 모습을 도식화한 그림을 보았다. 우선 첫 번째 사람은 무용수처럼 보였는데, 극도로 흥분한 절정의 순간에 가슴을 치는 상징적 빛에 감전당한 잔인한 장면이었다. 그 뒤를 잇는 사람은 첫 번째 사람이 저지른 결과로 나타난 모습 같았고, 해결책이 불확실한 상태에서 섬세한 간호를 받는 장면이었다. 그는 티에리 트로켈이 조심스레 걷고 있는 길과 똑같은, 자갈이 깔린 길 위에 쓰러져 있었다. 구급대원이 그에게 심장 마사지와 인공호흡을 하고 있었고, 이 프로그램이 실시되는 지역을 자세히 알리는 번호가 그 뒤에 적혀 있었다. 그리고 거의 신탁(神託)처럼 보이는 문장이 엄청나게 커다란 글씨로 적혀 있었다. '*사망 위험*'이라는 그 글자 밑에는 빨간 줄이 몇 개나 쳐져 있었고, 옆에는 경고등, 주의사항, 어떤 전조를 알리는 표시들이 있었다. 그 번쩍이는 경고등 불빛 아래에서 티에리 트로켈은 며칠을 보냈다. 바닷물이 들어찬 모래밭에 사람이 시체처럼 누워 있는 모습이 종종 눈에 띄었다. 그 옆에는 구조 활동을 벌이고 있는 의료 구급대가 있었다. 잠시 후면 물에 빠졌던 사람이 팔을 움직이고, 들것에 누워서 친구들에게 말을 할 수 있게 되었다. 그러나 때로는 안타까움과 유감을 표시하는 사람들에 둘러싸인 사람이 꼼짝도 하지 않아서, 알루미늄 호일로 생선을 싸듯 그 사람을 하얀 천으로 덮고, 해변을 가로지르는 장례 행렬이 피서객들의 배웅을 받으며 장송곡을 연주하기도 했다. 일주일에도 몇 번씩 붉은 색깔의 헬리콥터가 사태의 심각성을 증명하듯 위급한 분위기를 조성하며 나타나, 아파트 단지 옆에 위치한 병원 앞의 해변 모래 위에 착륙했다. 붉은색 헬리콥터는 태양의 뜨거운 열기와 밝은 빛을 더욱 강조했다. 사람들은 임시로 사용되는 헬리콥터 착륙장에 무시무시하게 작열하는 햇빛이 집중되어 비극의 크기를 폭로하는 것 같다고 말하곤 했다. 헬리콥터의 프로펠러가 바다의 여름 풍경과 해변을 표시하는 극히 적은 띠들, 라 그랑드 모트에 세워진 물결 모양의 건축물들, 수영하는 사람들, 공놀이, 초콜릿 빵조각들, 갈색의 유두륜까지도 다 비극 속으로 빨아들였다. 사람들은 헬리콥터의 핏빛 동체 때문에 자기장을 띠고, 멍한 상태가 되어 마비되어버렸다. 끔찍하고 엄청나게 큰 우레 같은 소리, 정신적인 폭력, 날아오르는 모래들, 조심스럽고 느린 동작. 해안은 완전히 의학적인 장소로 변했다. 사람들은 모두 자신들이 덧없고 나약한 존재라고 느꼈다. 그때마다 티에리 트로켈은 하던 동작을 멈추고 눈앞에 펼쳐진 공포의 광경을 즐겼다. 헬리콥터의 금속 덮개가 열리면, 이동 가능한 설비에 관이 연결된 들것이 나오는 장면을 볼 수 있었다. 그 설비 전체가 하얀 옷을 입은 전문 구조팀에게 전달되었다. 그곳의 병원은 외상성 장해 전문이어서, 이송되는 환자들은 몇 개월 전부터 고통을 받아온 암환자들이나 다음 수술을 염려하는 회복 불가능한 환자들이 아니라 대개 우연한 사고로 변을 당한 사람들, 갑작스런 재앙에 놀란 피서객들, 큰 사고가 아니어서 태평한 사람들, 수영복이나 슬리퍼를 신은 사람들이었다. "물 속에 뛰어들기 전에 목덜미하고 팔에 물을 묻혀야 돼. 먹은 음식이 소화가 안 됐을 때도 물에 들어가면 안 되고. 작년에 물에 빠져 죽은 니콜 씨처럼 냉수 쇼크로 죽을지도 모르니까!" 티에리의 어머니는 거의 매일같이 이 말을 반복했다. 티에리 트로켈은 목구멍에 생선뼈가 걸려 가정의학과 의사에게 치료를 받으러 간 적이 있었다. 그런데 마침 그날 아페리티프 시간에, 어떤 아기가 2부 리그에서 뛰는 축구선수의 안뜰로 떨어져 온몸이 으스러졌다. 축구선수 아내가 들고 있던 마티니 잔이 산산조각 나서 그녀가 허리에 두른 비치웨어에 튀었다. 지중해에서 북풍이 심하게 불어오는 날이면 해변에 펼쳐둔 파라솔들이 날아올랐다. 두터운 천이 활짝 펴진 채 날아올라 뾰족한 끝부분이 마치 투창처럼 빙글빙글 돌며 순간적으로 살인적인 무기가 된 파라솔들이 피서객들의 가슴이나 관자놀이, 목과 가슴 등을 스쳐지나갔다. 파라솔의 뾰족한 끝에 찔린 남자들은 화가 나서 울퉁불퉁한 근육을 드러내는 치기를 부렸다. 티에리 트로켈은 그들이 추잡한 짐승을 살해하는 장면을 지켜보았다. 그들은 말 탄 기사들이 사용하는 것 같은 창끝을 추잡한 짐승의 창자에 깊숙이 박아넣었다. 그들은 보이지 않는 장소에서 위협하듯 떠돌던 어떤 짐승에게 최후의 일격을 가한 것일까? 티에리 트로켈이 충격을 받은 것은 자기 바로 옆에서 불의의 사고가 일어났기 때문만이 아니라, 인간 육체의 덧없음과 인간의 육체가 스스로 만들어낸 둔하고 은밀하며 유기적이고 냉혹한 사건들을 알아차렸기 때문이었다. 무서울 정도로 비정상적으로 과도하게 발달한 축구선수들의 종아리는 활처럼 휜 두 다리로 걷고, 예술적으로 천천히 몸을 움직이라고 명령한다(그러나 두뇌가 달리라고 명령을 하면 민첩하게 되고야 만다. 대부분은 덜 논리적인 방법으로 그들의 다리에 생긴 질환이, 빛의 속도로 해변 위에 그들을 내던지는 것이다). 이제 축구선수들의 종아리는 티에리 트로켈에게 노부인의 젖가슴과 같은 존재가 되었다. 노화 때문에 형태가 흐트러지긴 했지만 즙이 가득한 열대 지방의 딸기처럼 둥그런 젖가슴. 지적인 능력을 포함하여 펼쳐지는 퇴화한 육체의 일부분으로, 암의 조카딸이며 종양과 지엽적으로 동류인 존재. 티에리 트로켈은 이런 상황들에 무덤덤해진 해변에서 하루하루를 보냈다. 그럼에도 불구하고 하루 중 가장 끔찍한 시간인 점심시간이 되면, 억제할 수 없는 충동에 사로잡혀 할머니의 소형 자전거를 빌려 타고 르 그로 뒤 루아까지 내달리곤 했다. 걷잡을 수 없는 충동에 휩싸인 그는 주변 세계의 기계적인 위험, 금속이나 광물, 물질이 만들어내는 위험에 온몸을 드러냈다. 그가 만났던 갈색으로 그을린 육체들과 자동차들 속에서, 감지할 수 있는 빛의 두께 속에서(굉음과 함께 쇼크가 일어나게 하는), 뜨거운 열기 속에서(회색문에 붙어 있는 전기 변압기의 내부로 들어가는 듯한 감각을 안겨주는) 말이다. 그는 해변을 따라 길게 포장된 길 위로 페달을 밟아 재앙을 향해 다가갔다. 그는 폐타이어들이 켜켜이 쌓인 평범한 쓰레기장에서 남김 없이 타버린 물건들과 존재들처럼 불길 속에서 빙글빙글 돌았다. 티에리 트로켈은 스스로를 불태웠다. 조그맣게 되어버린 고갱이가 열기와 결합해서 스스로를 불태우듯이, 자신을 휩쓸고 간 충격과 불안감으로 스스로를 불태웠다. 그는 최대한 빨리 르 그로 뒤 루아에 도착해야만 했고, 점차 수가 많아지고 있는 기념품 가게로 들어가야만 했다. 그는 두려웠다. 그래서 되는 대로 몸을 맡겼다. 나는 이미 그가 오후가 시작될 무렵에 눈부신 화염 덩어리 속에서 타오르는 쓰레기처럼 스스로를 불태웠다고 말했다. 극단적이고 정신 나간 모습으로 신호등 앞에 선 그는 너무나 대담해진 나머지, 보도 위에서 신호가 바뀌기를 기다리고 있는 어떤 여자의 성기 부분을 오랫동안 뚫어지게 바라보았다. 처음에는 부끄러워하던 그녀의 얼굴이 곧 불안한 표정으로 바뀌었고, 그녀는 그를 비난하는 몸짓을 확연히 보이기 시작했다. 어째서 티에리는 최소한의 가림막도 세우지 않고, 외설적인 모습을 적나라하게 드러낸 것일까? 어째서 그토록 강력한 에너지를 뿜어내며 자전거 페달을 밟은 것일까? 어째서 스스로 절제가 가능한 조심성이라는 지시를 어긴 것일까? 충동이라는 무서운 흡입력 때문에 그의 내면 전체가 텅 비어버린 것 같았다. 어쨌든 자기 차례가 되자 금메달을 목에 걸게 된 그는 자신이 만들어낸 위험을 정확하게 인식함으로써 대부분의 피서객들과는 구별되었다. 왜 그는 여름의 허무 속에서 페달을 밟았던가? 자신의 텅 빈 내면을 채우기 위해서. 아파트의 화장실 문을 잠그고 고립심을 키워주는 물건을 가구 위, 장난감 상자 속에 숨겨놓기 위하여. 변기 위에 앉아 두 눈을 크게 뜨고 비데 위에 펼쳐놓은 사진들로 욕구를 만족시키며 그는 은밀한 세계, 이익을 얻을 수 있는 만남, 이상야릇한 돌발적 사건들로 가득 찬 모험을 꿈꾸었다. "미친놈!" 빨간 신호등 앞에 멈춰 선 뚱뚱한 여자의 가슴골을 뚫어지게 바라보는 그에게 여자가 욕설을 내뱉었다. "저 미친 새끼 좀 봐. 젊은 녀석이 안됐네!" 그녀가 남편한테 말했다. 르 그로 뒤 루아에 도착한 티에리는 기둥에 자전거를 묶고 길가에 있는 쓰레기통 속을 뒤지기 시작했다. 팔려고 내놓은 낡은 잡지들과 비닐로 포장되어 네 권씩 묶인 잡지들 속에서 바닷가 아파트에서 보낸 4주의 시간을 진정으로 위로할 수 있는 열락의 물건들을 찾기 시작한 것이다.

　나는 느무르 카페의 테라스에 앉아 있었다. 그곳은 그야말로 환상의 세계다. 스스로 의미가 다져지고 환하게 빛을 내는 공간 속으로 내 존재 자체가 움직이는 매년 8월 말이 되면, 나는 말할 수 없는 환희에 사로잡힌다. 그 환희는 탐조등 불빛 아래에 있는 것처럼 활활 타오른다. 그 공간은 가을의 공간이다. 그곳에서 나는 부활한다. 절정에 다다른 기나긴 황홀경을 거쳐 크리스마스 전에 부활을 완성하기 위해서 8월 말에 출사표를 던지는 것이다. 나는 집에서 나올 때 어떤 일이든 일어날 수 있다는 생각으로 길을 나선다. 미지의 목적지를 향해 떠나는 기나긴 야간 여행을 계획할 때와 같은 마음으로 나는 매일매일의 계획을 세운다. 어린 시절부터 갈망해온 접근하기 힘든 장소에, 마치 마법처럼 가까이 다가가게 만드는 결정적인 사건이 곧 일어날 것만 같은 절박한 분위기를 느낀다. 이 중요한 사건의 임박함은 가을이라는 소재를 구성하고, 나 혼자만 지각할 수 있는 역동적인 에너지와 잠시 중단된 존재, 그리고 추상적인 표시들이 관통하는 가을이라는 분위기의 본질을 구성한다. 최고의 사건은 언제라도 일어날 수 있다. 내가 그렇게 각오하고 있기 때문에 내게서 가을의 분위기가 풍기는 것이다. 그리고 가을의 분위기가 찬란한 빛 속에서 파닥거리고, 여러 사물들과 다양한 존재들 사이, 여자들의 얼굴 위, 갑작스레 너그러워진 그녀들의 시선 속에서 빛을 발하는 것이다. 시간의 흐름 속에서 싫증내지 않고 호흡하는 것이다. 예민한 이 세상은 가장 은밀한 방법으로 스스로를 표현한다. 공간과 빛, 하늘과 구름, 산들 산들 불어오는 바람과 하염없이 흐르는 시간, 찬란하게 타오르는 태양과 밝게 빛나는 달. 가을은 세상을 살 만하게 만든다. 가을의 빛은 현실을 말하게 만든다. 여러 것들 사이에, 저 나무와 이 건물 사이에, 이 나뭇가지들과 저 창문 사이에, 신문 가판대와 광장에 점점이 설치된 가로등 사이에 감각적으로 기록된 가을의 분위기는 이 광장을 텅 빈 공간이 아닌 풍요롭고 명상적인 공간으로 만든다. 광장을 가로질러오는 존재들에 대해 생각하고, 자신에 대해 생각하는 것처럼 보이는 공간으로 만든다. 보이지 않는 힘으로 살아있는 공간. 다양한 현상들을 만들어낼 수 있고, 사건들을 일으킬 수 있으며, 흥미진진한 만남을 끌어낼 수 있는 힘. 이것이 바로 나에게 다가오는 가을이다. 나의 고독감을 덜어주는 존재. 내가 느끼는 고립감을 약화시키는 친밀함. 광장은 가을이 아낌없이 베푸는 너그러움을 함께 나누자고 나의 손을 이끈다. 그럴 때면 몇 개월 동안 거리를 두었던 세상이 갑자기 가까워진 듯한 느낌이 든다. 사람들의 육체나 얼굴은 물론이고 하늘, 빛, 돌, 나무 들이 은밀한 관계 속에서 현실과 더불어 서로 영향을 미치는 것이 느껴진다. 모든 것이 말을 걸고, 영감을 주며, 치밀하면서도 풍성하다. 그것들은 자신의 속내를 털어놓고, 비밀을 속삭인다. 들리지는 않지만 내가 접근하지 못하는 그 비밀들의 본질에 대해 속삭이는 것을 알 수 있다. 그것을 욕망하는 분위기가 내게 그 비밀을 전달하는 것이 느껴진다. 말하는 것은 보이지만 제대로 된 소리는 전혀 나지 않는 입술들처럼. 빛과 흘러가는 구름, 생각에 빠진 하늘과 불가사의한 여자들이 떠오르는 입술들처럼. 너무나 가깝고 너무나 친숙한 이 장면들은 갑자기 음정이 되고, 멜로디가 되고, 속삭이는 비밀스런 문장들이 되어 스스로를 가둔다. 그러나 이 비밀이 스스로를 알까?

그것은 기억상실증에 걸린 비밀 아닐까? 비밀은 그 자체에도 고유한 비밀이 아닐까? 그것이 함축한 중요한 내용보다 먼저 존재하는 것은 무엇인가? 비밀에 닿을 수 있도록 나를 이끌어주는 것은 누구인가? *그렇다면 가을은 나의 진정한 출현에 대한 전조일까?* 나는 담배에 불을 붙이고 입술에 포도주잔을 갖다 댔다. 입에 닿는 잔의 느낌이 유난히 강렬하게 느껴졌다. 모든 것들이 나와 관련이 있고, 내 상상의 세계 속에 믿을 수 없는 영향을 미치며, 모든 인간적인 존재는 잔잔한 연못에 던진 조약돌처럼 내 내면의 생활을 뒤흔들어놓았다. 모든 것이 나를 꿰뚫고 지나갔다. 내가 스치는 사람들은 모두 내 삶에 끼어들었거나, 그들의 삶 속 그들의 나약함과 내면의 아름다움 속으로 내가 끼어들었다. 흐릿한 실루엣들은 수수께끼의 내부에서 순환하는 것처럼 보인다. 커다란 감동의 표시에 이끌리듯이, 그 실루엣들은 모두 결정적인 만남을 가졌다. 오직 가을만이 세상을 처음으로 보는 듯한 느낌을 준다. 오직 가을만이 가장 하찮은 개인, 자신의 고유한 존재로서만 역사적인 인물이 될 수 있으며, 한밤중 기념비적 건물처럼 자신의 생각 속에서 오랫동안 빛나는 하나의 꿈이 어딘가로 나아간다는 확신을 가져다준다. 이 감동을 경험한 사람은 오직 나뿐일까? 그렇다면 가을이 나의 기도를 들어준다고 약속한, 너무나 본질적이고 항상 똑같은 이 오래된 꿈은 무엇일까? 그것은 도망치는 것, 사회로부터 해방되는 것, 현실에서 벗어나는 것, 여왕을 만나는 것, 비현실적인 연안에 다다르는 것이다. 내 상상력의 중심에 있으며 절대 떼어낼 수 없는 여왕이라는 존재에 대해서는, 그 마법의 이미지에 대해서는 나중에 자세하게 이야기할 것이다. 가을의 시기인 몇 달간은 이 오래된 꿈이 머릿속에서뿐만 아니라 전체적인 분위기 속에서 빙글빙글 도는 것은 무엇 때문일까? 가을은 내 모든 감각에 믿을 수 없는 영향을 미치고 강화한다. 나는 내가 쓴 책들 중 가장 훌륭하고 근사한 부분을 가을에 썼다. 상상을 초월하는 멋진 여자들을 유혹한 것도 가을이었다.

앙드레 브르통*이 나자를 만난 것도 가을이었다. 봄이었다면 브르통이 나자를 만날 수 있었을까? 스탕달이 『파르므의 수도원』을 쓴 것도 가을이었다. 가을이 아니었다면, 예를 들어 봄이 시작되는 4월이었다면, 스탕달이 53일 만에 소설을 완성하는 일을 상상할 수나 있었을까? 『나자』는 가을의 책이다. 나에게 그 책은 가을의 선언을 대표한다. 가을의 본질, 그것은 『나자』의 본질이다. 우연, 만남, 사랑, 불가사의한 사건, 영감, 징조, 방랑, 자성(磁性), 중력, 내면성, 사람이 살고 있는 세상. 이 황홀감이 없다면 내가 계속 존재할 수 있을까? 이 황홀감이 없다면 과연 나라는 인간이 이 시기가 아닌 때에 스스로 만들어낸 끔찍한 시련을 이겨낼 수 있을까? 1년에 한 번씩 느끼는 이 황홀감이 돌아오지 않는다면, 꿈에 의지하지 않고 더 이상 꿈꾸지 않으며 살 수 있을까? 나는 내 책에 등장하는 인물들의 대화를 통해 이미 여러 번 이 질문에 답했다. 매년 이 환상적인 현상이 일어나지 않는다면 나는 존재하기 힘들 것이다. 매년 가을의 덕을 입어 가장 강렬한 방법으로 나 자신에 이르지 않는다면. 인생이 봄처럼 피상적인 형태로만 펼쳐진다면. 만약 가을이 존재하지 않는다면 나는 이미 오래전에 스스로 목숨을 끊었을 것이다.

아내가 만든 요리사 모자 네 개와 동전 네 개짜리의 근사한 요리로 저녁식사를 마친 후, 파트리크 네프텔의 아버지가 죄책감을 느끼는 일 따위는 일어나지 않았다. 자정에 열두 번의 종소리가 울리기 전에 손님들이 떠나면서 현관 앞 타일 위에 토해낸 음식물 찌꺼기로, 그는 고속도로에서 저지른 바보짓에 대한 대가를 치른 것일까? 그날 저녁 그는 자크 프랑쾨르와 그의 아내에게 강렬한 인상을 남겼고, 특히 지사장의 아내는

---

* 대표적인 초현실주의 작가. 『나자』가 그의 대표작이다.

그가 남편에게 좋지 않은 영향을 미칠까 봐 그를 싫어하게 되었다. "도대체 당신은 어떻게 된 사람이야? 대체 뭘 한 거냔 말야. 당신 그러는 거 처음 봤어! 그렇게 중요한 자리에서 말이야!" 파트리크 네프텔의 아버지는 아내의 평가를 듣고 깜짝 놀랐다. 그는 아내에게 저녁식사가 성공적이었다고 말했던 참이었다. "그들이 너무 빨리 간 게 정말 아쉽군 그래. 다 그 지사장 부인 때문이야. 그녀가 어떤 상태였는지 당신도 봤지?" 이 말을 들은 그의 아내는 지친 표정으로 의자에 털썩 주저앉더니 두 손으로 얼굴을 가리고 흐느꼈다. "당신 왜 그래? 무슨 일이야, 왜 우는 거야?" "뭐라고? 성공? 대재앙이겠지!" "대재앙이라고?" 그가 놀라서 눈썹을 찌푸리며 외쳤다. "뭐가 대재앙이야? 지사장님은 좋아하셨잖아. 문제는 그의 아내야, 그 여자 때문이었다고. 다 그녀 책임이란 말이야. 지사장님은 그녀를 집으로 데리고 갔어야 했어. 그녀가 어떤 상태였는지는 당신도 봤잖아." "당신 때문이야! 당신이 한 얘기 때문이라고! 잘난 척하며 떠들어댄 그 조종사 시절 얘기 말이야. 당신의 조종사 경력이 말소됐다는 그 얘기! 그리고 당신 얼굴을 좀 봐, 그 반점들을 좀 보라고. 얼굴이 엄청 흉측하다니까!" "반점? 무슨 말이야? 당신 지금 무슨 얘기를 하는 거야? 그 얘기는 조종사 시절 얘기야. 그건 젊은 시절 얘기일 뿐이라고. 자그마치 15년 전 얘기잖아. 지사장님은 다 이해했어. 그것 때문에 우는 거야?" "그래, 그것 때문에 우는 거야! 당신도 그것 때문에 울어야 할걸! 당신은 아직 사태의 심각성도 깨닫지 못했지만, 정신이 들면 손가락을 물어뜯으며 후회하게 될 거야." "당신이 피곤해서 그래. 지사장님을 저녁식사에 초대한 데 대해 너무 큰 의미를 뒀나 보군. 지사장님은 현대적인 사람이야. 미국식이라고. 그분하고는 신뢰에 바탕을 둔 사적인 관계를 맺을 수 있어. 그분에게는 아주 많은 이야기를 할 수 있다고. 당신 그거 알아? 당신은 고용자와 고용인 사이의 관계를 아주 고리타분하게 생각하고 있어. 하지만 이제 그런 구식 관념은 통하지 않아. 특히 미국 기업에서는!" "미국, 미국, 미국! 그래도 사장은 사장이고 상사는 상사인 거야. 미국 기업이든 아니든 간에!" 그는 영문을 모르겠다는 눈길로 아내를 바라보았다. 그녀는 서서히 일그러지는 남편의 얼굴을 바라보았다. 그녀는 남편의 눈빛에 당혹감이 떠오르는 것을 보았다. "당신 계속 반점 얘기를 하는데, 대체 무슨 반점을 말하는 거야?" "당신 얼굴을 좀 봐. 거울에 얼굴을 비춰보면 무슨 말인지 알게 될 테니." 파트리크 네프텔의 아버지는 현관 입구에 있는 거울에 자신의 얼굴을 비춰보았다. "아니, 이게 다 뭐야! 이게 뭐냐고! 이 꼴이라면 말해줬어야지, 신호를 하든가. 난 몰랐어!" 그가 그자리에 주저앉으며 물었다. "지사장님께 이런 모습을 보인 거야? 아니면 지사장님이 간 후에 이렇게 된 거야?" "말했잖아. 두 시간 전부터 얼굴에 반점이 생겼다고. 당신한테 셀 수도 없을 정도로 신호를 많이 보냈다고. 눈으로, 눈썹으로, 식탁 밑에서 발로도 신호를 했어." "하지만 날 좀 믿어줘! 이런 반점이 생겼는지는 꿈에도 몰랐어! (그는 울퉁불퉁 튀어나온 반점을 눌러보고, 반들거리는 반점의 표면도 어린애처럼 만져보았다.) 아, 정말 대재앙이군……. 대재앙. 얼굴이 이랬으니 내가 뭐 같았겠어!" "당신은 그얼굴로 저녁 시간을 온통 거지같이 망쳐버린 남자야, 이게 진실이야!" 그의 아내가 울면서 결론을 내렸다. 다음 날 아침, 사무실에 도착하자마자 그는 자크 프랑쾨르에게 사과를 하러 갔다. "잠시만 자리를 비켜줘요. 우리 업무는 나중에 합시다." 자크 프랑쾨르가 비서에게 말했다. 여비서는 책상의 긴 가로 쪽 가장자리에 손가락 두 개를 대고 있던 파트리크 네프텔의 아버지를 무관심하게 스쳐지나갔다(파트리크 네프텔의 아버지는 지사장에게 사과를 해야 한다는 생각이 너무나 간절한 나머지 지사장의 비서인 자클린 지비에게 인사를 하는 것도 잊었고, 그녀가 "좋은 아침이에요"라고 인사했는데도 건성으로 대답했다). "이리 앉으세요." 지사장이 자리를 권했다. "고맙습니다……. 정말 고맙습니다"라고 중얼거리며 파트리크 네프텔의 아버지는 방문객용 의자 중 하나에 앉았다. "무슨 일로 온 겁니까? 나한테 무슨 볼일이 있나요?" "저…… 어제 저녁 일을 사과드리고 싶어서요……" 파트리크 네프텔의 아버지는 어제 저녁식사의 어떤 부분에 중점을 두어야 할지도 모른 채, 조금은 당황스런 어조로 짧게 사과했다. "우리, 그 얘기는 하지 맙시다." 자크 프랑쾨르가 대답했다. "아니, 그래도요. 제가 뭐에 정신이 팔렸었는지 모르겠어요. 그런 식으로 저 자신을 드러내는 데 익숙하지가 않아서요. 지사장님께서 그 점을 알아주시면 좋겠습니다. 저는 평소에는 오히려 신중한 편이라고 할 수 있지요, 신중하고 조용한……" 지사장이 두 눈을 질끈 감았다. 파트리크 네프텔의 아버지는 그 행동을 어떻게 해석해야 할지 몰라서 이렇게 덧붙였다. "사모님은 어떠신지요?" "좋아졌어요. 많이 좋아졌어요……. 그에 관해서라면 오히려 내가 사과를 해야지요. 알코올과 약효가 뒤섞여서…… 내 아내가 부장님 부인을 불편하게 하고 번거로운 일을 만든 점, 미안해요. 부장님이 아주 훌륭한 부인을 두셨다는 걸 말씀드리고 싶네요. 아주 대단한 여자분이에요. 감각이 예민하고 주의 깊고 정신적으로도 매우 섬세하시더군요. 게다가 뛰어난 가정주부기도 하시고요." 파트리크 네프텔의 아버지는 물어뜯긴 기분이었다. 가슴속에서 폭발이 일어나 상처받은 듯한 느낌. 그는 아내를 칭찬하는 말에 깜짝 놀랐다. 기분이 언짢고 모욕을 당한 느낌이었다. 마치 그들 부부 사이에 끼어들어 그는 그르고 아내는 옳다고 판정을 내리는 것처럼 지사장은 어제 저녁에 그의 아내가 분석했던 내용에 동의했다. 어쩌면 그들의 미래에 대해서 은밀히 얘기했던 속내 이야기가 불러일으킬 결과가 두려워 그의 아내와 은연중에 동맹을 맺은 것인지도 몰랐다. 게다가 자크 프랑쾨르는 묘하게 번득이는 눈으로 그의 아내를 칭찬하고 있었다. "아니, 사모님에 관한 일은 아무것도 아닙니다. 그런 일쯤이야 언제든지 일어날 수 있지요. 그보다 제가 고속도로 출구를 놓치지 않았다면……" "이제 그 얘기는 더 이상 하지 맙시다. 그게 좋겠어요." "다음에 한 번 더 식사를 하시지요. 더 좋은 환경에서요. 예를 들면 다가오는 여름에 어떨까요? 야외에서 저녁식사를 하는 것도 좋을 텐데요." "그렇게 한다면 어제의 저녁식사만큼이나 세련되고 고급스런 저녁식사가 될 것 같군요, 아주 좋아요. 기뻐서 가슴이 벅찹니다." 그렇게 말하며 자크 프랑쾨르가 덧붙였다. "나가시면서 자클린에게 다시 잠깐 들어오라는 말 좀 전해주시겠어요?" 파트리크 네프텔의 어머니는 텔레비전을 켜고, 키 작은 테이블에 놓인 텔레비전 프로그램 편성표를 집어들면서 가죽 소파에 앉았다. "그렇게 얘기가 끝난 거야?" 그녀가 남편에게 물었다. "정확하게 그렇게 끝났어. 이번 여름에 저녁식사를 하러 다시 온다고 했어. 자, 이제 모든 게 다 제대로 됐잖아. 당신이 쓸데없이 걱정한 거야. 봐, 지사장님은 격식에 얽매이지 않는 사람이고 마음이 엄청 넓다니까! 오늘 저녁 텔레비전에서는 뭘 하나?" "그가 '기뻐서 가슴이 벅찹니다'라고 말한 거 확실해? '어제의 저녁식사만큼이나 세련되고 고급스런 저녁식사가 될 것 같군요'라고 말한 거 맞냐고." "거의 그렇게 말했어. 그런데 그건 왜 물어보는 거야?" "아무것도 아냐. 나도 모르겠어. 나는 그 사람이 당신한테 '세련되고 고급스런 저녁식사'라든지 '기뻐서 가슴이 벅찹니다' 같은 의례적이고 정중한 말보다는 좀 신랄한 표현을 해줬으면 좋겠어. 그런 말투는 너무 가식적이야." "그런 말투가 가식적이라고? 당신, 진짜 말이면 다 하는 줄 알아?" "특히 '기뻐서 가슴이 벅찹니다'라는 문장……" "그가 좀 신랄한 표현을 해줬으면 좋겠다고? 그래, 나도 알아! 나도 안다고!" "그러면 적어도 스스로 방어할 수는 있잖아. 당신이 잠깐 딴 사람이 됐던 것 같다고 말할 수 있잖아. 어제 저녁에 당신은 그 사람 앞에서 식탁 앞에 앉은 채 두 그루의 포플러나무 사이로 날아올랐다가 학교 운동장에 불시착했단 말야! 당신은 무의식적으로 그 잘난 얘기 속에 등장하는 헬리콥터 조종사와 똑같이 행동했다고! 지사장은 엊저녁에 벌어진 사건에 대해 말하는 걸 교묘히 피하고 있어……. 아무렇지 않은 듯 꾸민 그의 의례적인 말투 때문에 당신이 입을 다물게 된 거라고. 이걸 뭐라고 해야 하나. 위험이 닥치기 직전의 숲의 고요함이랄까……." "위험이 닥치기 직전의 숲의 고요함이라고? 오늘 저녁 당신 아주 대단한 영감을 발휘하네. 오랜만에 타잔의 추억이 다시 나타났나 보지?" "그 사람이 그렇게 정중하게 말하는 게 불안해. 난 그 음흉한 사람을 못 믿겠어! ('음흉하다고?' 그녀의 남편이 웃음을 터뜨리며 말을 끊었다. '음흉하다고? 어떻게 그런 말을!') 완벽하게 음흉하고 위선적이야……. 당신은 그가 이렇게 명확하게 말하는 게 좋지는 않겠지. '친애하는 네프텔 씨, 어제 저녁식사와 당신이 한 이야기는 당신의 업무 능력을 회의적으로 보게 합니다. 당신의 업무는 책임감이 필요한 일이라 당신의 능력을 의심하게 되었습니다'라든지, 뭐 그런 식으로 말한다면? 내가 충고 한 마디 하겠는데, 지사장의 마음을 돌려야만 한다는 걸 당신이 얼른 깨달아야 해." 문 뒤에서 듣고 있던 파트리크 네프텔은 자크 프랑쾨르 지사장님이 아버지의 사과를 받아들인 너무나 세련된 방법이 걱정스러웠다. 지사장은 고통스러운 과거에 대한 아버지의 향수를 아무 거부감 없이 받아들일 것인가? 파트리크 네프텔의 어머니는 절대 그렇지 않을 거라고 확신했다. 지사장은 불필요하게 회사에서 월급이 나가는 것을 가만히 보고만 있지는 않을 것이므로. 어제 그녀의 남편이 한 행동이 용납되지 않을 확실한 이유는, 그것이 영업부장이라는 직위와는 아무런 관련이 없는 곳에 쏟은 열정의 잔재이기 때문이었다. 자크 프랑쾨르가 파트리크의 아버지가 어떤 생각을 갖고 있든 무시해버릴 가능성도 있었지만, 어쨌든 그는 회사에 소속되어 있다는 자긍심, 회사를 이끌어나가는 사람들에 대한 존경심, 회사의 번영에 기여한다는 만족감, 주주들도 주식으로 기쁨을 얻게 될 거라는 기대감보다 어떤 일에 대한 맹목적인 집착과 열정이 더 클 수도 있다는 사실을 용납하지 않을 것이었다. 그러나 파트리크 네프텔의 어머니는 마르틴 프랑쾨르가 뒤에서 어떤 역할을 할지에 대해서는 예측하지 못했다. 지사장 부인이 자기 남편에게 어떤 영향을 미칠 수 있는지는 파트리크 네프텔의 아버지도 몇 주 후 자클린 지비에가 말해주어서 알게 되었다. "사모님을 경계하라는 말씀을 드려야겠어요. 지금 이 얘기는 절대 비밀로 하셔야 해요." "무슨 얘기를 하고 싶은 겁니까? 왜 사모님을 경계해야 하죠? 아주 매력적인 분이던데." "왜냐하면 그녀는 자신이 혐오하는 사람을 해고할 능력이 있으니까요." "그게 나하고 무슨 상관이 있죠?" "마르틴 프랑쾨르가 부장님을 싫어한다고 저한테 여러 번 말했으니까 상관이 있죠. 따라서 그녀가 사장님께 나쁜 영향을 미칠 수도 있으니 주의하라고 부장님께 말씀드리는 겁니다." 자클린 지비에는 마르틴 프랑쾨르가 완강하게 고집을 부려 남편이 결국 동업자와 인연을 끊게 했던 과거의 이야기를 들려주었다. 그녀는 아침이고 저녁이고 침대에서까지, 끊임없이 경멸의 감정을 담은 말들을 뱉어내 자크 프랑쾨르가 그 사람에게 가졌던 좋은 감정에 흠집을 냈다고 했다. 혹시라도 남편에게 나쁜 선입견을 심어주는 게 여의치 않을 때에는 더욱 공격적인 단계로 들어서서 말 그대로 독재하듯 남편에게 명령하는 태도를 취한다는 것이었다. "자기 부부의 행복을 인질 삼아 동업자를 희생시키라고 요구한 거지요." 그날 저녁 자클린 지비에는 파트리크 네프텔의 아버지에게 이렇게 말했다. "잘 들으세요……. 무슨 이유로 사모님이 부장님께 그렇게 반감을 갖게 됐는지는 모르겠어요. 또 지사장님이 얼마나 오랫동안 사모님께 대항할 수 있을지도 몰라요. 하지만 분명히 지사장님이 두 손을 드는 순간이 오고야 말 거예요. 그러니까 부장님에 대한 사모님의 반감이 누그러질 수 있게 전력을 기울이셔야 해요." 자신보다 높은 계급의 사람들에게도 대항했던 지사장이 아내 앞에서는 상처받기 쉽고 복종 잘 하는 소년이 되어버린 것은 진짜 기이한 일이었다. 그녀는 남편에 대해서는 아무도 그런 권위를 가지지 못한다고 여길 만큼 엄청난 영향력을 가졌으며, 자크 프랑쾨르는 통찰력을 갖춘 까다롭고 단호하기로 유명한 사람이지만 아내의 영향력에서 벗어나지는 못했다. "자클린, 지금 무슨 얘기를 하는 겁니까? 나에 대한 사모님의 반감을 누그러뜨려야 한다니요?" "상상력을 좀 발휘해보세요. 비위를 좀 맞춰봐요. 혹시라도 복도 같은 데서 마주치면 부장님이 사모님을 귀하고 중요한 사람이라고 생각하고 있다고 느껴지게 노력해보시고요. 부장님이 그녀에게 외경심을 느낀다고 믿도록 말예요. 사모님을 지사장님과 똑같이 생각하세요. 똑같이 경의를 표해야 하는 사람이라는 생각으로, 거의 같은 경외심으로……." 깜짝 놀란 표정을 짓고 있는 파트리크 네프텔의 아버지 앞에서 그녀가 계속 말을 이었다. "네, 알아요, 그게 수치스러운 짓이라는 거……. 어렵겠죠……. 아주 어려운 일이죠……." "난 이해가 안 돼요……. 어쩌다 그녀가 그런 능력을 갖게 된 거죠? 왜 지사장님은 그런 상황을 그냥 방치하는 거예요?" "그건 사모님이 과거의 기억으로 인해 고통받고 있기 때문이에요. 아마도 아시겠지만, 사모님은 화가죠. 그녀는 젊은 시절부터 존경받고 대단한 인물로 대접받는 데 익숙해졌어요. 아르헨티나 주재 외교관의 딸인 사모님은 특권 계급으로 태어난 사람이에요. 그런데 지금은 권력을 쥐고 존경심을 불러일으키는 사람이 자기가 아니라 남편이라는 사실을 인정하기가 고통스러운 거죠." "그럼 지사장님은요? 지사장님은 왜 아내를 그냥 내버려두는 거죠?" "사랑 때문이죠. 사랑과 그녀가 가진 것들에 대한 열정 때문에. 그녀는 아름답고 이상야릇하고 불가사의하고 극단적이니까……. 지사장님은 사모님이 사랑스러운 모습을 유지할 수 있게 하기 위해 그녀가 터무니없는 요구를 해도 다 들어주는 거예요. 그들이 자기 자신을 병적으로 드러내 두 사람의 생활이 지옥처럼 변했을 때조차요. 그녀가 술을 마시기 시작할 때 말이죠. 지사장님이 퇴근하고 집으로 돌아가셨는데 사모님이 취해 있을 때 말예요." "뭐요? 사모님이 술을 마셔요?" 파트리크 네프텔의 아버지가 물었다. "믿기지가 않네요. 당신 얘기는 정말……." 그는 미동도 없이 앉아서 멍한 눈으로 사무실에 깔린 양탄자를 바라보았다. "그녀는 아마도 부장님이 두 분을 초대하셨던 저녁식사를 견디기 힘들었을 거예요. 그날 저녁 정확하게 무슨 일이 벌어졌는지는 모르겠지만요." 파트리크 네프텔의 아버지는 침묵을 지켰다. "하지만 제가 부장님을 도울 수 있을 거예요. 사모님이 파리에 있는 음식점에서 작은 전시회를 열어요. 다음 목요일이 전시회 개막전이에요. 그곳에 부장님 사모님과 함께 가세요. 두 분이 사모님이 그런 그림을 좋아한다는 걸 보여드리세요. 그 자리에 참석하는 건 물론이고······ 사모님에게 말을 걸어야 해요······. 부장님 사모님이 말을 건네시면 되겠네요." 그녀는 거기까지 말한 다음 "정말 안타깝네요. 이 얘기를 해야 할지 말아야 할지 많이 고민했어요"라고 덧붙였다. 파트리크 네프텔의 어머니와 아버지는 저녁 7시경 전시회가 열리는 레스토랑에 도착했다. 파트리크 네프텔의 아버지는 사무실에서 곧장 갔고, 그의 아내는 오후가 끝날 무렵 완행열차를 타고 도착한 리옹역에서 오는 길이었다. 파트리크 네프텔의 아버지는 전시해놓은 그림들의 받침대 가까이 가서, 벽에 걸려 있는 액자들을 무심하게 바라보았다. 그는 아내를 기다리며 커다란 유리문 쪽으로 몸을 자주 돌렸다. 아내가 문을 열고 들어오는 것이 보이자 초대된 손님들 사이를 헤치고 가서 아내를 만났다. 손님들이 끊임없이 밀려들어와 색색의 옷들과 목소리, 웃음, 작품에 대한 칭찬으로 개막식 행사장을 뒤덮었다. 그는 사람들이 혈색 좋은 겉모습과 우아한 화장을 하고 미소와 담배 연기, 샴페인에서 몽글몽글 올라오는 물방울 그리고 인사말을 동반한 채, 접근할 수 없는 은밀한 공모를 나누며 의사소통하고 있다는 인상을 받았다. 그와 그의 아내는 긴장한 탓에 가볍게 인사만 했을 뿐, 서로의 볼에 입맞춤도 하지 않았다. "사모님은 어디 계세요?" 파트리크 네프텔의 어머니가 물었다. "저 안쪽에. 뷔페 테이블 근처에 계셔." "지사장님은?" "아직 안 오셨어." "어쩌면 지사장님은 안 올지도 모르겠네······." "그런 말 마. 나한테 오신다고 했어. 개막식 행사가 끝나면 지사장님 댁에서 저녁식사를 할 거래." "당신은 초대받지 못했을 것 같은데······." 파트리크 네프텔의 아버지는 깊이 숨을 들이마시고, 커다란 유화 앞에 섰다. 캔버스에 물감을 칠하고 나이프로 작업한 그 그림에서 지사장 부인은 다양한 짐승들, 기린들과 암소들, 악어와 가금류 들이 있는 심하게 요동치는 이국적인 산을 표현했다. 두 사람은 다음 그림으로 이동했다. 두 번째 그림은 첫 번째 그림의 내용이 약간 바뀐 것이었는데, 물소, 하마, 코뿔소 들로 짐승의 종류가 훨씬 줄어들어 보다 생기 있어 보였다. 파트리크 네프텔의 어머니에게 충격을 준 것은, 그림 속에서 밝게 빛나는 가느다란 초승달 형태 아래에 태양을 그려넣은 것이었다. 그녀가 남편에게 말했다. "당신 봤어요? 그 여자가 달을 해로 바꿨어!" "상상력을 발휘한 거야······." 그는 이렇게 대답하며 만족스러워했다. "난 좋은 아이디어라고 생각하는데." "이 그림들은 소재가 이상해. 마치 다친 상처에 생긴 딱지 같아." 세 번째 그림은 바닷가에 오밀조밀 붙어 있는 여러 색깔의 조그만 집들을 수수하게 그린 것이었다. "사모님 앞에서는 절대 그런 말 하지 마······." 파트리크 네프텔의 어머니가 가까스로 말했다. "뭘 하지 말라고?" "이 그림들이 무릎에 난 상처 딱지 같다는 말······." 그들의 앞에 있는 그림은 잔잔하고 기름진 바다 속에서 기린의 머리와 목이 떠오르는 그림이었다. 그 기린은 관람객을 직시하고 있었는데, 꽤 작은 크기 때문에 기린의 시선이 무엇을 표현하고 있는지를 파악하는 것은 불가능했다. 그 점이 안심이 된 파트리크 네프텔의 어머니는 그림 앞으로 아주 바짝 다가갔다. "눈이 보이지 않아." "왜 그런 말을 하는 건데? 기린 눈을 보고 싶어?" "시선이 무엇을 표현하는지 보고 싶어. 도대체 무슨 생각을 하는지 알고 싶어서." "사모님이 무슨 생각을 하는지 알고 싶단 거야?" "아니, 기린이." 파트리크 네프텔의 아버지는 전시회장 중앙에 있는 마르틴 프랑쾨르의 위치를 확인했다. 목 부분이 깊이 파인 청록색 드레스를 입은 그녀는 많은 사람들에 둘러싸인 채 한 손에 샴페인 잔을 들고 있었다. 작은 원반들이 매달려 감각적인 분위기를 연출하는 금속 벨트가 허리를 화려하게 장식하며, 선정적으로 보이도록 허리를 최대한 조이고 있었다. 그녀는 최고였고, 그를 당황하게 만들려고 최후의 일격을 가한 느낌이 들었다(그가 그녀와 과감히 맞서서, 전혀 이해할 수 없는, 딱지가 앉은 것 같은 기법으로 그려 의미가 결핍된 것처럼 보이는 그녀의 작업에 대해 얘기할 순간을 미리 알기라도 하듯이). 그런 목적(전시회장을 방문한 것을 환영받고, 그녀의 급진성을 치켜세우고, 여전사로서의 그녀의 재기 넘치는 상상력을 칭찬하는) 때문에, 그리고 그녀의 꾸며낸 모습 때문에 그는 그녀와 맞닥뜨리는 게 두려웠다. "이건 뭐야?" 아내와 다시 만났을 때 그가 물었다. "뭐가 이건 뭐야야? 그림이지." 앞의 두 그림들 속의 산과 비교하면 좀더 구체적이고 차분한 모습인 이 산은 훨씬 광물적이며 훨씬 현실적으로 바다의 표면에서 표류하고 있었다. 가장자리에서는 동물들이 무질서하게 마구 늘어나고 있었고, 동물들의 머리는 마치 액체처럼 돌에서 솟아올랐다. 파트리크 네프텔의 아버지가 한숨을 쉬자, 아내가 그를 향해 몸을 돌렸다. "당신 왜 그래?" "우리 여기서 나가자." "여기서 나가자니, 그게 무슨 뜻이야? 벌써 가고 싶은 거야? 사모님도 만나지 않고?" "아무것도 아냐, 아무것도 아니라고……. 어쨌든 간에……." "어쨌든 간에, 뭐?" 그녀가 비난하는 어조로 묻자 그는 또 다른 질문으로 말을 이었다. "그럼, 그녀의 작품에 대해 뭐라고 말하면 좋겠어?" "너무나 아름다운 작품이라고 해야지. 정말 재능이 뛰어나다고. 그녀의 그림에 나타난 상상의 세계가 진짜 좋다고." "당신이 말하는 게 좋겠어." "내가 말한다고 당신에 대한 사모님의 마음이 풀리겠어?" "그렇게 아니라 그림을 한 점 사야겠다. 그러면 말로 표현할 필요도 없을 거야. 행동이 말보다 더 나으니까. 특히 할 말이 없을 때는 더욱더." "그걸 우리 집에 걸려고? 우리 집 거실에 이런 이상한 그림을? 우리 집 벽에 이 정신병자의 짓거리를 걸려고 하는 거야, 당신?" "가격을 알아볼게." 그는 그렇게 말한 후 아내에게서 멀어졌다. 파트리크 네프텔의 아버지는 전시회장 입구에서 그림의 가격이 적힌 목록을 얻어서 아내에게로 돌아왔다. "입구에 있는 여자가 말해줬어. 벽에 붙은 빨간 원뿔("저기, 저거." 그는 자신들이 봤던 1번 그림을 손가락으로 가리켰다), 저게 이미 그림이 팔렸다는 표시래." "그녀 입장에서 보면 지금 상황이 별로 좋지 않다는 표시이기도 하겠네. 빨간 원뿔이 딱 한 개밖에 없잖아." "예를 들어 저것 말야, 3번 그림(그가 물에 잠긴 기린을 가리켰다)은 8천 프랑이야." "8천 프랑이라고?" 파트리크 네프텔의 어머니가 그들 주위에 있는 커플을 의식하며 속삭였다. "8천 프랑?" "이 구역에 있는 것들은 다 똑같은 가격이야. 하지만 저기 12번부터는 3천 프랑이야." "12번이 어떤 건데? 그래도 여보……." "그리고 9번은 4천 프랑이네. 9번 그림을 보러 가자. 우리가 좋아하는 그림이 제일 값싼 그림이란 걸 그녀에게 밝히기는 좀 그렇지……." "난 그림을 살 거라고는 말 안 했어. 그 여자와 화해하는 데 그렇게 많은 돈을 들일 수는 없어. 돈이 덜 드는 방법을 찾아봐야 한다고. 4천 프랑이라니. 푸조 504를 8만 4천 프랑에 샀는데 또 돈을 들여야 하다니. 저녁식사 한 번이 정말 비싸게도 먹힌다!" "내가 지금 뭐라고 하면 좋겠어? 내가 일자리를 잃기를 바라는 거야? 그런 거야? 내가 직업을 잃기를 바라는 거냐고!" 그는 누가 자기들 이야기를 듣고 있지나 않은지를 확인하기 위해 몸을 돌렸다. 이상한 표정으로 그를 지켜보고 있는 커플이 눈에 띄었다. 그는 얼굴에 신경질적인 표정을 드러내지 않으려 애쓰며 아내 쪽으로 몸을 돌렸다. "아, 미안하지만 그런 식의 협박은 안 돼. 그런 협박은 안 된다고. 어쨌든 당신을 이런 이상한 상황에 밀어넣은 건 내 잘못이 아니라고!" 9번 그림의 제목은 '기린 목을 가진 난쟁이 형상의 이국적인 소란(한스 홀바인*)'으로, 지금도 그들의 거실 벽에 걸려 있다. 결국 이 이야기는 불행한 결말로 끝났지만 그들은 그 그림을 없애거

---

* 독일 르네상스의 대표적인 화가로 초상화에 특히 뛰어났으며 헨리 8세의 궁정화가로 활동했다.

나 다락방에 처박아두지 않았다. 파트리크 네프텔은 괴로움을 불러일으키는 그 그림에 대한 책임을 부모에게 지우고 싶었지만, 한편으로는 눈앞에 펼쳐진 환경에 비굴하게 복종하고 싶기도 했다. 그 그림은 볼 때마다 그들이 견뎌야만 했던 가장 잔인한 치욕의 기억을 환기시켰고, 치욕적인 감정의 결과로 생긴 광기를 아주 모욕적으로 드러냈기 때문에 더욱 그랬다. 그것은 그림으로 형상화된 종기이며 총천연색으로 썩어문드러진 상처이고 정신착란 증상이자 병적으로 곪은 부위였다. "이 추잡한 것 좀 떼어버려요! 그 더러운 여자가 배신했잖아! 그 여자가 아버지를 망쳐놓은 거라고! 그런데도 저 상처투성이 같은 그림을 가지고 있다니. 이제 정말 싫어! 내가 그 여자를 부숴버릴 거야!" 파트리크 네프텔은 청소년 시절에 이런 말을 여러 번 했다. "얼마나 더, 몇 년이나 더 저 추악한 것을 견뎌야만 하냐고!" "당신 저 그림 어떻게 생각해?" 파트리크 네프텔의 아버지가 손가락으로 9번 그림을 가리키며 아내에게 물었다. "여보……." "그림 가격치곤 괜찮은 거야." "장 피에르, 제발……." "루브르 박물관에 있는 그림 한 점이 얼마인지를 생각해봐." "미안하지만 아무 말이나 막 하지 말아줘. (입이 가벼운 커플이 그들 가까이로 다가왔기 때문에 그녀는 목소리를 낮췄다.) 당신, 저 그림을 자세히 보긴 했겠지? 아유, 이리저리 움직이고, 계속 몸을 돌리고, 가격표나 보고 있고. 가격표를 꾸깃꾸깃 접어서 아주 다 구겨졌네. 이리 줘요." 그녀가 남편의 손에서 가격표를 뺏으며 말했다. "이 그림 말야, 당신이 사자고 한 그림. 사자고 해놓고 그림은 잘 보지도 않았지? 봐봐, 자세히 잘 살펴보라니까!" 그녀의 남편은 몸을 돌려 전시장을 휙 둘러보았다. 마르틴 프랑쾨르의 모습이 보이지 않았다. 그녀는 어디에 있는 것일까? 제기랄, 그녀는 어디로 갔냐고! 다음 순간, 그는 바로 자기 앞에 있는 그녀를 발견했다(겨우 몇 센티미터 앞에). 그녀는 능직 천으로 만든 거대한 정장을 입고, 대머리에 근시이며 돈이나 세금과 관련된 분위기를 풍기는 음탕한 표정을 한 뚱뚱한 남자 옆에 서 있었죠. 두 사람이 나누는 대화는 귀족적인 단어들, 우아한 표현들, 그는 알지 못하는 내용들로 넘쳐났고, 여류 화가의 웃음 소리와 금속 벨트에서 나는 찔렁거리는 소리, 세무사인 듯한 남자가 그녀의 말에 찬성을 표시하는 잔기침 소리가 끊이지 않았다. 그자는 몇 개 안 되는 단어들을 사용해 길게도 말하면서, 한스 홀바인의 판화에 대한 독단적인 이야기를 늘어놓기 시작했다. "슈테판 츠바이크*는 뒤러가 그 렸던 여러 초상화에서 본 것 같은 에라스무스의 지적인 시선과 부드러 움을 즐겨 상기했어요("아! 뒤러! 뒤러!" 마르틴 프랑쾨르가 감탄사를 연발했 다). 한스 홀바인도 그랬죠. 수도 생활을 포기하기 위해서는(교양 있는 잔 기침이 이어졌다) 인생이라는 연극 속에서 인간적인 약속을 지키려고 노 력하는 한 개인의 광기에 대한 찬사가 가장 아름다운 증거가 될 거라고 난 늘 생각해왔어요." 마르틴 프랑쾨르는 전율에 가까운 행복감을 느꼈 다. "조르주. 당신 말씀을 들으니 너무나 행복해요. 마음에 꼭 드실 다른 그림을 하나 보여드릴게요." 몇 분 전부터 두 사람의 대화를 듣고 있던 파트리크 네프텔의 아버지는 상심하여, 두 다리에 힘이 빠지고(근육이 물 렁물렁해진 것 같은 느낌이었다) 살아 움직이던 내장이 다 텅 비워진 기분 이 들었다. "부장님도 오셨네요." 그가 인사를 하며 아는 척을 하자 그녀 가 깜짝 놀라며 말했다. 그녀는 그가 전시회 개막식에 온 걸 보고 화들 짝 놀란 것 같았다. "음, 예……" 그가 멍청하게 중얼거렸다. "그림 이…… 그림이 진짜 아름답습니다……" "아, 그래요?" 침묵. 그녀가 그 를 뚫어지게 바라보았다. 그는 그저 아름답다는 말밖에 할 줄 몰랐다. 그 가 다시 입을 열었다. "이 세계는…… 이 상상의 세계는……" 그녀는 그 의 앞에 아예 붙박일 준비를 한 것 같았다. "그림을 한 점 사려고요." "어 떤 거요?" "그림이요. 그림을 한 점 사고 싶어요." 그녀가 웃음을 터뜨렸

* 전기 작가로 이름을 떨쳤던 오스트리아 작가.

다. 그리고 세무사를 힐끗 보았다. 틀림없이 그가 자신의 은밀한 공모자가 되어 자신을 도와주기를 바라서였을 것이다. 하지만 파트리크 네프텔의 아버지에게 관심이 전혀 없는 그 뚱뚱보 세무사는(마르틴 프랑쾨르와 그의 대화가 어서 끝나기를 바라며 파트리크의 아버지를 한 번 슬쩍 보았을 뿐이다) 10번 그림을 바라보았다. "그림은 고르셨나요?" "저거요." 그는 자신이 고른 그림을 가리키며 대답했다. 그의 시선이 우연히 목 잘린 기린 위에서 멈췄다. "훌륭한 선택이에요. 좀 놀랍지만 훌륭한 선택이네요. 그럼 죄송합니다만 저는 이만……." 그녀는 세무사의 팔짱을 끼고 멀어졌다(그녀가 다시 자기 쪽으로 오자, 이 짧은 막간극에서 벗어나게 돼 행복해진 세무사가 파트리크 네프텔의 아버지에게 미소 지었다). 파트리크 네프텔의 아버지는 아내에게로 돌아가서(마르틴 프랑쾨르는 파트리크의 어머니에게 인사하는 수고조차 하지 않았다) 말했다. "이제 됐어." "뭐가 돼" "사모님한테 말했어." "그래서?" "그래서라니?" "어떻게 됐냐고." "아주 잘된 것 같아. 그녀가 그려낸 상상의 세계에 대해서 두 마디나 했어. 특히 그림을 사겠다고 얘기했지." 당황스럽고 놀랍고 화가 나 속이 부글부글 끓었지만 파트리크 네프텔의 어머니는 우레와 같이 터져나오려는 소리를 가까스로 억눌렀다. "뭐? 뭐라고?" "음, 뭐라니? 이미 그림을 사기로 합의했잖아?" "당신 정말 미쳤어. 완전히 미쳤다고! 대체 어떤 그림을 사겠다는 거야?" "우리가 말했던 것. 9번 그림이지." 그녀는 신경질적으로 머리를 흔들었다. "당신 그 그림을 보기나 했어? 그 잔인한 그림을 제대로 보기나 했냔 말야." "목이 잘린 기린은 봤어. 색깔은 예쁘더구만." "색깔이 예쁘다고! 색깔이 예쁘다니!" 화를 내며 그녀는 사람들 속으로 사라졌다. 파트리크 네프텔의 아버지는 전시장 입구의 테이블 앞에 앉아 있는 젊은 여자에게 말을 걸었다. "그림을 한 점 사고 싶은데요." 안내원은 즉시 예약해야 한다고 대답했다. "그림들이 하나같이 불티나게 팔리네요. 몇 번 그림을 원하시나요?" "9번 그림이요." 그녀는 반들반들 윤이 나는 종이 한 장을 낚아채서, 수두에 걸린 사람처럼 얼굴이 벌게진 파트리크 네프텔의 아버지를 전시회장 벽 쪽으로 끌고 갔다. "이거 맞아요?" "예, 바로 그거예요." 그가 대답했다. 안내원은 종이에서 빨간 원뿔을 떼어내 벽에 붙였다. 주홍색의 초자연적인 빛이 나는 기다란 손톱들은 하얀 벽에 자동 부착된 얼룩이 어떤 의미인지 이미 알고 있는 것 같았다. 그가 내린 결정이 꽤 폭력적인 방법으로 실현되면서, 이제 이론의 여지가 없는 '구매' 표시인 원뿔만 남았다. "자요!" 안내원이 쾌활하게 말했다. "화가가 제작한 가장 수수께끼 같은 작품들 중 하나랍니다!" 그녀는 잠시 그 그림을 유심히 바라보았다. 파트리크 네프텔의 아버지도 그녀를 따라서 그림을 주의 깊게 바라보았다. 다시 목이 잘린 기린에게 시선을 던지고 싶지 않았던 그는 어마어마하게 큰 푸른 태양이 있는 그림의 위쪽 부분부터 자세히 바라보기 시작했다. 태양을 칠한 파란색을 화폭 여기저기에서 찾을 수 있었다. 예를 들자면 산을 뒤덮은 덩굴숲에도 파란색이 칠해져 있었다. 이 푸른 색깔은 그의 시선을 이미지의 내부로 이끌고, 절대적으로 해석되어야 하는 빛깔로 인식되었다. 사방에 온통 푸른 모래, 푸른 새, 푸른 풀잎이었다. 그는 노란색을 뛰어넘고, 붉은색을 피해갔다. "이 부분은 진짜 놀라워…… . 아무리 들여다봐도 싫증이 안 나…… ." 안내원이 다음 부분을 가리키며 말했다. 그녀는 손가락 하나만이 아니라(그게 관례이므로) 손가락을 전부 사용해 피아노 치듯이, 물결치듯이, 태양의 거친 물결을 만들어내듯이 그림을 가리켰다(그녀가 경험한 감정의 복잡성을 적절하게 표현하기 위해, 그리고 아마도 단순히 집게손가락 하나로는 제대로 해석하기에 적당하지 않다고 생각했기 때문에). "제 생각에는 보슈*의 그림과 비슷한 것 같아요. (그 말을 들은 파트리크 네프텔의 아버지는 전자제어분사 장치가 장착

....

* 플랑드르의 대표적인 화가. 자유분방한 상상력과 결부된 경이적인 환상 세계를 전개하였다. 20세기 초현실주의의 선구자로 평가되고 있다.

된 푸조 504의 보슈 점화플러그를 떠올렸다.) 그가 그린 〈성 안토니우스의 유혹〉의 일부분이 생각나요…….” 눈앞에서 깜빡거리는 붉은색의 작은 거울들에 이끌려 그는 제목의 의미가 부여된, 작품의 중앙으로 접근했다. 난쟁이들이 꽃이 핀 땅바닥에서 춤을 추고 있었는데(거기서도 파란색이 눈에 띄었다), 난쟁이들의 머리는 기린의 목에 붙어 있었다. 대부분의 경우, 이 목들은 원래의 머리를 유지하고 있었지만, 때때로 난쟁이의 머리와 짝을 이루기도 했다. 어떤 것들은 동물 머리 대신 난쟁이들의 머리로 대체할 금전적 여유와 시간, 가능성이 있었지만, 다른 것들은 그렇게 하려고 준비만 했던 게 아닌가 하는 추측이 들었다. 파트리크 네프텔의 아버지가 그림을 자세히 관찰하기 시작하자, 어느 곳에는 기린의 머리(내려놓기에는 좋은)가(푸른 반사광이 비치는 파리 떼에 둘러싸여), 어느 곳에는 순백색의 손수건에 놓인 난쟁이들의 머리가 풀밭에 흩어져 있는 것이 보였다. 특히 그림 뒤쪽에서는 수양버들의 푸른 그림자 속에 쌓인, 키 작은 난쟁이들의 키를 늘이느라 목이 잘린 기린들의 유해를 볼 수 있었다. 난쟁이들은 키를 늘이는 작업 덕분에 키가 꽤 커졌고, 짓눌려 나약해진 보통사람(가방을 어깨에 맨 우체부)이 그들 사이로 걸어가며 그 사실을 증명하는 것 같았다. 우체부가 주의 깊은 관람객에게 주목받는 동안(사실은 그림 앞에서 움직이는 안내원의 열 개의 주홍빛 손톱이 불편해 하며 지켜보는 파트리크 아버지의 시선을 받는 동안), 아주 짧은 나무 둥치를 길게 늘인 굴뚝 같은 것들이 난쟁이들의 균형을 무너뜨려 난쟁이들이 나무가 무너질 것을 대비해 몸을 피하려 하는 와중에 한 명만이 흩어진 구름에 혀로 매달려 있었다. 그러고 나서 주홍색 손톱들의 깜빡임이 사라졌고, 설명하던 손이 자리를 옮기는 것과 동시에 안내원이 말했다. “아주 훌륭한 선택이세요. 손님께서는 이 작품 덕분에 해를 거듭할수록 점점 더 은유적인 풍요로움을 만끽하며 사실 수 있을 거예요…….” 파트리크 네프텔의 아버지는 젊은 여자의 동공이 사진을 찍을 때 터지는 플래시처럼 붉고, 깊고, 은밀하며, 순간적이고, 매우 상업적이라는 사실을 깨달았다. 전시장 입구의 테이블로 돌아오자, 안내원은 "지금 바로 4천 프랑을 내시고요. 그림은 전시회가 끝난 다음에 가져가실 수 있어요"라고 말했다. "수표도 받으시나요?" 그가 물었다. "수표, 현금 다 받아요." 그는 아내가 어디에 있는지 보려고 몸을 돌렸지만 아내가 보이지 않자 "죄송합니다. 금방 다시 올게요"라고 안내원에게 말했다. 그는 아내를 찾느라 온 전시회장을 헤매고 돌아다녔다. 화장실에도 내려가보고, 휴대품 보관소에도 가보고, 다시 그림 앞으로 돌아왔다가(무례하게 비난하는 표시처럼 자신을 가리키는 빨간 원뿔을 보자 이상한 파장이 그의 척추를 타고 흘렀고, 억제할 수 없는 강렬한 수치심이 치밀어올랐다), 현관으로 걸어가 거리로 나갔다. 그는 30미터 앞의 보도에 있는 아내를 발견하고 그녀에게 다가갔다. "당신 어디 있었어? 10분 전부터 사방을 다 찾아다녔잖아!" 그의 아내는 아무 대꾸도 하지 않았다. "수표책 좀 줘봐." 그가 덧붙였다. 그녀가 눈을 들어 그를 바라보자, 붉게 충혈되고 눈물에 젖어 부어오른 그녀의 눈이 보였다. 몇 초의 시간이 흐르는 동안, 그녀는 남편의 고집을 위협하는 듯 불가사의한 눈빛으로 그를 바라보았다. 끝내 남편이 고집을 부리자, 파트리크 네프텔의 어머니는 가방을 열어 부부 공동 구좌의 수표책을 꺼내 남편의 가슴에 던졌다. 수표책이 바닥에 떨어졌다. 그가 수표책을 주우려고 몸을 구부리자, 그녀와 그 사이, 그녀와 그 그림 사이, 그녀와 목 잘린 기린들과 키가 커진 난쟁이들 사이에 있던 밤의 30미터가 더욱 벌어지기 시작했다.

5

    마리 메르시에를 향한 로랑 달의 연정은 배가 사르르 아플 때의 복통의 기운이나 좀처럼 머릿속에서 사라지지 않는 어떤 생각처럼 쉽사리 사그라들지 않았다. 그러나 그녀는 어쩌다 한 번씩 친절을 베풀 때를 제외하곤 대체로 그에게 냉담했기 때문에, 그는 애가 탔다. 시범 조종사의 딸인 그녀는 공원 중앙에서 12킬로미터 떨어진 곳에 있는 크고 값비싼 집에 살았다. 로랑 달은 거의 매일 아침, 학교 스쿨버스에서 그녀를 만났다. 그녀의 옆자리는 항상 그보다 두 정거장 앞에서 스쿨버스를 타는 여자 친구의 차지였다. 그래서 로랑 달은 근처에 앉아 조용히 마리를 바라보며 경직된 미소를 짓는 것만으로 만족해야 했다. 스쿨버스 안에서 그가 차창 밖 풍경에 푹 빠져 있을 때면 FM라디오에서 흘러나오는 음악들이 그의 감정을 자극하고, 자신감을 북돋워주었다. 어렵고 장엄한 슬로우 댄스풍의 선율이 흘러나와, 노래에 깃든 아름다운 고통으로 그의 고통스러움을 더욱 증폭시키기도 했다. 목적지에 도착하면 로랑 달은 버스에서 내려 보도 위에서 마리 메르시에를 기다렸다. 그때마다 그는 자신이 앉아 있던 갈색 인조가죽 의자의 엉덩이 자국이 부끄러웠다. "무슨 수업이야?" "화학……" 그가 물으면 마리는 짧게 대답했다. 그녀와 함께 학교 건물까지 걸어가는 동안에도 간간이 다른 아이들을 마주쳤기 때문에 둘만의 오붓한 시간을 갖기는 어려웠다. 그는 자신이 의자에 냈을 엉덩이 자국이 몹시 부끄러웠다, 자신은 다른 아이들의 엉덩이 자국에 눈곱만큼도 신경을 쓰지 않으면서도. 만약 마리 메르시에가 버스에서 내리면서 그가 앉았던 자리에 움푹 파인 자국을 본다면, 그를 하찮게 여겨 퇴짜를 놓을 게 분명하다고 생각했던 것이다. "목요일에는 수업이 몇 시에 끝나?" 그가 물었다. "보통은 5시에 끝나지만 오늘은 3시에 끝나. 엄마가 데리러 오신댔어." 그는 토요일이면 때때로 그녀의 집에 가 이런저런 얘기를 늘어놓으며 오후를 보냈다. 좋은 집안에서 자랐으며 자신이 매력적이라는 사실을 잘 알고 있는 아가씨는 토요일인데도 로랑 달이 황홀해 마지않는 고전적인 의상을 차려입고 풀밭에 꼿꼿하게 앉아 있었다. 격자무늬 스커트에 하얀 스타킹, 초록색 벨벳 머리띠, 칼라를 세운 남성용 셔츠와 납작한 매듭 장식이 있는 검은 에나멜 구두를 착용한 마리 메르시에는 지루해 하는 것 같기도 하고 꿈꾸는 것 같기도 한 얼굴로 그의 이야기를 듣고 있었다. 그러다 그녀가 그의 말을 끊었다. "몇 시야?" "4시 20분. 뭐 할 일 있어?" 마리 메르시에는 풀잎 한 가닥을 만지작거리다가 다시 그에게로 시선을 돌렸다. "특별한 건 없어." 긴 침묵이 뒤를 따랐다. 그녀는 엉덩이 아래에서 다리를 빼서 부드럽게 풀밭 위로 뻗었다. 그리고 넓적다리가 보이지 않게 격자무늬 스커트를 잡아당겼다. 로랑 달이 가까스로 입을 열어 침묵을 깼다. "너, 프루스트의 질문서 알아?『프루스트 질문서』. 작가 프루스트 말이야. (마리 메르시에가 "응, 나도 알아"라고 대답했다.) 그래, 네가 알 줄 알았어." 그가 어색해 하며 말을 맺었다. "멍멍아, 멍멍아, 이리 와봐!" 그러자 마리 메르시에가 풀밭에서 몸을 부르르 떨고 있는 개를 불렀다. "저 개 착한 것 같아. 나도 저 개 좋더라. 몇 살이야?" "네 살." 마리 메르시에가 래브라도 리트리버를 바라보며 대답했다. 로랑 달도 개를 바라보며 개에게 뭔가 말을 건네는 양 몸을 움직였다. 지금 이 순간의 이 행동을 기계적으로 반복하는 것 말고 다른 미래는 없는 것처럼. 개는 달리고, 공을 잡고, 먹고, 자고, 이빨로 자잘한 나뭇가지들을 물어뜯고, 쓰다듬어주면 가만히 있고, 침을 흘리고, 들쥐를 쫓고, 혓바닥을 내놓고 짖는다. 로랑 달은 가까스로 본심을 숨기며 마리에게 무관심한 척했고, 스스로 변화를 꾀했으며, 적절한 어휘를 찾으려 애썼고, 현명한 생각을 찾기 위해 머릿속을 뒤졌고, 스쿨버스에서는 머릿속으로만 그녀에게 미소를 지었고, 별처럼 반짝이는 그녀의 넓적다리를 바라보았고, 둘 사이에 전혀 진전이 없다는 것을 확인했고, 멜랑콜리하고 고상한 권태로움이 한 송이 꽃처럼 피어나는 것을 보았고, 그녀의 짝사랑 상대로 추정되는 3학년 D반 남학생의 이야기를 꺼내면 그녀가 활기를 띤다는 것을 확인했다. "뭐라 그랬지?" 마리가 로랑 달에게 물었다. "응, 프루스트. 잠깐. 프루스트가 낸 문제가 있어. 내가 그걸 갖고 왔거든. 자, 봐. 이 질문들에 대답을 하면 네가 어떤 사람인지 자화상을 만들 수 있어." "어머, 근사하다!" 그녀가 말했다. 그녀는 좋아서 어쩔 줄 모르는 것처럼 보였다. 로랑 달은 프루스트를 이용해 마리 메르시에를 유혹하는 중이었다. "그래, 진짜 천재적이야. 그럼 우리 해보자. 들어봐, 첫 번째 문제야. 제일 쉬운 것부터 시작할게. 현실에서의 당신의 영웅은 누구인가?" 마리 메르시에는 얼른 대답하지 못하고 생각에 잠겼다. "현실에서의 영웅? 그럼 실제로 존재했던 영웅의 이름을 말해야 되는 거야?" "네가 영웅으로 여기는 사람을 말하면 돼. 진짜 중요하게 생각하는 사람. 실제로 존재했던 사람 중에서." "줄리어스 시저. 다음 문제는?" "응……. 두 번째 문제는…… 가장 좋아하는 소설 속 주인공." 이번에도 바로 대답이 나오지 않았다. 풀잎을 하나 들고 윗입술을 간질이고 있는 마리 메르시에의 얼굴은 꿈을 꾸는 듯, 정신을 빼앗긴 표정이었다. "주인공…… 주인공이라…… 주인공……. 너는? 네가 먼저 대답해봐. 난 나중에 말할게." 그녀가 집 쪽으로 눈길을 돌렸다. 엄마가 오는지 보려는 것이었을까? "이건 별로 중요한 문제는 아니야. 이 문제에 대한 답은 나중에 다시 하자. 그 다음은, 네가 가장 좋아하는 꽃." "해바라기!" 그녀가 맹렬한 기세로 잽싸게 외쳤다. 맙소사. 로랑 달은 그녀가 첫 번째 질문에 대한 답으로는 다면적이며 모험적인 인물의 이름을 말하고, 나중 문제에 대한 답으로는 보다 나약하고 여성적인 꽃, 예를 들어 은방울꽃이나 장미, 미나리아재비나 바이올렛 같은 꽃 이름을 대기를 바랐다. 그녀가 인간에게 느끼는 연민과 불확실성을 드러내는 대답을 하기를 원했던 것이다. "해바라기는 반 고흐 때문에 좋아하는 거야?" "아니. 반 고흐는 왜?" "반 고흐가 해바라기를 그렸잖아." "아냐. 태양 때문이야. 태양이 하늘의 별들 중 으뜸가는 왕이잖아. 너는?" "첫 번째 질문에 대한 내 답은 이지도르 뒤카스 로트레아몽 백작." "로트레…… 뭔 백작?" "로트레아몽. 시인이야." "난 모르는 사람이네. 그 다음은? 가장 좋아하는 소설 주인공은?" "나자." 마리 메르시에는 풀밭 위로 쓰러지며 웃음을 터뜨렸다. 덕분에 로랑 달은 당혹스러워하며 어쩔 줄 모르는 몇 초 동안, 그녀의 넓적다리를 볼 수 있었다. "원, 세상에!" 마리 메르시에가 소리쳤다. "넌 만날 똑똑한 체하는구나! 항상 다른 사람들과 달라! 그런 것들을 다 어디에서 알아내는 거니?" "유명한데." 로랑 달이 변명했다. "뭐? 뭐가 유명해?" "나자 말이야. 유명한 인물이야. 많은 사람들이 나자를 알고 있어." "그렇다면, 그렇게 유명하다면, 나자가 도대체 누군데?" 마리 메르시에의 엄마가 갑자기 나타났을 때, 마리는 그 질문을 자신의 엄마에게 던졌다. 항상 그 시간이 되면 마리 메르시에의 어머니가 와서 그들에게 여러 종류의 간식을 주었고, 로랑 달은 그 간식이 마치 자신을 위로하는 말이라도 되는 것처럼 고맙게 받았다. 맛있는 크레이프, 음료수, 타르트 조각들, 산앵두 등 마리의 엄마는 딸이 주문한 다양한 간식들을 가져왔다. "오렌지에이드 좀 갖다 줄까? 아니면 산앵두를 줄까?" "엄마, 나자 알아요?" 마리 메르시에가 어머니에게 물었다. "나자? 나자가 누구야? 나자란 사람을 아냐고 나한테 묻는 거야?" "소설의 여주인공이래." "아, 소설의 여주인공! (그녀가 웃었다.) 나는 너희 학교 친구 중에 나자라는 이름을 가진 여자애를 아느냐고 묻는 줄 알았지." "아냐, 상상 속의 인물이야." "잠깐만, 나자라……. 그래…… 나자…… 나자……. 소설에 나오는 인물인데, 소설에 나오는 인물 같은데……." "그러니까 어떤 소설?" "어머나, 얘가 어려운 걸 물어보네! 어떤 소설이냐고? 맙소사, 어떤 소설이냐 하면…… 난 전혀 모르겠다, 얘." "좀 생각해봐." "잠깐 기다려봐. 네 아빠한테 물어보자. 세기 초의 프랑스 작가라면……." "그래, 아빠한테 여쭤보고 우리한테 답을 좀 알려줘요. 그리고 혹시 로트레…… 로랑, 로트레 무슨 백작이라고 했지?" "로트레아몽." 로랑 달이 대답했다. "응, 맞아, 로트레 아몽. 아빠한테 로트레아몽 백작도 아냐고 물어봐줘요. 얘가 날 멍청이 취급하거든! 내 생각에는 그 사람들이 아무도 알지 못하는 이상한 사람들인 것 같은데 말야." 그녀의 어머니가 물었다. "그럼 오렌지에이드는? 오렌지에이드 마실 거야?" 마리 메르시에가 대답했다. "아니." 로랑 달도 대꾸했다. "음, 예, 고맙습니다." "그럼 친구를 위해선 오렌지에이드를 가져오고, 곧 답을 받아가지고 돌아올게! 엄마 생각에는 분명히 아빠가 알고 있을 거야!" 로랑 달은 어디론가 숨고 싶었다. 마음이 불편했다. 웃음거리가 된 것 같았다. 자꾸 이상하고 극단적인 상황으로만 휩쓸릴 뿐, 빠져나올 수가 없었다―자신의 능력으론 이 상황을 헤쳐나갈 수가 없을 것만 같았다. "넌 무슨 직업을 갖고 싶어?" 마리 메르시에가 불쑥 물었다. "이런 문제에 대해서 서로 한 번도 얘기하지 않은 게 이상하지. 네가 그 이상한 문제들을 내서 생각난 거야." "아직 구체적으로 생각해보진 않았어. 단지 난 은행이 좋아……. 금융권에서 일하는 건 어떨까……. 난 돈을 많이, 아주 많이 벌고 싶어……." 마리 메르시에가 눈을 크게 뜨고 그를 바라보았다. 놀랍고 믿어지지 않는다는 듯이. 너무나 미심쩍어하며. "돈을 많이, 아주 많이 벌고 싶다고? 네가?" "왜, 안 돼?" "모르겠어. 네가 돈을 많이 번다는 게 상상이 안 돼. 넌 가난하게 살 것 같아. 이상주의자니까 평생 가난하게 살 것 같아! 그래, 이상주의자! 현실 밖에서 사는!" "아, 그래?" 당황한 로랑 달이 대답했다. "왜 내가 돈을 많이 벌지 못할 거라고 생각해? 나 역시 인생을 사랑하고 아름다운 것들을 좋아하는데. 나도 근사한 아파트와 멋진 자동차를 갖고 싶고, 여행도 다니고 싶고, 호화로운 호텔에 묵고 싶은데. 왜 그렇게 생각하는 거지?" "글쎄. 나도 잘 모르겠어. 하지만 네가 그렇게 될 거라고는 한 번도 생각해본 적이 없어. 그러니까 돈을 많이 버는 사람이 되는 것 말이야." 로랑 달은 침묵을 지켰다. "나는 네가…… 아주 예민하고…… 명상적인 사람이라고 생각하거든. 그러니까, 음, 잘 모르겠지만…… 거리낌 없는 유형으로…… 자신에게 충실하기 위해 모든 준비가 된 사람이라고나 할까……." 그는 그녀의 생각이 옳다는 것을 알고 있었다. '돈을 많이, 아주 많이 벌고 싶다'는 표현은 어떤 계산도, 어떤 과정도, 어떤 진지한 계획도 고려하지 않고 떠올린 이상적인 상황을 가리킬 뿐이었다. 유보된 상황. 그는 특별한 조건 없이 완전한 절정 속에서 자신을 꽃피게 할 존재를 기다렸다. 사실, '돈'이라는 단어 대신 다른 많은 단어들로 대체해도 무방했다. 예를 들어 '감정(많은, 아주 많은 감정)', '쾌락(많은, 아주 많은 쾌락)', '인기(많은, 아주 많은 인기)', '인정받기(많이, 아주 많이 인정받기)', '희망(많은, 아주 많은 희망)', '대가(많은, 아주 많은 대가)', '즐거움(많은, 아주 많은 즐거움)', '놀라움(많은, 아주 많은 놀라움)', '감탄(많은, 아주 많은 감탄)', '여행하기(많이, 아주 많이 여행하기)', '만남(많은, 아주 많은 만남)', '여자(많은, 아주 많은 여자)', '아내(아내가 될 여자, 확실히, 아주 확실히)'……. "넌 그게 좋아? 내 말은 내가 그런 사람인 게 맘에 드냐는 뜻이야." 그때 마리 메르시에의 어머니가 오렌지에이드를 가지고 왔다. "너희 춥지 않니?" "응, 약간 추워." 마리 메르시에가 대답했다. "담요 가져다줄게." 마리의 어머니가 이어 말했다. "로랑은 오늘 우리 집에서 저녁 먹고 갈 거니?" 그녀가 딸에게 시선을 돌리며 물었다. "로랑을 오늘 저녁식사에 초대할 거야?" "오늘은 됐어." 마리 메르시에가 별로 사랑스럽지 않은 표정으로 대답했다. "난 피곤해. 자고 싶어." "아무도 늦게 자라고 강요하지 않았거든! 저녁을 일찍 먹을 수 있을 거야. 준비가 다 됐어. 다시 데우기만 하면 되니까." "싫다고 말했잖아, 엄마. 나 혼자 있고 싶어." "나 갈게. 시간이 늦었어." 로랑 달이 중얼거렸다. "그래, 그럼 어쩔 수 없지 뭐. 저녁식사는 다음에 하자. 마리, 다음에 로랑이랑 저녁식사를 같이 할 날짜 정했니?" "알았어, 알았어요. 정할게! 정할게요!" 마리 메르시에는 신경질을 내며 일어나서 빠른 걸음으로 멀어지더니, 집 안으로 사라졌다. "쯧쯧, 성격이 고약하기도 하지……." 마리의 어머니가 로랑 달에게 겸연쩍은 미소를 보냈다. "아, 참, 잊어버릴 뻔했네. 그 사람 엄청 유명한 인물이더구나. 마리 아빠는 알고 있더라고. 나자, 앙드레 브르통의 소설 주인공 맞지? 그리고 로트레, 로트레……. 아이, 이 기억력하고는." "로트레아몽이요." 로랑 달이 중얼거렸다. "로트레아몽! 맞아, 그 사람. 그는 시를 썼는데 제목이 무슨 노래라고 했는데, 무슨 노래냐 하면……." "「말도로르의 노래」요." "그래, 맞아, 그거야. 「말도로르의 노래」!" 마리 메르시에가 가버린 게 유감스러운 로랑 달은 그녀의 어머니와 순수하고 예의 바른 대화를 나누면서 마리가 돌아올 때까지 얼마나 오랜 시간을 기다려야 할지를 거정스레 생각했다. 그는 일이날 수도 없었고, 강가로 갈 수도 없었으며, 마리 메르시에가 머리에 아름다운 화관을 쓴 채 하얗고 기다란 드레스를 펄럭이면서 창백하고 사랑스러우며 부드러운 손을 내밀며 그에게 다가오는, 사랑 이야기의 해피엔딩을 꿈꿀 수도 없었다. 그녀가 적의를 드러내고 있다고 봐야 하나? 그녀를 유혹하려는 그의 술수가 너무 부자연스러웠던 나머지 부정적인 이미지만 남긴 것일까? 그는 이 어색하고 지겨운 건축물을 만들고 구성하는 데 계속 공을 들여야만 하는가? 스스로 쓰거나 연출하지 않고는 절대 자연스럽게 할 수 없는 것일까? "예? 뭐라고 하셨어요?" 로랑 달이 마리 메르시에의 어머니에게 물었다. "무릎을 긁혔다고 말했어. 작은 초목 사이에서 잡초를 뽑았는데, 진짜 가시덤불이 많더라고." 그 순간, 로랑 달에게 극심한 복통이 밀려왔다. 숨을 쉬기도 힘들 정도였다. "난 지난주에 먹은 산앵두가 진짜 좋았어. 로랑네 정원에는 과일나무 있어? 많아?" 로랑 달은 자신의 몸이 조약돌이 잔뜩 든 보따리 같다고 느꼈다. 조약돌들이 뱃속의 각종 기관들을 무겁게 만들었다. 그 조약돌들이 속을 거북하게 했다. 그의 생각도 거북하게 짓눌렀다. 배를 짓누르는 이 조약돌들은 당장 화장실로 달려가고 싶은 참을 수 없는 욕구로 구체화되었다. 조약돌들이 부딪쳐 돌더미가 무너져내리는 소리를 냈다. "사과, 배, 미라벨*, 체리, 산앵두, 또 다른 것들……. 우리 집에는 호두나무도 몇 그루 있어. 근사한 아름드리들이지. 봐(그녀는 손가락으로 거대한 나무를 가리켰고, 그 거대함 덕분에 감아올라가는 자그마한 소관목이 두드러져 보였다), 또 한 그루는 여기 있어(그녀는 집게손가락을 역시 거대한 다른 나무로 옮겼다). 그리고 강 저편에 있는 마지막 나무는…… 저쪽에 가본 적 있지? 마리가 강 저쪽에 데리고 갔었지?" "죄송하지만 화장실 좀 쓸 수 있을까요?" "아, 물론이지, 물론이야. 미리 말했어야 했는데. 이리 따라와요." 마리 메르시에의 어머니가 자리에서 일어나며 큰 소리로 말했다. 미리 말했어야 했다고? 이 말은 무슨 뜻일까? 미리 말했어야 했다? 그녀는 노인네처럼 초췌한 로랑 달의 얼굴을 보고, 그의 장에서 혁명을 일으키고 있는 막을 수 없는 설사의 기미를 알아차린 것일까? 조약돌들이 강하게 부딪쳤다. 로랑 달은 자갈투성이의 개울이 거침없이 막 쏟아져내리려는 그 급박함을 막기 위해 온 힘을 다해 근육에 힘을 주고, 항문을 조이고, 온 신경을 집중해 마리 메르시에의 어머니의 뒤를 따랐다. 수양버들이 하늘거리며 한탄하는 길을 가로지르고 몇백년 된 밤나무의 위협을 받으며, 현관의 바둑판 무늬 타일을 지나 장밋빛 거실의 아늑하고 부드러운 분위기를 가로질러, 곧 목적지가 나타날 길조인 기다란 복도를 걸은 후, 그녀가 친절한 손으로 가리킨 문을 밀자 마침내 화장실에 당도했다. "잠시 후에 봐요. 거실에서 기다릴게." 마리 메르시에의 어머니가 말했다. 등 뒤로 문을 닫는 것과 동시에 그 신호에 맞춰

---

* 자두의 일종.

그의 창자가 자갈투성이의 개울물을 힘차게 쏟아냈다. 그는 허리띠를 풀고 하얀 팬티와 바지를 한꺼번에 내리면서 변기에 앉았다. 그러나 필요한 만큼 재빨리 행동하지는 못한 모양이었다. 4초 정도 만에 로랑 달은 누런 액체가 속옷을 더럽힌 것을 알고 기겁을 해야 했다. 액체 상태가 다 된 설사가 빛의 속도로 쏟아졌던 것이다(틀림없이 농도가 너무 흐렸던 탓이리라). 컵 꼭대기까지 꽉 찬 두 컵의 액체 겨자가 한 컵은 팬티에, 또 한 컵은 변기에 쏟아졌다. 배설물의 지독한 냄새만으로도 그의 위장이 얼마나 불편한 상태였는지를 알 수 있었다. 흠뻑 젖은 팬티에서 냄새나는 액체가 규칙적으로 바닥 타일 위로 똑똑 떨어졌다. 로랑 달은 두 손으로 머리를 움켜잡았다. 어떻게 해야 하는가? '이제 어떻게 해야 하지?' 그는 배설물을 닦아내고(많은 양의 휴지가 필요했다), 신발을 벗은 후 바지와 팬티를 벗었다(마지막으로 팬티를 벗을 때에는 매우 조심스럽고 섬세한 동작을 취했다). 그는 벽에 고정된 금속 지지대 위에 놓인 수건 한 장과, 비누가 딸린 세면대를 찾아냈다. 세면대 옆에는 작은 장밋빛 테이블보로 장식된 나무 선반이 있었고, 그 위에는 꽃 한 다발이 꽂힌 작은 화병이 놓여 있었다. 로랑 달은 화병에 코를 대고, 몇 송이의 꽃에서 풍겨나오는 화사한 풀밭의 냄새를 맡았다. 설사의 악취가 꽃의 향기보다 훨씬 강했다. '말도 안 돼…… . 제기랄, 이럴 수는 없어. 정말 재수없는 날이야……' 그는 이제까지 한 번도 경험해본 적 없었던 강렬한 슬픔을 느꼈다. 엄청난 양의 휴지에 물을 묻혀 정성껏 닦아낸 결과, 팬티에는 수채화 붓으로 그린 것 같은 갈색 자국만 남아 있었다. 그때, 문을 두드리는 소리가 들렸다. "괜찮아? 뭐 필요한 거 있어?" 그가 화장실에서 너무 오랫동안 나오지 않자, 마리 메르시에의 어머니가 걱정이 돼서 문을 두드린 것이었다. "아, 예, 곧 나가요. 배가 좀 아파서요." "오후 내내 풀밭에 앉아 있어서 그럴 거야. 잔디가 좀 축축했거든. 담요를 갖다 줬어야 했는데. 뭔가 좀 뜨거운 것을 준비할게." "아, 예, 고맙습니다. 정말 고맙습니다." 로랑 달이 겨우 대답했다.

마리 메르시에의 어머니가 발소리를 울리며 거대한 집 안으로 멀어졌다. 로랑 달은 팬티 위에 넓게 퍼진 밝은 빛의 진흙색 자국을 바라보았다. 그는 물 묻힌 휴지만으로는 팬티를 냄새나 얼룩이 없는 상태로 되돌리는 게 절대 불가능하다는 첫 번째 결론에 도달했다. 그는 흐르는 물을 이용해 팬티를 깨끗이 빨 수 있을지도 모른다는 생각을 했다. 하지만 그럴 시간이 있을까? 시간이 있다 해도 그렇게 세탁한 팬티를 어떻게 할 것인가? 설령 온 힘을 다해 물기를 꽉 짠다 해도 젖은 팬티로 뭘 어떻게 할 것인가? 그는 울고 싶은 심정이었다. 기적이 일어나서 그를 짓누르는 이 부잣집에서 사라질 수만 있다면. 이 나이에, 머리털 나고 처음으로 이토록 품위 없는 상황에 처하게 될지 그가 상상이나 했겠는가? 결국 그는 변기에 팬티를 넣고 물을 내려 팬티를 쓸려 보내기로 결심했다. 성공 확률을 높이기 위해 팬티를 두 조각으로 찢었다. 어려웠지만, 감옥에 갇힌 죄인들이 탈출하기 전에 탈출에 사용하기 위해 하듯이 두 조각으로 찢었다. 쉽게 끊어지지 않는 폭이 넓은 팬티고무줄에 맞서 온 힘을 다해 속옷을 찢은 결과, 오른손에는 3분의 1로 잘린 하얀 팬티 조각과 고무줄 끈이, 왼손에는 팬티의 나머지 3분의 2 부분이 들려 있었다. 그 중 한 부분을 변기에 넣고 물을 내렸다. '제발……. 잘 되겠지? 잘 되겠지?' 설사의 소용돌이가 고무줄 끈을 뒤흔들고 뒤엎어, 수면으로 떠올랐다가 몰아내고, 삼켰다가 뱉어내며, 법랑 변기 벽면을 따라 빙빙 돌아 사라졌다. 변기 물이 만들어낸 바다의 소용돌이가 약해졌을 때, 로랑 달은 설사로 물들어 완전히 갈색으로 변한 고무줄 끈이 물 위로 떠오르는 것을 보았다. '제기랄……. 제기랄, 제기랄, 제기랄, 제기랄!' 그는 한쪽 손에 들려 있는 나머지 팬티 조각을 바라보았다. 이 유감스러운 작은 사건이 그에게 이토록 큰 타격을 입힐 것이라고 어찌 상상이나 했겠는가? 갑작스레 터져나온 설사를 해결하는 데 도대체 몇 리터의 물이 흘러내려갔겠는가? 그는 물 위에 둥둥 떠 있는 천 조각을 바라보았다. 한 번 더 물을 내려보았지만,

찢어진 팬티가 다시 떠오르는 것을 무기력하게 바라볼 수밖에 없었다. "뜨거운 차가 준비됐어요." 갑자기 문 너머에서 목소리가 들려왔다. "마리도 다시 내려와서, 로랑을 기다리고 있어. 별일 없어?" "예, 예, 나가요. 괜찮아요." "정말 별일 없어? 정말로? 족히 20분은 넘게 화장실에 있었던 것 같아. 부모님께 연락을 해줄까?" "아니, 아닙니다. 절대 안 돼요. 나갑니다, 곧 나가요. 정말 괜찮아요." "어쨌든 간에 마리 아빠가 차로 데려다줄 거야. 그러겠다고 했거든. 그럼 천천히 볼일 보고, 혹시라도 필요한 게 있으면 날 불러요." "예, 알았어요. 고맙습니다." 로랑 달이 갈라진 목소리로 대답했다. "잔디밭 때문이야, 잔디가 젖어서 그래. 날씨가 좋았는데 지난밤에 비가 와서, 땅의 습기가 밤 사이 올라온 거야. 정말로 미안해요, 로랑. 담요를 갖다 줬어야 했는데." "아니에요, 괜찮아요. 괜한 걱정이세요. 저는 일찍부터, 오늘 아침에 자리에서 일어날 때부터 배가 아팠어요." "아파? 배가 아팠어? 맙소사, 로랑, 아팠구나! 어떻게 아팠는데? 그럼 병원에 가야지!" "아니에요. 아니, 제가 드리고 싶은 말씀은, 그냥 배가 조금 아픈 거예요. 그러니까 정말로…… 걱정 마세요……." "그렇다면…… 난 갈게. 뜨거운 차가 준비되었으니, 빨리 와요." 그녀가 삐걱거리는 발걸음소리를 내며 멀어졌다. 어찌되었든 간에 그녀의 딸과는 이제 희망이 없어 보였다. 그녀는 거실로 돌아가 딸에게 남자 친구의 배에 문제가 생겼음을 알리고, 사실은 오늘 아침부터 배가 아팠다더라는 말까지 덧붙이고는, 설사나 복통, 뭐 그런 종류의 것이 틀림없으니 의사의 진료를 받아야 하지 않겠느냐는 말들을 늘어놓으리라. "안됐어, 설사라니. 불쌍해라." 이렇게 마리 메르시에게 말할 것이 분명했다. 고무줄이 돌돌 말린 채 물에 젖어 무거워진 팬티 조각이 물 위에 둥둥 떠 있었다. 로랑 달은 변기 물에 손을 넣고 그것을 꺼내어, 힘껏 물기를 짜서 그 구역질 나는 물건을 세면대 가장자리에 걸쳐놓았다. 다른 팬티 조각도 수도꼭지를 틀어 흐르는 물에 빨아 꼭 짠 후, 세면대 위 첫 번째 것 옆에 놓았다. 어떻게 하려고? 그는 양말을 벗고 신발 속에 팬티 조각 두 개를 잘 펴서 넣었다. 그런 후 바지를 입으려던 그는 바지에도 배설물이 묻었는지를 세심하게 살펴보았다. 아니나다를까, 바지 안쪽과 가랑이 부분에 배설물이 방울져 묻어 있었다. 그는 양말 한 짝을 물에 적셔서, 바지를 화려하게 장식한 배설물을 열심히 닦아냈다. 하지만 냄새가 문제였다. 그는 바지에서 풍겨나오는 냄새가 제3의 나이를 맞은 사람, 즉 노인에게서 풍기는 냄새 같다고 생각했다. 설사의 냄새, 소화가 잘 안 돼서 나는 악취, 여러 주 동안 숙성되고 제대로 배설이 되지 않아 뱃속에서 썩어가는 붉은 과일의 냄새였다. 그는 탈취제를 쥐고 온몸 구석구석에 탈취제가 차고 넘칠 만큼 뿌려대다가, 그 방법으로는 문제의 냄새를 보통의 사람들에게 익숙한 냄새로 둔갑시킬 수 없다는 것을 깨닫고(하지만 너무 늦었다) 탈취제를 뿌리는 걸 멈추었다. 그는 두 개의 팬티 쪼가리에 탈취제를 뿌리고 양말은 주머니에 넣고는, 바지를 입고, 마지막으로 변기 물을 내린 후, 화장실에서 나왔다. 절뚝이는 걸음걸이였다. 신발 속에 든 팬티 쪼가리 때문에 두 발이 꽉 조였던 것이다. 거실에 도착하자(그는 "접니다……. 나야……"라고 중얼거리며 활짝 열린 문에 잠깐 노크를 했다), 마리 메르시에가 안락의자에 앉아 잡지를 넘기는 모습이 보였다. 소파에 앉아 있던 그녀의 어머니는 키 작은 테이블에 놓여 있는 찻잔을 가리켰다. "설탕 줄까?" 그녀가 꽃무늬가 새겨진 설탕그릇을 내밀며 물었다. "예, 주세요. 고맙습니다. 정말 고맙습니다." 마리 메르시에의 아버지는 아내 옆에 세련되게 다리를 꼬고 앉아 책을 읽고 있었다. "좀 나아졌나?" 그가 반월형 안경 너머로 로랑 달을 바라보며 물었다. "음, 예. 괜찮아졌어요. 이제 정말 괜찮아요. 걱정해주셔서 고맙습니다." 그가 마리 메르시에의 눈치를 보며 대답했다. "복통은 그냥 넘기면 안 돼요……." 마리 메르시에의 어머니가 말했다. "엄마, 제발……. 그런 간호사 같은 말투로 내 친구를 불편하게 하지 마요!" "응, 아니, 괜찮아. 그냥 배가 아팠을 뿐이야. 난 그저…… 그러니까…… 내게

157

필요한 건……." "다행이네요, 로랑." 마리 메르시에의 어머니가 말했다. "그쯤 해둬, 여보." 마리의 아버지가 부드럽게 말하고 다시 책 속으로 빠져들었다. 로랑 달은 차를 한 모금 마시고, 예민하고 혼란스러운 시선으로 마리 메르시에가 책을 읽는 모습을 바라보았다. 설사의 악취가 천천히 공기 중으로 퍼져나가고 있는 듯했다. "마리." 그녀의 어머니가 단호한 목소리로 딸의 이름을 불렀다. "응……. 왜요?" 마리가 권태로운 말투로 대답했다. "뭐랄까, 그래도 뭔가 대화를 나누어야 하지 않겠니?" "대화? 무슨 대화요?" 그녀가 잡지에서 눈도 떼지 않고 빈정거리듯 대답했다. "그러니까…… 로랑의 복통에 대한 대화는 어떨까?" 마리 메르시에의 어머니가 미안하다는 눈길을 로랑 달에게 보내며 말했다. "우리 대화가 지루하다면, 뭔가 재미있는 얘기 좀 해봐요." 마리 메르시에가 테이블에 잡지책을 놓고, 신발을 벗은 후 맨발을 넓적다리 아래에 넣고 앉았다. 처음으로 마리의 맨발을 본 로랑 달은 그녀의 발이 너무 예쁘다고 생각했다. 꿈에서 본 것처럼 아름다웠다. "이번 주말에 공부할 것 있어?" "예, 조금. 내일 할 거예요." 어머니의 질문에 대답하며 마리 메르시에가 한숨을 푹 쉬었다. "로랑은? 3학년 과학 수업은 어때? 생물 분야는 공부할 게 더 많을 것 같은데?" 그때 마리 메르시에의 아버지가 테이블에 찻잔을 내려놓고 소파에 있는 쿠션 위에 책을 놓고는 거실을 가로질러 가 정원으로 난 커다란 창문을 활짝 열었다. 로랑 달은 마리 메르시에의 아버지가 자신의 신발을 벗어 한 짝씩 냄새를 유심히 맡아보는 것을 보았다. 로랑은 불안한 눈빛으로 그를 주시하며, "예, 많아요. 아주 많죠"라고 마리의 어머니에게 대답했다. "3학년이 되니 공부할 것이 진짜 많아요. 그리고 수시 평가를 위해 복습도 해야 하고…… 특히 수학과 물리가……" "바칼로레아 과학 시험으로 그 길을 완성하는 거지." 마리 메르시에의 아버지가 단호하게 결론을 내렸다. "지난번 저녁에 마리에게 바칼로레아 시험을 치른 후 뭘 하고 싶어하는지를 물었더니 말을 못 하더군." 그녀의 어머니가 말을 이었다. "난 마리가 바칼로레아 과학 시험을 치르기를 바랐지. 마리가 그랑제콜* 과학 준비반에 들어가기를 바랐지만, 바칼로레아 생물 시험으로는……." 마리의 아버지는 다시 책을 드는 것으로 말을 맺었다. 그때 마리 메르시에가 고개를 들고 쿵쿵 냄새를 맡았다. 그녀의 코는 썩어 문드러진 벌레의 궤적을 쫓는 것 같았다. "상경계 그랑제콜 준비반엔 틀림없이 들어갈 수 있을 것 같아요." 마리 메르시에의 행동을 살피며 로랑 달이 대답했다. "전 상경계 그랑제콜에 가고 싶거든요." "봐라, 마리." 그녀의 아버지가 로랑의 말을 끊으며 마리 쪽으로 시선을 옮겼다. "그게 바로 우리가 너한테 바랐던 거였어. 상경계 그랑제콜 말이다." 그러고 나서 그는 다시 책으로 시선을 옮겼지만, 마리 메르시에는 자리에서 일어났다. 그녀는 거실을 가로질러 걸어가, 정원 쪽으로 난 두 번째 창문을 열었다. "이상한 냄새 안 나요?" "아니면 철학 대학이나……." 로랑 달이 서둘러 말을 이었다. "잘 모르겠어요. 하지만 상경계 그랑제콜은 쉽지 않을 거예요. 저는 철학도 좋아요……. 문학도……. 아직은 잘 모르겠어요……." "그건 말리고 싶군." 마리 메르시에의 아버지가 말했다. 한편 마리 메르시에는 거실 한켠에 앉아 있는 개에게 다가가서 개털에 코를 대고 냄새를 맡았다. 그녀의 머리가 개의 엉덩이 쪽으로 내려갔다. "뭘요? 뭘 말리고 싶다는 거예요?" 마리의 어머니가 남편에게 물었다. "따뜻한 차 좀 더 줄까?" 그녀가 로랑에게 물었다. "아니에요, 고맙습니다만 아직 남았어요." "이게 도대체 무슨 냄새지?" 마리 메르시에가 버럭 화를 내며 말했다. "철학이나 문학 공부를 하는 거. 그건 말리고 싶어. 그랑제콜에 가라고 권하고 싶군. 상경계 그랑제콜이 가장 좋지." "마리, 그만 해! 하지만 만약 로랑이 철학이 맘에 든다면? 무슨 이유로 상업이나 경영학 공부를 해야 되는 거예요? 그렇지, 로랑?" 마리의 어머니가 다정하게 덧붙였다. "엄마 말

---

* 프랑스의 고등교육 기관으로 각 분야별 엘리트를 양성한다.

이 맞아. 근데 냄새가 나. 똥냄새가 난다고! 개한테서 나는 냄새가 아냐. 그럼 뭐지?" 마리 메르시에가 짜증을 내며 말했다. "아무리 봐도 모르겠네. 신발 바닥 좀 봐봐요!" "마리, 그만 해!" 그녀의 어머니가 단호하게 꾸짖었다. 그러자 마리 메르시에는 다시 안락의자에 앉아 잡지를 펼쳤다. "로랑은 일요일 아침에는 철학적인 문제를 고민하고, 밤에는 라틴어 시구를 읽을 수 있어요. 프랑스 은행의 은행장을 봐요, 내가 《렉스프레스》 지에서 읽었는데 그 은행장은 시와 오페라 전문가래요. 그런 특징이 가장 부유한 정부기관을 이끄는 데 피해를 주지는 않거든. 나중에 로랑이 프랑스 은행을 이끄는지 꼭 볼게!" 마리 메르시에의 어머니가 농담을 던졌다. "나중에 로랑과 잘 아는 사이였다고 얘기할 수 있다면 좋을 텐데. 그렇지, 마리?" "엄마…… 엄마…… 이제 좀 그만 해요……." "너 알아, 마리? 상경계 그랑제콜 말이다……. 넌 야망이 없는 것 같다, 내 생각에는……. 나중에 후회할 거야……." 마리 메르시에의 아버지가 집요하게 말을 이었다. "저……" 자신에게서 풍기는 악취 때문에 불편해진 로랑 달이 우물우물 입을 열었다. "제 생각에 이제 저는……" "좋아! 내가 데려다 주지!" "아뇨! 아닙니다! 절대 그러지 마세요!" 로랑 달이 당황해서 소리쳤다. 마리 메르시에의 아버지는 마치 좋아하는 요리를 맛보러 식탁으로 갈 준비가 된 사람처럼 정력적으로 두 손을 비볐다. "제가 드리고 싶은 말씀은…… 그러실 필요 없어요……. 전 자전거를 타고 집에 가는 게 더 좋아요……." "말도 안 돼!" 마리 메르시에의 어머니가 반박했다. "배가 아픈데 자전거를 타다니! 그건 말도 안 돼! 당신이 바래다줘요. 로랑이 너무 예의가 바르기 때문에 거절하는 것 같아." 마리 메르시에의 아버지는 낙관주의적인 시선으로 주위를 바라보며 두텁고 멋진 두 손으로 박수를 쳤다(은연중에, 세상과 범인의 삶에 보내는 박수였다). "아니에요! 안심하세요! 훨씬 나아졌는걸요! 진짜로 저는 밤에 자전거 타는 걸 좋아하거든요!" "마리…… 넌 일어나서 친구한테 인사도 하지 않니?" 두 손으로 박수를 치고 그 사이에 규칙적으로 두 손을 비비며 마리의 아버지가 말했다. "자, 갑시다! 자동차로 갑시다!" "로랑, 우리 집에 와줘서 고마웠어…… . 오후 시간을 마리와 보내줘서 고마워. 저 아이에게는 정말로 큰……" "넌 내 딸을 가장 야망이 큰 여자로 만들 수 있어! 너 같은 아들이 있으면 좋겠는데!" "여보, 샤를르…… . 아무리 그래도……." 마리 메르시에가 뻣뻣하게 오므린 입술로 로랑 달의 두 뺨에 입을 맞추었다. 감탄스럽게도 두 개의 솜뭉치로 코를 막고서.

    나는 건축가가 장식한 장엄한 왕관 모양으로 된 돔 지붕 밑의 오페라 극장에서 프렐조카주와 무용수들과 함께 오후 시간을 보내는 게 참 좋다(더 믿을 만하고 유명한 많은 후보자들을 제치고 샤를르 가르니에*가 황제의 간택을 받은 것은 궁정의 결정권 덕분이라는 사실을 최근에 알았다). 스튜디오의 불빛은 메디아 신화의 파란만장한 모험에 걸맞은 무대장식을 제공했다. 오후가 끝날 무렵 불빛 속에 펼쳐지는 화려한 빛깔의 하늘과 구름. 나는 운 좋게 메디아가 춤을 추는 장면을 보게 되었고, 태양신이 그녀의 아버지에게 준 망토를 그녀가 입었다는 기억을 떠올려야만 했다. 조가비 껍질 속 같은 무대 안이 아니라, 빛과 우주의 공간과 연결된 곳에서. 나는 오페라 극장 건물의 미로들을 돌아다닐 수 있는 허가증인 배지를 하나 받았다. 이 건물은 수많은 복도들과 무대 뒤, 계단들, 아틀리에, 승강기들, 복잡하고 꾸불꾸불한 길들로 이뤄진 어마어마하게 큰 공간이었다. 나는 주기적으로 길을 잃곤 했다. 곳곳에서 마주치는 무용수들은 발레용 튀튀**를 입거나 타이즈를 신고, 쪽진 머리에 호화로운 보석으로 장식하

---

* 치열한 경쟁을 뚫고 선택되어 파리의 오페라좌를 14년 동안 지은 건축가.
** 발레리나가 입는 스커트.

고, 지나치게 진한 화장을 한 상태였다. 나는 그들이 만들어내는 기묘한 분위기가 너무 좋았다. 사방에 붙어 있는 안내판에는 **분장실, 정숙, 무대, 무대 뒤, 오케스트라** 따위의 단어들이 적혀 있었다. 소품 창고도 볼 수 있었는데, 거기에는 마치 무너져 쌓인 돌더미처럼 뒤죽박죽 섞인 다양한 부속품들, 여러 가지 검들, 방패들, 망토들, 무도회 복장들, 사방에 쌓인 수많은 모형 상체들, 밝은 색깔의 나무로 만들어져 쉽게 부서질 것 같아 걱정스러운 신체 모형들이 잔뜩 들어 있었다. 우리가 복도에서 나와 하프 모양으로 된 커다랗고 둥근 철제 출입구에 도착하면, 그 순간부터 이 길들을 따라 놀라운 광경들이 펼쳐졌다. 돌로 된 실용적인 원형 창들은 도시 위를 나는 것 같은 느낌을 주었다. 처음으로 눈에 들어오는 부분은 창문 뒤쪽으로, 평소에는 보이지 않는 각도였지만 주의 깊게 들여다보면 세세히 보였다. 빗물받이 홈통, 큰 유리창들, 테라스, 회전 날개, 반인반수 사티로스의 머리, 과일로 만든 화환, 뒤집힌 조각상들이 건물의 가장 은밀한 곳에 진을 치고 있는 것 같았다. 그 세세한 것들이 스튜디오 안에서 내가 기록하는 육체들의 클로즈업, 즉 핏줄, 근육, 발, 뿔, 물집, 미소, 시선, 헐떡임, 상처, 붕대, 반창고, 서로 맞잡은 손들, 서로 부딪치는 엉덩이들, 피부 위에서 번쩍거리는 축축한 얇은 막 따위의 밀착된 묘사에 반향을 일으켰다. 프렐조카주와 나는 매일 저녁 크고 둥근 창 앞에 서서, 철제 하프 모양의 창 너머 도시를, 하늘을, 구름을, 타오르는 태양을 바라보았다. "제기랄, 아름답다. 난 적응이 안 돼. 매번 볼 때마다 기적처럼 느껴져." 프렐조카주가 말했고 나는 이렇게 대답했다. "이 조그만 구석에서 우리 자신이 아주 작다고 느껴지지. 작지만 한편으로는 보호받고 있다는 기분이 들어. 난 몇 시간이고 여기서 하늘을 바라보고 있으련다……." 나는 8월 말부터 가을의 광휘를 불러일으키는 황홀감이 스멀스멀 솟아오르는 것을 애써 참고 있었다. 기념비적인 대건축물의 웅장함이 오페라와 춤과 연결되고, 신화와 몽환극에 연결되어 연극성과 심포니의 영향이 강조된 그 건물에서 우리는 아스라이 지는 노을을 바라보았다. 그 하늘은 신탁으로, 연극적인 분위기로, 의미가 부여된 신화 속의 장소로 인정받았다. 장엄하고 일시적인 그 하늘은 커다란 구름들로 가득 차 있었다. 하늘은 서쪽으로 넘어가는 태양의 금속 빛깔과도 같은 화려하고 다채로운 빛을 반사했지만, 끝끝내 어둡고 무거우며 위협적인 회색으로 남은 구역들은 단단한 장갑차의 외피를 떠오르게 했다. "자, 이제 가볼까?" 프렐조카주가 말했다. "무대 뒤로 가야지." 의뢰받은 글을 쓰기 위해 오페라 극장에 있을 때면 나는 안무가 옆에 마련된 의자에 앉았다. 프렐조카주가 자신의 조수인 노에미에게 지시 사항들을 나열하는 소리가 내 귀에도 들렸고, 노에미는 그것을 일일이 공책에 기록했다. 동작의 연출, 음악과의 시차, 개선이 필요한 안무의 취약점에 대한 관찰이 중요했다. 한 장면이 끝나면, 프렐조카주는 부족한 부분들을 열거하고, 간단한 문장으로 그것을 명확하게 설명하고, 직접 일련의 동작들을 보여주었다. 그는 몸짓을 어떻게 해야 할지, 팔다리의 자세와 위치 등을 설명했다. 안무가와 무용수들은 다리에 대해서 얘기하고, 허리, 받쳐야 하는 곳, 균형에 대해서도 얘기했다. 그가 무용수들에게 고통이라든가 분노, 열광, 질투 등의 감정을 표현해야 한다고 말하는 법은 결코 없었다. 발레 작품 속의 인물은 무용수를 통해, 그들의 움직임의 강도를 통해, 안무가의 의도가 담겨 있는 춤을 통해 무대 위에 구현될 것이었다. 프렐조카주가 말했다. "이 순간은 마술의 힘이 부족해. 어젯밤에 생각해봤지. 팔을 더 들어야겠어." 아니면 "그가 널 들어올릴 때 다리를 들어야 해"라고 말하기도 했다. 엘레오노라의 말. "다리를 어떻게 들까요?" 프렐조카주는 생각에 잠겼다. 그리고 "장대높이뛰기의 장대처럼"이라고 대답했다. 로랑의 말. "한쪽 다리를 들어올리기 전에 도는 게 좋겠는데요." 윌프라이드의 대꾸. "그녀는 못 할 것 같아. 허리가 뻣뻣해요." 엘레오노라. "내가 다시 올려야 해요." 윌프라이드의 두 팔 속으로 몸을 옮긴 프렐조카주는 이렇

163

게 말했다. "자, 봐. 내가 원하는 동작은 이런 거야." 그러고 나서 직접 시범을 보였다. "에너지가 느껴지는군. 생각했던 대로야. 다시 시작하자." 그는 마지막으로 모두에게 말했다. "여기, 자, 보세요. 가득 채워야 해(그는 춤을 췄다). 여기, 여기, 여기, 여러 가지 것들로 가득 채워야 해. 더 깊어져야 한다고. 동작이 어떻게 깊이를 갖느냐? 정지 동작을 강조해야 해." 그는 다시 한 번 직접 춤을 췄다. "여러분은 내가 강하게 느끼는⋯⋯ 내가 꿰뚫어본 움직임의 특징이 보이나? 움직임의 동기를 다시 찾아내야만 해. 움직임 속으로 여러분 자신이 흘러들어가야만 한다고." 마리 아녜스 지요는 팔다리가 비정상적으로 길어서 신체 조건상 메디아의 분노를 표현하는 데 적합하지 않았다. 그녀의 두 팔은 커다란 가윗날, 금세 균형을 잃고 회전축에서 벗어날 것 같은 헬리콥터의 날개, 팔뚝 위가 잘린 두 팔 같았기 때문에, 내가 그것을 그대로 묘사하면 안무가의 비위에 거슬리는 글이 될 게 뻔했다. "메디아의 마법적인 힘이 나오는 손톱"이라고 세네카의 유모가 말했다. 너무나 길다고 느껴졌던 마리 아녜스 지요의 긴 팔이 칼날처럼, 뾰족한 손톱처럼 번쩍이며 날카로운 동작으로 공간을 베었다. 이것이 프렐조카주가 안무한 〈메디아〉의 진수였다. 연극 연출자가 대사로 장면을 완성하듯이 안무가는 춤으로 장면을 완성한다. 여주인공의 존재는 이 신화의 근원적인 샘에서 물을 긷는 역할이다. 두 여자 무용수의 몸을 이용해, 멀리서 오는 뭔가 근원적인 것을 표현하는 것이다. *바로 순수한 발현이다.* 얼마나 감동적인지! 얼마나 큰 축복인지! 내 강연을 가을에, 마법에, 신데렐라에, 발의 옴폭 휜 부분에, 여왕의 오만한 얼굴에 바치겠다고 결정했던 나. 나는 오페라 극장에서 두 명의 빛나는 여자 무용수들의 몸을 빌려 프렐조카주가 펼쳐낸, 절대적인 여인의 경이로운 화신들 앞에서 자신감을 찾았다! 스튜디오는 팔레루아얄 광장을 이론적으로 분할한 공간이었다. 바로 그 이유 때문에 내가 하루의 대부분을 느무르 카페의 테라스에서 보내는 걸까? 노골적으로 휜 발을 가진 무용의 여왕이 굽 높은 신발을 신어 키가 불쑥 솟아오른 모습을 보려고? 프렐조카주는 손가락을 쫙 펴고 허리를 구부린 채 마리 아녜스 쪽으로 얼굴을 향하고 "자, 알겠어, 이렇게, 훨씬 유연하게"라고 말하며 발가락 끝을 더 구부렸다. 움푹하게 휜 마고의 발. 바로 그것이 그녀가 여왕으로 인정받을 수 있는 독특한 표시라고 늘 여기고 있었던 나는, 메디아 팀의 무용수들이 하나같이 발이 휜 것을, 극단적으로 발이 휜 것을 확인하고는 시선을 떼기 힘들어하며 전율했다. 어떤 관계가 있는가? 나는 수첩에 이렇게 썼다. *"발의 휨과 여왕, 어떤 관계가 있는가?"* 틀림없이 프랙털 이론* 같은 것일 게다. 이제 세네카의 코러스가 나올 차례였다. "메디아는 감정의 폭발도 억누를 줄 몰랐고, 분노도 사랑도 억제할 줄 모르네. 이제 분노와 사랑이 같은 주장을 내세우네. 어떤 결과가 따를 것인가?" 마고의 발이 휘어 있는 상태는 폭풍우가 치는 밤, 번개가 멈춰버린 순간의 번쩍이는 빛과 비슷하다. 그것은 전기가 통한 것 같은 긴장감, 시각적인 강렬함, 발현된 아우라, 살인적인 완강함을 지니고 있다. 마치 프랙털 차원처럼. 그녀의 몸에서 고립된 이 부분은 모든 강도를 압축한다. 그 본질 속에서 마고는 자신의 발의 이미지와 동일하다. 그녀는 그 결과로 생긴 것이다. "점심 먹을까?" 프렐조카주가 물었다. 나는 수첩에서 눈을 떼고 나만의 상상의 세계에서 빠져나와, 대답했다. "좋은 생각이야. 나 무지 배고파!" 나는 그의 뒤를 좇아 오페라 극장의 구불구불한 복도를 빠져나왔다. 이제는 나도 안무가의 식이요법대로 먹는 게 습관이 되어, 프렐조카주와 똑같이 녹색채소, 생선조림, 설탕을 넣고 졸인 사과를 먹었다. 그러고는 가벼운, 거의 비물질적인 상태로 스튜디오로 돌아와서, 배가 부름에도 불구하고 진한 커피를 몇 잔 마시러 오페라 극장에 있는

---

* 프랙털이란 부분이 전체를 닮는 자기 유사성을 가진 구조를 가리키는 말이다. 1970년대에 만들어진 프랙털 이론은 현대 수학과 물리학에서 널리 응용되고 있으며, 전체의 닮은꼴인 부분들이 모여 전체를 이루는 뉴런, 심장 구조, 고사리 등이 프랙털의 예에 속한다.

간이식당으로 갔다. 한 손에 담배를 들고 계산대 앞에 서서 나는 〈메디아〉에서 두 번째로 중요한 배역인 아녜스 르테스튀에 대해 곰곰이 생각했다. 그녀는 매우 아름다운 여인으로, 붉은 기운이 도는 금발머리에 세련되고 기품이 있으며 발끝으로 잘 선다. 그녀는 성숙해진 메디아로, 뾰족한 바늘처럼 날카로웠다. 연습실로 돌아와보니, 무용수들이 이미 연습을 시작한 뒤였다. 나는 신발을 벗고 조용히 세네카의 공간으로 스며들어가 의자에 앉았다. 프렐조카주가 직접 〈메디아〉의 독무를 해석하고 있었다. 그는 무용수들에게 신중할 것을 요구했다. "아주 여유 있고, 동시에 아주 무거워야 해." 그는 생기 있게 몸을 돌려 손을 내밀었다. 정확하고 명쾌하고 분명한 동작이었다. "자, 여기에서는 네가 들고 뒤쪽에 놔." 손가락을 쫙 펴고 그가 말했다. "공에 대해 생각해. 무겁고 무거운 공." "페탕크*의 쇠공이요?" 마리 아녜스가 물었다. "아니, 훨씬 무거워. 흐물흐물하지만 무거운 공." 그가 춤을 추며 분명한 어조로 말했다. 그날 저녁 6시경에 기적 같은 일이 일어났다. 이것이 바로 내가 무용에서 높이 평가하는 부분이다. 나약한 화신. 너그럽고 유일한 순간의 추구. 감동적인 선물의 왕국이고, 기적의 현현이다. 순간적인 통찰력의 획득이다. 청소년 시절부터 내가 찾던 바로 그것. 내가 책을 쓰면서 도달하려고 애쓰는 바로 그것이다. 무용은 인생, 사랑, 시선, 행복, 감성의 관계들을 표현한다. 무용은 순간의 특성이라는 원칙과 어떤 순간도 다른 순간과 비교되지 않는다는 원칙을 인정한다. 이 생각이야말로 우리가 순간의 특성에 도달하기 위해 영원히 노력해야 한다는 것을 보여준다. 하지만 이 원칙은 허망하기 때문에, 다가간다 하더라도 도달하는 경우는 흔치 않다. 정확하게 인생에서처럼, *그 원칙에 대해 생각하는 게 조금이라도 수고스럽다면,* 그리고 그 원칙에 자신이 가진 특권적 지위를 부여하는 게 조금이

----

* 일종의 프랑스식 구슬놀이로 성인 주먹만 한 쇠공을 사용한다.

166

라도 수고스럽다면 더더욱 도달하기 쉽지 않을 것이다. 그날 저녁, 연습이 끝날 시간이 다 되었을 무렵에 믿을 수 없는 현상이 일어났다. 오페라 극장의 무대에서 〈메디아〉를 선보인 어떤 공연에서도, 이런 현상이 이렇게 강렬한 강도로는 절대 일어난 적이 없었을 거라고 장담할 수 있다. 이아손과 그의 정부. 어여쁜 정부의 팔에 안긴 메디아의 남편. 이 듀오의 가장 중요한 부분이 길고 깊은 침묵 속에서 중간중간 끊기는 불안한 선율로 펼쳐지고 있었다. 경고, 억지로 끼어드는 생각들, 좋지 않은 기분, 시끄러운 동작들이 마치 신탁처럼 울려퍼졌다. 그들은 비극적 사건의 불행한 예감을 연인들의 포옹으로 표현하였다. 나는 그들이 춤추는 것을 지켜보고 있었다. 춤은 점점 클라이막스로 치달았고, 침묵이 흥분 상태를 더욱 강조했다. 윌리는 정말 사랑하는 여인을 대하듯 엘레오노라를 바라보았다. 그녀를 쓰다듬는 그는 사랑에 빠진 남자 그 자체였다. 그 순간은 음악과 무용의 터치가 동시에 일어나고, 구슬픈 음악이 끼어들어 동작을 강조하고, 조명이 무대를 비추며, 그 뒤에 완성된 동작에서 들리는 소리의 흔적을 남기는 그런 황홀한 순간이었다. 나는 무언가 기적적인 사건이 일어날 것 같은 예감이 들었다. 진짜 분명한 예감이었다. 내 옆에 앉아 있던 프렐조카주는 숨도 쉬지 않고 있었다. 그의 몸에서 퍼지는 파동이 나에게까지 전해졌다. 심지어 가르니에의 건축물도 어리둥절해 하는 것 같았다. 무용에 대해 써내려간 모든 것이 다 사라졌다. 사랑의 절대적인 상황이라는 이름으로 무용이 스스로 완성된 것 같았다. 프렐조카주가 안무를 짠 것이긴 하지만 그것을 만든 것은 그가 아니었다. 완벽한 사랑의 밤이 기적을 만들어낸 것이었다. 우리의 두 눈 앞, 바로 몇 센티미터 떨어진 곳에서. 말로 형언할 수 없을 정도로 완벽한 사랑이 이룬 기적이었다.

혼란스러운 7년의 세월이 이어졌다. 파트리크 네프텔의 아버지는 미국 기업에서 열 달 만에 해고된 후 거의 정신이 나갔다 할 만한 심리 상태로, 문제가 있는 회사를 사들여 구조조정하고 재편해 다시 파는 모험가적인 귀족의 밑으로 들어갔다(정말 이상한 점은 파트리크 네프텔의 아버지가 이 일을 핀볼 사이에 2프랑짜리 동전을 집어넣는 것만큼 쉽게 생각했다는 것이다. 마치 오락거리가 되는 새로운 쾌락을 거절할 수 없다는 듯이 말이다). 그후 3년 동안 그는 센-에-마른의 공장용 건물로, 이씨-레-물리노로, 샹젤리제 대로로, 카푸신 가(街)로, 브레슈-오-루 로(路)로 계속 사무실을 옮겨 다니며 끊임없이 구조조정을 하고, 회사의 기능을 바꾸고, 계약 조건을 바꾸며 일에 매진했다. 그리고 결국 자기 사업을 하기로 결심했다. 몇 번 직업을 바꾸는 동안 그의 급여는 낮아졌고, 직위도 바뀌었으며, 기간이 불명확한 계약서들은 점점 더 불안정한 조건을 제시하게 되었다. 투기를 좋아하는 모험적인 귀족은 자신이 사들일 준비가 된, 현저하게 수익성이 높은 물건들 가운데 파트리크 네프텔의 아버지가 커다란 역량을 발휘할 수 있는 물건만 제안했다. 그 중 몇 번은 런던이나 샌프란시스코에 출장을 가서 일을 처리해야 했다. 개인 사업을 시작해 사장이 된다는 생각은 그와 직접 거래를 했던 적이 있는 고객의 제안으로 비롯됐는데, 파트리크 네프텔의 아버지가 구상한 프로그램을 사용했던 어떤 그룹이 애매모호한 태도로 일관하다 그에게 불리한 결정을 하는 바람에 구체화되었다. 파트리크 네프텔의 아버지는 어서 빨리 무언가를 하지 않으면 안 되었다(무엇이라도 해야 했다. 예를 들어 자기 사업을 시작한다든가). 빙빙 돌아가는 믹서기로부터, 시간을 몹쓸 것으로 만들고 영원히 움직이도록 하며 동시에 도처에 존재하게 만드는 그 기계로부터 탈출하기 위해서(파트리크 네프텔의 아버지는 매번 새로운 직장으로 이직할 때마다 휴가와 근속연수가 지워져버려, 그에게는 공식적으로 기록된 경력이 하나도 없었다. 결국 텅 빈 공백만 남게 된 것이다). 이 3년간의 방랑 생활은 그가 미래와 지금의 삶을 담보할 수 있는, 실력과 밀도를 갖춘 인간으로 살아가는 것을 허락하지 않았다. 그의 불안정한 직업 상황은 심리 상태에도 영향을 미쳤고, 너무나 당연하게도 신경증으로 이어졌다. 오래전부터 그는 자신을 존재하지 않는 사람으로 느꼈고, 자신이 일정한 공간을 차지하고 주위 환경에 반응하면서 보이고 들리는 어떤 상황 속에서 존경받고 인정받을 수 있다고 생각하기가 매우 어려웠다. 우리는 그가 실체적·이론적 현실을 받아들이는 것을 매우 부끄러워했다는 것을 알 수 있다(얼굴이 붉어지고, 말을 더듬고, 몸을 비틀고, 덜덜 떨지 않고는 여자들 앞에서 말도 못 하고, 남의 말도 잘 못 알아듣는 등의 여러 가지 행동을 통해 그 사실을 알수 있었다). 이렇게 부끄러움을 많이 타는 성격은 그런 자신의 성격을 고쳐보려고 수호신과 동맹을 맺었다. "당신 사업을 시작해요!" 그에게 사업을 하라고 부추기는 고객이 끊임없이 말했다. "우리는 잘 통하잖아요. 나한테 문서 작성용 소프트웨어에 대한 좋은 사업 계획이 있어요. 당신을 고용한 그룹은 그리 안정적이지 못한 것 같아요. 난 그들과 일하고픈 생각은 없지만, 반대로 당신과 함께라면 오케이예요." 그가 덧붙였다. "내 제안에 대해 잘 생각해봐요. 만약 당신이 사업을 시작한다면, 꽤 많은 수의 중요한 거래를 성사시켜 드릴 테니." EXA라는 회사 이름은 Etude*와 Analyse**의 약자를 조합한 것이었다. 파트리크 네프텔의 아버지는 회사 이름을 사용한 로고를 집의 거실 탁자 위에서 직접 그렸다. X의 측면 굴곡은 성스러운 E와 A의 이미지로 장식하고, 통통한 두 번째 세로획은 INFORMATIQUE***라는 단어를 강조하는 긴 수평선으로 연결했다. 앞에서 말한 로고는 무광지에 인쇄되었는데, 표면의 불규칙적인 선들이 가끔 연하장에서 볼 수 있는 작은 요철처럼 입체적으로 튀어

----

* '조사', '검토'를 뜻하는 프랑스어.
** '분석'이라는 뜻의 프랑스어.
*** 프랑스어로 '컴퓨터의'라는 형용사.

나와 있었다. 영원히 보존될 로고를 만들고 싶었던 그의 욕심의 결과에 대해 말하자면, 중앙에 있는 X가 터무니없이 과장된 이집트 문자 같았다고 하는 게 적절한 설명일 듯하다. 청년이 된 파트리크 네프텔은 참지 않고 그 사실을 지적했고, 아버지가 고른 종이 역시 좋지 않다고 비난했다. 그 종이는 부자가 되고픈 욕심을 너무나 단호한 방법으로 드러낸 것 같았다. EXA INFORMATIQUE*는 문과 굽도리, 창문과 덧문 들은 갈색으로 칠했고, 전화기와 조명기구, 책상 들의 색깔은 오렌지색인, 지방 목공품 회사로나 어울릴 법한 촌스러운 사무실에 자리를 잡았다. 이제까지 설명한 여러 가지 이유로(고객은 시의적절하게 좋은 기회를 제공했지만 은행은 파트리크 네프텔의 아버지에게 충분한 자금을 지원해주지 않았다), 엑사 앵포르마티크는 자본이 부족했다. 그래서 파트리크 네프텔의 아버지는 혼자 사장직을 맡는 것을 단념하고, 사업을 해보라고 제안했던 오랜 고객을 동업자로 삼았다. 그리하여 거래를 성사시켜 선금을 받았을 때에도 두 사람이 똑같이 나눠 갖게 되었다(동업자는 컴퓨터 전산처리 분야를 맡았고, 파트리크 네프텔의 아버지는 특수 프로그램을 정비하는 일을 담당했다). 파트리크 네프텔의 아버지가 만들어낸 사업체의 자본금은 2만 5천 프랑으로, 재빨리 야심찬 성장을 하기에는 가소로운 숫자였다. 그래서 파트리크 네프텔의 아버지는 동업자가 전산처리 소프트웨어를 판매하고 얻은 이익금의 40퍼센트를 가져가는 것을 인정했고, 이런 동업 관계로 인해 낮은 이윤을 얻을 수밖에 없었기에 거래처를 넓혀야만 했다. 옛날부터 알고 지내던 동료들에게 연락하여 간청한 끝에 그는 세 군데의 기업체를 설득해 회계 프로그램을 납품하기로 하는 데 성공했다. 킹슬리, 엡손, 랭크제록스, 이렇게 세 군데 기업체였다. 나는 파트리크 네프텔의 아버지가 오래전부터, 구체적으로 말하자면 청소년 시절부터, 불가사의한 불

* 엑사 앵포르마티크는 컴퓨터 정보처리로 조사와 분석을 하는 회사라는 뜻을 담고 있다.

운의 기운에 사로잡혀 있었다고 생각한다. 그 불운에 그의 개인적 기질이 영향력을 미치고 효력을 더한 것이다. 어떻게 돌려 말한다 하더라도, 그가 불운했던 것만큼은 확실하다. 자기 사업을 시작했을 때, 그는 틀림없이 동료도 상사도 없는 곳에서 자기 스스로의 행동에 책임을 지고, 불운을 떨쳐내고 자신의 운명을 개척해나갈 수 있기를 바랐을 것이다. 이제 회사에서 그를 초라하게 만들 사람도, 소외시킬 사람도, 그를 의심할 사람도 없었다. 대신 오로지 실력으로써 고객을 만족시켜야 했다. 질 높은 결과, 명철하게 듣기, 훌륭한 프레젠테이션으로 기업체들을 만족시키는 것, 그것은 그의 능력이 미치는 범위에 속해 있는 것 같았다. 그는 사업을 시작하자마자 고객을 찾아야만 했는데, 고객들의 신뢰를 얻고, 그것에 힘입어 다른 영광을 찾아내는 것은 쉬울 듯했다. 그런 식으로 그는 사업에 매진하며 거래처를 만들어나갔다. 저녁이면 주방의 식탁에 앉아 이렇게 말했다. "자유로운 건 진짜 좋은 거야. 아무것도 없이 떠나는 건 불안한 일이지만, 난 확신이 있어. 마르티네즈와의 동업이 내게 새로 시작할 수 있는 기회를 준 거야." 하지만 상황은 그가 원하는 대로 흘러가지 않았다. 청소년 시절부터 계속 영향을 미치며 그를 쫓아다녔던 불운이 다시금 모습을 드러낸 것이다, 그것도 아주 잔인하게. 아마도 그의 불운이 그토록 기이한 방법으로 나타난 적은 없었던 것 같다. 불운은 더 이상 은밀하게 가면을 쓰는 수고도 하지 않았고, 환한 대낮에 모두가 보는 앞에서 목표물도 숨기지 않고 계략을 실행에 옮겨, 파트리크 네프텔의 아버지를 가장 참혹한 실패의 진흙탕 속으로 끌고 들어갔다. 그것은 한 편의 연극이라 할 수 있었는데, 종류를 따진다면 우스꽝스러운 풍자극, 정신없이 시끄러운 꼭두각시 인형극에 가깝다. 그것은 익살스럽게 반복되는 기계 장치가 되었고, 상상 밖의 영향을 미치는 우스꽝스러운 방식으로 적용되었다. 가족의 오래된 불운이 드러내는 냉소적인 성격에 파트리크 네프텔이 장단을 맞추기 시작한 것이 그때부터일까? 만약 그들 가족의 불운이 약간의 배려를 베풀어 조용히, 몰래 활동을 벌였다 해도 그가 그토록 광분하게 되었을까? 불운은 사업이라는 가지에 매달려, 조물주의 지시에 따라 외설적인 동작을 하거나 거칠게 겨드랑이를 긁는 개구쟁이 침팬지의 몸짓처럼 너무나도 돌발적으로 드러났다. 이 불청객은 가장 먼저 사적인 영역에서 마르지 않는 창의력을 발휘했고, 그 다음에는 파트리크의 아버지가 월급을 주는 직원들이 차례차례 회사의 기능을 방해하는 뜻밖의 사건을 만들어냈다. 직원들이 각자 장례식 복장 같은, 온갖 종류의 불행이 따르는 특수한 의상을 입고 차례로 연단에 서서 기다리고 있었던 것처럼 말이다. 처음에는 파트리크 네프텔의 아버지의 기대대로 고객들이 엑사 앵포르마티크의 전산처리 프로그램에 매우 만족했다. "당신, 이제 알았지!" 파크리크 네프텔의 아버지는 행복에 겨운 목소리로 아내에게 말했다. "킹슬리라고! 킹슬리는 아주 명망 있는 회사지! 그런 킹슬리가 나 같은 프로를 만난 건 처음이라는 거야!" 그는 이제야 정당한 평가를 받는 것 같았다. 번영의 세상이 그의 앞에 열릴 것이고, 그가 가진 재능이 원래의 모습 그대로 널리 알려질 것이었다. 그가 바라는 대로 킹슬리가 만족하기만 해준다면. 그래서 파트리크의 아버지는 그 프로그램을 제어할 수 있는 두 명의 분석가를 채용했다. 그런데 그가 기한이 정해진 계약서에 서명을 한 게 실수였다. 두 사람은 미리 해약을 하겠다는 의사를 밝히지 않고도 언제든지 회사를 그만둘 수 있었던 것이다. 두 여자의 사직서를 받은 그 다음 날, 이미 그녀들의 책상엔 사람의 흔적이 없었다. 다만 컴퓨터 한 대씩과 잔뜩 쌓인 서류들만이 그녀들이 최근에 그 자리에 있었다는 사실과 앞으로 처리해야 할 일거리들을 보여주고 있었다. 엎친 데 덮친 격으로 프로그래머들까지 문제를 일으켰다. 독선적인 고객에게 질린 프랑수아즈 레비가 신경쇠약에 걸렸다며 갑작스레 병가를 냈다. 11개월간 함께 일했던 니에브 뒤몽은 아프리카 출신 여성이었는데, 어느 날 저녁에 갑자기 자기 나라 대사관 비서와 결혼하여 고향으로 돌아가게 됐다고 통보했다. 사직서를 제출한 후 두 달 동안 그녀는 비자며 백신 접종, 이사 등의 문제를 처리하느라 근로기준법의 기준을 간신히 채울 수 있을 만큼만 빼고 많은 날들을 결근했다. 프로그래머의 역할이 커져서 마침 업무의 많은 부분을 그녀에게 넘긴 터였기 때문에, 파트리크 네프텔의 아버지는 도저히 그녀의 빈자리를 메울 수가 없었다. 그는 자신의 능력이 한계에 다다랐으며 자신들의 소프트웨어를 그녀만큼 잘 이해하지 못하겠다고 말하면서 계속 도움을 요청했지만, 니에브 뒤몽은 그의 부탁을 들어줄 수가 없었다(그녀는 결근을 안한 날은 멍하니 생각에 빠져 있거나, 행복에 겨워하고, 그냥저냥 태평스럽게 시간을 보냈다. 사랑에 빠져 허우적대느라 일에는 전혀 관심이 없었던 것이다). 결국 그는 부랴부랴 다른 프로그래머를 고용할 수밖에 없었다. 이력서를 낸 사람도 한 명밖에 없었기 때문에 그는 고용 대상자를 고를 수도 없었다. 한편 앙투안 프리외르라는 직원은 오토바이에서 떨어져 부상을 입었다. 사흘 후 거래처에 넘겨야 하는 중대한 프로그램을 마무리하기 위해 사무실에 나와준 것만으로도 다행이었다. 그리고 가장 골칫덩어리인 사빈느 마이요라는 직원이 있었다. 8개월 전부터 엑사 앵포르마티크에서 일하고 있는 그녀는 자존심이 지나칠 정도로 강해서 유난히 눈에 띄었고, 사장의 권위에도 결코 복종하지 않았다. 그녀는 종종 피곤하다는 제스처를 하며, 파트리크 네프텔의 아버지의 뜻을 거스르곤 했다. 그가 어떤 서류에 대해 얘기를 좀 하려고 그녀를 부르면, 그녀는 20분 정도의 시간이 흐르고 나서야 사장실에 나타났다. 한번은 의자에 앉으라는 그의 권유를 대놓고 거절한 적도 있었다(사장이랍시고 자기 앞에 버티고 앉아 있는 나약한 남자와 같은 방에 있다는 것에 혐오감을 느낀 것일까?). 그녀는 문 옆에 꼼짝 않고 서서 갈색으로 칠한 굽도리널이나 오렌지색 조명만을 뚫어지게 바라볼 뿐이었다. "지금 내 얘기 들었어요?" 어쩔 수 없이 파트리크 네프텔의 아버지가 그녀에게 물었다. "에? 뭐요? 뭐라고 하셨어요?" "내 말 들었냐고 했어요. 지금 마이요 씨 표정이 꼭…… 뭐 잘못된 거라도 있나요?" 나약하고 스폰지 같은 사람. 나약하고 공포에 질린 남자. "그래도 그 여자가 일은 할 거 아냐?" 저녁 때 식탁에서 그의 아내가 물었다. "그래, 일은 하지. 하지만 문제는 그게 아냐. 은근히, 끝도 없이, 뭐랄까, 자기가 하는 일을 혐오하는 것 같은……" "어쩌면 단도직입적으로 물어봐야 하는 걸 거야. 아마도 개인적인 문제가 있겠지." 스폰지 같은 남자. 그의 정신과 두 눈은 그가 만나는 상황을 그야말로 스폰지처럼 필연적으로 빨아들이는 것 같았다. "아, 그래요? 개인적인 문제요?" 그녀에게 이 말을 하려고 용기를 모아 결국 입밖으로 뱉어낸 저녁에, 사빈느 마이요가 빈정거리며 되물었다(파트리크 네프텔의 아버지는 대화를 시도했을 때부터 얼굴이 심하게 붉어져 있었다). "지금 저한테 개인적인 문제가 있지는 않은지 염려하시는 거죠? 아뇨, 아니에요. 전 아무 문제도 없어요." 그러고는 그의 턱을 똑바로 쏘아보며 물었다. "그러는 사장님은요? 사장님한테 문제가 있는 거 아니세요?" 몇 달 전부터 파트리크 네프텔은 자기 아버지를 비웃고, 침팬지가 부리는 익살 중에서 가장 잔인한 행동을 하고 있었다. 집에서 저녁식사를 할 때면 공격과 비웃음의 대상인 그 불쌍한 남자는 매일 저녁마다 가족들의 불신을 받으며 추락해야 했다. "아버지 들어오시는 소리 나는구나. 가서 문 좀 열어드려라." 주방에서 저녁식사를 기다리는 파트리크 네프텔에게 그의 어머니가 말했다. "아버지도 열쇠 있잖아. 아버지가 직접 열면 되지. 엄마 남편은 하인이 필요하대? 엄마는 내가, 나, **바로 내가**, 아버지 하인 노릇이나 했으면 좋겠어?" "파트리크, 그러지 마. 아버지는 요즘 걱정이 많으셔. 아버지 신경을 건드리지 마라." 파트리크 네프텔은 아버지의 실내화를 숨겼다. 오른쪽 것은 냉장고 안에, 왼쪽 것은 서재에 있는 드골 장군의 책 두 권 사이에. 아버지를 자극하는 이런 장난질과 가족을 대표하여 가장으로서의 아버지의 권위를 깎아내리고 싶은 욕구는, 퇴근하여 돌아오는 아버지를 맞이

하는 일상적인 의식이 되어버렸다. 파트리크 네프텔의 머릿속 가장 은밀한 곳에 숨겨져 있는 가장 고통스러운 감정은 아버지의 실패에 대한 두려움이었다. 그 감정을 꾹꾹 억누르고 있던 그는 그 고통에서 벗어나야 할 필요를 느꼈다. 자신은 아버지와 다르다는 것을 스스로에게 입증해야만 했다. 공포로 얼룩진 연민을 에너지로 바꿔야 했다. 제자리걸음만 하고 있는 아버지라는 남자가 존엄성을 가진 인간이라는 사실을 확인하려면 그를 자극해 반응을 끌어내야 했다. 공포를 무질서로, 슬픔을 우스갯소리로, 불안을 혼란으로, 흐느낌을 반항으로, 고통을 묵묵히 견디는 무감각을 화려한 사건들로 대체해야만 했다. 파트리크 네프텔이 벌인 사건들은 그런 생각들로부터 파트리크를 자유롭게 만들 정도의 대수롭지 않은 도발과 어리석은 농담의 형태를 취했지만, 무정할 정도로 반복되고 반복되는 효과는 영향력을 발휘했다. 그러나 그 반복의 원칙이 아버지에 대한 파트리크의 증오를 알리고 파괴적인 그의 분노를 충족시킬 만큼 이 테러 행위의 본성이 대단한 것은 아니었다. 고작 침실문 위에 위태롭게 놓여 있던 슬리퍼 한 짝이 아버지의 머리 위로 떨어지는 것, 또는 아버지가 전날 서랍장 위에 놓아두었던 동전 몇 개를 화분의 나무 밑에 묻는 것 정도였다. 때로는 옷걸이에 걸린 넥타이들이 서로 묶여 있기도 했다. 파트리크 네프텔의 아버지의 양복들이 플라타너스 가지 꼭대기에 걸려 있기도 했고, 그의 신발 속에 조그만 귤조각들이 들어 있기도 했으며, 팬티에 밤색 페인트가 묻어 있기도 했다. 이런 도발들은 심각한 것이 아니었으며, 지금 파트리크 아버지가 일상적으로 부딪히고 있는 돌발 사건들에 비하면 아들의 장난은 웃음거리도 되지 않았다. 한 회사의 사장의 머릿속에서 그런 장난은 손해만 조금 끼치는 우스꽝스럽고 유치한 테러일 뿐이었다. 소형 서류가방에 들어 있던 물건들은 차고 안쪽 깊숙한 곳에 있는 리본 달린 비닐 가방으로 옮겨졌고, 그 서류가방은 냉동실에 감춰졌다. 파트리크 네프텔의 아버지는 성에가 잔뜩 끼고, 냉동 감자튀김과 냉동 새우로 가득 찬 꽁꽁 언 가방을 꺼냈다. "북극에 가서 서명할 일이 있었던 거예요?" 그의 아내가 웃으며 물었다. 그녀는 그 다음 날에는 이렇게 말했다. "이제는 서류에 발기한 성기를 그리는 거예요? 귀엽네요!" 파트리크 네프텔이 어머니를 웃겨보려고 장난을 친 것이었다. 그 장난질이 무능한 사업가의 가족으로서 어머니가 받은 스트레스를 조금이나마 덜어줄 거라고 생각했던 것이다. "파트리크가 옳아요." 파트리크 네프텔의 어머니가 남편에게 말했다. "왜 내가 당신한테 새 팬티를 사줘야 해요?" "맞아요." 파트리크 네프텔이 한 술 더 떴다. "페인트는 다 말랐어요. 입어도 아무 문제 없어요. 아무도 눈치채지 못할걸요." "맞아. 당신 팬티에 밤색 페인트가 칠해진 건 아무도 모를 거야……." "아버지, 페인트 묻은 팬티를 입은 걸 남에게 들켰다고 상상해보세요. 어느 날 갑자기 설사가 났다거나, 아니면 제대로 닦아낼 휴지가 충분치 않았다거나(이런 종류의 일이 일어날 때가 있다. 앞에서도 보지 않았던가……), 음(이 순간에 파트리크 네프텔의 어머니는 웃음을 터뜨렸다), 에, 뭐, 그래도 괜찮아요. 갈색 페인트는 흐릿한 배설물 자국을 숨겨줄 거예요! 잘 생각해보세요!" 파트리크 네프텔이 말을 이었다. "한 회사의 사장이 배설물로 더러워지고, 축축하게 젖은 팬티를 세탁하라고 아내에게 맡기는 것보다 더 모욕적인 게 어디 있어요! 아버진 저한테 고마워하셔야 한다고요!" "맞아요, 파트리크 말이 맞아. 당신이 살림을 한번 해봐." 두 사람은 도저히 웃음을 못 참겠다는 듯 까르르 웃으며 그 자리에서 벗어났다. "좋아, 웃으라고! 맘껏 즐겨봐. 하지만 미리 얘기하는데, 이런 장난을 더는 못 봐줘. 나뭇가지를 계속 자르면 파트리크는……." "여보, 앤 나쁜 짓을 한 게 아니에요. 얘는 다만 분위기를 좀 가볍게 만들고 싶었던 것뿐이라고. 당신도 유머 감각을 좀 발휘해봐요." "그래, 계속 그렇게 멋대로 해봐. 아들내미를 감싸고 돌라고. 저 녀석은 하고 싶은 대로 아무 짓이나 하고. 아주 왕자님 대접을 해주지 그래!" 그날 저녁, 그를 지치게 하는 아들의 장난질 때문이 아니더라도 파트리크 네프텔의 아버지는 새로운 불안감으로 기운을 잃은 것 같았다. 파트리크 네프텔은 슬리퍼를 숨기러 아버지의 방에 들어갔다가 옷장 안에 숨어서 아버지를 보게 됐는데, 확실히 뭔가 이상한 분위기를 느낄 수 있었다. 매번 아버지의 모습에서 심리적으로 상처를 입은 어떤 표시를 감지할 때마다, 파트리크 네프텔은 충격적인 반항심을 경험했다. 무력해진 사장님은 조용히 수프를 핥고 있었다. 무기의 위협 아래 절벽 끝을 향해 한 발씩 뒷걸음질 치는, 궁지에 몰린 불쌍한 패배자의 두려움을 아버지의 얼굴에서 읽을 수 있었다. 몇 달 전부터 파트리크 네프텔은 권태감이 아버지뿐 아니라 아버지의 표정에 드러난 상처까지도 끌어당기고 있다는 것을 느꼈다. 그것은 위험한 일이 아닐 수 없었다. 그에게 너무나 잔인한 그 상처는 단 한 번 보기만 해도 매우 뜨겁게 불타는 심연 속으로 그를 몰아넣었다. 주위에 복종을 의미하는 수많은 표시가 존재하기 때문에, 그는 꽃을 피울 수도, 살아있다고 생각할 수도, 평범한 존재로 꿈을 꿀 수도 없을 것이었다. 사소한 질병에 감염되어 썩어문드러지는 생선처럼 맥빠진 이 남자의 얼굴을 보며 서서히 정신이 오염되기 전에, 파트리크 네프텔 자신을 보호해야 했다. 그들 가족이 탁한 물이 가득 찬 수조 속에서 살았다는 것이 쇠락을 더욱 재촉한 이유였다. 파트리크 네프텔의 아버지의 얼굴에서 움직이고 그의 두 눈을 채우고 있는 탁한 물. 그 물은 그가 경영하는 엑사 앵포르마티크의 병적인 물이었다. 파트리크 네프텔의 아버지가 사업을 하던 시기에, 파트리크의 아버지의 불행은 가정과는 무관한 바깥세계로 인해 완성되었다. 아버지에게 적대적인 모습을 보이면서도 파트리크는 이성적으로는 그 사실을 중시하고 있었다. 그런데 이제 그들 가족의 붕괴가 역으로 아버지의 사업체에 영향을 미치기 시작한 것이다. 현기증이 날 것 같았다. 엑사 앵포르마티크는 파트리크 네프텔의 아버지가 가진 인간성의 확장이었고, 열등감에 대한 곪아터진 시스템이었으며, 현실화된 그의 기질과 맞아떨어지는

177

유기적인 장소였고, 그 모든 것이 합쳐진 고립 속에 그 자신을 옭아맨 덫이었다. 어떤 권위로도 억제되지 않는 그의 광기와 불만족이 구체화된 것이 바로 그 사업체였다. 사업을 시작한 후 그는 자신에게 월급을 주던 사장들이나 동료들보다 훨씬 유해하고 독단적인 적에 대항해 싸워야 했다. 예측하기 가장 어려운 배반을 준비 중이며, 가장 음험한 올가미를 그에게 씌우는, 좀처럼 알아볼 수 없고 계속하여 그에게 맞서는 적. 바로 그 자신이었다. 이 상황은 당연히 파트리크 네프텔을 옭아매고 있는 고립된 감정을 더욱 강화시켰다. 그는 자신이 떠올릴 수 있는 가장 끔찍한 상황을 상상하고, 아버지의 얼굴에 드러난 상처로 이제 모든 게 결정되었다고 느끼고, 하루하루가 흘러 자연스런 결과가 될 아버지와 똑같은 자신의 미래를 훔쳐 보면서, 이 반복적인 상황(아버지와 회사는 서로를 거울로 비추고 있는 듯했다)이 가족들 모두를 게걸스럽게 삼킬까 봐 두려워했다. 외부의 도움도 전혀 받지 못하고, 누구 하나 알아주는 사람 없이, 완벽한 무관심 속에서 잊혀지는 것을 말이다. 아버지를 바라볼 때마다 파트리크 네프텔은 아버지를 고통스럽게 하는 눈에 보이지 않는 폭력을 목도했고, 아버지가 얼마나 황폐해졌는지를 눈치 챘으며, 증오로 인해 세상과 완전히 벽을 쌓은 이의 고립감을 느꼈다. 파트리크는 소리치고 싶었고, 잘못 결정지어진 형벌에서 도망치고 싶었으며, 아버지란 남자의 내장을 들어내고 자기 가족의 삶에서 그의 넋나간 얼굴을 없애버리고 싶었다. 하얗고 섬세한 손가락 뼈들을 금방이라도 으스러뜨릴 것처럼 주먹을 꽉 쥐고 수프를 마시고 있는 아버지라는 악마적인 존재를 바라보면서, 파트리크 네프텔이 말했다. "보험사의 수주를 따내기 위한 경쟁 입찰은 어떻게 됐어요? 아마 최근에 결과 통보를 받으셨을 것 같은데요. 그리고 알스톰 사는? 아직도 결정을 못 했대요? 간염에 걸렸다던 제라르라는 직원은 어떻게 됐어요? 다 나았나요? 또 공증인이 준비한 서류는? 얘기해주세요, 아버지가 거기에 서명했나요? 두 공증인의 서명도 끝났고요?" "그래, 우리 식구가 증인이야. 이 지긋지긋한 짓거리를 내가 먼저 시작했다고는 아무도 말 못 하겠지." "여보, 그만둬요!" 파트리크의 어머니가 나무라는 듯한 차가운 목소리로 남편에게 말했다. "난, 어쨌든 간에 내 말은……" 파트리크 네프텔이 계속 말했다. "그 회사들, 공증인들은 석 달 전부터 아버지를 들들 볶았잖아. 그 사람들이 아버지처럼 순한 비둘기의 사정을 항상 봐주지는 않는단 말야. 그들은 조사해달라고 하고, 보고서를 요구하고, 감정서나 진단서를 달라고 계속 보채잖아! 그것도 공짜로! 여러 달 전부터! 게다가 아버지는 거기에 굴복하고! 아버지는 그들에게 자기 머리를 통째로 내주고 있는 거야! 그렇게 이용할 대로 이용해 먹고는 그들은 또 아버지를 폐기 처분하겠지……" "그만 해!" 냅킨을 목에 두른 파트리크의 누나가 말했다. "이런 대화를 다시 시작하고 싶지 않아! 매일 저녁 똑같은 짓거리잖아! 이제 정말 지겨워!" 그녀는 벌떡 일어서서 냅킨을 내팽개치고, 침실로 올라가 딸깍 소리를 내며 문을 잠갔다. "사빈느 마이요는 어떻게 됐어요? 우리의 존경하는 사빈느 마이요 양은?" 다음 날 저녁 파트리크 네프텔이 물었다(얼마 전부터 그녀는 파트리크 네프텔의 아버지가 말한 그대로 옮기자면, 무장강도 짓을 해서 감옥에 들어와놓고도 이미 죗값을 다 치렀다고 생각하는 사람만큼 뻔뻔하게 행동하며 점점 더 눈에 띄는 불복종의 표시를 드러내고 있었지만, 그는 아무런 조치도 취하지 못했다). "아빠 좀 가만히 내버려둬라." 파트리크의 어머니가 말을 끊었다. "아페리티프를 같이 하게 사빈느 마이요 양을 집으로 한번 초대하는 건 어때요?" "그만 해! 그만 하라니까!" "뭘요? 내가 뭐라고 했다고? 아버지 회사 직원들 소식을 묻는 게 뭐 잘못된 건가? 그럼 아무 말도 하지 말란 말이야?" 그리고 나서 그는 방금 전에 아버지가 했던 행동을 그대로 따라 했다. 숟가락을 잡은 손으로 주먹을 불끈 쥐고 수프를 떠먹고, 숟가락을 이에 부딪쳐 딱딱 소리를 내고, 화가 난 체하며 눈썹을 찌푸리고는 식기세척기를 심각하게 쳐다보았다. "이 녀석은 나를……" 파트리크의 아버지가 아내에게 중얼거렸다. "이 녀석이 나를……" 파트리크 네프텔은 아버지를 쉽게 무너뜨리기 위해 때때로 이런 소동을 벌였다. 평소 같으면 아내에게 하루 동안 일어났던 이런저런 일들을 이야기했을 아버지는 이런 소동이 일어나면 그때부터 입을 닫았다. 그러고는 자신을 단칼에 벨 수 있는 기회를 아들에게서 빼앗을 때를 노리며, 아들이 무슨 말을 지껄이든 내버려두었다. 그날 저녁도 마찬가지였다. 그들의 대화에는 어떤 도발도, 어떤 계략도, 어떤 불순한 의도도 없었다. 파트리크 네프텔은 그날 사춘기의 위기를 해결했다는 표정을 지었다. 다정함과 연민을 가지고 아버지에게 미소를 짓기까지 했다. 그의 어머니가 자리에서 일어나 움푹한 그릇들을 개수대로 가져갔다. 그리고 납작한 접시들을 나눠주고는 다시 가스오븐 쪽으로 갔다. 1982년 3월 14일의 저녁식사. 파트리크 네프텔은 곧 열일곱 살이 될 것이었다. 그를 무너뜨린 운명적인 저녁식사. 회사의 사장은 그날 낮에 날카로운 암초에 부딪힌 것이 분명해 보였다. 아버지가 경제라는 대양의 검은 물 속으로, 입을 벌린 조가비처럼 천천히 가라앉는 것이 보였다. "뭐 잘 안 되는 일 있어요?" 그의 아내가 빵가루를 입힌 생선을 내려놓으며 물었다. "다 좋아, 아주 잘 돼가. 모든 게 아주아주 잘 돼간다고." 그가 재치있게 대답했다. "그런 얘기 하지 마. 내가 당신을 모를 것 같아? 당신 무슨 걱정거리가 있는 거야. 우리는 그렇게 저녁을 보내지는 않을 거야!" 빵가루를 입힌 생선은 잘 녹은 그뤼에르 치즈로 장식한 밥과 함께 식탁에 올라왔다. "마이요 양이 또 문제를 일으켰어……" 파트리크 네프텔의 아버지가 결국 털어놓고 말았다. "그 여자 말이에요. 혹시라도 내가 언젠가 그 여자를 만나게 된다면, 내가 그녀를 어떻게 생각하는지 다 말할 거예요." 파트리크 네프텔이 차분하게 말했다. "다 말씀해보세요. 아버지가 입을 열 때까지 저녁 내내 유도심문을 하며 기다리지는 않을 거니까." 파트리크는 음식을 떠서 한 입 먹은 후 아버지에게 자신을 전부 맡기는 듯한 천사 같고 사려 깊은 표정을 지어 보였다. 사빈느 마이요는 자신의 존재 방식을 바꾸기로 결정했다. 갑자기 파트리크 네프텔의 아버지의 방으로 들어온 그녀는 떠나겠다고 말했다. "떠난다니, 그게 무슨 뜻이죠?" 파트리크 네프텔의 아버지가 물었다. "외투를 입고, 가방을 들고 떠날 거예요." 당황스러워하며 파트리크 네프텔의 아버지는 시계를 보았다. "지금 2시 30분밖에 안 됐는데…….무슨 말인지 모르겠어요. 엡손에 넘길 프로그램 업무는 다 끝났나요?" "아뇨, 안 끝났어요. 알 게 뭐에요. 전 더 이상 그 일을 할 수 없어요. 누군가 다른 사람이 끝내겠죠." "누군가 다른 사람이 끝낸다고? 누가, 어떻게, 왜?" 그는 화들짝 놀랐다. 자신의 귀를 믿을 수가 없었다. "난 그런 일이 일어날 거라곤 상상해본 적도 없어." 그가 가족들에게 털어놓았다. 그 순간, 파트리크 네프텔은 어머니의 얼굴이 일그러지는 것을 목격했다. "내 결심은 되돌릴 수 없어요. 당장 떠나겠어요. 권리를 포기하는 겁니다." "권리를 포기한다, 권리를 포기한다……." 사빈느 마이요 앞에서 파트리크 네프텔의 아버지가 망연자실한 목소리로 중얼거렸다. "그렇다면 의무는? 노동법을 위반하는 거 아뇨? 법 말이오!" "법이 뭐 어쨌다고요?" 그녀는 아무렇지 않게 말했다. "다 털어놔봐……." 아내가 그뤼에르 치즈를 머리 꼭대기까지 길게 늘이며 말했다. "노동법은 하루아침에 업무를 그만두는 것을 금하고 있어요. 이건 경솔한 짓입니다." "그럼 저를 감옥에 보내실 건가요?" 그녀가 웃음을 터뜨렸다. 파트리크 네프텔의 아버지는 입을 다물고 지친 얼굴로 자신이 월급을 주고 있는 피고용인을 바라보았다. "그 여자가 웃었다고?" 파트리크의 어머니가 물었다. 그 순간, 파트리크의 아버지가 억지로 울음을 참는 것이 보였다. "엄청 크게 웃음을 터뜨렸어. 내 사무실에서 웃기 시작했는데, 소란죄로 경찰에 신고를 해야 할 만큼 크게 웃었어. 자, 좋아요, 내가 그녀에게 말했지. 그렇게 해요. 좋아요, 피곤하다면 오후 시간을 쓰세요……." 파트리크 네프텔은 사무실 의자에 못박힌 듯 앉아 있는 아버지의 모습을 상상해보았다. 침울하

181

고 타협적인, 틀림없이 타협적인 표정으로 사이코 같은 젊은 여자 앞에 앉아 있는 아버지의 모습을. "오늘 오후……" 사빈느 마이요가 웃음을 멈추고 입을 열었다. "내일 오후, 모레 오후, 그리고 글피 오후도 마찬가지예요. 아침도 오후도 한밤중도……" 파트리크 네프텔의 아버지는 정신이 몽롱해져서 그녀를 바라보았다. 그는 겨우 침착함을 되찾고, 그녀가 늘어놓는 이상하고 지루한 단어들을 중단시켰다. "그럼 기억을 되살려드리죠. 사빈느, 당신은 계약서에 서명을 했어요. 그 고용 계약서에는 당신이 회사를 그만두기 두 달 전에 반드시 미리 통보를 해야 한다고 적혀 있어요." "나는 그렇게 안 할 거예요." 그녀가 그의 말을 끊었다. "당신은 그렇게 안 할 거다……. 무슨 권리로?" "내일 아침에 사장님 책상 위에 두 달치의 병가 신청서를 올려놓을 거니까요." 그 말을 끝으로 그녀는 사무실에서 나갔다. "그녀는 외투를 입고, 가방을 들었어." 그녀는 등 뒤로 문을 닫고는, 오렌지빛과 갈색으로 칠한 엑사 앵포르마티크의 사무실을 나갔다. "문이 닫히는 소리만 겨우 들었어. 컴퓨터를 켜놓은 채, 잘 있으라는 인사도 하지 않고 나가버렸지." 파트리크의 아버지가 결론을 말했다. "아주 부드럽게, 소음도 내지 않고 떠났어. 꼭 꿈속에서처럼……." "그래서 당신은 어쩔 거예요?" 그의 아내가 물었다. "그녀가 맡고 있던 일은 뭐야? 무엇에 관련된 일을 했어요?" 파트리크의 아버지는 의자에 앉은 채 고통스럽게 꾸물럭거렸다. 마치 그의 뱃속에서 털이 많은 짐승이 꼬물거리고 있는 것처럼. "엡손." "그게 다야?" 그는 저녁식사를 멈추고 아내를 바라보았다. 오른손 주먹이 포크 손잡이를 꽉 쥐었고, 포크는 없었지만 왼쪽 주먹도 똑같이 힘을 주어 불끈 쥐었다. 어떻게 포크가 갑자기 그렇게 낯선 모양이 될 수 있을까? 그는 농사꾼이 쓰는 쇠스랑처럼 포크를 위협적으로 흔들며, 아내의 질문에 석고상처럼 뻣뻣하게 대답했다. "그리고 상공회의소." "뭐? 상공회의소? 내가 그럴 줄 알았어. 그럴 거라고 생각했다고……. 상공회의소 일을 그런 여자한테 맡겼단 말예요

(그 말을 하며 그녀는 공황 상태에 빠졌다)! 정신머리가 그 모양인 여자한 테?" 파트리크의 아버지는 옴짝달싹할 수 없는 지경이 되었다. 여직원 하 나가 갑작스레 일으킨 그 사건은 엑사 엥포르마티크에 치명타가 될 것 이 분명했다. 파트리크 네프텔은 어서 속내를 털어놓아보라고 아버지를 압박하는 즐거움과 이 사건에서 빠져나가고 싶은 불안감과 긴장감, 두려 움 사이에서 어디를 택할지를 결정했다. 그가 말했다. "제라르가 그 일을 맡으면 되겠네요. 간염 걸린 직원 말예요. 그 사람은 퇴사 2주 전에는 말 을 할 테니까. 그것말고는 방법이 없잖아요." 이번에는 파트리크의 어머 니가 물었다. "그 소프트웨어는 언제까지 작업을 끝내야 하는데?" "1주 일 후까지." "일을 얼마나 했는데? 작업이 얼마나 진척됐냔 말야." "이제 막 시작했어. 닷새 전부터 내가 어떻게 해보려고 노력 중인데 도저히 안 돼." 침묵이 찾아왔다. 접시에 포크 닿는 소리만 들렸다. 파트리크의 누나 와 어머니는 멍하니 서로의 얼굴만 보고 있었다. 굵은 쇠줄이 식탁 위로 지나갔고, 그 위로는 이 사건의 비극적인 결과를 오래 숨기길 바라는 얼 빠진 생각들이 길을 낸 것 같았다. "닷새 전부터 당신이 어떻게 해보려고 노력 중인데 도저히 안 된다니⋯⋯." 파트리크 네프텔의 아버지는 여전 히 포크를 쇠스랑처럼 잡고 있었다. 주먹을 쥔 손가락들이 곧 폭발할 듯 이 하얗게 질려 있었다. "그래, 맞아! 난 손쓸 방법이 없어! 그 여자는 미 쳤어! 내가 악마 같은 직원을 고용한 거라고!" "그래도 아버지보다는 덜 미쳤어요. 그건 확실해요!" 흥분한 파트리크 네프텔이 소리쳤다. "아버지 가 닷새 전부터 어떻게 해보려고 했지만 못 했다고요? 아, 이게 꿈이라 면! 도대체 이 나약한 인간은 뭐야, 이 속이 텅 빈 인형은!" "그만 해, 파 트리크. 제발 더 이상 말하지 마." 어머니가 아버지를 위해 평소같지 않 은 너그러움을 드러내며 아들의 말을 잘랐다. 아마도 그렇게 묘한 부드 러움으로 아들에게 반대 의견을 말한 것은 그때가 처음이었을 것이다. "뭘 그만 해요? 왜 내가 입을 다물어야 하죠? 그래! 다 끝내자고요! 억지

로 숨기고 있는 이 위선을 이참에 다 끝내버리자고!" 그는 고개를 휙 돌려 아버지를 뚫어지게 바라보았다. 낙담한 아버지는 포크를 꽉 쥔 채 꼼짝도 않고 있었다. "좋아요! 내 얘기 들었어요? 아버지! 아버지 회사는 망한 거예요! 이제 끝내요! 더 이상은 못 한다구요! 아버지가 그놈의 사업을 하다가 망하는 꼴은 보고 싶지 않았어요. 하지만 직원들이 하나씩 다 도망갔잖아! 그들은 미쳐버릴까 봐 두려웠던 거야!" "저 녀석이 계속 입을 놀린다면…… 내가 경고하겠는데……" 파트리크 네프텔의 아버지가 아내를 바라보며 더듬거렸다. 창백하게 질린 그의 얼굴은 그가 근본적인 한계에 다다랐음을 알리고 있었다. "뭐라고? 아버지가 우리한테 경고를 한다고요? 좋아요, 어디 경고해봐요. 하지만 우리한테 경고하고 나서는 자기가 한 말을 실행에 옮겨야 할걸요. 해봐요! 자, 해보라고요. 실행에 옮겨보라고, 옮겨봐. 끝까지 가봐요. 우리를 위협했으니 실행에 옮기라고. 못 하겠으면 자동차로 한 바퀴 돌던지 그 자리에 그냥 있으라고. 조용히 그 자리에 그냥 있으라고!" 파트리크 네프텔의 어머니는 아무 말도 하지 않았다. 그녀가 울기 시작했다. "아버지는 회사를 경영할 능력이 없어! 사빈느 마이요 양, 고마워요! 결정적인 사건을 일으켜줘서!" 그리고 분위기가 급격히 변화하려는 그 시점에, 평소보다 훨씬 강력한 무언가로 가득 차고 마지막 화살이 당겨지려는 것처럼 파트리크 네프텔 아버지의 주름이 펴지고 얼굴이 젊게 보이며 내부에서 상상할 수도 없는 빛, 즉 '내가 경고하겠는데'라고 입에서 규칙적으로 계속 중얼거리는 고전적인 말투에 대한 새로운 해법처럼 광채나는 아우라가 솟아올라 그를 완전히 변화시켰다. 파트리크 네프텔의 아버지는 한참 동안 아내를 뚫어지게 바라보았다. 울기만 할 뿐, 사춘기에 접어든 아들의 입에서 마구 흘러나오는 잔인한 말들에 대해 한 마디도 하지 않는 아내가 강하고 단호한 태도를 보이기를 간청하고 있었던 것이다. 그가 계속 중얼거렸다. "경고하겠는데…… 내가 경고하겠는데……" "당신은 쓰레기고 패배자일 뿐이야. 썩어문드러진 존재라고! 제발 우리를 그만 좀 고문해. 엄마를 그만 고문하란 말이야!" 그러자 파트리크의 아버지는 조용하고 간결하면서도 거칠고 급작스럽고 무미건조한 동작으로 포크를 목에 꽂았다. 어찌나 힘을 주었는지, 포크가 그의 살 속으로 파고들어 깊이 박혔다. 한순간 붉은 피가 튀어오르더니, 목의 기관이 절단되고 경동맥이 찢어진 그에게서 시뻘건 핏물이 콸콸 솟아나와 식탁보 위로 쏟아졌다. 파트리크 네프텔의 어머니는 갑자기 터진 카메라 플래시에 눈이 부신 사람처럼 하얗게 굳어버린 얼굴로, 손으로 두 눈을 가렸다. 파트리크의 누나는 비명을 지르며 튀어오르듯 식탁에서 일어나 개수대 근처로 몸을 피했다. 자신이 암시한 내용이 눈앞에서 실현되는 것을 본 파트리크 네프텔은 꼼짝도 하지 않는 아버지의 몸뚱이를 바라보았다. 아버지는 단말마의 고통스런 헐떡임을 뱉어내고 있었다. 그는 피범벅이 된 포크 손잡이에 90도 각도로 꽂혀 서 있는 것 같았다. 그는 몇 분 전에 아들이 자신을 바라보았던 것과 똑같은 표정으로 아들을 오랫동안 바라보다가 천천히 일어섰지만, 이내 의자 위로 넘어졌다. 목에 박힌 채 튀어나와 있는 포크 손잡이 때문에 그는 마치 생명이 없는 물건처럼 보였다. 그는 여전히 포크 손잡이를 꽉 잡고 있는 주먹으로 간신히 균형을 유지하고 있는 것 같았다. 붉은 피는 계속 흘러 옷을 적셨고, 그의 눈은 완전히 뒤집혀 흰자만 보였으며, 얼굴은 하얗게 질려 있었다. 그는 목에 포크를 꽂은 채로 주방문 쪽으로 두어 발짝 뒷걸음질 치다가 칸막이에 부딪혀 휘청거렸다. 그는 무언가 말하려고 애쓰며 문틀에 매달렸다. 그리고는 벽에 등을 대고 천천히 주저앉았다. 분명치 않은 발음으로 무어라 중얼거렸지만 아무도 알아듣지 못했다. 그리고 그는 타일 바닥 위로 완전히 쓰러졌다.

6

　나는 청소년 시절에 텔레비전에서 보았던 영화 두 편을 무척 즐겨 이
야기한다. 한 편은 1954년 빈센트 미넬리 감독이 만든 〈브리가둔〉이고,
또 한 편은 1960년에 자크 베케르 감독이 만든 〈구멍〉이다. 이 두 영화
의 어떤 장면에서 아주 특별하고 날카로운 감정이 벼락 치듯 나에게 내
리꽂혔다. 그때까지 그토록 놀라운 감정은 한 번도 경험하지 못했더랬
다. 외부에서 비롯된 현실적이면서도 예술적인 어떤 사건이 내 감각에
그토록 생생한 영향을 미친 것은 생전 처음이었다. 그후 몇 년 동안 이
두 장면의 아우라는 똑같은 반짝임으로 내 안에서 계속 빛났다. 나는 항
상 변하지 않는 감동으로 그 이미지들에 대해서 생각하고 또 생각했다.
금속이 녹아 내 핏줄 속을 빙빙 도는 이상야릇하고 신비한 기운처럼, 아
련하게 추억을 떠올리게 하는 전개 방식이 참 좋았다. 무국적자처럼 배
를 타고 떠나는 미래의 꿈을 열망하던 순간에(그때 나는 다음 해에 바칼로
레아 시험을 치를 예정이었는데, 시험을 치르고 나면 내 목을 조르는 가족이 사
는 집을 떠나 나 자신을 새로이 세울 수 있었다) 나는 절망적으로 특별한 표
시를, 세상이 빛을 발하는 간절함을 찾아다녔다(특히 부모님 집에서 밤에
보았던 영화들 속에서). 마치 어둠 속에서 깜빡이는 등대 불빛을 찾아 헤
매는 길 잃은 뱃사람처럼 말이다. 두 편의 영화가 선사한 두 번의 번쩍
이는 순간과 그 순간에 느꼈던 감정은 나의 은신처가 되었고, 상상의 세
계를 확고히 하고자 할 때마다 찾아드는 실체적인 땅이 되었다. 그리고

이 감정과 동일한 본질이 나를 결정하였다. 그후로 나는 이 두 편의 영화를 다시는 보지 않았다. 두 영화의 마법은 그것들을 처음 발견한 기쁨과 연결되어 있어야만 했기에. 〈브리가둔〉과 〈구멍〉을 통해 하려는 이야기는 결과적으로 두 편의 영화가 내 마음속에 아로새긴 추억과 긴밀하게 연결되어 있다. 그 추억은 그 두 번의 결정적인 장면에서는 확실하지만, 그것들을 둘러싼 돌발적인 사건들과 관련해서는 어렴풋하다. 〈브리가둔〉은 두 명의 뉴욕 시민인 토미 앨브라이트와 제프 더글러스가 스코틀랜드의 하이랜드로 새 사냥을 떠나면서 벌어지는 내용을 담고 있다. 토미 앨브라이트와 제프 더글러스 역은 진 켈리와 밴 존슨이 맡았는데, 그들의 연기는 존경스러울 정도로 훌륭했다. 나는 토미와 제프라는 이 이름들을 인터넷에서 찾아보고 나서야 알 수 있었다. 영화를 다 보고 난 후에도 마치 마법의 메아리처럼 남아 있는 여주인공 '피오나'의 이름 말고 다른 인물들의 이름은 기억 밖으로 사라져버린 지 오래였기 때문이다. 반면 스튜디오에서 촬영한 것으로 보이는 무미건조하며 기복이 심한 계곡의 풍경은 생생하게 기억이 났는데, 그것은 그 풍경의 황량한 요소에도 불구하고 이상하게도 로맨틱했기 때문이었다. 물이 흐르는 개울, 은밀히 감춰진 땅, 소관목들로 이루어진 숲, 히스가 무성한 땅. 나는 분명히 히스로 기억한다. 새 사냥을 떠났던 두 남자가 길을 잃고 헤매다가 마침내 마을을 하나 찾아내는데, 그 마을의 이름이 브리가둔이었다. 지도에도 나와 있지 않은 이 마을은 두 사람이 마을 주민들의 옷이나 관습으로 미루어보건대, 과거에서 불쑥 솟아오른 미지의 땅 같았다. 두 명의 사냥꾼들은 피오나와 메그라는 두 명의 젊은 여자를 알게 되는데, 특히 피오나는 굉장히 중요한 인물이다. 시드 카리스가 열연한 피오나는 눈부시게 아름다운 여인으로, 토미가 그녀를 열정적으로 사랑하게 된다. 그 영화를 본 것은 내가 마리 메르시에에 대한 연정으로 인하여 소녀들만큼이나 감상적일 때였다. 그래서 내가 토미에게 쉽게 동화되었는지도

모른다. 비현실적인 마을에서 시드 카리스의 몸을 빌려 허구적으로 구현된 인물은 마리 메르시에만큼이나 매력적인 여자였고, 나는 그녀를 만난 토미에게 감정이입을 할 수밖에 없었다. 그날 밤 내 상상 속 여주인공은 틀림없이 나를 마리 메르시에의 이상형으로 생각했고, 이번만큼은 마리가 나를 사랑하게 될 거라고 믿었다. 두 뉴욕 시민들은 브리가둔이 한 세기에 한 번씩 단 하루 동안만 깨어나는 미지의 땅이라는 사실을 알게 된다. 마법에 걸려서 그렇게 된 거였는데, 그 자세한 내용은 잊어버렸음을 고백해야겠다. 이 기적이 일어나기 위해서는 조건이 하나 필요했고, 그것은 마을 주민 중 아무도 브리가둔을 떠나서는 안 된다는 것이었다. 그렇게 떠난 사람은 영원히 사라져버렸다. 반대로 만약 이방인이 영원한 사랑과 함께 그곳에서 살고 싶어한다면, 모든 것을 포기할 경우에만 거기에 머무르는 것이 가능했다. 현실에서는 있을 수 없는 매혹적인 마을에 대한 이야기는 진짜로 너무나 근사했다. 그것도 100년에 딱 한 번밖에 나타나지 않는 마을이라니. 마을 사람들이 집단적으로 마귀에 홀린 듯 열정적으로 춤추던 장면이 기억난다. 민속 의상을 입은 연주자들이 백파이프를 불고 신나게 북을 두드리던 그 장면. 그리고 그 소란스러운 장소에서 빠져나와 수정같이 맑은 물이 흐르는 바위언덕과 덤불 숲에 둘러싸인 은밀한 곳에서 춤추고, 달리고, 팔짝팔짝 뛰고, 서로 바라보며 웃고, 손을 잡는 모습, 당황스러울 정도로 파격적인 관능이 두 사람의 몸짓으로 표현되었던 멋진 장면이 기억난다. 나는 한껏 부풀어 올랐던 시드 카리스의 치마를 아직도 생생하게 기억하고 있다. 수천 개의 주름이 잡힌, 금방이라도 손에 닿을 것처럼 느껴지던 치마와 길쭉한 다리, 헝겊 벨트로 꽉 조인 가느다란 허리, 어깨까지 흘러내린 탐스럽고 새까만 머리카락, 그녀의 관능적인 미소를 잊을 수가 없다. 또 진 켈리가 시드 카리스를 공중에 들어올리자, 몸이 별 모양으로 되며 절대의 극치를 보여주던 그녀의 부드러운 다리도 또렷이 기억난다. 아름다움, 정확성, 근원성, 영혼의 높이, 내적인 긴장감, 정신적인 욕구가 잘 드러난 절대의 극치였다. 그녀가 오른쪽 다리로 몸을 지탱하고 상체는 앞쪽으로 기울이며 왼쪽 다리를 뒤로 들어(그녀는 내부에서 발산되는 생명의 맨 앞에 서 있는 것 같았다) 남자를 향해 몸을 뻗는, 안무가 아름다웠던 그 장면을 잊을 수 없다. 부드럽게 쫙 편 몸, 정확성과 재능이 돋보이는 몸짓으로 토미에게 마음을 전하던 그녀. 그녀는 자신의 삶이 그에게 속한 순간부터 아주 결정적인 방법으로 사랑을 표현한다. 시드 카리스가 표현하는 사랑에는 장난기가 전혀 없었다. 그녀는 모든 순간에, 계산된 여왕의 위엄을 갖고 행동한다. 하지만 여왕의 정확성은 쉽게 사랑에 빠지는 특성 때문에 장갑처럼 뒤집히고 만다. 〈브리가둔〉에서 시드 카리스가 보여준 허구의 전조로 시작되고, 몇 달 후 〈치명적 죄악〉이라는 영화에서 본 진 티어리*로 다시 나타난 아내 마고를 나는 내가 원했던 바로 그 방법으로 어느 날 저녁에 만났던 것이다. 곧 날이 밝고 마을이 사라지기 직전의 생생한 열락의 순간, 시드 카리스는 너무나도 부드럽고 관능적이며, 나약하고 흔들리는 여성의 모습을 보인다. 그녀의 아우라에서 무엇인가 절대적인 것이 빠져나간다. 아침이 다가오자, 토미는 피오나에게 함께 뉴욕으로 가자고 제안한다. 그러나 그녀는 그의 제안을 거절한다. 그녀는 이 사랑을 포기할 수밖에 없다. 100년에 한 번 만나는 가혹한 기적을 기다릴 수밖에. 그래서 토미는 브리가둔의 마법이 원하는 대로 일도, 가족도, 미국에서 그가 돌아오기를 기다리는 약혼자도 모두 버리고 브리가둔에 남기로 결심한다. *다른 용어로 표현하자면, 사회적인 생활을 모두 포기하고 말이다.* 그는 이 이상하고 반복적인 의식에 복종하기로 한다. 그는 한 세기에 단 하루, 단 한 번밖에 사랑할 수 없는 피오나를 사랑

---

* 1940년대부터 60년대까지 활동한 미국의 영화배우. 매우 아름다운 여배우로, 도도한 매력이 특징이다.

하며, 그렇게 살 수밖에 없다고 생각한다. 친구는 그건 미친 짓이라며 토미를 만류한다. 친구는 인간적이고 현실적인 시간을 포기하려는 토미를 말린다. 그 친구는 이 사랑놀음은 말도 안 되는 짓이며, 이상한 꿈의 마법에 홀린 것뿐이라고 토미를 설득한다. 정말로 사람이 100년에 한 번 구현되는 신기루를, 환상을 사랑하여 그것에 빠질 수 있을까? 토미가 피오나에게 그녀를 포기하겠다고 말하는 장면은 내 기억 속에 남아 있지 않다. 불과 몇 시간 전에 토미가 피오나와 춤을 추고 그녀를 껴안았던 모습이 새겨졌던 개울물과 히스, 바위가, 순간적으로 존재했었다는 기억만을 남긴 채 그들의 눈앞에서 사라지던 순간도 기억나지 않는다. 토미는 뉴욕으로 돌아가지만 그 단 하루의 기억을 머릿속에서 지우지 못한다. 그 하루 동안의 환상적인 아름다움에서 헤어나올 수 없었던 그는 결국 약혼자와 파혼한다. 그후 슬프고 황폐하며 난폭하고 고통스런 장면들이 이어졌던 것이 내 인상에 깊게 박혀 있다. 나는 당시, 그 순간에 부여된 하나의 왕국 위에 세워진 노스탤지어의 아름다움을 발견했다. 그때 나는 사소한 것이나 순간적인 현상, 대기가 표현하는 아름다움에 쉽사리 마음을 뺏기는 예민하고 여성적인 소년이었다. 그 영화에 연달아 등장하는 이미지들, 마을, 자동차들, 자동차가 달리는 광경, 사람들, 얼굴들, 시골 마을의 열광적 광기, 담배 연기로 가득찬 뿌연 식당들의 이미지가 내는 아주 강렬한 빛을 나는 아직도 기억하고 있다. 강인함. 잔인함. 공허함. 가치 없음. 사회적 속박. 일상적 삶의 빈곤. 토미는 자신이 결코 원래의 삶으로 돌아가지 못하리라는 사실을 깨닫는 실수를 범했다. 그는 자신의 삶에서 가장 아름다운 이야기가 사라지도록 방치했다. 돌이킬 수 없었다. 돌이킬 수 없게 갈가리 찢긴 생각. 이 허구적인 상황은, 모든 마법의 순간은 다시 경험할 수 없으며 *다시는 돌아갈 수 없다*는 진실을 드러낸다. 나는 토미가 담배 연기 가득한 바에 팔을 괴고, 술 한 잔을 앞에 놓은 채 슬프고 절망적이며 모든 것이 역겹다는 표정을 짓고 있는 광경을 보았다. 결국 제프와 함께 하이랜드로 돌아가기로 한 그는 비행기를 타고, 그들이 갔던 길 위에 다시 선다. 거기에 브리가둔이 있다. 내가 말하고 싶었던 그 마법의 순간에 그 장소는 마치 불붙은 창처럼 영화를 찌를 준비를 하고 있었다. 이제 〈구멍〉이라는 영화에 대해 얘기하련다. 이 얘기를 하기 위해 〈구멍〉에 등장하는 다섯 명의 등장인물 이름을 인터넷에서 확인해보았다. 그 이름들을 찾다가 저명한 감독인 장 피에르 멜빌이 이 영화를 *세상에서 가장 아름다운 영화*로 생각한다는 내용을 발견했는데, 나는 그 글을 보고 적잖이 충격을 받았다. 〈구멍〉의 내용은 이렇다. 좋은 집안 출신의 유연하고 예의 바른 젊은 남자, 클로드 가스파르는 아직 형이 확정되지 않은 채 상태 감옥에 수감되어 있다. 자기보다 훨씬 돈이 많고 훨씬 나이가 많은 아내를 젊은 처제와 공모하여 속이고, 결국에는 죽이려 하다가 감옥에 들어오게 된 것이었다. 그가 간수장과 이야기를 나누던 장면이 기억난다. 간수장은 이 죄수가 뜻밖에 좋은 교육을 받은 사람이란 것을 알게 된다. 간수장은 그의 점잖은 태도와 조용한 성품에 반해 그를 신뢰하게 된다. 초기에는 이 젊은 남자의 죄의식 위에 의심이 자리한다. 그는 자신과 같은 미결구류자들인 지오, 롤랑, 마뉘, 그리고 선생이라 불리는 사람, 그렇게 네 명과 한 방에 있게 된다. 네 사람은 탈옥하려는 계획을 세워 이미 몇 주 전부터 차근차근 실행에 옮기고 있었고, 새로 온 불청객에게 이 사실을 알려야 할지 말아야 할지 고민한다. 만약 그와 거리를 두겠다고 결정한다면 그가 다른 감방으로 갈 때까지 기다려야만 할 것이고, 그러면 계획의 실행을 연기해야 하는 것이다. 그리하여 이 젊은 남자가 투옥된 이유를 알아본 후, 그가 자신들과 마찬가지로 절망적인 상황(왜냐하면 클로드 가스파르의 아내가 고소를 했고, 그래서 적어도 15년 형은 받게 될 테니까)이라고 판단한 네 명의 감방 동료들은 그에게도 비밀을 알려주기로 결정한다. 그리고 그것은 옳은 결정이었음이 밝혀진다. 클로드 가스파르가 그들의 탈출 계획에 호의적

191

인 관심을 보이며, 자기도 끼워달라고 했으므로. 그들은 포크를 이용해 감방 바닥을 파고 또 판다. 그들이 문의 동그란 구멍을 통해 거울조각을 붙인 칫솔을 밀어넣어, 복도를 감시하던 장면이 떠오른다. 그들은 마침 내 감옥의 지하 공간에 접근하게 되고, 외부로 향하는 출구를 찾기 위해 매일 저녁 두 명씩 무리지어 지하 공간을 순회한다. 지하 공간은 축축하 고 어두컴컴한 통로였는데, 어떤 방법으로 그들이 그곳에 불을 밝혔는 지는 기억나지 않는다. 그들은 자주 고인 물 속을 걸었고, 무거운 문을 만나면 작업이 끊기기도 했다. 그러면 노련한 열쇠업자인 롤랑이 빗장 을 열곤 했다. 이 통로는 감옥 내부를 순환했고, 감옥 둘레의 안쪽에 포 함된 부분인 듯했다. 철통같이 죄인들을 감시하는 간수들은 그곳도 빼 먹지 않고 순찰했다. 거기서 작업을 하던 두 사람이 자신들 쪽으로 천천 히 걸어오는 간수들의 시선을 피하기 위해 기둥 뒤로 몸을 숨기던 장면 이 아직도 생생하게 기억난다. 이 장면은 아주 뛰어났다. 관객은 그들의 발소리와 도구가 부딪는 소리가 울려퍼지는 궁륭 아래에서, 어둡고 축 축하며 음산한 통로 속에서 위험을 무릅쓰고 신중하고 정확하게 움직이 는 그들의 모습을 볼 수 있었다. 감방에 남은 나머지 동료들은 건물의 통로를 확인하기 위해 밀사로 파견된 동료들이 돌아오기를 기다리며, 끔찍한 불안감을 표현했다. 마침내 어느 날 밤, 그들은 통로 가까이에 있 는 하수구에 접근할 수 있다는 것을 깨닫는다. 그곳은 주위 도로의 이중 지하로, 통로를 나누는 돌벽을 무너뜨리면 그쪽으로 나가는 게 가능했 다. 서로 역할을 바꾸고 기본적인 도구의 도움을 받으며, 언제 들통이 날 지 모르는 위험에 둘러싸인 채 그들은 터널을 파기 시작한다. 진흙과 도 랑 속에서 진행되는 이 치밀한 작업은 여러 가지 돌발적 사건들을 동반 하는데, 특히 한번은 간수 위로 파이프가 무너지는 일이 벌어지기도 한 다. 그들은 깜깜한 밤에 겨우 몇 센티미터씩 조심스레 파헤쳐나간다. 하 수도로 통하는 길은 매일 섬세하게 다듬어져간다. 나는 그들의 용기와 냉정함, 능란함, 정확성, 그리고 그들을 잇는 끈끈한 동료애에 감동받았다. 어느 날 밤, 그들 중 한 명이 다음 날이면 그 터널이 하수구에 닿을 것이라고 말한다. 실제로 그 다음 날, 내 생각에는 미셸 콘스탄틴이 연기한 지오였던 것 같은 사람이 마뉘와 함께 터널 입구에서 망을 보다가, 연락 참호로부터 그들을 갈라놓는 벽돌 구조를 몇 센티미터 제거한다. 이 부분에서 〈구멍〉이라는 영화는 기적적인 순간을 보여줄 준비를 마쳤고, 나는 몇 주 전에 보았던 〈브리가둔〉의 기적적인 순간이 다시 시작되는 것 같은 느낌을 받았다. 한쪽에서는 토미와 제프가 하이랜드로 다시 돌아가는 장면이 펼쳐졌고, 또 한쪽에서는 지오와 마뉘가 하수도 속으로 들어가고 있었다. 토미와 제프는 몇 달 전 브리가둔이라는 마을이 있었던 장소에 도착한다. 지오와 마뉘는 하수도 입구까지 자신들을 안내해줄 쇠사다리를 찾아낸다. 토미가 브리가둔 계곡의 연보랏빛 바위에 앉아, 자신이 저지른 돌이킬 수 없는 실수를 용서해달라고 하늘에 애원하는 모습이 내 머릿속에 펼쳐졌다. 지오는 사다리의 맨 아래칸에 발을 딛고, 하수도 입구의 둥근 뚜껑을 향해 올라가기 시작한다. 토미의 내부에서 솟아오르는 열정. 토미는 자신이 경험했던 지고의 순간에 존재했던 성스러운 어떤 것으로 기억되는 히스 숲에 발을 딛는다. 지오에게 나타나는 초조함. 지오는 자신이 상상했던 자유의 이미지인 빛을 향해 솟아오르는, 쇠로 된 단단한 사다리에 발을 딛는다. 두 영화 모두 이 순간의 배경은 밤이고, 사막이고, 정적에 빠져 있었다. 토미는 마치 다시 살아날 수 없는 시체처럼 움직이고, 마을은 이제 없는 공간에 가까이 있다. 지오는 하수구 입구의 무거운 뚜껑 아래에 있고, 기적에 도달하려는 그에게 장애가 되는 축축한 주철에 그의 손이 닿는다. 이윽고 기적적인 두 장면이 이어진다. 브리가둔의 하늘은 붉게 타오르고, 지오는 무거운 뚜껑을 보도의 아스팔트 위로 들어올린다. 브리가둔이 토미의 눈앞에 다시 나타나고, 지오는 방금 자신이 뚜껑을 밀어낸 둥그런 구멍을 통해 바깥을 쳐다본다. 마을의 집들, 강 위에 놓인 작은 다리가 토미 앞에 나타난다. 지오는 땅 위로 지리한 광경이 펼쳐지는 것을 본다. 그의 얼굴은 3분의 1만 구멍 밖으로 나왔기 때문에 그의 눈에는 깜깜한 밤에 버티고 선, 거대한 감옥의 벽들만 보일 뿐이다. 토미는 일어서서 자신을 브리가둔으로 인도하는 작은 다리를 건넌다. 지오는 황량하게 빛나는 길을 바라본다. 가로등 불빛과 별이 총총한 하늘. 피오나와 어떤 노인이 다리 너머에서 토미를 기다리고 있다. 지오는 저 멀리에서 감옥 주변을 순찰하는 경찰의 그림자를 본다. 택시가 지나가는 것도 보인다. 한편 토미에게는 노인이 말을 건넨다. "자네가 누군가를 깊이 사랑할 때면 모든 것이 가능하다네. 심지어 기적까지도……." 지오는 보도, 건물들, 성벽 등 감옥 주위에 펼쳐진 꿈처럼 아름다운 풍경을 바라본다. 그리고 멀리 퍼지는 소음들을 듣는다. 자, 이것이다. 노인은 토미에게 말한다. "우리는 자네를 찾으러 돌아왔네. 기적이 일어났어. 이리 오게. 이리로 가까이 오게나. 늦지 않게 떠나야 하네." 이제 마을은 100년 동안의 긴 잠을 자기 위해 형체가 없는 대양으로, 눈에 보이는 현실 저 너머로, 유령선처럼 다시 떠날 것이다. 그리고 그 순간에 지오는 도로의 표면 가까이에, 현실의 가장자리에 손가락을 대고, 얼굴의 반을 그 꿈 같은 풍경 속으로 내밀어 감옥 밖의 세상을 바라본다. 그리고 힘들게 지나온 감옥의 통로로 다시 돌아간다. 이 두 순간은 내가 본 가장 아름다운 장면들에 포함된다. 마을은 토미를 구하기 위해 100년 동안의 잠에서 스스로 깨어났고, 어겨서는 안 되는 원칙을 파기했다. 지오는 감옥에서 나가기 위해 필요한 행동을 했고 이제 그토록 갈망했던 비현실적인 이승 앞에 서 있다. 지오는 돌이킬 수 없는 원칙에서 자신을 보호하기 위해 자유롭고 싶은 충동을 가졌다. 그는 지금 도망갈 수 있고, 그것은 탈옥과 다르지 않다. 바로 그의 손이 미치는 거리에 자유가 있었다. 몇 달 전 토미의 행복이 손이 미치는 자리에 있었던 것처럼. 토미는 피오나의 품 안으로 몸을 던진다. 서로를 부둥켜안은 두 사람은 마을로 들어간다. 지오 역시 토미가 몇 달 전에 그랬던 것처럼, 그 기적적인 장소에 접근할 수 있다. 마을은 점점 흐려진다. 그러나 지오는 무거운 뚜껑을 보도에 내려놓고 사다리를 내려가 감옥의 지하 통로로 돌아간다. 마을은 완전히 사라지고, 지오는 감방으로 다시 돌아간다. 토미의 기도가 이루어졌다. 토미의 가장 귀한 소원이 이루어진 것이다. 마법과 기적 덕분에 그는 간절히 바라면서도 갈 수 없을 거라고 생각했던 장소인 브리가둔에 다다랐다. 마찬가지로 지오에게도 실현 불가능한 것이 실현되었다. 그에게도 똑같이 건너갈 수 있는 육교가 나타난다. 그들에게 있어 이상향으로 가는 통로는 하수구 뚜껑과 브리가둔의 다리다. 순간이고 마법이며 미래다. 자유를 향한 건 널목. 미래 속으로 들어가는 것. 영원을 향한 통로. 사랑으로 향하는 길. 빛으로 향하는 통로. 마법의 순간을 이용하여. 감방으로 돌아와서 지오는 자신이 본 것을 이야기한다. 뉴욕으로 돌아갔지만 특별한 경험에서 헤어나오지 못한 토미와는 반대로, 지오는 다음 날 그들이 둥근 구멍을 이용해 한 명씩 차례로 경험할 돌발적인 사건을 미리 예견한다. 그런데 그 다음 날, 두 명의 간수가 와서 클로드 가스파르에게 소지품을 정리하라고 지시한 후 그를 데리고 간다. 감방에는 동요가 인다. 왜 클로드 가스파르에게 소지품을 정리하라는 지시가 내려진 걸까? 풀려나는 것일까? 아니면 다른 곳으로 이송되는 것일까? 가스파르는 간수장에게서 아내가 고소를 취하했다는 소식을 듣는다. 영화의 시작 부분에서 우리는 이 두 남자 사이에 유대감이 싹트는 것을 느낄 수 있었다. 클로드 가스파르가 감방 동료들의 탈옥 계획에 동참하게 된 이유를 간수장에게 뭐라고 고백했는지는 기억나지 않는다. 〈구멍〉의 마지막 장면은 간수들이 네 죄수의 감방에 나타나 그들을 데리고 가는 모습이었던 것 같다. 〈브리가둔〉에서는 토미가 환멸을 느낀 후 기적이 일어나며 대단원의 막을 내렸고, 〈구멍〉은 지오가 기적을 이룬 후 환멸을 느끼며 대단원의 막을 내린다. 다르게 꾸며진 똑같은 꿈, 유사한 실체다. 어린 시절의 밤에 형제같이 닮은 감동과 똑같은 힘이 나에게 충격을 안겨주었다.

아버지의 자살은 파트리크 네프텔을 갈가리 찢어놓았다. 진취적인 고등학생이었던 그는 파리로 이사한 후 그곳 생활에 전혀 적응하지 못했으며, 얼이 빠진 듯한 산만한 행동을 일삼았다. 주치의는 그에게 강장제를 처방해주고, 정신과 의사에게 상담을 받아보라고 권했다(그러나 파트리크는 딱 세 번 정신과 상담을 받고 그마저 포기했다). 또한 주치의는 잠시 고등학교를 쉬었다가 다음 학기에 복학하는 게 좋겠다고 충고했다. 엄청나게 큰 충격을 받은 후라, 그 상태로는 학업을 계속하기가 어려웠다. 게다가 석 달 후에 바칼로레아 시험을 보는 건 더더욱 어려울 것이 분명했다. 정신과 의사는 머릿속에서 그를 사로잡고 있는 충격적인 영상에서 완전히 벗어나기 위해서는 모든 것을 중단하고 완벽하게 쉬어야 한다고 진단했다. 붉은 피로 범벅이 된 포크. 아버지는 도발적인 표정으로 그를 바라보았다. 목에 포크를 꽂은 아버지가 천천히 주방의 타일 바닥 위로 쓰러졌다. 구석에 처박힌 누나는(벽에 몸을 딱 붙이고) 사이렌처럼 오랫동안 비명을 질렀다. 어머니는 손에 전화기를 든 채 느닷없이 무기로 변한 포크를 목에서 빼야 하나, 말아야 하나 망설였다(어머니의 손가락이 반짝반짝 빛나는 포크 손잡이 주위에서 어정쩡하게 멈춰 있었다). 파트리크 네프텔은 주방을 서성였다. 도저히 가만히 있을 수가 없었고, 그렇다고 피를 흘리는 사람에게서 멀어질 수도 없었던 그는 자신이 이 살인 행위에 밀접하게 관련되어 있다는 사실 때문에 크게 충격을 받았다. 한 무리의 구급대원들이 집으로 들어와서, 이미 주검이 된 아버지의 몸에 절망적으로 응급 치료를 시도했다. 그들은 의례적인 정중함을 얼굴에 떠올리며 파트리크의 아버지가 죽었음을 알렸다. 거실의 베이지색 양탄자 위로, 의자와 소파 들 사이로 자살자의 시체를 실은 들것이 지나갔다. 시체는 하얀 시트로 가려져 있었다. 서류를 가지고 테이블 주위에 서 있던 유니폼 입은 사람들이 시키는 대로 여기저기에 서명을 하는 어머니의 모습은 흡사 자동인형 같았다. 그들이 쓴 모자에는 구급대원 마크가 붙어 있었다. 두 시간 전만 해도 이 집은 질식할 것 같은 불편함으로 중탕수가 끓어오르는 냄비 같았지만, 돌이킬 수 없는 비극이 일어나면서 차갑게 식어버렸다. 이 집은 이제 비극적인 일이 일어난 종말과 죽음의 장소일 뿐, 그 무엇도 새롭게 창조될 수 없는 곳이 되었다. 그 생각이 파트리크 네프텔의 머릿속을 가득 채웠다. 이때의 강렬한 충격이 그에게서 외부 세계를 빼앗았고, 그를 침묵을 지키는 벙어리로, 무감각하고 육체와 정신이 분리된 사람으로 만들었으며, 계획·꿈·미덕·야망·돈·성공·자신감·책·영화·사랑·우정·직업에 대한 모든 생각이 그의 머릿속으로 스며드는 것을 막았다. 아버지의 목에 박힌, 피범벅이 된 포크라는 끔찍한 영상 앞에서 살아남을 수 있는 것은 아무것도 없었다. 몽롱하고 무의식적인 기억이 동반된 이 이미지, 불타오르는 파리 떼처럼 머릿속에서 빙빙 도는 이 이미지에 맞서서 오래 버틸 수 있는 것은 아무것도 없었다.

프렐조카주가 한 장면의 안무를 짜는 동안, 그의 조수인 노에미는 마리 아녜스를 다른 방으로 데리고 가서 어린이 무용수들이 춤출 동작을 알려줬다. 어린이 무용수들이 메디아와 춤을 추는 이 장면은 프렐조카주가 아이들을 위해 삽입한 것으로, 꽤 긴 분량이었다. 마리 아녜스는 노에미가 알려준 동작들을 반복했다. 한 줄로 늘어선 여자 무용수들은 서로를 바라보고, 거울을 통해 감정을 교환했다. 노에미가 세세한 부분에 대한 기억을 살리기 위해 가끔씩 참고하는 악보가 바닥에 놓였다. 어떤 여자 무용수가 발끝으로 걸어야 하는지, 발꿈치로 걸어야 하는지를 물었다. 노에미는 이렇게 대답했다. "발끝으로도, 발꿈치로도 아냐. 바람에 밀려가는 배처럼 미끄러져야 해(그녀는 이렇게 말하며 그 여자 무용수에게 한 번 그 동작을 해보라고 했다). 정형화하지 마. 정형화하면 춤이 손 안에 있게 되지, 다리에 있게 되지 않아(그리고는 손을 머리 위로 들어 깃발처럼 펄럭였다). 앙줄랭 선생님이 그렇게 하라고 할 때는, 이렇게 하는 거야. 손을 이렇게. 처음에 지시하실 때 내가 적어놨어, 아주, 아주 간단해." 마리 아네스가 하나의 동작을 자기 것으로 만들자 노에미는 부드럽고 다정하게 다음 동작으로 넘어갔다. 그녀의 가르침은 아주 부드럽고 정확하며 프로페셔널했다. 그녀는 설명을 다 끝낸 후에는 "옳지, 바로 그거야, 아주 좋아, 완벽해" 따위의 기본적인 말들로 다시 한 번 부연 설명을 하곤 했다. 나는 무용수들이 굉장히 빠른 속도로 동작들을 체득해나가는 것을 보고 깜짝 놀랐다. 마리 아네스는 노에미를 똑바로 보며 단 한 번 춤을 추는 것만으로도, 그 춤을 완벽하게 다시 출 수 있었다. 이 연습이 끝난 후 나는 로랑과 담배를 한 대 피우고, 아이들이 막 도착한 작업실로 돌아갔다. 프렐조카주는 아이들 세 쌍이 두 명의 어른 배역과 교대로 무대 위에서 춤을 추도록 했다. 솔질한 양철통이 열 개 정도 바닥에 놓여 있었다. 공연 때 무대를 장식할 중요한 소품 대신 놓인 물건들이었다. 아이들에게 그 장면을 시작하는 몇 가지 동작을 해보라고 시킨 후(마리 아네스가 방금 전에 외운 동작들), 프렐조카주는 즉석 연습을 하자고 제안했다. 그들은 양철통을 가지고 놀고, 역할을 바꿔가며 여정을 만들고, 다양한 형상과 놀이를 고안해냈다. "여기가 숲이라고 생각해봐. 여러분은 지금 숲을 거닐고 있어요. 이 양철통들은 동물들의 은신처예요. 그 안을 들여다보세요. 여러분이 하고 싶은 대로 해봐요. 여러분은 지금 고양이예요. 그리고 아주 자유로워요. 자, 시작합니다." 눈앞에서 신화와 운명을 같이하는 생명체들이 구현되었다. 아이들은 양철통과 양철통 사이의 공간에서 천천히 몸으로 새로운 이야기를 표현해냈고, 프렐조카주가 아주 주의 깊게 그 장면을 되새기고 있는 동안 노에미는 공책에 필기를 했다. 양철통을 이용하자는 아이디어는 대성공이었다. 아이들도 모르는 사이에 느닷없이 나타난 어떤 존재 같았다. 아이들이 양철통을 가지고 순수하게 노는 것을 보고 있자니 몽환적이면서도 불안한 예감이 엄습해왔다. 그들은 양철통을 음산한 하늘처럼 표현했다. 부재감이 느껴졌다. 마우로 란자*가 작곡한 음악은 이런 비현실적인 느낌을 더욱 강조했다. 아이들은 이미 죽었다. 우리는 아이들이 이 세상이 아닌 곳에서, 숭고하기 이를 데 없는 저 높은 우주에서 자유롭게 움직이는 모습을 보았다. 그것은 꿈이자 사후(死後)의 느낌이 현실 공간에서 재현된 것이었으며, 작은 방울들이 내는 음울한 멜로디처럼 독특한 어조로 만들어진 이야기였다. 안과 밖이 뒤집혀 있고 불순하지만, 이면은 슬픔을 달래는 멜로디. 그것은 어린 시절의 이면(裏面)을 정확히 표현한 것으로, 너무나 부드럽고 순수하지만 어른들의 파괴적인 영역을 구현하는 현의 탄식 소리가 끼어들어 규칙적으로 구멍이 뚫린 듯 약간은 부조화스럽고 제멋대로였다. 마우로 란자의 슬픔을 달래는 이면. 슬픔이 없는 슬픔. 그 순간, 진지하고 비극적인 분위기가 절정에 다다르자 한 아이가 발을 두 개의 양철통에 하나씩 넣고 머리에는 세 번째 양철통을 쓰고 천천히 움직였다. 두 눈을 가린 채. 자신을 사로잡은 외부의 힘에 굴복하고 모든 것을 빼앗긴 모습이었다. 방어 수단도 없고 눈앞에 닥친 운명도 모른 채 임박한 죽음에 끌려가는 보잘것없는 존재. "그 애들 정말 대단했어." 연습이 끝나고 난 후, 엘리베이터 안에서 프렐조카주가 말했다. "특히 그 금발 여자애는, 네가 봤는지 모르겠는데, 그 아이는 진짜로 믿어지지 않을 정도로 대단해." 나 역시 그 아이들이 만들어낸 장면에 전율을 느꼈다. 순간과 구현의 기적. "무대 뒤로 갈까?" 그가 나에게 물었다. "아, 그래, 좋지. 너무 좋아. 가

---

* 이탈리아의 작곡가로, 주로 프랑스와 이탈리아에서 활동하고 있다.

자!" 엘리베이터 문이 열렸고, 프렐조카주가 옷을 갈아입겠다고 해서 우리는 그의 숙소에 들렀다. 꽤 큼직하고 천장이 높은 그의 숙소에는 아기자기한 전구들로 장식된 화장대와 묵직한 커튼, 기다란 붉은 벨벳 의자, 마루, 자그마한 그랜드 피아노가 있어 은밀하고 매력적인 은신처로 안성맞춤이었다. 나는 나도 이런 곳을 내 작업실로 삼고 싶다고 말했다. "작가에게는 오페라 극장이 있는 중심가에 이런 아담한 공간을 갖는 게 꿈이라는 거 알아? 만약 일상이 지루하고 작업은 답보 상태이며 머리가 제대로 돌아가지 않는다면? 그럴 때 넌 오페라 극장의 무대 뒤에 있는 간이식당에 가거나, 복도를 어슬렁거리다 무용수들과 대화를 하잖아. 그게바로 천국이지! 여기야말로 지상 최대의 낙원이고말고!" "공상은 집어치워! 그만 흥분하라고! 나라면 그럴 시간에 글을 한 줄이라도 더 쓰겠다." 며칠 전부터 우리에게는 새로운 습관이 생겼다. 우리는 해럴드 랜더가 1952년에 안무했던 작품이 공연되는 동안, 남몰래 무대 뒤로 가서 위험을 즐겼다. 우리는 무대 조명이 닿는 구역에서 몇 미터 떨어진, 일련의검은 칸막이벽들 때문에 관객석에서는 보이지 않는 무대의 가장자리에서 있었다. 오케스트라 박스에서는 머리가 아플 정도로 크게 심포니 음악이 들려왔다. 하얀 셔츠를 입고 타이즈를 신은 남녀 무용수들 약 열 명정도가 무대 위에서 순간적으로 안무를 만들어냈다. 시대에 뒤처진 구닥다리 춤동작이긴 했지만 너무나 감미롭고 매력적이었다. 발끝으로 서기, 앙트르샤*, 부드럽게 들어올리기, 로맨틱한 주테**, 다양한 손동작들, 두팔이 그려내는 위엄 있는 궤도, 무대 위에 이리저리 흩어진 겁에 질린 장난꾸러기들, 무대 중앙에서 두 명의 스타, 아녜스 르테스튀와 이름 모르는 한 청년이 아주 은밀한 대화를 몸짓으로 구현하는 장면. 하얀 튀튀를

---

* '교차하기'라는 뜻으로, 무용수가 공중으로 뛰어오르며 두 다리를 앞뒤로 교차시키는 동작.
** '던지다'라는 뜻으로, 도약하면서 한쪽 다리를 던지듯이 공중에 날리고 다른 다리가 따라가는 동작.

입은 주역 무용수들이 다른 두 명의 무용수들 주위에서 하얀 수련처럼 하늘거렸다. 두 명의 무용수들이 보여주는 이상화된 사랑은 한 사람 옆에서 다른 사람으로, 한 사람과 등을 맞대고 다른 사람에게로, 은혜롭고 절제력 있으며 부드럽고 믿을 수 없이 정확하게 변화했다. 사랑의 유토피아를 표현해낸 공연이었다. 그 순간 나는 한 번 더 내동댕이쳐지는 충격을 받고는 아내 마고를 떠올렸다. 그러자 그녀의 신중함, 엄격함, 순수함, 위대함, 정확함, 그리고 기본적인 완고함이 머릿속에 차례로 떠올랐다. 연이어 팔레루아얄이 떠올랐고, 급기야 여왕과 더불어 내 상상 세계의 중심인물 중 하나인 신데렐라가 떠올랐다. 신데렐라. 그것은 나였다. 마고는 왕자님이었다. 미학적인 반항을 시도하며 무대 위에서 도망치던 무용수들은 옆으로 손가락을 가볍게 흔들고, 두 다리를 쭉 뻗어 야생마를 흉내내어 걸으면서 우리를 스치고 지나가 무대 뒤로 몸을 재빨리 옮겼다. 시간에 쫓기는 의상팀, 분장팀, 소품팀 스태프들이 작은 소품들을 들고 바쁘게 움직였다. 그들은 우리의 눈앞에서 분주하면서도 정확하게 움직였고, 무용수들은 바닥에 앉아 입고 있던 옷을 벗어던지고, 신발을 벗고, 튀튀를 갈아입고, 머리 손질을 다시 하고, 핀을 꽂고, 무거운 보석을 달고, 화장을 고쳤다. 사방에서 밴드를 붙인 맨발들이 나타나 분홍 신발을 신고 발목 끈을 묶었다. 발가락 사이에 끼었다가 뺀 하얗고 조그만 솜뭉치들이 어둠 속에 하얀 얼룩처럼 흩어져 있었다. 흰 옷 또는 분홍색 옷을 입은 말 잘 듣는 작은 기계 같은 무용수들이 끊임없이 무대로 나가고, 달려 들어왔다. 그 동안 무대에서는 다양한 현악기들과 오보에, 타악기들의 조화로운 함성이 무용으로 표현되는 환상 이야기를 계속 펼치고 있었다. 우리, 프렐조카주와 나는 이 총체적인 비현실 속에서, 인공적이고 규칙적이며 기초적인, 불가사의하게 기초적인 요정 세계의 공간 속에서 계속 시간을 보낼 것이었다. 마치 세상의 흐름, 사람의 운명, 사랑의 잔재가 공연의 완성 여부에 달려 있는 것처럼. 그러므로 공연은 전쟁보다 더, 경제보다 더, G8*의 정상들보다 더욱 중요하며 가장 훌륭하고 대단한 것이 될 것이었다. "막간에 우리 맥주 한잔하러 갈까?" 프렐조카주가 내 귀에 대고 속삭였다. 우리는 오페라 극장의 뒤쪽으로 나와서 어둠 속으로 스며들었다. 전날부터 차가워진 공기에서는 진짜로 가을 냄새가 났다. 무용수들과 저 별들, 무대로 구현된 찬란한 이 장소의 이미지, 공상적이고 찬란한 이 이미지는 우리의 머릿속에 깃들어 영원히 사라지지 않을 것이었다.

로랑 달은 매일 아침 7시에 일어나서 한 시간 후에는 파리 제9구의 트뤼댄 대로에 있는 자크 데쿠르 고등학교 정문 앞에 서 있었다(입학하는 날, 그는 시인 말라르메가 19세기 말에 이 학교의 영어 교사였다는 것을 알았다. 마네가 그린 말라르메의 초상화 복제품이 현관 앞을 장식하고 있었고, 로랑 달은 현관을 지나 건물로 들어갈 때마다 그 그림에 따뜻한 시선을 던졌다). 집을 떠나 유학을 온 로랑 달은 7평방미터짜리 하녀의 침실을 빌렸는데, 좁다란 복도 끝에는 나무틀로 둘러싸인 근사한 달걀형 창문이 열려 있었다. 처음으로 이 방문의 열쇠 구멍에 열쇠를 넣는 순간, 그는 자기 스스로 이 방을 선택했고 이 공간만큼은 자기 마음대로 할 수 있다는 강한 자부심을 느꼈다. 그가 로렌 지방에서 태어났다는 사실을 명시하는 것이 호적이라면, 이 지붕 밑 방은 그의 두 번째 출생지가 되리라는 것을 금세 알 수 있었다. 파리에 도착한 9월의 어느 날 저녁, 아주 단순하고 오밀조밀하고 각지고 꽉 막힌 지붕 밑 방에서 파리의 첫날밤을 보내며 그는 뜬눈으로 침대에 누워 도시에서 들려오는 큰 바다 같은 소음을 오랫동안 들었다. 로랑 달은 그날 밤 10시쯤 생 미셸 거리의 어두운 카페 유리창 앞

* 독일, 러시아, 미국, 영국, 이탈리아, 일본, 캐나다, 프랑스 등 선진 8개국의 모임.

에서 우유를 한 잔 마시며 그 우유 한 잔이 곧 자신을 깊은 잠 속으로 밀어넣으리라 생각했다. 낯선 도시에서 방황하다가 거리에 면한 유리창 안쪽에 앉아 마주한 우유 한 잔. 냉장고에서 나와 투명한 큰 잔에 담긴 그 엉뚱한 액체의 하얀색이 낯설었다. 이 고독한 밤, 고독한 인생의 시작점에, 그는 처음으로 혼자 있게 되었다. 왜 갑자기 그런 우유를 한 번도 마셔본 적이 없다는 느낌이 들었을까? 그는 두 번째로 태어나는 날, 젖을 먹듯이 의식적으로 우유를 먹은 것일까? 아니면 무의식적으로 두려움을 견디기 위해, 세상을 감지했던 손으로 어린 시절의 따뜻한 기억 한 조각을 쥐고 싶어서 그랬던 걸까? 유리창 안쪽에서 그가 두 손으로 차가운 유리잔을 쥐고 있는 동안 사람들과 자동차들은 끊임없이 지나갔고, 미지의 사람에 대한 타인들의 냉담함, 낯선 장소에서의 그들의 차가운 태도가 느껴져 그는 조용히 손가락 끝으로 유리잔을 쓰다듬었다. 그것이 바로 도시였다. 그가 자기 자신이 활짝 열렸다는 느낌을 받은 것은 그때가 처음이었다. 마치 지도를 제작하기 위해 광활한 땅에 서 있는 것 같았다. 그 하녀의 침실은 방을 구하기 시작한 지 단 하루 만에 기적적으로 찾아낸 공간이었다. 그는 지도를 펼쳐 정확히 마리 메르시에의 집이 있는 곳에 컴퍼스 꼭지를 대고 원을 그린 후, 그 원 안쪽에 있는 집들을 찾아가 관리인들에게 문의를 했다. 컴퍼스의 꼭지는 종이에 아주 조그맣고 동그란 구멍을 뚫어놓았다. 마리 메르시에의 아파트는 생 쉴피스 광장에서 몇 걸음 떨어지지 않은 곳에 있었기 때문에 그는 그 구역으로 가서, 지도를 들고 무턱대고 지도에 표시된 대로 장거리 여행을 시작했다. 그는 계획한 궤도에서 절대 이탈하지 않으려 주위를 기울였지만, 전적으로 직관에 의지했다. 점심으로는 그 구역에 있는 카페에서 샌드위치를 먹었다. 해가 저물 무렵, 그는 아무런 성과 없이 여섯 시간씩이나 이곳, 저곳을 헤맨 뒤라 지칠 대로 지쳐 있었다. 한 관리인 아주머니에게서 거절의 대답을 듣고 나오던 길이었는데, 그 아주머니가 길까지 쫓아나와서는 곧 하녀 방이 하나 빌 거라고 알려주었다. "다음 주, 7월 중순이면 방이 빌 거야." 그 아주머니의 마음이 갑자기 바뀐 이유는 무엇일까? 로랑 달은 그 이유를 나중에 알게 되었다. 그가 보여준 눈빛, 침울한 행동, 정중한 태도가 그녀의 마음을 움직였다는 것이었다. 그녀는 자신이 "비어 있는 방이 하나도 없는데……"라고 말했을 때 로랑 달의 얼굴이 슬픔으로 녹아내릴 것 같았다고 말했다. 그가 살게 된 건물은 생 쉴피스 광장에서 몇 분 안 걸리는 루테티아 호텔의 정면에 자리 잡고 있었다. 로랑 달은 매일 아침 7시 20분경에 자신의 지붕 밑 방에서 나와(세면대에서 간단하게 세수를 한 후 나갔다. 샤워기가 없기 때문에 그는 일주일에 한 번, 주말에 부모님 댁에 가서 몸을 씻어야 했다) 나선형 계단을 통해 거리로 나온 후 같은 건물의 1층에 있는 카페에서 크루아상 한 개를 곁들여 에스프레소를 마셨다. 카페의 사장은 초췌한 얼굴의 중년 남자였는데, 항상 계산대 뒤에서 로랑 달을 주의 깊게 관찰했다. 그의 유일한 업무는 카페 종업원이 바에 앉은 손님들 앞에 하나씩 놓아둔 플라스틱 접시에 거스름돈을 놓는 것이었다. 로랑 달의 생활이 된 흥미진진한 모험에서, 그는 늘 그 자리를 지키는 변하지 않는 지표였다. 카페 사장은 매일 아침, 그 숙소의 표상으로서 일종의 대리인처럼 여겨졌다. "오늘 하루도 즐겁게 보내세요! 내일 뵐게요!" 로랑 달은 지하철 입구로 들어가기 전에 그에게 인사를 건넸다. 지하철을 타고 가는 동안 로랑 달은 반쯤 졸며, 지하철 창을 통해 지나가는 역들을 바라보거나, 책을 읽거나, 학교에서 배운 것들을 복습했다. 어려운 학교 공부에서 비롯되는 불안감이나 심각한 스트레스에도 불구하고 그의 감정은 전혀 무뎌지지 않았다. 그가 타고 다니는 열차의 노선은 지하철 노선망 중 가장 오래된 것으로, 철도의 쇳소리가 가장 심하고 소음이 많이 나며 추억의 녹 냄새로 가득 차 있었다. 선로 위의 열차 바퀴들은 과열한 쇳덩어리에 번쩍번쩍 빛나는 불꽃을 쏟아내는 것 같았다. 파리로 오기 전 3년 동안 (엑사 앵포르마티크가 와해되어 사라지는 것을 보고,

사업에 실패한 아버지가 무너지는 것을 본) 그는 중심 도시인 이 비현실적인 장소에 대해 끊임없이 꿈을 꾸었다. 파리는 그를 위한 장소였다. 상상의 세계를 통해, 그가 펼치는 환상을 통해, 멀리 보이는 풍경, 어떤 전조의 흐름, 단편적으로 보이는 노을의 심연에서 드러나는 밤의 불꽃을 통해, 예술작품의 구상과 같이 그의 생각 속에서도 중요하게 여겨지는 내면 세계를 통해서 말이다. 예술작품의 구상에 대해서는 도시 자체보다 도시의 욕망이 더 많은 도움을 주었다고 말할 수 있으리라. 그는 마치 화가가 그림에 대해서 생각하듯이, 작가가 책에 대해서, 감독이 영화에 대해서 생각하듯이 미래의 자신을 생각했다. 로랑 달의 청년기는 환상의 장소에서 잡아 늘인 꿈일 뿐이었다. 그 장소가 지리적·사회적으로 어떤지, 인간이나 여성의 입장에서, 또는 지적으로 어떤지를 가늠하면서 말이다. 그는 하녀의 방이라는 폐쇄적인 공간에 칩거하며, 유람선에 서서 섬에 닿기를 기다리는 사람처럼 미래를 기다렸다. 사랑은 이국(異國)이리라. 파리는 이국이었다. 그가 자신의 비전 속에서 언뜻 보았던 것처럼 그 자신 역시 이국일 터였다. 그가 한 번도 갖지 못한 친한 친구도 이국일 것이었다. 그가 살게 될 곳은 그 자신을 펼칠, 마르지 않는 이국의 중앙에 있는 낯선 장소이리라. 그의 직업적인 성공 역시 이국일 것이었다. 그가 좋아하는 영화는 밤에 텔레비전에서 본 것들로 〈브리가둔〉, 〈구멍〉, 〈치명적 오류〉, 이렇게 세 편인데, 감히 가치를 평가할 수 없을 만큼 찬란한 것들이었다(그가 부풀어오른다고 느낀 상상의 세계에서 구역의 경계를 정하는 중요하고 애매모호한 어떤 것). 이 영화들의 드라마투르기*는 결정적인 이국, 극 중 인물들이 접근하려고 노력하는 또 다른 세계를 가리켰다. 그리고 그는 몇 년 후 이 세 편의 영화에, 네 번째 영화를 덧붙인다. 〈피터 이벳슨〉**

----

* 드라마를 끌고 나가는 갈등이나 극적 요소.
** 헨리 해서웨이 감독의 미국 영화.

이 바로 그것이다. 다섯 번째 영화로는 〈사랑의 비약〉*을 첨가한다. 수학·경제사·철학·불어·영어·독일어 수업, 하루 일곱 시간씩의 강의 수강, 필기시험, 평가를 위한 면접, 모의 구두시험, 3분기마다 있는 모의 선발고사. 어렵다고 소문난 상경계 그랑제콜의 입학 시험과 학생들이 좀더 분발하기를 바라는 담임교사의 논평은 학생들에게 심한 충격을 준 것 같았다. "너희들의 능력은 아직 아무것도 결정되지 않았다." 완고함과 위협, 이 원칙들에서 발생하는 엄격함, 그들이 받아들여야 하는 굴욕감, 이런 것들은 그랑제콜 준비반의 분위기이자 정통성이며 일상이었고, 로랑 달이 준비반에 들어가면서 서류상으로, 신랄한 선택으로, 확실한 방법으로 허락한 것들이었다. 어른들은 동시대의 냉혹한 세상에 학생들을 맞추려는 것 같았다. 그들은 학생들을 청년기의 로맨티즘, 진솔함, 이상으로부터 분리시키려는 것(마치 홍합을 껍데기에서 긁어내듯이) 같았다. 학생들이 그것을 처음으로 피부로 느낀 것은 첫 수업 날 담임교사의 훈시를 통해서였는데, 선생은 그들 중 열 명 가량은 한 달도 되기 전에 준비반을 떠날 거라고 장담했다. "통계에 따르면"이라는 단서를 달면서, 그 학생들은 밀려오는 학업량에 용기를 잃고 떠날 것이며, "왜냐하면 선발고사의 연속이니까, 명심해라, 준비 기간인 2년 동안 여러분은 꽤 많은 선발고사를 치를 것이다. 그냥 시험이 아니다. 다시 한 번 말하지만 **그냥 시험이 아니다**"라고 말했다. 그는 또 학생들이 인간적인 감정이 보호되는 훌륭한 수준의 시설에서 자신들에게 허락된 좋은 기회를 알아보지 못한다며, "이 학교의 학생들은 서로를 존중하며 친하게 지낸다. 이 준비반은 위험한 장소가 아니고, 학생들 사이에서는 살육도, 어떤 비열하고 유치한 행위도 일어나지 않는다"고 말했다. 그는 합격률이 아주 높은 몇몇 엘리트 학교들의 예를 들면서 "그곳의 학생들은 1년 내내 서로 죽도록 치고받는

---

* 리처드 콰인 감독의 영화로, 제임스 스튜어트와 킴 노박이 주연을 맡았다.

다. 여러분은 혹시 강의를 빠지게 된다 해도 친구에게 복사물을 얻으려고 하면 안 된다. 오직 자기 자신만을 생각해라. 그 학교들의 학생들은 친구들의 가방을 없애려고 서로 훔치고, 가장 강력한 라이벌을 없애려고 독살할 수도 있을 것이다. 반면 이곳은 인간적이다. 그렇지만 이곳도 진지한 곳이다. 끔찍하게 진지하다. 여러분은 그저 시간을 부드럽게 흘려보내기 위해 여기 있는 게 아니다"라고 말했다. 그의 첫 수업의 목적은 별로 강하지 못한 학생들을 단련시키려는 것인 듯했다. 그의 사설이 한 20분쯤 진행됐을 때, 세련되게 차려입은 금발 여학생 하나가 자리에서 일어나 교실 밖으로 나갔다. "잘 가렴." 최대한 소리를 내지 않고 문을 열려는 그 여학생에게 담임선생이 말했다. "자, 이제 봤지. 통계는 항상 옳은 정보만 알려준다. 내가 그랑제콜 준비반에서 경제사를 가르친 16년 동안, 매년, **매년이라고 했다,** 내가 수업에 들어가기에 앞서 이야기를 하는 동안 조금 일찍 또는 조금 늦게, 반드시 한 학생은 의자에서 일어나 교실 밖으로 조용히 나간다. 대부분 여학생이다. 나는 이 통계 자료가 이번에도 들어맞기를 기다렸다. 이제 됐다. 우리는 수업에 들어갈 수 있다." 그랑제콜에 합격하고픈 욕망에도 불구하고, 영원히 분열된 감정(이 분열의 원인이되는 두 가지 본질 중 하나는 종종 다른 것보다 우선한다. 특히 저녁이면 취하게되는 분위기) 때문에 로랑 달은 모두가 기대하는 노력으로부터, 책상으로부터 멀어져버렸다. 그는 현실을 잊고, 특권층의 지위를 얻고야 말겠다고 자기 자신에게 한 약속도 잊고, 학교 식당(저렴한 구내식당)에서 저녁식사를 한 후 피아노 건반을 좀 두드리다가 복도로 나가서는 지붕 밑 방으로 향하는 나선형 궤도를 떠올렸다. 지붕 밑 방의 책상에 앉아 슬프고 우중충하게도 그날 공부한 내용에 사로잡혀 진절머리 나는 일련의 숫자들을 외우는 장면을 상상하다가(예를 들면 1945년부터 지금까지의 미국의 자동차 생산량에 대해서라든지, 1945년부터 지금까지 유럽의 1차 주원료인 밀·석탄·광석의 생산량 등) 결국에는 밖으로 나가 기분에 따라 몇 시간이고 거리를 배회하는 것이었다. 그가 측량하는 곳은 새로운 세계였고, 아무도 탐험하지 않은 실존적인 영역이었다. 그것은 단지 그가 가족에게서 벗어나 고등학생으로서 누릴 수 있는 자유를 발견했기 때문만이 아니라, 그가 발을 딛고 있는 곳이 자유가 영향을 미치는 영역이기 때문이기도 했다. 즉 도시, 도시의 리듬과 찬란함, 다양성과 불가사의함, 사건사고와 우연성, 도시의 엄숙함과 심각성, 도시가 바치는 선물과 미소, 숨겨진 비밀의 문들, 그리고 저녁마다 탐험을 하는 동안 가장 눈에 띄는 것부터 가장 깊이 숨겨진 것까지, 가장 표면적인 것부터 가장 은밀한 것까지 그는 계속하여 이어지는 직감의 다양한 부분을 찾아냈다. 로랑 달은 도시를 자세히 조사하는 동시에 자기 자신과 주변을 밝혀 명확하게 하고, 자신이 누구인지를 배우고, 자신이 사랑하는 것이 무엇인지, 자신은 무엇이, 왜 되고 싶은지를 공부했다. 만약 그가 부모님 곁에 있었다면, 가족이 살던 집에 갇혀 있었다면 이렇게 깊이 있게 정화될 수 있는 조건은 절대 얻을 수가 없었을 것이다. 그는 이 새로운 삶에 흥분하여, 상황들이 꽤 간단하고 결정적인 이 순간, 젊은 청년의 운명이 모습을 드러내고 나아가는 순간의 부정확성을 조합해야만 했다. 로랑 달은 자기 자신을 밝혀내기 위해 쾌락과 공포, 망각과 자신에 대한 의식, 무관심과 현실주의를 뒤섞을 필요가 있었다. 삶에 대한 공포와 현재의 열광, 서로 충돌하는 이 두 개의 극점은 에너지를 발생시키고 로랑 달이라는 사람의 첫 번째 정체성, 그의 정신의 일반적인 상황이 되었던 전자장의 경계를 만드는 불안감을 만들어냈다. 그것은 그가 어떤 사람이 되었는지 그 결과로 마무리된 에너지 때문이었다. 그것은 로랑 달이 도시와 타인들에게서 받아들인 행복하고 불안한 이 상황의 중심축 속에 있었기 때문이다. 그는 천천히 강둑을 따라 걸으며 반짝반짝 빛나는 검은 강물을 바라보았다. 나지막한 담벼락 위에 걸터앉아, 행복과 사랑이 깃든 달짝지근한 어항들과 같은 건물들 정면에서, 친밀하고 부드러운 커다란 창문들이 밤의 어둠으로 덮이는 것을 보기도 했다. 낡은 영화관에 틀어박혀 영상들, 얼굴들, 흑과 백으로 된 가공의 화면들 속으로 빠져들 때도 있었다. 그는 거리에서, 카페 테라스에서, 지하철에 앉아서, 청년기의 꿈이 그에게 끊임없이 약속했던 지고의 여자, 감히 범접할 수 없는 여왕을 찾고 있었다. 그는 그에게 있어 신성한 장소가 된 카페에서 포도주를 마시기 시작했다. 그리고 거기에서 시나 서간집, 아니면 은밀한 내용을 담고 있는 잡지들을 읽었다. 처음으로 그가 얻은 값비싼 수확은 릴케였다. 로랑 달은 투명한 두 개의 나란한 복도로 걸어 들어가며 하나씩 불을 밝혔다. 사회적이고 학구적인 복도와 실존적이고 감각적인 복도. 그의 꿈은 미래의 비전 속으로 광기를 주사했고, 그 꿈들은 커졌으며, 그의 미래의 비전은 그가 지닌 꿈 속에 현실성을 주사했으며, 꿈들은 그것을 뒷받침했다. 그는 자신이 뛰어들 준비가 된 학문들, 마케팅과 경제학의 도움을 받아 여왕을 만나고, 직업적인 성공을 무기 삼아 여왕을 유혹하고, 언젠가는 수많은 잿빛 건물들 정면에서 불을 반짝이는 저 아파트들 중 하나에서 살 수 있을 거라 믿게 되었다. 어느 날 저녁, 밤늦게까지 방황하다 느지막이 집으로 돌아간 그는 마리 메르시에가 적어 놓은 메모가 방문 밑에 떨어져 있는 것을 발견했다. "잠깐 들렀는데, 없네." 한눈에 알아볼 수 있는 너무나도 매력적인 그 커다랗고 동그란 필체는 그녀의 탐스러운 가슴이 흔들리는 모습과 볼록 튀어나온 동그란 엉덩이, 어린아이의 그것 같은 부드러운 넓적다리를 떠올리게 했다. 자신을 보고 싶은 마음에 마리 메르시에가 7층까지 이 좁고 지저분한 계단을 기어올라와, 숨을 헐떡이며 쓸쓰름한 감정이 가득 담긴 이런 편지를 쓰고, 실망했다는 내용을 적었다고 생각하니 그는 밤새 잠을 이룰 수가 없었다. 침대에 누워 자그마한 자신만의 작은 보트에 홀로 갇힌 채로, 로랑 달은 만약 지금 그녀가 방문을 두드린다면 그녀와 자신 사이에 어떤 일이 벌어질지를 끊임없이 묻고 또 물었다. 그의 지붕 밑 방이 너무 좁은 탓에 두 사람은 바짝 붙어 앉을 수밖에 없을 것이고, 그에 대한 고백과 진배없는 그녀의 방문에 감전된 그는 아마도 다리를 꼬고 침대에 똑바로 앉아 있을 그녀 옆에 앉아 대화를 나눌 것이며, 두 사람은 서로 속내를 털어놓으며 편안함을 느낄 것이다. 생각이 여기까지 이른 로랑 달은 자리에서 일어나 경제학 책들이 놓인 책상 앞에 앉았다. 그는 진땀을 흘리고 있었다. 아마도 그들은 키스를 할지도 모른다. 어쩌면 애무도 하리라. 그녀는 그에게 가슴을 허락하고, 발과 배도 허락할지 모른다. 그는 혀로 그녀를 맞아들이며 그녀의 몸을 덮고 있는 갈색 별들을 하나씩 차례로 핥아주리라, 밝게 빛나는 발목에서부터 어깨의 강렬한 빛까지. 다음 날 저녁, 그는 마리 메르시에를 만나러 갔다. 그녀가 만들어낸 이국(異國), 거의 우상적인 이 이국은 지난 밤 그가 상상했던 것과 달리 마음이 바뀐 것 같았다. 그녀는 의자에 앉아 있었고, 그는 긴 소파에 자리 잡았다. 왜, 무슨 이유로 마리는 로랑 달을 환대하는, 푹신한 쿠션이 놓인 이 붉고 기다란 소파 위, 그의 옆에 앉기를 거부하는 걸까? 그는 과감하게 부딪쳐보기로 했다. "나, 널 사랑하는 것 같아." 그가 마리 메르시에에게 말했다. 마리 메르시에는 로랑 달의 마음을 이미 오래전부터 알고 있었지만, 자신은 그에게 사랑 또는 그와 비슷한 감정을 느끼지는 못했다고 말했다. "너에 대한 내 감정은 우정이야." 그는 상심한 얼굴로 그녀를 바라보았다. 보편적이고 맑은 미사여구의 시간, 가슴속에 품고 있던 2년이라는 시간이 한 줌의 모래처럼 흐트러져버렸다. 그를 보호하고 있는 이 건물, 2년 동안 지속되어온 그와 그의 사랑, 그와 그의 생각, 그와 그의 꿈, 그와 그의 밤들, 그와 그의 두려움과 불안이 너무나 절대적인 방법으로 한순간에 사라졌다. 마리 메르시에는 여지없이 그를 무너뜨렸고 그에게는 이제 잔해만이 남아 있을 뿐이었다. 아니, 잔해도 없었고, 어떤 부드러운 몸짓이나 입맞춤도 없었으며, 애무나 애매모호한 말 한마디도 없었다. 오직 공허, 영영 사라져버린 허구 말고는 아무것도 남지 않았다. "아주 강한 우정 말이야. 난 너를 존중해, 너를 믿고. 너는 깊이 있고 다층적인 사람이야. 흔치 않은 존재지." "그런데?" 로랑 달이 그녀의 말을 끊었다. "네가 나를 그렇게 생각한다면, 왜……" 마리 메르시에는 생각에 잠겼다. 그녀의 발톱에는 빨간 매니큐어가 칠해져 있었다. 그녀는 검정색 레이스 스타킹을 신고 있었는데, 나뭇잎 모양의 레이스 무늬 사이로 하얀 피부가 빛났다. "그런데?" 그가 다시 한 번 더 물었다. 그는 몇 달 전부터 가슴속에 품고 있던 비밀을 털어놓은 것을 후회했다. 왜냐하면 이 고백 때문에 그는 자신이 사랑했던 상황에서 고립될 것이기 때문이었다. 이 사랑은 조금씩 몇 달에 걸쳐 그의 가장 귀한 은신처가 되었고, 달콤한 생각에서 비롯된 그 평온함 속에서 몇 시간씩 보내는 것이 좋았다. "너는 이상주의자야. 넌 꿈과 이상 속에 살고 있어. 현실과 아무 상관이 없는 너무나 고매한 생각을 하지." "현실과 아무 상관이 없다고?" 그의 목소리는 육체를 초월했고, 잿빛이었다. "부부란 말이야, 부부가 된다는 것은, 그건 이상(理想)이 아니야……. 그건 그야말로 속물적인 거지. 일상적이고, 생활의 사소한 부분들, 단순하고 가정적인 것들, 실망스러운 것들투성이라고." 그 말은 그를 충격에 빠뜨렸다. "실망스럽다고? 가정적인 것이?" 그는 "너와 함께 있는 게 실망스러울 거라고? 너와 함께 있는 게?"라고 덧붙였다. "매일매일의 일상생활, 집안일, 더러운 양말, 사생활을 다른 사람과 나눈다는 것은 진짜로 속물스럽고, 어쨌든 간에 시적(詩的)이지는 않아." 그녀가 계속 말을 이었다. "이런 종류의 상황 속에 있는 네가 상상이 안 돼." 그녀는 잠시 침묵했다가 "너는 로맨시스트고, 진짜 복잡한 사람이야"라고 말한 후, 이미 인용한 예를 다시 반복했다. "설거지, 더러운 양말들." 12월 초에 치른 첫 번째 모의 선발고사에서 로랑 달은 3등을 했다. 담임선생은 석차가 가장 중요하다고 생각하는 사람이었다. 따라서 로랑 달에게 별로 기대를 품지 않았던 그로서는 로랑 달의 석차를 칭찬할 이유가 충분했다. "사실 모범생이라기에는 좀 부족하면서, 상황을 잘 파악하고 모험적이며 영감을 받은 외국인 용병 같은 부류의 학생들은 이 시대에 흔치 않다." 로랑 달은 담임선

211

생의 꾸민 듯한 말투를 좋아했고, 흔히 사용되지 않는 명사형을 사용하여 문장을 꾸미는 게 좋았다. 예를 들자면 「나의 논제를 빛내기 위하여」라는 글은 로랑 달이 모의 선발고사 때 써냈던 철학 숙제였는데, 그 글은 이미 담임선생이 교실에서 강의했던 내용이었다. 로랑 달이 최근에 쓴 그 글은 제임스 조이스의 삶과 작품에 대해 어느 학자가 쓴 논문에 기초를 둔 것으로, 그 논문 중 디달러스*에 대한 문장이 2년 전에 우연히 수호천사가 날아들듯 로랑 달의 삶 속으로 들어왔더랬다. 그 논문은 작가의 작품들 속에서 로랑 달에게 가장 중요한 영향을 미친 개념을 잘 설명하고 있었는데, 그 개념은 야행(夜行)을 통해 로랑 달에게 가치 있는 것이 되었다. 그 개념이 바로 에피파니**였다. '에피파니'는 사춘기에 막 접어들었을 때부터 그가 본능적으로 끊임없이 갈망했던 상황과 상통했다. 감각이 똑같은 강도로 분출하고 과거와 현재, 미래가 포개지고, 현실과 꿈, 실현의 잠재성과 관점이 겹쳐지면서 로랑 달이 자신을 만족스럽게 생각할 수 있었던 것도 그 '에피파니'를 통해서였다(산산조각 난 존재로서가 아니라 그의 안에 머물고 있는 불확실하게 흐트러진 존재로서). 요새를 정복하고 점령한 각각의 에피파니는 의혹 위에, 공포 위에, 경우에 따라서는 보잘것없고 맛도 없으며 짓밟히고 복종하는 존재의 궁핍 위에 자신만의 영역을 표시했다. 그는 강렬한 빛의 번득임과 유일무이한 경험들, 영광의 순간들, 순수한 행복의 시간들을 이용하고, 모든 감각이 하늘, 대기, 잎사귀, 멜로디, 여자의 실루엣, 향기, 유리에 비친 그림자와 함께 교류하는 것을 이용해 자신을 가득 채워야 했고, 자신을 완성해야 했으며, 자신의 기억의 총체를 사로잡아야 했다. 그가 정복해야 하는 땅이자 형태를 만들어야 하는 존재는 바로 자화상이었다. 그리고 이 자화상이 풍요롭고 정확하며 윤곽

---

* 제임스 조이스의 소설 『젊은 예술가의 초상』의 주인공 스티븐 디달러스를 뜻한다.
** 제임스 조이스가 의미한 에피파니란 일종의 갑작스런 정신적 계시로, 순간적으로 계시를 느끼거나 비전을 보게 하는 직관적 경험을 뜻한다.

이 고르게 그려질수록, 스스로를 더 잘 보호할수록, 로랑 달은 현재의 자신을 더 강하게 느끼고 미래의 순수한 비전이 빛나는 것을 더 잘 볼 수 있었다. 만약 그가 세상과 소통을 하며 살아있다면, 세상이 그를 즐겁게 하고 그가 세상과 함께 반응하기를 허락한다면, 세상이 그를 멀리하고 모욕하고 깎아내릴 수 있겠는가? 로랑 달이 빠져들어간 것은 이상야릇한 신비주의 같은 것으로, 거기에서는 감각 세계의 경험이 사회적 요소만큼이나 확실하게 자아의 의식 구조를 조절했다. 영원한 삶의 예로서 성공은 믿음, 열정, 경건한 마음, 세상과의 진지한 소통, 그리고 현실의 실제적 경험을 통해서만 이루어질 수 있을 것이니 감히 종교와 유사한 일을 단행하자. 로랑 달은 스스로를 신성화했다. 내적인 생활을 신성화했고, 자신의 에피파니에서 끌어낸 감정을 신성화했으며, 한계에 다다른 정신적 영역을 신성화했고, 프랑스 파리를 신성화했으며, 사랑을 신성화했고, 여자들을, 디달러스를, 〈브리가둔〉을 신성화했고, 자신의 고독을, 자신이 살고 있는 하녀의 침실을 신성화했다. 그가 철학 숙제의 기초로 삼았던 그 논문은 제임스 조이스가 성 토마스*의 이론에서 에피파니의 과정을 모방했다는 사실을 알려주었다. 그것은 아름다움의 출현에는 세 가지 요소가 필요하다는 이론으로, 그 세 가지 요소는 인터그리타스(integritas), 콘소난티아(consonantia), 클라리타스(claritas), 즉 공명정대함, 조화로움, 환함이었다. 디달러스에게서 바구니의 형상을 끌어내면서 제임스 조이스는 위에서 언급한 세 가지 요소를 잇는 유사점을 강화시켰다(로랑 달은 이 발췌 부분을 거의 외우다시피 해서 과제물을 쓸 때 그대로 다시 뱉어낼 수가 있었다). "너는 그것을 물건으로 파악하듯이, 형태로 분석했어. 논리적이고 미학적으로 받아들일 수 있는 단 하나의 종합체에 도달한 거지." "넌 그 바구니가 다른 것이 아니라 물건이라는 것을 알고 있어." 천상의 행복이 담긴 비

---

* 토마스 아퀴나스.

전에 대한 첫 번째 혼란으로 물건은 통찰력의 진보를 결정짓는 세 가지 태도를 야기했다. "여러 변신 끝에 그는 갑자기 초연해지고, 이상화되었어. 마치 시간과 변화의 법칙에서 벗어난 것처럼 말이야." 담임선생은 연단에 선 주교처럼 곧은 시선으로 말을 이었다. "예술의 정상, 즉 에피파니는 비밀스러운 현실 속에서 세상을 밝혀내며 세상을 순수한 본질로 단순화하지." 로랑 달은 이 문장을 들으며 '예술'이라는 단어를 '인생'이라는 단어로 대체해도 상관없겠다고 생각했다. 인생의 정상, 즉 에피파니는 비밀스러운 현실 속에서 세상을 밝혀내며 또한 세상을 순수한 본질로 단순화한다. 그 세상에서 인간은 자신에게 도달할 수 있고, 자신을 발견할 수 있으며, 스스로 맑아질 수 있고, 자신이 이뤄야만 하는 목표를 꿈꾸고, 자신을 믿을 수 있다. 친구들이 쳐주는 박수 소리가 로랑 달이 쓴 과제물의 끝부분을 장식했다. 로랑 달이 하나의 에피파니로, 하나의 순수하고 영광스런 순간으로 이 글을 경험했다고 할 필요가 있을까? "하지만 자네는……" 담임선생이 말했다. "의지와 열정으로 학업을 준비하는 자세가 부족해. 외적인 조건들의 부침에 복종하는 불확실함만 남은, 지금의 순간적인 위치를 유지하려고 노력해야만 하네. 그런데 자네는……" 담임은 모의 선발고사의 위대한 승리자인, 말없는 여드름투성이 반장에게 덧붙였다. "완전히 반대야. 학업에 있어서는 눈에 띄게, 방법에 있어서도 엄청나게, 우연이 개입할 여지를 최소한으로 축소시킨 치밀하게 계획된 접근 방법을 쓰고 있지("우리 친구가 철학을 대하는 것과는 반대로"라고 선생은 웃으며 덧붙였다). 하지만 높이가 부족해. 더 높여야만 해. 더 높여야 한다고." 선생의 충고는 그렇게 마무리되었다. 로랑 달은 그후 다시는 마리 메르시에를 보지 못했다. 그는 생 쉴피스 거리를 좋아했다. 거기서 마주치는 여자들에게는 연극 무대의 여주인공들이 지닌 위엄을 부여할 수 있었고, 장애인 부랑자의 존재 때문에 어딘가 균형이 맞지 않는 분수와 교회도 참 좋았다. 어느 날, 집주인이 그의 방문 밑에 쪽지를 남겼다. "학생은

15일경에 내야 하는 월세를 종종 20일에 내는 좋지 않은 습관이 있더군. 자네가 그렇게 산만하고 부주의한 젊은이인 줄은 몰랐네. 자네에게 방을 빌려준 것을 후회하게 만들지는 말게. 오늘 저녁에 월세를 내주면 고맙겠네. 그럼 이만." 로랑 달은 어느 날 연극 공연에서 본 빨강머리 여자를 사랑하고 있었다. "그날 저녁 당신은 꿈 같은 모습으로 강렬하게 불타오르고 작열하는 듯 보였습니다. 당신은 제가 끊임없이 기다리던 여인입니다. 전 그런 여인은 존재하지 않는다고 믿었습니다." 그는 그녀에게 편지를 썼다. 모의 구두시험을 보던 날, 시험관이 그에게 말했다. "학위를 따면 어떤 일을 하고 싶은가?" "금융업에 종사하고 싶습니다." 로랑 달이 대답했다. "금융업? 그런 눈으로?" "제 눈요?" "몽상가의 눈이야. 자네의 눈빛은 몽상적이라고. 자네는 자네의 생각 속으로 영원히 도망치는 것 같네." 그러고 나서 침묵이 이어졌기 때문에 로랑 달은 당황했다. "구두시험을 볼 때는 눈빛을 좀 강하게 해야 돼. 자네의 눈빛은 자네의 꿈과는 모순되거든." "하지만 저는 정말로 금융에 관련된 일을 하고 싶습니다." 그가 반박했다. "이보게." 시험관이 응수했다. "나는 구두 입학시험을 연습시키기 위해 이 자리에 있는 걸세. 이 모의시험으로 자네가 피해를 받을 건 전혀 없어. 자네는 스스로를 더 강하게 단련시키고, 눈을 더 부릅뜨고, 행동을 삼가고, 긴장된 자세를 가져야겠군." 그러나 로랑 달은 하루하루 긴장이 풀리며 서서히 무너져갔다. 위험천만하게도 그는 기운을 쪽 빼놓는 독일어와 수학은 공부하지 않기로 결정하고, 불어와 철학, 경제학에만 집중했다. "1965년에 프랑스는 주철과 강철 분야에서는 세계에서 세 번째 수출국이었고, 수출품으로는 여섯 번째였다. CECA*는 우선 코크스**의 가격을 낮추기로 하지만 문제점이 제기된다. 1. 새로운 생산자들이 더 낮출 수

* 유럽 석탄 철강 공동체.
** 해탄이라고도 하는 구멍 많은 고체 탄소연료.

215

없을 만큼 낮은 가격을 내세워 불확실해진 외부 시장. 동시에 강철의 너무 낮은 가격이 이익과 투자를 제한했음. 2. 저렴한 가격의 운송수단의 결여." 지루하고 피곤했다. 탈출하고 싶은 욕망. 로랑 달은 의자에서 일어나 타원형 천창으로 밖을 내다보았다. 그리고 라디오를 켜고, 벽에 제임스 조이스의 글을 끄적거렸다. "나는 담배가게 밖으로 뛰어나와 그녀의 이름을 불렀다. 그녀는 몸을 돌려 멈춰 서서, 내가 시간, 수업, 시간, 수업이라고 중얼거리는 소리를 들었다. 조금씩조금씩 그녀의 창백한 두 뺨이 유백색 등의 깜박이에 비쳐 붉게 물들었다. 네니, 네니, 두려워하지 말아!" 로랑 달은 집 아래쪽에 있는 작은 공원을 둘러싼 철책을 넘어 들어가서 화려한 색깔의 꽃들을 몇 송이 꺾어 극장 입구에 있는 젊은 여인에게 맡겼다. 사랑의 아우성을 의미하는 꽃다발을 싼 종이에, 조그만 카드를 핀으로 꽂았다. "당신을 잊을 수가 없습니다. 만약 내일 오후 2시에 생쉴피스 광장에 있는 시청 카페에 오신다면, 당신을 기다리고 있는 저를 보시게 될 겁니다." 4월 초에 치러진 두 번째 모의 선발고사에서 그는 12등을 했다. "실망인걸." 담임선생이 말했다. "이럴 것 같은 예감이 들어서, 자네한테 미리 얘기했잖아." 그는 공부에 매달렸다. 그리고 진절머리 나는 일련의 숫자들을 외웠다. 로랑 달은 자신을 사로잡은 여배우가 공연하는 극장에 보냈던 수많은 꽃다발과 카드, 편지 들에 대한 회답을 전혀 받지 못했다. 6월 초에 그는 콘서트 홀이나 대학 건물에서 치러지는 선발고사 여섯 군데에 응시했다. 다른 시험들과 마찬가지로 많은 학생들이 실력을 겨루었다. 그는 두 대학의 면접에 통과했다. 한 군데는 꽤 수준이 높은 지방 대학이었고, 또 한 군데는 파리에 있는 아주 보잘것없는 학교들 중 하나였다. 그는 파리 16구에 있는 그 두 번째 학교에 입학했다. "유감이로군"이라고 담임선생이 일침을 가했다. "어쩔 수 없군요." 로랑 달은 이탈리아 베네치아의 산타마르코 광장이 그려진 엽서에 여배우에게 보내는 마지막 편지를 썼다.

7

심신이 극도로 쇠약해진 파트리크 네프텔은 그 상태로 5년이란 시간을 보냈다. 그는 자신에게 고정된 강렬한 불빛 때문에 눈이 안 보이는 상황에서, 곤충 떼에게 미친 듯 사납게 공격당하는 자신을 보았다. 어머니의 격려를 받은 그는 고등학교에 다시 복학하고 고등교육을 받아 자기 가족을 강타한 극심한 불행에 굴복하지 않겠노라 여러 번 계획을 세우고 그것을 실행에 옮겼다. 그는 휴학한 지 한 학기 만에 학교로 돌아갔지만, 그해 수업 일정이 반도 지나지 않았을 때 중도 포기하고 말았다. 현실과 화해하기에는 아직 이른 모양이었다. 그의 주치의가 이렇게 말했다. "너무 성급했던 게 분명합니다. 회복이 아직 덜 된 게지요. 완전히 안정을 찾기까지는 시간이 좀더 필요할 것 같습니다." 다음 복학 때, 그러니까 사건이 벌어진 지 18개월 후에 다시 학교로 돌아갔을 때는 크리스마스 무렵까지 열심히 버텼다(성적은 그럭저럭 괜찮았다. 그러나 담임교사는 파트리크 네프텔이 하루 종일 꿈꾸는 듯한 표정으로 교실 바닥만 바라보며 시간을 보낸다고 얘기했다). 그리고 다시 무너졌다. 눈물을 흘리고, 산만하게 굴고, 결석을 일삼고, 바깥세상과 벽을 쌓았다. 그의 머릿속에서는 도대체 무슨 일이 벌어진 것일까? 모든 목적이 사라졌다. 모든 흥미가 사라졌다. 그는 생명이 없는 사물처럼 살았고, 특별한 목표 없이 충동적으로 사는 사람들처럼 불분명한 방식으로 현실을 인식했다. 바위 위의 개미처럼. 어디로 갈까? 무슨 직업을 가질까? 아침이 되면 왜 일어나야 하지?

무슨 목적으로? 수학 공식이 대체 뭐에 필요할까? 그는 자위행위마저 중단했다(그때까지 그는 코르베이유 에손에서 구한 잡지들 위에다 하루에 여섯 번씩 정액을 뿜었더랬다). 자위행위조차 하지 않게 된 건 여자의 나체가 타조의 몸뚱이와 다를 바 없다는 생각이 들어서였다. 그의 쇠락(단말마적 고통에 대한 감정. 목에 포크를 꽂은 채 부엌 벽에 기대 천천히 주저앉던 아버지의 시체에 비교되는 어떤 것)과 계속 행동을 같이하는 유일한 감정은 반항심이었다. 송곳으로도 뚫을 수 없는 유리창 너머에 있는 듯한 반항. 그건 하늘에 뜬 보름달처럼 환히 빛나는 순수한 개념이지만 원한다면 조작할 수도 있었다. 파트리크 네프텔의 반항심은 어떤 종류의 감정이었을까? 그것은 문제의 사건에 자신이 마지막으로 결정적인 영향을 미쳤다(분명한 암시를 했기 때문에 충격적일 수밖에 없었다)는 생각 때문에 마음이 약해져서 스스로에게 내린 형벌이었다. 그는 실패라는 이름으로, 무능이라는 이름으로, 현실을 받아들이는 것이 불가능하다는 이유로, 아버지의 아들로서 아버지가 원했을 의도를 고려해, 최후의 비겁자가 되어 스스로에게 빨간 줄을 그었다. '청소년'이라는 사회적 신분은 그가 현실에서 도피할 수 있는 좋은 핑곗거리가 되어주었다(일정 부분 그에게 어서 도피하라고 부추기기도 했다. 사람들은 그가 어떻게 해야 할지를 온전히 그에게 맡겼다). 세 번째로 복학할 시기가 되었을 때, 즉 사건이 발생한 지 30개월이 지난 시점에 파트리크 네프텔은 통신 강의에 등록해서 공부하라는 어머니의 충고를 받아들였다. 생활비를 벌기 위해(그들 가족에게 지급되는 정부 보조금은 쥐꼬리만 했다) 파트리크 네프텔의 어머니는 분양주택 단지에서 청소를 해야 했다. 그들은 궁핍하게 살았고, 취미 생활도 하지 못했으며, 여행을 하거나 오락거리를 즐길 수도 없었다. 딱 한 번 8월에 바닷가에 있는 주택단지에 놀러 갔던 것을 제외하고는. 파트리크 네프텔의 누나는 자기 가족이 공통적으로 지니고 있는 끔찍한 사건의 상처를 지워버리기로 결심했다(그 상처를 떠올릴 때면 그녀는 자신이 산산조각 나는 것 같았다.

그녀는 낯선 곳에서 새롭게 시작하고 싶었다). 그녀는 바칼로레아 시험을 치르고, 파리에 있는 상경계 전문학교로 진학했다. 그리고 거기서 보잘것없는 남자를 만났다. 가톨릭 신자인 그는 평균치에 훨씬 못 미치는 외모와 뻐드렁니를 가진 사람이었다. 파트리크의 누나를 만난 그는 처음에는 이렇게 매력적인 아가씨에게 연정을 품을 수 있다는 사실만으로도 감지덕지했다. 그러나 자신감이 없었던 그는, 매력적인 여성임에도 불구하고 과거에 겪은 끔찍한 사건의 영향 탓에 수동적이고 위축된 그녀를 감금하기에 이르렀다. 파트리크 네프텔은 2년 동안 누나를 보지 못했고, 마침 그때는 통신 강의마저 포기하려고 결심했을 무렵이었다. 그는 어머니와 단둘이 살았고, 아무도 만나지 않았다. 바깥세계와의 유일한 연결고리들(집으로 배달된 통신 강의용 봉투들, 강의 자료들, 풀어야만 하는 연습 문제들, 틀린 문제를 수정하여 다시 돌려보낸 것들 등. 그것들은 그가 실재하는 존재인 양 여겨지게 만들었다)은 그에게 욕을 하거나 거짓말을 하고 있는 것 같았다. 그것들은 고립되어 있는 그의 상황을 조롱하는 것 말고는 그에게 아무 영향도 미치지 못했다. 그의 고독은 시간이 흐를수록 더 깊어지는 듯했고, 어머니와 함께 칩거하는 누추한 골방은 그런 감정을 더욱 부추겼다. 현실 세계는 하루하루 그들에게서 점점 더 멀어졌고, 그럴수록 추상적이고 관념적인 형체를 띠며 붙잡을 수도, 다가갈 수도 없는 대상이 되어버렸다. 1986년 봄이 되자 파트리크 네프텔의 어머니는 파트리크에게 운전면허증을 따라고 충고했고, 그는 세 번 도전한 끝에 합격했다. 누나는 그 다음 해에 자신을 납치했던 비정상적인 남자와 결혼했다. 그녀는 가톨릭 신자가 되었으며, 남편의 가족 말고는 아무도 만나지 않았다. 지난 2년 동안 누나에게 여러 번 전화를 했던 파트리크 네프텔은 전화통화를 통해 누나가 철저히 외부의 요구에만 맞춰 살기로 결심하고, 자신의 욕구는 포기했다는 것을 알게 되었다. 그것은 그녀가 파괴된 자유의지 대신 살아남기 위한 방법을 택했다는 뜻이었다. 악몽 같은 과거에서 자기 자신을 완전히 도려내고 싶었던 것이다. 신랑과 신부는 위선적인 종교 이데올로기의 자극을 받아 신부 가족을 결혼식에 초대했고, 파트리크 네프텔과 그의 어머니는 기분 전환을 할 수 있는 기회가 될 거라고 생각해 결혼식에 참석하기로 했다. 결혼식은 파리에서 약 100킬로미터 정도 떨어진 성에서 치러졌는데, 성에 도착하자마자 단 두 명밖에 안 되는 신부 측 가족은(신랑 측 친척은 사촌들, 삼촌들, 이모들과 고모들, 사위들, 며느리들, 그 외 친지들이 족히 200명은 되었다. 토끼처럼 많이도 낳았다) 말없는 노인네들과 정신이 살짝 나간 얼간이들 사이에 처박혔다(피임을 하지 않아 너무 늦은 나이에 낳은 자식들 중에는 어딘가 모자란 이들도 있었다). 그런 사람들 사이에 끼어 있자니 두 사람은 자기들이 그들과 비슷한 부류라는 생각이 들었다. 자비로운 주님의 자녀들로서 사람들은 다정한 연민을 담아 두 사람의 어깨를 두드렸다. "괜찮아요? 뭐 필요한 것 없으세요?" 그날 파트리크 네프텔은 술을 잔뜩 마셨다. 그는 자기와 같은 식탁에 앉은 노인들에게 험악한 말을 해 분란을 일으키기도 했고(태평스러운 노인네들은 그저 틀니를 보이며 이마를 찡그렸을 뿐이다), 자기 옆에 있는 다운증후군 환자들에게는 "주일 점심식사가 끝난 후엔 서로 번갈아가며 빠시나?"라고 물었다. 다운증후군 환자들은 포크 손잡이로 유리잔을 두드려 땡그랑 소리를 내면서 낄낄거렸다. 그들은 한목소리로 외쳤다. "또 해줘, 또! 익살꾼! 익살꾼!" 도발적 행동을 했는데도 원했던 반응이 안 나오자, 파트리크 네프텔은 더 화가 났다. 뜻밖에 나타난 폭력성이 알코올로 불붙은 그의 정신을 사로잡았다. 그는 다운증후군 환자들에게 미치광이들이라고 소리치며 그들을 댄스 트랙으로 끌어냈고, 그들은 뱀파이어 영화에나 나올 법한 춤을 미친 듯이 춰댔다. 그들은 이를 드러내고 튀어나온 두 눈을 굴리며 갈퀴손을 하고는 손님들을 공격했다. 파트리크 네프텔은 그들 중 한 여자에게 스트립쇼를 해보라고 계속 부추겼다. 그녀의 커다란 가슴이 브래지어에서 막 빠져나왔을 때(파트리크 네프텔은

그녀에게 단단해진 자신의 성기를 딱 붙이고 춤을 추면서 그녀를 쓰다듬으려 했
다. 흥분한 그는, 두 사람을 둘러싸고 황당해 하며 바라보고 있는 군중들에게 고
래고래 욕설을 퍼부었다) 새신랑이 다가와 파트리크 네프텔을 밖으로 끌
어냈다. 그때까지 한 번도 싸움을 해보지 않았던 파트리크 네프텔은 매
형에게 팔을 놓아달라고 애원하면서(그러나 새신랑은 그의 청을 들어주지
않고, 그를 꽉 잡고 주차장 쪽으로 끌고 갔다) 격렬하게 버둥거리다가 매형
의 이 두 개를 부러뜨렸다. 부러진 치아 두 개가 자갈길로 떨어졌다. 사
람들은 파트리크 네프텔을 진정시키고는 자동차 본넷 위에 앉힌 후 그
의 얼굴에 차가운 물을 뿌렸다. 한편 새신랑의 가족들은 자갈길 어딘가
에 떨어진 말 송곳니 같은 이 두 개를 찾아내기 위해 끙끙대고 있었다.
결국 경찰들이 당도했다. 사람들은 주먹다짐을 일으킨 장본인을 가리켰
다. 파트리크 네프텔은 음주측정기에 입김을 불었다. 나이든 아주머니
한 사람이 이 불쌍한 존재에게 자비를 베풀자고 호소했다. "저 젊은이처
럼 고통받는 사람들을 위해 관용을 베풉시다! 주 예수의 자비가 함께하
기를!" 그러나 파트리크 네프텔은 그녀에게 욕설을 퍼부었다. "이 늙은
갈보야, 난 너 같은 인간이 제일 역겹거든! 돼지 같은 할망구야, 입 닥쳐!
어떤 얼간이든 이리 좀 오라고 해, 내가 턱을 부셔버릴 테니까! 짐승의
웃음이 어떤 건지 그놈한테 만들어주게, 엉! 그 자식은 부서진 턱으로 죽
을 때까지 빨대 야쿠르트나 빨아야 할 거다! 제기랄, 이것 좀 놔요!" 그
는 메르세데스의 창유리에 자신의 어깨를 밀어붙여 옴짝달싹 못하게 하
고 있는 경찰들에게 마지막 말을 덧붙였다. "이거 놓으라고! 난 살인자
가 아냐! 도망 안 간다니까!" 경찰은 그에게 수갑을 채운 후 경찰차 안으
로 밀어넣었다. 경찰은 성을 둘러싸고 있는 어둡고 우울하며 종종 멧돼
지가 출몰하는 깊은 숲을 지나 경찰서로 그를 호송했다. 그날 밤, 파트리
크 네프텔은 술이 깰 때까지 유치장 신세를 졌다. 그 순간 파트리크 네프
텔의 어머니는 새신랑의 부모들이 조치한 수습책을 거두어달라고 사정

하고 있었다. 그녀의 딸인 새신부는 어머니에게 인사도 하지 않고 말 한 마디 붙이지 않고, 울면서 어디론가 사라졌다. "치과 치료 비용을 대요!" 신랑 아버지는 연거푸 이 말만 반복했다. "이빨값을 무셔야 합니다! 세라믹으로 된 치아를 넣어달라고요. 가장 품질이 좋은 걸로. 우리는 치료하러 미국 마이애미로 갈 겁니다!" "치료비는 제가 다 댈게요. 제 사위인데 좋은 이를 해 넣어야지요." "당신 사위요?" 신랑 아버지가 웃음을 터뜨리며 소리쳤다. 끔찍하고, 냉소적이며, 성을 둘러싼 숲의 나뭇잎들로 하여금 그 옛날 늑대의 울부짖음을 떠올리게 하는 웃음이었다. "당신 사위라고? 어떻게 감히 당신 사위라는 말을 하오! 나 좀 웃읍시다! 그건 아니지! 당신 사위라 하지 마요! 절대 당신 사위가 될 일이 없소! 알아들었소? 절대 당신 사위가 아니란 말이오! 당신하고는 앞으로 절대 아무런 왕래도 없을 거요! 특히…… 특히…… 그…… 그 병신…… 그 정신 나간…… 당신 아들이라는 그 미친놈하고는 말이오! 그놈은 감옥에 처넣어야 해! 며느리가 입버릇처럼 동생이 좀 특별하다는 말을 하더니만! 이건 도가 지나쳐! 이해할 수 없다고! 내 아들처럼 순하고, 신앙심 깊고, 운동 좋아하고, 정신상태 건전하고, 취미래 봤자 암벽 등반 정도인 젊은 애의 이를 부러뜨리다니, 그것도 결혼식 날에! 이런 일은 한 번도 본 적이 없어!" "예, 그래도 유치장 구치는 좀 거둬주……" 파트리크 네프텔의 어머니가 채 말을 끝맺지 못하고 울음을 터뜨렸다. "그냥 거기 둬요! 벌을 받아야지! 그래야 착한 사람들이 당신 아들 같은 야만적인 미친놈한테서 보호를 받지!" 파트리크 네프텔의 어머니는 규칙에 따라 열두 시간이 지난 후에야 경찰서로 그를 데리러 갔다. 그녀는 여전히 울음을 그치지 못하고 엉엉 울면서 죽어버리고 싶다고 말했다. 그러자 파트리크 네프텔은 태연하게 말했다. "그렇게 해! 자살하라고! 아주 좋은 생각이네! 그러고는 이번 죽음도 나더러 책임지라 하겠지?" 파트리크의 어머니는 그가 일을 엉망으로 만들었다는 말을 계속 반복했다. "네 잘못으로……

다시는 네 누나를 못 보게 생겼어……. 다시는 내 딸을 못 볼 거라고…….” 그녀는 폴로 자동차 안에서도 계속 눈물을 흘렸다. “어쨌든 간에 누나는 우리가 알던 누나가 아니었어. 이상해졌어, 변해버렸다고. 그들 종파에 빠진 거야. 우리 주 예수님! 미사 때 하는 말 들었잖아! 누나 입으로 자기가 독실한 가톨릭 신자라잖아! 자기는 이제 독실한 신자일 뿐 아무것도 아니라고 촛불 앞에서 누나가 계속 반복해서 말했잖아! 누나는 다른 사람이 됐어! 자기가 누군지도 모른다고! 그 비열한 놈이 눈독을 들였을 때 누나는 그냥 될 대로 되라고 포기해버린 거야. 아마 왜 그렇게 됐는지도 모를걸. 자기를 위한답시고 내린 결정이 누나의 생각 자체를 마비시켜버린 거야.” “이제 아주 아무 말이나 막 지껄이는구나.” 그의 어머니는 여전히 눈물을 흘리고 있었다. “네 누나는 매형을 사랑해. 사랑하니까 결혼한 거야.” “어떻게 엄마는 누나가 그런 새끼를 사랑할 수 있다고 생각해? 말대가리 같잖아! 못생기긴 좀 못생겼지? 전체적으로 아주 빈티 나게 생겼다고! 그렇다면 생각이라도 있든지…… 최소한 지적인 분위기라도 있어야지! 둔하고 교양 없고 무딘 자식이야! 곰처럼 아둔하다고!” “옛날에 지껄이던 시적인 말투를 되찾았구나. 그런 말투는 다음에 썼으면 좋겠다…….” “하여튼 누나랑 우리는 이미 연이 끊어진 거야……. 누나와는 이제 완벽하게 단절된 거라고. 그게 다야.” “그나저나 도대체 돈을 얼마나 물어줘야 하지? 얼마나 비용을 대야 하냔 말이다.” “무슨 비용? 엄마가 무슨 비용을 대?” “이빨 말이야, 네 매형의 이빨! 임플란트 비용은 엄청 비싸잖아. 사돈은 이빨 하러 미국 마이애미로 가고 싶단다!” “그 이빨들은 아무 가치도 없는 거였어! 다 썩었단 말야! 내가 계속 얘기했잖아. 말을 치료하는 수의사 찾는데 마이애미까지 갈 필요가 뭐가 있어? 도살장 주인한테 말 이빨 두 개만 챙겨달라고 하면 되지.” 파트리크 네프텔의 어머니는 입 닥치라고 소리쳤다. “당장 입 닥쳐! 네 말 듣고 싶지 않아!” 그녀는 그렇게 소리치며 주먹으로 차창을 쾅쾅

쳤다. 두 사람은 그 사건 이후 3주 동안 말을 하지 않았다. 5년 전에 그들의 인생이 멈춰버린 후 처음 있는 일이었다.

나는 내 앞에 있던 탁자에 다른 두 개의 탁자를 붙였다. 거기에는 꽤 많은 책들, 내가 애용하는 수첩들, 오래된 빳빳한 공책들, 아직 완성되지 않았던 상태의 『선잠』과 『가정의 기질』의 중간 원고들이 쌓여 있었다. 세 개의 탁자에는 에우리피데스의 『바쿠스의 여신자들』, 말라르메의 시들(다시 읽고 싶었던 「에로디아드」*. 이에 관한 얘기는 나중에 다시 할 것이다), 제임스 조이스의 『디달러스』(이 책에서는 작가가 에피파니에 대해 언급한 부분을 다시 찾아볼 생각이다), 오비디우스의 『변신 이야기』(그리스 신화 속 하데스의 아내인 페르세포네를 찾아보려고), 말라르메의 『고대의 신들』(역시 페르세포네를 찾아보기 위해), 세네카의 『메디아』, 신발에 관련된 이야기 중 중간 수준 정도의 작품, 페로의 『신데렐리』와 그림 형제가 각색한 『신데렐라』, 곰브리치의 책(표시해놓고 싶어서, 손톱으로 분홍색 자국을 내서 표시했다. 식도락가들과 문학인들을 위한 문학을 죽이는 문장들을), 니체의 시집(그의 시집에 가을에 바친 시가 한 편 있다고 구글에서 가르쳐줬으므로), 팔레 루아얄의 역사에 대한 가죽 장정의 엄청나게 두꺼운 책 등이 쌓여 있었다. 나는 매일 아침, 멀리 여행을 떠나는 기분으로 바퀴 달린 여행 가방에 이 책들을 몽땅 넣어 느무르 카페의 테라스로 끌고 온다. 그리고 그때 나는 더블 에스프레소를 마시며, 『선잠』을 구상할 때부터 썼던 공책을 뒤져 가을이라는 주제에 대해 발췌할 수 있는 메모들을 찾고 있다. 일기 예보. 이번 주에는 주초부터 지금까지(겨우 목요일 오후) 극도로 황홀한 날씨가 펼쳐졌다. 부드럽고 느릿하며 은밀하고 햇빛이 찬란한 황홀경.

....

* Hérodiade, 말라르메가 1871년에 발표한 미완성 장시.

구슬프고 살랑거리며 구체적이고 사랑스러운 빛. 이 계절의 은유적인 울림에 민감한 사람들은 나를 이해할 수 있으리라. 빛이 당신에게 말을 걸며 당신을 감싸안는 듯한 느낌. 당신과 연결되어 있고, 당신을 끌어들이며, 당신을 받아들이고, 자신에게 당신을 결속시키는 빛. 외부에만 머무르지 않고, 더 이상 멀찌감치 거리를 두지도 않으며, 인간적이고 유별난 관심을 갖고 있는 빛. 이 빛은 현실에서 물의 파장처럼 번지며 세상을 긴장시킨다. 현재 속에서 물질로, 유사성으로, 내면성으로 드러나는 빛. 빛은 우리를 포함한 모든 것의 아주 가까이에서 적당한 형상을 하고, 친근한 표정을 짓고 있다. 이 빛은 이제 천상에 속하는 것이 아니라 지상에 속한다. 우주의 것이 아니라 인간의 것이다. 빛이 건물들과 실루엣들, 나뭇가지들, 건물의 지붕들을 헤아리는 듯이 보인다. 빛은 색깔과 선율을 지닌 허공의 아름다운 물방울들처럼 사물들 사이를 떠다니고 있다. *이 광경은 내가 팔레루아얄의 광장을 탐욕스레 바라보는 바로 그 순간에, 내 눈에 보이는 것이다.* 위대한 외부는 내부가 되었다. 내부의 빛, 벽걸이 천 또는 덧창 때문에 강도가 약해진 실내의 빛. 이것은 더 이상 태양이나 하늘의 빈 공간, 광대한 우주, 외부 현실의 문제가 아니다. 우리를 맞아들이는 은밀한 장소, 우리를 보호하는 성스런 장소인 침실이나 대기실, 극장, 규방, 도서관 등 장소의 문제다. 나는 이제 세상의 표면에, 하늘에, 허공에, 무(無)를 향해 열려 있는 곳뿐만 아니라 장소의 내부, 부드러운 천장으로 닫히고 벽으로 둘러싸인 조용한 장소에서도 나 자신을 찾는 이 감정을 경험한다. 따라서 조그만 화살을 쏘듯 내가 당신의 심장을 향해 던질 수 있는 첫 번째 명제는 바로 이것이다. "가을은 우선 하나의 장소다." 그에 따르는 즉각적인 파생 명제는 이것이다. "그것은 중단 없이 계속되는 관계 속에서 나 자신과 함께 있는 장소다." 나는 공책을 넘겨 이 본질적인 미스터리를 유연하게 표현할 수 있는 문장을 찾아보았다. 그러다가 1992년 10월의 어느 비 오는 날 저녁, 그곳에서 얼마 멀지 않은 카페의 테라스에서 쓴 문장을 찾아냈다. "가을밤이다. 검은 거울 같은. 밤 속에 반영되는 것은 생각이다. 우리가 오르는 것은 우리 자신이 아니라 도시다. 우리의 생각이 오르는 것은 우리의 뇌가 아니라 도시다. 브루노는 집구석에 틀어박혀 나오지 않는다. 밖에서 가을밤이 그를 기다린다는 것을 그는 알고 있다. 때가 되면 그 스스로 밤 앞에 홀연히 모습을 드러내리라." 그때 카페 종업원이 내가 앉아 있는 자리로 다가와, 책과 수첩들이 잔뜩 쌓여 있는 내 옆의 두 탁자에 손님이 없느냐고 물었다. "자리를 찾고 있는 손님들이 네 분이나 계셔서요." 그 네 분의 손님들은 종업원 뒤에서 음모자의 자세로 뻣뻣하게 서 있었다. 운동복을 입고 목 부분이 둘둘 말린 스웨터 위에 번들번들 빛이 나는 점퍼를 걸친 앵글로색슨족 손님들이었는데, 그 추한 차림새에 감탄이 절로 나올 지경이었다. "빈자리가 아니에요. 이 세 테이블 다 꽉 차 있는 거 안 보여요?" "어떤 분이 앉아 계신 거죠? 무엇이 차지한 자린가요? 특히 이 두 자리에는 아무도 없는 것 같은데요?" 약 스무 날 동안 내가 별실로 삼았던 곳에서 일하는 종업원의 행동으로는 좀 불친절하다는 생각이 들었다. 지난 스무 날 동안 나는 매일 거기에서 커피와 페리에*·샐러드·캐러멜 크림 등을 먹었고, 매일 저녁 현금으로 계산했으므로 그가 조금 더 눈에 띄는 존경의 표시를 보여주기를 바랐다. "빈자리를 찾는 손님들이 있어요. 그러니 선생님의 짐들을…… 저것들을 좀……. 아직 가게 문을 닫지 않았으니까요." "저 양반들이 뭘 마신답니까? 저분들한테 가서 뭘 먹을 건지 물어보세요." 종업원은 어리둥절한 표정으로 나를 바라보다가, 다시 앵글로색슨족에게 가서 잠시 대화를 나눴다. 나는 읽고 있던 공책을 계속 읽었다. "봄이면 나는 더 이상 내가 아니다. 내 인생은 아무런 의미도 없다." 조금 더 오래된 문장. "가을 저녁은 밤의 사칭이다. 가을 저녁은 우리 각자의

---

* 프랑스인들이 즐겨 마시는 탄산수.

의식의 절정에서 벌어지는 일식(日蝕)과 비교된다. 나는 내가 누구인지를 알기 위해 매년 가을로 다시 건너갈 필요가 있다." 다시 종업원이 나타났다. "차와 조각 타르트요. 사과 타르트를 드실 거랍니다." 나는 고개를 들었다. "간식 시간이군요. 우리 친구들이 달콤한 것을 들고 싶어하는군요. 그럼 저한테 차를 다섯 잔 가져다주세요. 타르트도 다섯 조각 주시고요. 자, 됐습니다. 고마워요. 이제 됐죠?" 나는 다시 내가 쓴 글에 집중했다. 내가 그 현상을 묘사하려고 애쓴 몇 년 동안에 쓴 글. 낡은 공책들이 그 사실을 증명하고 있었다. 그러나 그날 그 문장들을 다시 읽어보니, 어떤 문장도 1년에 한 번 돌아오는 기적적인 현실을 제대로 묘사하지 못한 것 같다. 내가 표현하고자 하는 정확한 감정도 아니었다. 하지만 한해 그리고 또 한 해, 매년 똑같아서 사람들은 그것이 나라는 사람의 기초를 구성한다고 말할 수 있을 것이다. 이렇게 내가 쓴 문장들이 본질을 가두는 동시에 본질이 내가 쓴 문장에서 벗어나는, 잡히지 않는 주제에 대한 강연을 하는 것은 경솔한 짓 아닐까? 모든 것은 단조롭고 텅 비어 있고 황폐하며 냉랭하다. 그토록 무의미한 전개를 통해 나 자신을 여실히 드러내는 순간, 나는 범우주적인 군중들 앞에서 어떤 표정을 지을까? '분명 멍청이 같은 표정을 짓겠지. 거추장스러운 내 소지품들에 파묻혀서.' 그러나 나는 언젠가 쓸 위대한 책이 가슴에 과일처럼 씨앗을 품을 것이라고 믿어 의심치 않는다. 그 씨앗은 다루기 어려운 주제로, 그것이 야기한 진부한 생각과 그 흔적 속에서 자라난 관념들, 즉 낙엽들, 나지막한 하늘, 이지러짐, 슬픔, 오랫동안의 흐느낌, 쇠퇴, 타락 같은 것들과는 아주 멀리 떨어진 내용들이다. 그리고 치명적으로 아름다운 달인 11월에는 한 달 내내 강박관념이 자리해 지하묘지처럼 그런 주제들을 감금해버린다. 탁자에서 꺼내든 니체의 시집(1858~1888년)도 사정은 다르지 않았다. "자, 가을이다. 가을은—너의 심장을 부숴버릴 것이다! 〈행 바꿔서〉비약하라! 비약하라! 〈행 바꿔서〉태양이 산 옆구리로 미끄러진다.

〈행 바꿔서〉태양이 오른다, 오른다. 〈행 바꿔서〉걸음걸이마다 쉬어라. 〈새로운 절〉세상은 얼마나 퇴색했는지! 〈행 바꿔서〉부드럽게 팽팽한 전선들 위로 〈행 바꿔서〉바람이 곡조를 연주한다. 〈행 바꿔서〉희망이 달아나고 〈행 바꿔서〉그 뒤에 탄식은 짧다." 희망이 달아나? 세상은 퇴색했다고? 아무 생기도 없는 언어들 속에 발이 묶여 있는 이 진부한 표현은 뭔 바보짓이야! 가을이 환상적인 계절이라고 생각하는 사람이 나 단 한 사람이라는 게 과연 있을 수 있는 일일까? 가을을 오로지 시간상의 절기로만 느끼지 않고, 시간의 흐름에 따라 완성되는 건축 공사처럼 여겨 9월 초가 되면 하나의 문을 통해 들어가는 환히 빛나는 축제의 건축물로 느끼고, 12월 31일이 되면 동판처럼 날카롭고 뾰족하며 얼음이 언 공원이 되기 전에 그 건물에서 나와 또 다른 끝으로 갈 거라 느끼는 것이 나 단 한 사람이라는 것이 가능할까? 이와 관해서는, 조약돌들 하나하나에 담긴 의미들까지도 높이 평가하는 타고난 흉내쟁이이자 너무나 조용한 일본 친구들과 중국 친구들이여, 내가 어떤 방법으로 한 해의 구조를 감지하는지를 여러분에게 말한다면 아마도 여러분이 힌트를 얻을 수 있을 것이다. 지구에 비해, 태양의 관찰에 기초한 과학적인 접근은 공평한 분배와 연결되어 있다. 따라서 사계절은 각각 석 달씩 공평하게 분배된다. 그렇다면 이번에는 계절이 감각에, 육체에, 정신에, 우리의 상상력에 미치는 영향에 기초한, 체험에 기초한 감각적인 접근을 살펴보자. 이 접근은 사계절을 똑같은 비율로 나눈 합리적인 무관심으로 사물들을 고찰하는가? 사실, 한 해는 똑같은 비율로 장을 나누지 않는다. 설사 우리가 각 분기의 동일한 시스템이 적용되는 장소에서 거울 효과나 대칭적 분배 같은 것을 찾아낸다고 해도 말이다. 가을은 9월 1일에 출범해서 12월 31일에 완성된다. *그러므로 가을은 4개월이다.* 조금 전에 말했듯이, 그 4개월이 반들반들 윤이 나고 거울로 장식된, 천장이 높고 웅장하고 넓고 긴 회랑과 같은 건축물을 구성하는 것이다. 무도회장 같은.

그리고 나서 우리는 회랑의 출구에서, 성 실베스트로의 현관*을 통해 이르게 되는 두 달, 한 쌍이며 다정한 부부 같은 1월과 2월을 서리로 뒤덮인 프랑스식 정원에서 만나게 된다. *겨울은 그러므로 2개월이다.* 그리고 3월 1일에 시작해서 6월 30일에 끝나는 시기, 나에겐 밉기만 한 시기가 바로 봄이다. 봄은 끔찍한 것들로 가득 차 있는데, 억누를 수 없는 욕망, 복잡하고 시끄러운 시장, 물건을 팔아먹으려는 회사들의 상술, 청소년—여드름이 잔뜩 돋아나 있으며, 미성숙해 아주 어리석은 충동과 매우 불안정한 흥분으로 똘똘 뭉친—들 등이 그것이다. 이 계절은 나중에 보다 다채로운 이야기거리들과 함께 다시 언급할 것이다. *이 봄은 4개월이다.* 그후 7월 1일에 시작되어 8월 30일에 끝나는 여름이라는 이름의 시기는, 달콤한 감정에 대한 절실한 도취감과 예정된 행복으로서, 하나의 전조로서 가까이 다가선 가을을 끌어들인다. *여름은 2개월이다.* 나는 여름과 겨울을 좋아한다. 왜냐하면 이 두 계절이 가을을 둘러싸고 가을을 흡수하기 때문이다. 가을은 여름의 공간 속에서 울려퍼지는 것으로 시작해 겨울의 공간 속으로 울려퍼지며 계속된다. 한 해는 이렇게 각각 *4개월 동안 이어지는 봄과 가을, 그리고 각각 2개월 동안 계속되는 여름과 겨울*로 나뉜다. 이것이 감각적이고 육체적이며 정신적이고 심리적인 맥락에 바탕을 둔 한 해의 계절적 구조다. 물론 더 먼 데서 다른 방법을 찾을 수도 있고, 냉전의 정치적 긴장감으로 하나씩 분리해 대립적인 두 덩어리로 구성할 수도 있다. 여름·가을·겨울의 동맹에 기초하여 8개월 동안 이어지는 문명화된 덩어리와, 그 반대로 4개월 동안 유지되는 어리석고 위압적이며 독단적인 봄이라는 척박한 덩어리로 나눌 수도 있다. 따라서 우리는 유리로 만든 회랑인 가을, 프랑스식 정원인 겨울, 산업 구

---

* 교황이었으며 훗날 성인으로 추앙된 성 실베스트로의 선종일이 335년 12월 31일이다. 가톨릭에서는 선종일을 축일로 기념하기 때문에, 12월 31일을 성 실베스터(영문식 표기)라 부르며 기념한다.

역의 거대 시장인 봄, 바다 쪽으로 뾰족하게 뻗어나간 달콤한 땅인 여름을 보며, 1년이 지형·지리·풍경의 형상을 지니고 있다는 것을 알게 된다. 어린 시절의 나는 이 네 계절이 1년 12개월 안에 저마다 고유한 영역을 갖고 있다는 것을 본능적으로 알아차렸던 것 같다. 예를 들어, 봄은 내게 항상 기어오르는 경사면 같은 존재였다. 매년 3월 초가 되면, 나는 높이 솟은 정상에 도달하고 굴욕적인 장애물을 넘기 위해 노력해야 한다는 생각으로 녹초가 된다. 여름이 한창인 8월 초가 되면, 9월 첫날 시작되는 가을이라는 유혹을 향한 사랑스런 비탈길을 기분 좋게 내려가기 시작한다. 여러분은 이와 같은 계절의 주기에 민감하신가? 여러분은 순환하는 시간의 법칙이 미치는 영향에 민감한 편이신가? 여러분에게도 순환하는 시간의 법칙들이 각자 하나의 지형, 지리, 풍경의 형상을 갖고 있는가? 자, 다음이 내가 여러분에게 진짜 묻고 싶은 질문이다. 1분이라는 시간은 자신의 무도회장, 작은 회양목* 정원, 거대한 시장, 꽃이 핀 곳** 을 갖고 있는가? 아니면 시간의 흐름에 무감각한가? 우리는 1년이라는 주기에 민감한 만큼 다른 주기들에도 민감한가? 다른 주기들은 경사진 부분을 보여주는가? 주기의 어떤 순간은 다른 순간보다 결정적인가, 아니면 아무런 상관도 없는가? 주기는 그것이 사라지는 제로에서 다시 시작되는 법칙이며, 그 순간부터 자기 자신에 맹목적으로 연결되어 똑같은 형태로 지칠 줄 모르고 반복되는 법칙이다. 우리에게는 초, 분, 시, 날, 주, 달, 연, 세기, 천 년의 주기가 있다(갑자기 오비디우스의 『변신 이야기』 2권의 시작 부분이 떠오른다. 에메랄드로 장식한 왕좌에 앉은 포이보스***가 자줏빛 옷을 걸치고 나타난 장면. 왼쪽과 오른쪽에는 날과 달, 연, 세기가 있고 규칙적인 간격으로 자리한 시간이 있다. 거기에 또한 머리에 화관을 쓴 봄이 있고, 이삭으

---

* 상록관목 가운데 하나로, 겨울에도 잎이 푸르다.
** 바다로 튀어나와 있는 육지로, 갑이나 단이라고도 한다.
*** 태양신으로서의 아폴로.

로 만든 화환을 두른 벌거벗은 여름이 있고, 잘 익은 과일이 터져 즙이 흐르는 바람에 더러워진 가을도 있고, 헝클어진 하얀 얼음 머리카락의 겨울도 있다. 하나의 건물 안 같은 방에 사계절이 함께 있는 것, 의인화된 시간의 법칙에 대한 이런 묘사는 늘 나를 매혹시킨다). 이 법칙들 각각의 주기에 따른 특성이 우리의 인생에 실질적인 영향력을 미치는가? 만약 이런 영향력으로부터 자유로워진다면, 예를 들어 잠드는 순간에 (양의 수를 세는 대신) 우리는 다음의 세 가지 총체를 결정짓는 가장 커다란 호기심이라는 객관적 사실에 도달할 것이다. *1. 무감각한 규칙의 총체* : 초, 분, 달, 십 년, 세기, 천 년. *2. 풍경적인 규칙의 총체* : 날, 주, 년. *3. 무감각보다 우선하는 규칙의 총체(내가 단숨에 이 총체에 포함시켰던), 그러나 어떤 맥락에서는 풍경적인 총체가 될 수도 있음* : 시(*예를 들어 수업 시간 같은 경우, 수학 수업이 끝나기 10분 전이면, 수업종이 울리기를 기다리며 컴퍼스 따위를 필통에 넣기 시작한다*), 달(*어려운 월말 같은 개념으로, 휴가철이 우연히 7월 애호가나 8월 마니아에게 적용되는 경우*), 세기(*세기말이라는 개념으로, 그와 이어지는 퇴락한 분위기*). *2번의 풍경적인 규칙의 총체*에서, 하루 중 내가 제일 좋아하는 시간대는 해가 저물 무렵이다. 일주일 중에서는 목요일, 아니 금요일이 더 좋다. 1년 중에는 가을인 넉 달. 나는 풍경적인 *규칙* 세 가지에 각각의 명확성을 포개어 가장 절대적인 무관심 속에 내버려두면, *무감각한 규칙*들의 덩어리가 작동한다고 생각한다. 우리는 가장 중요한 이 세 가지 지표, 날·주·년이 작동하는 매 순간에 우리의 존재를 명확하게 의식한다. 예를 들면 이런 것이다. 봄의 월요일, 오전이 끝나갈 무렵에 나는 자살하고 싶다. 3월 어느 수요일의 오후가 시작될 무렵, 예를 들어 3월 17일 낮 2시 12분에는 "도와줘! 살려줘! 끔찍한 악몽이야! 나 좀 구해줘!"라고 외치고 싶은 기분이다. 하지만 지금, 느무르 카페의 테라스에서 수첩에 글을 쓰고 있는 이 순간, 10월 14일 목요일, 가을, 오후 6시 20분에는 너무나 행복하다. 일찍이 지금보다 더 아늑한 시간적 위치는 느껴본 적이 없다. 가을의 목요일, 해가 저물 무렵에 내가 입을 꾹 다물고 너무나도 역동적으로 일을 일사천리로 처리하는 것은 틀림없이 이이유 때문이다. 이제 나는 처음에 던졌던 중요한 질문으로 다시 되돌아가련다. 가을의 매력적인 본질을 갑옷처럼 단단하게 만드는 이 당연한생각을 하는 사람이 오직 나 혼자뿐인가? 그렇다면 나중에 베스트셀러작가가 되기를 갈망하련다! 내 글에 취한 독자들이 에어버스를 타고 몰려오기를! 그러고 보니 나는 편집자인 장 마르크 로베르에게 전화를 거는 걸 잊고 있었다. "장 마르크, 잘 들어요. 내버려둬, 내버려둡시다. 난군중들은 절대 건드리지 않을 생각입니다. 내 책『존재』가 1만 2천 부 팔렸다고요? 그게 우리가 할 수 있는 최고치예요.""누가 그래요?" 장 마르크 로베르는 깜짝 놀란 목소리로 말했다. "난 믿어요. 선생님을 믿어요. 선생님의 다음 책은 분명히 그 기록을 깨뜨릴 거예요.""그렇게 생각해요? 정말 그렇게 믿어요?""예감이 와요. 난 알아요. 확실해요.""당신 작가들한테 다 그렇게 얘기하겠죠.""제가 담당하는 작가는 서른 명이나되지만, 제게는 그분들이 모두 각각 유일한 작가예요.""맘에 드네요. 훌륭한 거래 조건이에요. 하지만……." 내가 그에게 말했다. "하지만 뭐요?" 그가 대답했다. "나는 다른 사람들과는 전혀 달라요. 그들의 가장비밀스러운 욕망과도, 가장 눈에 띄는 그들의 특성과도 다르다고요. 그런데 어떻게 내 책들이 독자들의 호기심을 끌기를 바라죠? 그들은 만성적인 마니아이거나, 전문가의 드물고 소외된 욕망과 기호를 이상화하고고립시킬 뿐인데!""예를 들자면?" 그가 나에게 물었다. "예를 들어 가을말이에요! 그리고 근육질의 조그만 엉덩이를 가진 구릿빛의 젊은 아가씨들, 금발이고 창백한 얼굴의 아가씨들! 텔레비전에 많이 나오죠! 문신을 잔뜩 하고서요. 사과처럼 앙증맞은 가슴들! 스위치 같은 유륜! 반창고의 크기에 따라 줄어든 음모! 금발! 날씬한 여자들! 솔직하고 수다스러운 여자들! 감상적인 여자들! 찌질한 여자들! 울먹이는 여자들! 화장한 여자들! 번거로운 여자들!" 수화기 너머에서는 아무 말도 없었다. "그런데 왜 우윳빛의 투명한 피부에, 숱 많은 붉은 머리와 초록빛 눈을 가진 여자는 없는 거죠? 왜 텔레비전에는 다이아몬드처럼 맑은 눈빛을 지닌 헤롯 왕비들이 나오지 않느냔 말입니다. 왜 활처럼 휜 작은 발을 가진 명상적인 신데렐라는 없냐고요. 아니면 명석함으로 불타오르며, 금속처럼 날카롭게 분노하는 메디아는? 왜 영웅적이고 헬리콥터처럼 강하고 충격적이며 곧 폭발할 것처럼 강렬한 여자는 없는 걸까요? 활동적인 젊은 여자들 말고 말이에요! 그 여자들은 260 사이즈의 신발을 신어요! 260! 270! 275! 크리스티앙 루부탱이 직접 나한테 말해준 거라고요! 알고 있었나요?" 장 마르크 로베르의 침묵은 계속 이어졌다. "내 다음 책은 가을에 바치고 싶습니다. 동시에 발의 옴폭하게 들어간 부분에도. 내 다음 소설 말입니다. 깜짝 놀라셨죠? 240 사이즈에 대한 책이라니! 이 주제로 글을 쓰려고 기다리던 중에 어떤 녀석이 나한테 강연을 해달라고 부탁했죠……. 음험한 제노바 사람인데……." "선생님은 자신이 파르나스 파* 시인이라고 생각하십니까? 운문 형식을 빌려 가을에 관한 소설을 쓰시려는 겁니까?" "2003년 11월 4일부터 15일까지, 가을의 중심에서 끝으로 가는 시기에 입소스 연구소**에서 조사한 여론조사를 우연히 본 적이 있어요. '섹슈얼리티의 중심점'이라는 제목의 여론조사였죠. 35세 이상의 인구에서 표본 추출한 천 명에게 질문하는 형식으로 조사를 했다고 하더군요. 질문은 '사랑을 나누기에 가장 좋은 계절은 언제라고 생각하십니까?'였는데, 사람들은 이렇게 대답했대요. 지금 내 얘기 듣고 있나요? 재미있어요?" "물론 듣고 있지요. 계속하세요……. 사랑을 나누기에 가장 좋은 계절……." "사계절 모두 똑같다, 42퍼센트. 이 대답은 나와 동

---

* 고답파 시인들을 가리킨다. 낭만적이고 과다한 감정에 반대하고, 이지적이고 과학적·비개성적이며 장려한 양식을 존중한 유파.

** 세계 3대 마케팅 리서치 그룹 중 하나.

시대에 사는 사람들이 억눌려 있다는 것을 확인해주는 답변이에요(나는 거의 50퍼센트라고 생각해요). 모두 똑같다니. 그들은 '사랑스러운'과 '중요한'의 차이나 봄과 가을의 차이, 냉동피자와 장작에 구운 피자의 차이도 구별 못 하는 인간들이죠. 순서가 바뀌어도, 두드러지는 차이가 있어도 그들은 알아차리지 못해요. 그들에겐 모든 게 평평하죠. 기계화된 인간들이에요. 그렇게 생각하지 않아요? 어떻게 모든 계절이 똑같다고 대답할 수가 있어요?" "나머지는요? 나머지 사람들은 뭐라고 대답했대요?" "사계절이 똑같다, 42퍼센트. 봄 14퍼센트, 여름 29퍼센트, 가을 1퍼센트, 겨울 12퍼센트." 거기까지 말한 후 나는 한참 동안 침묵했다. 장 마르크 로베르가 수화기 너머에서 한숨 쉬는 소리가 들렸다. "내가 지어낸 얘기가 아니에요. 그런데 사실이라기엔 너무나 이상해요. 가을이 1퍼센트라니! 9퍼센트도, 8퍼센트도, 5퍼센트도 아니고 1퍼센트라고요! 거의 0에 가까워요! 정말 믿을 수가 없어요! 이 말은 내 책에 관심을 가질 만한 사람이 전체 인구의 1퍼센트밖에 안 된다는 뜻이죠! 만약 거기에 붉은 머리 여자나 메디아, 여가수들, 헤롯 왕비, 신데렐라 따위에도 관심을 갖는 사람들이란 조건을 덧붙인다면, 틀림없이 0.5퍼센트로 떨어질 거예요! 어쩌면 0.2퍼센트가 될지도 모르죠! 내 책에는 근육질의 엉덩이는 하나도 없거든요! 최소로 줄어든 음모 같은 건 한 가닥도 안 나온단 말입니다! 갈색 피부 위에 난 가느다란 수영복 자국도 전혀 없고요!" "음…… 그러니까……" 장 마르크 로베르가 겨우 입을 뗐다. 나는 그에게 얼른 물었다. "당신은? 당신은 사랑을 나누기에 가장 좋은 계절이 언제라고 생각해요?" "봄이요." "사랑을 나누고, 이상적인 여자를 찾는 데 가장 이상적인 계절이? 봄에 사랑과 이상적인 여자를 꿈꾼단 말입니까? 놀랄 일인걸요!" "이제는 아예 그런 건 생각도 안 해요. 이상적인 여자를 찾았거든요." "이상적인 여자를 만난 건 나도 마찬가지지만 난 여전히 이상적인 여자에 대해서 생각하는데. 그럼 다른 수치들을 좀 봐요. 이번엔 좋아하는 계절을 물었더니 58퍼센트가 여름을 제일 좋아한다고 대답했어요. 여름을 가장 좋아하는 이유는 덥기 때문이라나요! 사람들은 더운 걸 좋아한다고요! 그들은 텔레비전에서 근육질의 토실토실한 엉덩이와 호리호리하고 감상적이며 수다스러운 여자들을 보는 걸 좋아한다니까요. 그리고 햇빛 쬐는 것도 좋아해요. 또 야외에서 고기를 구워 먹을 수 있어서, 수영장에 풍덩 뛰어들 수 있어서, 수영복을 입을 수 있어서 여름을 좋아한대요. 왜 수영복 입는 걸 그렇게 좋아하는지 좀 알아봐줘요! 난 싫어하는데, 난 내가 수영복 입은 모습이 싫은데! 내가 수영복을 입는다는 생각만으로도 끔찍해요! 나, 나의 관심 분야는 빨강머리 여자, 가을, 제노바의 브리스톨 팔레스 호텔의 스위트룸에서 12센티미터짜리 굽이 달린 크리스티앙 루부탱의 구두를 신고 몬테베르디*의 노래를 아카펠라로 불러주는 창백한 여가수들이라고요. 내 관심사는 여왕, 살인녀, 중상모략을 일삼는 메디아의 인물들, 능력 있는 여자들, 지구의 지적인 여인들이라고요. 난 페미니스트거든요! 근육질의 엉덩이를 가진 매춘부들은 지긋지긋해요!" "말씀 다 하신 거예요?" 장 마르크 로베르가 물었다. "오늘 할 얘기는 끝난 것 같네요." "그럼 안녕히 계세요. 그리고 잊지 마세요. 선생님은 2월까지 원고를 넘기셔야 해요." 그가 전화를 끊었다. 그 사이에 카페 종업원이 와서 탁자 위에 놓인 책더미들, 스프링 노트, 빳빳하고 오래된 공책들을 쟁반 주위로 밀고, 찻주전자 두 개와 다섯 조각의 타르트를 놓고 갔다. 나는 장 마르크 로베르에게 다시 전화를 걸고 싶은 욕구를 잘 참아냈다. 틀림없이 이번에도 대화는 비슷한 내용으로 흘러갈 게 뻔하니까. 그런 와중에 어떤 생각이 떠올랐다. 연달아 떠오르는 여러 가지 생각들. 우선 나는 서른 명 정도의 사람들에게 휴대폰으로 문자메시지를 보내 물어보았다. "당신이 가장 좋아하는 계절은?" 즉각적으로

* 오페라와 발레 음악을 많이 쓴 이탈리아의 작곡가.

얻은 대답들은 제2의 영감을 기대할 수 있는 것들이었다. 계절에 대한 국제적인 여론이 속속 도착해 강연회에 그 결과를 활용할 수 있을 것 같았다. 동시대적인 의식의 흐름에, 지금은 통용되지도 않는 이 낡아빠진 주제를 연결시킬 수 있으리라. 문학이라는 장사에 쓸 나의 자본으로. 그 여론조사를 통해 내 생각이 얼마만큼의 수치에 위치해 있는지를 알아보고, 여론의 궁륭 아래 몸을 던질 수 있을 것이다. 내 자아가 어떻게 울리는지, 나의 *다른 점*이 통계적으로 어떻게 분해되는지 어떻게 수량화되는지 볼 수 있도록 말이다(이로써 나는 앞의 책들을 쓸 때처럼 과학적인 도구에 기대지 않고 작업하던 방식을 바꾸게 되었다). 나에게는 다른 무엇보다 가장 귀한 주제다. *가을이라는 제국* 말이다. 나이, 성별, 계층, 학력, 거주지, 정치적 성향으로 서로 나뉘는 동시대의 감각은 어떤 방법으로 계절을 느낄까? 누구나 저마다의 스타일이 있다! 그리고 사회생활과 사생활이 뒤섞이고, 고루한 성향과 개성적인 성향이 뒤섞이고, 정치적인 태도와 감각적인 태도가 뒤섞이고, 여론과 개인적 의견이 뒤섞여 있나. 그 속에서 가을을 사랑하는 사람들의 초상이 되는 부류를 식별할 수 있을까? 내 독자들의 초상이 되는 부류? 남성이며, 사회주의자고, 나이는 20대 중반, 지방에 거주하는 직장인? 또는 거주 인구가 3만 명이 안 되는 도시권 지역에서 평화로운 날들을 보내고 있는 비정치적인 중산층 은퇴자? 아니면 40대 여성으로서 도시에 살고, 학력이 높고, 원하는 물건을 살 경제력이 있는 사람? 나는 타르트 다섯 조각 중 한 조각을 자르기 시작했다. *맛있었다.* 또 나는 세 개의 탁자 여기저기에 흐트러져 있는 찻잔들 중 하나에 차를 조금 따랐다. 사실(뜻밖이었다. 이제 보니 종합 통계 자료만큼 정신적인 어떤 것이 환상을 불러일으킨 것이다), 만약 여론조사의 결과로 나타난 사회적·직업적 프로필이 제노바의 브리스톨 팰리스 호텔의 스위트룸과 크리스티앙 루부탱의 신발값을 너끈히 치를 수 있을 정도로 수입이 많은 자유롭고 학력이 높은 마흔 살의 젊은 도시 여자라면 아주 흥미

236

진진할 것이다! 내가 보낸 문자메시지에 서른한 통의 답신 문자가 도착했다. 친구 열네 명은 '봄'이라고 대답했다. 열 명(아내 마고와 장 마르크 로베르가 포함된)은 '여름'이라고 대답했다. 여섯 명(앙줄렝 프렌조카주가 포함되었다)은 '가을'이라는 답을 보냈고 단 한 명의 친구가(여자 친구로, 돌로레스 마라) '겨울'이라고 답했다. 그리고 잠시 후, 아주 복잡한 대답을 하나 받았다. 장 미셸 B.의 답변이었다. "난 초가을인 것 같아. 아름다운 햇살과 건조하고 차가운 날씨가 공존할 때." 제롬 L.은 "계절이 바뀌는 환절기. 사실은 5월, 6월, 7월이야. 하지만 봄을 선택할게"라는 메시지를 보내왔다. 제롬 L.은 나와 마찬가지로 한 해를 3개월씩 나누지 않고 전적으로 개인적인 관점에서 3개월의 기간을 다시 정했다. 5월, 6월, 7월은 기존의 방식으로 구별된 계절도 아니고, 3개월 주기도 아니지만, 자신의 감각적인 느낌을 드러내는 비현실적인 어떤 것이었다. 스테판 D.는 '봄이 끝날 무렵'이라고 썼고, 조엘 C. F.는 '모든 계절이 시작될 때'라고 답했다. 답장들 중 가장 아름다운 내용이었다. 우르술라 S. L.이 '중간 계절'이라고 답변했기 때문에 나는 메시지를 다시 보냈다. "우르술라, 계절은 사계절이 있다는 것을 기억해! 네가 제일 좋아하는 계절이 뭐냐 말야!" 그녀가 다시 답장을 보냈다. "누가 사계절이래? 중세 때는 여덟 계절로 나눴거든(브뤼겔의 그림이 그걸 증명하지). 열대 지방에는 두 계절밖에 없고. 그러니까 네 질문은 정확하지가 않기 때문에(또는 자기 민족 중심적이라고도 할 수 있고), 나는 중간 계절을 고른 거야." 그래서 나는 그녀에게 내가 원하는 답을 강요할 수 있었다. "그럼 네 답은 이거야. 가을." 결론을 내보니, 봄 43.33퍼센트, 여름 33.33퍼센트, 가을 20퍼센트, 겨울 3.33퍼센트였다. 만약 여자들에게 초점을 맞춘다면, 내 설문조사에 참가한 여성들 중 41.66퍼센트가 여름을, 25퍼센트의 여성이 봄을, 25퍼센트의 여성이 가을을, 8.33퍼센트의 여성이 겨울을 선택했다. 여기에서 첫째, 여자들이 제일 좋아하는 계절은 여름이며, 둘째, 여자들은 남자들보다 가을에 더 민감하다는 결론이 나온다. 마지막으로 답장을 보낸 사람은 이자벨 T.였다. "난 항상 4월 초와 9월 말을 좋아했어. 난 여름이 싫어. 병을 진단받은 후부터, 확실히 그 시기는 나의 '편집증적' 인 단계와 관련이 있다는 것을 깨달았어. 그러니 난 주저 없이 가을을 선택할래."

로랑 달이 훗날 그의 두 딸의 어머니가 되는 클로틸드를 만난 건 학교에서 주관하는 어느 파티에서였다. 처음 보았을 때 로랑 달은 그녀가 자신이 꿈에 그리던, 몇 년 전에 자신이 사랑에 빠졌던 빨강머리 여배우와 같은 부류는 아니라고 생각했다. 그러나 그는 클로틸드의 늘씬한 다리, 파닥파닥 튀는 듯이 활달하게 움직이는 시선, 근사한 육체를 보며 충격을 받았다(열아홉 살 난 매력적인 아가씨가 마음에 들지 않을 사람은 거의 없고, 따라서 그녀는 당연히 로랑 달의 마음에 들었다). 게다기 그녀가 그에게 관심을 표현하는 예상치 못한 상황이 일어났기 때문에 더욱 충격적이었다. 로랑 달은 남자들이 바라 마지 않는, 젊은 여자에게 유혹을 받는 흥미진진한 상황에 갑자기 처하게 되었다(그는 그녀가 유부남들, 운동선수들, 오토바이 마니아들, 나이트클럽의 제비들과 성관계를 맺은 경험이 아주 많을 거라고 생각했다). 단 한 가지 부분이 그녀가 구현하는, 섹시하고 유황 냄새 풍기는 정숙치 못한 이국(異國)을 향해 그를 이끌어갔다. 보르도가 고향인 그녀는 소르본 대학에서 영문학을 공부하고 있었고, 파리의 서쪽 근교에 있는 약 40평방미터 크기의 스튜디오에서 여동생과 함께 살았다. 자유분방하고 매력적인 클로틸드는 민첩한 지성으로 단숨에 로랑 달을 사로잡았다. 로랑 달은 그때까지 단순하다고만 생각했던 꽤 많은 원칙들을 그녀로 인해 다시 생각하게 됐다. 그것은 여성적인 우아함의 원리에 따르는, 그녀가 천박하다고 여기는 사물을 보는 방식이었다. 굽 없는 신발에, 부자연스러운 액세서리도 달지 않고, 멋부린 원피스도 입지 않고, 화장도 하지 않는 단순한 차림은 때로는 그녀를 순진한 시골 처녀처럼 보이게도 하고, 때로는 깜찍하고 여성적인 모습으로 보이게도 했다. 그녀의 순수한 모습은 한 송이 꽃처럼 빛났다. 그녀는 어떤 날에는 옷단을 대충 스테이플러로 집은 거칠고 불편한 여학생 같은 모습으로 나타나기도 했다. 클로틸드가 이렇게 자신을 표현할 때마다, 청춘기의 커다란 무질서 같은 것이 그녀의 얼굴에 펼쳐졌다. 그녀는 끊임없이 특별한 몸짓과 문법적인 혼란을 구사했고, 길들일 수 없는 어떤 표현이나 태도, 자세에 이어 다양한 문장들이 그녀의 입에서 흘러나왔다―그녀가 만들어내는 겉모습들은 제각기 특별한 언어들로 표현되었다. 로랑 달은 그녀가 입술을 동그랗게 오므리고, 눈을 깜빡이고, 머리를 흔들고, 환하게 얼굴을 밝히고, 표정을 바꾸고, 갑자기 몸을 핑그르르 돌리고, 함박웃음을 짓고, 손가락을 광대뼈에 대고, 머리를 세차게 흔들고, 재즈 연주자처럼 박자에 맞춰 두 발을 구르는 모습을 바라보았다. 말재간이 뛰어난 그녀는 폭넓은 주제들을 활기차게 오가며 어떤 주제와 또 다른 주제의 공통점을 찾아 부드럽게 화제를 바꾸곤 했으며, 그러는 사이에 자신을 시적으로도, 엄숙하게도, 아이러니컬하게도, 연민을 불러일으키게도 연출할 줄 알았다. 손가락 사이에 담배를 낀 채 먹다 남은 음식이 놓여 있는 식탁 앞에 앉아 그녀는 조용히 귀 기울여 자신의 이야기를 듣는 로랑 달을 마주보았다. 로랑 달은 클로틸드가 경험했던 고통스럽고 때로는 잔인하기까지 했던 일들에 대해 들었고, 그녀의 유난히 성숙한 정신, 변덕과 본능적인 거칠음, 복잡한 상황에 대한 집착, 싸움을 과도하게 좋아하는 것, 적대적인 화법, 한번 집중하기 시작하면 녹초가 될 때까지 매달리는 점 등이 그로부터 비롯된 결과일 거라고 생각했다. 그녀 인생의 가장 큰 오점은 엄마였다. 그녀의 부모는 그녀가 네 살 때 이혼했기 때문에, 그녀는 엄마와 의붓아버지 필리프의 밑에서 자랐다. 필리프는 아주 특별한 사람이었다. 그들 가족은(그녀의 친여동생, 친엄마와 의붓아버지 사이에서 태어난 여동생, 그리고 의붓아버지가 첫 번째 결혼에서 낳은 아들이 포함된) 파리 근교의 뫼동에 있는 정원이 큰 화려한 주택에서 살았다. 그 집은 어린 시절의 추억에 얽매어 있는 그녀가 향수를 간직하고 있는 곳이었다. "우리 의붓아버지는 특별한 사람이야"라고 어느 날 저녁에 그녀가 로랑 달에게 말했다. "나를 보고 새아버지를 짐작하면 안 돼. 난 여태까지 그렇게 똑똑한 사람은 한 번도 못 봤어." "뭘 하시는데?" "사장님이야. 공업 계통의 그룹을 경영하시지." "너를 보고 그분을 짐작할 순 없다? 그나저나 왜 지금은 만나지 않는 거야?" "엄마가 만나지 못하게 해. 엄마는 새아버지와도 이혼했어. 이혼 후 엄마는 보르도로 돌아갔지. 잔인한 이혼이었어. 엄마는 헤어지기를 거부했어. 두 분은 계속 싸우며 시간을 보냈지. 늘 한결같이…… 말로 표현할 수 없을 정도로 난폭했어……" "엄마랑 그분이 이혼한 후에도 넌 그분을 만나왔던 거야?" "몰래 만났지. 엄마는 새아버지를 만나느냐고 나한테 계속 물었어……. 쉬지 않고 물었지. 한번은 엄마가 어떻게 나오는지 보려고, 새아버지와 우연히 마주쳐서 카페에서 술한잔했다고 말했어. 그랬더니 엄마는 소리를 지르기 시작했어. 어찌나 히스테리를 부리던지, 난 그냥 전화를 끊어버렸어. 그러니까 엄마가 다시 전화를 하더라. 엄마는 만약 새아버지와 내가 계속 만난다면 자살할 거라고 협박했어. 나는 다시 전화를 툭 끊고는 아예 전화선을 뽑아버렸지. 새아버지는, 너도 보면 알 거야, 정확하고 이성적이며 체계적인 사람이고 스스로를 너무나 잘 절제하지. 그게 엄마를 미치게 만들었던 거야. 엄마는 소리지르고, 새아버지한테 욕을 퍼붓고, 꽃병을 집어던지고, 질책과 요구 사항을 마구 퍼부어댔지만…… 새아버지는…… 태연했어……. 그는 참고…… 엄마를 관찰하고…… 논거를 제시했지…… 목소리를 높이지도 않고 엄마한테 대답했어……. 그러면 엄마는 더 크게 고함을 치기 시작했고, 그를 때리고 그에게 몸을 부딪치며 갖은 욕을 다 퍼부어댔지. 개새끼, 쓰레기……. 그러면 새아버지는 부드럽게 엄마의 팔목을 잡아 의자로 데리고 갔어……. 화 한 번 내는 법 없이. 아무렇지 않게 차분하기만 한 그의 모습을 보면 볼수록 엄마는 더 미쳐 날뛰었고, 더 폭력적으로 변했어. 그러다가 결국 새아버지가 말했지. '좋아. 됐어. 당신 얘기 다 했어? 당신 변호사더러 내 변호사한테 연락하라고 해.' 그리고 밖으로 나갔어. '당신 변호사더러 내 변호사한테 연락하라고 해라니! 이게 그 쓰레기 같은 자식이 나한테 한 말 전부야!' 엄마가 나한테 말했지. '그는 내 인생을 산산조각 냈어……. 나를 망가뜨렸어……. 모든 걸 다 허공에 날려버렸단 말야……. 나한테 한 말이란 게 고작 자기 변호사한테 연락하라는 거라니! 그 자식은 악마야. 그런데 넌 그 자식을 숭배하다니……. 넌 계속 나를 속이고 그를 만나고 있잖아!' '이젠 안 만나요.' 내가 엄마한테 말했지. '거짓말 하지 마! 더러운 거짓말쟁이 계집애!' 엄마가 나한테 소리쳤어. '넌 그 사람을 계속 만나고 있어. 내가 모를 줄 알아? 이 못된 년아!' '엄마.' 내가 엄마에게 말했어. '말했잖아, 여러 번 말했잖아. 끝났어. 난 새아버지를 안 만난 지 벌써 2년이나 됐단 말야.' '거짓말!' 엄마는 계속 소리를 질러댔어. '어떻게 그럴 수가…… 그 남자를…… 나를 산산조각 낸 그런 악마를…… 제 엄마를 망가뜨린 인간을…… 이 나쁜 년아!' 나는 한숨을 쉬었고." "조금 아까 네가 자살 얘기를 꺼냈었잖아…… 혹시 너희 엄마가 자살을 시도하셨던 적도 있어?" "그건 아주 비열한 얘기지……. 엄마 때문에 겪은 가장 유치한 얘기라고……." "무슨 일이 있었는데?" "아무 일도 없었어……. 아주 단순해. 엄마는 복잡할 게 하나도 없어. 어느 날, 내가 엄마한테 이제 그만 입 좀 다물라고 했어. 엄마가 아침에 일어나서부터 멈추지도 않고 계속 불평을 쏟아놓기에……. 엄마는 내가 계속 그런다면, 계속 그렇게 한다면…… 죽어버릴 거라고 말했어. '그래, 그거야. 아주 좋아! 협박해봐, 자살하겠다고 협박해보라고!' 내가 엄마한테 소리쳤어. '네가 멀쩡

한 정신으로 지 엄마한테 죽으라고 하는구나!' 엄마가 악을 썼지. '그래요, 해봐. 그거야, 죽으라고! 시원하겠네! 적어도 평화로울 수는 있을 테니까!' 그때 나는 열다섯 살이었어. 엄마는 오랜 시간 동안 나를 협박했어. '후회하게 될 거야.' 엄마가 말했지. '넌 분명히 네가 한 말을 후회하게 될 거야. 내가 죽으면 그 책임은 네가 져야 할 거다!' 그러고 나서 두 시간 후에 난 구급대원들의 전화를 받았어. 엄마가 가론 강*에 몸을 던졌다고……. 그때는 겨울이어서 물이 얼어 있었어. 사람들이 엄마를 구했지. 엄마가 강가로 헤엄을 쳤다더라……. 그냥 빠져 죽지는 않았던 거지! 엄마는 가론 강에 몸을 던지고 강가로 헤엄쳐 나왔다고! 몸이 꽁꽁 얼어붙긴 했지만 멀쩡하게 살아있었다니까! 결론을 말하면 엄마는 사흘 동안 병원에 입원해 있었어. 사람들한텐 자살하라고 내가 자기를 부추겼다고 말했지. 나 때문에 죽으려 한 거라고. 사람들 모두에게 그렇게 말했어! 문병을 오는 사람들 모두에게 말이야! 우리 친척들 모두에게! 내가 다니는 학교 선생님들한테도! 몇 달 동안 계속해서! 그래서 나는 생각을 바꿨어. 엄마가 나 때문에 죽고 싶었던 거라고 나 자신을 세뇌시키고 말았지……." 꽃무늬가 예쁜 원피스를 입은 아리따운 젊은 아가씨이기도 하고, 모든 것에 염증을 느끼며 대충 수선한 옷을 입은 여학생이기도 한 모습. 그녀의 기질 속에는 이 두 갈래의 감정이 공존했다. 어떤 날은 부드러운 오솔길을 걷기도 했고, 어떤 날은 단호한 힘의 관계가 지배하는 오솔길을 걷기도 했다. 이 대립적 성향은 그녀의 의붓아버지가 그녀에게 주입시킨 논리에 의해 더욱 강해졌고, 잘못된 부부관계에서 비롯된 그 논리의 정당성은 엄마가 경험한 두 번의 이혼으로 당위성을 인정받았다. 그녀는 로랑 달이 부자연스럽다고 생각한 이 논리들을 로랑 달과의 연애 초기에 보여주었다. "사랑스러운 남자가 되고 사랑을 지키기 위해서

* 프랑스 남부를 흐르는 강. 보르도를 지난다.

는 힘의 관계를 만들어야만 해. 새아버지가 설명해주셨어. 상대방을 고통스럽게 만들고, 의심하게 만들어야만 해. 또 불가사의한 분위기를 느끼게 만들고, 상대방이 놓친 어두운 부분이 있다고 느끼게 하고, 초기의 불확실한 시선을 유지하게 해야만 하는 거야." "연애의 기술치고는 조금 인위적인데. 마음 가는 대로 아무 계산 없이 그냥 빠져들 수는 없는 거야?" "바로 그거야. 계산이나 경계가 전혀 없는 상태에서 느껴지는 달콤한 감정이나 믿음에 빠지면 안 돼." "음, 난 그 생각이 유치한 것 같다. 유치한데다 위험하기도 해." "넌 순진해. 어쩔 때 보면 너는 착하고 순진한 소년 같아. 아주 웃긴다니까!" 로랑 달은 이해할 수 없다는 얼굴로 클로틸드를 바라보았다. 그는 사랑이란 결코 끝나지 않는 만족된 순간이라고 항상 마음속으로 그려왔다. 자신의 인생의 여인은 위조할 수 없는 진실한 왕국을 자신에게 안겨줄 거라는 믿음과 함께. 욕망과 기대의 공동체, 그것은 모든 계산이 배제된 상호작용이 존재하고 뭔가 유보된 것이 있는, 오래된 꿈의 결과인 동시에 전형화된 순수한 비전일 것이라 믿었다. 클로틸드가 말했다. "모든 것은 힘의 논리대로 움직여. 모든 것이 투쟁이고, 전쟁이고, 시련이야. 그걸 인정하지 않으려면 진짜로 순진해야 하고, 인생에 대해 전혀 아는 것이 없어야 해." 클로틸드는 그의 감정을 건드리는 전략을 꽤 많이 썼다. 적어도 그는 그렇게 생각했다. 왜냐하면 클로틸드가 말한 것들이 전략에 불과했는지, 아니면 진짜 그런 사건들이 있었는지 의문스러웠기 때문이다. 진실이 무엇인지 정확히 밝혀지지 않은 애매한 상태로 시간이 흘러가자, 로랑 달의 의구심은 더욱 짙어졌다. 그는 클로틸드가 하는 얘기들이 사실인지, 아니면 그를 자극하고 고통스럽게 하기 위해 그녀가 지어낸 얘기들인지 답을 내릴 수가 없었다. 클로틸드는 정말로 무언가를 숨겼던 것일까, 아니면 무언가를 숨기는 체했던 것일까? 매주 수요일 아침이면 그녀는 약속이 있다며 세 시간 동안 사라졌다가 어딘가 변한 모습으로 다시 나타나곤 했는데, 진짜 약속이 있는 것인지 약속이 있는 체하는 것인지도 가려낼 수 없었다. "수요일마다 대체 어디에 가는 거야?" 그녀는 그를 지배하고 마음대로 조종하고 있었으며, 상상조차 하지 못했던 크나큰 영향력을 발휘했다. 그녀는 그의 질문에 대답하지 않았다. 그녀가 얼버무리며 답변을 피하자 로랑 달은 슬슬 불안해지기 시작했다. 일요일 저녁, 로랑 달도 참석한 자리에서 의붓아버지와 의붓딸 사이에 오가던 언어들, 미소들, 암시들은 은밀한 공모, 비밀 이야기에 깊숙이 기반을 두고 암호화되어 그를 외롭게 만들고 위축시켰으며, 그에게 클로틸드의 존재가 더 커지고 더 많은 영향을 미치게 하는 효과를 낳았다. 결국 로랑 달과 클로틸드가 만난 그해 여름에 그녀가 털어놓은 의붓오빠 프랑시스(의붓아버지와 그의 첫 번째 부인 사이에서 태어난 아들)와의 관계는 그녀가 숨겨왔던 진실일까, 아니면 그에게 숨길 게 있는 척하기 위해 꾸며낸 거짓말이었을까? 끝없이 이어지는 물음표들 속에서 고통스러워하는 그를 클로틸드가 내치지 않는다면 그들의 이야기는 계속될 것인가? 클로틸드를 만난 지 얼마 되지 않아 로랑 달은 그녀의 불행한 과거를 알게 됨으로써 더욱더 그녀에게 빠져들었다. 알코올과 욕설, 분노와 반항으로 점철된 혼돈의 나날들, 폭력이 난무하는 장면들, 바람직하지 못한 경험, 감정의 잉여가 넘치는 혼란 속에서 유독 돋보이는 의붓아버지―그는 태양처럼 빛나는 매혹적인 사람이었으며, 로랑 달을 처음 만나 대화를 나눌 때 거리낌 없고 냉소적인 모습으로 압도적인 존재감을 보여줬다―의 모습 등. 클로틸드와 그의 의붓아버지는 자신들이 어떤 현상을 적절한 이론으로 설명할 수 있고, 지적 우위에 선 채 남보다 더 많은 자유를 즐기며, 환상에 전혀 사로잡혀 있지 않다는 생각에 우월감을 갖고 있었다. 클로틸드는 로랑 달의 착한 청춘을 비꼬고, 모범생 같은 소심한 젊음을 비웃었으며, 잘 알지도 못하는 사람 때문에 그가 충격을 받은 것을 빌미로 계속 그에게 도전했고, 그가 전투 영역에서 계속 자신과 마주치도록 조종했다. 이상주의자이자 에피파니스트인 로랑 달은 교활하고 고통에 익숙하며 환멸로 가득 찬 사람들을 만난 것이었다. 그들은 현실과 조화를 이루는 믿음이나 가을의 낙엽, 열정, 신앙의 결과로는 안녕을 얻을 수 없지만, 싸움과 흉측한 행동으로는 안녕을 얻을 수 있다고 믿었다. 서로 어울리지 않는 로랑 달과 클로틸드 커플은 각자 만든 이 두 가지의 대립적인 개념에 따라 상대방이 드러낸 약점을 공략했고, 상대의 위협에 스스로 몸을 맡겼다. "너, 나한테 뭔가 숨기는 게 있어……." 바캉스에서 클로틸드가 돌아오자 로랑 달이 말했다(클로틸드는 의붓아버지가 코르시카에 있는 빌라를 빌려서 마련한 바캉스에 함께하기로 하고, 보름 동안 자신의 친여동생, 동복 여동생, 의붓오빠와 함께 지내다 돌아온 후였다). "내가 뭘 숨겨? 내가 뭘 숨기기를 바라는 거야?" "휴가 갔다 온 다음부터 너 좀 이상해. 딱 사랑에 빠진 사람의 얼굴을 하고 있어." "당연히 사랑에 빠졌지! 너하고!" "나하고? 말도 안 되는 소리 하지 마. 만약 네가 사랑에 빠진 대상이 나라면 날 사랑하고 있다는 걸 내가 느껴야 되잖아. 그런데 넌 내가 아닌 뭔가에 사로잡혀 있는 것 같아. 네 새아버지의 아들이야? 아니면 사람이 아닌 것? 바닷바람?" "새아버지의 아들이냐고? 그는 내 오빠야!" "그 남자가 네 오빠가 아니라는 건 너도 잘 알잖아. 엄마, 아빠, 아무도 같지 않잖아. 그는 네 의붓아버지가 첫 번째 부인과의 사이에서 낳은 아들이고, 그의 엄마는 너는 단 한 번 만난 적조차 없는 사람이잖아." 침대 가장자리에 석상처럼 앉아 있던 클로틸드는 완고하고 냉담한 표정을 지은 채 전혀 움직이지 않았지만 이상하게 빛이 났다. 그녀는 끝이 없는 꿈속의 미로를 헤맸고, 그녀가 입을 열게 하는 건 결코 쉽지 않았다. 그는 그녀에게 여러 번 다른 질문을 던졌고, 그럴 때마다 그녀가 보이는 침묵과 정신적인 방황은 무언가 비밀로 지켜야 하는 좋지 않은 일이 코르시카 섬에서 일어났다는 그의 직감을 더 굳건하게 만들었다. "응, 뭐라고 하는 거야?" 클로틸드가 자리에서 일어나며 물었다. "너희들 관계의 진실은 뭐냔 말야." "나랑 누구? 누구 얘기를 하는 거야?" "내가 누구 얘기를 하는지 너무나 잘 알 텐데. 네 의붓오빠 얘기야." "내 의붓오빠……. 우선 이름은 프랑시스." "교란 작전 펼치지 마. 그의 이름이 뭐든 중요하지 않으니까. 그 녀석이 널 꼬셨냐?" 그녀는 결국 로랑 달이 의심했던 게 맞다고 고백했다(상상도 할 수 없는 일이었다. 같은 아버지 밑에서 자란 아가씨와 그녀의 의붓오빠가 몇 년 후 동침하는 상황을 어찌 상상할 수 있겠는가?). 그녀는 의붓오빠와의 사이는 그리 심각하지 않으며, 단지 약간의 연애 감정을 갖고 있을 뿐이라고 털어놓았다. "연애 감정?" 그는 깜짝 놀랐다. "그게 무슨 소리야?" "연애 감정이라니까. 명확하잖아. 모르겠어? 내가 사전을 찾아다 주길 원해?" "아니, 됐어. 좋아, 연애 감정. 그 녀석이 널 유혹했어? 널 건드린 거야? 둘이 키스도 했나?" 클로틸드가 마침내 진실을 밝히기까지는 사흘 동안의 추가적인 시간, 교묘한 작전을 펴며 대답을 회피할 사흘의 시간, 화를 내며 반박할 사흘의 시간이 더 필요했다. "그냥 뽀뽀만 했어. 술을 마신 상태였거든. 저녁을 먹은 후 밤 수영을 하려고 해변으로 내려갔다가……." 고백을 하는 그녀의 표정은 즐거워 보였고(로랑 달의 눈앞에 그녀가 묘사하는 광경이 펼쳐졌다. 작은 만, 조약돌들, 메마른 나무들, 클로틸드의 가슴, 선블록 오일과 눈멀도록 눈부신 빛이 결합된 결과로 찬란하게 반짝이는 그녀의 따뜻한 피부 위에 의붓오빠라는 작자가 남긴 손자국), 잔인하게 일그러진 로랑 달의 얼굴을 보며 즐기고 있는 듯했다. "한밤의 수영이라……." 로랑 달이 중얼거렸다. "바로 그거야. 한밤의 수영." "그렇다면 벌거벗었겠구나……." "물론 아니지. 보통 수영을 할 때는 수영복을 입지. 우리는 자연회귀주의자가 아니니까!" 다음 날 밤, 로랑 달의 끈질긴 추궁 끝에 졸음에 겨운 클로틸드의 입에서 보름달 아래 나체로 수영을 했다는 고백이 흘러나왔다. "보름달 아래서! 보름달이 떠 있었구나! 보름달 아래여서 두 사람은 매우 흥분한 채 벌거벗고 수영을 했다!" 그는 먹지도 않고 자지도 않았다. 그는 악착스럽게도 점점 더 성적인 흥분 상태로 치닫는 가족간의 의심스러운 범죄 행위의 절정을 알아내고 싶어 안달했다. 어느 날, 클로틸드가 친구네 집에 저녁을 먹으러 가느라 집을 비운 사이에(그녀는 자주 수업을 빼먹었기 때문에, 친구에게 그 동안의 강의 내용을 적은 많은 양의 복사물을 받아야 했다) 로랑 달은 그녀의 스튜디오를 샅샅이 뒤졌다. 그는 구석구석, 옷장들 전부, 서랍들도 전부, 서류꽂이들까지 전부 다 샅샅이 탐험을 했다. 조심스레 숨겨져 있을지도 모를 의붓오빠라는 남자와의 은밀한 관계의 흔적을 찾으려 열심히도 뒤졌고, 결국 서류꽂이에 꽂혀 있던 월트 휘트먼의 시와 박식한 교수가 들려주는 강의 내용을 적은 필기장 사이에서, 그녀가 프랑시스에게 보내는 편지 내용을 끼적거린 종이 한 장을 찾아냈다. "나의 아름답고 화려한 사랑"이라는 문장이 있고, 그 다음은 수정한 흔적만 남긴 채 지워져 보이지 않았다. 내용의 3분의 2가 줄로 지워져 있었다. 다른 부분은, 서둘러 쓴 듯 두 줄 사이에 적느라 아주 조그만 글씨들로 적혀 있었다. 그는 클로틸드가 의붓오빠와 사랑에 빠졌고 그들이 "서로의 품에 안겨" 보낸 "내 인생의 가장 아름답고, 지고한 저녁 시간들"을 잊지 못하고 있다는, 문자로 된 증거를 보았다. 그녀는 그에게 주고 싶었던 "외알박이 다이아몬드 반지"라고 썼다. "고귀한 보석만큼 지속적이며"(그녀는 "영원한"이라는 단어에 줄을 그었다. 아마도 진부하고 약간은 광고문구 같아서였을 것이다), 그들이 경험한 "너무나 빛나는 시간들의 증거로"(순수하고 맑은 이 단어들은 줄이 그어져 있었다). 로랑 달은 그날 저녁 두 배의 즐거움을 경험했다. 우선 한 가지는 그가 품고 있던 의혹이 확인되었으며, 클로틸드를 궁지에 밀어넣어 결정적인 고백을 하게 할 수 있게 되었다는 것이었다. 두 번째로 더욱 가슴 떨리는 즐거움은, 질투가 그를 고문하는 동시에 그를 만족시켰다는 것이었다. 구역질과는 반대되는 모호하고 이상한 흥분이 그를 사로잡았고, 그는 들떠서 '음부', '고추', '빨다', '성교' 따위의 노골적인 단어들을 찾아보았다. 그리고 그런 단어들이 보이지 않자 약간 실망했다(화가 났다고까지 말할 수 있을 것이다. 물론 겉으로는 안심을 한 것 같았지만). "우리는 어떻게 될까? 당신에 대한 내 사랑, 우리이기 때문에 두려운 거야(그 부분에서 로랑 달은 지워진 단어를 하나 찾아냈는데 읽을 수가 없었다. 게다가 그 단어 대신 쓰인 단어도 알아볼 수가 없어 초조하고, 자기 자신이 초라하게 느껴졌다). 우리가 (삭제)했던 (삭제)을 없애야만 해. 그리고 우리가 얘기했던 것처럼, 그랬던 것처럼." (로랑 달은 위의 삭제된 부분에 '약속'이라는 단어를 넣어 생각해보기도 했지만, 그 글자가 뭔지는 끝내 알아낼 수 없었다.) 로랑 달의 뺨 위로 눈물이 흘러내렸다. 그는 손으로 자기 성기를 쓰다듬었다. 아랫배에 고통이 차올라 딱딱하게 굳어버렸다. 무거운 쇳덩어리 포탄이 뱃속을 꽉 채우고 있는 것 같았다. 그는 클로틸드가 만든 예민한 문장들을 끈기 있게 읽고 또 읽었지만, 그 문장들이 어떤 의미를 갖고 있는지 제대로 판독하기는 어렵다는 것을 깨달았다. 하지만 그가 찾아낸, 문법 구조상으로는 문맥이 끊기고 분산되고 산산이 흩어진 그 몇 조각의 단어들만으로도 로랑 달을 쓰러뜨리기에는 충분했다. "사랑"이라는 단어, "부드러움"이라는 단어, "잊을 수 없는"이라는 단어, "고통"이라는 단어, "텅 빈"이라는 단어, "결여"라는 단어, "절망"이라는 단어, 그리고 "처음부터 벌 받아 마땅한"이라는 표현(그녀가 틀렸다고 할 수는 없다. 이런 성격의 관계는 처음부터 벌 받아 마땅하다고 할 수밖에 없다). 나는 상처 입고 산산이 부서졌어. 이런 매춘부는 뒤도 돌아보지 말고 버려야 해! 이 계집애에게서는 건질 게 하나도 없어! 클로틸드 엄마가 옳았어! 이런 창녀하고는 같이 있지 않을 거야. 내 인생이 다 허공에 흩어질걸! 그녀의 흔적을 샅샅이 좇던 로랑 달은 화장실 선반 위에 있는 화장품병과 약병 들 사이에서 보석함 하나를 발견했고, 보석함 안의 빨간 벨벳 쿠션 위에 조심스레 놓인 외알 다이아몬드를 찾아냈다. 다이아몬드가 천장의 전등 아래에서 말할 수 없이 아이러니컬하게 빛나고 있었다. 보석 상자는 진홍색으로 벌어진 질의 섬세하고 가느다란 홈 가운데에 보이는 클리토리스처럼 외알박이 다이아몬드를 드러내고 있었다. 그는 두 눈을 감고 비장하게, 뾰족한 그것을 혀끝으로 핥기 시작했다. "그래서?" 그가 클로틸드를 다그치며 물었다. "이거에 대해서는 뭐라고 변명할 거야?" 그녀는 믿을 수 없을 정도로 조용히, 전혀 당황하지 않고, 심지어 두 눈에는 짐을 덜었다는 홀가분한 광채까지 띠고서 편지와 다이아몬드를 바라보았다. 마치 로랑 달이 발견한 것들이 그 터무니없는 이야기의 잔재를 완전히 없애버리기라도 할 것처럼. "내가 답장할 순서가 돼서 쓴 편지일 뿐이야. 그냥 순서가 돼서 썼어. 너무 감탄스러워서. 하지만 다 끝났어. 미련 없이 잊었어. 더 이상은 아무 감정도 남아 있지 않아." "그 모험담을 나한테 다 털어놓아야 하는 거 아냐? 네 모험담을 나한테 다 털어놓을 필요가 있다고 생각하지 않난 말야." 거기까지 말한 후 로랑 달은 화장실로 토하러 갔다. 방으로 돌아오자, 클로틸드가 말했다. "왜 그래야 되는데? 너도 봤다시피 나는 답장 한 장 안 보냈어. 이제 그 이야기는 더 이상 듣고 싶지 않아." 그러자 로랑 달은 다이아몬드를 집어 꿀꺽 삼켰다. "네 잘난 다이아몬드를 어떻게 하는지 봐라. 삼켰다 (그 뾰족한 물건이 목구멍으로 굴러떨어져 식도로 내려가는 게 느껴졌다). 만약 다이아몬드를 찾고 싶다면, 내 똥을 뒤져야 할걸……. 원한다면 네《마리 클레르》최근호 두 권을 겹쳐놓고 그 위에 똥을 쌀 수도 있지. 의붓오빠하고 자라고 니들을 자극한 그 잡지 말이야. 넌 내 똥 속을 휘저어야 해. 그래도 내 똥은 네 인생보다는 덜 역겹고 덜 끔찍하다……." 로랑 달은 말을 마치며 웃음을 터뜨렸다. "그런 잡지 따윈 버려도 상관없어. 다시 한 번 말하지만 이제 그 얘기는 더 이상 하고 싶지 않아." 로랑 달은 이렇게 말하는 클로틸드를 믿었다. 그럼에도 불구하고, 그는 두 연인들 사이에 벌어졌던 은밀한 행위의 정도를 정확하게 알고 싶었다. 이 베일을 벗기는 작업은 12주라는 기간 동안 단계적으로, 고통을 수반하며 행해졌다. "그러니까 너는 그놈이랑 닷새 동안 따로 나가 있었구나." "그렇다고 할 수 있지." "그런데도 아무 짓도 안 했다? 내 얘기는 성적인 행위 말이야……." "성적인 행위는 전혀 없었어. 그저 포옹만 했을 뿐이야." 몇 주 후. "애무를 했다고? 내가 지금 정확하게 들은 거야? 결국 털어놓는 거냐? 애무했다고 했어?" "아주 잠깐이었어. 그가 금세 오르가즘을 느꼈거든. 2분 만에." "그 녀석이 오르가즘을 느끼기까지 했다고? 그 끔찍한 자식이, 그 보잘것없는 폴리테크니크 출신 공학도가 네 손가락에 정액을 튀겼다는 거야!" (사소한 부분까지 들어가보자면, 프랑시스는 에콜 드 폴리테크니크*를 막 졸업했고, 그 사실로 추측 가능한 그의 우수성 때문에 로랑 달의 열등감은 더욱 증폭되었다. 그에 대해 클로틸드는 "성숙하지는 않지만 지적이고 명석한 사람"이라고 여러 번 말한 적이 있었다. "전체적으로는 미숙해. 소년이야. 하지만 그 두뇌는, 제기랄, 넌 모를 거야. 진짜 놀라워." "만약 네가 묘사하는 것처럼 그의 두뇌가 세상과 미숙하고 유치한 관계를 유지하는 나사[NASA]의 소프트웨어 정도라면 놀라운 것일 수는 없어. 감각적 시선과 예술에 대한 지적 능력은? 늘 그렇듯이 그것은 생각하지 않지. 네게 지적 능력은 지적 능력일 뿐이니까.") "2분 만에라고 말했잖아! 아니, 그것도 안 됐어!" 사흘 후. "그가 네 몸 위에서 오르가즘을 느꼈다고? 네 가슴 위에서? 네 머리카락 속에 얼굴을 묻고?" 10월 초. "네 의붓아버지는……." "내 의붓아버지가 뭐……." "알고 계셔?" "그 질문은 벌써 3천 번도 더 했어." "그럼 다시 한 번 더 묻는다. 새아버지는 알고 계셔?" "틀림없이 짐작은 하고 있을 거야. 아버지는 기분이 좋아 보이셨어. 내가 하고 싶은 말은…… 그날 저녁…… 아버지의 피렌체스러운 미소가……" 클로틸드의 이런 쾌활함이 매번 그를 침묵 속에서 빠져나오게 만든다! 이 순수함, 자유로움, 건전한 단순함! "아버지의 피렌체스러운 미소? 무슨 얘기를 하고 싶은 거야?" "그의 피렌체스러운 미소라는 건…… 만족스런 미소를 뜻하는 거야……. 짓궂

---

* 국립 이과학교. 이공계 학교 중 프랑스 최고의 학교로, 그곳에 입학하는 학생들은 수재로 평가받는다.

고…… 음모를 품고 있는 듯한 미소지……. 새아버지는 언제나 배배 꼬인 상황을 좋아하셨어.""그렇다면 알고 계시겠네." 클로틸드가 어깨를 으쓱했다. "게다가 그는 즐거워한다, 하물며 그 사건을 유쾌하게 생각한다? 진짜 믿을 수 없는 일이야. 정말로 정신적으로 문제가 있고 타락한 가족이다…….""내 귀여운 로랑도 그런 것에 적응이 되어야지.""너희들은 진짜 이상한 족속들이야. 친아들과 의붓딸이 함께 자고…….""그냥 빨기만 했어. 같이 잔 게 아니라.""빨아? 이젠 빨았다고?""결과적으로는 아니야. 건드리기만 했어. 그러니까 애무만 했다고. 뭐, 마스터베이션을 조금 도와준 거라고나 할까.""빨았다고 했잖아, 클로틸드! 내 귀로 똑똑히 들었어! 네가 빨았다고 했잖아!""네가 잘못 들은 거야.""네가 한 말을 그대로 말해볼게. '같이 잔 게 아니라 빨기만 했어'라고 했어." 클로틸드는 침묵했다. 그녀는 일어나서 주방 쪽으로 갔다. "가만 앉아 있어. 다시 한 번 반복하자면 '같이 잔 게 아니라 빨기만 했어'라고 말했다니까." 클로틸드는 한숨을 쉬었다. 그녀가 다시 돌아와 침대 위에 앉았다. "조금 빨고, 나머지는 손으로 끝냈어. 혀끝으로 몇 초 핥고 손으로 끝냈다고. 백 번도 더 말했잖아. 그가 2분 만에 오르가즘을 느꼈다고. 다양한 환상 세계에 도달할 시간은 거의 없었다니까!""그러니까 너도 인정한 거야. 석 달이 지난 지금에 와서야 결국 그 자식을 빨아줬다는 걸 인정한 거라고." 그녀가 고백을 하면 할수록, 로랑 달은 자신들의 연정이 더 강해지는 걸 느꼈다. 진실을 캐내기 위한 그와 그녀의 이 수많은 만남은 속죄자가 희생하는 심정으로 굴복한 은밀한 의식과 같았다. 그것은 황폐하지도, 신랄하지도 않았다. 하지만 거기에는 기이한 암묵적 동조가 있었고, 동요에 가까운 불안감이 있었다. 어쨌든 그것은 첫째 그의 끈질긴 고집 때문에, 둘째 그녀의 고백으로 조성된 화해 무드 때문에 그들이 서로에 대한 애정을 증명하는 좋은 기회가 되었다. 클로틸드는 참을성 있고 애매모호하고 섬세하고 부드럽게 버텼다. 로랑 달은 낙담하지 않고, 사랑을 위하여 고통이라는 용과 싸우는 기사로 변신했다. 이 독특한 주제를 놓고 오랫동안 서로에게 귀를 기울이며 대화를 나눈 결과, 두 사람은 아주 강한 애착으로 연결되었다. 훗날 로랑 달은 매일 저녁 비밀 속으로, 은밀함 속으로, 서로에 대한 감정 속으로 두 사람을 던져넣었던 이 편집증적인 시기야말로 그들 사랑의 황금기였다고 생각하게 되었다.

파트리크 네프텔은 달콤한 과자, 햄과 소시지, 까망베르 치즈와 하이네켄 맥주, 탄산음료를 종일 입에 달고 살면서 텔레비전을 보는 걸로 하루하루 시간을 보냈다. 그는 혼자 격리되어 있는 것을 고통스러워하며, 바깥세상과 관계를 맺으려 애썼다. 그러나 그의 노력은 결국 수포로 돌아가고 말았다. 그의 어머니는 2년 전에, 사실 아직 때가 되지 않았을 때에 그를 세상에 내보내려는 시도를 했다. 그가 아직 일거리를 찾을 준비가 되어 있지 않을 때였다. "그렇게 아무것도 하지 않고 소파에만 누워 패배자처럼 살면 안 돼!" "왜 안 돼! 내가 뭘 하든 엄마가 무슨 상관이야!" "그저 시간이 흐르는 대로 살아지는 인생도 있다고 생각하는가 본데……" "아, 아…… 됐고. 그래서 날더러 뭘 하란 거야? 내가 할 수 있는 게 뭐가 있다고." "말했잖니. 내가 일 나가는 집이 까르푸 지점장 댁이라고. 지점장님이 널 채용해줄 수도 있다더라." "그거로군! 나보고 까르푸 트럭에서 짐이나 나르란 거였어." "내가 죽는다고 상상해봐." "난 성공하고 싶어!" "혹시 내가 심장마비로 죽기라도 하면!" "난 변호사가 될 거야. 아니면 금융가도 괜찮지. 그런데 나보고 주차장에서 트럭에 실린 짐이나 내리라고?" "침대에 누워 하루 종일 뒹굴거리는 게 더 좋은 거겠지!" "수송 운반대에서 짐을 옮기는 모욕을 당하느니 차라리 침대에 누워 있는 게 나아." "내가 갑자기 죽기라도 하면 뭘 해서 먹고 살 거야?" "그건 강박관념이야! 엄마도 자살할 거야? 엄마도?" 파트리크 네프텔은 7개월 동안 까르푸에서 냉동식품 진열대 세 곳을 관리하는 상품 운반 전담 직원으로 일했으나, 습관적으로 냉동식품을 집어먹고, 이유 없이 결근을 하고, 지시사항을 빨리 이해하지 못하는 등 업무 능력도 낮아 결국 해고되고 말았다. 그러나 이제 그는 2년 전의 그 일을 그리워하고 있었다. 그 대형마트에서 일할 때 그는 사람들과 관계를 맺고, 친구들을 사귀고, 그들과 함께 점심을 먹었으며, 빨강머리 계산원 베아트리스의 관심을 끌기도 했다. 어느 가을날 저녁, 마트 주차장에서 그녀와 오랫동안 키스를 한 적도 있다. 그러나 더 이상 진도를 나가지는 못했다. 파트리크 네프텔은 여자에 대해 아는 게 전혀 없었다. 그는 키스를 했기 때문에 피할 수 없는 필연적 결과로 그녀와 사랑을 나누어야만 한다고 생각했다(그에게는 상상조차 쉽지 않은 어마어마한 일이었다). 그래서 그는 자신만의 껍데기 속으로 숨어버렸다. 최근에 그는 다시 베아트리스에게 전화를 걸었다("파트리크! 이게 얼마만이야! 정말 놀랄 일이다! 잘 지내지?"). 하지만 그녀는 마그렙* 남자와 결혼을 했다고 했다("아지즈 기억하지?"). 공구 선반을 담당했던 직원이었다. "우리 한번 만나면 어떨까? 만나서 한잔하자……. 원한다면 아지즈도 함께……." "그건 좀 어렵겠다……. 아지즈가 우리 둘을 다 아니까……. 그는 질투가 심해. 아주, 아주 심해. 너도 무슬림들이 어떤지 알지? 미안해, 우리가 다시 만나는 건 불가능할 것 같아." 그는 이제 여자 계산원들의 영악한 미소, 동료들과 함께 먹었던 점심식사, 창고에서 그들과 주고받았던 짓궂은 농담들을 존경해야겠다고 생각했다. 그들은 토요일 저녁이면 코르베이유 에손으로 볼링을 치러 갈 것이다. 여자는 자신의 남자친구가 경험이 없다 하더라도 그걸 이해하고 너그럽고 친절한 마음을 보여줄 것이다. 파트리크 네프텔은 다시 자위행위를 하기 시작했다. 베아트리스의 모습과 그 동안 자신이 교묘하게 피해왔던 감정

* 모로코, 튀니지, 알제리를 포함한 북아프리카 지방.

들을 눈앞에 그려보았다. 그녀가 그에게 말한다. "사랑해." 그가 대답한다. "나도 사랑해." 그녀가 그를 향해 미소를 짓는다. "이리 와서 날 안아줘." 그녀가 가운을 벌린다. "가슴을 애무해줘." 그가 그녀의 분홍빛 젖꼭지를 빠는 동안 그녀는 그의 목덜미를 부드럽게 쓰다듬는다. "젖꼭지는 정말 민감한 부분이야…… 네가 젖꼭지를 이빨로 깨무는 것만으로도 오르가즘에 오를 것 같아……" 마침내 그는 신음 소리를 내며 침대 위에 사정했다. 그는 6개월 전부터 일자리를 찾고 있었지만 아직 취업에 성공하지 못한 상태였다. 최근 그는 비극적 사건이 일어난 후 처음으로, 두려운 마음을 달래가며 사건 이전의 삶의 흔적들을 찾아보았다. 쌓여 있던 상자들을 뒤져 복사물들을 찾아냈다. 학교에 제출했던 과제물들에 빨간 펜으로 적힌 평가들을 경탄스러운 마음으로 읽었다. "훌륭한 과제!", "브라보!", "뛰어난 분석", "아주 잘했음" 등. 기억을 더듬어 당시에 마음을 빼앗겼던 책들(뜻밖에 찾아낸)을 들춰보았다. 제임스 조이스의 『디달러스』, 로트레아몽의 『말도로르의 노래』, 앙드레 브르통의 『초현실주의 선언』과 말라르메의 『시집』이 그것들이었다. 과거를 돌아보는 이 시간은 그를 또 한 번 죽였다. 그는 벽에 책들을 던지고, 눈물을 흘리며 과제물들을 찢었다. 파트리크 네프텔의 어머니는 "이력서를 낸 회사들에서 답장 안 왔니? 좋은 소식 없어?"라고 물었다. 그가 취업을 하고자 보낸 이력서들에는 거의 답신이 없었다. 두 번 면접을 봤는데, 면접을 보는 동안 그는 머뭇거리고, 당황스러워했으며, 걱정스러울 정도로 불안한 감정을 느꼈다. "통신 강의로 4년 동안 철학을 공부했다고 하셨죠?" 한 회사의 인사과장이 그에게 물었다. "중간에 그만두신 이유는 뭔가요?" 파트리크 네프텔은 뭐라 말해야 할지 몰라 침묵했다. "왜 그만두셨나요? 까르푸에서 열 달 동안 근무한 경력을 빼고는……" "여행을 했습니다." "여행을 했다고요?" "오랫동안 여행을 했습니다. 머리를 식히고, 세상을 향해 나를 열기 위해서요." "어디를요? 어디를 여행했나요? 사회인이 되기 위한 통과

254

의례로 여행을 택했던 것 같은데, 맞나요?" 파트리크 네프텔은 미심쩍어하는 인사과장의 얼굴을 살펴보았다. "음, 그러니까 조금 여기저기…… 미국하고…… 남아메리카……." "남아메리카요? 어떤 도시들에 갔나요?" 파트리크 네프텔은 당황하고 경악했다. 유리창 너머로 몇 그루의 포플러나무가 산들바람에 물결치고 있었다. "아뇨……. 남아메리카가 아니고…… 제가 헷갈렸나 봐요……. 죄송합니다." 그리고 나서 "뉴욕에만 갔다 왔어요. 뉴욕하고, 몇 군데 더……"라고 중얼거렸다. 마지막으로 파트리크 네프텔은 용기를 내어 말했다. "이 일은 제 마음에 꼭 듭니다. 정말 이 일을 하고 싶습니다." 인사과장은 일어서서 손을 내밀었다. "나중에 연락드리겠습니다. 사나흘 내로 연락드리죠." 파트리크 네프텔은 1주일 후, 여자 전화 교환수(그가 주의 깊게 보았던 여자였고, 그는 그녀도 자신을 주의 깊게 보았다고 생각했다)에게 술이나 한잔하자고 청하려고 다시 그 회사로 갔다. 여자 전화 교환수는 그를 정신이상자 취급하며 거칠게 내쫓았다. 그가 접근한 젊은 여자가 그의 뻔뻔함에 적의를 보이며 냉랭하게 구는 것이 이번이 처음은 아니었다(그는 에브리*에 있는 아고라 광장을 주기적으로 어슬렁거렸다). 그가 젊은 여자들을 욕보였을까? 그녀들은 그에게 모욕당했다고 느꼈을까? 파트리크 네프텔은 점잖게 행동했고, 내성적이며 공손한 남자의 이미지를 풍겼다. 말투도 안심해도 좋을 정도였다. 그는 자신의 모습을 원망했을까? 뚱뚱한 외모를? 굼뜬 몸짓을? 그가 불안감을 극복하려고 노력하느라 배어나온 분비물이 그녀들의 눈에 띄었던 것일까? 정신적으로 건강치 못하고 불쾌한, 그가 살았던 골방의 분위기가 그의 눈빛을 통해, 피부를 통해, 침울한 표정을 통해 스며나왔던 것일까? 장에서 풍기는 냄새처럼 끝장난 운명의 냄새를 자신도 모르게 풍겼던 것일까? 사람들이 그에게 보인 무례함은 그의 적개심을 증폭시

* 파리 남쪽의 교외 도시.

255

켰고, 슬픔을 더했으며, 반항심을 더욱 단단하게 만들었고, 그가 갇혀 살던 골방을 더욱 좁혔다. 파트리크 네프텔은 열일곱 살 때 자주 만나던 한 친구(아버지가 자살할 당시, 그와 가장 친했던 친구였다)의 연락처를 우연히 얻게 되어 그에게 전화를 걸었다. 프랑크 페티종은 상경학 공부를 마치고, 실용서적을 전문적으로 펴내는 출판사에서 영업사원으로 일하고 있었다. 정원일, 목공일, 홈인테리어에 대한 책들을 내는 출판사였다. "우리 한번 만나는 거 어때?" 파트리크 네프텔이 그렇게 말하자, 프랑크 페티종이 물었다. "너 어디 살아? 어떻게 지내니? 그때부터…… 그러니까……" "별거 안 했어. 그 사건에서 헤어나오느라 시간이 많이 걸렸어. 지금은 많이 나아졌지. 직장을 찾고 있는 중이야." "어떤 분야로?" "아무 거나. 아무 분야나 다 좋아. 당분간은 말이야……" "실제로 너한테 필요한 건……" "제일 중요한 건 시간이 많이 흘렀으니 이제 제자리를 찾고, 현실감을 되찾는 거야. 어쩌면 교육을 좀 받을 수도 있겠지……. 그 다음엔…… 난 아직도 어머니랑 살고 있어. 맥빠지는 일이지. 난 나 사신에 대한 믿음을 잃었어." "당연한 거야. 이해할 수 있어." "자신감의 문제야. 난 자신감을 잃었어. 아버지의 자살로 내 자신감은 산산조각 났어. 그때까지만 해도 오히려 건방진 축이었지만." "어쨌든 야망이 있었지." "지금 나는…… 세상이 나를 필요로 하지 않는 것 같아. 심지어 세상은 내가 사라지길 바라고 있다는 느낌이 들어. 나는 불필요한 존재가 됐어. 여태까지 어머니가 날 먹여 살렸어. 스물여덟 살인데, 직업도 없고, 친구도 없고, 경험도 거의 없고, 수입원도 전혀 없어……." 전화기 너머에서는 침묵이 흘렀다. 파트리크 네프텔은 친구가 들고 있는 수화기 저쪽에서 들려오는 사람들의 목소리를 들었다. 파트리크 네프텔이 용기를 내어 말했다. "우리 만나지 않을래? 만나서 한잔할까? 피자 먹을까? 네 친구들을 나한테 소개시켜줘도 좋아. 네 아내를 소개해줘도 괜찮고……. 잘은 모르겠지만……." 프랑크 페티종이 잠깐 주저하더니 대답했다. "안 될 게 뭐 있겠냐? 네가 원한다면……." 두 사람은 생 제르망 데 프레의 한 카페에서 만나자는 약속을 했고, 파트리크 네프텔은 카페 문이 닫힐 때까지 친구를 기다렸다. 그후로도 그는 여러 번 프랑크와 만나려 애썼고, 자동 응답기에 메시지를 남겼으며, 친분을 맺자고 부탁하는 엽서를 보냈다. "너는 내 유일한 친구야. 까르푸에서 일할 때 만났던 옛 동료들은 나를 피하는 것 같아. 내가 그들을 두렵게 만들었다는 거야. 왜 그럴까? 무슨 일이 있었지? 내가 뭘 어쨌기에 주위 사람들이 모두 내 눈에 띄지 않으려 슬슬 피하는 걸까(인사 담당자들과 옛 동료들뿐만 아니라 가족도 내게 아무 말도 하지 않아. 예를 들어 우리 누나는 내가 전화를 해도 절대 받지 않아)?" 프랑크 페티종은 그의 편지에도, 그가 남긴 전화 메시지에도 아무런 답을 하지 않았다. "열일곱 살에 고등학교를 그만뒀어요?" "저는 상경계 대학에 가고 싶었습니다." "자퇴한 건가요?" "상황 때문에 그랬어요. 상황이 안 좋았죠. 깊게 상처를 입은 상황이었다고 할 수 있을 것 같습니다." 그는 자신이 한 말을 곱씹어보았다. 그리고 안정되고 조용하며 단호한 시선으로 인사 담당자를 바라보았다. "어떤 상황이었는데요?" 파트리크 네프텔은 어떻게 대답해야 하나 망설이며 마른침을 삼켰다. 울컥 가슴 밑바닥에서 울음이 치밀어올랐다. "그 얘기는 말씀드리기가 좀 곤란한데요." "어떤 성격의 상황이었죠? 건강 문제였나요? 가족 문제였습니까? 아니면 범죄와 관련된 문제였나요? 우리는 이 10년 동안의 긴 공백이 무엇 때문이었는지 정확하게 알아야 한다는 점을 이해해주세요. 까르푸에서 잠깐 근무했던 경험을 제외하고……" "범죄와 관련된 문제는 아닙니다. 안심하세요. 전과는 전혀 없습니다." "어쨌든 확인해보겠습니다." "건강상의 문제도 아닙니다. 엄밀히 말하자면…… 말씀드리고 싶습니다만……." "엄밀히 말하자면?" "다시 한 번 더 말씀드리지만 말씀드리기가 곤란한……" 인사 담당자이자 치안 책임자인 면접관이 파트리크 네프텔의 말을 끊었다. "그런 경우 내 생각에는……" 이번에는 파트리크 네프텔이 상대방의 말을 끊었다. "야간 당직자를 뽑는데 이렇게 자세하고 길게 모든 사실을 말해야 할 필요는 없는 것 같은데요." "하지만 우린 더알 필요가 있습니다. 무슨 이유 때문인지를 알아야 할 필요가 있어요." "아버지가 자살을 했습니다. 아버지가 제 눈앞에서 포크로 목을 찔러 자살하셨어요. 아버지는 목에 포크를 박은 채 주방 바닥에 쓰러져 돌아가셨습니다." 인사 담당자가 당황한 얼굴로 그를 바라보았다. 공포의 전율이 파트리크 네프텔의 등줄기를 타고 흘러내리는 것 같았다. "평범하지 않은 충격적인 자살……" 인사 담당자가 벌떡 일어서며 말을 끊었다. "알았습니다. 연락드리겠습니다." "모두들 다 그렇게 말하지요." "아마도 그 이유 때문에……" "그게 무슨 말씀이시죠?" "이제 그만 합시다. 그게 좋겠어요." 하지만 파트리크 네프텔은 고집을 부렸다. "확실하게 밝혀주십시오. 선생님께서 이렇게 말씀하신 게 맞나요? 제가 다시 말해볼게요. 아마도 그 이유 때문에라고요?" "나가주셨으면 좋겠어요. 이런 종류의 요구에 대답하는 데 익숙지 않습니다." "지도 익숙지 않아서……" "마지막으로 말하겠어요. 자리에서 일어나서 나가주세요." 이제 인사 담당자는 파트리크 네프텔을 위에서 굽어보고 있었다. "안 될 일이지요. 왜냐하면 당신은 치안 책임자로서 그 더러운……" 인사 담당자가 그의 팔을 거칠게 잡았다. "놔요! 내 몸에 손대지 마요! 혼자 일어날 수 있어요!" 그는 자리에서 일어났지만 사무실에서 나가지 않고 꾸물거렸다. 그는 도전적인 표정으로 인사 담당자 앞에 섰다. 원망과 역겨움, 참을 수 없는 적개심이 그를 사로잡았다. "사과하세요." "여기서 나가주세요. 내 참을성엔한계가 있거든요." "내 참을성은 끝을 몰라요. 아마도 내가 당신보다 더많이 참을 수 있을 겁니다." 파트리크 네프텔은 인사 담당자의 건장한 몸이 자기를 산산조각 낼 거라 생각했다. 그는 자신이 느끼는 슬픔의 가장 깊은 곳에서, 반항의 가장 깊은 곳에서 강력히 호소했다. 그는 분명하게 그것을 느꼈다. 머릿속에서 점점 커지는 예감을 느꼈다. 곧 산산조각 나리라는 것을. 인사 담당자가 파트리크의 팔을 단단히 붙들고 사무실 문 앞으로 끌고 갔다. 파트리크 네프텔은 그의 손아귀에서 팔을 빼고는 사무실 모서리로 몸을 피했다. 인사 담당자가 다시 그에게 다가왔다. 파트리크 네프텔은 그의 얼굴에 침을 뱉었다. 이 무례한 행위는 실체적인 것이었고, 그 행동을 함으로써 그의 가슴속에서 꿈틀거리던 파괴의 충동이 조금이나마 누그러졌다. 이 주식회사의 치안 책임자는 칭찬받아 마땅할 만한 냉정함을 유지했고, 이런 모욕적인 상황을 만든 지원자를 산산조각 내지는 않을 모양이었다. 그는 책상으로 가서 휴지로 얼굴을 닦고, 전화기의 버튼을 눌렀다. 그가 똑바로 파트리크 네프텔을 바라보았다. "그래, 그거야. 어서 하라고. 전화해. 경찰에 전화해. 동료들에게 도움을 청하라고. 넌 혼자서는 자신을 지킬 용기도 없잖아. 병신……. 쪼다……. 몸에 근육만 잔뜩 붙은 시시한 자식." "응, 나 베르나르요……." 인사 담당자가 전화기에 대고 말했다. "여기 문제가 좀 생겼어." "내 얘기 잘 들어! 넌 쪼다야! 네 여동생, 네 어미, 네 후손들도!" "미안하지만 잠시만 끊지 마. 곧 돌아올게." 인사 담당자는 그렇게 말한 후 전화기를 책상 위에 내려놓고 파트리크 네프텔에게 다가왔다. "시장에서 힘자랑 하고 있는 네 근육질 여동생한테나 가서 빨아달라고 해라!" 사흘 후, 파트리크 네프텔은 코르베이유 에손에 있는 어느 병원에서 퇴원했다. 깁스를 하고, 통증 때문에 잘 움직일 수도 없는 몸으로 그는 봄이 끝날 때까지 자리에 누워 있었다.

8

　한때 사람들이 내 책에 대해 말이 많았던 것은 한 라디오 프로그램 때문이었다. 그 방송 때문에 나는 의욕이 완전히 사라졌고, 심지어 살인 충동까지 느꼈다. 좀 자세하게 얘기할 필요가 있겠다. 그러려면 우선, 내 자신이 얼어붙은 건축물, 냉기로 인해 벽돌들이 쪼개져 후드득 떨어지는 버려진 창고가 된 것만 같던 축축한 3월의 잿빛 아침을 떠올려야만 한다. 내 책을 출판한 출판사의 편집자가 '프랑스 퀼튀르'의 한 방송에서 내가 쓴 소설 『가정의 기질』에 대해 공동 도론을 할 예정이라는 사실을 알려주었다. 프랑스 퀼튀르는 공적자금을 지원받는 문화 전문 라디오 방송국이다. 나는 그 방송에서 다루는 책 목록에 최근에 내가 쓴 소설이 포함되었다는 걸 알고 깜짝 놀랐다(게다가 그 방송은 내가 파티에서 만나 사귀게 된 오랜 친구가 진행하는 방송이었다. 그는 정치학을 전공한 친구였는데, 전에 내 책을 좋아하지 않는다고 말한 적이 있었다. "왜 좋아하지 않는지에 대해서는 몇 시간이라도 이야기할 수 있을 거야." 물론 내 책이 그 프로그램의 방송 목록에 포함된 것은 그 친구 때문이 아니라, 내 책이 당시 장안의 화젯거리였기 때문이었다). 내가 놀란 이유는 그 소설과 그 소설 전에 출판한 소설이 문화 잡지에서 수많은 기사로 다루어졌음에도 불구하고, 그 라디오 프로그램의 패널들은 늘 나를 존재하지 않는 사람 취급했기 때문이었다. 그들이 입장을 바꿀 것인가? 결국 나를 인정할 것인가? 나에게 작가 자격증을 주는 것으로 해결할 것인가? 나는 공영방송국에 라디오 주파수를 맞추고, 방송이 시작되기 몇 분 전에 침대에 자리를 잡았다. 그 방송을 들으며 내가 느꼈던 고통을 여러분 앞에서 세세히 묘사할 필요는 없으리라. 내 귀에 들려온 목소리들은 우호적이기는커녕 냉랭하고 적대적이었다. 뼛속으로 파고드는 3월의 추위만큼이나. 나는 몸을 떨었다. 기분이 좋지 않았다. 뭔가 끔찍한 일이 일어날 것 같다는 예감이 들었다―리우데자네이루에서, 골목길 저 끝에 네 명의 청년이 벽에 붙어 서서 꼼짝하지 않는 모습을 보는 것과 약간 비슷한 기분이었다고 할 수 있을 것이다. 그 프로그램에서는 각기 다른 작가의 소설 세 권을 다루었는데, 먼저 소개된 두 권에 대해서는 칭찬 일색이었다. 우울한 기분이 내 머릿속에 스며들기 시작했다. 수도꼭지가 새서 물이 뚝뚝 떨어지듯이. 앞의 두 권에 대한 찬사는 과장된 것 같았고, 칭찬의 불균형은 이제 검토되어야 하는 마지막 책과 관련해서는 아무런 의미도 없는 것처럼 보였다. 정오가 되기 10분 전, 드디어 내 책을 언급할 순서가 다가왔다. 마침내 내 오랜 친구가 입을 열었다(말을 고르는 모양인지 툭툭 끊기는 문장으로, 마른기침을 뱉어 내고 문법적인 실수를 연발하며. 그의 매끄럽지 못한 말투는 좋은 징조가 아닌 것 같았다.). "자, 이제 마지막으로 에릭 라인하르트의 소설 『가정의 기질』에 대한 얘기를 해보겠습니다. 이 소설은 4년 전에 『선잠』을 출간했던 작가 에릭 라인하르트의 두 번째 소설입니다. 그가 이번에는 『가정의 기질』이라는 책을 펴냈습니다. 주인공 마누엘 카르셍의 이야기를 담은 이 책의 제목은 에릭 라인하르트가 선택한 사회를 가리키는 것입니다. 마누엘 카르셍은 중산층으로 MC라는 이니셜로 표기될 수 있지요……. 마누엘 카르셍은 가수가 되기 위해 직장을 박차고 나오지만, 앨범 판매량도 얼마 되지 않는 별 볼일 없는 가수가 됩니다……. 그는 늘 자신이 자란 사회계층에 예민하게 반응합니다. 에릭 라인하르트가 우리에게 이야기하고자 하는 것은 70년대의 중산층입니다. 그 중산층이…… 그게 오로지 70년대의 중산층만을 의미하는 것인지 알아야 합니다……. 아마도 시대를 초월하여 훨씬 폭넓게 중산층을 다루고 있는 것이 아닐까요······.
또한 소비와 절약으로 특징지어지는 중산층에 대해서도 얘기하죠. 만약
이 주제로 집약되는 한 단어가 있다면····· 다시 말해 중산층 주인공의
운명을 결정짓는 증오는····· 확실히 이것과 연관이 있습니다. 인생을 진
정으로 즐기지 못하고 항상 절약하는 그 결점에 문제가 있지요." 진행자
는 젊은 여자에게 마이크를 넘겼다. 클레르라는 이름의 여자는 이렇게
말했다. "제가 보기에 에릭 라인하르트의 문체는 매우 진부합니다. 저는
이 책이 좀 작위적이라고 생각합니다. 참으로 시시하고····· 이 책 속에
드러난 욕망의 방식에는 아주 짜증나는 무언가가 있다고 생각해요. 책
속에서 주인공이 얘기할 때마다····· 그러니까 여러분들이 가진 모든 가
치에 실제로 반기를 들며 거칠게 내뱉은 독백 같다고나 할까요. 매번 주
인공이 다른 상대와 대화를 나눈다는 것을 깨닫게 되고····· 계속 등장
하는 이름들을 다 기억해야 하고····· 다른 스타일의 영향을 미치는데,
예를 들면····· 예를 들어 어떤 장면을 읽다 보면····· 그러니까 거기에
서 얘기하는 것은, 뜨개질을 하는 중인 아내에 대해서 얘기하다가······
갑자기 그 장면에서 빠져나와 세 페이지에 걸쳐 어떻게 수음하는지를
설명하느라, 거기에서····· 거기····· 거기에서····· 필다 카탈로그* 위에
서 어떻게 하는지를 설명하는 겁니다(그때, 짜증난 목소리가 외치듯 말했다.
"맞아요! 필다 카탈로그, 맞아요!"). 이제 다시 그 뒤로 이어지는 내용으로
돌아오면····· 주인공이 어렸을 때, 그리고 이런 내용들이 모두 제 생각
에는 아주 작위적인 것 같습니다. 특히 거기에서 얘기하는 것이····· 저
는····· 이 책에는 우리를 심히 불편하게 만드는 뭔가가 있어요. 주인공
이 표현하는 이 폭력성은····· 동시에 그것을 믿게 만드는····· 모든 사
람들에게 말을 걸고, 그 사람들이 모두 이유가 있는····· 그 순간에 아버

---

* 손뜨개 작품을 소개한 뜨개질 카탈로그.

지가 결국에는 아무것도 아닌 것이 아니었다는 것을 설명하고…… 그리고 이제 그 사람 역시 꿈을 가지고 그가 저버렸던 벽장 안에서 끝내고…… 이 모든 것이…… 책을 읽으면서, 사실 이것이 아들의 꿈이고, 아버지가 정말로 끝까지 멍청하다는 것을 깨닫게 되고 남는 것은…… 딸하고도 마지막에는 똑같이, 유언을 남기고 그녀 역시 아버지와 거래를 하고, 다만 거기에서 그녀에 대한 얘기가 세 페이지에 걸쳐 펼쳐지는데, 그것을 제외하고는 책의 나머지 부분은 정말 최악이며…… 따라서 끝까지 폭력성을 동일하게 유지하지 않는 것은 좀 무례한 구석이 있다고 생각합니다. 좀 순응주의적인 폭력이라는 생각도 들어요. 미셸 델페슈에게 침을, 침을 뱉는 것은…… 아니 지스카르에게였는지도 모르겠지만…… 제 생각에는 그게 아니라, 그게 아니라……" 나의 오랜 친구인 진행자가 그녀의 말을 끊었다. "정말 그렇습니까(저는 그가 침을 뱉은 것이 지스카르인지 미셸 델페슈인지 확실하지가 않아서 말입니다)? 하지만 문체에 대해서는 저는 반대로 생각합니다. 문체는 꽤 효과적이고, 구전성(口傳性) 스타일로 작가는 이 책을 내고 성공적으로 자리를 잡았죠…… 음…… 아마도 이 책은 다른 결점들이 있겠지만…… 문체의 문제는 아닌 것 같아요. 그럼 이번엔 티펜느 씨……." 티펜느가 바통을 넘겨받았다. "음…… 저는 이 책을 전혀 다르게 읽었어요. 저는 이 작품이 말없는 『외상 죽음』* 인 것 같아요……. 즉 이 책이 말하고자 하는 바는(조금 아까 한 마디 했던 남자가 또 뭐라고 말했는데, 나는 그가 한 말이 무슨 뜻인지 알아듣지 못했다)…… 셀린느의 『외상 죽음』의 아류로서…… 게다가 마누엘 카르셍은 『외상 죽음』과 이니셜이 똑같아요.** 공통적으로 중산층의 얘기를 다룬 것뿐만 아니라…… 정확하게 똑같은 장면들이 있어요, 아버지/아들의

---

* 반유대주의자, 나치 협력자라 불렸던 프랑스 작가 셀린느의 소설. 가족, 사랑, 과학, 진보, 예술 등 기존 가치를 전면적으로 부정하고, 은어와 비어를 대담하게 사용하였다.
** 『외상 죽음』을 프랑스어로 표기하면 'Mort à crédit'로, 이니셜이 M.C.다.

갈등, 호박 그라탱이 나오는 장면…… 호박 그라탱의 반복, 그것은 『외상 죽음』에서 클레망스가 만든 요리였죠. 아버지가 원했지만 포기한…… 음, 그리고 자동차에 대한 열정이 등장하는데, 『외상 죽음』에서는 아버지가 세 돛대 범선에 대한 열정을 불태우죠(다른 얘기를 하고 싶어 안달이 난 아까 그 남자의 조바심 난 목소리가 들렸다). 음, 화자의 입장에서의 이기주의에 대한 고발, 가족의 폭력, 경제적 고통이라는 주제가 똑같아요. 그러니까 이 작품은 『외상 죽음』을 흉내낸 아류작인 것 같아요." 그때, 아까 그 남자가 참지 못하고 끼어들었다. "그럼 『외상 죽음』을 읽어보면 되겠네요." 그가 내뱉은 말에 좌중에 웃음이 번졌다. 대학교수가 신중치 못하게 툭 던진 한 마디가 모두에게 즐거움을 준 것이다. 이 무슨 잔인한 공모란 말인가! 도대체 어찌된 상황이란 말인가! 그들의 정신이 얼마나 조화롭게 작동하는지! 내가 그들에게 뭘 어쨌기에? 왜 그렇게 심한 반발심을 드러내는지. 티팬느, 자보트, 아나스타샤가 순서대로 말을 이었다. "예, 음, 물론이에요……. 이 책에는 뭔가 결여된 것이 있어요……. 제 생각에는 구전성의 효력은 있어요……. 하지만 그 효력은, 순수하게 사회학적인 수준에서 작동하는 효력이라고 생각해요. 그래도 저는 꽤 동의해요. 이 책에 결여된 것은(아까와 똑같은 남자가 뭔가 얘기하고 싶어 참지 못하는 소리가 들렸다. "저 저는, 저 저는, 저 저는……"), 이 책에 부족한 것은 뭐랄까, 언어예요." 티팬느가 결론을 내렸다. 참을성 없는 그 남자는 내 오랜 친구에게 말할 기회를 달라고 고집을 부렸다. 친구는 "알렉시스……"라고 말했다. 이제 바통을 넘겨받은 알렉시스는 뜸을 들이고, 호흡을 고르다가, 천천히 입을 열었다. "저, 저는 클레르 씨의 의견에 완전히 동의하지는 않습니다(이렇게 말한 후 그는 꽤 길게 침묵했다). 제 생각에 클레르 씨는 너무 너그러웠으니까요." 좌중의 웃음. 그가 두 번째로 재치 있게 던진 문장이 공범자들의 기분을 과장했다. "저, 저는 이 책이 아주 **끔찍한** 책이라고 생각합니다. 끔찍해요. 왜냐하면 사실 끔찍하게 못 썼으니까요. 다시 말해 이 책은 구전성을 가지고 장난을 친 것에 불과합니다. 실제로 셀린느의 구전성 또는 다른 수많은 작가들의 구전성은 어떤 것과 일치하는데, 이 책의 구전성은 무엇과도 일치하지 않아요. 때때로 어떤 사건이 벌어질 때 누군가의 이름을 끼워넣기 때문은 아니죠. 한편 더욱 불편한 것은 풍자에 대한 비장한 노력입니다. 아마도 셀린느식 풍자나 라블레*식 풍자인지는 정확하게 모르겠지만, 거기에 욕설을 줄줄이 늘어놓는 게 문제예요(다른 남자가 짧고 강한 목소리로 동의를 표시했다). 사람들에게 말이죠. 그 사람들은 스스로를 왜곡시키고, 절대로 어떤 것하고도 부합하지 않죠. 거기에는 초라한 중산계급의 증오 같은 것이 있어요. 하지만 그것은 그 무엇으로도 정당화되지 않아요. 단순한 문학적 장면의 연출은 부조리할 뿐이죠. 소설에는 실제로 어떤 등장인물이 있죠. 여러분도 기억하시듯이, 가수와 작사가라는 인물이 있습니다. 하지만 우리는 그들이 어떤 노래를 만들고 불렀는지조차 알지 못합니다……" 첫 번째로 발언했던 여자가 다시 마이크를 잡았다. "미셸 델페슈보다는 훨씬 낫습니다. 우리가 아는 전부는……" 그녀는 혼자 집요하게 웃었다. 신음 소리 같은 웃음이었다. 만약 그들이 옳다면? 그들이 진실을 말한 거라면? 그 순간 나는 거의 그들을 믿을 지경이었고, 머지않아 그들의 독설에 동조할 상황이었다. 나는 시시하고 너절한 존재에 지나지 않았다(사춘기부터 늘 의심을 품기는 했지만). 3월의 그 아침은 내 머릿속에서 그 오래된 확신을 다시금 불러일으키는 역할을 맡았다. 알렉시스가 말을 이었다. "왜 그일까요, 왜 다른 사람이 아닐까……. 그는 영업사원일 수도 있고…… 라디오 비평가일 수도 있죠. 이래도 저래도 다 마찬가지일 겁니다……. 우리는 아무것도 모르죠." 내 오랜 친구가 말을 이었다. "하

---

* 몽테뉴와 함께 16세기 프랑스 르네상스 문학을 대표하는 작가. 인문주의자로서 중세 문화를 비판하여 인간의 진보와 학문에 대한 신뢰를 고취했다.

지만 풍자라는 문제에 대해서는, 저는 그래도 이 책에서 풍자가 제대로 작동하는 순간이 있다고 생각합니다. 라블레가 아니라, 어떤 기본적인 기준의 순간이죠(아까 그 남자가 다시 말을 하려고 애썼다. "하지만"이라고 그가 말했다). 그것은 오히려 몇몇 소설들에서도 일부 찾을 수 있는 것입니다. 특히 마틴 에이미스*의 초기 작품들에서…… 아기 돌보는 일의 모든 단계들…… 이웃 사람들 등. 그래도 저는 이 책에서 이 부분은 성공했다고 생각합니다. 자, 미셸……." 내 오랜 친구는 마지막 발언자에게 말을 넘기며 자신의 이야기를 마무리했다. 마지막 기회였다. 나는 내가 이렇게 취급당하는 데 화가 난 미셸이 아마도 나를 변호해줄 거라고 생각했다. 미셸이 마이크를 잡았다. "예. 그것은 프랑스의 전형적인 중산층들이 지닌 영원한 문제점이지요. 왜 영국인들은 그 문제를 해결할 줄 아는데 우리는 모를까요. 저는 여전히 모르겠습니다. 어쨌든 라인하르트가 쓴 이 책은 그 해결책을 손에 쥐어주지는 않습니다. 음…… 음…… 음…… 그럼에도 불구하고 저는 장점이 있다고…… 말하렵니다. 상당한…… 뭔가 훌륭한 부분이 있다고……. 상당한 솜씨가 있어요……. 음…… 저는 여기 계신 분들이 말씀하신 것처럼 그렇게 냉정하게 말하지는 않겠어요. 하지만 그럼에도 불구하고, 이 비참의 전형은…… 여전히 반대적인 표현보다는 비참을 표현하는 것이 훨씬 더 쉽습니다. 따라서 여기에는 욕구의 결핍이 있어요. 사실, 우리는 사회학에서 벗어나지 못하죠……. 좋아요, 저는…… 우리는 이 책 속에서 아버지의 초상으로 출발하는 경계에 있습니다……. 굴욕에서 시작해 굴욕으로 갔죠. 음, 아주 좋아요……. 하지만 재빨리 지나가야만 하는 순간이 있어요……. 진짜 복잡한 전기적인 미궁 속으로 들어가야만 합니다. 아시다시피 작가는 그것을 잘 해냈어요." 클레르가 말을 이었다. "네. 마지막에 아버지는 화자보다 훨씬 매

---

* 영국의 소설가로 신랄함과 블랙유머가 돋보이는 작품들을 써서 줄곧 영국 문단의 주목을 받았다.

력적이라는 게 사실이에요. 왜냐하면 그는 정말 아무것도…… 사실 우리는 그가 무엇에 익숙한지 알 수 없어요……. 그가 음악을 좋아한다는 건 알겠어요. 하지만 음악에 대해서도 깊이 아는 건 아니죠! 마지막에 우리는 그에게 이렇게 말하고 싶은 욕망을 느껴요. **음, 너는 어머니가 만들어주신 호박 그라탱조차 받을 자격이 없어**라고." 알렉시스가 말을 이었다. "게다가 거드름을 피우죠……." 내 오랜 친구가 말했다. "음……." 다시 알렉시스. "필다의 카탈로그! 아니, 하지만 솔직히 필다의 카탈로그가 나오는 그 장면은 진짜…… 아니, 하지만 진짜로 아무 말이나 막 쓴 거예요!" "네, 진짜, 진짜로 아무 말이나 쓴 거죠……." 아주 다양한 비평, 냉소적인 웃음으로 마침표를 찍는 소리가 들렸다. 그들은 끝났다고 생각하고, 자기들끼리 나에 대해 신랄하게 떠들어댔다. 내 오랜 친구(뒤에서 떠드는 적의에 가득 찬 표현들 너머의 목소리가 들렸다). "음, 자, 이제 인사를 드려야겠군요. 에릭 라인하르트의 『가정의 기질』이었습니다. 스톡 출판사에서 출간되었습니다……."

"그만 좀 먹어! 하루 종일 먹고 있잖아. 지금도 93킬로그램이나 나가는데." "살찐 게 뭐 어때서? 비쩍 마르면 뭐에다 쓰려고!" "곧 120킬로가 되겠구나. 밖으로 좀 나가! 나가서 친구들도 만나고, 운동도 좀 하고, 테니스 강습도 받으면 좋잖아." "테니스! 테니스를 치라고? 엄마는 내가 테니스 치는 모습 상상해봤어?" "옛날에 테니스 쳤었잖아. 6년 동안이나 테니스를 쳤잖아." "그만둔 지가 언젠데. 다른 것들과 마찬가지로 테니스도 그만뒀잖아. 공부처럼! 독서처럼! 친구들 만나는 걸 그만둔 것처럼 말이야!" "다시 시작해! 책을 읽고 친구들을 만나. 이 상황에서 벗어나라고!" "무려 4년 동안이나 일자리를 찾으려 애썼어. 여자친구를 만들려고 노력도 했고. 술 한잔하자고 여자들에게 말도 붙여봤다고. 페티종한테는

만 2천 통이나 메시지를 남겼단 말이야. 난 머저리일 뿐이야! 서른두 살에 나를 미치게 만드는 엄마랑 살고 있는 머저리!" "그럼 정신과 상담을 다시 받든가! 그 정신과 의사 좋았잖아. 아마도 널 도와줄 수 있을 거야. 직장에 다닐 때는 너도 괜찮았다고." "나도 계속 괜찮고 싶어……. 아마도 나아질 수 있을 거야……. 취직을 하면! 내가 엄마한테 무슨 말을 하면 좋겠어? 아무도 나를 원하지 않아! 하루 종일 내 뒤에서 질질 짜는 엄마밖에는!" 파트리크 네프텔의 어머니는 울음을 터뜨렸다. "그만 울어! 엄마 울음소리 때문에 미칠 것 같다고! 그 울음소리가 나를 괴롭힌단 말이야. 내 얘기를 할 때마다 울음을 터뜨리면서 어떻게 내가 이 상황에서 벗어나기를 바랄 수 있어? 문제는 그거라고! 나는 엄마를 울게 만드는 고통스런 존재고 그런 상황을 만드는 인간이란 말이야. 그러니 현실을 받아들이고 이제 좀 그만 울어. 나는 자기 엄마를 하루 종일 울게 만드는 놈이란 걸 인정하란 말야!" "이제 안 울어. 그냥 슬플 뿐이야……. 너를 보는 게…… 너같이 똑똑하고…… 재능 있는 젊은 애가…… 성공할 수 있는 능력은 다 가진 애가…… 하루 종일 그저 시간을 보내며……" 파트리크 네프텔은 하루 종일 텔레비전을 보며 맥주를 마실 뿐 아무것도 하지 않았다. 매일 스무 캔 정도의 맥주를 마셨다. 그는 자기 방에서 텔레비전을 볼 수 있도록 텔레비전을 아예 방으로 가지고 들어갔다. 얼마 전부터는 어머니가 그 방으로 음식을 날라주기 시작했다. "왜 주방에서 식사를 하지 않는 거니?" "엄마가 나를 괴롭히잖아. 둘이 머리를 맞대고 음식을 먹다 보면 미칠 것 같아. 엄마가 2미터 높이에서 내가 먹는 걸 지켜보고 있으니 어떻게 밥을 먹겠어. 꼭 사형수의 마지막 식사를 엄마가 조용히 지켜보고 있는 것 같다니까." 파트리크 네프텔은 어머니가 방에 들어오지 못하게 했다. "아무런 이유도 없이…… 이제까지 했던 것처럼 노크도 하지 않고 아무 이유 없이 내 방으로 들어오거나 내 방에서 왔다갔다 하지 마……." 단, 매주 금요일은 예외였다. 파트리크의 어머니는 금요일마다 그의 방에 들어가 청소기를 돌리고, 침대 시트를 갈고, 빨랫감을 골라내고, 먼지를 털고, 그의 물건들을 정리했다. 그녀는 끼니때가 되면 쟁반에 음식을 담아 아들의 방문 앞에 갖다놓았다. 그리고 그가 화장실이나 욕실에 갈 때 잠깐이라도 얼굴을 마주치려고 애썼다. 그녀가 큰 소리로 하는 말들이 이 방에서 저 방으로 퍼졌다. 그가 자기 침대에 누운 채 어머니에게 심한 말을 하기도 했다. 그는 어머니가 문 뒤에서 울고 있는 걸 느낄 수 있었고, 절망적이라고 생각하는 어머니의 눈초리는 그의 반항심에 더욱 부채질을 했다. "제기랄! 맥주가 미지근하잖아! 맥주 좀 차갑게 해달라고 만 번도 더 말했는데! 그리고 하이네켄을 사 오란 말야! 이 맛대가리 없는 크로넨버그는 뭐냐고, 젠장!" "하이네켄이 다 떨어져서……. 이번 주에는 까르푸에 못 갔어……. 집 근처 가게에는 그것밖에 없어서……." 때때로 파트리크 네프텔의 어머니가 조심스레 아들의 방문을 두드렸다. "파트리크…… 파트리크……. 엄마야……. 대답해봐……." "뭐야! 또 뭔데! 날 좀 가만히 내버려둘 수 없어?" 그는 리모컨으로 텔레비전 음량을 줄였다. "내가 봤는데…… 오늘 저녁에 텔레비전에서……" "젠장! 가서 자! 뭘 원하는 거야?" "영화가…… 〈배리 린든〉*이 나온대. 우리 둘이 같이 보면 좋을 것 같아서……. 그럴 수 있다면 엄마는 정말 기쁠 거야……." "〈배리 린든〉 따위가 나하고 무슨 상관이야! 〈배리 린든〉을 보면서 날 또 얼마나 귀찮게 하려고! 엄마는 늙은 부부처럼 그 거지 같은 영화를 보기 위해 나랑 둘이서 침대에 앉아 있고 싶어? 같이 영화 보는 동안에는 아이스크림도 못 먹게 할 거잖아! 옛날처럼 우리가 저녁 시간을 같이 보내는 건, 나도 잘 모르겠지만…… 옛날에야 행복했지. 말하자면 행복했어." "파트리크……

---

* 스탠리 큐브릭이 만든 영화로, 18세기 아일랜드 청년 배리 린든이 유럽 대륙으로 건너가 우여곡절 끝에 귀족과 결혼하지만 결국 몰락하게 되는 과정을 냉소적으로 그렸다.

그만 해……. 왜 안 되겠니……." "엄마는 나를 괴롭혀. 이제 그만 해. 나를 내버려둬. 나를 가만히 내버려두라고!" "옛날에 본 영화잖아. 너 어렸을 때 다같이 봤었잖아. 네가 좋아했었는데. 그때 기억이 날 거야……." "그때 기억이 날 거야……. 바로 그거야. 대단한 생각이야. 엄마 계획은 천재적이야! 그 아이디어 진짜 좋다! 정말 진짜로 근사한 생각이야! 좋았던 옛날 생각이 나겠지! 좋았던 옛날 생각이 날 거라고!" "파트리크……. 나도…… 나도 어쩌다 한 번쯤은…… 텔레비전을 볼 수 있어야 하지 않겠니?" "엄마는 날 귀찮게 한다고! 제기랄, 나 좀 가만히 내버려둬! 단 5분도 가만히 내버려두질 않잖아!" "하지만 우리 서로 얼굴을 본 지가 열흘이나 됐어." "바로 그거야, 단 한 가지 해결책! 엄마는 내 등 뒤에 서서 끊임없이 나를 고문하고 있어. 잠깐 오줌 싸러 갈 때에도 거기서 나 때문에 울고 있는 걸로 충분해. 내 운명에 대해서는 유감이야. 하지만 이렇게 된 걸 이제 엄마도 인정해야 해. 이렇게 된 걸……. 이렇게 되어버린 걸 인정하라고. 테니스를 쳐라, 책을 읽어라, 정신과 상담을 받아라, 예민한 애니, 똑똑하니 어쩌니, 뭐라 뭐라 뭐라 뭐라……. 질질 짜기나 하고! 내 인생에 대해, 내 상황에 대해 한탄만 하고! 나 때문에 고통스러워하는 엄마를 본 지 벌써 15년이나 됐어! 내 얘기 잘 들어. 이제 끝났어! 실패했어! 끝이라고! 아무런 희망도 없어! 엄마가 아들한테 십자가를 지운 거야! 엄마의 희망에 십자가를 씌운 거라고! 그러니 이제 나를 놔줘! 숨 좀 쉬게 놔달라고!" "파트리크, 그건 사실이 아냐. 네가 나를 괴롭혔지……." "엄마랑 마주칠 때마다 엄마 눈을 보면 난 죽고 싶은 생각밖에 안 들어! 내 말 들려? 엄마의 눈빛! 날 불쌍해 하는 눈빛! 엄마의 눈빛을 볼 때마다 난 죽고 싶다고! 엄마의 등…… 목덜미…… 짓눌린 척추를 보는 것만으로도 충분해. 척추를 타고 흘러내리는 전율을 보는 것만으로도…… 온몸을 사로잡는 고통만으로도…… 나는 목을 매달고 싶다고! 목에 포크를 처박고 싶단 말야!" "파트리크! 그만, 그만 해! 죽고 싶은 건 나야!" "엄마의 눈빛은 거울보다 더 끔찍해! 진짜 거울……. 그 앞에서…… 난 스위스 은행가의 표정이야. 고상하기 그지없는! 가장 끔찍한 광경은 엄마의 눈동자에 비친 내 모습이야. 엄마의 몸짓에서, 엄마의 노력에서, 엄마가 참아내는 모습에서, 엄마의 부드러움 속에서, 엄마의 고통 속에서, 엄마의 친절함 속에서, 엄마의 절망 속에서 나를 보는 게 제일 끔찍하다고! 그러니 제기랄, 염병할, 나한테서 신경 좀 꺼줘!" "하지만 파트리크……. 엄마는 널 괴롭히지 않았어. 단지 노력했을 뿐……." "제기랄, 엄마가 지긋지긋하단 말야! 못 알아들어? 엄마가 죽도록 날 괴롭힌다고! 못 알아듣냔 말야! 사랑과…… 걱정과…… 순종으로 가득 찬…… 슬픔과…… 절망으로 가득한 복잡한 감정들……." "하지만 난 그저 노력한……" "자, 그래, 됐어. 우리 엄마 다시 울기 시작하잖아. 염병할! 내가 말할 때마다 울지 않을 순 없어? 그러니 내가 미치지, 다 부셔버릴 거야!" 파트리크 네프텔은 온 힘을 다해 방문에 리모컨을 던졌다. 그후 얼마 동안은 두 사람 모두 아무 말도 하지 않았다. 두 사람은 마주쳐도 말 한마디 하지 않았다. 그는 마주칠 때마다 자신의 눈길을 피하는 어머니를 보았다. 그녀는 하루에 세 번, 그의 방문 앞에 조그만 아이스박스에 넣은 맥주캔들과 음식을 놓아둘 뿐이었다.

팔레루아얄 광장에 대해 몇 마디만 묘사해야겠다. 특히, 그런 광장을 눈앞에 떠올리기 힘든 아일랜드 사람들과 폴리네시아 사람들, 카나리아 제도에 사는 사람들을 위해서. 나는 느무르 카페의 테라스에 앉아 있는데, 사실은 팔레루아얄의 성벽 바깥에 있는 것이다. 광장은 내가 자리한 기하학적인 점으로부터 경계가 지어져 있다. 오른쪽으로는 팔레루아얄의 한쪽 날개가 코메디 프랑세즈라는 귀족적인 극장(몰리에르를 위해 루이 14세가 만든)을 품고 있다. 안쪽으로 장방형의 가로 쪽에는, 오페라 거리를 통해 파리의 국립 오페라좌에 이르게 된다. 왼쪽으로는 생토노레 거리를 통해 루브르 호텔의 화려한 정면과 만난다. 거기에는 카페 한 곳, 서점 한 군데, 담뱃가게 하나가 있다. 그리고 내 뒤로는(정확히 따지자면 그 위라고 말해야 한다. 느무르 카페의 테라스가 갤러리의 아케이드 아래에 완전히 들어가 있다) 광장이 국회의사당(프랑스의 존경스러운 기관이지만, 고백하건대 정확하게 그 역할이 뭔지 모르겠다. 거기에 있는 사람들도 다들 서로 무시하며 신경을 쓰지 않는다)과 문화부 청사를 둘러싼 팔레루아얄 건물의 연장선으로 경계가 지어졌다. 카페 테라스의 오른쪽에는 팔레루아얄의 정원 입구 중 하나가 있다. 그것은 궁륭형의 작은 갤러리로, 뷔렌의 원기둥들*이 서 있는 안뜰로 이어진다. 그 갤러리는 그것 자체가 정원으로 들어가는 서막과 같은 방식으로 서 있다. 뷔렌의 원기둥들은 두 공간 사이에 점점이 세워져 경계선을 구성하는 주랑 뒤쪽으로 갤러리를 따라 서 있다. 나는 늘 이곳에 매력을 느꼈는데, 특히 밤이면(불가사의한 어둠으로 가득 찰 때 유폐된 눈으로 보면 마치 꿈외, 나뭇가지의, 이둠의 거대한 보호 지역처럼 보일 때, 어쩌면 파리의 지리상의 정확한 부분을 나에게 각인시키는 매력이 이 건축적인 디테일로 설명이 완벽하게 될 때, 즉 현실로 형이상학을 보여줄 때) 언제나 이 좁다란 길의 마술에 걸렸다. 은밀하고 좁다란 통로를 통해, 첫 번째 지시 사항의 문법적인 조화의 쉼표를 통해 거대한 정원에 이르는 것은 흥미로운 일이다. 나는 서둘러(역사에 열광하는 사람은 아니니까), 이 정원은 리슐리외 추기경이 원하고, 17세기에 자크 르메르시에가 그림을 그리고, 18세기에는 빅토르 루이가 더욱 풍요롭게 변형시켰다고 분명히 말하겠다. 거기에는 안뜰과 현재도 사용되는 아케이드(내가 엄청 좋아하는)가 있고, 또 프랑스 극장(1785년에 건립된)이 있는데 내가 제일 좋아하는 작가들 중 한 사람인 위대한 몰리에르의 연극을 이 극장에서

---

* 다니엘 뷔렌이라는 현대 미술가가 세운 줄무늬 기둥들.

공연했는지 아닌지 의심하는 것은 기만이다. 앞에서 나는 첫 번째 지시 사항의 문법적인 조화의 쉼표를 통해 팔레루아얄의 거대한 정원에 이른 다고 말했다. 이 쉼표는 비할 데 없는 불가사의한 밤의 후광에 싸여 있 다. 왜냐하면 그 쉼표는 좁다는 특성으로 통로임을 강조하고, 불가사의 의 구성 원칙을 자극하기 때문이다. 내 상상의 세계 속에서는 통로의 원 칙이 중요하다고 앞에서 이미 말한 바 있다. 영화 〈브리가둔〉의 좁은 다 리와 〈구멍〉의 하수구 입구. 가을의 저녁이나 밤이면 나는 느무르 카페 의 테라스에 앉아 그 얇은 어둠의 틈 사이로 시선을 보낸다. 그러면 거기 에 펼쳐지는 깊고 내적이며 꿈 같고 난해한 밤의 풍경이 보인다. 그림자 들과 나무들, 침묵, 영원으로 가득 찬 밤의 풍경. 그 작은 통로는 마치 내 가 청소년기부터 끊임없이 찾아다닌 형이상학적 통로의 은유인 것 같다 는 느낌을 받는다―무언가 그런 종류로, 그것만큼 흐릿하고 부정확하며 본능적이다. 그 작은 통로에 눈길을 주는 것만으로도 충분하며, 그것은 눈동자 같다. 한 여자의 광활한 내부에서 비롯되고, 거기에서 파악할 수 있는 경이롭고 유일한 환상과 신화들, 꿈, 숲, 비밀, 은총, 아름다움, 불가 사의한 일들, 우여곡절들과 관련된 여자의 눈동자 같다. 게다가 어떤 날 에는, 한 번 본 적이 있는 바로 그 젊은 여자가 근사하고 세련된 투피스 를 입고 굽이 납작한 무도화를 신고서, 구두의 이음고리를 걸려고 애쓰 고 있기도 했다(그녀는 믿을 수 없을 정도로 하얀 손가락으로 고리를 고쳐 걸 다가 결국에는 손톱으로 해결했는데, 그 특별한 장면이 나를 매혹시켰다). 그녀 는 한 시간 전부터 느무르 카페의 테라스에 앉아, 나를 감동시킬 뿐만 아 니라 흥분하게 만드는 기계적인 동작을 반복했다. 나는 계속 그녀에게 눈길을 고정시켜 호감을 표현했고(내 눈길은 그녀 신발의 이음고리에 머물 때 가장 은밀한 빛을 발했다), 그녀 역시 조용히 내 눈길을 받아들이는 교 태스럽고 짧은 눈빛을 끊임없이 던졌다. 그녀는 나를 향해 두 번 미소를 지었는데, 처음은 테라스에 도착하면서(그녀는 이 미소를 통해 나를 알고 있다는 사실을 표현하고 싶었을 것이다. 인사를 하기 위해 던진 미소였다)였고, 그 다음은 조금 시간이 지난 후, 나의 시선이 자신에게 집요하게 머물고 있다는 것을 알아차렸을 때였다. 나의 시선은 깊은 생각과 명상, 어지러운(흥분되고) 생각과 비슷한 부분을 되살리고 있는 중이어서 더욱 고집스럽고 집요했을 것이다. 그 유사성은 한편으로는, 팔레루아알에 있는 광활한 정원들로 이끌고 가는 작은 통로, 즉 돌의 쉼표와, 또 한편으로는 내적인 삶의 광활함으로 이끌고 가는 여성의 눈의 가르침, 즉 멧돼지의 쉼표 사이에 세우려 했던 유사성이다. 그녀가 나에게 미소를 던졌을 때, 바로 그 순간에 섬광처럼 엉뚱한 어휘의 결합이 떠올랐다. '멧돼지의 쉼표'라는 문장이. 저녁 6시 30분이었다. 정말이지 느무르의 테라스에는 6시 30분이라는 시각이 자주 찾아왔다. 2004년 11월 2일 금요일이었고, 어둠이 깔리기 시작했다. 광장의 왼쪽으로 기울어진 방향에는(길이의 방향에서 보면 중앙에) 장식의 기본적인 요소가 있다. 프랑스의 예술가인 장 미셸 오토니엘이 구상한 지하철 입구가 바로 그것이다. 장 미셸 오토니엘은 국제적으로 유명한 미술가로, 훌륭한 재료로 만들어 대부분 자연 속에 설치한 그의 작품들은 바로크적이고 환상적이며 맑고 투명하고 색깔이 화려했다. 그가 주로 사용한 훌륭한 재료란 유리다. 난 이 작가를 아주 좋아한다. 그는 나뭇가지들 아래에 거대한 구슬들을 목걸이처럼 엮었다. 광장에 있는 지하철 입구는 형형색색의 다양한 구슬로 이루어진 구조물을 씌웠는데, 그 형태가 왕관을 연상시킨다. 하지만 나는 사륜마차라고 해석하는 것을 더 좋아한다. 그것은 왕관과 왕의 사륜마차 중간에 있는 어떤 것이다. 상징적인 그 두 개의 모티프의 겹침이라고나 할까. 이 구조물의 둥근 지붕 두 개는 화려한 색깔의 커다란 진주들로 이루어져 있다. 빨강, 노랑, 인디고블루, 하늘색 등의 총천연색 진주들. 이 지붕은 두 개의 원반으로 이루어졌으며, 옆쪽과 위쪽에 세워진 난간들에 금속 공들이 올록볼록 끼워져 있다. 장 미셸 오토니엘의 둥근 지붕은 교리에 따라 지은 필리포 브뤼넬레치의 기하학적인 두오모 성당처럼 종교적인 진중함을 띠고 있지도 않고, 레오네 바티스타 알베르티*가 유명한『회화론』(1435년)에서 공포한 건축에서의 조화의 이론들을 따르지도 않았다. 내 입장에서는 레오네 바티스타 알베르티가 너무 일찍 출현한 게 안타깝다. 조금 늦게 나타났다면 그는 내가 그림의 공간(내가 집착하는 팔레루아얄 광장은 풍경이 지배자로 군림하는 회화적이고 기하학적인 공간일 뿐이라는 기하학적인 관점에서부터 시작되는)에 대해 본질적이고 확실한 개념을 가질 수 있도록 사유의 길을 열어주었을 테니까. 그 개념을 그는 '역사'라고 부른다. 어쨌든 장 미셸 오토니엘의 둥근 지붕에 대해 계속 이야기해보자. 윤곽선은 부드럽고 귀엽고 짓궂은 느낌을 풍기며, 그것은 어린아이들이 잠들기 전에 젖어들기 좋아하는 이미지들과 비슷하다. 이 이미지는 현실에 대한 단순화의 경이로운 결과이며, 어린 시절과 어깨를 나란히 하고 현실을 위험하지 않게 만들 목적으로 번갈아 나타난다. 이것이 장 미셸 오토니엘의 두 개의 둥근 지붕이다. 이 두 개의 지붕은 위로와 태만이라는 가장 잘 숨겨진 우리의 욕망에 접근하려는 수학적인 원칙을 스스로 거부한다. 같은 맥락에서, 지하철 입구의 난간은 올록볼록 튀어나온 무광의 회색 금속으로 만들어져서, 오래된 거울이나 수면에 사물이 비치는 것 같은 느낌을 준다. 따라서 그것들은 오래된 기억 또는 반영의 떨리는 나약함 속에 있는 요정 이야기의 아득한 시절이고, 멀고도 비현실적인 시대이며, 건조물의 기법이 존재 속에서 순환하는『잠자는 숲 속의 미녀』의 시대이거나『신데렐라』와「당나귀 가죽」**의 시대다. 그 존재는 물리적인 구성 속에서 살아남은 만큼 요정 이야기의 분위기 속에 내던져질 수밖에 없다. 휴대전화가 울리기 시작했다. 발신 번호가 뜨

* 르네상스시대 이탈리아의 건축가로, 근세 건축 양식의 창시자다.
** 샤를 페로의 동화.

지 않는 전화였다. 내가 전화를 받자 상대방의 목소리가 들렸다. "안녕하세요?" 나는 젊은 여자의 목소리를 알아들었다. "안녕하세요, 어떻게 지내세요?" 다른 것이 또 있다. 난간이 벌집 모양이고, 몇 개의 구멍은 둥근 지붕을 점점이 잇는 커다란 진주알처럼 형형색색의 유리 구슬들로 가득 차 있다는(여기에서 '가득 차 있다'는 표현은 경이로운 것이다. 왜냐하면 장 미셸 오토니엘이 만든 이 작품은 태곳적의 수많은 욕망들로 나를 가득 채우기 때문이다) 사실은 깜빡 잊고 정확히 밝히지 않았던 것이다. 그 조각들 하나하나는 어린 시절(잠들기 전에 항상 "왜?"라는 질문을 던졌던)의 의문(공포, 현기증)을 충족시켜주었던 대답(어머니가 해준, 마음이 놓이는, 이해할 수 있는)과 같다. 그래서 그 조각들 각각은 수수께끼의 벌어진 구멍을 해명하고 그것을 의미로 채웠다. 부드러움으로 채웠다. 다들 알다시피, 신사숙녀 여러분과 지구 정반대쪽의 친구들도 모두 알다시피, 팔레루아얄의 화려한 사륜마차를 한참 동안 바라볼 때면 나는 언제나 어린아이가 되곤 한다. "아주 잘 지내요. 신경 써주셔서 고맙습니다." "제 목소리를 이렇게 금방 알아차리시다니 정말 친절하시네요." 내게 전화를 건 여자는 여론 연구소의 홍보부장이었다. 내 책을 낸 출판사에 협력을 부탁했던 일은 거절당했다. 내게 필요한 여론조사를 출판사가 비용을 대서 해줬으면 했던 것인데, 출판사의 경영진은 책 판매에 도움이 되는 광고를 하는 데에만 돈을 쓴다고 했다. 반면 그 젊은 여인은 '당신이 가장 좋아하는 계절은?'이라는 질문으로 여론조사를 하려면 내가 얼마만큼의 금액을 지불해야 하는지를 알려주었다. '당신이 가장 좋아하는 계절은?' 15세 이상의 프랑스 사람 1,500명(이 질문을 유럽 전체에 하고 싶었지만 너무 비쌌다)에게 묻는 것으로 나이, 성별, 사회적 지위, 정치 성향, 거주하는 도시의 규모 등의 기준에 대응하는 일련의 숫자에 따라 대답들을 분류하는 것이었다. 통화가 길어지자, 세련된 투피스를 입고 구두의 이음고리를 만지던 도도하고 젊은 여인이 나에게 시선을 고정하고는 몇 분 전에 내가 그랬듯이 끈질기게 나를 바라보기 시작했다. 그토록 직선적인 시선은 남편의 팔짱을 끼고 있는 여자나 어머니와 함께 걷는 여자아이, 버스나 지하철의 창유리 안에서 바깥을 내다보는 여자 들에게서 익히 봐왔던 것이었다. 여자들은 자신이 타인의 손길이 미치지 못하는 곳에서 완벽하게 보호받고 있다고 느끼면, 거침없는 시선을 보내는 것이다. 전화로 누군가와 대화하는 나의 모습이 그녀에게 자신과 내가 서로 소통할 수 있다는 생각을 안겨주면서 우리가 서로 인접한 세상에 있다는 점을 부각시킨 것 같았다. "1,494유로에 면세라고 하셨나요?" "예, 그렇습니다." "여론조사는 바로 시작할 수 있나요?" "곧 할 수 있어요. 다음 달에요." "음, 생각해볼게요. 내일 전화 드리죠." "좋습니다. 그럼, 안녕히." "고마워요, 내일 전화 드릴게요. 좋은 저녁 되세요." 나는 전화를 끊었다. 그 젊은 여자는 아름다운 손으로 천천히 느무르 카페의 종업원에게 손짓을 한 후, 가죽 지갑에서 20유로짜리 지폐를 꺼내 건네고 거스름돈을 받았다. 그러고 나서 그녀는 자리에서 일어나, 자신의 구매 능력(높은 수준의)과 사회적 지위(매우 훌륭한)를 여실히 드러내는 명품 핸드백을 들었다. 그녀는 천천히 움직여 시간을 벌고 있는 듯했다. 그곳을 떠나는 순간을 늦추고 있었다. 그녀는 내가 자신에게 다가올 수 있도록 집약된 짧은 순간을 일부러 늘리고(밀대로 파이 반죽을 늘리듯이) 있는 게 확실해 보였다. 그녀는 광장 쪽으로 네 발짝 걷고는 그 자리에 멈춰 섰다. 나는 장소를 묘사하던 내용을 마무리하는 것조차 잊고 말았다. 지하철 입구 뒤쪽에는 내가 지난 9월 14일에 불가사의한 지하실 매매업자와 약속을 했던 신문 가판대가 있었다. 마침내 광장에는, 장방형 건물의 가로 쪽으로, 나란한 두 개의 평행선에 규칙적으로 서 있는 일곱 개의 가로등에 점점이 불이 들어왔다. 첫 번째 줄(극장에 더 가까운)에 있는 네 개의 가로등과 두 번째 줄(생토노레 거리와 나란한)에 있는 세 개의 가로등이었다. 신문 가판대가 그 자리에 필요한 가로등 대신 놓여 있어, 그림은 전체적으로 조화로워 보였다. 나는 이곳의 가로등들을 매우 좋아한다. 이 가로등들이 장 미셸 오토니엘의 동화 속 요정이 타는 화려한 사륜마차만큼 결정적인 역할을 한다(내가 광장에 대해 갖는 환상적인 느낌 속에서)는 것을 곧 알게 될 것이다. 가로등들은 기다란 몸체가 쭉 뻗어올라가다가, 올리브나무 잔가지들과 아칸더스 잎사귀들이 장식하고 있는 꼭대기 부분에 이르러서는 세 갈래로 나뉘었다. 부드럽고 우아하게 물결치듯 흔들리는 팔처럼 보이는 그 갈래들은 원기둥의 끝이 나팔꽃처럼 벌어진 모양이며, 거기에서 불빛이 퍼져나온다. 내 눈에는 이 가로등들이 화려한 샹들리에처럼 우아하고 화려한 수정의 빛을 발하는 듯이 보인다. 가로등 발치에서 밤은 어둠 속으로 잦아들고, 찬란한 빛의 다발은 어둠 속에 숨어 보이지 않는 건물의 천장에 매달린다. 그 젊은 여자가 풍기는 고위층 인사의 분위기가 내게 위압감을 안겨주었다. 그녀는 내게 등을 보인 채, 순간적으로 멈춰버린 동상처럼 서 있었다. 아무것에도 관심이 없다는 듯 무심한 모습으로. 어느 누구도 그녀를 모욕하지 못하고, 아무 탈 없이 그녀에게 가까이 가기란 불가능할 것 같았다. 나는 의자에서 일어나 그녀 쪽으로 걸어갔다. 나는 그녀의 감각이 활짝 열려 있기를 바랐다. 특히 그녀의 청각이 그녀에게 다가가고 싶은 나의 욕망에, 또는 유감스럽게도 포기할지도 모르는 나의 마음에 촉수를 뻗고 있기를. 왜냐하면 광장의 포석을 밟는 내 발소리만이 그녀의 육체에 설득력 있는 파동을 전할 수 있을 테니까. 나는 그녀가 나를 수상한 사람으로 여겨 뿌리치지 않게 하기 위해 준비했던 간결하지만 단어 수가 좀 많은 몇 마디 말을 여러분에게는 말하지 않을 것이다. 더 이상의 설명은 불필요하다. 여기서 또다시 중요한 원칙이 적용되었다. 내가 자신감과 확신을 가졌던 것은 가을이기 때문에 가능했다는 사실 말이다. 나는 자리에서 일어서서 감히 용기를 내어 그녀 앞에 우뚝 섰다. 감히 나는 불확실한 마천루의 19층 꼭대기에서 눈 아래로 눈길을 던진 것이다. 하지만 그녀의 눈길. 나를 맞이하는 그녀의 얼굴. 나의 대담한 행동을 꽤 눈에 보이는 떨림으로 맞이하는 얼굴이었다. 지상에서 행해지는 매력의 법칙에 복종하는 19층 꼭대기에 공허함은 없었다. 거칠게 "죄송합니다"라거나 모욕적으로 "가만 내버려두세요"라는 대답으로 보도 위에 나를 확실히 쓰러뜨릴 것이 분명할 순간에, 그 젊은 여자는 변화해가는 간주곡처럼, 떠들썩한 실패를 망설임과 동의의 그윽한 순간으로 바꾸었다(그것은 허락에 가까웠다. 꽃필 시기가 얼마 남지 않았을 때 같은 기분. 그녀의 눈빛은 그렇게 말하고 있었다). 놀랍게도 그녀가 먼저 명함을 내밀며 말했다. "안타깝네요. 곧 중요한 회의에 참석해야 해서요." 그녀가 나를 받아들인 것이다. 그것은 허락이었다. 나는 그녀가 회의에 늦든지, 회의를 취소하든지, 아예 가지 않든지, 방법이야 어떻든 이 자리에 계속 머물고 싶어한다고 느꼈다. 내가 잠깐 고집을 부리면 충분할 터였다. 하지만 나는 그러기를 단념하고, 그녀의 명함을 보았다. 빅토리아 드 윈터, 부사장, 그리고 볼품없는 로고가 위쪽에 인쇄되어 있었다. 주소는 런던이었다. "런던에서 일하시나요?" "예, 보시다시피요." "뭘 하시는데요?" "영국 제약 그룹의 부사장이고 프랑스 지사의 지사장도 겸하고 있어요." 나는 그 위협적인 명함을 손가락으로 쥐고 너무나 근사한 매력을 풍기는 그녀의 성(姓)을 우러러보았다. 빅토리아 드 윈터. "당신은요?" 그녀가 물었다. "작가랍니다. 저는 책을 쓰는 사람입니다." 그녀는 회의적인 태도로 나를 바라보았다. "성함이 어떻게 되시나요?" "유명하지 않아서 들어도 잘 모르실 겁니다." 침묵. 그녀는 나를 사기꾼으로 여기는 것 같았다. "저는 열흘 후에 파리로 다시 돌아와요. 조합원들과의 회의가 있거든요." 그녀가 웃으며 말했다. "원하신다면 다시 만날 수 있어요." "당연히 다시 만나야죠." "제가 저녁식사에 초대하겠습니다." "메일을 보내주세요. 전 이제 가봐야 해요." "메일을 보낼게요. 그럼 열흘 후에 다시 만납시다." 그녀는 나를 보고 미소 지었다. 그녀는 두 눈 깊이 나를 바라보았다. 그리고 한 마디의 믿을 수 없는 말을 중얼거렸다(자신을 둘러싼 가을의 분위기 때문에 그렇게 말할 수밖에 없었는지도 모른다). "저 빛이 그때에도 저렇게 아름답다면 다시 만나요……." 그녀는 팔레루아얄의 택시 정거장을 향해 멀어져갔다.

　그들은 일요일 저녁이면 클로틸드의 의붓아버지인 필리프의 집에서 저녁식사를 하곤 했다. 국립고등공예학교 출신이며, 주식 시장에 상장된 기업(침구류와 무기, 자동차 부품과 같이 성격이 전혀 다른 물건들을 취급하는 회사였다. 그래서 로랑 달은 클로틸드에게 "만약 미사일이나 침대 매트, 또는 자동차 백미러를 공짜로 얻고 싶으면, 아주 쉬워, 우리 새아버지한테 말만 하면 돼!"라는 말을 여러 번 들었다)의 사장인 필리프는 트로카데로*에 있는 예술인 아틀리에에서 살았다. 그 아틀리에에는 천장까지의 높이가 7미터였고, 유리창 너머로는 파리의 풍경이 한눈에 보였으며, 복층 구조의 서재에는 보조침대가 딸려 있었다. "이번 주말에 자전거 타고 우리 새아버지한테 잘 갔어? 아마추어치고는 장딴지가 꽤 실하던걸?" 일요일 저녁이면 로랑 달은 그 아틀리에의 오른쪽 구석에 놓인 소파에 자리를 잡고 아페리티프―주로 맛있는 와인일 경우가 많았다―를 마셨다. 클로틸드의 의붓아버지인 필리프는 맨발에 반바지와 티셔츠를 입고, 조그만 의자에 앉아 있었다. 맨발을 그대로 드러내지 않고 반월형 실내화를 신고 있다는 것이 그의 사회적 지위를 감지할 수 있는 유일한 흔적이었다('감지할 수 있다'고 표현한 이유는, 그가 몇 조각 안 되는 트레이닝복을 걸치고 있음에도 불구하고 사장이라는 아우라는 향수 냄새처럼 그의 존재에 불가피하게 드러났기 때문이다). "이 끔찍한 것은 뭐야? 이 흉측한 그림 말이에요. 이거 어디서 났어요?" "와인 더 할 건가?" 필리프가 로랑 달에게 물었다. "예, 물론이에요,

---

* 파리 16구의 한 구역. 트로카데로 광장에서는 에펠탑이 잘 보인다.

고맙습니다." 필리프는 로랑 달의 잔을 채워주고, 다시 딱딱한 의자로 돌아가 앉았다. "응? 이게 뭐야? 이 끔찍한 건 어디서 샀어, 아빠?" 필리프는 꼼짝도 하지 않고 천천히 와인잔을 돌리며 코로 와인 향을 맡아 빈티지*를 가늠해보았다. "너무 흉측해! 이 요란한 색깔 좀 봐! 이 우툴두툴한 재질은 또 어떻고! 꼭 토사물 찌꺼기 같잖아!" 로랑 달은 잠시 부모님 집의 거실에 걸려 있는 마르틴 프랑쾨르의 그림을 떠올렸다. 로랑 달은 화가의 이름을 확인하느라 그림 쪽으로 몸을 기울였다. 마르틴 프랑쾨르의 그림은 아니었다. "꼭 아빠의 걸작인 크로크 무슈**를 토해놓은 것 같아! 어쨌든…… 아빠가 말하고 싶지 않다면, 계속 그렇게 입 꾹 다물고 똥 씹은 표정으로 앉아 있는다면…… 우리는 진짜 지루할 거야." 클로틸드는 의붓아버지를 매우 좋아했다. 그녀는 의붓아버지 주위에서 계속 시끄럽게 굴고 장난을 쳐서 귀찮게 하며 애정을 표현했다. 회색 머리카락에 얼굴은 동그라며 입술은 얇은 필리프의 볼품없는 외모는 그가 약삭빠른 의붓딸의 질문을 능수능란하게 피하고 있는 듯한 인상을 주었다. 그는 클로틸드가 장난을 걸 때마다 짐짓 노여운 체해 보였다. 클로틸드는 의붓아버지에게 난폭하게 굴고, 화를 돋우고, 아버지의 몸 위로 기어오르고, 배를 간질이고, 아버지가 쓴 글을 비평하고, 아버지의 취향의 결점을 강조하고, 아버지가 입은 옷을 비웃는 것을 좋아했다. 그리고 정크본드***나 투르 드 프랑스****와 같이 아버지의 관심 밖에 있는 주제를 입에 올리기를 좋아하고, 그런 얘기를 할 때면 손으로 아버지를 툭툭 치면서 즐거워했다. 한편 필리프는 의붓딸의 들쭉날쭉한 성격에 예리하고 과학적이며 눈부시게 현학적인 지성의 정확함으로 대처했다. 그 지성의 논거는 로랑 달을

* 품질 좋은 와인이 생산된 해.
** 겉은 바삭하고 속은 부드러운 프랑스식 샌드위치.
*** 신용등급이 낮은 기업이 발행하는 고위험·고수익 채권.
**** 20일 동안 프랑스 전역을 일주하는 세계 최고 권위의 도로 사이클 대회.

매료시켰다. 필리프는 클로틸드가 자신만의 논리를 말하도록 유도하고, 그녀의 논증을 수정해주었으며, 그녀가 두루뭉술하게 조작한 개념들을 정확하게 정의하라고 다그쳤다. "정의가 애매모호해. 단어의 뜻을 모르면 논거를 댈 수가 없지." "난 그 단어들의 뜻을 다 알아! 아주 잘 안다고요!" "네가 내린 정의는 그 반대의 뜻을 말하고 있어." "나는 직관적으로 그 의미를 알아요!" "그걸로는 부족해. 그건 추론에 의거한 개념의 이해인 만큼 직관적인 추론으로 귀착되어야 해. 그런 식으로 한다면 넌 이해 가능한 가장 인상파적인 논쟁 방법 때문에 죽어갈 거야." "인상파라고! 그 말은 무시할 거야!" "내가 그 단어의 정의를 알려줄게……." 로랑 달이 끼어들었다. "뭐? 좋아, 해봐, 어디 말해보라고. 이 미치광이야. 난 그 개념을 일부러 조금 비튼 거야. 문법의 원천, 단어에 대한 안목, 어휘를 정의하는 취향은 사람마다 다 다른 거라고!" 만약 이 토너먼트의 결과로 드러난 것이 있다면, 클로틸드는 고압적이고 버릇없는 수사학자이며 로랑 달은 알고 있는 그대로 자신이 생각하는 개념들을 설명한다는 것이었다. "됐어. 간단히 말해. 다 이해했으니까!" 클로틸드가 로랑 달의 말을 자르며 말했다. 로랑 달은 필리프의 시선이 자신에게 머무는 것을 느꼈다. 놀라는 게 당연한 건가? 로랑 달은 자신이 뱉어낸 말들이 독백이 아니기를, 반박할 수 없을 정도로 완벽하게 보이기를 바랐다. *환호하며 맞이해주길 바라는 자존심 강한 일종의 에피파니를 이용하여, 본질과 전체 속에서 그 자신일 수 있도록.* 이 일요일의 저녁식사는 그를 주눅이 들게 했다. 필리프의 지적인 안정감과 클로틸드의 대담한 민첩성이 위압감을 주었다. 그는 자신이 뱉어내는 각각의 문장이 자신의 위상을 높여야만 할 것처럼 행동했다. 마치 청중이 결정적인 반응을 보여야만 하는 것처럼. 스스로도 인정할 수밖에 없는 그의 빈약한 논리는 그를 계속 의기소침하게 만들었다. 로랑 달은 스스로를 부족한 존재로 여겼고, 사람들이 자신에게 경멸의 시선을 보낼 수도 있다고 생각했다. 몇 달 전부터 나타난 이 예기치 못한 열등감은 무엇으로부터 비롯된 것일까? 사회적인 열등감이 변화된 것일까? 그가 지녔던 두려움이 병적인 나약함으로 바뀐 것일까? 가족을 옭아맨 불행의 주술을 그가 이런 식으로 책임지게 되는 것일까? 그가 품는 의심의 원칙은 본질적인 지각에 바이러스처럼 고착된 것일까, 세상이 그의 능력을 좌지우지할 수도 있다는 이 본질적인 지각에? "아버지는 지난번에 왔던 그 쓰레기같이 허접스러운 금발 여자를 아직도 만나요?" "누구를 말하는 거지? 난 늘 금발하고만 자니까." "모피 무역상사를 운영한다고 우겼던 그 늙어빠진 모스크바 여자 말예요." 재미있어하는 필리프의 침묵이 이어졌다. 그는 닭다리를 잘근잘근 물어뜯었다. "모피를 수입하고 수출한다고? 그걸 믿어요, 아빠? 그 타티아나라는 여자는 창녀야! 러시아 여자가 무역상이라고 할 때는, 확실해요, 창녀라고 생각하면 돼요." "창고 가득 쌓여 있는 그녀 회사의 재고품들을 내 눈으로도 봤는걸. 서쪽 교외에 있는 창고에서 말이야." "친구의 창고겠죠! 아니, 기둥서방 걸 거야! 애인 거라니까! 설마 그 여자한테 돈을 준 건 아니겠지? 얘기해줘요, 아빠! 난 그 늙은 창녀가 아빠한테 1코펙*의 가치도 없었기를 원해!" "닭고기 좀 더 줄까?" 필리프가 로랑 달에게 물었다. "예, 주세요. 정말 맛있네요." "클로틸드 넌? 남아 있는 네 샐러드와 함께……" "아뇨, 난 됐어요. 아빠는 늙은 러시아 애인 얘기를 하는 게 싫은가 보네." "왜 그녀 이야기로 시간을 낭비해야 하지? 두 번밖에 안 만난 여자인데." 클로틸드는 일어나서 거실 쪽으로 갔다. "그래도 좋았죠? 그녀가 아빠의 소련 시절 고미술품에 뽀뽀는 잘 하던가요?" "바라는 만큼은!" 그러고 나서 필리프는 낮은 목소리로 말했다. "난 내가 만든 요리가 꽤 만족스러워. 삿갓버섯을 넣은 닭요리." "정말 맛있어요……." 로랑 달이 대답했다. "그 여자는 머리가 텅텅 비었어!" 거실 유리 뒤쪽에서 클로틸드가 외쳤다. "난 그렇게 머리에 아

---

* 러시아의 화폐 단위. 1루블은 100코펙이다.

무것도 안 든 여자는 처음 봤어. 키 작은 테이블에 놓인 중국 도자기를 바라보면서 저녁 내내 바보처럼 웃고만 있더라니까!" "음, 바로 그거야. 그래서 그녀는 육체적으로는 전혀 고정관념에 얽매어 있지 않았거든. 어떤 정신적인 부분도 섹스를 방해하지 않았어." 클로틸드는 눈에 띄게 기분이 상한 표정으로 돌아와서, 테이블 가장자리에 앉았다. 그녀는 끊임없이 테이블 표면을 유심히 살피고, 음식들과 접시들을 이리저리 옮겨놓고, 주머니를 만졌다. "뭐라고 했어요, 아빠?" 그녀가 의붓아버지에게 물었다. "그녀는 육체적으로는 전혀 고정관념에 얽매이지 않았다고 했어. 지적인 방해가 전혀 없었으니까. 러시아 여자의 육체, 그것뿐이었어." "아빠는 멍청이들을 좋아하는구나! 새로 안 사실인데, 그건!" 그녀가 나지막한 소리로 덧붙였다. "제기랄! 내가 지금 뭘 하는 거야?" 그녀는 냅킨 위에 놓인 담뱃갑을 들었다. 필립모리스 담뱃갑은 텅 비어 있었다. 그녀는 빈 담뱃갑을 구겨 장난스럽게 주방으로 던졌다. "난 야성적인 본능을 높이 평가해. 기본적인 야수성, 자연적인 현상, 육체의 폭풍. 클로틸드, 그것 좀 주워라." "뭘요?" "네 담뱃갑." "분명히 두 번째 걸 가져온 것 같은데." 그녀가 로랑 달에게 물었다. "너 못 봤어?" "네 과제물 말이야?" "과제물은 무슨 과제물이야. 일요일 저녁에 네가 여기 온 이유가 과제물 가지고 나를 괴롭히기 위해서는 아니잖아. 제기랄! 지금 내가 뭘 하는 거냐고!" "클로틸드는 공부를 열심히 하나?" 필리프가 로랑 달에게 물었다. "아니면 넌 모피 무역상이 되려고 방향을 잡은 거니? 네가 그쪽에 능력이 있는지는 몰랐구나." "나도 부르주아한테 여우털 코트를 파는 아빠 애인 정도의 능력은 있어." "내 말에 담긴 뜻은 그것만은 아닌데……." 그가 짓궂은 목소리로 대답했다. "너는 집념을 좀 가져야 돼. 얼마 전부터 너무 아무거나 하는 것 같더구나." "마침 말씀 잘 하셨어요. 돈이 좀 필요해요. 적자거든." "이번에는 얼마가 필요해? 지난 달에 꽤 큰돈을 수표로 준 것 같은데. 지난번에 말이다." "6천 프랑이 필요해요. 내가 좀 바보짓을 했어. 자수할게." "네 친아버지는? 너를 좀 도와줄 수 없대?" "그 건달이? 그 속물 곰탱이 아버지가? 그는 엄마랑 협상한 합법적인 금액만 계좌로 넣어줄 뿐이에요. 옛날에 한번은 조금만 더 달라고 내가 애걸복걸했는데…… 로랑……." 클로틸드가 로랑 쪽으로 몸을 돌렸다. 자리에서 일어선 필리프가 거실을 향해 가볍게 뛰어갔다. "뭐?" 로랑 달이 대답했다. "사랑스러운 나의 로랑……." "보고 있잖아……." "미안하지만, 나 좀 놔둘 수 없는 거니!" 로랑 달은 침묵을 지켰다. "아빠하고 할 말이 있어. 내가 광고대행사에서 인턴십을 할 수 있게 해준다고 아빠가 약속했었거든. 자, 로랑, 미안하게 만들지 말고 점잖게 자리를 비켜줘……." 그녀는 로랑의 뺨을 쓰다듬고는 입맞춤을 하려고 몸을 구부렸다. 클로틸드의 의붓아버지가 수표책을 가지고 돌아왔다. 그는 통통한 만년필 뚜껑을 열었는데 그 행동을 통해서 짧은 반바지, 맨살로 드러난 넓적다리, 광고 문구가 새겨진 티셔츠, 양탄자 위에서 꼬물거리는 창백한 발가락들과 대비되는 회사 사장의 품위가 드러났다. 반월형 실내화를 신고 있는 그가 수표책을 펼치고는 클로틸드를 향해 고개를 들었다. "얼마가 필요하다고?" "6천이요. 6천이면 충분할 거야." "확실한 거야?" "그럼 7천. 7천이면 확실해요. 로랑, 미안하지만 그래라든지 제기랄이라든지 뭐라고 말 좀 해봐! 그리고 나 담배 한 대 꼭 피고 싶으니 좀 사러 갔다 오라고!" 그녀가 의붓아버지에게 말했다. "요즘 남자애들은, 아빠는 모르겠지만 세련되지가 못해. 진짜 거칠고 무식해. 확신하지만 아빠 시대에는…… 아빠 세대들은……." 그녀가 다시 로랑 달을 보며 말했다. "넌 너그러운 행동을 할 수 없다고 생각하지?" 필리프는 수표에 서명을 하고 수표책에서 뜯었다. 우두둑 뜯기는 인위적이고 작은 소음. "자, 여기 있다. 이번 달은 이걸로 버텨야 해. 봄에 주는 마지막 용돈이다." "8천이잖아요!" 클로틸드가 환호성을 질렀다. 그녀는 의붓아버지의 어깨에 매달려 그의 얼굴에 뽀뽀 세례를 퍼부었다. "고마워요, 아빠! 사랑하고 존경하는 우리 아빠!" "코냑 좀 할까?" 필리프가 로랑 달에게 물었다. "로랑, 마지막이야. 친절한 로랑, 미안하지만 담뱃가게가 바로 옆이거든. 난 아빠하고 할 얘기가 있어." 필리프의 눈빛이 잔인한 아이러니로 반짝 빛났다. 그는 로랑 달이 함정에 빠진 걸 즐기고 있는 것 같았다. 로랑이 그녀 앞에 무릎을 꿇을 것인가? 아니면 버틸 것인가? 이 위선적인 애원을 외면할 것인가? 노력하지 않고 그냥 겉으로만 봉사하는 사람처럼 가볍게 시키는 대로 할 것인가? "사실……" 필리프가 로랑 달에게 말했다. "모건스탠리의 임원 중 한 명인 내 친구에게 전화를 했어. 자네를 받아주겠다고 하더군." "아, 근사해요. 너무나 멋져요. 정말 고맙습니다!" 로랑 달은 흥분했다. "자네는 그 회사에 입사할 수 있을 거야. 시간이 좀 지나서, 가을에, 10월에 말이야. 금융 중개인이 되고 싶다는 자네의 열정에 대해 친구에게 얘기했어. 하지만 처음에는 중간책 정도의 직책을 맡게 될 거야." "네, 어렴풋이 예상했던 일입니다……. 하지만 이제 막 시작하는 제게는 그것도 너무 과분합니다." "그의 말에 따르면 능력을 보여주고 나면, 보직을 바꾸는 게 불가능하지는 않대. 흔하지는 않지만 가능하다고 하더라고." "그래, 잘됐네, 근데 로랑, 너 뭐 하니?" 클로틸드가 조바심을 냈다. "어쨌든 고맙습니다." 로랑 달이 말을 이었다. "정말…… 너무나 감사합니다." "제기랄, 너 정말 지랄이다! 천박하기 짝이 없어. 아빠, 아빠가 증인이야. 로랑이 내 **새아버지한테**, 내 새아버지한테, 취직을 시켜달라고 하다니! 그럼 로랑은 뭘 할까? 그렇게 해주면 대신 로랑은 뭘 해줄까? 그렇다고 얘가 나한테 봉사를 할 것 같아, 아빠?" 클로틸드는 거실로 멀어져갔다. "내 비서가 내일 자네에게 전화해서 그의 연락처를 알려줄 거야. 깜빡하고 내가 명함을 책상 위에 놓고 왔어." 문이 거칠게 닫혔다. 금속성의 시끄러운 소리와 육중한 나무 소리가 났다. 마치 헬리콥터에서 잠시 소음이 난 것처럼. 필리프와 로랑 달은 짧게 눈길을 교환했다. "아……" 로랑이 불편해 하며 중얼거렸다. "죄송합니다……." 로랑은 계단에 있을 클로틸드에게 가려고 일어설 뻔했다. 클로틸드가 팔짱을 끼고 문 앞에서 그를 기다릴 거란 걸 알고 있었으니까. 하지만 필리프의 시선이 가지 말라고 말렸다. 게다가 이런 말까지 했다. "잘 했어. 와인 좀 더 줄까? 아니면 조금 아까 권했던 코냑을 좀 더?" "평소대로라면 사양했겠지만, 코냑으로 한 잔 주세요." 그러고는 말을 이었다. "대개는 버티지 않고 시키는 대로 해주죠." "알고 있어. 자네가 클로틸드의 요구를 거부하는 걸 본 게 오늘이 처음이니까." "아마 마지막이기도 할 거예요. 앞으로 한 열흘간은 지옥 같은 생활을 견뎌야 할걸요." "클로틸드하고 있는 게 진짜 지옥이야? 자네 말에 따르자면……" "클로틸드와 함께 있으면 행복해요. 어쨌든 초기보다는 훨씬 행복합니다." "초기보다 훨씬 행복하다?" "연애 초기에 그녀는 이상한 전략들로 저를 옭아맸어요. 제가 의심을 품도록 허구적인 상황을 만들어내서요……. 그 방법이 뭔지는 아실 것 같습니다만……." 필리프가 미소 지었다. 그는 자신의 잔에도 코냑을 따랐다. "전 그녀의 술책에 걸려들었지요……." "그럼 지금은 어때?" "이젠 다 알아요. 계략은 더 이상 안 통하죠. 우리 관계가 다시 균형을 잡았다고 말할 수 있겠죠." 로랑은 그때 이렇게 덧붙일 수도 있었다. '저한테 유리하게.' 또 이렇게 말할 수도 있었을 것이다. '이제 저는 자유를 느낍니다.' "그럼 다 잘 되어가나?" 필리프가 물었다. "다 잘 돼간다고 할 수 있죠. 대부분은요." "대부분은?" "가끔 클로틸드가 무지하게 호전적일 때가 있어요. 저는 때때로 그녀가 한바탕 싸움을 벌이고 싶어한다는 인상을 받죠. 예를 들면 오늘 저녁처럼……. 그녀와 함께 돌아간다면 오늘 밤도 어쩌면……." "그래서 그녀에게 양보하나? 보통 자네가 먼저 숙이나?" "보통은 실질적으로 제가 물러섭니다. 저로서는 다르게 행동하는 게 어렵거든요." "어떤 이유로? 혹여 내 질문이 자네를 곤란하게 하면 말해줘." "아닙니다. 전혀 아니에요. 이렇게 얘기를 나누는 게 참 좋습니다." 그리고 말을 이었다. "설명하기가 좀 어렵습니다. 이 코냑은 진짜 맛있네요." 로랑 달은 클로틸드의 의붓아버지에게 비밀을 털어놓아야 하는 것이 아주 마음 편하지만은 않았다. 그러나 한편으로는 이런 질문을 하는 걸 보면 필리프가 자신에게 관심을 갖고 있는 거라는 생각이 들어 기분이 조금 좋기도 했다. 이 남자에게 매혹당해서뿐만이 아니라 그에게 애착을 갖게 되었기 때문이었다. 로랑 달은 난장판을 만드는 클로틸드를 피해 코냑을 한 잔씩 앞에 놓고 두 사람이 나누는 이 은밀한 순간이 좋았다. 하지만 클로틸드의 그런 성격을 어쩔 수 없기에 일요일 저녁이면 대부분 꼭두각시처럼 행동하는 것이었다. "응, 아주 맛이 좋지. 76년산(産)이야. 클라이언트가 선물해준 거지." "클로틸드와 저는 자기 존재를 생각하는 방식이 다릅니다. 그건 저희 각자의 가족사와 관계가 있어요. 도식화해보면, 클로틸드는 스스로 존재한다고 느끼기 위해, 녹색 식물처럼 인생을 끝내지 않기 위해(로랑 달은 짓궂은 얼굴로 필리프를 보았다. "그녀가 입버릇처럼 하는 얘기죠.") 역경이 필요했고, 삶에 대항하는 싸움이 필요했으며, 이기고 나서 승리의 트럼펫을 불 수 있는 장애물이 필요했던 겁니다. 그녀는 어떤 이상(理想)에도 자신을 맡길 수 없는 거예요. 어떤 종류의 탁월함에도요. 저도 잘 모르겠어요. 그녀는 미래를 꿈꾸는 것에 자신이 없는 거예요. 그저 하루하루를 살아갈 뿐이죠. 조각조각 나뉜 땅 위에서…… 조화되지 않는…… 이어지지도 않고…… 논리도 없이, 잘 모르겠지만 명석함도 없고…… 신성함도 없이……." 로랑 달은 말을 끊고 적합한 표현을 찾았다. 두 사람이 대화를 시작했을 때부터 똑같은 개념이 반복되는 듯한 인상을 받았다. "바로 그거예요. 신성함도 없이. 어떤 것도 의미가 없는 것 같고, 의미를 얻을 수도 없는 것 같은 감정이죠. 억지로라도 그녀는 자신의 위상을 만들 필요가 있어요. 어떤 신비스런 영향력이 그녀에게 닿는 것으로. 그 영향력이라면 소원이 이루어질 거라고 그녀가 믿게 만들 거예요. 왜냐하면 그녀는 그것을 어린 시절에 빼앗겼기 때문이죠. 이런 얘기를 드려서 죄송합니다. 아버님 책임은 아니에요. 제 생각에는 어머님께 책임이 있는 것 같아요……." 필리프는 눈을 감으며 짧게 동의를 표시했다.

"클로틸드는 제가 그렇게 믿는다고 생각하지 않아요. 클로틸드는 그렇게 생각할 수 없어요. 신뢰를 갖자고 생각할 수 없는 거죠. 클로틸드는 폐허가 된 땅에서 해방될 수 있고, 의미가 있는 자신의 길을 만들 수 있다고 생각하지 않아요. 반대로 그녀는 자신만이 갖고 있는 잠재적 가능성을 자기 마음대로 사용하고 있다는 것을 일아요. 폭력성, 현실주의, 부정(不正), 대립에 대한 의미 등……." 로랑 달이 내뱉은 단어들이 교착 상태에 빠졌다. 로랑 달은 자신의 표현이 적절하지 못했다는 걸 깨달았다. "그것은 전부 아주 복잡해요……. 저는 의식하고 있어요……. 그것을 써야 할 거예요……." 로랑 달은 자신을 바라보는 클로틸드의 의붓아버지의 시선을 느꼈다. "직감 말이에요……." "그럼 자네의 철학은 뭐지?" "그건 설명드리기가 더 복잡합니다. 솔직하게 말하면 제 인생은 의미를 갖고…… 발전하고…… 구상되고…… 건축되고…… 하나의 방향을 가질 필요가 있습니다." 잠시 침묵이 흘렀다. 로랑 달은 유리잔 안에 든 액체의 색깔을 한동안 바라보았다. "제 인생, 그것이 본질입니다. 저는 제 인생을 사랑하고, 그것이 아름답다고 여기고, 거기서 특성을 찾을 필요성을 느낍니다. 기대에 부응해서 말이죠. 그리고 새로운 해가 되면 지난해보다 발전을 이룰 필요가 있지요. 제 인생을 그림처럼 바라보고 이렇게 생각할 수 있었으면 좋겠어요. 좋아, 아름다워, 내가 바라던 거야……. 그래서 제가 살아온 순간들이 이런 것들에 맞는 게 필요합니다. 뭐라고 말해야 하나……. 계획…… 세계적인 비전…… 철학 같은, 뭐랄까……." 로랑 달은 코냑 잔을 입술에 댔다. 액체가 흘러들어가자 식도가 타들어가는 것처럼 뜨거워졌다. "제가 살았던 완성된 순간들은 제게 힘을 줍니다……. 희망을 주고…… 현재를 살기 위해 제게 필요한 감수성을 줍니다. 그것 때문에 항상 저는 현재를 살면서 미래를 계획할 수 있습니다. 그것은 일종의 사슬이지요." 그는 의견을 묻는 듯한 표정으로 클로틸드의 의붓아버지를 바라보았다. "코냑 조금 더 줄까?" 로랑 달은 고개를 끄덕였다. 로랑 달은 몇 주 전, 이 주제에 대해서 클로틸드와 나눴던 대화를 기억해냈다. 그는 그녀에게 말했다. "너는, 예를 들어 저녁 시간이 아름답든지 말든지 아무 상관없잖아. 레스토랑이나 극장에서의 저녁 시간이 성공적이든 말든 전혀 신경 쓰지 않아." "난 레스토랑에서의 저녁 시간이나 극장에서의 저녁 시간이 성공적이든 말든, 사실 아무 상관없어." 그녀는 정직하게 대답했다. "휴가를 잘 보냈는지 아닌지도 마찬가지야. 넌 휴가를 잘 보내든지 말든지 관심 없어. 돌아오면서 이렇게 말할 수 있든지 말든지 신경 안 쓰지. '이번 휴가는 진짜 근사했어. 지난해보다 훨씬 나았어'라고 말이야. 그렇지?" "바로 그거야. 난 그런 데에는 관심 없어." "난 말이야, 클로틸드. 만약 아무 의미도 없고 쓰레기 같은 휴가를 보내게 된다면 미래에 대한 전망이 어두워질 거야. 내 인생 전체가 쓰레기 같다는 생각이 들 수도 있어. 아마도 절망적이라고 생각할 거야." "휴가가 쓰레기 같아서?" "사슬이 끊어졌기 때문에. 그리고 기억에 나 자신을 맡기는 것이 불가능해졌기 때문에." "나는 아름다운 순간, 성공의 순간을 숭배하지 않아. 서울이 보여주는 듯한 알 수 없고 경이로운 순간이 내게는 존재하지 않아. 나는 내가 아름답다고도, 재미있다고도 생각하지 않아. 내 인생 역시 아름답거나 재미있다고 생각하지 않고. 과거에 경험했던 경이로운 순간들을 떠올려보아도 마찬가지야. 그런데 이건 바로 네 철학이기도 해. 내가 제대로 봤지?" 로랑 달은 잠시 손가락 사이에 코냑 잔을 끼고 빙글빙글 돌렸다. 그는 클로틸드의 의붓아버지에게 할 말을 잘 생각해보았다. "만약 클로틸드를 레스토랑에 초대한다면, 그녀는 우스꽝스러운 논쟁으로 저녁 시간 내내 난장판을 만들 겁니다. 그래놓고도 자신이 열정적으로 즐기고, 승리의 기분을 만끽했다면 됐다고 생각할 겁니다. 저는 저녁 시간을 잘 보내는 게 중요해요. 아버님은 이런 게 전부 다 불필요하다고 생각하실 게 틀림없지만……." 그는 감히 그렇게 말해보았다. "클로틸드는 자네가 인생을 거부한다고 주장하던데. 그 애가 이미 자네에게 그렇게 말했을 거라 추측하네만." "예, 맞습니다. 그녀는 우리가 박물관에 있는 게 아니라고 말했어요. 인생은 우리가 그윽히 바라보기만 하는 박물관의 전시물이 아니라고, 질서정연하고 거슬릴 것도 없으며 방해도 없는 박물관의 전시물이 아니라고 말이죠. 제가 방해물이나 장애, 오염으로부터 멀어지려고 많은 에너지를 쓰는 것은 사실입니다." "어떻게 보면 자네는 가장하고 있어. 긁혀서 난 흠집은 지워버렸지. 바로 그 이유 때문에 자네가 그 애에게 양보하는 거야…… 레스토랑에서의 저녁 시간을 보호하기 위해서…… 그 순간이 손상되지 않고 남아 있도록 하기 위하여……." 로랑 달은 필리프의 말투에 반감이 섞여 있다는 것을 알아차렸다. 필리프의 입에서 나온 어떤 칭찬도 로랑 달을 고무시키지 못했다. 필리프는 로랑의 철학적인 개념들이 몽상적이고 유치하다고 생각했을 것이 분명했다. "하지만 힘들고 고통스러운 것들, 예컨대 번민, 적대적이거나 불쾌한 상황, 사랑하는 사람과의 헤어짐조차 아름다움을 만들어낼 수 있고 아름답다고 생각하는 감정에 다다를 수 있어요. 저는 존재하기 때문에 겪어야 하는 어려움을 피하지는 않아요. 하지만 쓰레기, 오물, 기생충 따위는 철저히 없애버리죠. 한편으로는(그는 호흡을 가다듬었다. 숨이 막힐 지경이었다. 클로틸드의 의붓아버지가 침묵을 지키고 있는 상황이 그를 답답하게 만들었다) 한편으로 저는 사물의 좋은 면을 보려고 항상 노력합니다. 처참한 상황에서도 재빨리 상황을 달리 해석해 거기에서 좋은 면, 장점들과 미덕을 끄집어내지요." "그게 오히려 나쁜 거야." "제겐 선택의 여지가 없습니다. 제가 원하는 것과 반대되는 상황으로 흘러가게 내버려둘 수가 없어요." 로랑 달은 말을 이었다. "많은 사람들에게는 거의 비슷해서 서로 분간되지 않는 세월들이 차곡차곡 쌓여가지요. 하지만 저는 제 인생이 정원의 포석처럼 펼쳐지기를 바랍니다. 한 해, 한 해가 그 전 해보다 발전하는 거죠……. 한 해, 한 해가 자기 색깔을 갖고, 정체성을 갖고, 특성을 갖기를 바랍니다. 그러려면 상당한 노력으로 이루어진 야망이 필요하죠. 흘러가는 시간에 대한 일종의 무감각한 맹목적 숭배로…… 각자의 뒤에 남겨진 추억에 대한 숭배로…… 거기에서 끄집어내는 감정에 대한 맹목적인 숭배로…… 저는 제인생에서 중요했던 날들을 모두 정확하게 기억합니다. 제 과거는 기초가 되는 사건들과 특별한 날짜들로 세워진 기념물들로 연결되어 있어요. 그것은 과거와 현재, 미래를 잇는 변증법적인 시스템입니다." 그는 덧붙였다. "그게 아니라면 저는 죽을 겁니다. 그게 아니라면 저는 끝난 겁니다. 그게 아니라면 살아 숨쉬고 있다는 것만으로도 공포를 느껴서 이내 쏠려갈 겁니다." "쏠려가? 그것뿐이야?" "어떤 방법으로는 그게 논리적이지요. 저는 소년 시절 내내 머릿속의 이미지 속으로 도망쳐 있었습니다— 제가 만들어낸 미래의 이미지, 감정들, 모습들, 꿈꾸었던 상황들 속으로요. 그리고 이제 저는 그때 그렸던 미래를 만났습니다. 그 시절에 환상을 품었던 스물세 살의 청년이 되었죠. 그런 제가 그것들을 저버릴 수 있을까요? 저의 소년 시절을 배반하고, 그 시절의 제가 만들어냈던 이미지들을 배반할 수 있을까요? 저는 그것들을 저버릴 수가 없어요. 전 계속 그 이미지들을 유지해야 하고 더 나아가 새로이 만들어가야만 합니다. 무척 진부한 시스템이긴 하지요……. 하지만 그것에 복종해야만 해요……. 저는 매 순간 과거의 저였던 저 자신이며, 지금의 저 자신이며, 미래의 저 자신입니다." 여기까지 말한 그는 갑자기 부끄러워졌다. 말을 끝내는 것과 동시에 엄청난 부끄러움이 그를 집어삼킨 것이다. 얼굴이 빨갛게 달아오른 그가 코냑을 한 모금 삼켰다. "클로틸드가 자네는 이상주의자라는 말을 한 적이 있었지." "왜 아니겠습니까." 로랑 달은 뭐가 잘못됐냐는 듯 공격적인 태도를 보이며 반응했다. "정말로 왜 아니겠어. 나는 자네한테 아주 훌륭하다고 말하고 싶어. 내 생각에 자네의 시스템은 자네를 먼 곳까지 끌고 갈 수 있어. 그런 시스템을 갖고 있다니 자네가 존경스럽군 그래." "제 생각에는 다른 사람들도 모두 갖고 있는 시스템인데요." "사람은 현실적으로 행동할 수 있기 때문에 요령있게 행동하는 거야." "제 시스템은 저를 앞으로 나아가게 하는 장점이 있습니다. 훌륭한 자극제지요.""하지만 위험할 수도 있어. 그것을 통제해야 하네.""위험하다고요? 무슨 말씀이신지 분명히 이해가 안 되는데요.""자네의 시스템은 정확하게 그것이 아닌데도 그 상황들을 선택하도록 자네를 만들 수 있어. 그것이 이미지지. 자네는 기생충들을 멀리해. 조금 전에 나는 긁힌 흠집을 자네가 지웠다고 말했어. 자네는 가장하고 있다고……. 자네는 자네의 현실을 정신적으로 공들여 만드는 거야……. 그건 위험한 일일 수 있지……." 로랑 달은 아무 반응 없이 그를 바라보았다. 그는 필리프가 말하고 싶어하는 바를 이해했다. "이제 클로틸드에게 가자고. 그 애는 발을 동동 구르고 있을 거야. 사실 나는 자네에게 진실을 얘기하는 게 조금 두려웠네.""저도요." 로랑 달이 대답했다. "그것이 클로틸드와 저 사이의 불화의 또 다른 원인이거든요.""나는 그 애의 친아버지가 아닐세. 그 애의 옆에서 그 애를 도와주긴 하지만, 그 애의 인생을 간섭하지는 않는다는 게 내 신조야. 그렇지 않다면 지옥 같을 거야. 나는 클로틸드가 실수를 저지르면 그것이 그저 실수일 뿐, 별것 아니라고 위로할 수는 있어. 하지만 그 애의 나이에 맞게 그 애가 앞으로 나아가도록 영향력을 미치는 일은 결코 없을 거야. 그건 그 애의 친아버지가 할 일이지. 물론 자네도 알다시피 그는 거의 영향력이 없지만.""그것 또한 저희 사이의 갈등 요소입니다. 저는 그녀가 레스토랑의 저녁식사를 엉망으로 만든다 해도 웬만하면 참을 수 있어요. 하지만 그건……""그건 뭐?""클로틸드는 몇 달 전부터 아무것도 하지 않아요. 1월부터 수업에도 가지 않았어요. 저녁 때 제가 학교에서 돌아오면, 마티니 잔을 들고 침대에 누워 무기력하게 형편없는 드라마나 보고 있거든요.""그 애가 나한테 부탁했던 기업 인턴십에 대해서 얘기하면서 조건을 걸어야겠군.""저는 이만 가보겠습니다. 오늘 밤에는 저희 집에 가서 자겠습니다. 클로틸드에게는 나중에 전화한다고 전해주세요."

9

"나쁜 년 같으니라고!" 파트리크 네프텔이 하이네켄 맥주캔을 든 채 소리쳤다. "궁금하군요⋯⋯." 토크쇼 진행자가 말했다. "그렇게 가는 허리 사이즈를 유지하기 위해 어떻게 하시나요? 또 피부의 탄력은 어떻게 유지하시는지⋯⋯. 시청자들 수천 명의 질문이 쇄도하고 있습니다." "저는 늘 이런 모습이었는걸요." 토크쇼의 초대 손님이 낄낄거리며 대답했다. 그녀는 뮤지컬 배우로 전업한 왕년의 댄스 스타였다. "그래도 식사는 하실 거 아닙니까. 어떤 종류의 음식을 드시는지는 잘 모르겠지만. 매일 강낭콩을 드신다면서요? 당신의 가느다란 허리를 보면서 우리는 당신이 매일 강낭콩을 먹는 모습을 상상합니다." "아니, 아니, 그래서 그런 게 아니에요!" 인기 배우가 반박했다. "저는요, 저는 원래부터 인형 같았어요. 아주 어렸을 때부터 인형 같았다고요! 자, 보세요! 지금도 마찬가지예요! 저는 꼭 인형 같다고요!" 그 대목에서, 텔레비전을 보고 있던 파트리크 네프텔이 소리쳤다. "미친년! 더러운 년! 가서 니 보지나 씻어라! 그 잘난 강낭콩이나 거기다 쑤셔넣든지!" "궁금하군요⋯⋯." 진행자가 끈질기게 말했다. "우리는 당신이 어떻게 그렇게 빛나는 외모를 가지고 있는지, 그 비밀을 알아내기 위해 이 자리에 있습니다. 아주 육감적인 당신의 이미지를 꿰뚫고⋯⋯ 당신의 사생활에 침투하기 위해⋯⋯ 당신이 진짜로 누구인지 알아내기 위해서!" "어머나, 맙소사, 무슨 프로그램이 이래!" 말뚝처럼 똑바로 앉아 있던 인기 배우는 기다란 검은 머리채를 뒤로 넘기며, 몸을 좌우로 흔들었다. "제 사생활에 침투하고 싶으시다고요?" "트럭 운전수의 두꺼운 팔뚝이 좋겠다! 장갑차 운전수의 팔뚝이나 네 똥구멍에 처박아, 이년아!" "우리는 당신이 어떤 사람이든 사랑하고 싶습니다. 그렇게 육감적이고 인위적인 이미지 때문이 아니라요." "사람들이 절 좋아한다는 건 잘 알고 계시잖아요. 왜 그런지는 모르겠지만 하여튼 사람들은 절 좋아한답니다. 저를 더 좋아하기 위해 제 사생활에 접근할 필요는 없어요." "네 쭈글쭈글한 보지나 보여줘! 무대 구석으로 가서 강낭콩 똥이나 싸라!" "아침에 침대에서 일어나는 당신의 모습을 상상해봅니다. 피곤한 얼굴로, 언짢은 기분으로 자리에서 일어나는 당신의 모습을." "에, 그렇다면 지저분한 냄새가 나겠지! 아침에 씻기 전에 풍기는 썩은 인형의 늙어빠진 보지 냄새!" "그런 말씀은 말아주세요." 비적 마른 막대기 같은 여자가 낄낄거렸다. "저는 한 번도 피곤했던 적이 없어요, 호호호!" "늘 지금 상태 그대로란 거군요. 명랑하고, 생기 있고, 기분이 좋고……." "저는요, 차를 마셔요. 아주 많이 마셔요. 그리고 운동을 하죠. 아주 운동을 많이 해요. 저는 운동을 무진장 좋아한답니다. 토요일 오후에는 풀밭으로 꽃을 따러 가는 걸 좋아하고요. 제 아파트는 실내 자전거를 놓을 공간이 충분하니까, 아예 바닥에 고정을 시켰어요. 근육을 만드는 기구지요." "그럼……" 진행자가 물었다. "한 번도 더러운 몰골이었던 적이 없어요? 초라했던 적도? 고통스러웠던 적도? 보잘것없었던 적도 없다고요? 늘 언제나 육감적인 모습이고, 숙명의 여인이고, 요정이라고요? 사적인 자리에서도?" "숙명의 여인이라고?" 파트리크 네프텔이 소리쳤다. "지금 숙명의 여인이라고 했냐! 네 생각에는 저 여자가 요정 같으냐! 아냐, 아니지, 제기랄, 넌 지금 괴물을 보고 있어! 저 늙은 촌년은 얼굴의 주름을 다 잡아당겼다고! 저 요정이라는 년의 몸뚱이는 다 성형한 거라고! 화장을 조금만 벗겨봐! 쌍판에 처바른 분칠을 긁어내보라고!" "들어보세요, 아주 간단해요." 서른 살밖에 안 돼 보이는 예순 살짜리 여배우가 달콤하

295

게 속삭였다. 그녀의 입술은 계속 '오' 모양을 하고 있었다. 그녀는 말을 하다 말고 입술을 동그랗게 오므렸다. 마치 칠면조의 알이 나올 때처럼 딸꾹질이 튀어나오면서, 몰상식한 '오'라는 입술 모양이 보였다. "저는 원래 명랑한 성격을 타고났어요. 누구나 상처가 있지요. 어린 시절의 상처들, 힘겹게 적응할 때의 어려움……." 그녀는 산들바람에 흔들리는 한 송이 꽃처럼 작게 몸을 흔들며 가볍게 말을 이었다. "우리는 사는 동안 이상을 가져야만 하고, 우리가 원하는 세계를 창조해야만 해요. 우리에겐 그럴 자유가 있어요." "우리에게 그럴 자유가 있다고요?" 진행자가 물었다. "우리에게 그럴 자유가 있다고, 이 늙은 칠면조야? 우리에게 원하는 세계를 창조할 자유가 있다고?" "네, 그래요." 여배우가 고개를 끄덕였다. 그녀는 종탑 위의 풍향계처럼 의자에 앉은 채로 쉬지 않고 몸을 흔들었다. 그녀의 나일론 가발이 무대를 비추는 스포트라이트에 불타오를 것만 같았다. "우리는 그럴 자유가 있어요. 우리 모두는 각자 자신이 원하는 세상을 다시 만들 능력이 있거든요." "아, 그래! 넌 그렇게 믿는구나! 그렇게 생각하는구나! 하지만 난 네 암퇘지 같은 뱃가죽에 구멍을 뚫어버릴 거야! 그게 바로 내가 원하는 세상이야! 물웅덩이에 빠져 죽어가는 너를 보는 거라고!" "당신은 모든 사람이 아름답고 친절한 인공적인 세상을 창조하고 싶으신 거군요." 진행자가 말했다. "주차장에서 마주치기라도 하면 너 꼼짝 마라! 넌 삼색*으로 된 내 자유를, 세상을 다시 만드는 내 자유를 보게 될 테니!" "저는 이상적인 세상을 원해요. 그래서 그 이상적인 세상에 가까이 가기 위해 최선을 다하죠." 여배우가 애교를 부리며 말했다. 한 떨기 글라디올러스처럼. 황홀한 순간에 스캔들을 터뜨려 머리까지 관통한 줄기처럼. 그녀의 두 손은, 향기로운 그녀의 머리통을 날개로 환호하며 맞아들이는 두 마리의 참새 같았다. "이게 내 명랑한 생각이다!

---

* 프랑스 국기에 나타난 세 가지 색깔, 빨강·파랑·흰색을 뜻한다.

네 꽃잎들을 다 데쳐버리는 것! 네 똥구멍에 말뚝을 박아버릴 테다! 네년은 내 이상적인 세상을 보게 될 거야! 내 이상적인 세상은 네 똥구멍에 처박을 쇠로 만든 글라디올러스다, 이년아! 아파서 비명을 지르겠지! 그리고 네 명랑함을 용서해달라고 주님께 애원하겠지!" "아시겠죠?" 그녀는 단정하게 탁자에 납작 손을 대면서 말했다. "문명이란 아주 사소한 거예요. 아주 작고 얇은 막일 뿐이에요. 사람들은 금방 야만인이 되어가죠." "말을 잘 했다고 생각하지 마, 이년아!" "별것도 아닌 것을 위해 서로 죽일 준비를 하는 거예요." "네 얼굴을 뭉갤 준비를 한 거지! 네 입술로 만든 그 '오' 모양도 다 쓸데가 있어. 네 목구멍에 야구 방망이를 처박으면, 네 입술은 진짜 뚱뚱한 '오' 모양을 하게 될 테니까. 알았냐? 이 더러운 년아!" "아이를 낳지 않으신 데에도 이유가 있나요?" 진행자가 물었다. "시청자들이 알고 싶어하십니다. 이 질문을 묻는 문자가 수천 통이나 왔어요. 당신의 이상은, 그러니까 모성적인 이상은 아니었나요?" "잘 들으세요." 그녀가 말했다. 그녀는 말을 꺼낼 때마다 '잘 들으세요'를 연발했고, 타오를 듯 새빨간 머리카락을 어깨 뒤로 넘겼으며, 의자에 앉은 채 몸을 곧추세우고, 탁자에 두 손을 댔다. "전 특별하게 살고 싶었어요. 일에 인생을 바치고 싶었죠. 사랑하는 남자나 아이에게 인생을 거는 대신요. 그래서 아이를 낳지 않기로 결심했어요. 전 제 직업을 사랑해요. 물론 힘들고 어려울 때도 많고…… 언제나 긴장감 넘치고…… 무대에 나가기 전에는 뱃속이 더부룩해요……. 잘못하면 팬들의 기대를 저버리게 될지도 모른다는 불안감 때문에…… 아아, 너무나 사랑하는 나의 팬들! 나를 이토록 사랑해주는 팬들!" 그녀는 감동에 겨워 몸을 한 차례 부르르 떨고 난 후 다시 말했다. "자! 이게 제 인생이에요! 이렇습니다! 제가 사랑하는 게 이런 인생이에요! 제가 원하는 인생! 저를 행복하게 만드는 인생!" "네 인생 따위는 어떻게 되든 상관없어! 네 영혼의 상태 따위도! 네가 매일 처먹는 강낭콩도! 네 긴장감 따위는 필요 없다고! 더부룩한 네 뱃속

297

따위도! 너를 고통스럽게 해서 진정한 나를 맛보도록 해주지! 진짜로 배가 더부룩한 게 뭔지 알게 해줄게, 두고 보라고! 마트 주차장에서 네 배를 가르고 배가 진짜 더부룩하게 만들어줄게!" 파트리크 네프텔은 고함을 지르며 텔레비전을 껐다. 그는 분을 참지 못하고 일어서서 하이네켄 캔을 낚아챘다. 그의 어머니는 그가 세상과 소통할 수 있는 훌륭한 아이디어를 생각해냈다. 까르푸에서 할인 판매하는 컴퓨터를 그에게 크리스마스 선물로 주었던 것이다. 컴퓨터공학을 전공하는 열정적인 학생(파트리크의 어머니는 매주 사흘씩 그 학생의 부모님 집에서 파출부로 일하고 있었다)이 너그럽게도 그들 집에 컴퓨터를 설치해주었고, 파트리크 네프텔에게 인터넷 서핑 하는 방법을 가르쳐주었다. 그래서 그는 몇 달 전부터 텔레비전과, 서핑을 하느라 몇 시간씩 보내는 인터넷의 무한한 공간 사이에서 시간을 나누어 보내고 있었다(여전히 자기 방에 틀어박힌 채로). 무엇보다 우선 그는 자위행위를 할 때 볼 사진들을 제공받기 위하여 성인사이트를 찾아다녔다. 그가 너무나도 좋아하는 잡지들을 매번 구입하기에는 용돈이 넉넉지 않았던 것이다. 그는 항상 똑같은 여자들 위에서 용두질하는 게 싫증이 났다(종이를 뜯어낸 탓에 그 여자들 대부분의 몸통은 사라져버렸다. 당연히 그가 선호하는 여성형이 제일 먼저 사라졌다). 대부분의 성인사이트는 유료로 운영되고 있었지만, 마침내 그는 사람들이 자신들의 부부 생활을 밝혀놓은 사이트를 찾아냈고 회원 가입 없이 자유롭게 드나들 수 있는 곳들을 꽤 많이 발견했다. 파트리크 네프텔은 꾸준히 그곳을 드나들었다. 그는 그곳의 여자들이 허상이 아니라 실제로 살아있는 사람이라는 것이 좋았다. 그들의 성생활과 그들의 진짜 성기, 아름답게 꾸며진 침실, 외설적인 일요일의 풍경에 다가갈 수 있어서 좋았다. 청소년 시절부터 파트리크 네프텔은 이웃집 여자들을 생각하면서 자위를 진짜 많이 했다. 이웃집 여자들의 벗은 몸을 보는 환상을 품었고, 그 집 아이를 돌봐준다는 구실로 이웃집에 갈 때마다 그녀들의 속옷 위에, 더러워진 생리

대 위에, 굽이 높은 구두 위에 진짜 많이 수음을 했다. 그녀들 중 한 여자가 그에게 가랑이를 벌리고, 그가 그녀의 음순을 혀로 핥아 끈적한 액체를 받아 먹는 꿈을 진짜 많이 꾸었다. 이 뻔뻔스러움이 배출의 걸쇠를 벗기자, 이제 그는 그때와 똑같은 아기엄마들이 그의 오래된 환상을 실현시켜주는 사이트들을 발견한 것이다! 그는 아기엄마들의 성기와 유방, 엉덩이, 항문을 볼 수 있었다! 만약 그의 아버지가 1982년 3월 14일에 목에 포크를 꽂지만 않았다면 그가 결혼해서 함께 살았을 평범한 여자들의 거시기였다! 파트리크 네프텔은 더 이상 허구의 거짓말을 견딜 수가 없었다. 상상력을 자극하도록 만들어진 위조물은 서서히 그를 짓눌렀다. 그는 어머니가 가끔씩 쟁반 위에 놓아주는 소설, 드라마, 영화 들이 싫었다. 허구의 거짓말은 그가 겪은 파괴된 운명의 고통 속으로 그를 몰아넣었다. 소설가들의 변신은 증발하는 허구의 통증으로 그를 보내버렸다. 청소년 시절부터 그는 자신이 펼칠 이 꿈들을 진짜로 믿었다! 그는 자신이 상상해낸 이 이야기들을 진짜로 믿었고, 훗날 충족될 이 모든 욕망들을 마음속에, 은신처 속에 정성스레 숨겨놓았다! 하지만 오늘날, 파트리크 네프텔에게는 진실과 생생함이 필요했다. 그를 가두고 있는 존재에 대해 반복해서 생각할 필요가 있었다. 깊이 생각하지 않고 덜 완화된 상태라도, 가장 거칠고 가장 난폭한 있는 그대로의 현실 속에서 세상을 보는 것이 필요했다. 사고력을 상실한 유명인들이 전시되는 토크쇼가 과녁이라도 되는 것처럼 토크쇼를 보며 욕을 퍼부어대는 굴욕적인 그의 열정은 어디에서 비롯된 것인가. 그가 원하는 것은 일시적이더라도 인간의 몸을 가진 진짜 여자들이었지만, 실제로 그의 눈앞에 있는 건 텔레비전에서 음란한 욕구를 충족시키기 위해 몸을 흔들어대는 비참한 아이콘들뿐이었다. 그는 영국인 부부를 점찍었는데, 아내의 몸매가 그를 사로잡았다. 그는 자신이 그녀와 결혼도 할 수 있고, 매일 밤 그 부부의 침실에서 그녀에게 키스를 할 수도 있다고 생각했다. 그녀는 매혹적인 액세서리들과 가터벨트, 베일이 드리워진 검은 모자, 굽이 높은 슬리퍼를 착용했다. 세상에는 남편에게 상상조차 하기 힘든 크나큰 즐거움을 선사하는 요정 같은 아내들이 있는 법이다! 소원을 이룬 남편들에게는 얼마나 아름다운 존재들인가! 그녀는 갈색 머리에 풍만한 몸매, 통통한 엉덩이와 발그레한 젖꼭지로 장식된 부드러운 가슴을 가졌다. 우윳빛 피부는 실크처럼 부드러웠고, 살이 찌면서 튼 자국은 오히려 그녀의 모습을 생생하게 만들었다. 그녀는 조각상처럼 건장한 정강이와 조그만 발을 가졌는데, 그 발은 파트리크 네프텔이 극찬해 마지않는 극단적으로 발바닥이 휜 모양이었다. 이 영국 여자는 허구가 아니었다. 그는 그녀가 점점 살이 찌고 배와 넓적다리가 조금씩 앞으로 튀어나오는 모습을 보았다. 그녀는 달처럼 계속 변화하는 자신의 모습을 담은 사진들을 매주 사이트에 올렸고, 그는 이 의식 같은 숭배 행위를 좋아했다. 그는 그녀와 함께 은밀한 부부생활을 만들어냈다. 그녀는 파트리크에게 익숙해졌으며, 그는 그녀의 각기 다른 미소와 다양한 표정, 눈빛의 분위기, 배 위에 올려놓는 손의 모습, 은밀한 곳에 있는 축축한 음부를 들여다보려고 다리를 들어올리는 방법을 알게 되었다. 그녀는 그의 약혼녀가 되었다. 매주 화요일이면 주체할 수 없는 조바심이 그를 컴퓨터 앞으로 이끌었고, 그는 환상적이지만 확실하고, 잠재적이지만 분명히 존재하는 자신의 영국 애인이 사이트에 매주 한 번씩 올리는 사진이 올라왔는지 확인하기 위해 숨을 헐떡이며 컴퓨터 앞으로 다가앉았다.

나는 스티브 스틸이 연락처를 알려준 중개인을 만나기 위해 런던으로 갔다. 데이비드 핀커스는 홀랜드 파크 지역에 거주했다. 나는 이곳의 호사로운 주택들 앞에 주차된 놀라운 수의 포르쉐, 재규어, 페라리, 수많은 사륜구동 자동차들, 애스턴 마틴 등을 보고 그렇게도 많이 보편화된 그

차들의 수를 세며 한 시간 동안이나 길을 헤맸다. 결국 그에게 전화를 했다. 그는 막 경기가 끝난 테니스 클럽으로 오라고 했다. "제가 좀 많이 아파요……. 장인어른과 함께 며칠 같이 보냈는데…… 장인어른이 비행기 안에서 어떤 병에 걸렸거든요……. 열대병이에요……." "그럼 약속을 취소할까요? 내일 만나는 게 좋겠어요?" "아니에요, 괜찮아요. 좋아질 거예요. 혼수상태에 빠지기 직전이고 죽을 지경이기는 하지만요. 덥고 추워요. 코카콜라나 한 잔 마셔야겠어요." 내가 그의 집에 도착했다. "금융계에 관한 소설을 준비하고 있는 건가요?" "어쩌면요. 하지만 그보다는 우리가 사는 세상에 대해 좀더 잘 알고 싶어서예요. 당신 직업에 대해서 얘기해줬으면 좋겠어요. 국제적인 금융계와 헤지펀드에 대해서. 헤지펀드가 세계 시장에서 중요한 역할을 한다는 내용을 사방에서 읽을 수 있거든요." "아주 좋아요. 재미있는 내용이네요. 다 설명해드릴게요." 그렇게 해서 나는, 신사숙녀 여러분, 작가 동지 여러분, 투자 펀드에는 세 가지 종류가 있으며 앵글로색슨족 나라들에서는 투자 펀드를 관리하는 사람들을 '에셋 매니저'라고 부른다는 것을 배웠다. 첫째가 연금펀드로, 꽤 많은 나라의 봉급생활자들이 은퇴 후 생활을 위해 위탁한 펀드다. "그 나라들 중 첫 번째 서열에 미국과 영국이 있어요." 이 연금펀드는 퇴직 연금을 사용할 수 있는 범위 내에서 운용되며, 운용하는 중간에 투자처와 투자 비율을 조정할 수 있다. "이 펀드에는 과도한 리스크는 허용되지 않아요"라고 데이비드 핀커스가 말했다. 그 펀드는 일부는 국고채로, 일부는 현금으로 보유해야 하며, 주식은 절대 유가증권의 50퍼센트를 넘어서는 안 된다. 만약 주식 시장이 급락해서 50퍼센트를 잃는다면, 펀드의 절반만이 50퍼센트의 가치를 잃는 것이다. "그러니까 달리 말하자면, 맡긴 자본은 25퍼센트만 감축되는 거죠." 둘째는 뮤추얼펀드로 프랑스에서는 시카브*

---

* 서유럽에서 판매되는 개방형 뮤추얼펀드.

와 동일하게 취급된다. 이것은 개인이 주거래 은행, BNP, 소시에테 제네럴, 크레디 아그리콜* 같은 종류의 기관에 맡긴 돈으로 조성된 펀드라고 데이비드 핀커스가 말했다. 이 펀드에서는 한 개인이 혼자 몇백만 유로의 이익을 남기기도 한다. 이 펀드는 투자 내용을 바꾸는 게 연금펀드보다는 조금 더 쉽다. "큰 은행의 에셋 매니저들은 리스크를 조금 더 높일 수도 있지요." 셋째는 헤지펀드로, 조지 소로스와 함께 1970년대에 나타난 펀드다. 헤지펀드는 **위험한** 투자 상품으로, **레버리지 효과****가 매우 높으며 개인들은 이 펀드에 투자할 수 없다. "레버리지 효과가 의미하는 바에 대해서는 잠시 후에 설명해드릴게요." **정통한** 사람만이 헤지펀드에 돈을 투자할 수 있다. 여기서 정통한 사람이란 누구인가? "헤지펀드에서는 규칙이 약간 유연해요. 예를 들어 난 정통한 사람이 될 수 있어요. 나는 **학위**가 있고, 10년 전부터 **금융업계**에서 **일했으니까요.**" 데이비드 핀커스는 헤지펀드에 투자할 자격이 있는 것이다. 그는 자신의 투자가 위험하다는 것을 알고 있다고 여겨지기에 투자 자격을 얻게 된 것이다. 헤지펀드에 투자하려는 사람은 투자금을 전부 다 잃을 수도 있다는 점을 알고 있다는 내용의 각서에 서명을 해야 한다. 프로페셔널한 영역에서 움직이는 헤지펀드는 아주 빠르게 자본금을 늘릴 수 있다. 매년 100퍼센트씩 이익을 내기도 한다. 만약 그 헤지펀드가 매년 100퍼센트의 이익을 만든다면, 그것은 어느 날 전부 다 잃을 수도 있다는 뜻이다. 마술은 없다. 헤지펀드는 이렇게 말할 것이다. '난 아주 큰 이익을 만들 거야.' 또 이렇게도 말할 것이다. '아주 위험하기도 하지.' 이런 말도 할 것이다. '난 거금을 걸 거야.' 그리고 분명한 목소리로 이렇게 말할 것이다. '나는 그 거금으로 배배 꼴 것이고, 그것이 먹힌다면, 당신은

---

* 프랑스의 은행 이름들.
** 타인에게 빌린 차입금을 지렛대 삼아 자기자본이익률을 높이는 것으로 지렛대 효과라고도 한다. 헤지펀드의 위험도가 높은 것이 바로 이 때문이다.

큰돈을 버는 거야.' 그러고 나면 결정된다. 걸든지, 아니면 말든지. 역사적으로 헤지펀드가 출현하는 데 기여하고, 초기에 거기에 투자한 사람들을 패밀리 오피스(Family Office)라고 부르는데, 특히 돈을 많이 번 사람들로는 베르나르 아르노*, 알베르 프레르**, 금융업계의 큰손이자 엄청난 자본력을 갖고 있는 무어캐피털의 창업주인 루이스 베이컨***을 끌어들인 아그넬리 가문****이 있다. 이 패밀리 오피스들은 10억, 20억, 30억 달러짜리 돈방석 위에 앉게 되었고, 그 중 몇억 달러는 이제 막 시작한 젊은 인재들에게 투자했다. 패밀리 오피스들이 발탁한 이 젊은 인재들은 **파생상품**의 출현과 함께, 그에 따른 **레버리지 효과**와 **공매도**의 가능성을 1980년대에 도입했다. 데이비드 핀커스가 나에게 말했다. "고전적인 펀드와 헤지펀드를 구별하는 게 뭔지 알아요? 위험성을 많이 안아야 하는 만큼, 헤지펀드는 시장에서 처분이 자유로운 모든 상품을 사용할 권한이 있어요. 특히 파생상품이요." "그런 것은 **엄청나게 많잖아요**." 대체 파생상품이란 무엇인가? 그것은 **위험**, 즉 **리스크**와 **이익**, 다시 말해 **리턴**을 많이 주는 것이다. 전에는 주식을 사고, 조금 시간이 지나면 다시 파는 것이 우리가 할 수 있는 전부였다. 우리가 안을 수 있는 단 하나의 위험은 한 종목에 자본을 언제 투자할 것인지, 그 투자 시기에 달려 있었다. "그렇다면 파생상품까지 동반하면 진짜로 **엄청난** 리스크를 안을 수 있겠군요." 다시, 파생상품이란 무엇인가? 그것은 **옵션**이다. 데이비드 핀커스는 내게 옵션이 뭔지 아냐고 물었다. "몰라요. 차량용 GPS 네비게이션이 옵션이란 건 알지만." 약간 바보 같은 이 대답을 듣고 그는 미소를 지었다. "그것과는 아무 상관 없어요. 설명해드릴게요." 그는 문

* 프랑스의 명품 유통업체인 LVMH 그룹의 회장.
** 벨기에 은행 회장.
*** 헤지펀드 업계의 세계적인 슈퍼스타이며 무어캐피털 매니지먼트의 CEO.
**** 자동차업체 피아트 사를 창업한 조반니 아그넬리의 손자인 움베르토 아그넬리의 집안.

학을 하는 사람일지라도 이해하기 쉽다며, 잘 듣기만 하면 된다고 장담했다. 그는 한 주 25짜리인 종목을 예로 들어 설명을 해보겠다고 했다. "오케이?" 그가 물었다. 그는 나에게 계속 미소를 지었고, 자신이 이야기하는 것을 내가 모두 이해할 수 있다고 나를 안심시켰다. 그는 선천적으로 말이 빠른 사람인데 일부러 천천히 말하고 있는 것 같아 보였다. 그는 다음의 예를 들어 설명했다. 내가 주식 브로커의 사무실 문을 두드리고 그에게 말한다. "제기랄, 데이비드, 나는 지금부터 연말 사이에, 이 주식을 50에 샀으면 좋겠어. 올해 내가 원하는 때에, 50에 살 수 있었으면 좋겠다고." 앞서 말했듯이 이 종목은 현재 25짜리다. "데이비드, 올해 내가 원하는 순간에 이 주식을 당신한테서 50에 살 수 있는 권리는 얼마나 할까?" 이것은 일종의 보험이다. 이것은 그만큼 값이 나가고, 계산이 필요하다. 이것은 확률의 계산이다. 데이비드 핀커스는 꽤 많은 수의 복잡한 계산에 몰두해야만 할 것이다. 그는 생각한다. '이 종목이 50을 넘으려면 어떤 호재가 있어야 할까?' 그는 계산한다. 또 생각한다. '이 종목이 70에 다다르려면 어떤 호재가 있어야 할까?' 그는 계산한다. '이 종목이 80을 넘으려면 어떤 호재가 있어야 할까?' 그는 계산한다. 그리고 나서 그는 자신에게서 연중 아무 때나 50에 살 수 있는 권리를 3유로에 나에게 판다, 오늘 한 주에 25의 가치가 있는 종목에 대해. 그가 나에게 묻는다. "에릭, 몇 주나 사고 싶은데요?" 나는 "50만 주"라고 대답한다. 그가 대답한다. "그러면 전체 금액이 150만 유로예요." 내가 오늘 그에게 150만 유로를 주면, 그는 연중 아무 때든 내가 원할 때에 나에게 50짜리 50만 주를 넘겨야 한다. "간단하죠, 아닌가요?" 그가 짓궂은 눈빛을 던지며 물었다. "자, 이제 다음 얘기를 들어보세요." 그는 만약 그후 그 종목이 50 선을 넘어 70에 다다르면 내게 어떤 일이 벌어지는지 상상해보라고 했다. 내가 25의 가치가 있던 종목을 50에 샀는데, 옵션을 획득하고 지금 70의 가치가 되었다면 나는 얼마나 버는 걸까?

"많지요. 20 곱하기 50만 빼기 150만 유로." 나는 어느 정도 확신을 갖고 대답했다. 그가 놀라는 표정을 지었다. "정확해요." 그가 말했다. "당신은 거의 900만 유로를 버는 셈이죠." 그는 그 주식이 25에서 70으로 넘어가면서 가치가 거의 세 배 정도 증가했다는 점에 주목하라면서 결과를 설명했다. 이 주식은 세 배 증가했다. 만약 내가 이 주식을 25에 사서 70에 팔았다면 내 투자분은 세 배 증가했을 것이다. 하지만 거기에 나는 150만 유로를 투자했고, 900만 유로를 회수한다. 세 배가 아니라 여섯 배 증가한 것이다. "이렇게 되었을 때 두 배의 레버리지 효과를 얻었다고 말하는 거예요. 왜냐하면, 보세요. 만약 25에 50만 주를 사려고 했다면 그 금액은 **처어어어언이이이배액마안** 유로예요! 당신은 **처어어어언이이이배액마안** 유로를 투자했어야 한다구요! 그런데 **처어어어언이이이배액마안** 유로 대신 150만 유로만 했잖아요!" 천이백만이라는 숫자가 플루트의 길고 긴 선율처럼 공기 중에 울려퍼졌다. 나, 에릭 라인하르트, 부유한 상속인, 소원을 이룬 투자가인 나는 현금 150만 유로 덕택에 완전히 상승 기류를 탔다! 하지만 실제로 내가 주식을 산 것은 아니었다. "어떻게 보면 당신을 위해서 내가 이익을 산출해준 거죠……." 데이비드 핀커스가 말했다. 이런 시스템으로 나는 똑같은 수(手)를 두어 이익을 보았다. 나는 시작할 때 돈의 전부가 아니라 일부만 투자했다. 이것이 바로 레버리지 효과다. "당신은 레버리지로 이익을 얻은 거예요. 150만 유로만으로 2,500만 유로의 투자를 미리 한 거죠. 헤지펀드가 하는 일이 바로 이런 거예요. 헤지펀드는 현재 갖고 있는 자본보다 훨씬 많은 자본을 운용할 수 있어요." 그러고 나서 그는 나에게 파생상품에 대해 가르쳐주었다. 그것은 **상승세**가 되기도 하고, **하락세**가 되기도 한다. "**난폭한 미치광이**가 되는 수법도 존재해요. **끝도 없이** 기울 수도 있고요. **어떤 상황**이든 다 상상할 수 있다니까요!" 투기의 도구로 행복을 느끼는 것처럼 보이는 데이비드 핀커스가 외쳤다.

예를 들어, 어느 날 아침 눈을 뜬 내가 돈을 무진장 벌고 싶다는 뜨거운 욕망을 느꼈다면, 어쨌든 지난번보다 아주 많이 벌고 싶다면, 나는 데이비드 핀커스의 사무실 문을 두드리고 이렇게 말한다. "데이비드, 있잖아, 난 지금부터 연말 사이에 오늘 25의 가치가 있는 주식을 당신한테서 50에 살 수 있어. 하지만 70 이상이 되면 그것은 당신한테 줄게. 얼마를 벌게 해줄 수 있어?" 다르게 말하면, 만약 한 주의 가격이 50에서 70 사이에 있다면 나는 벌고, 70 선을 넘어가면 잃는다. "저에게는 어떤 게 이익이죠?" 내가 데이비드 핀커스에게 물었다. 그는 그 옵션을 나에게 3유로가 아니라 1유로 50에 팔겠다고 대답했다. 그리고 만약 그 주가가 50에서 70 사이에서 멈춘다면, 특히 딱 69에서 멈춘다면 그야말로 엄청난 잭팟이 터지는 것이다! **말도 안 된다! 환상적이다!** "지난번에 우리가 얼마를 얘기했었냐 하면, 얼마를 벌었냐 하면, 지난번에 당신은 여섯 배의 이익을 얻었잖아요. 그래서 900만 유로를 벌었죠. 이번에는, 여섯 배 이상은 만들 수 없는 150만 유로가 아닌 75만 유로의 투자금으로, **여어어어얼두우우우우** 배의 이익을 챙길 수 있어요! 이번에 당신은 75만 유로를 넣고 **900만** 유로를 벌어들인다고요! 주식은 고작 세 배가 되는 건데, 당신은 **여어어어얼두우우우우** 배를 번다니까요!" 이런 경우에 엄청난 레버리지 효과를 보았다고 말하는 것이다. 주식은 세 배 뛰었는데, 나는 실질적으로 열두 배를 얻는다. 네 배의 레버리지 효과를 본 것이다. 반면 만약 그 주식이 50이 안 되고 49에서 멈춘다면, 나는 얼마를 벌까? 제로. 하나도 없다. 데이비드 핀커스에게 준 75만 유로만 날리는 것이다. 요약하면, 만약 주가가 25에서 50으로 두 배 오르면, 나는 전부 다 잃는다. 만약 25에서 70 이상이 되면, 내 돈은 열두 배 늘어난다. 그리고 나는 이런 종류의 거래를 **10억** 유로로도 할 수 있다. "이런 거래에 당신은 10억 유로도 넣을 수 있어요! 만약 거래가 된다면! 당신 저금통에는 배애애애액이이이이시이이입어어어억 유로가 채워지는 거죠! 저금통에 배애애애액이이이이시이이입어어어억 유로를 넣고 집으로 돌아가는 거예요!" 이 예는, 신사 숙녀 여러분, 레버리지 효과의 본질적 개념을 여러분에게 설명하기 위한 것이다. 이로써 우리는 레버리지가 왜 연금펀드와 뮤추얼펀드, 그 외 특수 펀드에 금지되어 있는지 잘 이해할 수 있다. 물론 예외적인 펀드들 일부는 빼고 말이다. 나는 열두 배의 이익을 얻을 수도 있지만, 몽땅 다 잃을 수도 있다. 레버리지를 얻거나 위험에 처하게 되는 또 다른 방법은 돈을 빌리는 것이다. 꽤 많은 수의 사람들은 나한테 돈을 꿔주는 것을 좋아한다. 나는 헤지펀드고, 투자자들이 맡긴 2억 유로를 갖고 있다. 꽤 고전적이다. 2억이라니. 3억이다. 나는 거래 은행이 하나 있고, 그것을 노출할 권리가 있다. "이게 큰 비밀이에요." 데이비드 핀커스가 말했다. "게다가." 다시 말하자면, 내가 10억 유로로 주식을 산다면, 초기 자본금은 2억 유로밖에 되지 않는다. 내 거래 은행이 8억 유로를 나한테 빌려준다. 나는 은행에 돈을 갚아야 한다. 그것은 문제가 되지 않는다. 하지만 투자자들이 나에게 맡긴 2억 유로는 위험을 안게 되는 것이다. **위험을 안게 된다**고 데이비드 핀커스가 고집스레 반복했다. 그래서 내가 그에게 말했다. "만약 잃는다면 다 잃는 거죠?"라고. 나는 10억 유로를 투자한다. 은행은 아무런 위험도 없다. 왜냐하면 내가 그에 부합하는 비율을 책임지니까. 만약 내가 돈을 잃기 시작하면 은행은 자기 돈을 회수한다. 은행은 내가 소유한 주식들을 파는지 언제든지 확인할 수 있으므로, 금방 돈을 회수할 수 있는 것이다. 만약 은행이 나에게 투자한 자본금을 회수하지 못할 것 같은 확률이 30~40퍼센트에 다다르면, 은행은 나에게 주식을 팔라고 종용한다. "은행에선 매일매일 그것을 확인하는 건가요?" 내가 데이비드 핀커스에게 물었다. 그가 눈을 크게 뜨고 대답했다. "아뇨! 매일매일이 아니라, **매 분마다 하죠!**" "그렇게 해서 만약 알아차리면……" "당신이 잃기 시작했다는 걸 은행에서 알아차리면요? 곧 전화가 옵니다. 즉시. 자기네들 돈을 회수해 가죠. 어쩔 수 없이 주식을 팔아야만 합니다." 상황은 빨리 진행된다. 그들은 투기라는 평행선에 놓인 음울하고 정신적인 거대한 환풍기로 빨아들이는 것 같다. 데이비드 핀커스는 은행의 이 상황을 자신에게 불리하게 돌아가는 시스템 때문에 궁지에 몰린 절박하고 위급한 상황이며, 자유낙하하는 주식 브로커의 비극이라고 해석했다. 따라서 신사숙녀 여러분, 잘 들으시길. 전적으로 다음의 내용은 예시일 뿐이지만, 두 가지 의미로 상황을 파악할 수 있다. 헤지펀드 2억, 레버리지 효과 5, **매우 큰 레버리지 효과다.** 나는 8억을 빌려 10억을 투자한다. 10억으로 한 종목을 산다. 이것이 20퍼센트 이익을 얻을 경우를 상상해보자. 나는 2억이 있고, 2억을 번다. 100퍼센트의 이익을 얻은 것이다. 왜 그렇게 되는가? 20퍼센트의 성과에 다섯 배의 레버리지 효과를 본 것이다. 그래서 100퍼센트가 된다. 반대로 헤지펀드 2억, 레버리지 효과 5, 8억을 빌린다. 10억을 투자한다. 10억으로 한 종목을 산다. 이것이 20퍼센트의 손해를 볼 경우를 상상해보자. 나는 처음에 내가 투자한 자본금을 전부 잃는다. 100퍼센트 손실이다. 만약 내가 잃기 시작한다면, 은행이 나에게 8억 2천이 남아 있는 것을 알게 된다면, "설사 자본금이 조금 더 많았더라도, 은행은 8억 8천에 못 미치면 당신을 호출하기 시작하죠. 당신에게 전화를 해서 이렇게 말해요(데이비드 핀커스의 어조는 장엄했다). '파세요.' '왜요?'" 그의 어두운 목소리는 계속 이어졌다. "'곧 우리한테 자본금을 갚아야 할 테니까.' 은행은 **절대** 당신이 가진 돈이 8억 밑으로 내려가도록 **그냥 놔두지 않아요.** 당신이 은행에 얼마를 갚아야 하는지를 잘 알고 있죠. 음, 물론이에요⋯⋯. 그들은 바보멍텅구리가 아니니까⋯⋯. 그들은 당신이 언제 손을 털고 나와야 하는지, 그 시기를 거의 정확히 알고 있는 거죠. 따라서 당신에게 8억이 남으면, 그 8억을 은행에 갚고 당신은 투자자들에게로 돌아가야 해요. 그들에게는 얼마나 남을까요?" 데이비드 핀커스가 물었다.

제로. 한 푼도 안 남는다. 투자자들은 전부 잃었다. 그러므로 레버리지 효과 5에 만약 20퍼센트를 잃는다면, 나는 100퍼센트를 잃게 되는 것이다. 만약 20퍼센트를 얻는다면, 나는 100퍼센트를 얻게 된다. 이것이 바로 레버리지 효과다. 자, 헤지펀드는 이런 것이다. 이것이 헤지펀드의 비밀이다. 나는 위험한 행위를 할 뿐 아니라, 대출을 통해 위험 부담을 증가시킬 수 있는 것이다. "이게 헤지펀드의 가장 기본적인 개념이에요. 이제……" 데이비드 핀커스가 덧붙였다. "**헤지를 한다**는 것이 무엇인지 말해보죠. 아마 당신은 웃을 거예요." 헤지란 **보호책**이라는 뜻이다. 그럼 헤지를 한다는 것은 **보호한다**는 뜻이 될 것이다. 그럼 왜 이것을 **보호책**이라고 이름 붙였을까? 초기에는 투자자들을 보호하기 위한 것이었다. 위험을 안게 하지 않기 위한 것일 뿐만 아니라 보호하기 위한. 예를 들어 한 주에 25짜리 종목이 있는데, 50까지 갈 것 같아서 이 주식을 사고 싶다고 치자. 하지만 조금 두렵다. 2천만 유로어치를 사고 싶지만 조금 무섭다. 사실은 10억을 투자할 준비를 했지만, 2천만 유로가 넘는 위험 부담을 안고 싶지는 않다. 그런데 사람들이 와서 나에게 이렇게 말한다. "걱정 마세요, 에릭. 제가 10억을 책임질게요. 하지만 이 주식이 50에 이르지 못하면, 상승한 금액만 벌어들일 수 있는 거예요." 이것은 조금 아까 들었던 예를 다시 들어본 것이다. "초기에는 이렇게 시작합니다. 훨씬 **안정적**이지요. 선물(先物) 거래를 위해서도 마찬가지고요." "선물 거래요? 미안해요. 난 선물이 뭔지 몰라요." 내가 데이비드 핀커스에게 말했다. 그는 자신의 아내가 가져다준 뜨거운 차를 홀짝홀짝 마셨다. 열이 있다는 말도 계속 반복했다. 땀방울이 그의 관자놀이를 타고 흘러내렸다. 나는 털이 많고 단단하며 아주 두꺼운 그의 넓적다리를 간간이 바라보았다. 테니스용 티셔츠를 입고 넓적다리를 훤히 드러낸 사람한테 주식 시장에 대한 중요한 이야기를 듣고 있자니, 좀 이상한 기분이 들었다. "선물요? 그건 또 다른 파생상품이에요. **아주 엄청난** 파생상품이죠. 제1의 파생상품이기도 하고, 가장 **거대한** 파생상품이기도 하죠. 선물 시장은 절대적으로 **거대합니다. 세상의 절반이 선물을 향해 돌고 있어요!** 그것은 정기 거래 시장이지요. 주식 시장에는 특정한 날짜에만 이루어지는 매매 계약이 있어요. 예를 들어 3개월마다 있는 **쿼터리**(QUATERLY) 같은 거죠." 친애하는 제노바 시민 여러분, 그리고 전세계의 친구들이여, 내가 오늘 여러분에게 석유 5천 배럴을 팔면, 여러분은 그 값을 4월 말까지만 치르면 된다. 아니면, 당신, 거기 두 번째 줄에 있는 금발머리 부인, 크림색 벨트를 하신 분, 내가 오늘 당신한테서 4만 톤의 밀을 산다면 3월 초까지만 대금을 치르면 된다. 그렇다면 누가 이런 규칙을 만들어냈는지, 왜 만들었는지 나에게 설명해주실 수 있는가? 이것은 밀, 설탕, 커피 등 날짜의 흐름에 따라 가격이 달라질 수 있는 상품들을 거래하는 **하드 코모** 시장에서부터 시작됐다. 예를 들어 1년 먼저 밀, 설탕, 커피의 가격을 **동결시켜** 시세가 붕괴될 경우에도 생산업자가 **보호를 받을 수 있게** 한 것이다. "50만 배럴을 이 가격에 팔게. 정산은 3월이야." 그런데 금액을 치러야 할 날짜가 되기 전, 즉 3월이 되기 전에 가격이 폭락한다 해도 가격을 적정 수준에서 못박아 놓았기 때문에 나는 피해를 입지 않는다. 간단한 규칙 덕분에 보호받게 된 것이다. 밀 생산업자 또는 석유 생산업자인 나는 밀이나 석유의 가격에 내기를 거는 것이다. 나는 내 생산품의 시세에 내깃돈을 걸고 싶지 않지만, 손해를 보는 일을 막으려면 어쩔 수 없다. "이것이 생산업자들을 위한 **헤지**의 시초가 된 거예요. 그들을 **보호하기** 위해 선물 거래를 고안해낸 거죠." 데이비드 핀커스가 말했다. 그런가 하면 다음과 같이 말하면서 1년, 2년, 3년 전에 생산물을 파는 것도 있다. "나는 이 가격이 좋아요. 이 가격이면 꽤 남는 장사예요. 그러니 앞으로 3년 동안은 이 가격에 팔겠어요. 시세가 올라도 어쩔 수 없죠. 하지만 시세가 하락할 때는 보호받는 거죠." 선물은, 우리도 알다시피, 어떤 사람들에게는 **보호막**

을, 또 어떤 사람들에게는 **투기**의 장을 마련해준다. "선물이야말로 투기의 가장 큰 수단이에요." 데이비드 핀커스가 말했다. "선물 거래로 투자를 시작한 사람들이 꽤 많아요……. 사실 그게 쉬우니까요. 은행에 돈만 조금 있으면 되거든요. 그렇게 해서 선물을 통해 하락세에서 돈을 버는 방법이 처음으로 생겨났어요." 하락세에서 돈을 번다고? 선물을 통해 하락세에서 돈을 버는 방법이 처음으로 생겨났다고? 데이비드 핀커스, 그게 뭔지 설명해줘야 해요! **어떻게 하락세에서 돈을 벌게 됐는지 얘기해줘야 한다고요! 뒤바뀐 논리로 된 그 세상으로 나를 인도해줘야만 한다고요!** 데이비드 핀커스는 뜨거운 차를 한모금 마시고 열정적이고 생생한 눈빛으로 나를 바라보았다. "전형적인 예를 들어보면, 내가 7월에 당신한테 70달러에 어떤 물건을 팔았어요. 당신은 9월 말까지 나에게 물건값을 주면 되고요. 물건은 뭐든지 당신이 쉽게 상상할 수 있는 걸 생각하면 돼요. 만약 내가 당신한테 70에 50만 배럴을 팔았다 해도, 내 책상 속에 50만 배럴이 있는 게 아니란 건 당신도 알겠죠? 간단히 말해, 당신이 내게 물건값을 내기 전에 나도 시장에서 다른 사람한테 50만 배럴을 사면 되는 거예요. 내 얘기 따라오고 있죠?" "그럼요, 따라가고 있어요." 내가 말했다. "그런데 8월이 됐고, 짜잔! 시장이 무너졌어요! 약속한 날짜 3주 전인데, 배럴당 40달러밖에 안하는 거예요. 그러니까 나는 다른 사람한테 40에 사서 정산 날짜인 9월 말에 그것을 당신한테 70에 되팔 수 있다고요. 왜냐하면 미리 사둔 게 하나도 없으니까요. 하나도 사두지 않았어요. 그러면 나는 앉아서 배럴당 30달러를 버는 거예요. 9월 말이 되면 나는 계약을 지키기 위해서 나한테 그것을 판 사람에게 50만 배럴 곱하기 40달러 한 금액을 지불하죠. 그러고 나면 나는 즉석에서 1,500만 달러를 번 거예요! 그러니까 나는 하락세에서 돈을 번 거죠! 그래서 처음으로 사람들이 갖고 있지도 않은 것에 내깃돈을 걸게 된 거예요!" 데이비드 핀커스는 매일 이런 일을 한다고 말했다. "매일 나는 어마어마한 양의 석유를 사고 판답니다." 그는 자신의 목표가 지금부터 9월 말까지 계약 사항에 대한 금액을 전부 지불하는 것이라고 설명했다. 약정일 이틀 전에 그는 자신이 팔았던 것을 다시 사고, 자신이 샀던 것을 다시 판다. 그 결과 그는 샀던 양만큼 팔게 된다. 왜냐하면 판매자라는 입장으로 장을 닫을 때는 "만약 그가 팔았다면 그는 물건을 인도해야만 해요. 만약 당신이 마지막에 파는 입장이었다면, 물건을 인도해야만 하는 날이 언젠가는 오죠. 그래서 정말로 괴로워요!" 왜냐하면 배를 띄워야만 하니까……. 50만 배럴을 인도해야만 하니까……. 그래서 주식 시장 관계자의 80퍼센트는 **실물**은 절대 건드리지 않고 항상 **선물 시장**에 남기 위해, **정산** 날짜 직전에 처음부터 다시 시작하려고 서두르는 것이다. 데이비드 핀커스의 강박관념은 석유를 인도해야만 한다는 것이다. 만약 정산 날짜 전에 능수능란하게 원상태로 돌려놓지 못한다면, **다른 사람이 와서 실제로 석유를 가져갈 것이기 때문이다!** 이것이 외형(현품 수도[受渡])인데, 아주 복잡하다. 항구를 찾아야 되고, 물건을 쌓아놓을 장소도 마련해야 하고, 50만 배럴을 유통시키기 위해 각종 업무들을 처리해야 한다……. 이런 일이 발생하면, 그는 대기업 직원이 된 것처럼 이 일, 저 일을 처리해야 한다. "대기업은 어쨌든 간에 일이 돌아가고 선박들, 기계들, 여러 업무들이 돌아가고 있으니 직원들은 업무에 전념하죠. 하지만 그들도 석유를 어딘가에 인도해야만 해요. 내가 미처 생각하지 못한 부분이죠." 그래서 1980년대에 옵션이 등장한다. 그리고 선물(先物)과 옵션 이 두 가지는 **놀라울 정도로** 아주 빨리 발전한다. 초기에는 **상품**이, 그 다음에는 **지수**가 발전한다. "왜냐하면 CAC*에서 살 수도 있고 팔 수도 있으니까요!" 데이비드 핀커스가 말했다. "이것도 말하자면 일종의 광기죠! CAC에서는 두

---

* 프랑스의 주식 시장. 우리나라의 코스피와 같다.

가지를 다 교환할 수 있어요! 상장가(上場價)만 있으면 뭐든지 교환 가능하죠!" "변화하는 모든 것 말이죠." 내가 이해했다는 것을 보여주려고 데이비드 핀커스에게 말했다. "바로 그거예요. 변하는 모든 것이요. 당신은 **뭐든지 계약**할 수 있어요. **모든 것에 선물**을 할 수 있어요! 그렇다면 **선물 계약**에도…… **레버리지 효과**를 낼 수 있다는 것도 이해하셨겠죠! 그럼 다시 시작하는 거예요!" 나에게 설명한 용어들을 다시 한 번 강조하기 위해 그의 입에서 흘러나오는 문장들은, 조화롭게 주름이 잡힌 그의 옷과 그의 매력적인 성격과 함께 어우러져 마치 노랫소리처럼 들렸으며, 그야말로 환상적이었다. "당신은 현금을 내놓을 필요가 없기 때문에 갖고 있는 것보다 조금 더 많은 돈을 투자할 수 있어요. 사람들은 당신이 가진 것보다 조금 더 투자하는 걸 허락하지요. 환시세에 달려 있어요. 만약 계좌에 100이 있다면, 그들은 계약서상 200을 사는 걸 허락해요. 이게 바로 선물 거래예요. **어어어어어어엄처어어어어어엉나죠! 어어엄처어어어어엉나요!** 매일 **수시이이이이이이이이이이이이입억**이에요!" 나는 그가 수십억이라는 단어를 발음하는 시간을 재보았다. 12초나 걸렸다. 데이비드 핀커스는 폐 속에 있는 숨을 다 뿜어내, 더 이상 한 마디도 덧붙일 수 없었다. 그는 숨을 깊이 들이마신 후, 덧붙였다. "그래야 세상이 돌아가요. 이 거래를 통해 실제로는 아무것도 교환되지 않지만 현물이 교환되니까요. 3개월이 끝날 때마다 정산하는 것만 조심하면 돼요."

외출한다는 말을 하려고 그의 아내가 들어왔기 때문에 우리의 대화는 잠시 중단되었다. 데이비드 핀커스가 아내에게 나가기 전에 먹을 것 좀 가져다줄 수 있냐고 물었다. "치즈버거나 뭐 그런 거 말야. 배도 고프고 몸도 별로 좋지 않아." 그가 아내에게 말했다. "약 갖다 줘요? 아스피린이나 뭐……." 그녀가 물었다. "노땡큐, 약은 벌써 먹었어……." 그의 아내가 인사를 하려고 나에게 다가왔다. "만나서 너무 기뻐요. 당신이 쓴 책에 행운이 있기를! 성공! 돈! 명성! 할리우드! 당신 책의 저작권이 스필버그에게 팔리길 기원할게요." 그녀는 손을 흔들며 뒷걸음질 쳐 사라졌다. "잠깐 쉴까요?" 내가 데이비드 핀커스에게 물었다. "아뇨, 괜찮아요, 괜찮아지겠죠. 계속합시다." 그가 찻주전자를 받쳤던 헝겊으로 이마의 땀을 닦으며 말했다. 나는 옵션에 대해 배웠고, 선물이 뭔지 이해했으며, 레버리지 효과가 뭔지 알았다—옵션, 선물, 레버리지 효과는 모두 헤지펀드에서 심장 역할을 하는 것들이다. 마지막 항목. 어떻게 주식의 쇼트*를 하는가. 나, 헤지펀드의 사장, 에릭 라인하르트는 하락세에서 돈을 벌고 싶다. 그러려면 어떻게 하는가? 쇼트를 하려면 어떻게 해야 하는가? 프랑스 텔레콤**의 주식으로 확실하게 기반을 닦은 사람들이 있다. 특히 연금을 자본으로 하여. 나는 그들을 만나러 가서 그들의 사무실 문을 두드린다. "실례합니다만, 당신 책상 서랍 속에 프랑스 텔레콤 주식이 한 상자 있다는 걸 알고 왔습니다. 나한테 그것 좀 빌려줄 수 있을까요? 사는 게 아니라 빌리는 거예요. 당신이 필요할 때는 언제든지 말씀하세요." 그러고 나서 묻는다. "프랑스 텔레콤 천만 달러어치 주식을 빌리는 데 얼마인가요?" 그러면 남자가 대답한다. "음, 그래도 천만 달러어치인데, 매년 5퍼센트는 돼야죠. 게다가 그것의 가치는 천만 달러 이상이죠. 프랑스 텔레콤 주식 천만 달러어치니까요, 그러니 5퍼센트 더하기 1퍼센트를 받아야겠어요." 물론 나는 이런 주식을 가져본 적이 없다. 만약 그 남자가 그것을 팔기 위해 그만큼이 필요하다면 나는 그 돈을 치러야만 한다. 이 내용은 마치 설탕 그릇에 열 개의 설탕이 있는 것과 마찬가

---

* 공매도. 주식이나 채권을 가지고 있지 않은 상태에서 행사하는 매도 주문.
** 프랑스의 통신 회사.

지 논리다. 그는 나에게 설탕 그릇을 빌려준다. 나는 열 개의 설탕과 설탕 그릇을 그에게 돌려주어야만 한다—설탕의 가격과는 관계 없이. 만약 내가 X유로라는 금액으로 프랑스 텔레콤 주식 10주를 빌렸다면, 나는 그에게 X유로를 돌려주는 것이 아니라 프랑스 텔레콤 주식 10주를 돌려주어야 한다. 그리고 계약을 할 당시의 각 주식의 통상 가격에서 5~6퍼센트의 사용료를 내야 한다. "자, 그럼 이제 당신은 프랑스 텔레콤 주식을 갖게 됐어요." 이익을 볼 생각에 흥분한 데이비드 핀커스가 아이처럼 호들갑스럽게 말하며 손바닥을 쳤다. "이제 어떻게 할 건가요?" 나는 뭐라 대답해야 할지 전혀 알지 못한 채 그를 바라보았다. "음, 모르겠는데요." 나는 순순히 자백했다. "그걸 팔면 돼요. 당신은 그걸 팔 수 있어요. 환상적이잖아요! 만약 빌려준 사람이 요구한다면 다시 사면 되고요. 프랑스 텔레콤 주식은 언제든지 살 수 있어요. 2초면 되죠. 그렇다면 어떻게 할까요? **짜잔! 그것을 파는 거예요!**" 들척지근한 목소리 (그의 말들은 입에서 나올 때 달콤한 곡선을 그리며 흘러나온다)로 그가 덧붙였다. "그리고 가격이 하락하면…… 다시 사면 돼요……." 그는 요점을 강조하는 것처럼 그 말을 한 번 더 반복했다. "가격이 하락하면…… 다시 사면 돼요……." 그는 나에게 중요한 비밀, 어마어마한 계략을 털어놓은 것 같은 표정을 지었다. 그는 낮은 탁자 위로 내 얼굴 가까이에 자신의 얼굴을 들이밀면서 은밀한 목소리로 입을 열었다. "가격이 하락하면…… 다시 사면 된다고요……." 나는 경악에 찬 얼굴로 그를 바라보았다. 이 사람은 예술가다. 음악가다. 그는 축복을 받았다. "헤지펀드에서 당신의 입장은 이거예요. 우선 당신은 프랑스 텔레콤 주식을 빌린 사람이기도 하지만, 한편으로는 프랑스 텔레콤 주식을 파는 사람이기도 하죠. 당신은 주식을 쇼트한 거예요. 당신이 갖고 있지 않은 것을 판 거죠." 나, 에릭 라인하르트, 나의 확실한 처지는 이것이다. 주식은 제로다. 나는 주식을 소유했었지만 팔았다. 만약 가격이 붕괴된다면, 다시 살 것이다.

그리고 돌려줄 것이다. "공매도. 주식의 공매도. 하락세에서 돈 벌기. 내가 공매도를 할 수밖에 없는 순간이 있어요. 나는 팔고, 팔고, 팔고, 팔지요." 내가 데이비드 핀커스가 설명한 것을 잘 이해했는지 확인하기 위해 나는 그의 도움을 받아 다음 내용을 상상해 말해보았다. 나는 100유로 하는 주식 천 주를 빌려서 시장에 판다. 그렇게 하면 10만 유로가 내 손에 들어온다. 만약 주식 시세가 30퍼센트 떨어지면, 그 주식은 한 주당 70유로가 된다. 나는 시장에서 천 주를 다시 산다. 7만 유로를 내고. 그것을 내게 천 주의 주식을 빌려줬던 사람에게 돌려주고 나면, 내게는 3만 유로가 남는다. 10만 빼기 7만. 나는 하락세에서 돈을 벌었다. "만일 가격이 오른다면?" 내가 데이비드 핀커스에게 물었다. "그러면 당신은 고통을 받게 되는 거죠! 특별한 경우에는 그런 상황이 금지되어 있거든요. 롱*보다는 쇼트가 훨씬 더 위험성이 높아요." "왜 훨씬 위험성이 높아요?" "불균형하니까요." 그는 다른 예를 하나 들어보라고 했다. 내가 어떤 것을 10에 쇼트한다. 다시 말해 나는 한 주에 10짜리를 빌려서 시장에 판다. 만약 회사가 붕괴되어, 이 주식이 0에서 시작된다면 난 얼마나 벌까? 나는 10을 번다. 하지만 만약 50에서 시작한다면, 만약 주가가 다섯 배가 된다면 나는 얼마를 잃게 될까? 50을 잃는다. 잘되면 10을 벌고(여기에서 얻을 수 있는 최대한의 이익이다) 잘못되면 50을 잃는다. 손실은 무한정 커질 수 있다. 만약 주식 가격이 여섯 배가 된다면 60을 잃고, 여덟 배가 되면 80을 잃는다. 열 배면 100을 잃는다. 이익으로는 10이 최대고, 잠정적인 손실로는 40이 될지, 50이 될지, 60, 70이 될지 모른다. "그래서 불균형하다는 거예요. 거기에 위험 부담이 있어요. 예를 들어 애플 사(社)를 봅시다. 아이팟 만드는 애플 사 말예요. 애플 사의 주식은 2년 만에 다섯 배로 뛰었어요. 당신이 애플 주식으로 쇼트를 했다

---

* 옵션 시장에서 매도 옵션이나 매입 옵션을 매입하는 것.

면……" 데이비드 핀커스가 말했다. "그랬다면 당신은 500퍼센트를 잃는 거예요! 당신한테 설명한 것들이 다 쇼트의 원칙이에요. 자, 이게 바로 쇼트가 위험한 이유랍니다. 한편, 이런 것도 가능하지요. 프랑스 텔레콤 주식으로는 롱 플레이를 하면서 도이치 텔레콤* 주식으로는 쇼트 플레이를 하는 거예요. 서로 반대되는 내기들을 동시에 진행하는 거죠. **롱**과 **쇼트.**" 롱 플레이와 쇼트는 헤지펀드를 이루는 주요한 갈래다. "프랑스 텔레콤 주식을 롱 플레이하면서 도이치 텔레콤 주식은 쇼트하는 전략을 쓰는 거예요. 보호벽을 만든 거라는 것을 알겠죠? 그러면 내가 건 유일한 내기는 프랑스 텔레콤이 도이치 텔레콤보다 **낫기**를 기도하는 거예요." 이제 됐다. 긴장이 풀렸다. 나는 아무것도 이해하지 못했다. 주식 브로커로서의 나의 미래가 이 롱/쇼트 개념에서 여지없이 부서졌다. 나는 데이비드 핀커스에게 물었다. "목표는, 내가 잘 이해했다면, 돈을 최대한 버는 거예요. 당신이 아까 전략에 대해 설명해주었지요? 음, 이건 뭐랄까, 신중한 방법이군요. 내 생각에, 이런 유형의 상황이 강화되면 당신은 돈을 많이 벌지 못할 거예요." "맞아요. 쇼트에서 20퍼센트를 잃는 경우도 생기죠." "그래서 철저한 작전을 펴는 거고요." "그것은 위험 부담을 안겨주는 도구인 동시에, 위험 부담을 감소시키는 도구도 될 수 있어요. 이런 부차적인 도구들 전부와 쇼트할 수 있는 도구들은 당신이 보호되도록 하는 동시에 위험성을 가중시키기도 하죠. 두 가지 면이 있어요. 그게 바로 이 전략의 비밀이에요. 하지만 당신은 다양한 형태의 헤지펀드를 만나게 되죠. 위험성이 크거나 작은 것들, 전문성이 크거나 작은 것들 등 다양하게. 그 중에는 특히 온건한 헤지펀드들이 있어요. 아주 방어적이고 아주 조심스러워서, 레버리지는 1이나 2 정도만 하는 사람들이 있어요(그는 이 1이나 2라는 숫자를 입술 끝으로 발음하면서 슬며시

---

* 독일의 국영회사였다가 1996년에 민영화되어 유럽 1위, 세계 3위의 통신 서비스 공급업체가 됐다.

역겨움을 드러냈다). 그들은 두 배로 걸지요. 그리고 이렇게 말해요. '무슨 일이 벌어져도 12퍼센트의 이익을 만들어드리죠.' 그들은 조금이라도 이상한 일이 일어나는지 조사하고, 다른 주식보다 조금이라도 싼 텔레콤 주식을 찾는 전략을 펴죠—아주 섬세한 수법을 쓰는 거예요. 한편 레버리지가 7, 8이나 되는 아주 공격적인 헤지펀드도 있어요. 당신은 베르나르 아르노 같은 타입의 투자가도 만날 수 있죠. 그는 당신에게 이렇게 얘기해요. '자, 나는 12퍼센트의 이익을 내는 안전하고, 신경 쓸 일 없는 헤지펀드 두 개에 수백만 달러를 투자했어요. 그러니 쌈짓돈 일부는 다른 것에 투자하고 싶어요'라고요." 데이비드 핀커스는 손바닥을 짝, 짝, 짝 마주쳤다. 그 행동에는 이런 의미가 함축되어 있는 듯했다. '고추 달린 놈답게, 사내답게 좀 센 것에.' "런던에도 꽤 여러 개의 헤지펀드가 있어요. 예를 들면 플루토스 같은 곳. 그들이 투자자들을 호출한다면 그건 이런 뜻이에요. '**어마어마아아아아아아한** 위험 부담을 안을 겁니다!' '레버리지 효과 **일곱 배지요!**' '우리는 이 정도 **스윙**은 괜찮아요!' 이런 욕구가 있어요. 만약 당신이 1억 달러가 있다면 5천만 달러는 확실한 데 넣고, 4천만은 헤지펀드에 넣을 거예요. 그 4천만 달러 중에서도 3천만은 안전한 헤지펀드에 투자하고, 나머지 천만 달러만 **엄청나게 위험성이 큰** 헤지펀드에 넣고 싶을 겁니다. 그럴 경우 플루토스에 넣는 거죠. 플루토스는 당신에게 다른 것을 팔아요. 그 회사는 어떤 전략을 믿는다면 끝까지 갑니다. 오늘날 세상에는 수백 개의 헤지펀드가 있어요. 원래는 런던과 뉴욕에서 시작했지만 지금은 아시아에도 조금 있지요. 프랑스에서도 2005년부터 시작됐어요. 이제는 엄청나게 발전해서, 온 세상이 다 헤지펀드에 투자하고 싶어해요. 크레디 아그리콜 에셋 매니지먼트도 헤지펀드에 투자할 거고요, 소시에테 제네럴 에셋 매니지먼트도 헤지펀드에 투자할 겁니다. 투자금이 크진 않지만. 당신이 그들 회사에 투자하면 그들은 쇼트를 할 권리가 없어요. 하지만 헤지펀드에 투자할 권리는 있죠. 자기들 지갑에서 10퍼센트를 꺼내 헤지펀드에 투자하는 거죠—그러니까 당신은 간접적으로 헤지펀드에 돈을 투자하게 되는 셈이에요."

데이비드 핀커스의 아내가 젊은 남자 두 명과 젊은 여자 한 명을 데리고 집으로 돌아왔다. 한 손에는 상자에 포장된 엄청나게 커다란 치즈버거를 들고. "아직도 계시네요!" 그녀가 나를 보고 놀라 소리쳤다. "맙소사! 아직도 안 끝났어요?" 데이비드 핀커스와 나의 얘기가 너무 길어져서 그녀가 깜짝 놀란 것이다. 나는 그녀가 친구들 세 명과 함께 주방으로 들어가는 것을 보았다. 그 사이에 데이비드 핀커스는 거대한 치즈버거를 한 입 베어 물었다. 내가 "예, 아직 안 갔습니다. 너무 재미있네요. 오늘 들은 내용으로 베스트셀러를 쓸 수 있을 것 같아요!"라고 그의 아내에게 말하고 돌아왔을 때, 그는 이미 햄버거를 절반 이상 먹어치운 상태였다. 스테이크와 치즈를 입 안 가득 물고 번들거리는 입술로 데이비드 핀커스가 방금 본 젊은 남자에 대해 말했다. "누구요?" 내가 물었다. "둘 중 키가 작은 사람이요." 그가 대답했다. "키가 작고 컨버스 운동화 신은 남자?" 내가 데이비드 핀커스에게 물었다. "네, 바로 그 사람이요. 컨버스 운동화 신은 남자." 그는 치즈버거를 엄청나게 크게 베어 물며 말했다. "그런데요?" 치즈버거를 우걱우걱 씹고 있는 데이비드 핀커스에게 내가 물었다. "그 남자가 뱅상인데, 서른두 살이고 프랑스인이에요. 런던에 있는 헤지펀드에서 일하는데, 당신한테 설명을 아주 잘할 수 있을 거예요. 하루 종일 그 일만 하니까요." 데이비드 핀커스는 종이 냅킨으로 입술을 닦았다. "그는 늘 이겨요. 아주 강하죠. 올해 5달스(dolls)를 벌어들였어요." "5달스?" 내가 데이비드 핀커스에게 다시 한 번 물었다. "5달스가 뭔데요?" "아, 미안해요, 500만 달러요." "500만 달러? 그럼 그가 벌어들인 돈이…… 올 한 해 동안…… 그의 수입이……" "예, 500만 달러예요." "그러니까 당신 얘기는 그가 중개인으로 일해서 벌어들인 돈이, 자기 혼자 몫으로 번 돈이 500만 달러라고요?" 나는 입을 떡 벌렸다. "놀라셨나 봐요." "놀랐냐고요? 지금 저더러 놀랐냐고 묻는 거예요?" 나는 증권 브로커가 그렇게 돈을 많이 버는지 몰랐다. 또 그렇게 엄청난 액수의 돈 덩어리를 주무르는지도 상상하지 못했다. 서른두 살밖에 안 됐는데. 평범한 사람인데. 내 말은 기업가가 아니라는 뜻이다. 내 말은 창작인이 아니라는 뜻이다. 내 말은 천재가 아닌 사람이란 뜻이다. 나는 무지막지하게 돈을 벌어들이는 사람들은 뭔가 특별할 거라고 늘 생각해왔다. 어떻게 생각해냈는지 놀라울 만큼 대단한 아이디어가 있고, 중요한 트렌드들을 예견하며, 무언가 믿기지 않는 것을 발명하거나, 일류 제품을 만들어내고, 공장이나 상점 들을 갖고 있는 사람들……. 물론 세계에서 가장 좋은 학교의 졸업장을 갖고 있고, 매일 아침마다 컴퓨터 앞에 앉는 건 아니겠지만. "헤지펀드에서 일하는 사람들에겐 보통 수준이에요. 저도 올해 500만 달러를 벌었어요. 제 아내도 마찬가지고요. 우리가 각자 평균 500만 달러씩 벌어들인 지 4년 됐어요." 보드카가 필요했다. 이들 부부는 둘이서 4년 동안 4천만 달러를 벌어들였다! 매력적이고 재능이 있기는 하지만 평범하고 특별히 천재적이지도 않으며, 내가 아는 수많은 사람들과 다를 바 없는 이 두 사람이 4천만 달러의 수입을 얻었다고! 데이비드 핀커스가 말했다. "말할 것도 없이 세금은 면세고요." "면세라고요? 왜죠?" "헤지펀드는 국외 사업이거든요. 헤지펀드가 벌어들이는 돈들은 국외 자금이에요. 예를 들어 나 같은 경우는 케이맨 제도에서 벌어들인 것으로 되어 있지요. 나는 얼마 안 되는 고정급에 대해서만 세금을 내요. 그 500만 달러의 대부분은 면세죠." 나는 아연실색해서 그를 바라보았다. 그 엄청난 돈 덩어리에 세금을 내지 않는다고? 백만장자들이 헤지펀드를 통해 얻는 수많은 이익에 대해 세금을 내지 않는다고? "하지만 우리 부부가 버는 것쯤은 아무것도 아니에요. 당신 친구인 스티브 스틸은 뉴욕에서 중간 크기의 헤지펀드를 운영하는데, 그는 매년 평균 6천만 달러를 벌죠. 뉴욕에 있는 헤지펀드 사장들은 매년 1억 5천만, 2억, 3억 5천만 달러쯤은 쉽게 벌어들여요. 우리는 하수인에 불과해요. 우리가 매년 5달스를 번다고 해도, 거기에서 움직이는 진짜로 거대한 금액과 비교한다면 새발의 피죠. 우리의 사장들과 투자자들은 훨씬 많은 돈을 벌어들여요. 훨씬, 훨씬, 훨씬 많이!" "당신들은 왜 그 일을 계속하는 거죠? 돈을 부드럽게 굴리기만 할 수도 있잖아요. 그래도 광기 어린 당신들의 꿈을 이룰 수 있잖아요!" 나는 방금 내가 뱉어낸 바보 같은 말 때문에 그의 눈빛이 차갑게 얼어붙는 걸 느꼈다. 실패자의 입에서나 나올 법한 말이었다. 나는 그가, 결국 아무것도 이해하지 못하는 백치 같은 사람에게 세 시간이나 바친 것을 후회할 거라 생각했다. 이 모든 것이 다 뭐 하는 짓이었단 말인가? 이 바보 멍청이 같은 설명이 다 무슨 소용이란 말인가? 그는 후회하리라. 나는 얼굴이 빨개졌다. 이 순간, 나는 나 자신이 비참한 실패자처럼 느껴졌다. "음, 그래요……. 전 잘 모르겠지만…… 어쨌든 젊은 부부에게는 많은 돈이어서……." 내가 다음 내용을 배우려면 다른 금융 전문가를 만나야만 할 터였다. "이 업종에서 기본이 되는 진실은요, 세계적이고 국제적인 금융의 기본적인 진실은 이거예요. 첫째, 당신보다 돈을 많이 버는 사람은 누군가 꼭 있다. 둘째, 다른 사람들의 소득은 당신의 것에 비해 상대적으로 많다. 셋째, 이제부터 당신의 절대적인 목표는 계속하여 더 많은 돈을 버는 것이다. 마약 같은 거죠. 또한 즐거움이기도 하고요. 이것이 우리 행동의 의미예요. 당신도 자신이 더 벌 수 있다는 걸 알면 더 벌려고 노력하게 될 거예요. 특히 런던에서는, 특히 친구들, 동료들, 지인들이 모두들 내가 버는 돈의 열 배나 되는 돈을 버는 것을 본다면……. 사실 우리는 대부분 금융계 사람들끼리만 어울려요. 그럴 수밖에 없기 때문에……." "다시 말하자면?" "음, 우리가 바캉스를 떠날 때는 세 커플이 이동하기 위해 제트 비행기를 빌리고, 바로 앞에 바다가 있는 궁전 같은 빌라를 빌리죠. 거기에 종업원들, 요리사들, 하녀들을 고용해요. 차를 몰고 고속도로를 지나 휴가를 가려는 생각을 하는, 일반 기업에서 일하는 친구들은 따라올 수가 없어요." "네, 아주 쉽게 이해가 되네요." 내가 말했다. "제가 돈을 다 대고 그 친구들을 초대해서 함께 휴가를 보낸 적도 여러 번 있지만, 좀 불편했던 게 사실이에요." 데이비드 핀커스는 자신이 원할 때 나를 초대해서 뉴욕의 아주 커다란 궁전에서 열흘쯤 묵게 해줄 수도 있다. 코카인, 용돈, 화려한 축제들, 크리스찬 디올의 의상들, 운전사 딸린 리무진, 너무나 훌륭한 레스토랑들을 마음대로 이용할 수 있는 은행 계좌. 나는 그의 호의를 받아들일 것이다. 데이비드 핀커스가 원할 때! 감옥과도 같은 환경에서 일하는 작가에게 조금은 경이로운 것을 안겨주고, 후원을 좀 해주구려! 나는 2004년에 과세용지(나는 세금을 내니까!)에 적은 나의 수입이 얼마인지 그에게 말하고 싶었다. 5만 유로. 내가 몸담고 있는 직종에서는 이것도 적은 돈이 아니다. 나는 프리랜서로서 예술에 관련된 책들을 기획하거나 소설을 쓰면서 이 정도의 수입을 벌어들인다는 데에 그래도 자부심을 갖고 있었다(내게는 진정 기적적인 일이므로). "한 가지 알려드릴게요." 데이비드 핀커스가 나에게 털어놓았다. "시스템에 오류가 있어요. 진지하게 말하는 거예요. 뭔가 안 좋아요. 뭔가가 잘 작동하지 않는다는 거예요. 당신에게 말씀드리죠. 우리는 막다른 골목을 향해 곧장 가고 있어요. 난 할 수 있는 한 그것을 이용해요. 난 일종의 정신분열증에 걸렸어요. 그것을 이용하는 동시에 이 시스템을 비난하죠. 나는 그 시스템에 침투해서 그 시스템을 악용해요." 나는 확실하게 나의 흥미를 자극하고 있는 데이비드 핀커스를 호기심 어린 눈으로 바라보았다. "하시고 싶은 얘기가 뭐죠?" "그래요, 하고 싶은 얘기가 있어요. 최종 학교를 졸업하고 나면, 기업에 당신을 투자할 기회와 기업의 주변에 투자할 기회 중에서 선택을 하게 되죠. 안으로 들어가는 것과 밖에 있는 것 둘 중 하나를 선택하는 거예요. 안에서 봉사하거나, 밖에서 봉사하거나. 안으로 들어가길 선택한 내 친구들은 기술자가 되어 다리나 터널, 육교, 공항 들을 구상하고 만들어 푼돈을 법니다. 그들이 천직이라고 여기며 열정을 다 바치는 그 직업은 그들의 시간과 에너지, 역량, 지능을 모두 빨아들이죠. 대기업 직원들, 금융 디렉터들, 컴퓨터 회사에서 일하는 여자들도 다 마찬가지예요. 물론 나도 기업을 위해 일해요. 하지만 난 바깥에서 일하죠. 나는 도구로 쓰이는 상품 쪽이 아니라 자본 쪽에 있어요. 음, 오늘날에는, 예를 들어 당신이 뛰어난 기술대학을 나왔다면, 외부에서 기업에 봉사하는 건 쉽지 않죠. 그렇다면 기업 내부에서 힘들게 일하면서도 적은 대가를 받을 수밖에 없어요. 왜 다국적 기업의 활동에 편승하여 매년 500만 달러를 버는 대신, 기껏해야 20만 유로의 연봉을 받으면서 매일 열 시간씩 일하고 고생해야 할까!" 데이비드 핀커스가 들려준 이 이야기는 통찰력이 있었다. "그러니까 뭐랄까, 당신은 우리가 막다른 골목을 향해 곧장 가고 있다고 생각하는 거군요……." "CAC40*에 상장된 회사의 사장조차도 내가 버는 만큼의 돈을 벌지 못해요. 뭔가 모순이 있지 않나요? 이 시스템이 무너지는 날은 고통스러울 거예요." 나는 데이비드 핀커스를 뚫어지게 바라보았다. "설명해줘요. 진짜 흥미진진해요." "이 논리에 갇히자 나는 사람들이 이것 때문에 나를 고용하고 보수를 준다고 생각했어요. 그래서 생각한 단 한 가지는 가능한 한 많은 이익을 끌어내자는 거였죠. 투자자들 역시 이 편협한 논리에 갇히는 거예요. 편협한 논리. 나는 이 점을 강조합니다. 만약 기업을 세분화해야 우리의 이익이 높아질 수 있다면, 아무런 망설임도 없이, 가능한 모든 방법을 이용해 그 기업을 세분화하려 노력할 겁니다. 비용이 더 들게 만들어 결과를, 다른 용어로 회사의 이익 배

---

* 프랑스 증권거래소에 상장된 40개의 우량 주식으로 구성.

당을 축소시켰던 불필요한 것들은 모두 제거할 수 있을 거예요(예를 들어 사회적 평화를 보장하기 위해 오래전부터 유지해온 300여 개의 일자리 같은 것). 양심 따위는 고려하지 않고 쓸데없는 부분을 잘라내고 철저히 제거할 겁니다. 정치적인 의식은 전혀 없어요. 공동체 의식도 없고. 일반적인 호의도 없어요. 공익에 대한 의무감도 없고요." "전혀, 전혀요?" 내가 데이비드 펀커스에게 물었다. "어떤 순간에도 절대 없어요. 우리에게는 적용되지 않는 개념들이에요. 그런 것들은 이제 존재하지 않아요." "하지만 당신들은, 뭐랄까, 실제적인 이익과 일반적인 호의 사이에서 균형 감각을 잡는다고나 할까, 조정 같은 것을 할 수도 있잖아요. 다양한 분야를 만족시키는 목표에 대해 심의하는 일종의 제어장치라고 해야 할까요……." "물론 당신의 의견에 동의해요. 하지만 당신이 원하는 조화로운 균형에 대한 열망은 순진한 요정 이야기 같은 거예요." "난 요정 이야기가 좋아요……." "그보다는 내 말이 이치에 맞아요. 그게 시스템의 논리죠. 만약 당신이 테니스를 친다면 테니스 규칙을 따라야죠(당신이 보기엔 멍청하고 제멋대로인 인간들도 모두). 그게 싫으면 테니스를 하지 말고 다른 것을 해야 합니다. 골프라든가." "아니면 나처럼 소설을 쓴다거나." "아니면 육교를 설계하거나." "공항을 설계하거나 오페라 극장에서 안무를 하거나." "만약 당신이 이 이익의 논리에 갇히게 되면 끝까지 가야 해요. 소설에 몸을 던진 작가처럼. 야망이 있는 작가라면 창작의 끝까지 가겠죠. 시스템의 논리는 기업이 최대한 수익성을 올리는 데 불필요한 것들을 제거하는 것이지요. 중국에서는 제품을 더 싸게 생산할 수 있어 이윤과 이익이 높아진다고 하면 공장을 그리로 옮기는 겁니다. 그로 인해 인간적·사회적·경제적·지리적 문제들이 일어날 수도 있어요. 하지만 우리가 관심을 갖는 유일한 문제, 그것은 이익입니다. 가능한 한 최대한의 이익." "적어도 당신은 정직하군요. 그것을 인정하잖아요." "저는 그것을 인정할 뿐 아니라 그 안에 있는 악덕, 비도덕성, 독성을 식별하기도 하죠. 이야기 하나 들려드릴게요. 나는 이름을 대면 세상 사람들이 다 아는 엄청나게 유명한 다국적 기업에 꽤 많은 금액을 투자한 적이 있어요. 난 그 기업이 재정적으로 충분한 성과를 내지 못하고 있다고 판단했어요. 그러나 그 회사 사장(그는 다른 방법으로 이익을 얻었어요. 그에게 곤경에 처한 기업은 중요하지 않았죠)은 충고를 듣지 않았고, 우리가 감원, 재정비, 부분적인 이전, 구조조정 등의 개선책을 권유했는데도 단칼에 거절했어요. 솔직히 말해 짜증나는 인간이었죠! 당신 마음에는 들 테지만요. 그는 이익과 사회적인 책임 사이에서 조화로운 균형 감각을 보여줬지요. 다시 말하자면, 그는 유감스러운 상황을 만들지 않고도 회사를 유지할 수 있을 만큼은 자기 그룹의 재정적인 성과가 충분히 넉넉하다고 판단했어요. 절대적으로 그가 옳아요. 하지만 우리는 극단적인 논리 속에서 살고 있잖아요. 내가 어떻게 했을까요? 난 런던과 뉴욕의 헤지펀드에서 일하는 친구들에게 전화를 걸었어요. 그들이 문제의 기업에 많은 돈을 투자했다는 걸 알고 있었거든요. 우리는 한자리에 모여서, 그 사장을 해임시킨 후 우리가 잘 알고 있고 우리의 뜻에 잘 따를 사람을 임명했어요. 새 사장은 우리의 뜻을 따랐죠. 인력을 감축하고, 재정비하고, 부분적으로 공장을 이전하고, 구조조정을 했어요." "그러니까, 현실적인 방법을 택했다는 얘기군요……." 내가 데이비드 핀커스에게 말했다. "정치인들은 그 사실이 폭로될까 봐 노심초사했겠군요. 왜냐하면 그것은 그들의 무능력을 인정하는 것이니까. 금융가들도 마찬가지로, 자신들의 행복을 위해 진실을 감췄겠죠. 투자가들이나 기업의 사장들도 마찬가지였을 테고요. 그들은 자신들이 주주들을 위한 허수아비라는 것을 인정하고 싶지 않았을 테니까. 결과적으로 모두들 재앙을 모르는 척했을 거예요." "정확하게 이해했군요. 실제로 지금 당신이 말한 것과 똑같은 일이 벌어졌어요." 나는 치즈버거를 다 먹어치우고도 또 오믈렛을 만들고 있는 데이비드 핀커스를 바라보았다. 그는 아주 친절한 사람이었다. 그는 프라이팬에 달걀 여섯 개를 깨서 넣고는 케첩이 나오게 케첩 병을 기울이고 병의 엉덩이를 두드렸다. 그 위에 버섯을 잔뜩 뿌려 장식한 후, 소금을 넣고 낡은 나무 주걱으로 전체를 뒤섞었다. 그는 내게 맥주캔을 하나 따서 건네준 다음 내 앞에 서 있었다. 낡은 나무 주걱이 마술 지팡이같이 보였다. 불필요한 사람들은 한꺼번에 사라지게 할 수 있는 금융의 마술 지팡이. "문제는 몇 년 전부터 막대한 이익을 얻는 게 아주 쉬워졌다는 거예요. 10년 전에 어떤 사람이 러시아에 엄청난 금액을 투자하기 시작했고, 상당한 이익을 얻었어요. 당신은 오케이라고 말할 수 있겠죠. 그는 투자를 잘 했고, 돈을 벌었으니까요. 그를 위해서는 잘된 거지만 몽땅 잃을 수도 있었어요. 반면 오늘날에는, 만약 당신이 신중하다면, 아주 바보짓만 안 한다면, 정신 차리고 제대로 일을 하기만 한다면, 500만 달러나 천만 달러, 6천만 달러쯤은 쉽게 벌 수 있어요! 장담해요! 한편으로 당신은 파렴치한 방법으로 부자가 되는 사람들, 브로커들이라든지 투자가들, 주주들을 보기도 하고, 또 한편으로는 이상저인 방법을 쓰지만 돈은 별로 못 버는 사람들도 보죠(데이비드 핀커스는 부글거리며 익는 혼합물을 낡은 나무 주걱으로 저었다). 회사 간부들, 다달이 월급을 받는 회사원들, 중산층들 말예요. 그들은 사회의 불안정, 경기 후퇴, 실업을 두려워하죠. 세상은 이렇게 두 개의 진영으로 나뉘어 있고, 사회에서 차지하는 중요성은 오히려 개인 소득과 반비례합니다. 각 진영에서는 자기들 쪽과 다른 진영 사이의 소득 격차가 명확하게 드러나지 않아요. 하지만 결국 모든 것이 알려지게 마련이죠. 다 탄로가 나게 되겠죠. 언론에 모든 게 알려지게 될 겁니다. 지금으로서는 몇몇 지도자들의 스톡옵션과 운 좋은 낙하산들에 대해서만 말하고 있지만요. 하지만 숲을 가리고 있는 건 나무예요! 결국에는 데이비드 핀커스가 매년 500만 달러를 번다는 걸 알아채고 말 거라고요. 뉴욕 파크 애비뉴 180번지에 사는 스티브 스틸이 매년 6천만 달러를 벌어들인다는 것도 알게 될 거예요. 아까 내가 언급했던 성난 광인들의 헤지펀드인 플루토스가 매년 사람들이 그들에게 위탁한 수억 달러의 재산을 특별한 데에 쏟아붓는다는 사실을 깨닫게 될 거라고요. 그 비밀이 펑 하고 터지는 날, 자신이 중산층에서 벗어날 수 있다는 기대감에 잔뜩 흥분해 있다가 실망하고 분노하고 의기소침해지고 절망한 수백만 회사원들이 거리로 뛰쳐나오는 극심한 위기가 닥치는 날, 그들이 제일 먼저 잡으려고 하는 것은 바로 우리일 겁니다. 나일 겁니다. 뱅상일 것이고, 스티브일 것이고, 패밀리 오피스들의 자산을 관리하는 업체들일 겁니다. 투자가들, 헤지펀드에 투자한 백만장자들도겠죠. 결국 우리는 쇠스랑에 머리가 꽂히는 결말을 맞게 될 거예요. 사회가 동요하는 느낌이 드는 날이 오면 난 이 짓을 그만둘 겁니다. 높이 쳐들린 쇠스랑을 보게 되면 당신이 말한 것처럼 멀리 떠나 평화로운 날들을 보내고, 광기 어린 꿈을 실현할 거예요. 나는 콘도미니엄에서 살고 싶은 욕심도 없고, 방탄 장치를 한 차를 굴리고 싶은 생각도, 방탄 조끼를 입고 싶은 마음도 없어요. 경찰의 보호 아래 경호원들에 둘러싸여 내 아이들과 테니스를 치고 싶은 생각도 없어요. 나는 나를 살해하고 싶어하는 군중의 욕망을 너무나 잘 알고 있으니까요."

10

마리-오딜 뷔시-라뷔탱이라는 여자가 내 앞으로 이메일 한 통을 보내왔다. 그녀는 이메일 첫 줄에서 도토레 지안-카를로 델카레토 대사관 직원이라고 자기소개를 한 후, 자신이 요즈음 내용을 밝힐 수는 없는 아주 중요한 과학 연구 때문에 매우 바쁘다고 썼다. 그 다음에 적힌 내용은 자신을 믿으라, 그리고 몇 년 전부터 중요한 인물로 여겨져온 자신의 이름을 잘 기억하기를 바란다는 것이었다. 나를 놀라게 한 것은 대사관 직원이라는 그 여자의 이메일 주소였다. marie-odile.bussy-rabutin@club-internet.fr라고 적힌 이 메일 주소는 어떤 기관이나 공식적인 인터넷 사이트에 연결되어 있지 않았다. 그러니까 그녀의 계정만 독립되어 있는 이메일 주소였던 것이다. 나는 마리-오딜 뷔시-라뷔탱이라는 여자가 독립적으로 일하는 사람일 거라고 추측했다. 메일 첫째 줄에 적힌 내용으로 보아, 그녀는 현재 프랑스에 있으며 내가 사는 아파트의 5층 여자의 친구가 대대적으로 조직한 제노바의 컨퍼런스 참석자들에게 업무차 메일을 보낸 것 같았다. 아니나다를까 마리-오딜 뷔시-라뷔탱은 5층 여자로 짐작되는 이에 대해 언급하고 있었다. "최근 몇 년간 가장 눈부신 활약을 보여준 예술계·문학계·과학계 인사들이 속해 있는 이 모임에 참석하게 된 것을 선생님께서 매우 행복해 하신다는 것, 그리고 선생님을 소개하기 전에 이 모임의 구성원들이었던 노벨상 수상자들의 이름을 열거하는 데 동의해주셨다는 것을 여사님께 들었습니다. 선생님께서 저희에게 초대받고 싶으셨던 만큼 저희도 선생님을 환영합니다. 저는 선생님께서 벌써 저희 모임에 대한 생각에 푹 빠지셨음은 물론, 강연 원고를 구상하기 시작하셨다는 것을 알고 있습니다." 내가 행복하다고? 그것도 여성형*으로! 이 여자는 내가 행복해 한다고 적었다! 도대체 이 여자는 알고 있는 게 뭐야! 남자한테 이 얼마나 엄청난 실수냐고! "이미 알고 계실지도 몰라 송구스럽지만 이제 세세한 부분에 대해 알려드리겠습니다. 선생님께서 강연하시게 될 강연회는 2004년 12월 31일 저녁, 마가지니 델 코톤느 학회 센터에서 개최될 겁니다. 이 강당은 제노바의 항구 지역에 자리한 면 저장소의 오래된 부속 건물에 있으며, 좌석 수는 1,480석입니다. 첨부 파일에는(그녀는 그 파일을 반드시 열어봐야 한다고 강요하고 있었다) 마가지니 델 코톤느의 전경(全景)과 학회 센터의 강당 사진, 약도가 들어 있습니다." 1,480개의 좌석(커다란 글자로 씌어 있었던)이 있다는 문제의 강당은 매우 심하게 경사진 계단식 강당으로, 눈부신 빨간색 좌석들과 밝은 색깔의 나무 재질 벽으로 꾸며져 있었다. 금속 재료로 마감된 천장은 벽과 분위기가 잘 맞았으며, 조명기구가 꽤 많이 달려 있었다. 크고 네모진 연단은 강연회장보다는 극장 무대에 더 어울렸다. 나무 벽과 잘 어울리는 황금색 책상은 밑부분이 아치 모양으로 파여 있었고, 착용감이 좋아 보이는 빨간색 좌석들 앞에 있는 무대에 놓여 있었다. 옆쪽으로는 비스듬한 악보대, 시든 꽃을 떠올리게 하는 길이가 조절되는 장대 마이크가 보였다. "가장 이상적인 상황은 선생님께서 12월 31일 오후가 시작될 무렵에 제노바에 도착하시는 것입니다. 행사 준비를 함께 하실 수 있도록 말이지요. 특히 음향 장치나 조명, 영사기에 대해 저희에게 요구하실 내용이 있다면요. 고정되어 있거나(사진 촬영에 쓰이는) 움직이는(영상 기록에 쓰이는) 장치들 말입니다. 나중에 선생님께 이

---

* 프랑스어는 명사와 형용사가 남성과 여성으로 구별되는데, 이 이메일은 주인공을 여성으로 칭했다.

름을 따로 알려드릴 세 사람이 제노바 공항에서 선생님을 맞이하고, 호텔까지 안내해드릴 겁니다. 만약 선생님께서 선호하시는 호텔이 있다면 최대한 빨리 저에게 알려주시기 바랍니다. 특별히 원하시는 호텔이 없다면, 별 다섯 개짜리 아리스톤 호텔에서 머물게 되실 것입니다. 호텔 주차장에는 선생님 마음대로 사용하실 수 있는 렌터카가 준비되어 있을 테니, 그 차로 리구리아 해안으로 이어지는 소도시들을 방문하시며 1월 1일 하루 동안 유용하게 사용하시기 바랍니다(그날 날씨가 포근하고 햇빛이 따뜻하게 비치기를 바랍니다). 그러기 위해 선생님의 운전면허증 번호를 제게 알려주시면 감사하겠습니다(반드시 알려주셔야 합니다!). 마지막으로, 선생님의 비행기표는 12월 초에 특급등기로 선생님께 전달될 예정입니다. 만약 이 행사의 진행 사항이나 선생님의 강연 시간과 환경에 대해서(또는 머릿속에 떠오르는 어떤 것이든) 질문이 있으시면, 주저하지 마시고 저에게 이메일을 보내주십시오. 제가 명확한 답변을 해드리도록 하겠습니다. 그럼 안녕히 계십시오. 마리-오딜 뷔시-라뷔탱 드림." 나는 내 컴퓨터의 마이크로소프트 안투라지*의 창에 떠 있는 이 이상한 이메일을 읽고 또 읽었다. 이상한 문체(수사학적인)는 엉큼하고 집요하게 나를 괴롭히는 5층 여자(메일을 보낸 여자보다 형이하학적인)의 이상한 성격과 잘 맞아떨어졌다. 마리-오딜 뷔시-라뷔탱의 일정하게 행정적인 문장과 5층 여자의 일정하게 강박적인 기피증 안에서 돌고 있는, 진위를 결정할 수 없는 어떤 것이 앞으로 있을 이 여행에 대한 느낌을 이상한 불안감으로 감싸고 있었다. 가까스로 감추어진 위선이 어쩌다 텍스트의 표면을 뚫고 나온 것 같았다. 오늘날에는 사용하지 않는 비현실적이고 역사적인 호칭을 써서 자신의 정체성을 숨길 때처럼, 메일 몇 줄을 쓰는 동

---

* 마이크로소프트의 프로그램으로 워드, 엑셀, 파워포인트 및 이메일과 캘린더 프로그램이 포함되어 있다.

안 남성인 나를 여성으로 지칭하는 실수를 두 번씩이나 한 것이 그 예가 아니겠는가. 인터넷을 열어 구글에 다음 내용을 쳐보고 나서 나의 불안감은 더욱 커졌다. 델카레토 + 제노바 : 검색 결과가 네 건 나왔는데, 그중 두 가지는 역사적인 내용으로 내가 찾는 것과는 아무런 관계가 없었다. 델카레토 + 제노바 + 컨퍼런스 : 관련 자료 없음. 제노바 + 특권층 컨퍼런스 모임 + 노벨상 : 관련 자료 없음. 제노바 + 델카레토 + 과학 : 관련 자료 없음. 델카레토 + 국제적인 기상학자 : 관련 자료 없음. 델카레토 + 가을에 대한 훌륭한 전문가 : 관련 자료 없음. 나는 심하게 동요했다. 도토레 지안-카를로 델카레토라는 지명이 존재하기는 한단 말인가? 나는 당황한 나머지, 근심 가득한 얼굴로 화장실에 가려고 의자에서 일어섰다 (매우 중요한 마르크스주의자 교수의 더블 침실 앞 복도와 내 복도가 위아래 수직으로 만나는 지점에 좌변기 없는 화장실이 있다). 생각에 잠긴 채 문을 여는 순간, 나는 낯선 20대 청년(검은 파카, 스키용 모자, 가죽 장갑, 황금색 삼선의 아디다스 운동화를 신은)과 부딪힐 뻔했다. 그는 내 사무실 문 앞에 놓인 50리터짜리 쓰레기봉지 안에 든 내용물을 열심히(무릎을 꿇고) 들여다보고 있었다. 매일 내가 만들어내는, 원고에서 찢어낸 종이들(제노바 강연 준비와 나의 종합적·이론적 아바타인 로랑 달, 티에리 트로켈, 파트리크 네프텔을 만들어내며 생겨난 실패작들), 담배꽁초들, 빈 병들, 젖은 종이조각들, 전기와 전화요금 고지서 등이 잔뜩 들어 있는 쓰레기봉지 속을. 우리는 몇 초간 꼼짝 않고 서로를 바라보았다. 그는 내가 구겨서 던져버린 종이들을 두 손에 쥐고, 거기에 적힌 이제는 이미 오래된 연설문을 정신없이 읽고 있었다. 그 원고들이 열린 주둥이처럼 다 벌어져 있는 것을 본 나는 욕설을 퍼부어대며 격렬한 항의를 하진 않는다 해도 적어도 과격하고 호전적인 말들 몇 마디는 쏟아내야 했다(갑작스레 충격을 받아 마비된 것처럼 멍한 상태이긴 했지만). 하지만 그러기엔 이미 늦었고, 그것을 인정해야 했다. 젊은 청년은 반쯤 벌어진 반 쪽짜리 종이 두 장을 한 덩어리로 뭉쳐 쓰레기봉지에 다시 넣었다. 그러고는 태연한 얼굴로 나를 바라보았다. "당신 누구요?" 놀란 내가 외쳤다. "뭘 하는 겁니까? 왜 내 쓰레기봉지를 뒤지는 거요?" 그는 안경알(겉보기에는 학생들이 쓰는 안경 같았다) 너머의 시선을 내게 고집스레 고정시키고 있었다. 두 손은 이제 쓰레기봉지의 난장판 속에서 빼내 파카 주머니에 넣고 두 다리는 넓게 벌린 상태였다(반으로 접힌 종이와 거의 같은 각도였다). 자신이 처한 당혹스러운 상황을 무마시키며 충분히 오랫동안 나에게 강한 인상을 준 후, 그는 몸을 돌려 평화롭고 자연스러우며 느릿한, 거의 도전적인 걸음걸이로 멀어져갔다. 마치 내 사무실 문 앞에서 나를 진정시키고 가는 것처럼. 나는 그가 기다란 복도 끝에서 사라지는 것을 지켜보았다. 잠시 후, 그의 황금빛 삼선 아디다스 운동화가 계단을 급히 내려가는 소리가 들렸다. 나는 화장실로 급히 달려가, 화장실에 있는 조그만 여닫이창으로 밖을 내다보았다. 그는 기이한 옷차림으로 자신을 가려 누구인지 밝혀지지 않았다는 점과 정체를 숨기는 데 성공했다는 점에서 두 겹의 익명 뒤에 숨어서 조금 전과 똑같이 조용하고 느릿한 걸음걸이로 안뜰을 가로질렀다. 칼라 깃을 세우고, 두 손은 주머니에 찔러 넣은 채, 이마가 다 가려지게 모자를 푹 눌러 쓰고 시꺼멓게 차려입은 그의 모습은 순간적으로 장 피에르 멜빌의 영화를 연상시켰다. 무슨 일이 벌어진 것인가? 저자는 누구인가? 얼굴을 내놓고 다니는 도둑인가? 무슨 이유로 내 쓰레기봉지를 뒤진 것일까? 문을 부수기 전에 그곳에 사는 사람에 대한 정보를 얻기 위해서? 깊이 생각할 필요가 있을 때마다 습관처럼 하던 대로, 나는 복도 끝에 둥근 휴지통을 갖다놓고 얼마 전에 공원 오솔길에서 주운 밤톨 열 개를 꺼냈다(밤들이 썩기 시작하고 두께가 얇아지기 시작하면, 즉 너무 말라비틀어지고 너무 가벼워지면, 나는 새 밤톨을 마련한다). 사무실 문 앞에 서서 밤톨들을 5~6미터 거리에 있는 쓰레기통 안으로 던지며, 정체를 알 수 없는 젊은 남자의 출현과 조금 아까 받은 메일에 대해 곰곰이 생각하기 시작했다. 밤톨은 벽에 부딪혀 튕겨져나오며 아주 미세한 소리를 냈는데, 그 소리는 귀에 결함이 있는 듯한 느낌이 들게 했다. 밤톨들이 벽에 부딪히는 동작은 그로테스크하고 제멋대로이며 과장되었다. 벽에 부딪힌 밤톨들은 강한 반동으로 튕겨져나와 바닥에서 한참 동안 굴렀다. 밤톨 하나가 쓰레기통 가장자리에 부딪혔다가 마르크스주의 교수의 문 쪽으로 총알처럼 튕겨져나갔다(아니면 내가 그렇게 상상한 것일지도 모르겠다. 왜냐하면 내가 사용하는 긴 복도의 모퉁이에서는 그가 사용하는 긴 복도가 보이지 않으니까. 하지만 쓰레기통에 맞고 튕겨져나간 밤톨은 꽤 강한 힘으로, 생각하는 사람의 뇌를 향해 장난스레 굴러간 게 틀림없었다). 납작하다고도 할 수 있지만 대체로 둥그런 밤톨의 형태를 고려한다면, 밤톨들은 술을 마신 것처럼 비틀거렸고, 벽면 아래쪽의 굽도리에 부딪혀 멈추는 익살스럽고 사소한 실수도 저질렀다. 네 번째로 던진 밤이 지름이 큰 난방 공급용 파이프에 부딪혔다. 내가 충격을 받은 것은, 그 익명의 젊은이가 좋은 집안에서 자라 고등교육을 받은 자신만만한 인물일 거라는 느낌이 들었기 때문이었다. 그가 보여준 대담성은 처벌받지 않으리라는 자신감의 증거였다. 두려움이나 불안감이 전혀 배어 있지 않은 행동. 또 하나의 밤톨이 쓰레기통 가장자리에 부딪혔다. 도대체 그는 무엇을 원했을까? 그 젊은이가 도둑이라는 게 신빙성이 있을까? 나는 다른 밤톨 한 개를 강하고 공격적인 동작으로 던져야겠다고 생각하고, 포물선을 그리지 않게끔 팔에 힘을 주어 힘껏 던졌다. 그 순간, 젊은 청년 사건으로 인해 다른 생각이 떠올랐다(그 두 가지는 연관 관계가 전혀 없었다). 그것은 매일 셀 수 없이 많은 스팸메일과 광고용 메일들 사이에서 보았던 메일 딜리버리 시스템*에 대한 메시지였다. 내 머릿속에 조금씩 스며든 생각, 간간이 떠올라 불안감을 불러일으켰으나 억눌러두었던 생각은 누군가가 매일 나의

---

* 보낸 메일이 되돌아오며 전달되지 않았다고 표시되는 시스템.

컴퓨터로 들어와(그 젊은이가 내 쓰레기봉지를 몰래 들여다보는 것과 같은 방법으로), 메일을 발송하는 플랫폼으로 사용하고 있을지도 모른다는 가설이었다. 내가 힘껏 던진 밤은 목표물에서 2미터쯤 떨어진 곳에서 몇 번 튀어오르다가(벽과 바닥에서) 쪼개져, 다시 내 발치로 굴러왔다. 죄송하지만 당신의 메시지가 전달되지 않았다는 것을 알려드립니다. 그러고 나서 보낸 사람의 메일 주소가 eric.reinhardt@wanadoo.fr이라는 것을 확인하는 일련의 암호화된 단어들이 길게 이어진다. 거기에 전자우편 주소들의 엄청난 목록이 연달아 나타난다. 그렇게 하여 발신인이 내 이름으로 된 엄청난 양의 메일이 알지도 못하는 사람에게 발송되는 것이다. 이제 내 손가락 사이에는 밤톨이 두 개 남았다. 집중해야만 했다. 아직 단 한 개의 밤톨도 쓰레기통으로 들어가지 않았기 때문이다. 게다가 이 연습은 교훈적이다. 꽤 신뢰할 만한 방법으로 이 연습은 나의 육체 상태에 대해, 현실에 대처하는 나의 능력에 대해 알려준다. 영감이 떠오를 때, 생각이 장애물을 만나지 않고 잘 풀려나갈 때, 내가 댄서나 피아니스트, 테니스 선수, 환상적인 연기를 펼치는 피겨스케이팅 선수라도 된 듯이 자판 위에서 문장들을 자유롭게 움직이고 있을 때는 발사물들이 전부 다 쓰레기통 속으로 들어간다. 100퍼센트 완벽하게 성공하는 발사술이다. 글쓰기와 마찬가지로. 정확하게 글쓰기와 똑같다. 나는 두려움이 전혀 없이 맹목적으로 문장에 몸을 던진다. 그리고 자신감을 갖고 잠깐 숨을 돌린다(테니스 선수들처럼). 나의 정신적인 몸짓은 깊이 있고 너그러우며 훌륭한 열매를 맺는다. 미친 듯이 자판을 치며 몸을 던지고 뛰어드는(거의 작은 규모의 자살이라고 할 수 있다), 압도적인 본능에 맹목적으로 몸을 맡기며 자신이 사라지는 그런 망각의 순간이 항상 있다. 어떤 결론이 날지 두뇌로는 결코 예상할 수가 없다. 의식은 두 팔에, 두 손에, 열 개의 손가락에 완전히 집중되고, 기적처럼 문장이 완성된다. 공은 그물에 닿을 듯이 스치며 안쪽 선에 짜부라지듯 내리꽂혔다가 다시 튀어올라 포물선을 그

334

리며 바닥으로 떨어진다. 그리고 그물 너머에 있는 상대를 순식간에 돌파한다(글쓰기에서 상대란 나 자신인 동시에, 나 자신의 두려움이다. 떨리는 팔로 자신감 없이, 무기력하게 글을 쓸 때 문장을 끊는 것은 대개 나 자신이다). 밤톨 던지기도 마찬가지다. 내 말은 밤 던지기 연습을 할 때도 영감이 떠오른다는 뜻이다. 영감이 떠오를 때 밤 던지기 연습을 하면, 그 영감이 더욱 선명해진다. 복도 끝에 있는 검은 구멍이 발사물을 삼키면 나는 깊은 만족감을 느낀다. 나는 기적과 같은 연속성의 원칙으로 연결된, 서로 교차하는 이 두 순간을 너무나 사랑한다. 하나는 잔뜩 긴장된 팔이 들어올려져 밤이 손가락을 떠나는 순간(이 모든 것은 일정한 믿음 속에서 행해진다. 나는 이성의 잣대로 이것저것 재지 않고, 그저 민첩한 동작으로 밤을 던진다. 다음 순간, 후회해도 소용없다. 이미 밤은 내 손을 떠났으니까)이며, 또 한 순간은 밤이 쓰레기통 구멍의 정중앙에 다다를 때다. 그럴 때면 나는 수학적인 재능을 이용해 문제를 스스로 해결한 듯한 느낌을 받는다. 본질적인 문제를 해결한 느낌. 그리 흔한 일은 아니지만 영감이 마구마구 떠오르는 날에는, 한쪽 발 위에 밤을 올려놓고 다리를 움직여 밤을 쓰레기통 안으로 넣을 수도 있다. 등을 구부려 그 위에 발을 올려놓고 던지거나 넓적다리 사이에 밤을 끼우고 투석기처럼 던지기도 한다. 아니면 머리 위에 올려놓고 던질 수도 있다. 심지어 두 눈을 감고 밤을 던지기도 한다. 『가정의 기질』을 쓸 때 아들이 아버지를 비난하는 부분을 몇 시간 만에 단숨에 썼던 날이 기억난다. 그날 나는 두 눈을 감고 밤을 열 개씩이나 던졌다. 그 중 아홉 개가 기적처럼 복도 끝에 놓인 쓰레기통 속으로 들어갔다. 하지만 오늘 아침에는 마지막으로 남았던 두 개의 밤톨마저 목표에서 꽤 먼 자리에 떨어졌다. 참담한 실패를 맛본 나는 이 모욕적인 밤 던지기를 그만하기로 결심했다. 둥그런 쓰레기통은 다시 책상 아래에 놓였고, 밤톨들은 크리스털 잔으로 들어갔으며, 내 엉덩이는 하얀 가죽 의자에 다시 파묻혔다.

청소년기에 읽었던 책들 중 파트리크 네프텔이 간직하고 있는 책은 단 한 권(나머지 책들은 모두 버렸다. 그 책들의 존재와 책들이 불러일으키는 기억들이 그에게 상처를 주었기 때문에), 말라르메*의 시집이었다. 그가 말라르메의 시집마저 찢어버리려 했던 날, 그의 눈길이 어느 페이지의 흩어진 단어들 위에서 멈췄다. '너의 두 발에', '일체를 이루는 수평선의', '준비하는', '요동치고 뒤섞이는', '그를 죄는 주먹으로', '운명과 바람' 같은 단어들, 그리고 조금 아래쪽에 있는 '다른 존재가 되는 것', 조금 더 아래의 '정신', '그것을 버리기 위해', '폭풍우 속에서', '사단을 후퇴시키고 용감하게 스러지다' 같은 표현들 위에. 그는 침대에 앉아 눈으로 시집의 글귀들을 좇았다. 전에는 몰랐던 무엇인가가, 서로 단절된 채 종이 위에 흐트러진 이 잔해들과 단편적인 조각들을 읽는 동안 그의 머릿속으로 파고들어왔다. '대장을 공격하고', '잘 길든 수염처럼 흐르는', '그 남자로부터 곧장', '배도 없이', '아무거나', '헛되이' 같은 언어들이. 허물어졌으나 완강한 그 무엇, 냉정, 광기, 거칠고 양립할 수 없는 어떤 깃, 자존심, 타협을 모르는 고독 같은 것들이 파트리크 네프텔을 사로잡았다. 그는 시 속의 남자처럼 자신이 거칠고, 차가우며, 금속성이라고 느꼈다. 비명 소리. 후퇴. 거절. 경고. 머릿속으로 치밀하게 계산한 진정한 반항. 파트리크 네프텔은 종이 위에서 표류하는, 사회적인 틀에서 무장 해제되고 평범한 의미에서 떨어져나온 이 절(節)들, 반항적이고 폭발적인 이 절(節)들의 배치 속에서 억눌린 폭력, 슬픔과 좌절을 느꼈다. '절대로', '그럼에도 불구하고 영원한 상황 속으로 던져진', '파멸의 심연에'. 어느 날 아침, 그는 침실의 한쪽 벽에 스프레이를 뿌려 글씨를 썼다. 어마어마하게 큰 붉은 글씨로 씌어진 그 문장은 꼭 새빨간 피로 쓴

---

* 프랑스 근대시의 최고봉으로 평가받는 상징파 시인. 언어의 순수성과 지적인 유추를 강조하는 상징적 수법을 사용해 매우 난해한 시를 썼다.

것 같았고, 얼핏 보면 앵티미스트*의 정치 슬로건 같기도 했다. **단 한 번의 공격으로는 결코 운명을 가로막을 수 없다.** 시집 읽기에 푹 빠진 그는 시집의 서문을 낱낱이 분석했다. 침대 옆 벽에다 제목을 끼적거린 이 염려스러운(이해할 수 없는) 긴 텍스트를 굉장히 자주 읽고, 서문을 쓴 집필자가 분석한 내용도 읽었으며, 그것이 경악스러운 향기가 나는 사탕('신랄한 장애물의 왕자')이라고 생각하며 목걸이 장식을 빨았다. 그의 정신은 '대등한 불'에 대해 동의해 마지 않았다. 말라르메는 이상주의자이자, 그칠 줄 모르고 절대를 추구하는 사람이었으며, 포기나 만족을 모르는 무적이라고 생각했다. 그는 테러리스트의 영혼과 본능, 급진성을 가진 사람이었다. 그는 절대에 대해 이야기했다. '과장법'에 대해 이야기했고, '언어의 죽음'과 '순수 개념'에 대해 이야기했다. 그는 "담론이 화려한 문체나 외양을 만드느라 사물을 설명하지 못하는 것을 아쉬워한다"고 말했다. 그는 '보편적인 르포르타주'를 비난했다. 그는 '부족의 언어들'은 그 언어들이 가리키는 개념, 달, 밤, 호수, '변화무쌍하고 번쩍거리는' 번개, '에메랄드 빛의 속눈썹' 같은 갈대숲, 달빛 아래 백조 따위를 대체하는 데에는 부적합하며, 우연으로 물들었으며, 무능하고, 결함이 있다고 주장했다. 그는 '모든 연가의 부재'를 갈망했다. 순수 개념과 하나가 될 마법의 언어. 그는 '정신 상태'로 '명사'가 되고, '새로운 단어'가 될 '전환'과 '문장구조'에서 시작되어 최종적인 운문을 구성하면서, 단어들의 일반적인 모순을 초월하고자 했다. 어느 날 아침, 파트리크 네프텔은 또 한 번 스프레이를 휘둘러 거실 벽에 다음 문장을 적었다. **조개껍데기처럼 쩍 벌어진 심연.** 그의 어머니는 신경질적으로 비명을 질렀다. "너 미쳤니! 그만해! 뭐 하는 거야! 이게 뭐 하는 짓이냐고!" 그

---

* 19세기 인상파 이후의 프랑스 화단의 일파. 회화사에서 넓은 뜻으로 실내화가를 가리키고, 좁은 뜻으로는 그 실내화에 따뜻하고 친밀한 정감(앵티미테)을 표현하는 화가를 가리킨다.

다음 달이 되자, 그는 부엌에서부터 욕실까지 모든 방의 벽에 이상하게 뒤섞인 말들을 적어놓기에 이르렀다. 오래된 술책을 제외하고라든지, 아무 데도 없는 지역들, 또는 애무하고 교양 있으며 기진맥진하고 용서받은. 그가 사용하는 화장실에는 비틀거려라, 그 조금 아래쪽에는 좌초하리라, 또 조금 더 밑쪽으로 변기의 물 내리는 손잡이 바로 위에는 광기라고 적었다. 그가 반항의 스승을 찾아낸 것이다. 그가 쓴 글의 수수께끼 같은 특성은 예언적인 힘을 더욱 강조했다. 관념적이고, 초월적이며, 비범하고, 규칙성에서 벗어나 있으며, 일체주의로 기운 다른 작가들과 달리 그와는 확연히 다른 것들을 지어내고, 기존 질서에 맞서며, 통사론을 겨냥하고, 지지자들을 폭파하고, 비밀리에 관습을 공포하며, 가장 커다란 비밀에 복종하고, 대립적이거나 동일한 반응을 지양하며, 갑작스레 반대쪽으로 향하거나 방향을 바꾸고, 난해하게 만들고, 파악할 수 없게 하며, 동시대인들로부터 스스로를 고립시키고, 운명과 순종, 비굴한 부드러움 그리고 민주적인 의견 일치에서 벗어난 절대적 공간에 다다르고, 스스로 별이 되고, 추상적 관념과 순수 개념이 되는 말라르메의 이론이 파트리크 네프텔에게 충격을 준 것이다. 말라르메의 시에 있는 표현들은 충격적이면서도 냉정했으며, 권총이나 유탄, 전투용 장총으로 가득한 병기창 같은 무시무시한 확실성을 지니고 있었다. 말라르메는 테러리스트이자 정신이상자였으며, 폭탄 설치범인 동시에 연쇄살인범이었다. 파트리크 네프텔은 집의 서쪽 벽에 커다란 글씨로 이렇게 썼다. 끝에서 두 번째는 죽었다. 그리고 동쪽 벽에는 태곳적 악마의 미래라고 썼다. 정원을 따라 길게 난 아스팔트 도로 위에는 쓸데없는 소리가 나서 사라진 골동품이라고 적었다. 그러던 어느 날, 파트리크 네프텔의 어머니는 경찰이 아들을 잡아갔다는 소식을 이웃들에게 들었다. 경찰서에서는 파트리크 네프텔에게 최대한 빨리 도로 위에 쓴 글들을 지우라고 엄하게 명했다. "도로는 당신이 맘대로 훼손해서는 안 되는 공공의 공간입니다. 반면 당신이 사는 집의 벽에 대해서는, 그런 종류의 장식에 대해 규정한 주택의 규칙이 있을 겁니다. 그러니 그 부분은 우리의 관할이 아닙니다." 경찰서 담당자가 말했다. 파트리크 네프텔은 '보편적인 르포르타주'를 초월하는 행위를 하고 싶었다. 민주주의의 규범에서 벗어나고, '부족의 언어들'에 깃든 빈곤을 제거하는 행위를 꿈꾸었다. 그는 복종하기로 결심하고, 오로지 자기 자신이라는 정신상태의 '새로운 단어'가 될 빛나는 '문장의 구조'를 꿈꿨다. 그는 영향력이 있고⋯⋯ 존재감이 있고⋯⋯ 스스로를 표현하고⋯⋯ 비난하며⋯⋯ 거부하고⋯⋯ 반대하며⋯⋯ 황폐하게 만들고⋯⋯ 생생하며⋯⋯ 난해하고, 급진적이고, 처벌받아야 하고, 스스로를 정화시키는 긴 시를 쓰기를 갈망했다. 바로 **살육**에 대한 작품 말이다. 말라르메의 시집 서문에 씌어 있는 몇몇 문장들이 해결책을 제시하며 용기를 북돋아주었다. 예를 들면 "살인은 무(無)가 군림하는 곳에 존재를 약속한다" 같은 문장이었다. 사실 그 문장에는 '살인'이라는 단어 대신에 '운문'이라는 용어가 자리 잡고 있었다. 파트리크 네프텔이 문장 중간중간에 있는 단어들의 본질을 바꾼 것이다. 그리고 이 문장, "제한된 행위는—하지만 절대적인 행위인 살육—'누구나 그런 자신의 죽음과 누락으로 대가를 치른다'라고 말라르메가 명확히 밝힌다"에서도 마찬가지였다. 파트리크 네프텔은 혼자 반복했다. "나는 죽음과 나 자신을 누락시키는 상황을 통해 이 행위의 값을 치를 것이다.""하지만 당신이 중얼거리는 듯한 말투로 얘기한다는 소문은 듣지 못했는데요." 토크쇼의 진행자가 말했다. "예에! 예에! 그건 확실해요! 확실하다고 말할 수 있죠! 진짜로요!" 탁자 앞에 앉은 여배우가 장난스럽지만 어두운 표정으로 비통하게 대답했다. "당신의 배우로서의 생활, 사생활에 대해서도⋯⋯ 오늘 이 기회를 통해 시청자들이 당신의 사생활에 대해 더 많은 것을 알 수 있다면 좋겠군요. 그 소문 때문에 당신이 피해를 입었다고 생각합니다만⋯⋯.""할

아버지처럼 말씀하시네요!" 여배우가 감정을 표출했다. "당신은 그렇다고 말하지만, 난 그 사람들이 귀찮아요!" "그래요, 정말 노골적으로 말씀해주시는군요." 방청객들의 박수를 받으며 토크쇼 진행자가 말을 이었다. "사람들은 이렇게 눈에 보이는 당신의 솔직성을 좋아한답니다!" 짝짝, 열정적으로 점점 더 커지는 박수 소리 속에서 진행자는 자신의 목소리가 들리게 하려고 애썼다. 잔뜩 흥분한 파트리크 네프텔이 그 여배우의 얼굴을 바라보았다. 그녀가 탁자에 앉아 있는 모습을 본 것이 이번이 처음은 아니었다. 적극적인 기질 때문에 주부들에게 인정받고, 거시기를 잘 빨아줄 것 같은 반반한 얼굴과 풍만한 엉덩이 때문에 남편들로부터 사랑받는 그녀는 영상 매체의 이상적인 손님으로, 텔레비전 프로그램에 주기적으로 등장했다. 그녀는 머리를 입 속에 넣은 채 태어났고, 그래서 조그만 뇌를 상스럽게 질겅질겅 씹곤 했다. 뇌신경이 입 밖으로 길게 늘어지도록 손가락으로 잡아당길 때도 있었다. "난 늘 수다쟁이였어요. 생각한 대로 말하죠. 상관없어요. 그게 맘에 안 들면 어쩔 수 없죠, 뭐. 그 뚱뚱한 바보들이 원하는 거, 기대하는 게 뭐든 난 상관없어요." 그녀는 계속 뇌를 씹었다. "마틸드……." 토크쇼 진행자가 그녀의 말을 끊었다. "네?" 그녀가 그를 바라보며 물었다. 악취 나는 부패한 물이 고여 있는 텅 빈 눈으로. "네 대가리에는 구정물만 가득 찼구나, 이 늙어빠진 창녀야!" 파트리크 네프텔이 외쳤다. "네 눈알을 보면 고인 물이 보여! 물 위에 죽은 쥐가 둥둥 떠다니는구나! 물고기들도 죽어 배를 뒤집은 채 떠 있네! 어이, 잘 빠는 년! 네년 머릿속에 고인 구정물을 좀 갈아줄 순 없나?" 여배우는 멍한 눈으로 계속 토크쇼 진행자를 바라보았다. "저 사람이 널 '마틸드'라고 부르는데, 넌 그가 탈레스의 정리를 설명하는 것처럼 쳐다보는구나! 그 간단한 '마틸드'라는 말도 이해 못 하냐? 어이, 마르코! 저년의 이름을 다시 불러봐!" 파트리크 네프텔이 귤껍질을 텔레비전에 던지며 소리쳤다. "저년은 '마틸드'라는 단어도 이해 못 한다니까!"

"마틸드⋯⋯." 토크쇼의 진행자가 그녀의 이름을 다시 불렀다. 마틸드의 흰자위로 번쩍 빛이 지나갔다. "당신은 이 시스템에서 멀어지는 순간, 고통을 겪습니다. 이번에 당신이 거둔 승리에는 어떤 보복이 따를까요? 이 영화로 인해 말입니다. 600만 관객이 들었던⋯⋯ 지금은 문 닫은 그 극장 매표소에서⋯⋯ 곧 당신의 노래가 디스크에 담기겠지요. 우리한테 얘기해주세요, 마틸드!" "음, 에, 글쎄요. 그런 거죠, 뭐. 뭘 원하시는 건가요?" "네년 골이나 더 씹어!" 파트리크 네프텔의 입에서 욕지거리가 튀어나왔다. "이빨로 즙을 짜내라고! 네 잘난 생각을 박살내 우리 얼굴에 뿌리란 말야! 자, 뭐라도 할 말을 찾아봐!" "하지만 또⋯⋯" 토크쇼 진행자가 그녀를 부추겼다. "오늘 저녁에는 정말 입을 여셔야 합니다!" "저는⋯⋯ 사람들은 저에게서 자신들과 비슷한 점을 발견하지요. 제가 거침없이 솔직하게 말하니까⋯⋯ 저는 모두와 마찬가지지만⋯⋯ 모두와 마찬가지가 아니기도 하고⋯⋯ 사람들은 모두⋯⋯ 이해가 안 된다는 표정을 짓고⋯⋯ 머리카락 세듯이 하나하나 일일이 따지고 들고⋯⋯ 보세요, 제 머리카락(그녀는 머리카락을 움켜쥐고 말을 이었다), 이게 전부예요. 아름답죠? 하나하나 따지지 않는다고요." 그녀가 입을 벌리고 웃었다(딸기덩굴 이파리 위에 앉은 무당벌레처럼 그녀가 혓바닥 위에서 머리를 굴리는 모습이 보였다). 파트리크 네프텔은 자리에서 일어서서 반쯤 발기된 성기를 꺼내, 텔레비전 화면에 비친 여배우의 얼굴에 갖다 댔다. 그 여자의 옆에 앉아 있던 코미디언이 여자의 머리카락을 자기 코에 갖다 댔다. "음⋯⋯ 음⋯⋯ 마르코⋯⋯ 내가 할 수 있는 말은⋯⋯ 으흠⋯⋯ 얼마나 행운인지⋯⋯. 이 향기는⋯⋯ 냄새가⋯⋯ 이 향기⋯⋯ 뭐랄까⋯⋯. 제기랄⋯⋯ 이 냄새는⋯⋯ 내 느낌으로는⋯⋯." 그 코미디언은 자기 손을 탁자 아래에 있는 자신의 성기 위에 올려놓았다. 그 동작이 똑똑히 보였다. 파트리크 네프텔은 그 코미디언 옆에 앉아 있는 여배우의 얼굴에 대고 자기 성기를 문질렀다. "귀두나 실컷 먹어. 넌 큰 걸 좋아하잖아⋯⋯. 창녀로는 아주 훌륭해……." "아주 웃기는 농담을 하려던 거라는 생각이 드네요!" 여배우가 자기 머리카락을 빼앗으며 웃음을 터뜨렸다. "바보천치!" 그녀는 테이블 위에 주저앉다가 실수로 테이블 위에 두개골을 쏟았다. "헤, 제기랄, 조심해. 골은 하나밖에 없잖아. 잃어버리면 안 되지!" 옆에 있던 코미디언이 그녀에게 소리쳤다. "빨리 주워야지!" 여배우는 두개골을 다시 삼켰다. "자지 잘 빼는 네 아가리에 오줌을 쌀 테다! 네 목구멍에 오줌 쌀 거야! 내 불알 잘 보라고! 네 눈구멍에 이 불알 두 쪽을 넣으면 좋겠지! 네 눈깔 대신 내 불알 두 쪽을 박으면 덜 멍청해 보이겠는걸!" 그 말을 하며 파트리크 네프텔은 그날 마시는 스물두 번째 맥주캔을 땄다. "냄새가 어떻다고요? 장 마리, 말씀해주세요." 토크쇼 진행자가 코미디언에게 말했다. "끝까지 가시죠. 점잔 빼지 마시고요." "아휴, 나 이 여자 때문에 죽겠어요……." 코미디언이 말하자 여배우가 응수했다. "뭐, 좋아요. 하지만 난 암코양이는 아니에요." "아니죠, 하지만 냄새가 나요. 내가 하고 싶은 말이 뭔지 알겠죠? 우리는 긴 여행을 떠난 겁니다. 거시기를 하러 얼른 이 자리에서 떠나고 싶군요." 그러고 나서 그는 그녀의 이마에 부드럽게 입맞춤을 했다. 방청객의 박수 소리. "아니, 아니, 음, 좋아요!" 여배우가 말했다. "내 말을 우습게 여기는 걸 그만둬야 할걸요!" 이 말을 하고 그녀는 바보처럼 웃기 시작했다. "당신이 섹시한 마틸드로 인기를 얻은 걸 부인하진 못하겠죠. 당신은 말하자면 섹스 심벌이죠, 아닌가요?" "섹스 심벌이라고, 맙소사!" 파트리크 네프텔이 소리쳤다. "저년은 욕조나 닦고, 일이 없을 때는 방문판매사원 자지나 빨아주는 데 딱 어울리는 하녀라고! 저 떠벌이는 하녀 주둥이 좀 봐!" "섹스 심벌이라, 섹스 심벌이라니, 과장하지 마세요!" 여배우가 펄쩍 뛰었다. 그녀는 그로 뒤 루아 해변에서 햇빛에 눈부셔 찡그리는 여자들을 흉내냈다. 눈살을 찌푸리며, 입을 크게 벌리고, 얼굴을 찡그렸다. 자신의 속셈을 파악하려 애쓰는 진행자를 주의 깊게 살펴보며, 여배우는 두 눈을 찡그

342

리고 입술을 삐죽거렸다. 파트리크 네프텔은 화면 위로 여배우의 목구멍에 대고 오줌을 싸려고, 빛나는 커다란 화면 앞에서 계속 얼쩡거렸다. "자, 봐라, 난 네 목구멍에 오줌 쌌다. 네 골에 오줌 쌌어, 이 늙은 창녀야⋯⋯." 오줌이 브라운관 액정을 타고 흘러 침실 양탄자 위로 방울져 떨어졌다. "섹시하다고요?" 코미디언이 말했다. "저는 섹시하단 말 대신 훨씬 간단하게 표현할 수 있어요. 훨씬 간단하게." "훨씬 간단하게요?" 토크쇼 진행자가 놀란 얼굴로 물었다. "상상이 되시죠?" 코미디언이 빈정댔다. "혹시, 설마, 거시기⋯⋯ 냄새라고 말하려는 건가요?" 소심한 멍청이 행세를 즐기는 또 다른 코미디언이 끼어들었다. "오, 안 돼요!" 토크쇼 진행자가 짐짓 깜짝 놀란 척했다. "조심해주세요! 여기는 공중파 방송이니까요!" "엥! 뭐요? 지금 뭐라고 했어요?" 여배우가 목소리를 높였다. "다시 말해봐요. 당신이 거시기라고 하든 말든 난 아무 상관 없으니까! 그러니까 당신 말은 내 머리카락에서 거시기 냄새가 난다는 거죠?" 그녀는 그렇게 말하며 자리에서 벌떡 일어섰다. ("여러분도 그렇게 생각하세요?"라고 코미디언이 카메라를 향해 한쪽 눈을 찡긋하며 물었다. "아냐, 마틸드, 난 당신 머리카락에서 거시기 냄새가 난다고 생각하지 않아!"). 여배우는 두 번째 코미디언을 때리는 척했고, 그는 웃으며 팔로 막았다. "당신한테 따귀 몇 대는 맞아야겠지?" 첫 번째 코미디언이 여배우에게 얼굴을 들이대며 물었다. 파트리크 네프텔은 자신의 성기를 팬티 속으로 집어넣고, 그 우스꽝스러운 꼭두각시들을 실컷 욕하며 텔레비전을 끄고 인터넷 서핑을 시작했다.

잠시 어릴적 학생이었던 때로 돌아가, 여러분의 기억 속에서 이 시를 떠올려보세요. "오랜 권태의 제물이 된 고통스런 영혼 위에, [줄 바꿔서] 낮고 무거운 하늘이 뚜껑처럼 짓누르며 [줄 바꿔서] 지평선의 틀을 껴안고 [줄 바꿔서] 밤보다 더 슬픈 어두운 낮을 우리에게 퍼붓는다 [새로운 연] 대지가 축축한 지하 감옥으로 바뀌고 [줄 바꿔서] 희망은 거기에, [줄 바꿔서] 박쥐처럼 겁 많은 날갯짓으로 벽에서 파닥거리고 [줄 바꿔서] 썩어가는 천장에 머리를 부딪으며 날아간다 [새로운 연] 끝없이 쏟아지는 빗물이 [줄 바꿔서] 널따란 감옥의 창살처럼 둘러치고 [줄 바꿔서] 말없는 한 떼의 더러운 거미들이 우리 뇌 깊숙이 거미줄을 친다 [새로운 연] 종소리가 갑자기 격렬하게 튀어오르고 [줄 바꿔서] 하늘을 향해 끔찍한 비명을 질러대니, [줄 바꿔서] 고향도 없이 방황하는 영혼들처럼 [줄 바꿔서] 끈질기게 울부짖기 시작하듯이. [새로운 연] —북소리도, 음악도 없는 긴 영구차 행렬들이 [줄 바꿔서] 내 영혼 속으로 느릿느릿 줄지어 들어온다 [줄 바꿔서] 희망은 꺾여 눈물 흘리고 난폭한 고통이, [줄 바꿔서] 푹 숙인 내 두개골에 검은 깃발을 꽂는다." 항상 같은 상황이다. 보들레르조차 가을의 치명적인 슬픔을 봄의 미심쩍은 부드러움과는 정반대되는 것으로 표현했다. 하지만 가을보다 더 부드러운 것은 없다. 가을보다 더 달콤한 것은 아무것도 없다. 그 무엇도 정겨운 가을만큼 아낌없이 주지 않는다. 멀리서 오는 역사적인 위로의 정겨움. 이 주제에 대해서는 니체가 위로의 원칙을 봄에 연결한 것이 감동적이다. "이제 가을이다. 가을은, 가을은 네 심장을 끝내 으스러뜨리고 말 것인가? [줄 바꿔서] 날아올라라! 날아올라라! [줄 바꿔서] '나는 아름답지 않다 [줄 바꿔서] —마르그리트 여왕이 말했다 [줄 바꿔서] 하지만 난 남자들을 사랑한다 [줄 바꿔서] 남자들을 위로한다 [줄 바꿔서] 남자들은 계속 꽃들을 보아야만 한다 [줄 바꿔서] 그들이 나에게로 몸을 기울여 [줄 바꿔서] 아하 슬프도다, 나를 꺾었네; [줄 바꿔서] 그들의 눈빛이 빛나고 [줄 바꿔서] 추억 [줄 바꿔서] 나보다 더 아름다운 꽃들의 추억 : [줄 바꿔서] —내게 추억이 보인다, 내게 보인다—그리고 그렇게 죽는다." 이 글은 나를 사로잡았다. 본질적인 미덕들을 구성하는 가을을 찬미하고, 봄에 반대하여 부연한 내용을 고양하므로. *남자들을 사랑하고 위로하는 여왕*(마르그리트 여왕)의 존재 : 그들의 상상 속에서 만들어낸 희생적인 역할이 정해진 존재. *나보다 더 아름다운 꽃들의 추억* : 나보다 더 아름다운 여왕들의 추억. 매년 9월 초(정확한 날짜는 매번 조금씩 달라진다)가 되면 터무니없는 현상이 일어난다. *나의 육체가 변신하는 것*이다. 거리를 거닐거나 버스를 타거나 카페 테라스에 앉아 있는 나(예를 들어 느무르 카페. 대기 중에는 여름의 유쾌한 분위기가 아직 맴돌고 있다). 그런데 불현듯, 시기에 적합하지 않은 방법으로 가을의 광경이 펼쳐진다. 그러면 나는 가을이 시작되었음을 알게 된다. 아주 정확하다. 언제나 그렇다고 확실히 말할 수 있다. 그것은 오페라의 정확성과 맞물린다. 극장의 불이 꺼지고, 막이 오르고, 무대의 조명이 켜지고, 오케스트라 박스에서 심포니 음악이 흘러나오기 시작하면 여가수가 무대 위에 나타난다. 그것은 갑작스런 출현을 알리는 짧은 순간이다. 환히 타오르는 것은 내 상상력(내 의지와 내 기분)뿐만이 아니다. 동시에 대기도 타오른다. 이 시대를 사는 사람들의 태도도 마찬가지다. 이 날짜는 일찍 다가오기도 하고(8월 말쯤. 심지어 아주 빠르기도 하다. 2002년에는 8월 17일이었다), 훨씬 늦게 다가오기도 한다(일반적으로 9월 15일 전쯤). 이렇게 늦게 올 때면 나는 걱정이 된다. 그 날짜가 아직 다가오지 않는 것이 가능한가? 가을의 시작은 반짝임, 빛, 신비로운 사건의 돌발성을 갖는다. 그것은 하늘의 에피파니이자 전조이고 발현이다. 가을의 기적이 나타나는 것은 어떤 영향을 받아서인가? 바로 여자들의 시선을 받아서이다. 여자들의 시선이 안겨주는 최고의 위로 때문에 가을의 기적이 나타나는 것이다. 그것은 그날 저녁 내 주위에서, 거리에서, 버스 안에서, 카페의 테라스에서 생기는 위안을 갈망하는 통합체다. 그것이 *무엇보다 가을의 본질적인 실체*다(여러분에게 실체를 밝히는 데 좀 늦었지만 우리는 바로 여기에 있다. *우리는 마침내 주제의 중심에 다다랐다*). 가을은 우리를 이 사랑과 위안에 대한 격정적인 욕망으로 화합시킨다. 이것은 우리 시대 사람들 대부분이 가을 혐오증을 갖고 있다는 사실에 내가 놀랐다는 점을 확실히 방증할 수 있는 부분이다. 사실 나는 이 계절이 모두를 위한 최고의 계절이라고 생각하는 편이다. 수치로 드러난 바에 의하면 가장 많은 사람들이 무의식적으로 봄을 가장 좋아한다고 대답했다 하더라도, 사실은 그들이 표현하는 그들의 몸에서, 몸짓에서, 시선에서, 타인과의 관계에서, 신뢰 속에서, 불가사의에서, 기쁨에서, 중력에서, 너그러움에서 그들이 더 좋은 기분을 느끼는 것은 가을이다. 여론조사 응답자들은 '당신이 가장 좋아하는 계절은?'이라는 질문을 들었을 때 깊이 생각하지 않고 가볍게 대답했을 것이다. 그들은 그 대답 뒤에 자신들을 끈질기게 괴롭히는 절박함을 감추었으리라(조사 기관과 자신들 스스로에게). 위안에 대한 자신들의 절망적인 욕구를. 이 제목으로 자살률의 연간 곡선을 분석하는 것은 재미있다. 이 곡선은 3월 초에 곡선으로 올라가기 시작해 4월과 7월 사이에 최고 수준에 다다라 계속 지속되다가, 8월이 되자마자 폭락하고 가을에는 약간 낮은 수준을 유지한다(확실히 2월 중순과 8월 초 사이보다 낮다). 19세기(정확히 1835년~1876년)에 조사된 자살률의 연간 곡선을 관찰하면서, 나는 그 곡선이 내가 조금 높게 묘사했던 한 해 변화 주기의 지리학, 지형학, 자연 경관의 외형을 되풀이한다는 사실을 발견하고 깜짝 놀랐다. 나는 그 점에서 봄의 까다로운 면을 찾아냈다(도표를 계속 바라보고 있다 보면 지쳐버린다). 7월 초에 절정에 다다라 *절벽에 꽃이 피고 나면, 곧 사랑스런 기울기로* 9월 초를 향해 굴러 떨어진다. 도취하게 만드는 이 경사는 크리스마스까지 완성된 후, 1월과 2월, *성에로 뒤덮인 날카로운 정원으로* 부드럽게 구부러진다. 완전히 미쳤다. 19세기 자살률의 연간 곡선은 내가 연간 주기로 만든 그림에 완전히 겹쳐진다. 그 결과로 이런 해석이 처음으로 발생한다. 나와 동시대를 사는 사람들(19세기에 태어난 사람들도 포함된다. 하지만 최근에야 그 윤곽이 꽤 비슷하다는 것을 알았다)이 자살과 똑같이 기초적인 명제를 통과하는 도면을 복제할 때, 다른 용어로는 그들이 이해할 수 있는 가장 진보적인 방식에 충실히 따르는 문제에 대해 거론할 때, 내가 한 해의 이 주관적인 비전을 강력하게 요구하는 유일한 사람이라는 것은 놀라운 일이다. 이제 그들의 시대를 마무리해야 한다. 다음과 같은 함축적인 문제를 던진다면 어떨까? '당신은 수영복을 입고 싶으신가요(또는 벙어리장갑을 벗고 싶으신가요)?' 여론 조사 대상자들(진정한 여론 조사 대상자들)의 많은 수가 이렇게 대답할 것이다. '나는 봄과 여름을 더 좋아합니다'라고. 또 다음과 같은 함축적 문제를 택한다면 어떨까? '인생은 한번 살아볼 가치가 있나요(또는 기차 밑으로 몸을 던지는 게 더 나을까요)?' 여론조사 대상자들(자살자들)의 많은 수가 이렇게 대답할 것이다. '나는 가을과 겨울을 더 좋아합니다'라고. 두 경우에 나타난 충동. 한 경우에서는 피상적인 충동(여론조사에 대한 답변)이 나타나고, 또 다른 경우에서는 자살할 우려가 있는 충동―이 충동들은 완전히 반대되는 결과에 도달한다―이 드러난다. 철학적인 관점에서 보면, 사람들은 가을을 좋아한다. 여가 생활을 고려해서 볼 때는 봄을 좋아한다. 여기에는 이론의 여지가 없다. 실제로 봄에 무슨 일이 벌어지는가? 봄은 프리지아, 수선화, 사과나무, 백합을 꽃피울 뿐만 아니라 산업에 있어서도 싹을 틔우는 시기다. 동시에 환멸, 욕구불만, 실망, 좌절, 약속했던 것에 대한 배반도 이때 나타난다. 이기적으로 개화에 다다른 자연(비와 겨울의 날씨로 아주 자주 반대되는)은 임무 완수라는 수평선에 독단적으로(그리고 조금의 연민도 없이) 우리를 배치한다―우리의 좌절된 희망이라는 슬픔을 벽돌로 된 벽에다 보내듯 우리를 보내는 데 만족한다. 봄은 드넓은 세계로 달리고 번영하기 위해 개개인에게서 뿜어져나오는 활력 넘치는 분출의 의지다. 미심쩍은 봄의 감미로움은 막연하고 서툴며 새로운 부드러움이다. 깊이가 없고 단속적이며 부자연스러운 부드러움이고, 샴푸 거품과 같은 헛된 부드러움이다.

이 부드러움은 그 자신의 밖에서 그것을 받아들이는 사람을 수용한다
(가을의 감미로움이 붉은 벨벳으로 꾸민 규방의 호박색 어둠 속으로 찾아오는
타인을 초대하고 거기에 안락하게 자리 잡는 반면). 그리고 그 사람을 인생
속으로, 세상 속으로, 계획 속으로, 물건들을 제조해야 하는 찬란한 산업
속으로 부메랑 던지듯 던진다. 가을은 미래를 약속하지만, 봄은 겉보기
에 완벽해 보이고 계약에 따라 공증된 미래를 보장한다. 복잡하고 야단
법석인 난장판에서 우리에게 생산을 할 것을 엄하게 명한다. 봄은 동물
들이 짝짓기 하는 시기다. 봄은 아무하고나 짝짓기를 하라고 우리를 부
추긴다. 밖으로 나가고, 생산하고, 만들고, 움직이고, 일을 벌이고, 꽃을
피우고, 서로 친분을 쌓고, 정복하고, 유혹하고, 옷을 벗고, 빛을 발하고,
말하고, 자기 주장을 하고, 자신을 드러내라고 말이다. *대신 생각은 할
필요가 없다.* 금속 핸들처럼 차가운 무엇. 매번 봄이 올 때마다 나는 2사
이클 엔진만큼 덜 명상적인 전자동 오토바이 안장에 앉아 있는 나를 발
견하곤 한다. 나는 사교계로 진출해 젊은 여성들이 앉아 있는 긴 의자들
주위를 빙빙 돈다. 오토바이 엔진의 부르릉거리는 소리에, 조금 신랄하
고 강렬한 나의 도발에 기분이 상한 그녀들이 눈썹을 찡그리는 모습이
보인다. 나는 나와 같은 시대를 사는 사람들의 행동을 따라 한다. 명랑한
표정을 짓고, 꽃 피는 자연을 즐기는 척한다. 거리에 활짝 피어난 노골
적인 옷차림과 행위 들을 바라보고, 자신들이 느끼는 행복에서 한 사람
씩 차례로 나를 노골적으로 배제시키는 인간들을 바라본다. 봄에는 아
무것도 없다. 하늘도 없고, 빛도 거리도 공원도 없고, 광장도 두 눈도 두
팔도, 여자들의 머리카락도 없다. 명령과 지시로만 이루어진 이 계절은
마치 광고 전단 같다. 그야말로 거대한 기업이라고 할 수 있다. 꽃피는
자연은 생산의 시작에 대한 은유일 뿐이다. 인간 각자는 싼 가격과 판매
촉진 캠페인, 비교되는 광고의 경쟁 속에서 시장에 선보인 물건 같다는
생각이 든다. *인간들 한 사람, 한 사람이 고유한 셰익스피어가 되는 시*

기, 그것은 가을이다. 반면 봄은 *개개인이 반짝광고*가 되는 시기다.* 봄은 사업가의 계절이다. 나는 기업의 사장들이 제일 좋아하는 계절이 봄일 거라고 확신한다. 주도적 행위, 정복, 개혁, 비약적 발전, 획득, 경쟁, 생산성, 수익성, 투자금 회수 등을 좋아하는 사람들. 봄은 세무사의 계절이다. 반면 가을은 철학자의 계절이다. 가을에는 나약하고 내성적이며 망설이는 감정이 허용된다. 상처받아 절뚝거리며 멀리 떨어져 있는 것이 허용되고, 느무르 카페의 테라스에 외로이 앉아 있는 것이 허락되며, 홀로 앉은 카페에서 자신이 자연에 둘러싸여 있다고 느끼는 것이 허용된다. 봄의 예술적인 특성(육안으로 꽃들을 관찰하는 사람들을 흔히 볼 수 있다)은 완전한 속임수다. 봄에는 어떤 에피파니도 가능하지 않다. 그러나 가을은 우리로 하여금 뒤를 돌아보게 한다. 두툼하고 묵직하며 복잡하고 다층적인 영역을 우리에게 만들어준다. 가을은 우리가 어린 시절부터 키워왔던 꿈을 꾸게 한다. 나의 내적인 삶을 환히 밝히는 찬란한 장소들. 봄은 나로 하여금 현실이 반발하는 잔인한 반증에 대해 생각하게 한다. 봄의 젊은 여인들은 내가 추방당했던 청소년 시절을 다시 떠올리게 한다. 청소년 시절, 나는 매년 봄마다 찾아오는 구역질 나는 혐오감을 견뎌야 했다. 빨리 이 계절을 끝내고 보다 중요한 장으로 넘어가려고 서둘렀다. 봄은 자만심이 강하고 변덕스러운 자아도취의 계절이다. 이 계절은 자신이 예쁘다고 믿는 아가씨들, 또는 자신이 예쁘다는 것을 아는 예쁜 아가씨들이 군림하도록 힘을 발휘한다. 우리는 그녀들이 활개를 치고, 모든 이들의 시선을 잡아끄는 모습을 보게 된다. 그녀들 때문에 상대적으로 낮은 평가를 받게 된 다른 여성들은 무대를 떠나거나 은밀히 숨는다. 그녀들은 사라지거나 집 안에 꼭꼭 숨어 있거나 자신들의 발

---

* 라디오나 텔레비전 방송에서 프로그램 사이나 프로그램 진행 중에 하는 짧은 광고. 스폿광고라고도 한다.

을 바라보는 사람으로 바뀐다. 그후로는 그녀들 가운데 어느 누구와도 시선을 교환할 수가 없다. 그녀들은 예쁜 여자들이 당당히 드러내는 특권 때문에, 자신들의 진가를 평가받고 본질과 정당성을 보여주는 데 움츠러들 수밖에 없다. 이렇게 머뭇거리다 보면 어느새 그녀들의 주위는 짙은 어둠에 잠겨 은둔지처럼 변해버린다. 그와 함께 이 제도권의 마케팅 영역에서는 예쁜 아가씨들의 탈색한 머리카락, 구릿빛으로 그을린 탄력 있는 피부, 납작한 배, 어여쁜 얼굴을 찬양하는 데 열을 올린다. 수없이 많은 예쁜 여자들이 버스의 좌석, 카페 테라스, 공공장소의 벤치들, 가로등 발치를 가득 채운다. 그녀들은 내면도 없고, 휴대전화 문자로 축약될 수 있을 만큼 간결하고 단순하며 부드러운 인형에 불과하다. 그녀들의 내면은 저 멀리로 내팽개쳐졌고, 사람들의 시선은 낚시꾼들이 낚싯대에 다는 금속 미끼가 딸그락거리는 그녀들의 귓볼에만 집중될 뿐이다. 그녀들의 내면 세계는 그녀들이 스스로에게 세심하게 부여한 이미지 하나로 가려진다. 그 이미지에서 우리는 이리저리 몸을 흔들고 아양 떨며 눈웃음을 치고 윙크를 날리면서 자신들을 인정해주기를 바라는 그녀들을 볼 수 있다. 그녀들은 음모(陰毛)를 금지 표시 모양으로, 증권거래소의 지수와 같은 모양으로, 심장이나 꽃의 모양으로, 화살표 모양으로 깎았다. 만약 내가 맘에 드는 평범한 젊은 여자에게 말을 건다면(실제로는 그런 짓을 그만둔 지 벌써 몇 년 되었다. 나는 은거하며 이 해로운 계절이 나로부터 멀어지기를, 내가 봄의 유독한 혁명에서 멀리 떨어지기를 기다린다), 그녀는 기억상실의 결과로 반쯤 감긴 눈을 들어 무심하게 나를 바라볼 것이다. 봄이 상업적이고 추악하게 군림하는 까닭에 침묵에 잠긴 그녀의 내면은 가을에 자신의 눈에 띄었던 이 남자를 기억하지 못하는 표정이다. 만약 내가 봄의 대기를 지배하는 예쁜 여자들 중 한 명을 선택하는 실수를 범한다면, 그녀는 아주 잔인하고 치욕적인 방법으로 내 기억 속에 오래도록 울려퍼질, 난잡하며 낭랑한 금속성의 날카로운 웃음을 터뜨리거나, 경멸하듯 한숨을 내쉬거나, 자존심이 상한다는 듯 어깨를 으쓱할 것이다. 이것은 천재지변으로 땅이 흔들리고, 건물들이 갈라지며, 겨울잠을 자던 동물들이 벌떡 일어서서 당황한 시선으로 주위를 둘러보는 재앙의 수준에 맞먹는다. 아니면 그녀는 말도 몸짓도 아닌, 냉랭한 침묵 속에서 입을 꼭 다물고 있다가 마침내 몇 마디 던질 것이다(아니, 해봐! 그래, 내 관심을 끌어봐! 네 집에서처럼 해라! 네 얼굴은 봤어? 내가 창녀인 줄 아니! 좋아! 해봐! 남자들이라니! 아니, 이건 꿈일 거야!). 그 말에 나는 마치 수만 명의 사람들에게 공공연하게 알려지고, 거대 일간지와 공중파로 퍼져 온 세상에 알려지는 듯한 느낌을 받는다. 그 말은 끔찍하고 경멸스러운 광고가 되어 사방으로 나를 퍼뜨린다. 사람들이 나를 피하고, 아래위로 훑어보고, 내게서 멀어지고, 나를 고립시키고, 경멸하고, 추방하고, 내가 마치 미치광이나 범죄자, 정신병원에서 탈출한 환자라도 되는 듯이 바라본다. 나는 가을이 될 때까지의 4개월 동안 그 누구와도 눈을 마주치지 못한다. 절대적인 무관심, 말할 수 없는 고립감, 아무런 대답을 들을 수 없는 완전한 적막—이 상황에서 나는 4월 초부터 8월 15일까지 깊은 슬픔에 잠긴다. 그러다 마침내 그날이 되면 우리의 시아에서 예쁜 여자들이 사라지고, 겨울잠을 자던 동물들이 부활한다. 9월 초 어느 목요일 저녁, 가을의 기적이 펼쳐지고, *나는 육체적으로 변화를 겪는 것이다.* 이런 현상이 반복된다는 사실을 깨닫게 된 후로(아마도 20년 전에), 나는 육체의 변화라는 초자연적인 현상이 없는 가을은 한 번도 경험하지 않았다. 그날 저녁이 되면 여자들은 나를 새롭게 바라보기 시작한다. 여자들은 4개월 동안 계속될 특별한 시기를 위해 이날 저녁, 나에게 미소를 보내기 시작하고, 나를 만지고, 나에게 말을 걸기 시작하며, 자신들의 내면의 나무 그늘 아래로 나를 끌어들이기 시작한다. 거리를 지나가다 보면, 나를 돌아보고 불타오르면서 열정적인 미소를 보내며 들뜨기 시작하는 여자들을 볼 수 있다. 그녀들은 나를 더 자세히 살피기 위해 움직임을 멈춘다. 나는 그녀들의 심장이 요동치고, 두려워 떨며, 매혹되고, 갈망하는 것을 느낀다. 무엇인가가 그녀들의 내부에서 터져 그때부터 환상적이고, 도취된, 뜻하지 않은 장소에서의 유혹이 흘러넘친다. 살아있다는 것을 느낀다. 그녀들은 놀란다. 자신들의 눈 속과 환히 불을 밝히는 자신들의 행위 속에서 자신들이 살아있다는 것을 느끼며 놀라고, 자신들이 그토록 대담하고 적극적으로 행동하는 것에 놀라고, 자신들이 변화한 것에 놀라고, 자신들이 감옥과 남편, 어린 소녀 같은 수줍음에서 해방되었다는 사실에 놀란다. 그 모든 것으로부터 스스로 벗어났다는 사실에, 자기 자신을 위한 일에 나섰다는 것에, 자신이 본질적이고 충동적인 빛을 뿜어내고 있다는 것에 놀란다. 여신이자 암퇘지로 변모하는 것에 놀란다. 그녀들은 위로받는 순간에, 시대에 뒤떨어진 아득한 옛날의 일이 떠오르는 것에 놀란다. 서로 사랑하게 되는 것, 서로 바라보게 되는 것에 놀란다. 새로운 시선을 받으니 흐릿했던 육체의 일부분에서 자신의 얼굴, 사신의 본질이 다시 태어나는 것에(스스로에게, 기차역에서 스치듯 마주치는 사람들에게) 놀란다. 그 새로운 시선은 자신이 누구인지, 무엇이 되고 싶었는지 간에, 그 순간 새로운 가치를 부여해달라고 인간성에 부탁하고 불러일으킬 단 한 번의 시선이다. 가을은 본질 속에서, 회랑의 휘어진 모퉁이에서, 우리를 둘러싸고 한데 모으는, 여러 층으로 이루어지고 복잡하며 두껍고 무거운 이 지구 위에서 이런 상황을 허락한다. 모두를 위한 마법! 불가코프의 소설 속에서 연극을 보러 온 관객들에게 지폐를 나눠주는 마법사의 마술 지팡이 같은! 예를 하나 들어보겠다. 작년의 일이다. 나는 어떤 상점의 유리창 앞에서 친구를 기다리고 있었다. 2, 3미터 떨어진 거리에서 어떤 여자가 남자와 이야기를 나누고 있었다(틀림없이 동료 사이의 대화였다). 그녀는 지극히 평범한 젊은 여자로 모자 달린 재킷을 입고 벙어리장갑을 끼고 있었는데, 순간적으로 짓는 미소가 참으로 찬란했다. 나는 그녀에게 다가갔다. "우리 서로 아는 사이인가요?" "전혀요. 아닌 것 같은데요. 혹시 우체국에서 만났을까요?" 집단의 냉정함에 감추어졌다가 갑작스레 실현되고 연결되는 하나의 순간이 주는 엄청난 환희. 사실 우리는 모두 통계적인 자료들, 커다란 숫자의 통합체, 큰 계산의 우수리 없는 숫자들, 어마어마한 방정식의 난해한 요소들에 불과하다. "우체국에서요?" "제가 우체국에서 일하거든요. 우체국에 오시는 일 없나요?" 그녀가 자기 뒤편에 있는 거대한 건물을 가리키며 말했다. 나는 그녀와 내가 오래전부터 알고 지내왔던 것 같은 느낌이 들었다. "저는 저 우체국에는 가본 적이 없어요. 우체국 갈 일은 종종 있지만, 저 우체국은 이용하지 않아요." "그럼 오세요. 우체국을 바꿔보세요. 저를 보러 저희 우체국으로 오세요." "당신은 내가 우체국을 굳이 바꿔서, 내가 사는 동네와 꽤 거리가 먼 이 우체국으로, 그러니까 당신이 근무하는 우체국으로 와야 한다고 생각하나요? 오로지 당신을 보기 위해서?" "창구에 앉아 있는 제 모습은 엄청 예쁘답니다. 당신에게 특별히 주의를 기울일게요. 한 번도 받아본 적 없는 특별대우를 해드릴게요." "우체국에서 말씀이시죠?" "우체국도 그렇고 다른 곳에서도 마찬가지예요. 우체국에서나 우체국이 아닌 다른 곳에서도 그렇게 대우해드릴게요." "음, 좋아요. 이제 어떻게 할까요?" "저한테 편지를 쓰시겠어요? 제게 편지를 써서 보내시겠어요? 아니면 전화를 하실래요?" 그녀가 미소 지었다! 그녀가 환한 미소를 지었다! 그녀는 너무나 달콤하고 너무나 믿기지 않게 웃었다! 그녀는 펄쩍 뛰어오를 정도로 갑작스레, 너무나 대담하게 자신을 드러내며 웃었다! 얼마나 행복해 보이는 표정이었는지! 가을이면 사람들이 얼마나 행복한 표정을 짓는지! 도대체 어디에 축축한 지하 감옥이 있고, 박쥐가 있으며, 썩어가는 천장은 어디에 있고, 어디에서 끝없이 쏟아지는 빗물이 널따란 감옥의 창살처럼 둘러친단 말인가? 어디에 우리 뇌 깊숙이 거미줄을 치는 말없는 한 떼의 더러운 거미들이 우리를 둘러싸고 천천히 나아가는가? 정녕 내 주

위에서 종소리가 갑자기 튀어오르며 하늘을 향해 끔찍한 비명을 질러대
는 소리가 들리는가? 샤를리*여! 나는 하늘이 도운 우체국 여직원의 웃
음소리를 듣는다! 보도에서, 횡단보도 가장자리에서, 버스 안에서, 기다
란 지하철 안에서 끈질기게 울부짖기 시작하는 고향을 잃고 방황하는
영혼들이 보이는가? 북소리도, 음악도 없는 긴 영구차 행렬들이 내 영혼
속으로 느릿느릿 줄지어 들어온다. 그리고 우연히 만난 우체국 직원, 평
범하고 생동감 있는 나만의 우체국 여직원은 음울한 이 계절의 난폭한
고통을 알까? 그녀를 둘러싸고 후광을 발하는 희망은 꺾이고 눈물 흘리
는가? 그리고 공무원에 어울리게 푹 숙인 그녀의 두개골에 검은 깃발을
꽂을까? 샤를리! 당신은 내 주위에서 이것들을 탐지하고 있나요? "좋아
요, 전화할게요. 아주 좋은 생각이군요." "당신한테 우표를 팔 거예요.
등기우편으로 할 거거든요. 소포의 무게를 재고 적립금을 쌓아드릴 거
예요. 제가 어여쁜 예금 통장을 만들어드리죠." "다람쥐처럼 동전을 모
으는 건가요?" "예, 다람쥐처럼 모으는 거예요!" 그녀가 동료의 어깨를
치며 웃음을 터뜨렸다. 이런 터무니없는 장면들이 4개월 동안 규칙적으
로 반복되었다. 그런가 하면 지난 수요일에는 내가 횡단보도를 지나가
고 있는데 맞은편에서 건너오던 젊은 여자가 가느다란 머리카락을 가볍
게 휘날리며 나에게 말했다. "당신, 정말 잘생겼어요!" 나는 몸을 돌렸
고, 그녀 역시 몸을 돌려 우리는 마주 보고 웃었다. 나는 "고마워요! 당
신도 아주 예쁜데요!"라고 외쳤다. 그리고 그녀는 깜깜한 밤 속으로 사
라졌다. 나는 *잘생기지 않았고*, 지나가던 그녀도 분명 *그다지 예쁘지 않*
았다. 이것이 바로 마치 요정 이야기의 본질, 위로의 본질처럼 우리의 내
부에 숨어 있는 아주 오래된 욕구다. 고독은 언제나 나를 두렵게 한다.
나는 늘 타인이 필요하다. 늘 삶의 중앙에서 이타적인 존재를 받아들일

---

* 샤를르 보들레르의 애칭.

필요를 느낀다. 나는 항상 마고와 함께, 사랑스럽게, 커플로 살아야 할 필요성뿐만 아니라 다른 여자들을 위해서도 존재해야 할 필요를 느낀다. 설령 하룻밤, 또는 두 시간 아니면 세 번의 애무만을 위해서일지라도. 정확하게 무슨 일이 일어난 것일까? 이 순간이, 이 연관성이, 이 *관계 회복*이 만들어지기 위해 나라는 사람은 어떤 변신을 하게 된 것일까? 어떤 특별한 것도 나의 외모를 변화시키지 않는다. 마고와 내 친구들을 비롯해 나와 평소에 친하게 지내는 사람들 그 누구도 나의 변화를 전혀 깨닫지 못한다. 자연의 은총, 위급함, 중력, 필요성이 아마도 나의 내부에서 순환하여, 내 눈빛, 내 몸짓, 내 태도, 내 표정에 스며드는 듯하다. 그때가 되면 나는 아주 대놓고 여자들을 뚫어지게 바라볼 수 있다. 아주 뻔뻔한 눈빛으로 말이다. 여자들에게 눈으로 아주 거친 말을 할 수 있으며, 평소라면 결코 용납되지 않을 그 말을 그녀들은 흡수하듯 받아들인다. 대로 위에서 여자들의 앞을 가로막고 이런 말을 할 수도 있는 것이다. "나는 당신의 귀를 어마어마하게 사랑해요." 그 말을 들은 여자들은 나에게 미소를 짓는다. 지하철 통로에서 여자들을 가로막거나, 여자들이 지나는 길 앞을 권위적으로 막아서는 것이 허락된다. "부인, 귀찮게 해드려서 죄송합니다만 이 느낌을 저 혼자로서는 어쩔 수가 없군요. 다만 저는 당신이 너무나 아름답다고 말씀드리고 싶습니다……." 그리고 나는 태연자약하고 정직하게, 밀도 있게, 전혀 우연이나 상황에 관련되지 않고, 전혀 흔들리거나 지그재그로 비틀거리지 않고, 전혀 망설이거나 편승하지 않고 그녀들의 시선을 똑바로 바라본다. 영원한 시선과 냉정한 언어로. "고마워요"라고 그녀들은 대답한다. "그런 말을 들으니 기분이 좋네요. 정말 듣기 좋은 말이에요……." 그런 후에 그녀들은 마치 렘브란트 미술관에서처럼 내 시선 속에 오랫동안 머무른다. 두 눈 깊숙이 드리워진 오래된 자연경관의 안정성, 내 눈빛의 농도 속에서 문명화되고 그것을 보호해주는 응시가 허락된다. 그녀들은 받아들인다. 종교적인 서약을 어기고 여자들의 부활을 꿈꾸며 그녀들을 호텔로 유인하기 위해서는 이런 방법으로 바라보는 내 눈빛이 효과가 있다는 것을 알고 있다. 나는 그 여자들 모두에게 그녀들의 집에 가는 것을 좋아한다고 말한다. 나는 완벽한 육체를 끔찍하게 싫어하고 평범하기 그지없는 조화로움에도 치를 떨고, 대신 약간 부조화한 외모를 좋아하기 때문에(이것이 브르통의 작품에서 우리가 그렇게 좋아하는 '질이 떨어지는 무가치함'이다) 40대가 된 여자들이 심란해 하는 사소한 결점들에 호감을 갖고 있다. 잔주름들, 고랑이 진 이마, 다크서클, 입술에 잡힌 주름, 기미, 주근깨 등에 말이다. 그녀들은 상상도 할 수 없는 일이겠지만, 나는 그것들이 여자의 관능을 표현하는 보물이라고 생각한다. 경쾌한 나의 우체국 여직원은 "남자가 그런 말을 한 건 처음이에요. 내 피부에 붙어 있는 수많은 점들을 사랑한다고 말한 거 말이에요"라고 말했다. 그녀의 피부에는 천문학자도 놀랄 만한 수천 개의 점들이 있었다. "대부분의 남자들은 마음속으로 내 점들을 하나씩 빼내려고 하죠. 얼마나 수고로운지! 그래 봤자 자기들 진만 빠지는 일이에요. 차라리 불을 끄는 게 낫죠." 그녀의 말은 계속 이어졌다. "그들 모두 다 그런 짓을 하죠." "난 점들을 아주 좋아해요. 자, 내가 하려는 건 이거예요. 이것들 하나하나를 내 혀로 환호하며 애무하는 거죠……." 나는 그녀의 몸에 있는 점들을 부리로 쪼듯 목부터 발목까지 연속적으로 하나씩 탐색하기 시작했다. "좋아요? 맘에 들어요? 난 너무 좋아요!" 그녀가 나에게 물었다. "나도 엄청 좋아요. 백둘까지 세었어요." "열여섯 개 남았네! 모두 백열여덟 개니까!" 그녀는 나를 쓰러뜨리고 비닐 가방에서 존경스러운 물건들을 조심스럽게 끌어냈다. 그녀는 혀로 침을 발라 내 몸에 우표들을 붙였다. '03년 11월 17일'이라고 큼직하게 새겨진 사각형 도장도 내 몸에 찍었다. 장난기 가득한 우체국 여직원의 웃음소리가 울려퍼지는 가운데 내 피부에는 숫자가 박힌 도장과 우표 자국들이 점점 늘어갔다! "뭘 하고 싶은 건데요?" 내가 그녀에게 물었다. "나한테 쾌락을 주는 것……. 공휴일에 하는, 부드럽고 공을 들여 하는 잠깐의 삽입……." 몸 여기저기에 소인이 찍혀 있고 우표가 붙은 나는 부활절의 장난스러운 포옹을 원하는 그녀를 만족시키기 위해 그녀 위에 올라탔다. "당신 가슴팍에 찍힌 이 날짜들은 도대체 뭐야?" 집으로 돌아가자 아내가 물었다. "2003년 11월 17일이라니, 대체 뭔 소리야." 우표들은 빨래통 속으로 들어갔다. 나의 장난기 많은 우체국 여직원은 발기한 나의 성기에도 날짜를 찍었다. 18세기 초의 어떤 해라는 것 외에는 정보가 거의 없는 '1703년'이라는 글자가 새겨진 타임스탬프의 고무판이 거기 찍혔다. "신의 두 어린 양은 서로를 위해 희생하고 서로가 부활하도록 도왔어요." "음, 이리 와요, 춥다. 내 몸에 바싹 붙어요." 나는 우체국 여직원이 찍어준 도장을 성직자와도 같은 마음으로 여러 주 동안 지켜냈지만, 아침마다 샤워를 했기 때문에 잉크 자국들은 서서히 흐려졌다. "문신이 지워지네. 이 구식 도장 말이야!" 마고가 소리쳤다. "11월 17일? 오늘은 12월 3일이야. 16일 지났어." 우리가 만날 때마다 매번 사랑을 나눈 것은 아니다. 섹스는 부차적인 것일 뿐이었다. 하지만 가끔씩 사랑을 나눌 때만큼은, 작은 숲에서 시냇물을 따라 길에 떨어진 낙엽들과 반짝이는 밤송이를 밟으며 산책하는 것처럼 부드럽게 사랑을 나누었다. 여자들은 살랑거리는 새벽의 어슴푸레함 속에서 가을빛을 받으며 천천히 즐겼다. 나는 소원을 이루었다. 우리는 서로를 위로했다. "사랑해"라고 나는 그녀들에게 말했다. 우리는 아무리 다급해도 그 말의 확실성을 시험해선 안 된다는 생각을 갖고 있었다. "나도 사랑해." 그녀들이 대답했다. 그녀들과의 관계에서 나는 한 번도 오르가즘에 오르지 않았다. 나의 성기에서는 단 한 번도 정액이 흐르지 않았다. 성스러웠다. 나는 그녀들이 필요했다. 나는 그녀들의 욕망과 좌절을 기록했고, 그것에 응답했으며, 그녀들을 채워주었고, 그녀들을 다시 태어나게 하는 데 전념했다. 나와 헤어질 때면 그녀들은 울었다. 나는 호텔 로비에서 두 팔을 벌려 그녀들을 안아주었으며, 그녀들과 함께 울었다. 나는 한 명의 사제였다. 나는 그녀들에게 신의 가호를 빌어주었다. 나는 한 번도 사정하지 않고 끝까지 자제했다. 어떤 여자들은 키스해주기를 원했다. 또 어떤 여자들에게는 발가벗은 채 말라르메의 시를 읽어주었다. 깨끗한 것을 좋아하는 여자들에게는 쇄골에 비누칠을 해주었다. 어떤 여자들은 내가 귀에 몇 마디 다정한 말을 속삭여주자 스스로 클리토리스를 어루만졌다. 어떨 때는 내가 바라 마지 않았던, 붉은 머리에 하이힐을 신은 여왕인 이탈리아 여가수가 제노바의 브리스톨 팔래스 호텔의 스위트룸에서 몬테베르디의 라멘토 델라 닌파를 육성으로 불러주는, 내게 주어진 선물과도 같은 일이 일어나기도 했다. 어떤 여자들은 나를 때리고, 붙들어 묶고, 날카로운 칼로 내 살갗을 벗겨내고 싶어했다. 또 어떤 여자들은 사막같이 건조한 부부생활에서 잠시라도 벗어날 수 있기를 바라며 집에서처럼 소박하게 사랑을 나누기를 원했다. 때때로 몇몇 여자들과는 조그만 탁자 앞에 앉아서 차를 마시기도 했다. 화려한 꽃무늬가 새겨진 두꺼운 양모 카펫 위에 무릎을 꿇고 나는 그녀들의 무릎을 핥았다. 그리고 그녀, 영국 제약 그룹의 프랑스 지사장이며 제약 시장의 리더이고, 이사회의 주요 간부이며 실질적인 대표인 국제적인 사냥꾼(영국인 어머니와 오스트리아인 아버지의 피를 받고 프랑스에서 자란 그녀의 불어는 완벽했다), 팔레루아얄 광장 가장자리에 있는 느무르 카페에서 만났던 그녀! 그녀는 미사일 같고, 자유분방했다! 엄청나게 자유분방한 여자였다! 무쇠로 만든 외국인 용병이자, 온몸이 멍투성이가 되어도 끄떡없는 고위 관리였다! "만약 이 빛이 그때까지도 있다면……." 그녀는 팔레루아얄에서 명함을 내밀며 그렇게 말했다. 그녀는 세계화된 기업을 경영할 때와 똑같은 강렬한 야만성으로 섹스를 해달라고 청했다. 나는 절대 지치지 않는 기계적이며 열정적인 남자로 변했다. 나는 그녀가 예약해둔 루브르 호텔 스위트룸의 모든 가구 위에서 온갖 체위로 그녀와 사랑을 나누었다. 그녀는 위원회 세 곳, 노조 네 군데와의 협상에 준하는 힘을 내뿜었다. 내 얘기는 그녀가 그만큼 에너지가 많고 뜨거운 열정을 내뿜었다는 뜻이다. 그녀는 축축이 젖었고, 땀을 흘렸으며, 비명을 질렀고, 오르가즘을 느낄 때마다 전기충격을 받은 사람처럼 온몸을 부들부들 떨었다. "어떻게 그렇게 오래 할 수가 있어요!" 지쳐서 축 늘어진 그녀가 중얼거리며 놀라움을 표시했다. "당신은 끝이 없어. 최고야. 날 또 사랑해줘요!" 내가 계속하자 그녀는 다시 오르가즘을 느끼고 비명을 질러댔다. 화합과 습득, 사무적인 충고, 공장의 파산 등 그녀가 끝없이 쏟아낸 이런저런 단어들이 침대 시트를 적셨다. "계속 해줄 거라고 말해줘! 어서 말해줘! 난 당신의 천박한 갈보야!" 파업, 전단지, 시위, "계속 하는 거야! 당신은 나의 천박한 남창이야!" 해고, 사회 정책의 예고, 배당금의 분배, "난 암캐처럼, 천박한 창녀처럼 너하고 섹스를 할 거야!" 세계적인 경제 리더, 시장의 폭발, 경쟁사 합병, "나는 당신의 창녀야! 당신의 창녀라고!" 앵글로-오스트리아 혈통을 가진 대단한 여자가 루브르 호텔의 스위트룸에서 비명을 질러댔다. 횡단보도 너머 느무르 카페의 테라스까지 그 비명 소리가 들릴까 봐 슬그머니 걱정이 될 정도였다. "미치겠어! 또 해줘! 난 당신의 암퇘지야!" 내가 제약 시장(심장혈관계 약품+강장제)의 리더인 영국 제약 기업의 지사장과 섹스를 하는 동안 느무르 카페의 테라스에서는 소피가 마티니를 홀짝이며 미국 소설을 넘기고 있었다. "내 보지에 침을 뱉어줘!" 잠깐 숨을 돌리는 시간에 그녀가 나에게 간청했다. "제발 부탁이야. 영화에서 봤는데 그 장면을 보며 난 흥분했었어. 침 좀 뱉어줘……." 나는 제약 기업 프랑스 지사장의 음부에 침을 뱉었다. "당신, 피곤해 보여." 집으로 돌아가자 아내가 말했다. "제노바에서 열릴 강연회 준비 때문에 피곤한 거야?" "내 온몸을 바쳤거든. 신의 어린 새끼양이 구원받는 데 기여한 거야." "이 상처 좀 봐! 당신 등에 손톱으로 할퀸 것 같은 상처가 잔뜩 있어. 피투성이야." "가시덤불 속을 기었거

든. 기독교 의식이었지. 나, 가서 샤워할게." 나는 그녀들을 오직 한 번씩
만 만났다. 오직 한 번씩만 위로해주었다. 그녀들 역시 나를 단 한 번씩
밖에 위로해주지 않았다. 우리는 하나씩 슬그머니 사라지는 가을의 혜성
일 뿐이었다.

　　로랑 달이 점심 시간마다 샌드위치와 책 한 권을 들고 한가로이 거닐
기를 즐기던 공원에서 멀지 않은 거리에, 샹젤리제에서도 가까운 은행이
있었다. 로랑 달이 지닌 모순성은 고립에 대한 지속적인 욕구보다 더 희
한한 것이었다. 그는 몇 년 전 상경계 그랑제콜 준비반이었을 때 경험했
던 이상한 감정, 즉 양면적 감정이 대립하는 느낌을 지금 자신이 몸담고
있는 첫 번째 직장(로랑 달은 끈질긴 도전 끝에 이 회사에 들어올 수 있었다.
클로틸드의 의붓아버지가 중간에서 결정적인 역할을 해주었다. 클로틸드의 의
붓아버지인 필리프로 인해 로랑 달이 이 회사에 입사했다는 것을 필리프와 로랑
달 둘 다 잘 알고 있었다)에서도 겪고 있었다. 그는 권태와 불안감, 우울함
과 야망, 의기소침함과 완성하고픈 꿈 사이에서 고통스러워하고 있었다.
그는 자신이 스스로 만들어낸 이 고립지에서, 이런저런 생각을 잊을 수
있는 공원 연못가에 놓인 벤치에 앉아 신문을 읽거나 동네의 젊은 여자
들을 향수 어린 눈으로 바라보았다. 그는 시험을 치렀을 때부터 이미 암
초에 부딪혔다. 첫째, 경련, 드릴로 뚫는 것 같은 공포, 불면증 따위가 점
점 강해졌다. 둘째, 멀리서 무언가가 그를 빨아들이는 것만 같던 시험장
에 앉아 있던 순간에, 자신을 둘러싼 수백 명의 경쟁자들에 의해 으스러
지는 것같이 느껴졌던 공포가 그를 달콤한 꿈의 발현으로 이끌었다. 그
는 그 시험들, 젊은 여자들의 집착, 그녀들의 두 뺨을 물들인 발그레한
빛, 그녀들이 문장에 줄을 치기 위해 필통에서 꺼내는 사인펜들 따위가
다 우스꽝스러운 조롱이라고 생각했다. 로랑 달은 경쟁자들의 얼굴을 뚫

어지게 바라보았다. 그는 그 고통에서 벗어나 김이 서린 창문을 통해 하늘로 날아올랐다. 순수한 이상주의자이자 다른 세상으로 추방당한 수험생이었던 그는 시험 문제를 풀면서 경제학과 수학 답안지에 말라르메의 긴 시를 썼다. 그는 시험이 끝나자 입가에 미소를 띠고, 감히 그 답안지를 감독관에게 제출했다. 그리고 여기, 거래의 장소, 칸막이 없는 공간은 띄엄띄엄 떨어져서 나란히 놓인 세 줄의 책상들로 이루어졌고, 그 책상들에는 모니터와 컴퓨터가 갖춰져 있었다. 그걸 본 로랑 달은 증권사의 월급쟁이가 아니라 증권 브로커가 되겠다고 결심했다. 그 공간이 어떤 목적을 갖고 있는가는 매일 조금씩, 매우 거친 방법으로 그의 눈앞에서 구체화되었다. 그 공간에서 가장 중요한 존재는 단연코 증권 브로커들이었다. 그들은 가장 중요한 *수뇌부*였는데, 로랑 달은 일하고 있는 그들의 등과 목덜미, 가지런히 다듬은 갈색 머리카락, 고급스러운 와이셔츠의 주름만 볼 수 있었다. 이 *수뇌부*의 뒤쪽으로 애널리스트들, 상담사들, 경제 전문가들과 회계 평가사들이 자리하고 있었고, 그들의 척추와 견갑골이 무엇을 탐색하는지를 알게 되자 로랑 달은 급격히 위축되었다. 이 두 줄의 뒤쪽으로 특권성이 현저히 떨어지는 마지막 줄이 자리하고 있었다. 그들은 *중간책*으로, 로랑 달을 포함해 네 명이 일하고 있었다. 로랑 달은 자기 옆에 앉은 세 젊은이가 슬프고 생기가 없으며 별 볼일 없고 시시하다고 생각했다. 에너지와 권력 관계의 방향을 결정하는 이 정확하고 완고한 분류는 자리에만 국한된 것은 아니었다. 그것은 근본적인 것이었다. 공공연한 특권계급의 정신은 뒤쪽 자리에 앉은 천민들과는 반대로, 하버드 대학, 코넬 대학, 에콜 폴리테크니크의 대단하고 우수한 학위 소지자들인 증권 브로커들의 거만한 우월성을 적나라하게 드러냈다. 이 세 줄의 구성 인원들은 서로 어울리며 사이좋게 지낼 수도 있고, 함께 식사를 하거나 여가 시간을 함께 보낼 수도 있으며, 동등한 입장에서 대화를 나눌 수도 있었다. 하지만 실제로는 있을 수 없는 일이었다. 수뇌부의 증권 브로커들은 주말이면 자기들끼리 만나 삼삼오오 저녁식사를 했으며, 자신들이 지니고 있는 많은 공통점과 소속감의 증거(고급 승용차와 회원제 스포츠클럽 따위)를 함께 나누었고, 아내들을 서로 소개시켰으며, 요트를 빌려 휴가를 떠났고, 중간책 동료들을 저열한 하급 직원이라 생각했다(사실 어떤 특별한 종류의 계급적 관계가 있어 중간책들이 수뇌부에게 복종해야 하는 것이 아님에도 불구하고). 로랑 달이 느끼기에 그들은 중간책들에 대한 경멸감을 가까스로 숨기고 있었다. 그들이 대놓고 말을 하지는 않았지만 그들의 시선, 행동, 태도에 새겨진 경멸감을 쉽게 알아볼 수 있었다. 중간책들에게 친절을 베풀 때조차 그들은 거리를 두었으며, 그 거리가 너무 커서 도저히 접근할 수 없을 듯했다. 그들 중 어느 누구도 로랑 달에게 커피 한 잔 같이 마시자고 하지 않았다. 클로틸드는 이렇게 말했다. "걔네들은 다 바보천치야. 내버려둬, 그런 자식들은. 신경 쓰지 마." "말은 쉽지. 그들이 나한테 하는 말이라곤 안녕하세요라는 인사말이 전부야. 서로 엇갈려 지나갈 때도 날 쳐다보지도 않는 게 느껴져. 나는 다른 사람들 때문에 위축된다고 느끼면서도 그 상황을 그냥 받아들여야만 한다고." "너 아주 콤플렉스에 깔려 죽겠다. 그런 생각을 하게 하는 건 바로 너 자신이야." "넌 수업이나 빼먹지 마. 계속 그러다간 너도 고약한 상급자들의 마수에 걸려들어서 하급 직위에서 벗어나지 못하게 될 테니까." "웃기지 마. 나는 너랑은 태생이 다르니까. 난 너 같은 천박하고 초라한 계급이 아냐." 클로틸드는 몇 달 전부터 강의를 전혀 듣지 않고 있었다. 그녀는 아파트를 하나 찾아서 이사할 생각을 품고 있었다. 그러더니 결국 《피가로》지의 부동산 정보란을 통해 이사 갈 곳을 찾아냈다. 라탱 구 근처에 있는, 졸졸 물 흐르는 소리가 나고 포석이 깔린 커다란 뜰 쪽으로 테라스가 난 방 세 개짜리 아파트였다. "음, 아니, 괜찮네!" 로랑 달이 그녀에게 말했다. "이 집이 얼마짜린지 좀 봐! 내가 이렇게 비싼 아파트를 구할 거라고는 생각도 못 했지?" 그는 결국 그녀에게 양보했고

(그녀는 그를 속 좁고 재수 없다고 생각했다), 그 대신 자신이 퇴근하여 돌아올 때까지 그녀 혼자서 공간을 마음대로 사용할 수 있는 만큼, 공부를 다시 시작하라고 강요했다. 하지만 결과는 정반대였다. 그후 로랑 달이 본 클로틸드의 모습은 주로 마티니 잔을 든 채 침대에서 뒹굴거리며 텔레비전을 보는 것이었다. 침대 시트 위에는 필립 모리스 담배와 생과자 쿠키 상자가 나뒹굴었고, 그녀는 광고 화면과 퇴직자들을 위한 프로그램들, 텔레비전 드라마 따위의 무관심한 리듬에 하루하루를 무의미하고 공허하게 흘려보내며 허송세월을 했다. 그렇게 밤늦게까지 빈둥거리다가 새벽 3시가 넘어서야 잠자리에 들곤 했다. 로랑 달은 제발 잠 좀 자자고 통사정을 해 그녀로부터 자정 무렵에는 텔레비전을 끄겠다는 약속을 받아냈다. 그녀는 자정 이후에는 담배와 잡지, 떠오르는 대로 아무 생각이나 끼적이는 공책을 들고 부엌으로 가서 아무것도 하지 않고 몇 시간씩 시간을 흘려보냈고, 당연히 아침에는 일어나지 못했다. "너 때문에 기운이 빠져. 저녁에 퇴근해서, 그렇게 무기력한 상태로 텔레비전 앞에 누워 있는 너를 보면 한숨만 나온다고. 계속 이렇게 하루 종일 집 안에 틀어박혀서, 아무것도 하지 않고 쿠키나 먹으며 허송세월하면 안 돼!" "그놈의 똥덩어리 같은 공부는 집어치울 거야. 공부를 해봤자 무슨 소용이나 있나? 시간만 버리는 거지." "그럼 뭘 할 생각이야?" "내년에 고고학 강좌에 등록할 거야." 로랑 달은 아연실색하고 말았다. "고고학? 갑자기 무슨 고고학이야!" "왜 안 되는데? 영문학을 계속한다면, 기껏해야 소시에테 제네럴*의 창구 앞에나 앉아 있게 될 거야. 문과 학위가 다 거기서 거기지." "그럼 고고학은? 그건 말할 필요도 없어……. 고고학을 전공하면 실업자가 되지 않을 수 없을걸! 아주 대단한 계산이네!" "난 오래된 돌들…… 작은 조각상들…… 접시 조각들…… 점토 속에 박힌 오래된 것

---

* 프랑스 굴지의 은행.

들이 좋아……." 다음해에 고고학 수업에 등록을 하고 크리스마스까지 열성을 보인 그녀는 다시 아파트에서 텔레비전을 보면서 시간을 보내기 시작했다. "저녁 때 집으로 돌아오면 반쯤 취해 텔레비전 게임을 보며 침대 위에서 조깅을 하다 지쳐 쓰러진 여자친구를 발견해야 하는군. 클로틸드, 정말이지 너무 유감이야. 너무 실망스러워. 어떤 날 저녁에는 집으로 들어오는 게 두렵기까지 해." "내가 너를 실망시켰어? 내가 불쌍한 내 사랑을 실망시켰다고? 오, 불쌍하고 착한 남자, 내가 널 실망시켰구나! 똑바로 행동하는, 순종적이고 현명한 아가씨들을 만나는 데 길들여졌었는데! 나의 불쌍한 보물! 교육을 받지 못한 그 쓰레기로 우스꽝스럽게 꾸민 네가 얼마나 가엾은지!" "그거야, 비아냥거리기. 그게 네가 가진 단 하나의 무기지. 너는 비웃는 데 아까운 시간을 허송해. 너하고는 단 한 번도 진지하게 대화를 나눌 수가 없어." "마티니 한 잔 줄까, 내 사랑?" "됐어." "그럼 담배 한 대? 너도 이제 다 컸고, 직업도 급료 전표도 있으니까 담배를 피기 시작해도 돼. 진짜 다 큰 어른처럼 말이야! 자, 받아, 내 기분 좀 좋아지게 해줘." 그녀는 로랑 달에게 필립모리스 담뱃갑을 내밀었다. "자, 피워봐. 겁내지 말고. 죽지 않아! 원한다면 너희 엄마한테는 아무 말도 안 할게." "제발 나 좀 가만히 내버려둬, 클로틸드. 미리 말하지만 이런 짓거리는 나도 오래 견디기 힘들어." "네가 틀렸어. 넌 담배를 받고야 말 거야. 너는 틀림없이 담배를 피게 되고, 술도 마시게 될 거고, 마약도 하게 될 거야. 네 증권 브로커 친구들도 코카인 할걸? 그 수뇌부 친구들은 말이야, 네가 그렇게 계속 건전하고 어린 소년처럼 전혀 위험하지 않은 존재라면, 너도 알다시피 절대 너를 받아들이지 않을 거야." 로랑 달은 아무 말도 하지 않았다. 다만 넥타이를 풀어 의자 위에 팽개쳤을 뿐이다. "로랑, 너는 아무런 경험도 없어. 너는 엄청나게 보호받는 삶을 살아왔을 뿐이야. 네 아버지에 대해서는 말하지 마! 단 한 가지 조금 힘들었던 부분이지. 네가 경험한 것들 중 가장 힘든 것일 뿐이야. 네가 그렇게 어마어마한 상처로 생각하는 아빠 말이야! 근데 있지, 나 좀 웃어도 돼? 너 같은 인간에 비하면 나는 그야말로 폭력적이고 파괴적인 상황, 비명 소리, 알코올, 신경발작, 쏟아지는 욕설들을 견뎌야 했어. 베이루트*처럼 엉망진창으로 부서진 부엌, 난장판이 된 거실……. 너는, 넌, 그 바보 같은 이상주의 속에 갇혀 있다가 이제 막 세상에 눈을 뜬 숫처녀야. 너는 술도 마시지 않고 담배도 피지 않고 무절제한 행동은 절대 하지 않지. 넌 운동 경기 하듯 인생을 계획해. 이따금 나는 진정한 남성다움이 그리울 때가 있어. 나는 진짜 남자다운 남자와 살고 싶어. 진짜 불알을 갖고 있고 포용력이 있는 남자! 넌 가끔 보면 계집애 같다고. 로랑, 제기랄! 난 진짜 남자를 꿈꿔. 진짜로 스케일이 커서 나를 보호해줄 수 있는 남자, 폭력이나 싸움도 무서워하지 않고 어떤 역경도, 내적인 변화도, 방탕한 생활도 두려워하지 않는 진짜 남자 말이야! 그러니 담배 펴봐. 자, 시작해, 너를 던져! 그럼 아마도 조금은 삶의 농도가 짙어질 거야, 조금은 말이야. 나는 적어도 한 번은 네가 궤도에서 벗어나 조금 불건전하며 조금 위험한 짓을 하는 걸 보고 싶어. 담배 피는 일 따위 말이야." 로랑 달은 폭발했다. 그는 담배를 한 가치 꺼내 불을 붙이고 담배 연기를 한 모금 들이마셨다. 태어나서 처음으로 담배를 피워보는 것이었다. "자, 클로틸드. 이제 뭔가 조금 바뀌었니? 내가 담배 피는 걸 보니까 어때?" "음, 이렇게 말할 수 있어. 놀랍도록 너한테 잘 어울려." 그는 기침을 하기 시작했다. "담배를 핀다고 해도 내 깊은 내면에서는 아무것도 변한 게 없어." "그게 시작이야. 그게 널 남자답게 만들 거야. 네게 개성을 부여할 거야. 너를 보호하던 소년의 모습 말고 다른 것을 만들어줄 거야." "난 떠나야 할 것 같아, 클로틸드. 이렇게는 오래 갈 수 없어." 로랑 달은 담배를 껐다. "뭐가 오래 갈 수 없다는 거야?" "우리 말이야. 전부 다. 이런 싸움

---

* 레바논의 수도. 여기서는 이스라엘의 공격을 받아 폐허가 된 장소로서의 도시를 뜻한다.

들. 네 빈정거림도. 대화하고 심사숙고하고 해결점을 찾는 것이 불가능하다는 사실 말이야." "뭐에 대한 해결점을 말하는 거야, 내 사랑?" "이렇게 사는 건 너나 나나 행복하지 않아." "공교롭게도 시기가 안 좋은 것일 뿐이야." "때마침 시기가 찾아온 거야. 조금 전에 네가 쏟아낸 독설을 듣고 나서 나는 때맞춰서 시기가 찾아왔다고 생각했어. 너는 내가 짜증스러울 뿐이고, 내가 아니라 남자다운 남자, 마초, 깡패, 군인을 원하고 있어……. 난 모르겠어……. 하지만 실존으로 보호받는 초라한 증권회사 직원을 꿈꾸지는 않아." "어쨌든 네 증권사 유니폼은 아주 예뻐. 회색이고 슬퍼 보이고 폭이 좁은 게. 네가 생각하는 너 자신의 모습 딱 그대로야. 아주 잘 골랐어." "진저리가 난다, 너." "넌 얼마나 자존심이 강한지!" "난 친구 집에 가서 잘게." "너 때문에 떠오른 기억이 있어. 내가 어렸을 때, 중부 지방의 신문 끄트머리에서 증권 시장에서 일하는 어떤 남자에 대한 기사를 본 적이 있어. 작은 창문 안에서…… 그는 축소된 것처럼 작게 보였어. 너랑 조금은 비슷할지도……. 왼쪽 가장자리에 있던 그는 작은 창문으로 들어가기 위해…… 왜냐하면 그는 소리치고 있는 증권 거래인들과 원형 난간에 가려져 사진엔 잘 보이지 않았거든. 너도 그 기사 봤니?" 클로틸드는 손으로 자기 넓적다리를 두들겨대며 웃고 있었다. 로랑 달은 일그러진 얼굴로 그녀를 바라보았다. "이틀 후에 돌아올 테니 그때까지 떠나줘. 넌 의붓아버지 집에 가서 살아야 되겠구나." "나는 그 장면이 공교롭게 아주 안 좋았다고 말하는 거야. 너 바보니, 아니면 뭐니?" "넌 왜 그 장면이 공교롭게 안 좋았다고 하필 오늘 나한테 말하는 거지? 네가 끙끙대며 머리를 굴리는 게 보여. 머릿속에서 변명을 찾아야만 하는 건가?" "내 머릿속이 아니야." "네 머릿속이 아니라고?" "내 뱃속이야. 네가 말하는 그 변명이란 건 내 뱃속에 있어." 로랑 달은 아연실색했다. "네 뱃속이라고?" "그래, 내 뱃속이야." "클로틸드! 그만 해, 이제 더 이상은 못 참겠어! 쥐와 고양이 놀이는 이제 그만 집어치워! 하고 싶은 말이 있으면 그 말을 하라고!" 로랑 달은 며칠 동안 사무실의 조경이 잘 된 공간에서 내부의 전경을 관찰하며 보냈다. 기적의 은혜를 입을 경우를 제외하고, 이 세 줄 중에서 첫 번째 줄에 접근하는 것이 확실히 불가능하다는 사실은 정신적으로 그를 더욱더 혼란하게 했다. 개인의 능력을 중시하는 중간책에게는 양질의 요소들이 필요했으며 그들이 책임지는 복잡한 작업들이 각각 성과를 내기도 했지만, 수뇌부를 능가하기 위해 은행의 책임자 주위에서 정보를 얻어내려는 그들의 시도는 실패하기 일쑤였다. 이 건물에서 보낸 4년 동안 로랑 달은 직업상 무엇을 이루었을까? 은행의 사업적인 활동은 두 가지의 역할로 나뉜다. *分配*의 부분과 *통상(通商)*의 부분이 바로 그것이다. 첫 번째로 언급한 분배의 부분은 고객을 위해 유가증권을 획득하는 것으로 구성된다. 애널리스트들의 충고에 따라 고객이 증권 브로커에게 주문을 넣는 것이 바로 이것이다. 두 번째는 은행을 위해 유가증권을 협상하는 것으로 이루어진다. 증권 브로커가 이 작업을 주도하고, 그로 인해 자신을 고용한 회사에 가치상승 효과를 안겨주는 것이다. 이것을 *주식 트레이딩*이라고 한다. 90년대 초반에는 증권 브로커가 작업을 마무리할 때마다, 자신의 계좌나 고객의 계좌에 대해, 티켓이라 불리는 종이 한 장에 협상한 내용을 자세하게 적었다. 어떤 고객의 계좌에는 얼마만큼의 가격의 페르노-리샤르* 1천 주가 들어 있고, 은행 계좌에는 또 얼마의 가격으로 생-고뱅** 2천 주가 들어 있다는 식으로 말이다. 증권 브로커들은 매일 저녁, 장을 마감하면서 자신들의 티켓을 중간책의 책상에 올려놓았다. 로랑 달은 그것들을 기록하고(컴퓨터 시스템에 내용을 전부 입력하는 일), 입력한 지표를 표로 정리하는 것에서부터 티켓들 전체를 기입하고 점검하는 것까지 기초적인 작업을 했다.

---

* 프랑스의 세계적인 주류 회사.
** 프랑스의 건자재·유리 제조 회사.

기계적인 작업이었다. 비천한 기분을 느끼게 하는 작업. 비서들이나 하는 일이었다. 자동 시스템들이 없던 시기였기 때문에 다음 날 아침에 그 작업을 일일이 장부에 기록해야 했다. 그 일은 로랑 달이 반드시 해야 하는 일로서 그의 임무의 중요한 부분이었고, 고객과 시장의 친밀도에 영향을 미쳤다. 만약 어떤 고객이 1천 주를 갖고 있다면 시장은 그 1천 주를 팔았다고 잡아둔다. 게다가 주식 트레이딩에 관해서는 증권 브로커들의 작업(매입과 매도)과 그들이 이끌어낸 결과(수익과 손실)에 대한 보고를 하기 위해 마지막 작업의 결과를 회계부서에 전달해야만 했다. 이 마지막 작업(수익과 손실의 산출)은 무슨 일이 있어도 시장이 개장하기 전에 끝내야만 했다. 이상적으로는 오전 11시가 되기 전에. 그러므로 매일 아침마다 공황 상태에 빠져들었다. 시간에 쫓겨 목이 타들어가고 스트레스를 어마어마하게 받았다. 긴장감이 등골을 죄어오고 신경이 무진장 날카로워졌다. 그러다 보니 실수를 저지르기 일쑤였다. 간혹 브로커가 '나는 1천 주를 거래했다'고 쓰고는 1만 주를 주문했다고 철석같이 믿을 때도 있었다─그러면 9천 주를 시장에서 따로 획득해야 했다. 고객과 시장의 친밀도가 간격을 드러낼 때, 수익과 손실로 보아 기록상의 실수가 있었음이 발견될 때, 로랑 달은 증권 브로커들이 저지른 실수를 수정하고, 진위를 파악하고, 그들에게 해명해달라고 요청해야 했다. *"안녕하세요? 1천 주가 비네요. 어찌된 일인지요?"* 움직여야 하는 사람은 로랑 달이었다. 증권 브로커들은 절대 중간책에게 몸을 낮추지 않았다. 중요할 수도 있는 일이었다. 제때 수정되지 않은 확실한 실수들은 상당한 손해를 야기할 수 있었다. 만약 어떤 브로커가 시세 하락에서 미리 보호하기 위해 2만 주를 팔아야겠다고 확신하지만, 사실 1만 주만 거래되었다면(증권 브로커들이 시장의 분위기에 실려 하루를 지내다 보면 꽤 자주 마주칠 수 있는 상황으로, 위급한 상황에서는 매도하거나 동일 가치를 보유해야 한다), 이 모순에서 중요한 손해가 비롯될 수 있다. "제가 실수로 4천 주를 빠뜨렸어요." 로랑 달이 자기 자리에 앉아 있는 한 브로커에게 말했다. "4천 주가 비었어요." "그러니 나더러 어쩌라고요?" "급한 일이에요. 20분만 있으면 벌써 정오잖아요. 어떻게 해줄 방법 없어요?" "이봐요, 난 지금 중요한 거래 중이에요. 괜찮으면 나중에 다시 오지 그래요?" "몇 분 안에 계산을 맞춰야 하는 일이에요." "9시에만 왔더라도 좋았잖아요. 그러면 수정할 수 있었을 텐데. 하지만 지금은! 정오가 20분밖에 남지 않았는데 이제야 와서는 날더러 어쩌란 겁니까?" "당신들이 언제 적당한 순간이라고 할 때가 있나요? 너무 이르거나…… 너무 늦었거나…… 중요한 거래 중이거나…… 전화 통화도 해야죠…… 한 번도 제때인 적이 없어요……." "지금 12시 20분 전이잖아요! 정오가 되기 딱 20분 전에 나한테 부탁한 거잖아요! 당신들 중간책 건달들은 도대체 뭘 하는 건데!" "컴퓨터가 고장나서 그래요. 일일이 다 손으로 계산을 해야 한단 말이에요. 온통 다 뒤섞여버렸어요. 문제가 한꺼번에 세 개나 생겼다고요." "당신은 어떻게 나한테서 이득을 보려고 하지! 당신이 나한테 부탁한 건…… 내가 지난 수요일에 한 거라고! 오늘은 금요일인데!" "그건 모르겠어요. 컴퓨터가 고장났다니까요." "음, 그래서 당신이 지겨운 인간인 거야. 내가 그걸 손바닥에 쥐고 있는 게 아니잖아. 한 가지 방법을 말해줄게. 좀 통찰력 있게 일할 수 있잖아! 지겨운 인간아! 손실이 있는 계좌에 맞추면 되잖아! 자, 이제 나 좀 그만 괴롭히러 와요, 웅!" 또 어떤 날은 이런 적도 있었다. "이게 뭐죠?"라고 올리비에 가라주가 컴퓨터 자판을 치는 동작을 멈추지 않고 로랑 달에게 말했다. "알카텔* 거예요. 6천 주가 비었어요." 그 브로커는 로랑 달을 쳐다보는 수고조차 하지 않았다. 그는 로랑 달의 질문이 무엇인지 모른다는 듯 노골적으로 계속 일했다. "다시 한 번 말씀드릴게요. 알카텔 주식 6천 주가 비었어요." "내 거 아닌데요."

---

* 프랑스의 통신 회사.

"당신이 어제 하루 종일 알카텔하고 협상했잖아요." 올리비에 가라주는 계속 자판을 두드려댔다. 그는 전화기를 들어 번호를 눌렀다. 로랑 달은 그의 뒤에서 대답을 기다리며 가만히 서 있었다. 그러자 올리비에 가라주가 어쩔 수 없다는 듯 그에게 다가왔다. "제기랄, 아직 안 갔어요?" "문제를 해결해야죠. 알카텔 주식이 6천 주 비었고, 손실이 났어요." "나 아니라고 얘기했잖아요. 난 그런 실수를 저지르지 않아요. 그럴 일 없어요." "이미 저지른 적도 있잖아요." 침묵이 흘렀다. 긴 침묵이었다. 로랑 달은 브로커 옆에 의기소침한 표정으로 서 있었다. "예전에도 이런 종류의 실수를 저지른 적이 있잖아요." 로랑 달의 말을 들은 올리비에 가라주는 반감을 드러내며 반박했다. 대담하게. "내가 아니라고 얘기했잖아. 제길, 빌어먹을! 창녀년을 하나 넣어줘? 그래야 네 자리로 갈 거냐고!" 상대가 실수를 한 게 분명하지만 그가 담금질한 쇠로 만든 강력한 보호막을 치고 있는 경우, 당연히 로랑 달이 패배할 수밖에 없었다. 로랑 달이 느끼기에 너무나도 모욕적인 언사를 일삼으며 언세나 사신만만한, 수뇌부 줄에 있는 브로커들에게 맞서기에는 로랑 달은 너무나 미약한 존재였다. 두 다리가 떨리고 심장이 쿵쾅거렸다. 고통의 덩어리가 뱃속에서 녹아내려 눌어붙는 것 같았다. 로랑 달의 책상 서랍에는 경련이 일어났을 때를 대비해 스파스폰이, 화상을 대비해 마알록스가, 두통을 대비해 아스페직이, 구토가 났을 때를 대비해 프림페란이, 설사를 대비해 알토셀이 준비되어 있었다. 클로틸드의 고집스런 성격에 반박해야 할 때, 또는 틈새를 메우고 구멍을 축소시키며 날카로운 소리를 부드럽게 하기 위해, 이런 언쟁이 야기하는 다양한 고통을 축소시키기 위해 그는 화학약품과 의약품을 남용했다. 로랑 달은 끈질긴 설전으로 이어지는 이런 대립 상황에 쉽사리 적응하지 못했다. 그는 갈등을 싫어했고, 두 힘이 정면에서 맞부딪치는 걸 꺼렸다. 그는 사랑받는 것을 좋아했다. 로랑 달은 깊게 심호흡을 했다. "분명히 당신 거라고 말했어요. 알카텔 주식 6천 주에 대해 실수를 범한 것은 분명히 당신이에요. 그래서 상당한 손해가 났고요. 다시 한 번 더 반복합니다. 어떻게 보상할 겁니까?" 올리비에 가라주는 로랑 달 쪽으로 몸을 돌려 그를 무섭게 쏘아보았다. "제기랄, 아주 진지하게 날 괴롭히기 시작하셨구만. 다시 한 번 더 말하지만 나는 그 빌어먹을 실수하고는 아무 상관이 없어요. 그러니 어서 꺼져요. 나 지금 중요한 거래가 있다고! 자, 꺼지라고, 제기랄! 이제 당신의 그 똥구덩이 같은 시커먼 자리로 돌아가서, 다시는 당신의 유치찬란한 싸구려 일 따위로 우리를 성가시게 하지 말란 말이야!" 자신들의 역할이 소홀하게 취급될 수도 있으며 그것이 손해라는 것을 알고 있는 브로커들을 궁지에 몰아넣는 예민한 순간이었다. 그들의 태도는 모순적이었다. 그들은 한편으로는 로랑 달이 발견한 실수를 중간책이 브로커들에게 조금 더 빨리 알려주었다면 문제가 쉽게 해결되었을 거라고 생각하면서도, 한편으로는 홍조와 사소한 딜레마에 집착하는 좀팽이처럼 반감을 지닌 채 중간책의 건의를 받아들였다. "나는 반드시……" 마치 종이가 떨리듯 파르르 떨면서 로랑 달이 말했다(올리비에가 일으킨 로랑 달의 증오는 당장이라도 올리비에를 쓰러뜨리고 싶을 정도로 강렬했다). "사소한 부분도 서류에 적어야만 해요." "음, 바로 그거야. 하라고! 그놈의 빌어먹을 사소한 부분도 서류에 적어! 이 계집애야!" 잠시 후 실장은 이 분쟁의 자초지종을 알아보기 위해 수뇌부와 중간책을 불러 회의를 열었다. "왜 조금 더 일찍 처리하지 못한 거야? 안 좋은 상황에 처한 지 벌써 이틀이나 되었잖아!" 로랑 달이 대답했다. "저는 처리하려 했습니다. 정확하게 알아보려고 어제 아침 9시 30분에 검토했어요." "그런데 왜 질질 끈 거야! 왜 확실하게 처리가 되지 않은 거냐고!" 로랑 달의 상사는 성이 나서 씩씩대며 끈질기게 물었다. 로랑 달은 머뭇거렸다. 자신을 변호할 말을 찾아야 했다. "9시 30분에, 어제 아침 9시 30분에 올리비에한테 갔습니다." "어제 아침 9시 30분에 네가 나한테 왔었다고? 이 문제를 얘기하러? 난 처음 듣는 소리야!" "어제 아침 9시 30분에 널 만나러 갔었어." "나한테 아무도 오지 않았고 아무도 알려주지 않았기 때문에, 내가 아무것도 할 수 없었던 겁니다!" 올리비에 가라주가 실장에게 말했다. "이틀 후에 어쩌라고요! 뭘 원하는 겁니까?" 다른 브로커가 말을 받았다. "그게 사실입니다. 만약 중간책 직원들이…… 설령 통제 시스템이 작동을 안 했다고 해도요!" 브로커들은 똘똘 뭉쳤고, 중간책의 공격을 피하기 위해 강한 계급의식으로 무장했다. 올리비에 가라주가 말했다. "어쨌든 간에 훨씬 더 일찍 개입했어야 해요. 수정하기에는 이미 너무 늦었어요. 이런 상황에서 나는 책임이 없어요. 어차피 손실은 발생한 겁니다. 이렇게 발생한 손실을 떠맡지는 않을 거예요!" 그리고 그는 거만한 얼굴로 로랑 달을 가리키며 덧붙였다. "질질 끌며 시간을 낭비한 게 잘못이에요. 이런 일은 벽장 속에 처박아두고 썩게 하면 안 된다고요. 갑판 위에 꺼내놔야지. 일을 재빨리 처리하고, 실수도 빨리 잡아내야죠. 바로잡아야 하는 부분이 있다면 브로커들에게 얼른 말해야 해요. 만약 브로키들이 바쁘다면 다시 와야 하고요. 그들이 중요한 거래 중이라면 기다려야죠. 그들이 당신을 돌려보낸다 해도 끈덕지게 달라붙어야죠. 그게 당신들 일이잖아요!" 로랑 달은 세상에 홀로 떨어진 것 같았다. 그는 점심 시간이 되면 중간책 동료들과도 섞이지 않고 혼자 식사를 했다. 올리비에 가라주에게 반기를 든 싸움은 로랑 달의 방식, 고독, 극단적인 자극으로 인해 증권 브로커들의 반감을 사는 것으로 마무리되었다. "나는 절대 버티지 못할 거야. 절대로 1년 이상은 견딜 수 없을 거야." 그가 클로틸드에게 말했다. "진짜 지옥 같아." "하지만 견뎌야만 해. 아니면 우리 새아빠에게 다른 일을 찾아달라고 하든지." "그들은 나를 싫어하는 것 같아. 견딜 수가 없어. 일하는 것은 가능해. 하지만 그게 전부가 아냐. 일은 할 수 있어. 내가 맡은 일은 잘 하겠어. 하지만 지옥 같을 거야." 클로틸드와 로랑 달은 1994년 6월 15일에 쌍둥이 자매, 비비엔느와 살로메를 낳았다. 그들은 몽마르트르에 있는 방 네 칸짜리 아파트로 이사를 갔다. 이전 집보다 훨씬 넓었다. 그 아파트에서는 부엌 창문을 통해 사크레쾨르 성당이 보였다. "이 아파트는 임대료가 어마어마하잖아. 이 아파트 임대료가 나한텐 스트레스야." 그가 클로틸드에게 말했다. "그놈들이 당신을 싫어하는 게 뭐 어쨌다는 거야? 우리도 그들을 싫어하잖아! 우리도 그놈들을 바보 멍청이라고 생각해! 그 자식들은 교양도 없고, 오만방자하며 썩은 돈 냄새나 풍기지. 그 낯짝에!" "아마도…… 좀더 기다리면……" "그놈들은 건방지기 짝이 없어! 그 자식들은 뭐든 지네 맘대로 할 수 있는 줄 알아! 돈이 많으니까 말이야!" "매일 아침 회사에 가기 전에 난 구역질을 해. 그 기계적인 일이 나를 갉아먹고 있어. 앞이 꽉 막혔어. 비전은 전혀 보이지 않아. 그리고 이젠 이 아파트의 임대료까지 등에 지고 있다고!" "그럼 우리 새아빠한테 얘기하라고 내가 말했잖아. 아마도 아빠는 자기한테 다른 일자리를 찾아줄 수 있을 거야." "만약 네가 공부를 계속 했다면, 만약 네가 일을 했다면…… 직업이 있다면…… 돈을 조금이라도 벌었다면……. 지금은 모든 게 내 책임이야. 정말 스트레스 받는다고. 난 괴롭단 말이야!" "그렇다고 바뀌는 건 없어!" 클로틸드가 반박했다. "빌어먹을, 말도 안 돼! 당신은 어른이야! 당신이 책임져야 할 것들을 받아들여. 누구나 다 일을 해. 모두들 아이들을 키운다고. 다른 사람들은 어떻게 하겠어. 그 사람들도 가족을 책임져야 한다고 불평을 늘어놓을까?" "나는 매일같이 나 자신을 좀먹고, 나를 타락시키는 굴욕적인 일을 견뎌야만 해. 독 안에 갇힌 생쥐 같아. 딸내미들 때문에…… 임대료와…… 당신의 의붓아버지…… 그의 기대감…… 직업도 없는 당신 때문에 사표를 내던질 수도 없어……." "굴욕적이라고? 타락시킨다고? 당신은 커다란 미국계 금융사에서 일하고 있어! 상당한 월급을 받으며! 그런데도 불평이라니! 굴욕적이라고? 타락시킨다고? 부끄러운 줄 알아! 당신은 소방관이 아니야, 제기랄! 생선장수도 아니고! 당신은 비교적 가치 있는 일을 하고 있어. 돈벌이가 되는 직업이지, 커다란 미국 은행에서 일하는 건 말이야!" "이상한 일이야. 나는 야망이 있었어. 나는 성공하고 싶어. 옛날부터 늘 성공을 꿈꿨지. 하지만 회사가 나를 괴롭혀. 동료들이, 힘의 관계가, 그들과의 그 끔찍한 관계가 나를 고통스럽게 해. 우리는 아버지와 남편 들이 어깨에 지고 있는 무게에 대해서는 아무 얘기도 하지 않아. 돈이나 사회적 이미지, 존경, 배려 따위에 비하면 말이야. 하지만 현실은 뭘까? 실패에 대한 공포와 완수해야 할 직업적 부담감 사이의 갈등……. 보너스도 없이……. 아버지, 남편이 침묵 속에서 받아들여야만 하는 잔인하고 잔혹한 천직……. 나는 더 이상 못 하겠어……. 도망가고 싶어……. 다른 일을 하고 싶어……. 내 어깨에 얹혀 있는 짐 덩어리가 너무 무거워……." 클로틸드는 깜짝 놀란 표정으로 그를 바라보았다. 그의 말을 전혀 이해하지 못하는 것 같았다. "불쌍한 우리 로랑! 당신은 정말이지 너무나 나약하구나! 당신이 이 직업을 원했어! 이 일을 얻기 위해 당신이 손과 발을 내민 거라고! 그런데 지금 와서 도망가고 싶다고! 난 이해가 안 돼! 이해 못 하겠어! 정말 지쳤어!" 얼마 후, 로랑 달의 직업적인 상황을 크게 변화시킬 뜻밖의 사건이 발생한다―근본적으로 그의 존재의 방향을 결정했다고 얘기할 수 있는 사건이었다. 이 예기치 않았던 사건은 위급했던 로랑 달의 심리적인 변동의 순간에 불쑥 솟구쳐올라왔다. 예를 들어 만약 도망간다면 자신이 선택할 먼 목적지에 대해 생각하며 하루 종일 루아시 공항에서 머물 때 말이다. 그는 그날 결국, 즉흥적으로 산 텅 빈 여행 가방을 든 채 잔뜩 화가 나 집으로 돌아갔다. "아마도 신경쇠약 초기인 것 같아요." 의사는 그렇게 진단했다. "난 그렇게 생각하지 않아요." 로랑 달이 의사에게 대답했다. "아마도 피곤해서일 거예요. 난 엄청난 무기력증에 사로잡혔어요. 꿈을 꿀 수 있었으면 좋겠어요. 그런데 인생은 이제는 내게 꿈조차 허락하지 않아요. 꿈은 늘 나의 원동력이었죠. 하지만 몇 달 전부터 나는 동력도 없이, 손으로만, 노로만 저어서 앞으로 나아가려 애쓰고 있어요." 바로 그 무렵, 로랑 달이 다니는 금융사가 스티브 스틸이란 사람을 채용한 것이다. 그는 골드만삭스에서 괄목할 만한 성과(파리에서 가장 대단한 성과들 중 하나)를 내서 확고한 명성을 얻은 인물이었다. 그런데 로랑 달과 스티브 스틸은 이미 두 차례나 인생의 중요한 시기를 함께했던 친구 사이였다. 두 사람은 상경계 그랑제콜의 준비반을 마친 몇 년 후 청년 시절, 언어 연수를 받으러 영국에 간 적이 있었다. 그들은 맨체스터에서 젊은 영국 처녀들을 끌어안고 영국식 선술집에서 다트 놀이를 하며 4주를 보냈다. 진실한 우정을 나눴던 것도 아니고 그후 계속 연락을 하며 지냈던 것도 아니지만, 두 사람은 그랑제콜 준비반 시절 2년 동안에도 자주 어울렸더랬다. 그들은 서로를 인정했고 서로를 존중했다. "로랑, 너 여기서 일하는구나! 와우! 얼마나 놀랐는지 몰라. 이번이 세 번째 만남이구나." 스티브 스틸이 첫 출근 날 아침에 로랑 달에게 말했다. "운명이 계속해서 우리가 마주치게 하네." 로랑 달이 그에게 말했다. "우리는 규칙적인 간격을 두고 우연히 만나도록 운명지어진 게 틀림없어." "아마도. 어쨌든 우연이라도 놀랄 일이다." "제기랄, 너 모니카 기억나?" "모니카? 모니카가 누구야?" "모니카 말이야! 맨체스터에 있을 때 우리가 서로 떠넘겼던 계집애 말이야. 시작은 네가 했고 마무리는 내가 했잖아!" "아, 이름을 잊고 있었어…… 그리고 내 여자친구는…… 내가 끝까지 지켰던 여자애. 연수 일정이 끝날 무렵에는 내가 사랑에 빠졌었지……. 그래, 조안나. 중절모를 쓰고 가죽 부츠를 신곤 했던……." 이번에야말로 두 사람은 우정으로 맺어졌다. 두 사람은 자주 만났고, 책상에 걸터앉아 피자를 나눠 먹었으며, 이따금 함께 점심식사를 했다. 스티브 스틸은 로랑 달이 첫 번째 모의시험에서 3등을 했던 것을 기억하고 있었다. 그는 로랑 달이 교실에서 작문을 읽었던 것을 기억했다. 영감이 번뜩이던 추억 속의 그 글은 스티브 스틸의 기억에서 사라지지 않았다. 로랑 달이 스티브 스틸과 우정을 나누고 있다는 것이 알려짐에 따라, 동료들은 사무실에서 일상적으로 일어나던 대립 관계를 뛰어넘어 사뭇 다른 시선으로 로랑 달을 보게 되었다(명성 높은 스타 브로커와의 친분 덕택에). 스타 브로커. 스티브 스틸은 지난 3년 동안 골드만삭스에서 7,500만 달러, 8천만 달러, 1억 500만 달러의 이익을 냈다. 그리고 그후에도 2년 동안 9,500만 달러와 1억 1,200만 달러라는 예외적인 결과로 매우 가파른 상승세를 이어갔다.

11

파트리크 네프텔이 보낸 수많은 이메일을 받고 영국 애인이 답장을 보내기 시작한 건 석 달 전부터였다. 그녀는 자신의 발이 매우 많이 휘었다고 "베리(very) 베리(very)" 움푹하다고 강조하면서, 그 때문에 허리를 쭉 펴고 서면 고통스럽고("그래서 나는 침대에 누워 있는 걸 좋아해요. 힐을 신고서!") 잘 맞는 구두를 찾는 것도 쉽지 않다고 말했다. 그녀는 친절하게도 발가락 사진을 찍어("오직 당신만을 위해, 당신을 위한 생일 선물!") 다정하게 그에게 이메일로 보냈다. 파트리크 네프텔은(당연히 그가 보내는 메시지들은 그의 영국 애인과 그녀의 남편 모두에게 전달되었다. 파트리크는 남성 멤버를 소홀히 하는 실수를 저지르지는 않았지만, 자신이 작곡한 비가(悲歌)에 그를 포함시키는 실수를 했다) 실제로도 친분을 쌓기 위해 만날 수 있겠냐고 물었다. "내가 당신들을 만나러 영국으로 갈 수 있어요." 그는 어머니에게 여행 경비를 준다는 약속을 받아냈다. 그는 에브리의 아고라 광장으로 가끔 산보를 갔던 것 말고는 지난 10년 동안 방 안에만 틀어박혀 살았으니까. "안 될 거 없죠." 영국인 부부가 그에게 대답했다. "우리는 스와핑은 하지 않아요. 당신처럼 싱글이 아니라 커플인 사람들을 만났을 때도요. 당신 제안을 못 받아들일 리 없죠. 당신은 너무 다정하니까요." 파트리크 네프텔은 기뻐서 어쩔 줄을 몰랐다. 그는 동네 사진관에서 사진을 찍은 후, 인터넷의 기초를 가르쳐준 청년에게 부탁해 사진을 스캔 받은 다음, 지금은 약간 살이 쪘지만 이제부터 실행하려는 효과적이고 유명한 다이어트 방법으로 몇 달이면 결점을 극복할 수 있다는 설명을 곁들여 영국인 부부에게 보냈다("어렸을 때는 아주 날씬했어요!"). 다음 날인 9월 11일, 두 대의 비행기가 뉴욕 세계무역센터 건물을 들이받았다. 믿을 수 없이 아름다워 정신을 몽롱하게 한 이 테러의 장면들을 인터넷으로 계속 반복해서 본 파트리크 네프텔은 이 사건이 위대한 예술작품이라고 생각했다. 하나의 절대가 완성되었고, 순수한 하나의 개념이 뇌의 수많은 세포 속에서 튀어올랐으며, 일찍이 어떤 예술가도 시도하지 못했던 완벽한 '구성'이 실현되었다. 이 '구성'은 조작과 거짓으로 점철된 동시대 사람들의 예술적인 시도들을 한순간에 추락시켰다. 허무를 뉘우치는 흉내내기에 불과한 시도로 말이다. 기사에, 화면에, 귀중한 공간에 포함되는 요구, 미학적으로는 실수인 그 요구를 파괴하는 것은, 예를 들어 숲의 공포나 나뭇잎들을 헝클어트리는 소리 없는 천둥과는 다른 것이다. 알카에다는 전쟁이라는 사건을 '순수 개념'을 유출하기 위해 '진동을 일으키는 사라짐'으로 '전화시켰다.' "순수한 작품은 시인의 작법조차 사라지게 한다는 특성을 갖고 있다"고 말라르메는 말했다. 9·11 사건은 테러리스트들의 기법이 사라진 결과에서 나온, '언어의 고립'을 완성하는 무엇보다 초월적이고 시각적인 적의의 표현이며, 세상에 존재한다는 의미로, 영혼의 상태로, 반항으로 퍼지는 '새로운 단어'로서 매혹적인 '전환'을 얻어낸, 우리가 알 수 있는 한 가장 순수한 행위였다. 파트리크 네프텔은 두 대의 비행기가 마천루에 처박히며 연기 구름에 둘러싸여 불꽃을 내뿜는 그 순간의 장면을 인쇄해서 벽마다 붙여놓았다. "답장을 보내지 않았네요! 왜죠? 왜 답이 없는 거죠?" 그는 자신의 사진을 보낸 후, 메일에 답이 없는 영국인 부부에게 다시 메일을 보냈다. 일주일 후에도 아무런 답신을 받지 못한 그는 다시 메일을 보냈다. "무슨 일이 있나요?" 그리고 한 달 후에 다시 메일을 보냈다. "정말 이해할 수가 없군요. 보통 내가 메일을 보내면 하루나 이틀 후면 답장을 했잖아요." 마침내

12월 초에 이르러서는 메일에 이렇게 썼다. "나랑 더 이상은 얘기하기가 싫은가요? 제발 뭐라고 말 좀 해봐요. 단 한 마디라도 답장을 보내줘요. 날 실망시키지 말아요!" 파트리크 네프텔에게 더할 나위 없이 중요한 존재였던 이 영국인 부부의 침묵은 아버지가 목에 포크를 꽂은 사건 이후로 가장 불쾌한 사건이었다. 그는 다시 침실 밖으로 나가기 시작했고, 어머니의 차를 끌고 거리로 나가기도 했다("어디 가니? 열흘 전부터 도대체 무슨 심산인 거야!" 그럴 때면 그의 어머니는 울면서 물었다). 그는 주로 밤에 스프레이를 가지고 돌아다니며, 메네시 건물과 그 주변에 낙서를 했다. 실내 체육관 벽에는 '걱정스러운'이라고 썼고, 중학교 건물에는 '속죄하고 사춘기의'라고 썼다. 유아원에는 '벙어리'라고 썼고, 경찰서에는 '웃어라'라고 썼으며 작은 슈퍼마켓에는 '뿐'이라고 썼다. 관세청에는 '만약'이라고 썼고, 에브리의 아고라 광장 정면에는 '빛나고 위풍당당한 백로'라고 썼다. 상무부 건물 벽에는 '현기증'이라고 썼으며, 직업학교 건물에는 '보이지 않는 정면에'라고 썼다. 이케아 가구 매장에는 '반짝거린다'라고 썼고, 공장지대의 한 창고에는 '그리고 불신'이라고 쓰고 나서 두 번째 창고에는 '귀엽고 음울한 규모'라고 썼으며, 세 번째 창고에는 '서서'라고 썼다. 파트리크 네프텔은 스프레이 페인트 통을 흔들며 어슬렁거렸다. 그는 달그락거리며 통 안에서 부딪치는 구슬 소리를 좋아했다. 코르베이유-에손의 거리에, 가게 유리창에, 기차역 벽에, 고등학교 벽에, 중심 건물의 벽(여기에서 그는 폭행당할 뻔했다. 후드티를 입은 사람들이 돌멩이를 마구 던졌기 때문에 그는 도망쳐 차 안에 숨었다)에 파트리크 네프텔은 단어들을 정성스레 썼다. 벽돌에는 '매혹적인 비틀림으로'라고 썼고, 이음돌에는 '시간'이라고 썼으며, 시멘트 바닥에는 '따귀 때리는'이라고 썼다. 방수제 위에는 '두 갈래로 갈라진'이라고 썼고, 초벽만 바른 벽에는 '참을 수 없는 마지막 비늘 때문에'라고 썼으며, 거울에는 '바위'라고 썼다. 금속에는 '가짜 저택'이라고 썼고, 아스팔트에는 '곧바로'라고 썼다. 콘크리트 벽에는 '안개 속으로 사라지다'라고 썼고(한 무리의 청소년들이 욕을 하며 다가왔기 때문에 그는 낙서를 하다 말고 줄행랑을 쳤다), 시멘트 벽에는 '강요했던'이라고 썼으며, 철제 셔터에는 '끝없는 표지'라고 썼다. 파리 교외에 있는 건물마다 말라르메의 텍스트를 그때그때 기분에 따라 시처럼 표현하고 크게 휘갈겨 써놓았기 때문에, 그는 이제 기호화된 여정에 따라 거리에서 말라르메를 읽을 수 있게 되었다. 어느 날 밤, 그는 자기 프로젝트의 양상을 분석하며 깊은 생각에 잠겨, 어떤 회사 건물의 정면에 핏빛 페인트로 쓰인 '강요했던'이라는 커다란 글씨를 바라보았다. 그는 헤드라이트 불빛으로 벽을 비추면서, 운전대에 두 손을 올리고 손가락으로 손등의 뼈를 쓰다듬으며 추하게 변한 주변 광경을 바라보았다. 어떤 방법을 쓸 것인가? 날짜는 어떻게 선택할 것인가? 공식 성명을 작성할 것인가? 라디오를 켜자 음악이 흘러나왔다. 알카에다의 테러리스트들을 본받아 특이한 행위로 급진주의자가 될 것인가, 아니면 고립된 표적을 목표로 하여 서서히 작업을 늘리면서 점진적이고 더욱 조심스레 행동할 것인가? 그는 벽을 바라보았다. 강요했던. 라디오에서 래퍼의 찢어지는 목소리가 부르르 진동하며 스피커를 통해 흘러나왔다. 이건 순수한 에너지다. 그러던 어느 날 아침, 갑자기 경찰들이 그의 집으로 들이닥쳤다. 수많은 고등학교들, 행정기관들, 스포츠클럽들, 여러 단체들이 호소해온 바에 따라 그가 2년 전에 죗값을 치른 낙서 행위와 비교해보게 되었다는 것이었다. 파트리크 네프텔은 이번 일도 자신의 짓이라는 걸 즉각 인정했다. 도리어 자부심을 드러내면서 말이다. "내 행동이 유죄인 것을 받아들일게요! 한 번도 아닌 두 번 다요!" 그는 자위행위를 하고 있던 침대에서 그들에게 소리쳤다. 그는 네 시간 동안 감치 상태에 있으면서, 질문을 퍼부어대는 경찰들에게 대답했다. "정신이란, 음악성을 넘어서면 아무것도 아니에요." 경찰들은 깜짝 놀라서 그를 바라보았다. "당신은 이 행동들을 어떻게 설명할 겁니까? 왜 벽이며 건물마다 그런 낙서들을…… 그런 단어들을 썼는지……." "세계적으로 벌어지고 있는 여러 가지 상황들이 지긋지긋해서요." "당신이 한 짓이 법으로 금지된 행위라는 걸 아시잖습니까. 당신은 집행유예 처분을 받는 건 물론이고 상당한 금액의 손해배상을 하게 될 겁니다." "자신만의 독특한 청각과 재주를 가진 사람은 누구나 악기를 상상할 수 있어요. 그 사람이 숨을 불어넣고, 두드리고, 과학적으로 가볍게 건드리면……" 그는 경범 재판소에서 재판을 받았다. 대심 재판소의 검사장의 관대한 조치로 최종 논고에서 고소인들의 경제적인 청구는 제외시켰다. 검사장은 공적인 성격도 약간은 가미되어 있는 이 테러 행위를 호기심 어린 눈으로 바라보며 관대한 판결을 내려, 그가 큰 피해 없이 난관을 벗어나게 해주었다. 그는 공공단체에서 일반적인 손해를 복구하는 처벌만을 받았을 뿐이었다. "나뭇잎을 줍고 밤송이들을 쓸어내고 호두나무의 가지를 치고 양철통에 모은 나뭇잎들을 태우는 일은 정말 지긋지긋해! 너무 춥다고! 하루 종일 밖에 있어야 되잖아!" "정말 불만투성이구나! 차라리 감옥에 가는 게 더 좋을 뻔했지? 아니면 벌금 때문에 빚을 지든지! 그 사람들이 네가 한 추잡한 낙서를 지우기 위해 많은 돈을 썼다는 거 아니?" 어머니가 그에게 말했다. "그 자식들한테는 아주 잘한 짓이야! 어쨌든 그 자식들이 잃는 건 하나도 없다고! 건물의 낙서를 지우는 일 따위는 아무것도 아니지……" "파트리크, 그만 해! 이제 그런 짓 좀 그만 하라고. 도대체 무슨 일을 꾸미고 있는 거니! 법정에 출두한 게 벌써 두 번째잖아. 정확히 뭘 원하는 거야? 너 자신을 산산조각 내는 것? 그 사람들이 널 파괴했으면 좋겠어? 너를 괴롭혔으면 좋겠냔 말이야?" "그들은 이미 나를 산산조각 냈어! 나는 이미 무너졌다고! 그러니까 그들이 돈을 치러야지! 많이! 그것도 아주 많이!" 파트리크 네프텔의 어머니가 울음을 터뜨렸다. "그래, 그거야! 질질 짜는 거! 엄마의 눈물 전략이 통하던 때도 있었어! 하지만 지금은 아니라고! 엄마 때문에 미치겠어. 하루 종일 질질 짜는 엄마가 지겹단 말야. 바보얼간이들을 다 쏴 죽여버릴 거야! 누구도…… 특히 엄마는…… 나를 막지 못해!" "특히, 특히, 채소 요리에 는…… 이런 얘기는 바보 같아 보이지만 이게 진실입니다. 정말 싱싱한 채소들이 필요해요. 우리 몸에 좋은 채소들이 이 사이에서 아삭아삭 씹 히면서……" 유명한 요리 연구가가 신나게 떠들어대고 있었다. "정말로 채소들이 아주 신선해 보이네요. 따기를……" 일요일 프로그램의 진행 자가 요리 연구가의 말을 자르며 끼어들었다. "제 밭에서 딴 거예요! 바 로 제가 가꾸는 밭에서요. 우리 집에는 텃밭이 있거든요. 라크뢰즈*에 있 는 집이죠. 좋은 흙과 좋은 비! 우리 집에는 좋은 비가 내려요!" 유명한 요리 연구가가 즐거워 어쩔 줄을 몰라 했다. "아주 맛있어 보이지요, 그 렇죠?" 프로그램 진행자가 말을 이으며, 초대 손님인 금발의 여배우에게 너무나 고운 초록 빛깔의 완두콩 꼬투리를 내밀었다. "음, 네, 훌륭해요. 전 완두콩을 무척 좋아해요." 금발의 여배우가 대답하며 완두콩을 집어 들어 씹을 준비를 했다. "잠깐! 맙소사! 뭐 하시는 겁니까?" 유명한 요리 연구가가 폭발했다. "음, 먹으려고요. 이 완두콩, 못 먹는 건가요?" 금발 여배우가 물었다. "그건 아니지만, 아가씨……. 완두콩은……" 요리 연구 가는 금발 여배우에게 손을 내밀며 부드럽게 말을 이었다("요즘 젊은 사 람들은, 요즘 금발의 젊은 아가씨들은……" 요리 연구가는 옆자리의 소파 쿠션 위에 앉은 스패니얼 종의 개를 연신 쓰다듬는 일요일 프로그램의 진행자에게 주 의를 기울이며 덧붙였다. "아마도 저 아가씨는 완두콩을 실제로 보는 게 **평생** 처음일 거예요. 평생 처음요!"). "자, 받아요. 보세요. 우선 껍질을 열어야 돼요……. 부드럽게…… 이렇게…… 자, 이제 안에 뭐가 들었죠, 아가 씨?" "음, 모르겠어요……. 과육이요?" 금발 여배우가 머뭇거렸다. "과육

* 스위스와 면한 프랑슈콩테 주의 도시.

382

이라네요, 미셸! 이 예쁘고 젊은 아가씨가 나한테 과육이라고 대답했어요! 완두콩 꼬투리 속에 있는 게요!" "세대 차이지요! 이런 부분에서 우리가 늙었다는 게 드러나는 거예요, 장 피에르!" 프로그램 진행자가 유머러스하게 말했다. 진행자의 개가 침 묻은 주둥이 주위를 커다란 혀로 핥았다. "아니에요. 보세요("그건 확실해요. 나는 통찰력이 있어요, 미셸. 나는 젊은 아가씨들에겐 이제 고정관념으로 꽉 막힌 늙은 얼간이일 뿐이에요. 저 아가씨처럼 흥미롭고, 너무나 예쁘고, 너무나…… 식욕을 돋우는 아가씨들한테 말예요!" 요리 연구가가 조심스레 완두콩 꼬투리를 열며 일요일 프로그램 진행자에게 말했다). 보세요. 이리 가까이 와봐요. 꼬투리 안에 완두콩 알맹이가 있지요? 완두콩 알맹이가요." "아, 그렇군요, 이게 바로 완두콩이군요. 통조림 깡통 속에 든 거……. 사실…… 처음에는…… 그 안에 든 것은…… 그러니까 그 케이스 같은 것 안에 있는 것 말이에요." "아, 그래요! 케이스요! 브라보! 케이스라네요! 그래서! 한 번! 이렇게! 꼬투리예요! 말하고 싶었어요! 가운데를 갈라요! 벌려요! 케이스를요! 완두콩이 있다고요! 자! 자! 그래요! 이렇게요! 집어넣어요! 어디에요? 어디에? 완두콩 알맹이를 어디에 집어넣느냐고요?" "음…… 음…… 냄비 속에요?" 금발 여배우가 대담하게 질문했다. "냄비 속에요! 물 속에요! 바로 그거예요! 끓는 물 속에요! 우리 집에 있는 좋은 물 속에요! 우리 집에 있는 불을 잘 피워서! 불꽃이 커다랗게 활활 잘 타오르는 불로요." "이제 몇 가지 사진을 좀 볼까요, 장 피에르……." 일요일 프로그램 진행자가 끼어들었다. "당신이 준비한 채소 요리 사진들이요…… 당신 집에 있는……. 자, 여기…… 여기 사진들이 있어요. 당신이 부엌에 있는 사진이네요. 밭에도 서 있고, 오븐 앞에도 서 있군요." "맞아요! 제 집에요! 라크뢰즈에 있죠! 제 땅 위예요! 자, 보세요. 채소 요리의 비밀은요, 있잖아요 미셸, 일정한 순서에 따라 채소를 준비하는 거예요. 제멋대로 하면 안 된다고요." "채소 요리 좋아하세요, 세실?" 마이크를 끈 채로(유명한 미식가의 토속적인 양식의 널찍한 부엌 사진 뒤에서) 일요일 프로그램 진행자가 물었다. "음, 네, 채소 요리 나쁘지 않아요. 이따금 한 번씩 맛있는 요리를 먹고 나서…… 자신을 돌아보며…… 기력을 되찾기 위해…… 전 초콜릿을 좋아하지만 채소 요리라고 마다할 것도 없죠." "그러면 자……." 유명한 요리 연구가가 말했다. "이 사진에는 단지에 당근 조각을 넣는 제 모습이 보이네요. 항상 당근으로 시작해야만 해요. 이 요리를 할 때 제가 부탁드리고 싶은 건, 중요한 거예요, 기본적인 건데…… 반드시 주철 그릇을 써야 된다는 거예요. 하지만 이번에는…… 습관적으로 하지만 않으면 한 번 정도는 규칙을 어겨도 돼요. 국산은 주철 그릇이 없어서…… 하지만 독일제 주철이 있지요, 아주 좋은 독일제 주철 그릇……. 주철은 독일제가 아주 단단하고 좋아요. 나쁜 기억을 되살리고 싶지는 않습니다만 주철, 강철, 철강 공업은 아무래도 독일이죠. 포탄을 보세요. 그리고 무를 보세요. 무가 굉장히 중요해요. 당근 다음으로요. 무는 아주 복고적인 시골의 맛을 내죠. 마치 조르주 상드 시대 같은……. 보세요. 신성 역사적인 맛의 차이는……" "가장 좋아하는 요리는 뭔가요, 세실?" 프로그램 진행자가 말을 이었다. "이번에 찍으신 영화에는 당신이 홍합을 먹는 장면이 나오더군요. 기억나요. 도중에 방송 프로그램을 찍기 위해서…… 당신의 이번 영화…… 지난 수요일부터 모든 영화관에서 개봉된 당신 영화…… 벌써 관객이 1,400만 명이나 들었다던데, 대단한 성공이에요, 세실. 그 영화에서 당신이 홍합을 먹잖아요. 홍합 좋아하세요?" "전 홍합을 진짜 싫어해요. 아이고, 맙소사! 그때 먹은 홍합은 얼마나 악몽 같았는지!" 금발 여배우가 폭발했다. "제가 파비앙에게 물었죠……." "영화감독 파비앙 씨요." 일요일 프로그램의 진행자가 설명했다. "벌써 1,400만 관객이라니, 정말 멋져요……." "그 영화에는 토마토가 나와요……. 마지막에 토마토가 나오는데…… 아주 빨리 익힌 토마토죠……. 그 위에 완두콩이 비처럼 쏟아지죠……." "뭐라고요?" 일요일 프로그램의 진행자가 금발 여배우에게 물었다. "영상 속의 완두콩들은 너무나 아름다워요. 그렇죠, 장 피에르?" "제가 파비앙에게 영화의 미학을 위해 홍합이 없어서는 안 되는 재료냐고 물었어요. 멜론이 더 낫지 않겠냐고요. 겨자 마요네즈 소스를 곁들인 셀러리나…… 왠지는 모르겠지만, 그는 홍합에 집착했어요. 파비앙은 까다로운 사람이어서…… 네, 진짜 예술가죠. 그가 필요하다고 하면 그 영화의 그 장면에는 반드시 홍합이 있어야 해요." "결별의 순간이었죠, 아주 아름다운 장면이었어요. 당신이 떠나는 장면." "거기에 베이컨 찌꺼기가…… 그 위로 베이컨 찌꺼기가 떨어지죠." "그래서 홍합을 먹어야만 했다고요. 얼마나 끔찍했던지! 내 배우 인생에서 가장 잔인한 사건이었어요." 유명한 미식가의 토속적인 주방을 비추고 있던 화면은 이제 무대 위에서 접시와 포도주 한 병을 앞에 놓고 있는 세 명의 인물을 보여주었다. "자, 이제 듭시다. 이 채소 요리를 맛봅시다!" 일요일 프로그램의 진행자가 외쳤다. "포도주 조금 드실래요, 세실?" "기꺼이……. 고맙습니다. 그만, 됐어요, 고마워요!" 그리고 그녀가 덧붙였다. "제 부모님이 라크뢰즈에 집이 있는 것 아시죠?" 금발 여배우가 유명한 요리 연구가에게 말했다. "아, 그래요? 그렇다면 이거, 날 보러 오세요! 우리 집에 놀러 와요! 내가 맛있는 요리를 만들어드릴 테니 식사하러 오세요!" "당신의 가슴이 타닥타닥 뛰는 게 보여요, 장 피에르. 당신의 눈에서 팔딱팔딱 뛰는 게 보인다고요." 프로그램 진행자는 그렇게 말한 후 당근 조각들을 입에 넣기 시작했다. "난 타닥타닥 튀어요! 프라이팬에서 갈색을 띠며 볶이는 양파처럼 말예요!" "방송이 끝난 다음에 피에르의 연락처를 드릴게요." 프로그램 진행자가 금발 여배우에게 말했다. 그러자 스패니얼 종의 개가 왈왈 짖었다. "나 같은 근사한 녀석은…… 내 나이에…… 세실처럼 아름답고 기름진 식물이…… 너무나 젊고 식욕을 돋우는, 진짜 싱싱한 샐러드, 난 아무런 환상도 없어요!" "이 채소 요리 어때요, 세실?" 그녀가 입술에 포도주 잔을 갖다댔다. 형광색 완두콩

한 알이 그녀의 포크 사이에 꽂혀 있었다.

　다음 날, 필요한 것을 요구해도 좋다는 말에 대해 깊이 생각해본 나는 마리−오딜 뷔시−라뷔탱의 메일에 답장을 썼다. 그 메일을 보내려는 중에도 계속해서 증가하는 메일 딜리버리 시스템에 있는 메일들을 삭제해 깨끗이 정리할 필요가 있었다(전달되지 않고 되돌아온 메일들을). 미지의 수신자에게 보낸 편지들을 염두에 둔 채 메일들을 삭제하다가, 나는《리베라시옹》의 문학 담당 기자의 이름을 하나 발견했다. 그의 메일을 본 나는 깜짝 놀랐다. 기자의 개인 주소가 바뀌면서 그는 내가 보낸 불가사의한 메시지를 받지 못했던 것이다. 하지만 그가 받았다면? 그 메시지가 어떤 것이었더라? 나는 독립적으로 중개 역할을 하는 그녀의 활동에 대한 정보를 얻겠다는 희망으로, 그리고 나를 괴롭히는 불안감을 떨치고 싶은 욕망으로 구글 시이트에 '마리−오딜 뷔시−라뷔탱'을 쳐볼 생각을 했다. "찾으시는 단어에 해당하는 자료가 없습니다." 그래서 나는 내가 과거에 읽었던「골족에 대한 사랑스러운 역사」라는 일화의 작가인 뷔시−라뷔탱이라는 이름을 쳤다. 무미건조했다는 기억만 남긴 텍스트였다. 인터넷에서 두 가지 정보를 발견했는데, 내가 처한 상황을 더욱 거북하게 하는 것이었다. 우선 뷔시−라뷔탱은 세비녜 부인*의 사촌이었다. 세비녜는 나의 우상인 라파예트 부인(내가 지하철에서『클레브 공작부인』을 들고 있었던 사실로 어쩌면 여러분은 내가 라파예트를 찬미한다는 것을 이미 눈치 챘을 것이다)의 친한 친구였고, 사촌인 뷔시−라뷔탱은 루이 14세의 사랑과 그의 궁정 생활에 대한 외설스러운 연대기인『팔레루아얄의 역사』를 쓴 작가로 추정된다(이 책은 출판되었을 때부터 그렇게 여겨졌다). 그

---

* 프랑스 루이 14세 때의 여류 문인. 서간체 문학의 롤 모델이 되었다.

러니까 마리-오딜 뷔시-라뷔탱은 나의 참여라는 엄밀한 열의에 대한 불안한 암시였다. 그 이름은 가명이라는 것을 나에게 알리려는 목적으로 사용된 것이며, 진실을 알고자 하는 사람은 나처럼 흔적을 쫓게 되는 것이다. 역설적인 *의도가 깃든 가명*은 *나를 불안하게 만든다.* 나는 그녀가 자세한 설명을 해준 데 대해 고마움을 표시한 후, "특히 면직 공장에 있는 1,480개의 좌석이 있는 강당에 대해 말씀드리자면, 그 강당은 제 명성에 비해 필요 이상으로 큰 게 아닌가 생각합니다"(나는 조건과 정확히 맞는 것이 유익하리라 믿는다)라고 썼다. "만약 각각 740개의 좌석이 있는 마에스트랄 실과 그레칼 실의 공간이 별로 넉넉하지 않다면, 당신이 알아서 결정하시기 바랍니다." 나는 마리-오딜 뷔시-라뷔탱에게 제노바의 호텔 중에서 브리스톨 팰래스 호텔을 유독 좋아한다는 것을 밝혔다. "그곳에서 묵을 수 있다면 저는 당연히 최상의 컨디션을 유지할 겁니다. 제가 형상화시킨 여러 이유들 때문에, 그 호텔은 제 상상 속에서 가장 중요한 장소 중 하나가 되었어요(나는 불쾌한 이름 뒤에 숨은 사람에게 제노바의 브리스톨 팰래스 호텔이 오래전부터 내가 자위의 열정을 불태우던 장소로 선택되었다는 사실을 가르쳐주지는 않기로 했다. 거기에서 나는 에로틱한 유토피아를 셀 수도 없이 많이 경험했다). 저에게 조르조 데 키리코*의 추상적인 건축물의 보급과 같은 영향을 끼친 장소죠. 폭발이 일어나는 것만으로는 해결할 수 없는, 우리 모두가 기다린 거대하고 멈춰진 시간 말입니다." 나는 구글의 도움을 받아 불안감을 조성하는 이름의 속임수를 명명백백하게 밝히고, 그 뒤에서 나를 조종하며 즐거워하는 불가사의한 존재를 찾아내 가장 놀라운 탈선으로 이끌고 싶은 욕망을 느꼈다. 이것은 비정한 심리 전쟁의 일종으로, 내가 스스로 해방시키겠다고 결정한 탄력 있고 흡수력 있는 기초 위에 세워진 것이었다. "친애하는 마리-오딜 뷔

---

* 형이상학적이고 몽환적인 화풍으로 초현실주의에 많은 영향을 끼친 이탈리아 화가.

시-라뷔탱 씨, 조르조 데 키리코의 형이상학적인 첫 작품인 〈시간의 수수께끼〉에 대한 아이디어는 그가 피렌체의 산타크로스 광장에 있을 때 떠올랐다고 하는데, 섬광처럼 떠오른 제목을 그대로 사용했다는 걸 알고 계신가요(그래서 그는 팔레루아얄 광장의 넓이와 길이의 비율이 정확한지 아닌지 계산해야만 했답니다)? 그리고 그의 또 다른 추상화인 〈어느 가을날 오후의 수수께끼〉는 그 자신이 경험한 현실에 대한 낯선 느낌을 형상화한 것 아닐까요? 섬광, 가을 오후, 현실에 대한 낯선 느낌. 당신이 사랑스럽게 중개하여 나에게 참여의 준선(準線)을 미리 발표한 만큼, 제대로 파악하기 위해서는 산타크로스 광장 대신 팔레루아얄 광장을 사용하는 것으로 충분하죠. 어떻게 생각하시나요? 특별히 하실 말씀이 있으신지요, 친애하는 마리-오딜 뷔시-라뷔탱 씨. 내 메시지가 오락거리(오후 4시군요. 간식 시간이네요)인 이 자리에서, 나는 당신이 세비네 부인의 먼 사촌이기를 바란다는 말씀을 드려야겠군요. 나는 삼류 작가 뷔시-라뷔탱인 당신의 조상이 자신에 대해 묘사했던 것처럼 당신이 '빛나는 조그만 두 눈, 얄팍하지만 예쁜 색깔의 입술, 톡 튀어나온 이마, 길지도 짧지도 않고 끝이 뭉툭한 코, 코끝처럼 뭉툭한 턱'의 소유자가 아닐까 생각합니다." 나는 그녀의 팔과 목에 관한 진지한 희망을 알렸다. 그것은 '볼품없는 외모'의 사촌 때문에 영향을 받은 그녀의 신체 부위가 조상보다 좀 낫게 '재단되었을' 거라 희망한다는 내용이었다. 반면 그 사촌은 내가 '잘 만들어진 종아리'라는 이미지를 어렴풋이 떠올리게 했다. "한 가지 중요한 질문을 하지 않을 수가 없군요. 당신의 신발 사이즈는 얼마인가요? 당신의 대답을 기다리며, 친애하는 에릭 라인하르트 드림." 대답을 오래 기다릴 필요는 없었다. 10분 후 나는 수수께끼 같고, 훨씬 충격적인 마리-오딜 뷔시-라뷔탱의 답장을 받았다(즉시 인정할 수 있다). 그녀는 내가 그녀의 신체─역사적인 면이 부가되는 신체─에 대해 묘사한 암시적 표현을 철저하게 피하기 위해 공적인 임무의 성실함 뒤로 몸을 숨겼다. "친애하는 선생님, 제게 기꺼이 질문을 보내주신 것에 대해 감사드립니다. 강연하시는 분들께는 완전한 자유를 드리는 것이 관례입니다. 아시다시피 저희는 연구에 매진하는 과학자를 기대하고, 슬라이드 영사기로 자신의 작품을 설명할 수 있는 조형예술가를 기대하며, 자신의 세계와 자신만의 예술이론의 껍질을 벗기는 작가를 기대합니다. 그들은 연출의 효과라는 수단과 배우라는 보조가 필요합니다. 다행스럽게도 여러 번 강연회에서 보조 임무를 맡았던 경험이 있는 제가 판단하기에, 선생님은 가장 뜻밖의 각도에서 선생님의 세계에 다다르시게 될 겁니다. 선생님께서는 심지어 선생님의 작품에 대해서 전혀 말씀하시지 않고, 주변 대상에 대한 검토만으로 작품을 조명할 수도 있습니다. 선생님의 메일에 담긴 조금 격앙된 어조가 제게 해명을 해야겠다는 생각을 하게 했습니다. 제가 그렇게 하도록 허락해주시겠지요? 선생님께서는 첫 번째 순서인 그 과학자 때문에, 노벨상을 받을 정도로 훌륭한 그분의 강연 주기에 포함되었기 때문에 선생님께서 받게 되는 명예로운 상황을 정확한 가치로 측정하지 못하시는 것 같습니다. 일반적으로 청중은 매우 많아서 800명에서 1,200명 정도가 될 것입니다. 청중들은 호기심이 왕성하고 교양 있으신 분들로, 약 60여 개국에서 오신 분들입니다. 저는 《뉴욕타임스》에 반 면을 차지하는 광고를 실을 예정입니다. 그럼, 안녕히 계세요. 마리-오딜 부쉬-라뷔탱 드림." 마지막 몇 줄의 내용이 아주 생생한 고통으로 나를 밀어넣었다. 그와 똑같은 말을 내 작업실이 있는 건물의 홀에서 들은 기억이 있었다. 나는 그녀의 메일에 담긴 성실한 요구 사항에 더욱 적합한 음색으로 즉시 답장을 쓰기로 했다(오후에는 팔레루아얄로 갈 생각이었기 때문에). 이 이름 뒤에 결집되어 있는 많은 사람들이 겁먹지 않게 하는 것이 중요하다. 나는 공기 중에 퍼지기보다는 오히려 흩어져 날아오르는 새들처럼, 내가 쓴 문장의 마지막 부분에서 군중들의 의도를 알아내는 것이 좋다. 단 한 가지 흥미를 끄는 것은 다음 질문들을 해결하는 것이라고 곧바로 마리-오딜 뷔시-라뷔탱에게 답했다. "사회 결정론으로부터 부분적으로 유추해볼 수 있는 문학 결정론이 존재할까요?" 이 사회 결정론이라는 가정은 내가 쓴 책들의 기법에 대한 연장(열거할 필요가 있는)이라는 것을 알고 있는가? 내가 쓴 책들은 어느 정도는 *현실과 나와의 관계에 따라 씌어지고, 구성되고, 연결되지* 않았을까? 나는 내 책들이 묘사하는 상황에 대해서도, 주제에 대해서도 당연하다고 말하지는 못한다. 하지만 그 책들이 작품으로 만들어진 문학적 방법과 구성체에 대해서는 말할 수 있다. "제가 지난번에 보낸 메일(제가 '현실에 대한 낯선 느낌', '가을 오후', '섬광'에 대해 말했던)에서 당신은 놓치지 않았을 것입니다. 시간(특히 현재)이란 제가 개입하고자 하는 영향권에 대한 개념이라는 것을요. 반면 아마도 당신은 제가 출간한 세 권의 소설들이 모두 현재형으로 씌었다는 사실은 놓쳤을 겁니다." 나는 컴퓨터 자판 위로 몸을 굽히고, 내가 썼던 소설들의 유기적인 현실, 사회 현실과 감각적인 세상과 더불어 청소년 시절의 관계에서 비롯된 유기적인 현실에 대한 내용을 너욱 발전시켜 써내려갔다. 나는 『가정의 기질』 속에서 내 부모가 나를 짓눌렀던 압력에 대해 그녀에게 이야기했다. 그것은 그들의 고통을 통해서였기도 했고, 내 아버지의 실패를 통해서였기도 했다. 나는 인생에 대한 공포와 실패에 대한 두려움, 외부 세계에 대한 공포를 품은 채 성인의 나이에 접어들었다. "특히 기업과 직업의 세계에 대한 두려움이 강했죠. 행복이란 무엇입니까?" 나는 마리-오딜 뷔시-라뷔탱에게 물었다. "행복의 자리는 어떻게 찾으며, 어떻게 하면 그것에 배반당하지 않고 그것을 완성시킬 수 있나요? 어떻게 기대와 이상을 사회의 명령과 화해시킬까요? 안정된 상황을 스스로 만들기 위해서는 어떤 대가를 치러야 할까요?" 나는 아무런 욕망도 불러일으키지 못하게 되어 무능하고, 모욕당하며, 지배당하고 예속되는 것이 두려웠다. 내 부모가 살면서 터득한 것들은 내 상상의 세계에 끊임없이 투영되었고, 그를 통해 외부 세계는 너무나 일찍 나에게 잔인한 공간이 되었다. 그곳에서는 쉽게 고통에 처하게 되었다. 『가정의 기질』에서 "사회적 죽음의 공포"(갑작스런 죽음의 공포만큼이나 무섭게 여겨졌던 공포. 마리-오딜 뷔시-라뷔탱에게 이 문장을 쓸 때는 주의를 기울였다)라고 불렀던 감정에 사로잡혔던 열일곱 살 때, 나는 세상 경험의 맨 앞자리에 매력과 감동의 문화, 예술적인 감흥의 실제를 놓았다. 그때부터 현재라는 시간은 내가 가장 좋아하는 시간이 되었다. "저는 더 이상 과거에 대해 생각하지 않을 겁니다. 멀리서 빛나는 광휘가 저를 흥분시키는(꿈으로) 동시에 주눅들게 하는(사회 현실이 저에게 영향을 미친다는 불안감으로) 미래에 대해서는 더더욱 생각하지 않을 거고요." 나는 관능의 분출을 통해 어떤 면에서 보면 낭만주의를 발전시켰다. 나는 세상이 아주 생생한 방식으로 나에게 영향을 끼치기를 바랐다. 나는 은혜, 열광, 충만감, 섬광 같은 순간을 찾아헤맸다. "이 감각적인 탐색이 어떤 파렴치한 짓으로 이어졌는지에 대해서는 말씀드리지 않으렵니다—모든 종류의 것들을 무수히 경험한 것에 만족할 뿐입니다." 나는 마리-오딜 뷔시-라뷔탱에게 세상에서 나의 존재에 대한 의미를 찾고, 내가 살아있음을 느끼고, 감각적이며 은밀한 영역의 경계를 설정하는 것이 중요하다고 설명했다. 그저 두려워하고 의심하기만 할 것이 아니라 다정함, 친밀감, 암묵적인 공모의 관계를 현실 속에 세울 필요가 있었다. "친애하는 마리-오딜 뷔시-라뷔탱 씨, 저는 세상이 얼마나 잔인성과 야만성으로 가득한지를 배우고, 또 한편으로는 세상을 알고 세상을 사랑하고 저 자신의 자리에서 세상을 느끼는 법을 배웠습니다. 그렇게 해서 저는 작가가 되려는 꿈을 꾸기 시작했어요." 그 시기에 나는 말라르메를 읽었고, 『초현실주의 선언』(이어서 『나자』도 읽었다)과 나에게 글을 쓰고 싶은 욕망을 주었던 『디달러스』도 읽었다고 마리-오딜 뷔시-라뷔탱에게 썼다. 이 작가들, 그들의 이론과 교리 들, 현실성과 형식에 대한 그들의 사유적 교감은 내 작업에 결정적인 영향을 미쳤다. 앙드레 브르통의 이런 부분.

"이미지의 가치는 얻어진 불꽃의 아름다움에 달려 있다. 그것은 결과적으로, 두 전도체 사이에서 잠재적인 차이점으로 작용한다." 말라르메의 이런 글. "주술처럼 완벽하고 새로우며, 낯선 단어 하나가 만들어낸 다양한 어휘의 시구는 언어의 고립을 완성한다." 조이스에게서는 『디달러스』의 언어적인 관능에 의해서만이 아니라 에피파니의 발전에 의해 감명을 받았던 기억이 난다. 그리고 무엇보다 나 자신을 감각적인 경험에 풀어놓았던 인생의 순간에(다른 친구들은 공부를 하거나 우정을 쌓거나 미래를 위한 준비를 하던 시기에) 내가 썼던 글들은 이 이론들 몇 가지에 의해 조종되었다. *감각의 우월. 매력의 탐구. 마리-오딜 뷔시-라뷔텡. 타락한 텍스트의 영향에 적합한 무한한 신뢰. 감각에 의한 감각의 탐구. 외부 질서에 대한 불복종. 현재의 제국. 암호를 말하도록 하는 욕망. 표현으로 사물의 본질을 존재하게 하는 의지. 빛의 추구. 감각적인 현상의 총체를 텍스트로 만들려는 욕망. 마리-오딜 뷔시-라뷔텡 씨, 마지막으로 특히, 나의 글쓰기에서 이전부터 변함없이 존재해온 형태의 중요성.* 나는 새 친구(왜냐하면 방금 전에 친애하는 친구라고 썼으니까)에게 사회적 기원의 문제에 글쓰기의 문제를 연결하는 대화를 시작하자고 제안했다. 나는 즉시 터져나올 반론을 미리 막았다. "당신은 틀림없이 내가 조금은 마르크스주의적 성향을 지니고 있다고 생각할 겁니다. 친애하는 친구여. 하지만 이 단 한 가지의 추측 때문에 석유통처럼 불타오르지는 말아달라고 부탁하고 싶군요." 나는 확실한 이유 때문에 이런 예방책을 펼친 것이었다. 이렇게 하면 위에서 떨어지는 단두대의 날카로운 날을 제거하면서, 내가 유발한 성가신 문제(오, 현재의 정치적인 맥락에서 얼마나 성가신 일인가)에서 손쉽게 벗어날 수 있다는 것을 나는 여러 번 경험해서 알고 있었다. *마르크스주의자! 마르크스주의적인 분석! 낡아빠진 비전!* 그것들의 가치를 떨어뜨릴 목적으로 마련된 구호. 나는 마르크스의 책을 단 한 권도 읽지 않았다. 경험에 따라 구술된 나의 이야기가 마르크스적이었는지는 모른다―어쨌든 내 얘기는 사실이다. 나는 마리-오딜 뷔시-라뷔탱에게 두 인물의 경험을 언급하면서 연구실의 이론에서 벗어나고 싶다고 했다. A라는 인물(예를 들어 나)과 B라는 인물(예를 들어 지난번에 언급한 적 있는 티팬느. 기억하시는가. 그 티팬느라는 여자는 라디오 사건에서 『가정의 기질』이 나는 실제로 읽어보지도 못한 셀린느의 걸작을 모방해서 쓴 책이라고 주장했던 사람이다. 그녀는 내가 『가정의 기질』에 교묘하게 삽입한 신비한 암호를 알고 있었기에 나는 그녀의 말을 반박할 수도 없었다). 그 암호란 'M.C.'로 소설 속 화자인 마누엘 카르셍(Manuel Carsen)의 이니셜이며, 중산층(Middle Classe, 굉장히 의도적으로 삽입된)을 뜻할 뿐만 아니라 『외상 죽음(Mort à rédit)』을 나타내기도 한다는 게 그녀의 주장이었다. 그것은 그녀에게는 국제적인 배심원단의 명예만큼 가치가 있는 빛나는 논거(나는 그 젊은 여인이 분명히 그렇게 생각했을 거라고 믿는다)였을 것이다(그녀의 추측 가운데 확실한 근거가 있는 것은 아무것도 없다는 것을 무시한다면 말이다. 그녀의 생각은 모두 다 틀렸다). "자리에 앉힙시다, 친애하는 친구여. 아까운 시간을 헛되이 쓰고 싶지 않다면, 우리가 임의로 만들어낸 인물 두 명을 자리에 앉힙시다. 인물 A와 인물 B를 샹젤리제의 가로수 아래 앉힙시다. 저녁이라고 가정합시다. 가을이라고 가정합시다. 11월이라고 가정합시다. 하늘에는 무거운 구름들이 무리지어 흐르고 회오리 바람이 세차게 부는 혼란스러운 저녁이라고 가정해봅시다." 하늘은 도시에서 흘러나오는 빛 때문에 고즈넉히 빛나고, 대기는 그런 분위기 속을 떠도는 노란 안개에 갇혀 있다. 낙엽들은 가로수 길의 모랫바닥에서 습기를 빨아들여 바닥에 납작 들러붙어 있다. 길에는 웅덩이를 넘어 연못이라고 해야 할 만큼 크게 패인 부분에 물이 가득 고여 있어 행인들은 그곳을 피해 빙 돌아가야 한다. 꽤 고급스러운 솜씨로 조각된 어두운 색깔의 주철 가로등이 띄엄띄엄 하나씩 서 있어, 밤공기가 만들어내는 환상적인 경치를 더욱 풍요롭게 한다. 인물 A와 인물 B는 둘 다 열여덟 살이다. 인물 A와 B

393

는 제임스 조이스의 〈망명자들〉을 보기 위해 샹젤리제 아래쪽에 있는 롱푸엥 극장으로 간다. 인물 A는 꽤 끔찍한 일주일을 보냈다. 그는 자크-데쿠르 고등학교의 HEC 준비반에 다니고 있으며 책상 위에 놓인 많은 양의 숙제(역사, 철학, 수학)는 이번 주에도 계속 이어졌다. 제대로 끝내지 못할 것이 확실했다. 인물 A는 삶이 두렵다. 그는 무엇이 되어야 할지 모른다. A는 자기 아버지 같은 사람이 되고 싶지는 않다. 극장 근처에 먼저 도착한 A는 가로수 아래, 거대한 분수에서 그리 멀지 않은 벤치에 앉는다. 인물 A는 혼자서 극장에 가기로 결심했다. 그는 회오리 바람이 몰아쳐서 머라카락이 날려도 가만히 앉아 있다. A는 하늘을 향해 눈을 들어 쏜살같이 움직이는 구름들을 본다. "이 광경을 잘 기억하기를 부탁드립니다, 마리-오딜 뷔시-라뷔탱 씨. 똑바른 구름의 선이 샹젤리제를 비스듬히 보이게 잘랐어요. 도시의 지리에 비해 축이 어긋난 하늘은 인물 A의 마음에 꼭 들었죠." 범상치 않은 혼란스러움이 A의 주위를 둘러싼다. 요란하게 부는 바람, 난폭하게 불어대는 회오리 바람, 흔들리는 검은 나뭇가지들, 날아오르는 종이조각들과 비닐 봉지들. "난폭함. 압박적이고 집요하다고 말할 수 있을 겁니다. 인물 A는 자신의 몸에 가해지는 바람의 물리력을 느꼈어요." A라는 인물은 공포에 떨고 있었다. 그는 공황 상태에 빠진다. 극장으로 오는 길에 지하철에 앉아서, A는 거의 눈물이 날 정도로 답답해져오는 가슴을 느끼며 자신의 인생에 암흑이 드리워지기 시작하는 것을 본다. 나는 마리-오딜 뷔시-라뷔탱에게 일련의 질문들을 던졌다. "그의 미래는 어떻게 될까요? 그는 어른이 되면, 번듯한 졸업장이나 돈, 이렇다할 빽도 없이 이 시대의 비천한 계급에 속하게 될까요? 그는 혼자예요. 믿을 수 있는 건 자기 자신밖에 없죠. 부모님은 아무 소용도 없어요. 어머니의 얼굴을 보는 것만으로도 가장 깊은 고통으로 침잠하게 되죠. 아버지와 합체된다는(우주 캡슐 속에 있는 우주비행사처럼) 생각이 잠시 그의 머릿속(그의 정신의 하늘)을 지나가기만 해도 오싹한 소름이 척추를 타고 돌죠. 그는 언제 학업을 무사히 마칠 수 있을까요? 그는 어떤 직업을 갖게 될까요? 은행에서 일할까요? 금융업계에서 일할까요? 기업의 영업사원으로 일하게 될까요?" 인물 A는 추방된 자이고, 무국적자이며, 고아이고, 모든 끈이 끊어진 사람이다. 어떤 땅에서도 그를 받아주겠다는 친절한 제안을 하지 않는다. 인물 A는 엄청난 재앙과 같은 자신의 미래를 엿본다. A는 잠시 어린 시절에 대해 생각하지만, 그 생각은 미래에 대한 불길한 예감을 더욱 강하게 만들 뿐이다. 외투 주머니에 두 손을 깊숙이 찔러 넣고, 그는 계속 하늘을 바라본다. 흔들리지 않는 축을 따라 먹구름이 아주 빠르게 도는 광경 속의 무언가가 그를 위로하고 그의 마음을 안정시킨다. 은유적인 섬광이 그의 정신을 밝힌다. 인물 A에게는 구름들이 냉혹하고 확고한 상태의 에너지로 살아있는 것만 같다. 도시 성층권 너머 하늘 전체의 거대한 폭발처럼. "마리-오딜 뷔시-라뷔텡 씨, A는 여기 아래가 아니라, 저 위에 있다고 생각합니다." A라는 인물은 빠르고 비스듬한 구름들과 서로 비슷하게 연결된 관계 속에서 자기 자신을 느끼는 도취감을 경험한다. 그는 그토록 확고한 축을 중심으로 빠르게 움직이도록 하늘을 밀어내는 힘에 비교되는 어떤 것이 자신을 구원하리라 생각한다. 엄청난 힘. 내적인 힘. 우연과 기회. 욕망과 의지. 장애물을 쓰러뜨릴 힘과 원동력. "어떤 장애물도 이 시커멓고 빠르게 변화하는 하늘을 방해할 수는 없어요." 인물 A를 기쁘게 하는 다른 미학적 효과가 있다. 영화와 같은 두 개의 이미지, 점점 더 빨라지는 하늘과 점점 느려지는 도시, 이렇게 두 이미지가 결합되는 것처럼 보인다. 그 결합의 효과가 그를 내부에서 분리하여 분열을 되풀이한다. "내가 무슨 말을 하고 싶은지 아시겠습니까, 친애하는 친구, 친애하는 마리-오딜 씨? 이 효과는 그를 내부에서 분리하고 되풀이하여 분열하게 합니다." 그 순간 A는 행복하다고 느낀다. 그 순간 A는 점점 빨라지던 무언가가 도시와 현실을 초월하더니 서서히 느려지는 듯한 감정을 경험한다. 적대적이고 성숙하며 확고부동하고 독재적인 그것들의 질서를 초월하는 어떤 것. 이 순간 A라는 인물은 *자신의 고통 너머(자신을 둘러싸고 있는 현실 너머), 도시 저 너머(구름들이 불쑥 솟아나온 현실 너머)*로 아주 빠르게 움직이는 구름과 똑같은 방식으로 나타난 행복감을 느낀다. "A는 두려움에 떨고 있어요. A라는 인물은 그날 저녁 이 시대의 데이비드 코퍼필드*예요. 하지만 그는 행복을 느껴요. 은신처를 찾은 거죠." 바로 그 순간에. "이 얘기를 이해하겠어요? 내가 위선적이라고 생각하나요? A라는 인물은 갑자기 은신처를 찾았어요. 시간적인 기복이 그를 보호하게 된 거예요. A는 그 순간에 머물러요. A는 그 순간에 자신의 영혼 전체를 던집니다. 그 스스로도 느끼는 놀라운 힘이 공중에서 메아리치며 펼쳐지죠. 이 얘기는요, 마리-오딜 뷔시-라뷔탱 씨, 내가 가을에 대해 최초로 간직하고 있는 에피파니의 추억입니다. 저는 그때 열여덟 살이었어요. 만약 현상보다 본질에서 출발한다면, 그것이 어떤 성질이든 어디에선가 그 근원을 찾아야 한다면, 가을에 대한 저의 애정은 그날 태어났다고 할 수 있어요. 저는 가을을 좋아해요. 왜냐하면 이 계절은 제가 은신할 수 있도록 시간적인 기복을 충분히 제공하는 유일한 계절이기 때문이죠. 저는 가을을 좋아해요. 왜냐하면 이 계절 자체에 제가 은신할 수 있는 4개월의 시간적인 굴곡이 있으니까요." 인물 A는 손목시계를 본다. 저녁 7시 30분이다. A는 일어서서 롱푸앵 극장으로 향한다. 구름이 그를 움직이듯이 제임스 조이스는 그를 움직이는 어떤 것이다. 구름들이 단순히 평범한 기후 현상이 아닌 것처럼 제임스 조이스는 단순히 평범한 문화적인 기준이 아니다. *제임스 조이스는 반드시 읽어야만 하는 대단한 작가이고, 매년 셀 수도 없이 많은 주해서(註解書)가 출간되는 문학의 기념비적인*

---

* 찰스 디킨스의 소설 『데이비드 코퍼필드』의 주인공으로, 고아가 되어 온갖 고통과 괴로움 속에서 살아가다가 나중에 새로운 인생을 살게 된다.

인물이다. 여기에서 제임스 조이스는 대단히 중요한 역할을 한다. 재앙에 빠진 A를 구한 것이다. A는 제임스 조이스가 다른 사람들에게는 어떤 영향을 미치는지는 알지 못한다―예를 들어 문학을 전공하는 대학생들에게, 또는 여덟 살에 『데이비드 코퍼필드』를 읽었던 젊은 좌파 부르주아들에게 말이다. 그가 아는 것은, A라는 인물이 아는 것은, 제임스 조이스가 자신을 구했다는 것이다. 그가 생생하고 문장이 아름답다고 느낀 어떤 부분에서 제임스 조이스가 그를 받아들였다는 것이다. "제임스 조이스는 그에게 계속 살고 싶다는 욕구를 갖게 했어요." A는 이상한 열정에 사로잡혀 롱푸앵 극장의 문을 연다. "그는 무신론자예요, 친애하는 마리-오딜 양. 평생 불가지론자*로 살게 되겠죠. 그는 무언가 신성한 것을 스스로 준비합니다. 그날 저녁 그는 제임스 조이스의 세계를 만나기 위해 극장에 가죠. 마치 천주교 신자가 미사에 가듯이요." 그럼 B라는 인물은 어떨까? "당신은 B라는 인물을 관찰하는 데 동의하시나요?" 인물 B는 태어날 때부터 파리에 살았다. 도서관이 그녀를 키웠다. 아버지라는 도서관이. B라는 인물은 좋은 교육을 받았으며 섬세하고 세련되고 성숙한 좌파 남자의 딸이다. B는 항상 자신의 아버지가 위엄 있고 중요한 사람이라고 생각한다. B는 파리의 부자 동네에 있는 커다란 아파트에 산다. 유치원 시절부터 B는 부모님의 눈높이에 맞는 완벽한 조건을 지닌 비슷한 친구들과 어울렸다. B라는 인물은 학교에 들어간 후에는 공부도 잘했다. B는 열 살에 프루스트를 읽었고, 열한 살에 포크너를, 열두 살에는 버지니아 울프를, 열세 살에는 셀린느를 읽었다. 그 속도는 점점 빨라진다. B는 도서관에서 강박적으로, 절대적으로 위대한 작품들을 선택해서 몇 년 동안 게걸스럽게 탐독한다. B는 열일곱 살에 제임스 조이스에게 구원받지는 못한다. 왜냐하면 이미 열두 살에 읽었으니까. "제임스 조

---

* 신과 같은 초월적인 것의 존재나 본질은 인식불가능하다고 주장하는 철학적 입장.

이스는 당연히 그녀의 일부가 되었죠." 문학은 우리가 호흡하는 산소와
똑같이 대기를 순환한다. 생각도, 철학도 마찬가지다. B는 열여섯 살에
그랑제콜에 가기로 결정한다. 예를 들어 에콜 노르말 쉬페리외르* 같은
곳. B의 아버지는 그녀의 선택을 칭찬한다. "아주 훌륭한 선택이다." B는
집에서, 가족이 모인 식탁에서, 그 학교에 가려는 아이들의 행렬이 줄지
어가는 것을 본다. B는 바로 그 학교의 이름과 그 학교에 다니는 학생들
의 대화, 문화, 정신에 영향을 받았다. "저도 그것 때문에 그 학교에 가려
는 거예요." B가 아버지에게 말한다. "그녀가 옳아요, B가 옳습니다. 제
가 그녀였다 해도 당연히 그렇게 했을 겁니다. 친애하는 마리-오딜 양.
간단히 말해, 열여덟 살 때 저는 그런 학교가 있다는 것도 몰랐어요!" 롱
푸앵 극장의 문을 여는 순간, 인물 A는 두 배로 감동한다. 우선은 제임스
조이스 때문에, A가 은신할 수 있도록 도와주는 조이스다운 굴곡의 관점
때문에. 그리고 인물 A가 처음으로 극장에 갔기 때문이기도 하다. 고등
학생 시절, 코르베이유-에손에서 팔레 데 콩그레 극장으로 로베르 우생
의 연극을 보러 갔던 것을 제외하면 말이다. A는 이 연극이 상연된다는
정보를 《파리스코프》**의 겉표지에서 우연히 발견했다. A는 《파리스코프》
의 표지에 있는 제임스 조이스의 이름에 시선이 꽂혔다. 그는 《파리스코
프》의 표지에 적힌 전화번호로 전화를 했다. 별 가치 없는 인간인 A는
그날 저녁 한 친구와 함께 극장에 가게 된다. 반면 인물 B는 태어난 후로
이미 백 번도 넘게 극장에 가봤다("나는 평화롭고 온화하게 이해할 수 있도

---

* 그랑제콜은 프랑스 고유의 학제로, 소수 정예 엘리트를 양성하는 기관이다. 일반 대학과는 학생
선발 방식과 학제 등이 달라 '대학 위의 대학'으로 불리며, 일반 대학이 교양을 갖춘 고등 인력을 개
방적으로 양성하는 곳이라면 그랑제콜은 최고의 전문 직업인을 육성하는 폐쇄적인 기관이라 할 수
있다. 이 중 에콜 노르말 쉬페리외르는 국립 교원 양성 학교로 프랑스의 가장 우수한 교육 기관 중
하나다. 보통 이곳의 학생들은 4년간 교육을 받는 동안 수습 공무원으로서 급여를 받으며, 처음 3년
은 학부와 석사 과정을 이수하고 마지막 해에는 박사 과정을 밟는다.
** 현재 볼 수 있는 파리의 모든 문화예술 정보가 담긴 주간 문화정보지.

록 가장 냉정한 방식으로 이 진실을 표현하는 데 신경을 썼어요. 벽난로 앞에서 강낭콩 껍질을 까듯이."). B의 아버지는 B에게 꼭 봐야만 하는 연극에 대한 충고를 아끼지 않았다. 그날 저녁, B는 여러 친구들에게 둘러싸여 있었다. 그들은 극장에 택시를 타고 왔다. 날씨가 춥고 바람이 불고 비가 왔기 때문이었다. "꽤 쌀쌀한 전형적인 가을 날씨라 얼른 몸을 피해야 했지요." 몇 번의 저녁 모임 때 A는 우연히 B의 친구들과 마주쳤다(마리 메르시에가 A를 초대한 모임들에서). A가 B의 친구들과 마주칠 때마다 B의 친구들은 A를 비웃고, 웃음거리로 만들고, 모욕하고, 조롱했다. "그들은 문화적인 행위는 자신들만의 전유물이란 걸 A가 느끼게 하고 싶었던 거죠. 그들은 A가 말라르메의 작품이나 조이스, 또는 브르통과의 은밀한 친분(사실은 '사랑스러운'이라고 말해야 했어요)에 대한 권리를 감히 넘봤다는 점을 가르쳐주고 싶었던 겁니다. A가 사기꾼, 위선자, 교양 있는 척 위장하고 있는 인간이라는 것을요." A도 그들이 말하고자 하는 바를 알아차렸다. B의 친구들은 위대한 문화적 유산을 지키는 시골의 괴팍한 지주들처럼 굴었다. 그들은 A를 둘러싸고 그의 접근을 막았다. "만약 울타리를 넘으면요, 친애하는 마리-오딜 양, 그들은 잔인하게도 당신에게서 볼 수 있는 오만함을 드러내죠." A는 B의 친구들이 방해하여 충분하게 누리지 못했던 문화 생활에 대한 꽤 많은 에피소드를 기억하고 있었다. "A라는 인물은 정당하게 문학에 대한 사랑을 보여줄 수가 없었어요. 심지어 솔직하게 드러낼 수도 없었죠. 오늘날, 인정받는 것이 쉽지 않은 게 현실이지요, 친애하는 마리-오딜 양. 왜냐하면 예외없이 아주 많은 수의 사람들이 문화계와 변조된 지성인들에게 자신이 환영을 받는다고 믿고 싶어 하니까요. 이게 무슨 기만인지요, 마리-오딜!" A는 B의 친구들에게 어떤 적의도 느끼지 못했다. 그는 다만 그들이 자신을 존중해주기를 바랐을 뿐이다. 오히려 A라는 인물과 A의 잠재적인 친구들에게 적대감을 느낀 것은 B의 친구들이었다. 나는 여기까지 협박의 술수가 완벽하게 성공한 것을 기억할 것이다. "그들은 A에게는 친구가 별로 많지 않다는 걸 보게 됩니다. A와 A의 친구들은 그저 가끔 만나는 사이예요. 그들은 진로를 사무직으로 결정하도록 친절하게 지도 받죠." A는 익숙하다. B의 친구들이 비웃으며 얼굴을 돌리기까지 걸리는 시간은 그가 HEC 준비반이라는 것을 알 때까지다. B의 친구 하나가 어느 날 이렇게 말했다. "비스킷 회사의 영업부장! 아, 얼마나 아름다운 꿈이야!" 그는 A로부터 멀어지면서 계속 소리쳤다. "비스킷 회사! 비스킷 회사의 영업부장이 되고 싶은 한 남자가 있다네! 아니면 윌리엄소랭*의 영업부장도 괜찮지!" A는 이 B의 친구가 얼마나 낭만적인 아름다움을 지닌 인물이었는지 기억하고 있다. 그는 주로 검은 옷을 입고 장식이 아름다운 지팡이를 들고 어깨에는 넓은 비단 스카프를 멋스럽게 두른 안색이 창백한 갈색 머리의 청년으로, 앙리 4세 고등학교의 에콜 쉬페리외르 준비반에서 문학을 공부하고 있다. 그는 훌륭한 정치부 기자 아버지와 편집자 어머니 사이에서 태어났다. 그날도 A는 저녁 모임에 참석했다가 자신을 궁지로 모는 야유를 피해 일찍 자리를 떠야 했다. "조용! 여러분, 여기 보세요! 로이코 수프 사** 회계팀에서 일할 미래의 사무관이 우리에게 말라르메에 대해 얘기하겠답니다, 하하!" 보나파르트 가의 300평방미터짜리 아파트에서 열린 파티에서였다. 보나파르트 가는 좌파 지성인 부르주아들의 본거지였다. A는 교외에 있는 자기 집에서 나와 마리 메르시에와 함께 처음으로 참석한 파티에서 쫓겨났다. "좌파 지성인들이 모인 모임에서 말이에요, 마리-오딜! 생 쉴피스 구역의 좌파 가족! A는 장식이 아름다운 지팡이를 든 젊은 남자에게 말라르메에 대한 이야기를 꺼냈다는 단 한 가지 이유로 파티에서 쫓겨나야만 했던 겁니다." A라는 인물과 B라는 인물, 한

---

* 프랑스의 유명한 통조림 회사.
** 프랑스의 인스턴트 수프 회사.

사람은 외로이, 한 사람은 친구들에 둘러싸여 있는 이 두 사람이 현재 손에 연극표를 들고 롱푸앵 극장의 홀에 있다. "당신은 이 A와 B가 그날 저녁 똑같은 방식으로 저녁 시간을 시작했다고 생각하나요?" 이것이 인물 A와 인물 B를 구별하는 첫 번째 방법으로, 바로 시간에 의한 구분이다—특히 현재로서. "나는 시간에 대한 관계에 집중하기 위해 그들을 구별하는 다른 것들은 따로 떼어놓을 거예요—특히 지금은. 그러니 제 얘기를 들어보세요, 마리-오딜 씨. 시간에 대한 그들의 관계는 사회 현실에 대한 그들의 관계로부터 필연적으로 생겨나는 거죠." 그날 저녁, A는 희망과 믿음을 다시 찾기 위해 곤혹스러운 장소를 떠나 피난처를 찾는다. A라는 인물이 자기 뜻대로 할 수 있는 단 하나의 은신처는 현재라고 말할 수 있다. "현재는 완전히 특별한 시간에 대한 인과관계로, 그것에 대해서는 몇 분간 명상하는 것이 바람직하죠." A는 현재에 빠져 있다. 과거도 미래도 아닌 현재가 그를 받아들일 준비를 했다. A에게 현재는 숙명인 동시에 구원이다. A에게는 선택권이 없지만, 자신에게 부여된 이 숙명을 유리하게 이용했다. 그는 B라는 인물과 어떤 점에서 반대되는가? B는 오랜 기간을 두고 자신의 세계를 넓혀나갔다. B는 미래에 자신을 던졌고 고유한 이론의 확립에 지성을 가지고 아주 안정된 분위기 속에서 체계적으로 노력했다. B에게는 위험이 없었다. B라는 인물의 현재에는 어떤 특별한 위협도 존재하지 않았다. B는 현재에 대해 A라는 인물과 같은 관계를 갖지 않아도 되었다. B에게 현재는 숙명이 아니다(그렇게 말하자면 거리는 거지의 숙명인 셈이다. 거리에서 먹고 자야 하니까). 하지만 과도기는 있다(빵집에 들르려고 B가 길거리에서 몸을 돌리다가, 졸고 있는 거지와 거의 몸이 닿을 뻔한다든지). B의 현재는 실리적이다. B는 현재라는 시간을 이용해 책을 읽고, 글을 쓰고, 수업을 듣고, 시험 공부를 한다. B의 현재는 해를 끼치지 않는다. "B는 현재에 대해 그다지 깊이 생각하지 않아요. 십중팔구 주위도 돌아보지 않을 겁니다. 그녀는 자신의 생각에 갇혀 있고, 그 생각은 현재만의 현상이 아니라 오랜 기간을 두고 기록되고 변화하며 유보되고 시간을 초월한 현상이니까요." 중요한 것은 "반대로, 친애하는 마리-오딜 양," 미래에 빛을 비추는 학위다. 체계를 갖춘 단단한 지적 시스템이며, 학위를 획득함으로써 그녀가 얻을 수 있는 이익이다. "B는 빠르게 움직이는 하늘을 너그럽게 관조하면서 어떤 열정도 퍼낼 필요가 없답니다! B는 현실 속에 자신을 새기기 위해 축이 비뚤어진 하늘을 필요로 하지 않는단 말입니다! B라는 인물은 세상에 받아들여진다는 감정을 느끼기 위해 현재가 필요하지 않다고요!" B는 잘 정리되고 고르게 펼쳐진 문화적 기반과 지성, 교육의 토대에 동상처럼 단단하게 고정되어 있다. "정당성이라는 기반 위에." B는 자신을 극단적으로 노출하지도 않았고, 야만적이거나 본능적이지도 않았으며, 억세거나 순진하지도 않았고, 불안정하거나 섬세하지도 않았으며, 벌거벗고 있지도 않았다. B라는 인물에게는 많은 도구들과 문화, 거리두기, 지성, 평온함, 현재에서 물러날 수도 있고 특별석을 차지할 수도 있게 해주는 구조적 환경 따위가 도처에 갖춰져 있다. B는 현재에 매몰되지 않고 오랜 시간 속에 자신을 새겨넣는다. 반대로 A라는 인물은 특별석도 차지할 수 없고, 현재로부터 물러날 수도 없다. 그는 매 순간마다 시간과 자신의 극단에 서 있다. "그는 자신에게조차 낯선 사람인 것입니다." 그 점은 모든 것에서 두드러지게 나타났다. 당연히 내가 쓴 세 권의 책에서 특히 좋아하는 시간은 현재다. "그것은 현실을 탐험하는 직접적인 포착, 강렬함, 감각 때문입니다. 거기에는 위급함, 경고, 강렬함, 직접성이 있죠." 청소년기의 마지막 시기에 말라르메와 조이스, 브르통의 글을 먹고 자란 나는 나 혼자만을 위한 문학적인 운동을 만들려고 계획했다. 그 운동의 이름은 *센세이셔니즘*, 즉 *감각주의*다. 왜냐하면 거기에는 텍스트를 통해 지성화되고 구체화되고 표현된 무언가가 있으니까. 또 소재를 통해 전달될 수 있는 무언가가 있으니까. 여기서 소재란 문장 구조, 작가의 역량, 에너지,

문법적인 상황, 동사의 대립, 소리의 크기와 운율의 변화, 통사적인 문제, 한 문장에서 다른 문장으로 넘어가는 것, 분위기의 단절 등을 말한다. 크리스티앙 드 포잠박*이 어느 날 나에게 이런 말을 했다(베를린에 있는 프랑스 대사관이라는 주제에 대해). "건축물과 그 소재의 다양성 덕분에 공간이 넓어진 것…… 그것은 대사관의 내부에 작은 마을이 있는 것과 같아요. 여기는 빛이 나는 시멘트로 된 아주 거친 표면이고 저기는 미끌거리고 윤이 나는 벽이며, 또 이쪽은 유리 커튼, 또 저쪽은 아주 깨끗하고 하얀 막으로, 이 소재들은 모두 다 서로 반대의 특성을 갖고 있고 각각 반응하며 반대 방향으로 작용하지요. 그래서 공간은 넓어지고 우리는 폭이 80미터나 되는 듯한 느낌을 받는 거예요. 만약 내가 사방에 똑같은 시멘트를 사용했다면 이 공간은 지금과 같이 은밀하긴 해도 감옥이나 수도원처럼 되었을 게 분명해요." 이런 접근은 감각적인 개념을 중시한다. 정확하게 내가 텍스트의 물리적인 경험을 통해 인식을 전달하려고 애썼던 바로 그것이다. "암시하는 것, 자, 이것이 꿈이다." 말라르메가 강조해 말했다. 나는 내 책이 마술처럼 작용해서, 그 힘이 마법과 저주, 매혹을 일으키길 바랐다. "정확하게 내가 현실 속에서 경험하고자 하는 것이죠. 세상에 대한 나의 관계와 나의 예술이론을 거울로 비춰보는 것." 이런 방법들을 작동시키는 데는 당연히 오랜 작업이 필요했다. 나는 사악하며 타락한 작은 기계처럼 그것들을 스스로에게 시험하면서 내 책들을 끝없이 통제했다. "내가 벤치에 앉아서 어둡고 불균형하며 빠른 11월의 하늘이 어떤 영향을 미치는지 바라보며 나 스스로에게 시험했던 것과 똑같은 방법으로, 나는 내 글들의 감각적인 영향을 스스로에게 시험했어요." 텍스트의 시도에 복종하고(바람, 비, 가을의 날씨를 피하기 위해서 택시를 잡아타기보다) 예약 없이 자신을 맡기겠다는 독자로부터 추정할 수 있는 것.

* 현재 프랑스를 대표하는 세계적인 건축가.

어떤 대가를 치루든 수용할 수 있는 것, 이것이 원칙이다. 외부의 어떤 현상에도 매 순간 침잠하는 조건에 있는 것. 모든 것에, 빛에, 건축물에, 다른 사람들에, 얼굴들에, 군중에, 몸짓에, 진부함에, 나무들에, 풍경에, 경치에, 머리카락에, 피부에, 세심한 부분에, 유리 위에 반사되는 한 점 빛에, 숨겨진 아름다움에, 이웃집 여자의 발목에, 이웃집 남자의 미소에, 그들 아이들의 귀에도 주의를 기울이는 것. 이론상으로 당신에게 은혜를 불러일으키는 매 순간을 기다리는 것. 자기 자신에게서 나오는 것. 그리고 머릿속으로 걸어들어가는 대신, 매 순간 자신의 주위를 돌아보는 것. 첫날과 똑같은 강도로, 똑같은 열정으로 매일 사랑하는 대상을 바라보는 것. 모든 것에 주의를 기울이는 것. 매 순간 모든 것을 수용하는 것. 이것은 우리가 행복한 것과 마찬가지다. 적당한 시선이 보이지 않는 아름다움을 찾을 수 있는 것과 같은 것이다. 20년 동안 눈꼽만큼의 지루함도 느끼지 않고 한 여자를 사랑할 수 있는 것과 같은 것이다. 내 책들은 이런 태도를 뒤엎는 것 말고는 아무것도 하지 않는다. 나는 감각적인 세상을 내가 구성한 책들로 대체한다. 그리고 나는 내 책들이 동등한 성격으로 나에게 미칠 영향을 기다린다. "이제, 친애하는 마리-오딜 뷔시-라뷔탱 씨, 마지막 줄까지 내 글을 읽으면서 당신이 보여준 관심과 인내력에 고마움을 표합니다. 감사합니다. 에릭 라이하르트. 추신 : 당신의 신발 사이즈를 알려주기로 한 것 잊지 마세요. 또 추신 : 37과 2분의 1이 가장 이상적이지요."

스티브 스틸은 취직을 하는 것과 거의 동시에 나중에 헤지펀드를 설립하기로 마음먹었다. 그는 저녁에 집에 돌아가서도 일을 했고, 잠재적인 투자자들과 소통할 기회를 놓치지 않기 위해 세세한 계획을 짰다. 잠재적인 투자자들이란 큰 은행들과 그 계열사들이다. 당시는 헤지펀드가 시작되던 초기였다. 헤지펀드는 런던과 뉴욕에 고작해야 열두 군데밖에 없었다. 샹젤리제 근처의 유명한 레스토랑에서 로랑 달과 둘이 앉아 저녁식사를 하던 스티브 스틸이 속내를 털어놓았다. "나는 꽤 이름이 알려졌어. 5년 동안 거부할 수 없이 유명해진 거지. 내가 만든 훌륭한 성과가 믿음을 불러일으키는 거야. 내 중개 스타일도 마찬가지고. 나는 5년 동안 내가 일한 기업들에 4천만 달러부터 9천만 달러까지 벌어주었지. 첫!" 그가 거칠게 내뱉었다. "첫! 만약 내 사업이었다면 매년 800만에서 2천만 달러는 벌어들였을 거야. 800만에서 2천만 달러라고. 제기랄! 왜 이렇게 진저리가 나냐! 나를 고용한 얼간이들이나 부자로 만들어주는 짓을 영원히 할 수는 없어." "그건 그렇지. 하지만 너를 믿고 투자할 사람들을 찾아야 하잖아. 그래도 넌 젊으니까……" "중요한 건 실적이야. 내가 5년 전부터 어마어마한 돈을 벌어들인 건 명성이 있었기 때문이야. 그런데 왜 그걸 활용하지 않지? 빨리 해야 돼. 나는 이제 자본을 모으기 위해 기다리지 않고 과감하게 뛰어들 거야." 파리에 스티브 스틸의 이름이 널리 퍼져서, 그가 질투 어린 시선과 존경, 박수갈채를 한몸에 받고 있는 건 사실이었다. 그는 이제 금융계의 스타였다. 모두들 그와 함께 일하고 싶어했다. 그랑제콜에서 학위를 받은 사람들도 그의 중개 기술을 배우고 측근이 되기 위해 끊임없이 그의 관심을 끌려 애썼다. 스티브 스틸이 어떤 것을 시도하면 사람들은 그대로 따라 했다. 만약 스티브 스틸이 어떤 직관적 태도를 지지하며 부채질하기 시작한다면, 은행의 동료들은 그와 똑같은 관점을 적용했다. 결국 그는 자신의 인기에 취해버리고 말았다. 사람들은 그가 거만하고 잘난 척하기 좋아하며 독선적이고 자살할 우려가 있는 사람이 되었다고 말했지만, 그에 대한 로랑 달의 호감은 전혀 줄지 않았다. 스티브 스틸은 포르쉐를 굴렸고, 앵발리드 근처에 커다란 스튜디오를 장만했으며, 나이트클럽에서 유혹한 우아하고 젊은 여자들, 모델이나 배우 등의 직업을 가진 여자들을 계속해서 정복했다. 그는 청년 시절과 다름없이 여자들을 쉽게 갈아치웠다. 맨체스터에 있던 그 시절, 그는 이빨이 썩었고 창백하며 뚱뚱한 여자애에서 이빨이 썩었고 배가 나왔고 머리카락이 빨간 여자애로 옮겨갔다. 근래에는 가장 인기 있는 나이트클럽에 가슴이 약간 드러나는 장 폴 고티에의 얇은 웃옷과 황금빛 바지를 입은 젊은 여자들을 데리고 다녔다. 그리고 2주에 한 번꼴로 주말에는 런던에 갔다. 파리의 밤보다 훨씬 강렬한 런던의 밤들이 그를 매혹했다. 로랑 달의 몇몇 동료들은 그가 마약을 하는 게 아닐까 의심했다. 하지만 그가 코카인, 크랙, 헤로인 등의 마약을 한다는 소문은 끝내 진위가 확인되지 않았다. 스티브 스틸이 일할 때 마치 환각에 빠진 사람처럼 행동하고, 대담하게도 대세와 정반대되는 길을 택하고(그가 승리의 나팔을 울린 방법이 바로 이것이었다. 그는 명실상부한 내기의 왕자였다), 한편으로는 지친 몸을 이끌면서도, 그렇게 일에 대한 빛나는 에너지를 끌어낼 수 있는 건 어떻게 해서일까? 회사에 있을 때가 아니면 늘 아내와 두 딸과 함께 집 안에 틀어박혀 조용하고 단조로운 일상을 보내는 로랑 달은 여러 번 속으로 그렇게 물었다. 로랑 달은 한 달에 2만 5천 프랑을 벌었고(야행성 친구가 1년에 벌어들이는 천만 프랑과는 너무나 먼 숫자인), 당연히 화려한 생활을 할 방법도 없었다. 하지만 어쨌든 간에 로랑 달은 비디오를 빌려 보고, 친구들을 초대해 함께 저녁식사를 하고, 저녁이 되면 침대에서 책을 읽는 취미 생활을 했다. 문학에 대한 그의 관심은 전혀 줄어들지 않았다. "나는 거대 기업들을 위해 꽤 열심히 일했어. 엄청나게 큰 무대, 코치를 해줘야 하는 한 다스나 되는 조수들, 나를 귀찮게 하는 참을 수 없는 사장. 다 꺼져버리라고 해! 난 내 회사를 갖고 싶어. 내가 가고 싶을 때 가고 떠나고 싶을 때 떠날 수 있는, 자유롭고…… 내가 좋아하는 사람들로 이루어진 가볍고 작은 팀이 필요해." 여기까지 말한 스티브 스틸은 눈을 반짝이며 로랑 달을 바라보았다. "난 런던에서 살고 싶어. 더 이상 이 코딱지 같은 동네에 안주하지는 않을 거야! 파리는 촌구석이야! 저기 동북부에 있는 퐁-타-무송처럼 말이야! 이 똥덩어리 같은 파리가 신물이 나. 더 이상은 이 실패한 도시를 못 견디겠어!""난 잘 몰라. 런던에 대해서는 아는 게 없어.""아주 끝내줘! 네 맘에 들 거야! 여기하고는 천지 차이야(로랑 달은 놀란 눈으로 스티브 스틸을 바라보았다. 맘에 들 거라고?). 모든 면에서. 밤도, 금융업계도, 레스토랑도, 건물들도, 제기랄 미친 건물들! 먹을거리들! 즐길 거리들! 열정! 기상천외한 것들! 생활 방식도!" 그는 유리잔 바닥에 조금 남아 있는 와인을 다 마시고, 병이 비었는지 확인했다. "아마도 여자들만 빼고 말이야. 영국 여자들은 최고는 아냐. 하지만 런던은 매우 국제적인 도시이지. 그 도시에는 온갖 사람들이 다 있어. 미국인들도 있고, 스웨덴 사람도 있어. 스웨덴 사람은 엄청 많아. 내가 보증할게! 프랑스 사람들도 많고 호주인들도 있어! 아시아인들은 발에 밟히고.""자본금은 얼마나 모았어?" 로랑 달이 그에게 물었다. "잠깐 기다려봐." 스티브 스틸이 대답하고는 손짓으로 종업원을 불렀다. 그는 와인 메뉴판에서 새 와인을 골랐다. "이걸로요? 알겠습니다. 훌륭한 선택이십니다." 종업원이 빈 와인병을 가지고 멀어져갔다. "무슨 얘기를 하고 있었더라?" 담배에 불을 붙이며 스티브 스틸이 입을 열었다. "저기, 네 뒤쪽에, 저쪽 모르게 봐, 하얀 셔츠 입은 남자……." 로랑 달은 고개를 돌려, 바 가까이에 있는 사람들을 보았다. 완벽하게 재단된 검은 양복을 입은 두 남자와 웃고 있는 갈색 피부의 금발 미녀들에게 둘러싸여, 한 손에 잔을 든 채 쉴 새 없이 떠들고 있는 남자가 보였다. 아마 로랑 달과 스티브 스틸 또래 같았다. "나랑 같이 골드만에서 중개인으로 일했던 사람이지." 젊은 남자는 잠시 입을 크게 벌렸다. 완벽하게 동그랗게. "그는 아서 앤더슨*에서 일했었어. 엄청난 돈을 잃었지! 그는 가

---

* 1913년 설립된 다국적 컨설팅 전문 회사로 2001년까지 큰 성장을 이루었으나, 회계 감사를 담당했던 미국 엔론의 분식회계 사실이 드러남으로써 해체되었다.

차 없이 해고당해 지금은 고문역을 맡고 있어. 그도 나처럼 중개를 했지만 난 골프를 쳤지. 골프공의 절반은 덤불숲으로 날아가는 거라고." 로랑 달은 다시 스티브 스틸에게로 몸을 돌렸다. "나는 저런 유의 인간이 싫어." "난 그들이 좋은 상태일 때는 좋아. 저 인간처럼 오만을 떨면서도 능력은 쥐꼬리만큼도 없는 사람이 아닐 때는 말이야. 저치는 완전히 실패한 인간이야." 그러고 나서 스티브 스틸은 "저자의 아버지는 유력 인사야. 여러 기업의 행정 고문으로 일하고 있는데, 아들을 다시 취직시키려고 애쓰고 있지"라고 덧붙였다. 종업원이 다시 그들 테이블에 나타나서 새 와인 잔을 내려놓고, 지나치게 격식을 차려 스티브 스틸에게 새 와인 병의 상표를 보여주었다. 그러자 스티브 스틸이 말했다. "좋아요." 와인 맛을 보고 나서 또 덧붙였다. "완벽해요, 훌륭하네요." 종업원은 그들의 잔에 와인을 따랐다. "자, 들어봐. 계산하면 돼. 간단한 거지. 훌륭한 주식 중개인은 보통 매년 50만 달러를 벌어. 만약 내가 천만을 가지고 시작한다면……" "달러로?" 로랑 달이 말을 끊었다. "그럼, 당연히 달러지. 이 와인 진짜 맛있다. 그렇지 않아?" "그래. 진짜 맛있다. 무슨 술이지?" "샤토 라투르 78년산.*" "샤토 라투르 78년산이라고? 제정신이냐? 그럼 이게 도대체 얼마짜리야?" "2천 프랑이야. 하지만 오늘 밤은 이만큼의 가치가 있어. 비범한 모험을 위해 한 친구와 거래를 하는 날은 매일 오는 게 아니니까." 로랑 달은 샤토 라투르 78년산을 홀짝거리며 믿을 수 없다는 표정으로 스티브 스틸을 바라보았다. "그러니까 천만 달러야. 그러면 나는 매니지먼트 비용으로 단숨에 20만 달러를 회수하지. 2퍼센트야. 투자자들에게는 연내에 지속적으로 20퍼센트인 200만 달러를 돌려주는 거야. 이 200만 달러에 대해 헤지펀드는 20퍼센트를 회수해. 매니지먼트 비용인

---

* 보르도 메독 지방의 일등급 와인으로 5대 샤토 중 하나. 1982년산은 200만 원 안팎이라는 와인업계 감정이 있다.

20만 달러 더하기 40만 달러가 되는 거지. 총 60만 달러야. 그러니까 천만 달러로 시작하면 헤지펀드로는 60만 달러가 이익인 셈이지. 이 60만 달러를 가지고 사무실로 들어가면, 컴퓨터, 인건비, 특별 지출 등의 비용을 빼낼 수가 있어. 20퍼센트의 정확한 수당으로 최소한의 비용을 치르고 특별비용은 확보할 수 있지. 바로 그거야. 천만 달러론 사실 시작이 불가능해. 필요한 만큼 수혈을 지속적으로 한다고 해도 마찬가지야. 시작하려면 적어도 2천만 달러에서 3천만 달러는 필요해." "그 돈을 마련하기 위한 전략은 뭐야? 벌써 움직이고 있는 거야?" "이상적인 건 1억 달러를 가지고 시작하는 거야." "1억 달러? 하지만 1억 달러를 투자할 사람들을 어디서 찾으려고?" "제일 처음 할 일은 한 명의 투자자를 설득하는 거야. 나는 제노바에 있는 유력한 개인 은행가와 접촉했어. 아주아주 돈이 많은 사람이지. 아주아주 돈이 많은 투자자야. 그 사람을 벌써 두 번이나 만났어. 들어봐. 그가 관리하는 돈이 자그만치 30억 달러야. 시작하면서 그가 4천만이나 5천만 달러를 나에게 위탁했으면 좋겠어. 꽤 덩어리가 크지. 아직까지는 그에게 답변을 듣지 못했지만." "4천만이나 5천만 달러?" "하지만 헤지펀드에 몇천만 달러를 넣는다는 게 구미가 당기는 건 분명해(이 순간에 스티브 스틸의 눈빛이 빛났다. 마치 식욕이 왕성한 투자자들과 마주 앉아 있는 것처럼). 그는 그것을 믿고 있어. 현재 헤지펀드는 별로 많지 않아. 홍콩에 한두 곳, 런던에 너덧 군데, 뉴욕에 예닐곱 군데, 그는 다 돌아볼 거야. 그것들을 보러 갔어…… 긍정적인 건 그가 나를 안다는 거야, 나를 존중하고 나를 믿는다는 점이지. 분명히 잘될 거야." "그래도 6천만 달러가 모자라잖아." "패밀리 오피스가 있잖아. 아는 사람들이 있어. 알베르 프레르*를 위해 일하는 친구가 하나 있지. 또 다른 친구의 사촌은 로스차일드 가문의 자산 관리를 해주고 있고. 패밀리 오피스의 이점은 그들

---

* 벨기에의 유명한 사업가.

의 인맥이야. 그들은 서로 얽히고설켜 있어. 더러운 억만장자들! 그들은 항상 염탐하면서 기회를 노리고 있다고! 늘 어디 투자할 것이 없나 찾아다니지! 헤지펀드의 대부분은 두세 곳의 패밀리 오피스 때문에 뒷걸음질 치고 있어. 무어캐피털*은 아그넬리**의 자본으로 시작했지. 아그넬리가 무어캐피털의 사업 초기에 1억 달러를 대줬거든. 그 인간들을 봐야 해. '자, 보자고. 그들이 10억 달러를 생각하고 있다. 헤지펀드의 이번 프로젝트는 아주 슈퍼 울트라 익사이팅하네. 당신들은 회사를 부숴버리고 싶은 표정인데! 그렇다면 1억 5천만 달러만 댈게. 내 친구 거시기가 당신한테 1억 달러를 줄 거야. 그리고 남아프리카에 사는 우리 친구 비둘이 1억 달러. 또 베네수엘라의 대단한 기업가 친구 녀석이, 내가 오늘 아침에 전화했거든, 기꺼이 5천만 달러를 보내겠대.' 이런 식이라고." "그 자본을 언제까지 모을 건데?" "6월. 1월에 시작하는 게 좋을 것 같아서. 그때가 되면 프로젝트를 실행할 수 있을 거야. 나는 실적을 내는 데 모든 능력을 다 쏟을 거야. 중개 방식도 신중에 신중을 기할 거고, 온힘을 쏟아 최고의 팀을 모을 거야. 나는 그들에게 공격적인 헤지펀드 프로젝트를 팔 거야. 절대 평온하지 않을걸. 절대 안정적이지 않을 거야. 살인마 같은 수법을 쓸 거라고. 아주 공격적으로." 잠시 사이를 둔 뒤 스티브 스틸이 말을 이었다. "사실 그것 때문에 널 보자고 한 거야. 너한테 제안하고 싶은 게 있거든." "그래? 뭔데?" 로랑 달이 물었다. "내가 몇 달 전부터 생각해온 거야." 그의 말에 극도로 흥분한 로랑 달이 간절히 친구를 바라보았다. "뭔데?" "네가 중간책으로 일해줬으면 좋겠어." 믿을 수 없는 감동이, 진짜로 음악 같은 감동이 로랑 달의 내장을 뒤흔들어놓았다. 그 감동은 부드러운 빛이 되어 몇 초 동안 로랑 달의 몸 안을 구불구불 돌아다

---

* 세계적인 금융회사 중 한 곳.
** 이탈리아 최대의 자동차 회사인 피아트 사를 설립한 지오반니 아그넬리의 가문.

넜다. 달콤한 순간이었다. "내가?" 너무 흥분한 나머지 시작된 딸꾹질이 그의 말 사이사이로 끼어들었다. "내가 중간책으로 일해줬으면 좋겠다고?" "그래, 맞아. 네가 중간책을 담당하고 투자자들과의 관계를 관리하는 거지. 네가 미리 조사하고 다른 사람들을 이끄는 거야. 소식지도 만들고." 로랑 달은 입을 꼭 다물고 스티브 스틸을 바라보았다. "너랑 내가 그 사업체를 함께 이끄는 거야. 나는 중개를 하고 너는 중간책 업무와 투자자 관리를 맡는 거지. 난 나와 함께 중개 업무를 맡을 후배 녀석 둘을 데리고 올 생각이야. 우선 내가 아주 좋아하는 놈이 있는데, 뱅상이라고, 재능이 아주 뛰어나지. 다른 한 녀석은 골드만삭스에서 데리고 올 거고. 내가 키운 젊은 후배들이지. 그들은 컨디션이 아주 좋고, 지금 다니고 있는 회사에 반감도 있어. 그들이 오고 싶어한다고! 그리고 마지막으로 여비서를 한 명 채용할 거야." 로랑 달은 담배를 한 가치 꺼내 불을 붙이고 조용히 스티브 스틸을 바라보았다. "너도 담배 많이 피우는구나. 거의 나만큼 피우는 것 같은데." 스티브 스틸이 말했다. "전에는 담배 안 피웠잖아. 그러니까 준비반 시절엔 말이야." "응, 예전에는 안 피웠지." "담배 피운 지 오래 됐어?" "2년 됐어. 딸들이 태어나고 나서부터." "얼마나? 얼마나 피우는데?" "상황에 따라 달라. 어떤 날이냐에 따라 다르지만 한 갑에서 두 갑 정도 피울걸." "난 두 갑. 스트레스 받는 날은 세 갑이고. 쇼트를 할 때는 주가가 날 괴롭히지. 올라가고…… 올라가고…… 올라가서…… 몇 시간 동안…… 며칠 동안……" "저기……" 로랑 달이 스티브 스틸의 말을 끊었다. "네 제안, 그거 진지한 거야?" "진지하냐고? 진지한 제안이냐고 묻는 거야? 당연히 진지하지. 내 얘기 잘 들어. 내가 원하는 건 너야. 다른 사람이 아니고. 우리 둘이라면 훌륭하게 서로의 빈 곳을 채울 수 있을 거야. 헤지펀드는 그걸 운용하는 사람들의 특성에 따라 승패가 갈려. 장담하건대, 우리 둘이 힘을 합치면 천하무적이 될 거야!" 로랑 달은 스티브 스틸의 얼굴을 바라보며 생각했다. 그는 친구의 얼굴을 삼킬

듯이 뚫어지게 바라보았다. 뜨거운 흥분이 치밀어오르며 뱃속에서부터 그의 몸을 달구었다. "나는 중개를 하는 놈이야. 항상 싸움터에 있지. 아슬아슬한 도박판에 있는 거야. 너는 조용하고 안정적이며, 꾸준하고 성실해. 종교적이라고 말하고 싶을 정도로. 맹세컨대 이게 실언이겠냐!" 스티브 스틸은 웃음을 터뜨리며 와인 잔을 입으로 가져갔다. 그는 와인을 한 모금 마시고 말을 이었다. "넌 섬세해. 그리고 글 쓰는 실력은 거의 신의 경지에 이르렀고. 너라면 투자자들의 마음을 사로잡을 수 있을 거야. 그들을 애지중지 다루고 달콤한 말로 어르며, 정신을 홀리고 마음을 사로잡고, 돈을 투자하도록 설득하며 투자금을 세 배로 늘릴 수 있을 거야. 네가 구사하는 근사한 표현들은 연설이나 설득, 상담에도 잘 먹힐 거라고. 그래서 난 네가 필요한 거야. 어떤 행동을 할 때 난 신경이 예민해지고, 스트레스와 불안감이 극도로 치솟으며, 쉽게 흥분하고, 가끔은 광적인 내기를 걸고, 비상식적인 본능에 따라 움직이거든. 혹시라도 일이 잘 풀리지 않으면 너도 알다시피, 난 모든 연결선을 끊어버릴 수도 있거든. 내 옆에는 강인한 사람이 필요해. 정신적으로나 지성적으로나 강인한 사람." 그의 말이 계속 이어졌다. "계산할 필요도 없이 네 월급은 지금의 네 배 정도가 될 거야. 매달 약 10만 프랑 정도가 되지 않을까 싶어. 그리고 연말에는 일한 결과에 따라 보너스가 지급될 거고." 스티브 스틸이 제시한 프로젝트의 과도한 야망을 인정하지 못해 두려움을 느꼈음에도 불구하고(스티브 스틸이 그에게 보여준 믿음 때문에 위축되어) 로랑 달은 다음 날, 그의 제의를 받아들였다. 꿈을 향해 달리는 엔진이 드디어 시동을 건 것이다. 그는 청소년기에 품었던 것과 똑같은 열정으로 꿈을 꾸기 시작했다. 스티브 스틸과 런던으로 진출해 그곳에서 그와 함께 평범하지 않은 모험을 경험하리라는(자신만의 시간을 다시 가질 수 있다는 생각에) 생각 한 가지에 매우 열광했다. 은혜롭게 그에게 내려진 기회를 잡은 것이다. 그런데 클로틸드가 그의 흥분에 제동을 걸었다. 그러나 순간적인 제동일 뿐이었다. 그녀는 당장 런던으로 가는 것은 반대했다. 회사가 자리를 잡고 안정세에 들 때까지 기다리자는 것이었다. "새로 생긴 회사들 대부분이 1년이 되기 전에 무너진다고! 당신 친구 스티브 스틸은 완전히 미친 것 같아! 그가 5년 전부터 준비해온 거라면 당장 오케이지! 하지만 아마도 순간적인 기회를 잡은 걸 거야! 운이 좋은 시기인 거지!" "이번 기회를 잡지 않으면 우리는 분명 나중에 후회하게 될 거야. 그렇게 겁만 먹는다면 말이야!" "가고 싶다면 당신만 가. 난 쌍둥이와 여기 남을 테니까. 만약 일이 잘 풀린다면 1년 반 후에 다시 합치자." 그녀가 계속 말을 이었다. "어쨌든 난 런던이 싫어. 쓸쓸하고 추하게 생겨먹은데다가 너무 넓고, 늘 비가 와서 축축하고. 뭐, 잘은 모르겠지만. 쬐끄만 정원에 집은 작고 초라하게 생겨먹은 게…… 난 런던이 별로야." 두 딸인 비비엔느와 살로메가 보고 싶으리라는 점만 제외하면(하지만 그는 두 딸과 데면데면한 사이였고 딸들을 거의 돌보지 않았으며, 머릿속으로만 아버지의 책임과 정서를 느꼈을 뿐, 아내와 딸들이 1주일 동안 부모님 집에 가 있어도 허전함조차 느끼지 않았다), 그는 오히려 아내의 제안이 달가웠다. 자신을 매혹시키는 미래의 전망을 펼쳐보는 젊은이처럼 모든 족쇄에서 풀려나 자유를 누리게 되었으니 말이다. 그는 아이들을 낳은 후로 변덕스러워진데다 피곤한 상황과 말다툼거리를 수없이 만들어내는 아내와 떨어져 있게 된 것이 기뻤다. 스티브 스틸이 장담한 대로, 스위스 은행가는 그들이 그렇게도 원했던 5천만 달러를 투자하겠다고 결정했다. 반면 패밀리 오피스들을 끌어들이는 일은 별다른 진전이 없었다. 그들은 자신들이 투자를 하기 전에 헤지펀드가 역량을 발휘하기를 기다렸다. 사실 스티브 스틸이 재벌 가문들과 맺고 있는 관계는 그리 내밀한 것이 아니었고, 그렇다고 서로가 같은 부류라고 생각하는 오랜 동류의식으로 파트너가 될 수 있는 상황도 아니었다. "음, 하지만 그건 중요하지 않아. 스위스 은행가가 투자한 5천만 달러로 시작해보자! 성과만 좋으면 내년엔 더 많은 투자가들을 끌어들일 수 있을 거야." 로랑 달은 그렇게 말했지만, 스티브 스틸은 고개를 저었다. "난 더 크게 시작하고 싶어. 난 진짜 대성공을 거두고 싶어. 우리에게 필요한 돈은 1억 달러야. 그리고 단 한 명의 투자자로는 불가능해. 그 스위스 은행가도 그런 상황이라면 투자하지 않을 거야. 투자자들을 여럿 모아야만 해." 스티브 스틸이 잠깐 쉬었다가 말했다. "네 장인은 어때?" "장인어른이 뭐?" "네 장인이 우리를 도와줄 순 없을까?" 로랑 달은 클로틸드에게 말하지 않고 장인에게 직접 전화를 걸어(로랑 달 부부는 아직도 일요일 저녁마다 딸들을 데리고 장인 집에 가서 저녁을 먹곤 했다), 이씨-레-물리노*의 보트에서 점심식사를 하기로 약속했다. 로랑 달은 장인이 아는 패밀리 오피스들을 소개해줄 수 없겠냐고 물었고, 장인이 경영하는 그룹에서 투자할 수는 없겠냐고도 말했다. "모기업이 뛰어들 수 있을 거야." 장인이 그에게 대답했다. "그리고 내가 아는 패밀리 오피스가 두세 군데 되는데, 자네가 만나볼 수 있도록 손을 써놓지. 약속을 잡는 건 쉬운 일이니까. 그들이 자네에게 호감을 가질 수 있도록 내가 도와주겠네." 로랑 달의 행보를 자세히 말한다면 지겨울 테니, 어쨌든 그의 노력이 성과를 냈다는 것만 밝혀두겠다. 로랑 달의 장인 필리프는 유럽 전체에 퍼져 있는 계열사에서 500만 달러의 출자액을 만들었고, 추가로 자신이 이끄는 프랑스 본토의 그룹에서 300만 달러를 투자했다. 위험이 내포되어 있긴 했지만 이 투자는 필리프가 자주 만나는 패밀리 오피스들에게 신뢰를 주었다. 투자자를 만날 때마다 필리프가 동석해준 것도 크게 도움이 됐다. 한번은 자리가 파한 후 필리프가 말했다. "그들은 자네가 훌륭하다고 생각해. 프로젝트도 아주 좋아하고. 다들 스티브 스틸의 명성을 알고 있더군. 그들이 분명히 계약서에 서명을 할 거라고 믿네." 로랑 달은 여러 번 그들을 만나러 갔고, 협상가로서 솜씨 좋게 행동

---

* 파리 근교.

했다. 그는 이미 각자 투자하고 있는 그 재벌 가문들이 자신들에게 신뢰를 갖도록 단호하고 재기발랄하게 요령껏 행동했다. 스티브 스틸은 마지막 약속 장소에 따라 나와서 결국 한 회사로부터 3천만 달러의 투자금을 확보했다. 특별한 재벌들은 서로 연결되어 있기 때문에 나머지 부족한 1,200만 달러를 얻는 것은 어렵지 않았다. "샴페인 줘요!" 그들이 자주 식사를 하러 가는 레스토랑에 앉자마자 스티브 스틸이 소리쳤다. 로랑 달이 세운 공이 결정적인 역할을 했다. 그가 없었다면 스티브 스틸은 스위스 은행가 혼자만의 투자금으로 사업을 시작해야 했을 것이다. 로랑 달의 직위와 월급은 당연히 공동 경영자 수준으로 올랐다. 로랑 달은 스티브 스틸의 동업자로서 50대 50을 가져가게 되었다. 이것은 무엇을 의미하는가? 로랑 달도 스티브 스틸이 꿈꾸는 것과 똑같은 부자가 될 수 있다는 것을 의미했다. 그의 경제 수준은 근본적으로 향상될 것이었다. 기본 출자금인 1억 달러에 대한 매니지먼트 비용이 단숨에 2퍼센트가 된 것이다. 즉 200만 달러가 그의 몫이 된 것이다. 두 사람은 그때까지 다니던 회사를 그만두고, 11월부터 런던에 사무실을 차리기 위해 이 돈을 사용했다. 스티브 스틸은 홀랜드 파크 구역에 있는 터무니없이 큰 집을 빌렸다. 로랑 달은 하이드 파크와 버클리 광장 사이, 메이페어의 상류층 동네에 근사하다고 생각되는 방 네 개짜리 아파트를 빌리며 흡족해 했다. 그의 침실은 거리로 창이 나 있었고, 두 딸을 위한 침실은 안뜰로 나 있었으며, 서재와 거실, 식당에는 타원형 창이 멋지게 장식되어 있었다. 거리에 있는 대부분의 상점들은 골동품이나 고가구를 취급했다. 그는 그 상점들에서 마음에 드는 책상, 콘솔, 거울, 의자 몇 개를 사고, 하비타*에서 아주 영국적인 가구들을 구입해 마무리했다. 로랑 달은 메이페어 지역, 커즌 스트리트 32번가에 자리한 3층짜리 건물에서 그들이 사용할

* 테렌스 콘란이라는 영국의 가구 디자이너가 1964년에 문을 연 유명한 가구점.

사무실도 찾아냈다. 1층 벽돌에 칠해진 와인색 도료와 고딕식으로 장식된 출입구의 연한 장밋빛 문틀이 그를 매혹시켰고, 현관 계단 위에 설치된 세련된 차양 역시 매력적이었다. 사무실은 주식 중개 파트를 위한 커다란 공간과 로랑 달과 나중에 채용할 여비서를 위한 두 개의 공간, 투자자들과 상담을 할 수 있는 회의실이 있었고, 마지막으로 뒤쪽에 있는 여분의 공간에는 긴장도 풀 겸 스티브 스틸이 당구대를 놓았다. 스티브 스틸의 끈질긴 고집 때문에, 로랑 달은 전문 인테리어 업체에 가구와 조명, 벽 색깔과 벽에 걸 몇 점의 예술작품을 골라달라고 의뢰했다. 그들은 12월 초에 사무실로 들어갔고, 스티브 스틸은 1997년 1월 1일, 그들의 헤지펀드가 문을 열었음을 공표했다. 로랑 달은 메릴린치 은행에 그들에게 필요한 열 개 정도의 은행 계좌를 만들었다. 당좌예금 계좌, 대출 계좌, 선물 계좌, 옵션 계좌 등. "우리 펀드의 이름은 뭐라고 지을까?" 사무실을 내려고 계획하던 여름에 스티브 스틸이 물었다. "스틸 앤드 달 어때?" 로랑 달이 대답했다. "별로 안 좋은 것 같아. 어딘가 낡고 멍청해 보여. 뭔가 좀 달랐으면 좋겠는데……. 좀 특별한 거 없을까? 그러니까 좀 특별한 이름, 특별한 단어……." 로랑 달은 펀드 이름을 무엇으로 지을지 많이 고민했더랬다. 그리고 그의 머릿속에는 좋은 이름이라고 생각되는 게 있었다. "그럼 이지투르는 어때?" "이지투르?" 스티브 스틸이 되물었다. "음, 이지투르." 로랑 달이 대답했다. "이지투르…… 이지투르라……. 나쁘지 않은데……. 아주 좋은 것 같기도 하고……." 그러고 나서 덧붙였다. "근데 무슨 뜻이야? 무슨 의미야?" 로랑 달은 말하지 않을 수가 없었다. "아무 뜻도 없어. 그냥 그런 거야……. 발음이 좋아서……." 그는 공허하게 들리는 '폐지된 하찮은 것'이라는 의미를 생각했다. "사실 그건 라틴어야. 내가 사전을 찾아볼게. 이 말의 뜻은 *그러므로*, *따라서*, *결과적으로*, 그런 뜻이야. 헤지펀드 이름으로는 나쁘지 않다! 전부를 다 가리키는 말이잖아!" "좋아, 이지투르. 오케이. 꽤 첨단이야. 칼날만큼이나 날카로운 느낌도 들고. 이지투르로 가자. 이제 로고만 만들면 되겠네." "클로틸드 친구들 중에 그래픽디자이너들이 있어." "그러므로! 따라서! 결과적으로! 자, 이제 이지투르를 위해 한잔하러 가자!"

지질학 학위를 딴 후 티에리 트로켈은 세계적인 시멘트 회사에 입사했다. 이 회사는 아주 작은 규모로 시작했지만 야망이 크고 추진력 강한 2세 경영자가 경쟁사들을 하나하나 흡수하며 덩치를 불려나갔고, 설립 후 20년이 지난 지금은 20여 개국에 지사가 있는 거대 기업으로 성장했다. "전략상 중요한 견해에 대해 당신에게 전달하고 싶은 또 다른 점은……" 티에리 트로켈이 취직하고 난 후 사장이 그에게 말했다. "그것이 반복적이라는 겁니다." "반복적이라고요?" 티에리 트로켈이 물었다. "반복된다고요. 그것도 여러 번 반복된답니다. 다시 말해, 개방으로 향하는 과정이라는 거죠. 아주 강력하고 전략적으로 중요한 시선을 갖는 것, 우리의 직업에 대해 아주 섬세한 지식에서 시작하여 취해야 할 포지션……. 그리고 영원한 반복으로 그것을 부추기는 것. 즉 영원한 '만약의 문제'라는 거죠. '혹시 무슨 일이 일어난다면?' '혹시 무슨 일이 일어난다면?' '혹시 무슨 일이 일어난다면?' 이런 질문이 견해를 풍요롭게 만들다가, 갑자기 핑 하고 좋은 기회가 나타나는 거죠. 그러니까 이 점에 관해 똑바로 정신 차리고 있다가, 확실하게 정신 차리고 있다가, 좋은 기회가 오면 심사숙고하기보다는 그 기회를 잡기 위해 지체 없이 대처하는 거죠……. 기회주의적인 기업이 나포선을 차지하게 되는 거죠……. 알아듣겠죠?" "예, 물론입니다……." 티에리 트로켈은 대답했지만 조약돌을 잘게 부수러 연구실에 틀어박히게 될 자신에게 무슨 이유로 그런 교육을 하는지 이해하지 못했다. "내가 이 그룹에 처음 왔을 때 나에게 크게 충격을 준 것은 리듬이었어요. 어떤 조직이든 리듬이 있어야 앞으로 나아갈 수 있는 겁니다.

만약 핵심과 맞닥뜨리게 된다면 그것을 피해 돌아가고, 반복하며 리듬을 지켜야 합니다." "옳은 말씀입니다……" 티에리 트로켈이 대답했다. "우리는 어떤 장애물에도 결코 막히지 않으며, 움직이려고 노력합니다. 항상…… 정신을 활짝 열고…… 어느 누구도 자신이 진실하다고 생각하지 못합니다. 그것은 아마도 현대 예술을 위해 그룹을 지탱하는 관심과 예술적 견지에서 오는 것일 겁니다." 잠깐 침묵이 흘렀다. 티에리 트로켈은 상대방을 뚫어지게 바라보았다. "내 뒤에 있는 사진 보입니까?" 사장이 몸을 돌리지도 않고 손가락으로 어깨 너머를 가리켰다. 티에리 트로켈은 그가 가리키는 사진을 바라보았다. 거꾸로 서 있는 나무였다. 거꾸로 걸려 있는 거라고 장담할 수 있는 사진이었다. "로드니 그레이엄이라는 사진작가의 작품입니다. 미국의 유명한 사진작가죠. 난 우리 직원들에게 거꾸로 선 나무들을 보여주며 이런 말들을 하곤 합니다. '문제를 제대로 생각해보세요! 문제를 거꾸로 생각해보세요! 개념을 바꿔보세요! 다르게 생각하세요! 창조적으로 생각하세요! 당신의 시선을 새롭게 만드세요! 새로운 아이디어를 떠올리세요! 우리를 놀라게 하세요! 이유를 파헤치세요!' 이런 요구들이 우리 조직을 매우 현대적이고, 매우 완벽주의적인 어떤 것으로 밀어넣는 겁니다. 그러면 창조성이 늘어나고 뛰어난 감각이 생깁니다. 나는 일요일 아침에 욕조에 앉은 우리 직원들의 머리에 이 말이 떠오를 거라고 확신합니다." "네, 맞습니다, 저도 그렇게 생각합니다. 그런 요구를 하신다면 저도 깊이 생각하게 될 겁니다. 이, 이것, 이것은, 그러니까 이것은 그야말로…… 그야말로 진짜 멋집니다……." 티에리 트로켈은 거꾸로 처박힌 포플러나무를 관찰하며 더듬거렸다. "응용 연구 분야에서는 특히 더! 나는 그 생각이 당신의 뼈에 부딪힐 거라고 생각합니다!" "당연히 그럴 겁니다, 계산에, 분석에 부딪히는 거죠……." "우회하세요! 반복하시고! 만약 무슨 일이! 반복해요! 만약 내가! 만약 저기서! 만약 우리가! 만약 무엇이! 절대 반복을 멈추지 말아요! 움직여요! 문제를 돌려놓고 봐요! 만약 무엇이! 반복하기! 절대 속도를 잃지 말 것! 항상 만약 무엇이! 포플러나무들을 돌려봐요! 항상 움직일 것!" 환풍기 바람처럼 강렬한 사장의 충고에 티에리 트로켈의 머리카락이 휘날렸다. "바로 제 자신이 그것에 적응하는 거죠……." 평소처럼 온화한 말투로 빨리 말하려 애쓰며 그가 대답했다. 무슨 다른 말을 할 수 있겠는가? 사장이 얘기하는 자명한 이치들을 오래전부터 똑같이 생각해왔던 것처럼 가장하는 것 말고 티에리 트로켈이 무엇을 할 수 있겠는가? 만약 사장의 말을 반박해도 된다면 티에리 트로켈은 느림을 칭찬하고, 예술적인 뒤처짐에 찬사를 보내고, 관조적인 게으름에 박수를 보냈을 것이다. 언제 사장의 일장연설이 끝나서 그가 인간적이고 자유로운 광기에서 해방된 유탁액이 천천히 여유롭게 가라앉는 시험관들로 돌아갈 수 있을까? 설혹 유탁액들이 빠르고 폭발적인 액체라 할지라도, 티에리 트로켈은 영원한 현상처럼 거의 정지 상태의 느린 움직임으로 그 액체들이 스스로 움직이는 것으로만 느껴졌다. "'기회주의자'라는 말은 너무 너그러운 표현이에요. 만약 느릿느릿 행동한다면, 그건 당신 머릿속에 아무 생각도 없다는 뜻입니다. 느린 것과 기회주의적인 것. 그 따위는 머릿속에서 지워버리세요! 기회주의자가 되기 위해서는 행동이 재빨라야만 합니다. 장기적인 가치를 만들기 위해서는 행동이 빨라야 한다고요." 사장이 너무나 빠른 동작으로 자리에서 벌떡 일어났기 때문에 티에리 트로켈은 소스라치게 놀랐다(사장은 자신이 방금 말한 교훈들을 근육을 써서 표현하고 싶었던 것이다). 그리고 그는 커다란 책상 위로 단호하게 한 손을 내밀었다. "느림은 패배자들과 잊힌 자들의 전유물일 뿐입니다! 그리고 달팽이들의…… 더 이상 말하지 않아도 알겠죠!" 브뤼셀에서 그룹의 본부에 배치 받은 티에리 트로켈은 거기에서 8년간 일한 후, 독일의 뒤셀도르프 근처로 옮겨 지질학 관련 부서의 부장이 되었다. 그의 아내인 실비는 브뤼셀에 있는 사립학교에서 역사 교사로 일하다가 두 아이를 키우느라 퇴사했고, 그후 특수학교 아동들에게 국어를 가르치는 것으로 만족했다. 그들은 70년대 말에 뵐프라트의 주택가에 건축된, 아무런 매력도 없는 무미건조한 집을 빌렸다. 그곳은 티에리 트로켈이 일하는 회사와 가까웠다. 칼슘산화물의 일반 명사인 석회는 칼슘 카보나이트를 가열하여 얻어낸 것으로, 보통은 석회질이라고 부르며 지각(地殼)에서 많은 양이 발견되는 소재지만, 티에리 트로켈을 고용한 그룹은 가능한 한 가장 순수한 성분을 원했기 때문에 미리 개발 작업과 조사대상이 된 땅의 깊이를 감정하는 작업을 실행했다. 석회층은 몇백만 년 동안 미생물과 조개껍질들이 퇴적 작용에 의해 쌓인 퇴적층들로 이루어져 있다. 이런 몇 개의 퇴적층의 특성은 다른 퇴적층들의 손실로 강요되는 반면, 사업적 개발에 영향을 준다. 쟁점은 좋은 품질의 분량을 얻기 위해서는 쓸모없는 분량을 얼마나 제거해야 하느냐다. 석회층의 구조를 알아내기 위해서는 지질 조사용 채굴을 하는 게 좋다. 그 작업은 다이아몬드가 박힌 관으로 200미터 깊이까지 땅을 뚫는 것이다. "한계를 찾을 때까지 파고 들어가는 거죠." 티에리 트로켈이 질문을 하는 구경꾼들에게 설명했다. 흙을 파는 작업은 특성상 사람들의 호기심을 불러일으킨다. "별로 좋지 않은 것을 찾을 때까지 파고 내려가죠. 그리고 계속합니다. 품질이 별로 좋지 않은 지층을 발견하면 그 밑에는 좋은 것이 있으니까요." "만약 내가 제일 좋아하는 지질학자가 경력을 속였다면!" 뒤셀도르프의 상업지구에 두 시간 일찍 도착한 젊은 독일 처녀, 가브리엘라가 그의 말을 끊었다. "그 사람 말을 끊지 마! 당신의 그 기다란 다이아몬드 목구멍이면 지질학적으로 훌륭한 채굴 작업이 되지! 내가 단언컨대, 바닥까지 훌륭할걸!" 채굴 작업을 할 때면 포크레인은 규칙적인 간격을 두고 바윗덩어리를 끄집어낸다. 단층면인가? 연속면? 불규칙한 측면? 지층 사이를 잇는 점토질면? 티에리 트로켈은 채굴한 원통형의 표본을 둘로 자르고 내용물의 성분을 검토했다. 칼슘, 마그네슘, 알루미늄, 무수규산, 철, 유황, 염소, 망간의 함유량을 분석하면 조사 대상이 된 땅의 토질 구조에 대해서 알 수 있다. 티에리 트로켈을 고용한 기업은 이 다양한 퇴적층으로 무엇을 할 수 있을까? 어떤 종류의 석회를 생산할 수 있을까? 석회층의 성질에 따르는 개발 비용은 얼마나 들까? 그리고 나서 티에리 트로켈이 실행하는 분석 작업에는 다이너마이트로 작업하는 동료들의 도움이 필요했다. 그의 기업은 밀리미터의 크기로 정확하게 각 지층을 폭파할 수 있는 노하우를 받아들였다. "아래쪽에 있는 최고의 석회질 층 10미터에 나쁜 바위 조각이 단 2밀리미터도 섞이지 않는 게 관건이야!" 티에리 트로켈이 만난 어떤 초보자들은, 예를 들면 루마니아에서, 뒤떨어진 경쟁사에서 받아들인 그 초보자들은 불순물로 오염된 보잘것없는 품질의 혼합 석회질을 얻으면서, 섬세하게 고정시키지도 않고 급하게 다이너마이트 작업을 했다. "모든 작업은 섬세해야 돼!" 그는 버스에서 유혹한 젊은 금발 여인 비앙카에게 말했다. "정확성을 계산하고 일해야 한다고!" "뭐랄까, 당신처럼? 당신의 오럴섹스처럼? 과학적인 작업처럼?" "만약 루마니아 남자들이 일하는 것과 똑같은 방식으로 마누라들에게 키스를 한다면, 루마니아 여자들은 진짜 불쌍하다. 지저분한 놈들! 바주카포에나 처박아버려야 돼!" "당신은, 당신은 프랑스 사람인데 독일에서 벨기에 기업을 위해 일하잖아요. 이 세 나라의 국민성이 한 사람 속에 모여 있으니 존경스러운 품질이야!" 다이너마이트 발파 작업 인부들은 철저하게 범위가 정해진 5천 톤짜리 바위 면을 메스로 자르듯이 정확하게 자르기 위해, 바위 위에 노란 페인트칠로 자국을 내고 주홍색 마름모꼴을 그려놓은 뒤 깃발을 꽂았다. 티에리 트로켈은 다이너마이트가 폭파되는 그 순간을 좋아했다. 폭발음이 주위를 흔들고 마치 칼을 맞은 사람처럼 천천히 무너지는 장면, 채석장이 완전히 먼지구름에 휩싸이기 직전의 장면을 좋아했다. "그러면 플루톤*

---

* 플루톤은 그리스 신화에 나오는 죽음과 지하 세계를 관장하는 신이며, 하데스라고도 부른다. 동음이의어로 화성암의 한 종류인 광물의 이름이기도 하다.

은?" 교양 있는 여학생이었지만 결국 싫증나버린 클로디아가 물었다. 침대에 벌거벗고 누워 헐떡이는 그녀를 보는 순간부터 전혀 발기가 되지 않았기 때문에 그는 그녀에게 암석학을 가르쳤다. "플루톤이 뭔데?" 그녀는 발기가 되지 않는 그의 말 안 듣는 성기를 불만스럽게 손가락으로 쥐었다. "음, 플루톤이 플루톤이죠. 땅 속에 사는 지하의 신이에요." "난 몰랐어." 티에리 트로켈이 말했다. "넌 신화를 잘 아는구나." "그럼 당신은 채굴 작업을 하면서 플루톤을 한 번도 못 만났어요?" 그녀는 침대에서 일어나 다시 옷을 입기 시작했다. 그녀는 자신이 바라는 것은, 어느 아름다운 날 그가 다이아몬드가 박힌 관의 날카로운 끝으로 낮잠 자고 있는 플루톤을 건드리는 거라고 말했다. "그런 날이 오면, 나한테 전화해줄 거예요?" 옷을 다 입고 머리에 모자까지 쓴 그녀가 문고리를 잡은 채 물었다. "약속할게." 티에리 트로켈이 침대 위에서 벌거벗은 채로 대답했다. "그런 날이 오면, 너한테 전화한다고 약속할게." 그러자 그녀는 천천히 문을 닫았다.

12

느무르 카페의 테라스에 앉아 가을의 찬란함에 대한 생각에 잠겨 있을 때(마침 하늘에서는 비가 오고, 바람이 몰아치고, 짙고 거대한 먹구름이 드리워져 사방이 어두워져가고 있었다) 한 친구가 전화를 해서 몸이 얼어붙는 이야기를 들려주었다. 당시 나는 수첩에 글을 쓰고 있었다. "가을은 매번 생경한 걸작일 수밖에 없다. 왜냐하면 가을은 너무나 다양한 상황, 즉 비, 폭풍우, 태양, 부드러운 달빛, 잿빛 날씨, 뇌우, 향수 어린 분위기, 축제와 같은 날씨 등을 어김없이 동반하기 때문이다. 반면 봄은 우리가 기대하는 바를 저버리곤 한다. 유토피아란 실현되지 않고 유토피아로 남아 있어야만 하니까." 수첩에서 눈을 뗀 나는 봄과 가을의 새로운 대립 상황을 발견했다고 생각했다. 은유적인 표현도 했다. "봄은 마치 젊은 여배우 같다. 종기 하나만 나도 아무것도 하지 못하고, 감기에 걸리면 골골대고, 습진이 생겨 딱지가 앉으면 제대로 걷지도 못한다. 반면 가을은 꼭 영화 속 늙은 천재 같다. 거대하고 뭔가가 과잉되어 있으며, 낯빛이 어둡고 털이 부숭부숭한 식인귀와도 같다. 가을의 만족할 줄 모르는 육식성 식욕은 분노, 마약, 알코올, 섹스, 폭력, 하얗게 지새는 밤들, 정신, 빛, 웃음, 부드러움, 명랑함, 신경질, 지성, 험상궂은 표정, 애교 있게 장식한 단추 구멍 등 모든 것을 집어삼킨다. 가을은 모든 것이 가능한 계절이다." 내가 그렇게 횡설수설 끼적거리고 있을 때, 휴대전화의 벨이 울렸다. 전화기 너머에서 내가 친애하는 남자의 홍보 담당자인, 내가 친애하는 여자의

423

목소리가 들렸다. 내가 친애하는 그 남자는 크리스티앙 드 포잠박이다. "잘 지내시죠?" 그녀가 물었다. "아주 잘 지내요. 강연회를 준비하고 있어요." "강연회요? 어떤 주제로?" "내 글쓰기에 대한 거예요. 12월 말에 제노바에서 열릴 강연회예요." "제노바에서요? 내가 정말 좋아하는 도시인데!" 그렇게 말한 후 그녀는 곧장 렌조 피아노*의 고향과 그곳 항구 지역에 렌조가 세운 건물에 대해 말하기 시작했다. "그가 거기서 태어난 것 알아요? 아틀리에에 가보셨어요? 저 좀 소개시켜달라고 크리스티앙 씨한테 부탁해줘요. 정말 근사하잖아요!" 그녀가 내게 전화를 건 진짜 이유를 듣기까지 10분이 넘게 걸렸다. 그녀는 다양한 내용으로 주제를 벗어나 그 상황을 피하고 싶어하는 눈치였다. "그런데 무슨 일로 전화하셨어요?" 결국 내가 그렇게 물었다. "좀 민감한 얘긴데요." "좀 민감하다고요? 불안한데요……." "당신이 크리스티앙 씨에게 보낸 메일에 대한 얘기예요." "내가 크리스티앙 씨에게 보낸 메일? 난 근래에 크리스티앙 씨에게 메일을 보낸 적이 없는데요. 지난 달에 문자메시지 보낸 게 다예요. 제일 좋아하는 계절이 언제냐는 걸 묻는 문자메시지." "하지만 크리스티앙 씨는 분명히 오늘 아침에 당신이 보낸 메일을 받았어요. 제가 말씀드릴 수 있는 건, 크리스티앙 씨가, 그러니까……" 그녀가 시간을 끌었다. "뭔데요? 뭐가 어쨌다는 건데요?" "에릭! 어떻게 그런 메일을 보낼 수가 있어요! 그것도 크리스티앙 씨에게!" "도대체 무슨 메일에 대해 말하는 거예요? 다시 한 번 말하지만 나는 크리스티앙 씨에게 메일을 보낸 적이 없다고요, 오늘 아침에도, 최근에도요!" 나는 화가 나기 시작했다. 내 목소리 톤이 신경질적으로 변했다. 나는 신경질적으로 한숨을 쉬는 가엘의 목소리를 듣고 그녀에게 말했다. "자, 진정합시다, 우리. 당신 지금 그 메일이란 걸 보고 있어요?" "예. 보고 있어요." "그럼 읽어보세요. 얘기는

---

* 이탈리아의 유명한 건축가.

나중에 합시다." "당신 메일의 제목(메일 목록에 적혀 있는)은 '축축하게 젖은 여자들'이에요." 잠시 침묵이 흘렀다. "죄송해요, 하지만 좀……" "계속해요." 내가 그녀의 말을 끊었다. "원하신다면요. 메일을 열면 이런 내용이 적혀 있어요. '엄청나게 많은 레즈비언들이 내 사이트에서 당신을 기다립니다. 이곳에 오시면 모스크바의 아름답고 근사한 창녀들을 만나게 될 겁니다. 슬로바키아 아가씨들의 진짜로 화끈한 총천연색 구멍을 볼 수 있답니다. 축축하게 젖은 두 명의 레즈비언들이 발칸 반도의 중학교 체육실에서 차례로 서로의 음부를 빨아줍니다. 항문 모양의 공, 음경 모양의 손잡이, 물결 모양의 펌프, 돌기 달린 게이샤용 공, 마디가 있는 두 배 크기의 음경, 흡반 붙은 거대한 음경. 이곳에서는 모든 일들이 가능합니다. 이 광경의 클라이막스는 모스크바의 진정한 색광녀가 흥분해서 비명을 지르는 이중 삽입이에요. 그녀의 항문은 완전히 부풀어오르고, 거기에 그녀가 너무너무 좋아하는 방망이를 넣을 수도 있어요." 침묵이 흘렀다. 나는 깜짝 놀라 멍하니 있었다. "에릭 라인하르트라는 서명이 있고요. 그 옆에는 '발칸 반도의 축축하게 젖은 여자들'이라는 사이트 주소가 있어요. 동양 여자들의 비디오를 볼 수 있다는 설명과 함께요." 나는 담배를 한 개비 꺼내 불을 붙였다. 손에 힘이 없어 라이터가 바닥으로 떨어졌다. "추신도 있어요. 읽어볼까요? 당신은 은밀하게(왜냐하면 당신의 유명세가 장애가 될 테니까) 최신형 섹스 장난감을 마련할 수 있을 겁니다. 예를 들어 흥분한 '지배자'라는 도구는 페니스를 휘두릅니다. 그것은 발기하고, 흔들고, 클리토리스를 자극하죠. 뜨거운 밤을 보내기 위한 다용도 도구입니다. 1초도 주저하지 말고 내 사이트로 달려오세요!" 잠깐 동안 다시 침묵이 흐른 후, 내가 물었다. "당신은 내가 그런 메일을 크리스티앙 씨에게 보냈을 거라고 생각하는 건가요? 그게 말이 된다고 생각해요?" "간단하게 확인해 보일게요. 이 메일의 발신 주소가 eric.reinhardt@wanadoo.fr로 되어 있고, 당신의 서명까지 있어요." "음, 난 아니에요.

누가 내 이메일을 도용한 거라고요. 내가 할 수 있는 말은 이것뿐이에요." 가엘이 자신은 내 말을 안 믿는다는 사실을 분명히 밝힐 필요는 없었다. 그녀는 내가 지인들의 목록에서 크리스티앙 드 포잠박을 빼내는 것을 잊었다고 생각했을 것이다. 사실 나는 작가로서의 욕구에 따르기 위해 포르노그래피 산업에 몰두하기도 했다. "당신의 소설 속에 포르노그래피를 삽입하는 걸로는 충분하지 않은 건가요? 꼭 축축한 구멍이 필요한 거냔 말이에요!" 다음 날 아침, 더블 에스프레소를 마시기 위해 오페라 극장의 간이식당에 있던 내게 출판사 편집장의 전화가 걸려왔다. 장 마크 로베르는 원래 인사치레를 싫어하는 사람이다. 내가 전화를 받자마자 그는 대뜸 이렇게 말했다. "기나긴 겨울밤을 달래기 위해 커다란 슈퍼 페니스를 꿈꿔본 적 있어요?" "음, 뭐라고요? 미안한데 뭐라고 했어요?" "기나긴 겨울밤을 달래기 위해 커다란 슈퍼 페니스를 꿈꿔본 적 있냐고요." 내가 침묵을 지키자 그는 "혼자서 구멍 두 개를 즐기고 싶은 거예요? 선생님은 이제 더 이상 침대에 누워 당신 글에 대한 가혹한 시평을 읽으며 저녁 시간을 보낼 수 없을 거예요! 암, 어림없고말고. 선생님에게 필요한 건 벌떡 선 성기니까요! 양손잡이가 달린 성기 최대 세우기 기구는 놀라운 크기를 만들어주며, 기구 몸체에 수없이 붙어 있는 오톨도톨한 요철 덕분에 클리토리스를 자극해서 아주 강한 질내 삽입과 부드러운 항문 삽입을 좋아하는 여자들에게 큰 만족을 드릴 것입니다. 망설이지 마세요! 내 사이트에 와서 주문하세요! 비밀은 틀림없이 보장됩니다!"라고 퍼부어댔다. 그러고는 굳게 입을 다물었다. "그게 다예요?" 내가 물었다. "그게 다냐고! 그게 다냐고 물었어요?" "내가 묻고 싶은 건 그 메일이 거기서 끝났냐는 거예요?" "이걸로 충분하지 않다는 거예요? 더 원하는 거예요?" "그저 궁금해서 물어본 거예요." "이 메일이 날 웃겼어요! 정말이에요. 진짜 웃겨요. 맹세할게! 이 메일은 진짜 웃긴다고요! 선생님의 유머를 알고는 있었지만, 『가정의 기질』에 쓴 그 수법요!" "그래서요?" 내가 물었다. "하지만 자신의 이름으로 등록된 사적인 메일 주소로 이 메시지를 받은 사람은 전혀 웃지 않았을 거예요." "전혀 웃지 않았을 거라고요? 그럼 화가 났을 거라고 말하고 싶은 건가요?" "네, 그 사람은 하나도 웃기지 않고 화가 났을 거예요." "그게 누군데요?" "잊어버렸어요? 자기가 이 메일을 누구한테 보냈는지도 몰라요, 이젠?" 나는 절망했다. 그 메일이 발송되는 데 필요한 행동을 내가 전혀 하지 않았다는 것을 오페라 극장의 간이식당에서, 그것도 전화로 장 마크 로베르에게 설득시키려 시간을 낭비할 필요는 없었다. 그와 만날 약속을 잡는 게 훨씬 나은 선택이었다. 내 자리에서 조금 떨어진 곳에 앉아 제이슨의 정부와 수다를 떨면서 코카콜라를 홀짝거리고 있는 마리 아녜스가 보였다. "선생님 메일을 받은 사람은 주요 일간지의 문화부장이에요." "주요 일간지?" "《르몽드》요." "아!" 나의 입에서 탄식이 흘러나왔다. "그렇담 그 여자가 뿔났다면 골치 아픈데……." "당신한테서 그런 이상한 메일을 받고 나서 그녀가 뿔내면 골치 아프다? 그럼 기나긴 겨울밤을 보내기 위해 왕따만하게 선 슈퍼 거시기를 꿈꿔봤냐고 물어봐요! 그리고 나선 그녀가 화난 게 골치 아픈 일인지 아닌지를 나한테 물어볼 건가요?" "그건 내 질문인 것 같은데." "골치 아프지. 아주 심하게 골치가 아파요. 그녀가 그 메일을 없애지 않는 한, 늘 당신에게 호의적이었던 그 신문에 선생님 기사가 실리는 일은 없을 거예요. 그가 은퇴하기 전까지는! 이제까지 선생님을 그렇게도 좋아했던 신문인데 말이에요." 그가 잠시 말을 멈췄다가 다시 이었다. "다른 기자들에게도 광고 메일을 보냈어요?" "《누벨 옵세르바퇴르》*에도 갔을 것 같은데요." "《누벨 옵세르바퇴르》의 누구한테?" "자유기고란의 담당자. 승마 마니아였는데, 이름은 잊었어요. 그 사람한테는 남근에 끼우는 고리를 팔려고 애썼죠. 고환 뒤에 놓는 것으로, 돌출부가

─────────────

* 프랑스의 유력 시사 주간지.

금속으로 된 가죽고리랍니다.” “음, 좋아요, 내가 그 사람한테 전화할게요. 이게 다예요? 확실해요? 혹시 그 메일을 《엘르》로는 안 보냈나요?” “전혀요. 《엘르》라뇨! 난 《엘르》에 얼씬도 안 했어요. 게다가 그 여자들은 그런 게 필요 없어요. 집에 다 있을 거라고요!” “그나저나 그 37과 2분의 1 신발 사이즈에 관련된 소설은 어디까지 진행됐어요?” “잘 돼가요. 잘 풀리고 있어요. 만족스러워요.” “좋아요. 우린 엄청나게 찍어내게 될 거예요. 그리고, 잊지 말아요. 원고 마감 기한은 2월이에요.” 그 말을 마치고 그는 인사말을 안 했던 것처럼 맺음말도 없이 전화를 끊었다.

텔레비전 프로그램에 등장하는 초대 손님들은 대중매체에 드러나는 자신의 모습을 최대한 치장하는 데 몰두했다. 그들은 자신을 표현력 있고 깊이 있으며 신중한 사람으로 꾸며냈다. 은연중에 그들은 보통 이상의 자질을 드러냈고(설령 그것이 미레이유 마티유처럼 수백만 장의 앨범이 팔린 피곤한 샹송을 해석하는 것에 불과할지라도), 프로그램 진행자들과 대화할 때는 자신이 특권층이라는 것을 은근히 드러냄으로써 상대가 자신을 우러러보게 했다(그 상대에는 시청자들도 포함되었다). 시대의 아이콘인 이들은 명성이라는 대단한 것에 빚을 지고 있었다. 가장 멍청한 인간들이 똑똑하게 보이려고 노력했고, 가장 표현력 없는 인간들이 표현력이 있는 것처럼 보이려 애썼으며, 가장 진부한 인간들이 진보적인 인간인 양 보이려 안간힘을 썼다. 작가들은 자신들의 문화와 생각, 통사론, 어휘들이 경탄의 대상이 되게 하려 애썼다. 배우들은 우수한 예술적 자질에 성격까지 맞추려 했다. 명성이 있다고 해서 반드시 사람 자체가 뛰어난 법은 아니다. 그러나 명성에 걸맞은 인간성을 갖고 있는 것처럼 보여야 했다. 텔레비전을 보는 사람들은 하나같이 이렇게 생각했다. ‘저런 재주가 있으니, 저이가 저 프로그램에 초대된 건 너무나 당연한 거야(저 사람이 애

스턴 마틴*을 모는 건 정말 자연스러운 일이야). 나 같은 사람이랑은 다르지.'
자기도 모르게 유명인들의 재능과 직업을 그들의 탁월한 조건과 연결시
켜 생각하게 되는 것이다. 어떤 이들의 부와 행복, 명성은 그것을 갖지
못한 초라하고 나약한 존재들에게는 폭력이 된다. 부자, 행복한 사람, 유
명한 사람이 최고의 것을 누리고 존경 어린 환대를 받는 것은, 거의 눈에
띄지도 않고 그렇다고 아파할 줄도 모르는 이름 없는 사람, 불행한 사람,
비참한 사람에게 상처를 입힌다. 물론 유명한 사람이 고립되던 시대도
있었다. (햄릿을 연기하는) 무대 위의 배우와 객석에 앉은 관객을 분리하
는 중간 휴지기 같은 시대, 유명인에 대한 사람들의 관심이 폭발적으로
증가하는 한편 그로부터 유명인을 보호하려는 생각이 존재하던 시대였
다. 명사들은 청렴결백을 지키고자 애썼다. 그러다 20여 년 전에 무슨 일
이 일어났는가? 골방 안에 틀어박혀 있던 파트리크 네프텔이 목격한 것
은 무엇이었나? 유명인들에게서 공백과 신중함, 대중과의 거리, 탁월함
이 사라지는 것을 목격했다. 상품의 상업화된 명성은 그 상품의 판매 촉
진을 돕는다. 상품(음반, 책, 영화, 콘서트 등의 상품)의 판매 촉진에 동참하
기 위해 항상 유명인들이 텔레비전에 초대되었다. 하지만 처음에는 적어
도 자신들이 영업 활동에 동원되었다는 것을 숨기는 품위는 지니고 있
었다. 자신들의 직업에 자부심을 갖고 있는 토크쇼 프로그램의 진행자들
은 자신들이 VRP**나 진보 매체의 언론인 들과 비교되는 것조차 거부하
고 오로지 진행자로서 인정받기 바라면서, 자신들이 실용적인 목적을 위
해, 즉 상품을 판매하기 위해 일한다는 사실을 넘어서려 애썼다. 그러나
언젠가부터 그들의 품위는 온데간데없이 사라졌고, 추잡한 행동을 해야
할 위기에 처하게 되었으며, 내장까지 다 보이게 낱낱이 해부되었고, 상

---

* 영화 〈007〉 시리즈에서 제임스 본드가 탔던 영국의 명차.
** Very Resourceful Person.

품을 파는 기업들과 어떤 관계를 맺느냐에 따라 수입이 달라졌다(때문에 그들은 무대에 나설 때마다 긴장감, 충분히 팔지 못하면 어쩌나 하는 두려움, 많은 방청객에 대한 불안감을 느껴야 했고, 유명세가 점점 시들해지거나 상업적인 성과가 축소됨에 따라 신경쇠약에 시달려야 했다). 더 끔찍한 것은, 진행자들이 프로그램에 초대된 이들과 오랜 세월 동안 밀착 관계를 유지하고 있다는 점이었다. 시청자들의 대표이자 중재자의 역할을 갖고 있는 진행자는 유명인사의 치료사이자 속내를 털어놓을 수 있는 절친한 친구이며 공모자인 동시에 그들과 동등한 사람이 되었다. 시청자가 어떤 방송을 시청하지 않으면, 진행자는 베일에 가려진 고독한 유명인에게 재치 있는 질문을 던져 만족스럽게 묵인되는 자극적인 내용들을 끌어냈다(왜냐하면 자기 일을 열심히 하는 사람도 있어야 하니까). 진행자들 역시 유명인사들과 똑같은 특권을 누리게 되었고, 진행자라는 이름으로 초대 손님들과 동일한 입장에서 사적인 테이블에 앉은 것처럼 평화롭게 수다를 떨었다. 그들은 친분이 있다는 걸 드러내기 위해 슬쩍슬쩍 말을 놓았고, 은밀한 비밀이라도 공유한 것처럼 수차례 윙크를 해댔다. 서로의 성공을 축하했고 그 성공을 위해 희생해야 했던 것들을 측은히 여겼으며, 이런 음반, 저런 영화, 이런 공연으로 시청자들의 칭찬을 받기 위해 모두 다같이 손가락을 걸었다. 그리고 자기들끼리 이렇게 말했다(프로그램을 보고 있는 시청자들 앞에서). "관중들이 내 수법에 걸리기만 한다면! 당신은 관중이 들지 않는 게 두렵지 않아? 당신은 지난번 공연으로 돈을 무진장 벌었잖아! 이제 입장객의 수를 두 배로 늘리는 게 목표라고? 나는 모르겠어." 그들은 설사 관객에 대한 얘기를 나눌지라도 마치 관객이 그 자리에 없는 것처럼 행동했다. 그들은 그랑 크뤼* 와인에 야채샐러드를 곁들여 먹으며,

---

* 와인 생산지에 매겨진 등급 중 가장 높은 등급의 특급 포도원. 매우 우수한 품질의 와인을 생산하는 샤토에 부여되는 명칭이다.

유명인사들의 주머니를 불려주는 관객들에 대해 나지막이 이야기했다. "와인 좀 더 드릴까요, 세실? 난 내 공연을 보러 온 1,400만 관객의 건강에 건배하겠어요! 당신은 내 아름다운…… 시골풍의 넓은 부엌을 봤어요, 미셸?" 더 이상 어디에도 순수는 없다. 깊이를 알 수 없는 배려도 없다. 그들은 자신들이 어떤 사람인지를, 즉 부자이며 행복하고 평범하고 저속하고 통속적이라는 것을 내보였고, 세상사람들과 마찬가지로 고통과 근심, 꿈과 어린 시절의 추억도 있다는 것을 드러냈다. "당신은 왜 아이가 없나요?" 그걸 보는 시청자들은 자신들은 앉을 자리도 없는 그곳에 가 유명인들의 사생활에 끼어든 것 같은 착각을 했다. 마치 열쇠 구멍으로 주인이 식사하는 모습을 들여다보면서, 자신이 주인과 함께 식탁에 앉아 있다고 착각하는 하인처럼 말이다. 확실히 이 지위는 타인들의 사생활에 개입하고 싶어하고 유명인사의 집에 접근하고 싶어하며 늘 그 이상을 알고 싶어하는 대중들의 욕망을 만족시킨다. 하지만 어쩌면 그 욕망은 교묘히 피해 갈지도 모르고 어쩌면 그런 상황에서 얻는 이익이 손해보다 더 클지도 모르지만, 자신의 인생이 존중받지 못한다고 생각하는 사람에게 그것은 엄청난 실패이자 굉장한 모욕이며 지독한 외설이다. 어느 날(요강이 가득 차는 날, 토크쇼라는 심심풀이가 정당화될 수 없는 위협이 되어 사회 정의를 원하는 사람들의 격렬한 분노가 요동칠 때) 나는 질문을 던질 것이다. 그때가 되면 관음증은 적대감으로 바뀌고, 동경은 복수의 욕망으로 변하고, 욕구와 호기심 사이, 질투와 관음증, 신랄함과 기분 전환하고 싶은 욕망 사이의 불안정한 균형의 기울기가 시청자들의 태도를 완전히 뒤집게 되지 않을까? 그렇게 되면 크나큰 문제들이 발생할 것이다. 유명인사는 무엇으로도 보호받지 못할 것이다. 유명인사가 혜택을 입었던 보호책이 저절로 사라지면서(관객들은 햄릿을 연기하는 배우의 짧은 턱수염을 잡아당기려고 무대의 경계를 넘지는 않는다. 하지만 유명인사들은 이 경계선을 두어야 한다는 것을 간과하지 않았나), 경우에 따라 폭력적일 수

431

도 있는 시청자의 손끝으로부터 유명인사는 더 이상 안전하지 못할 것이다. 유명인사들은 시청자의 달착지근한 관심을 얻기 위해 사생활을 드러낸다. 포르노그래피 역시 보는 사람의 폭력성을 야기할 수 있다. 왜냐하면 유명인사들이 대중매체를 통해 보이는 연기의 성격 때문이다. 저속한 이야깃거리들을 온몸에 뒤집어 쓰고 살고, 타인들이 자신의 생활을 제멋대로 들여다보는 것을 용납하고, 가장 수치스러운 비밀까지도 까발리고, 자신들의 실체에 대한 황홀경을 팔며, 자신들의 은밀한 욕구를 모두 광장에 드러내놓고 사는 유명인들을 사람들은 자신의 부속품처럼 여기게 된다. 유명인을 어떻게 바라보든 그것은 시청자들의 몫이다. 유명인사는 대중에게 자신을 소유할 권리를 팔았다. 더 많은 음반과 책, 공연 티켓을 팔기 위해 응당 치러야 할 대가였다. 파트리크 네프텔은 유명인사들을 지켜보며 그들의 목구멍에 오줌을 싸도 되고, 자신의 성기로 그들의 성기를 더럽혀도 되며, 그들을 향해 미치광이처럼 소리쳐도 된다는 생각이 들었다. 만약 거리에서 유명인 한 명을 만나게 된다면, 그 사람을 건드리지 말아야 할 이유가 없는 것이다. "그 바보천치들이 원하는 건 돈이에요, 돈! 자기가 선택한 거니까 그들은 그 결과를 받아들여야 해요. 그들은 자신에 대해 까발리는 것쯤은 눈 하나 깜박하지 않고 있어요. 내가 자기네 사생활에 끼어들어도 아무 상관 안 할 거라고요." 파트리크 네프텔이 자신을 체포한 경찰들에게 말했다(그가 거리에서 마주친 마틸드라는 여자의 음부에 손을 댔던 것이다). "나는 사용료를 냈어요! 난 아무것도 요구하지 않았다고요! 그저 조용히 집에만 있었다니까요! 무대에 나와 가슴을 내보인 건 내가 아니에요! 내 성기에 대해 얘기한 것도 내가 아니고요! 사람들이 원하는 세상을 만들어낼 수 있는 사람이라거나, 엄청나게 돈이 많은 디바로 텔레비전에 나온 것도 내가 아니에요! 이틀 동안이나 그녀와 그 짓을 하기 전에, 그 여배우란 계집애에게 전화번호를 주면서 맛있는 음식을 먹으러 오라고 농촌으로 초대한 것도 내가 아니에요. 그 요리사 놈은 딸뻘 되는 금발 여배우들을 따먹었다고! 나는 평생 한 번도 여자랑 못 자봤단 말이에요! 내 거시기를 여자 보지에 한 번 찔러보지도 못했다고요! 그 요리사는 금발 여배우, 그 연하디 연한 계집과 직접 연락해서 몇 시간 동안 그 시골에서 뒹굴었을 거예요! 그러고 나면 진행자는 이렇게 말하죠. '좋은 저녁 되세요! 우리 프로를 이렇게 많이들 시청해주셔서 감사합니다! 다음 주 일요일에 또 뵐게요!' 난 돈 한 푼 없이, 엄마랑 코딱지만 한 집에서 다 말라비틀어진 완두콩이나 처먹고 있다고요. 난 그들을 귀찮게 할 거야. 그들 엉덩이에 내 자지를 찔러넣을 거라고. 고통 좀 받겠지! 그들이 내 괴로움을 조금이라도 경험해봐야 돼! 그들은 내 고통을 함께 나누게 될 거야. 두고 보세요! 이 지구상에서 나 혼자만 슬픔에 빠져 있을 순 없다고요!"

로랑 달은 행복에 가까운 활력으로 임무를 수행했다. 스티브 스틸과 동일한 몫을 가진 이지투르의 소유자가 되자, 어떤 어려움도 매일 손익 계산서를 내고 주식 중개인들의 작업 사항을 기록하는 즐거움을 감소시키지 못했다. 그는 투자자들의 요구에 맞춰 그들이 얻어낸 결과를 알렸다. "현재로서는 20퍼센트 올랐습니다." "훌륭하네요. 돌아가는 상황을 알려주세요." "다음 주 월요일에 파리에 갈 생각입니다. 점심식사 같이 하실래요?" "좋죠. 다음 주 월요일 시간을 비워둘게요. 정확한 시간은 내 비서가 전화로 말씀드릴 겁니다." 4월에는 《파이낸셜 타임스》에 그들 회사가 오픈했다는 기사가 실렸다. '이지투르, 모두의 입에 오르내리는 새로운 헤지펀드'라는 제목으로 "1월 초에 런던에서 문을 연 이 헤지펀드는 인상적으로 출발했다. 골드만삭스와 모건스탠리의 프랑스 스타, 스티브 스틸은 동업자인 로랑 달과 이지투르의 닻을 올리기 위해 모건스탠리를 떠나 훌륭한 시작을 알렸다. 행동을 개시한 지 넉 달 만에 그들은 20퍼센트를 웃도는 성과를 올렸다. 스티브 스틸이 지난 5년 동안 이루어낸 결과에 입각한다면 금융계에 종사하는 사람들은 대부분 그가 괄목할 만한 성과를 내리라 주목하고 있다." 우리는 이 기사의 중심에서 이런 찬양의 메시지를 찾을 수 있다. '스티브 스틸, 절대 실패하지 않는 주식 중개인.' 《파이낸셜 타임스》가 선전해준 덕택에 경각심을 느낀 꽤 많은 수의 투자자들이 새로운 헤지펀드에 투자하기 위해 로랑 달을 찾았다. "당신들이 런던에 차린 그 놈이 아주 잘 나간다면서요? 여러 신문에서 읽었어요. 《파이낸셜 타임스》하고 《유로 헤지》에서……." "사실 나쁘지는 않아요. 초기 4개월 동안 15퍼센트의 성과를 올렸으니까요." "당신네 증권 브로커가 꽤 재능이 있는 것 같은데……, 내 기억이 정확하다면 스티브 스틸이었나……." "네, 전에 골드만삭스와 모건스탠리에서 일했던 스티브 스틸이에요." 별 수 없이 로랑 달도 마치 시대의 아이콘이라도 되는 양 스티브 스틸을 팔아먹는 데 익숙해졌다. 성공한 주식 브로커는 확실한 본능의 난해한 법칙에 따라 매일매일 새로운 영양을 섭취한다. "맞아요, 그는 천재적이죠. 예를 든다면, 제가 예를 하나 들어볼게요. 언젠가 모두들 종이 회사의 주식에 투자했던 적이 있어요. 그러나 우리는 하지 않았죠. 주가가 오르기 시작하자, 우리는 다른 사람들과 반대로 공매도를 했어요. 왜냐? 스티브 스틸이 종이 회사들에게 상황이 나쁘게 돌아갈 거라는 전망을 내놓았거든요. 특히 아시아 사람들이 달려들어 경쟁이 어마어마하게 심해졌기 때문이었죠. 모두들 사고, 모두들 투자하니 주가는 올랐죠. 그러면 우리는? 이지투르는? 우리는 팔았죠. 우리는 팔았어요. 팔았다고요." 로랑 달은 음절을 하나씩 정확하게 발음했다. "우리는 모든 사람들이 하는 것과 반대로 공매도를 했어요." 로랑 달은 전략적으로 잠깐 말을 멈추었다. 그는 결말의 결정적인 영향을 최대한 높이기 위해 스릴을 준비했다. "그래서?" 조바심이 난 상대방이 물었다. "그래서요? 스티브 스틸의 예견이 적중했죠. 주식 시장은 결국 **무너졌어요**. 우리는 다른 사람들과 반대로 어마어마한 돈을 벌어들였죠. 자본을 투자한 대부분의 투자자들은 이 시장의 반전에 **많은 돈**을 잃었고요." 예비 투자자의 경탄스러운 침묵이 뒤를 이었다. "자, 이래서 스티브 스틸이 천재라는 겁니다. 모두들 무언가에 열광해서 폭주할 때, 그는 **반대로 하죠**. 모두들 너무 많이 팔 때, 그는 **다시 사들입니다**. 너도나도 사들이고 있을 때 그는 팝니다. 한 가지만 말씀드릴게요. 제 생각에 주식 시장이라는 곳은 아직 얼마 동안은 대세의 **반대로** 움직여야만 하는 곳 같습니다." 몇 주 후 《월스트리트 저널》에 이지투르에 대한 눈이 번쩍 뜨이는 기사가 실려 금융계의 이목을 집중시켰다. '**시작한 지 얼마 안 된 이지투르의 빛나는 몇 개월**.' "골드만삭스와 모건스탠리에서 일했으며, 훌륭한 실적을 내서 파리에도 이름이 알려져 있던 스티브 스틸이 지난 1월, 동료인 로랑 달과 함께 런던에서 헤지펀드 '이지투르'를 출범시켰다. 최근 들어 언론에도 소개되기 시작한 그의 활동은 놀라운 성과를 내고 있다. 사실 지난 몇 달은 대부분의 유럽권 투자 펀드들에게는 우울한 시기였지만, 이지투르만은 예외였다." 전화벨이 끊임없이 울렸다. 4월에서 7월 사이에 기업가, 패밀리 오피스, 금융회사의 에셋 매니저 등 25명의 투자자들이 이지루트의 자본금을 1억 달러에서 4억 달러로 높여주었다. "그래도 조심하게." 7월의 어느 일요일 저녁, 클로틸드의 의붓아버지가 말했다. "무슨 말씀이시죠?" "자신감이 지나쳐. 핑그르르 머리가 도는 게 바로 그럴 때지." "걱정 마세요. 저희도 분별력이 없진 않습니다." "자네는 그렇지." 필리프가 로랑 달의 말을 끊었다. "스티브도 마찬가지예요. 제가 스티브를 잘 보좌할 겁니다. 그의 자신감이 과도해지지 않도록 제가 억제시키고 있어요." "훌륭하군. 그것도 자네 역할이지." "그 점에 대해서는 아무 걱정 마세요." "어쨌든 나도 잔은 들겠네. 적어도 이렇게 말할 수는 있겠지, 브라보!" 그가 클로틸드에게로 몸을 돌리고 말했다. "그렇지?" "예. 정말 대단해요. 이이가 우울한 것보다는 지금이 정말 좋아요. 난 이이가 매일 아침 멀미하는 줄 알았다니까! 내 남편을 괴롭히려면 그 머저리들은 머리를 좀 써야 할걸!" "지난 달에 '붓다 바'에서 올리비에 가라주와 마주쳤어. 그 얘기 당신한테 했던가? 아버님께도 말씀 안 드렸나요?" "아니. 한 마디도 안 했어. 어쨌는데?" "당신이 말한 대로야. 그 머리! 자만심! 짜증나는 인간형!" "그도 신문 기사를 읽었을 거야." "당연하지. 그가 부러움과 증오심, 질투, 불신…… 우리와 합류하고 싶은 욕망 사이에서 갈등하는 게 보였어. 내가 그를 채용해줬으면 하는 욕망!" "그렇게만 된다면 감지덕지겠지." "두고 봐. 그는 내 앞에서 굽실거리게 될 거야. 늙고 간악한 인간처럼 존경심을 담은 말투와 감미롭고 번지르르한 표정으로 굽실거릴 거라고." 필리프가 물었다. "클로틸드, 넌 아직도 런던으로 갈 생각은 없는 거냐? 자네, 닭고기 좀 더 줄까?" "아뇨, 됐습니다. 아주 맛있었어요." 클로틸드가 대답했다. "네. 없어요. 우리에게는 이렇게 사는 방식이 맞아요. 2주에 한 번씩 런던과 파리에서 번갈아가며 보는데요, 뭐." "딸내미들이 보고 싶지는 않아?" 필리프가 로랑 달에게 물었다. "보고 싶죠, 조금은요. 괜찮아요. 매일 두 번씩 전화하거든요. 이른 아침 학교 앞에서 한 번하고, 자러 가기 전에 밤에 한 번 통화해요. 아이들에게는 페덱스로 선물을 보내고요. 지금 상황도 나쁘지 않습니다. 클로틸드가 옳았어요." 필리프는 미심쩍어하는 눈빛으로 로랑 달을 바라보았다. "너희들이 좀 이해가 안 되는구나. 몇 달 후면 우리 손녀들이 나를 만나러 올 거다. 런던은 좀 힘든 도시지. 애들에게는 파리가 훨씬 좋을 거다." 사실 로랑 달은 지금처럼 지내는 게 좋았다. 클로틸드와의 연정은 시들해진 지 오래였다. 그들은 서로 천천히 멀어지고 있었다. 그들은 지난 12월부터 잠자리를 하지 않았고, 섹스리스 부부로 지내는 것에 문제의식조차 느끼지 못했다. 안락함, 다정함, 가족적인 행복감에 대한 기대는 사라지고, 가정이라는 외관을 유지하는 게 아이들을 키우는 데 더 좋다는 필요성만 남았다. 클로틸드는 그를 배반했을까? 그 생각은 그를 냉정하게 만들었다. 그는 때때로 생각했다. '정말 바라건대, 클로틸드가 일주일 중 자유로운 닷새를 잘 이용했으면 좋겠어.' 로랑 달은 아침 7시경 사무실에 도착해서 몇 분간 스티브 스틸과 이런저런 의견을 나누었다. 투자할 시점과 손익 계산에 대해. 스티브를 보조하는 두 명의 브로커들이 그 내용을 받아 적었다. 그때, 여비서가 다가왔다. "로랑, 전화예요. 중요하고 급한 용무인 것 같아요." "안녕, 누군데?" "안녕, 알렉산드라. 우리 예쁜이 어떻게 지냈어?" 스티브 스틸이 그녀를 위아래로 훑어보며 히죽거렸다. "암베브*요. 브라질의 패밀리 오피스." "오케이. 지금 바로 갈게." 여비서를 채용한 것은 스티브 스틸이었다. "여비서를 뽑는 특권은 내가 차지할 거야!" 그는 주장을 굽히지 않았다. 스티브는 그녀를 어디에서 찾아냈을까? 어떤 바에서. 그는 그녀랑 잤을까? 확실하다. 다른 펀드 회사의 대부분의 여비서들과 마찬가지로 프랑스 태생에 날씬한 허리와 긴 금발을 지닌 알렉산드라는 아주 놀라운 가슴까지 갖고 있었다. 완벽한 체형이라는 단 한 가지의 기준(그녀가 입는 옷이 강조하는)이 그녀가 고용된 결정적 이유가 된 것 같았다. "제기랄! 너도 그녀의 가슴에서 이리저리 흔들리는 무진장 큰 유방을 보게 될 거야. 너도 좋아할걸." "넌 큰 젖가슴을 좋아하는구나." 로랑 달이 말했다. "뭐, 내가 큰 젖가슴을 좋아한다고? 그럼 넌 싫어하냐? 이지투르의 마크로 어때? 넌 이지투르의 마크가 뭐든 상관없어?" 매일 열 시간씩 로랑 달과 스티브 스틸 옆에 머무르는 유능한 알렉산드라는 모든 면에서 그들을 도왔다. 그들이 휴가갈 곳을 예약했고, 클로틸드에게 꽃을 보냈으며("사모님에게 장미 서른 송이를 보내야 하는데, 카드에는 뭐라고 적을까요?" 알렉산드라가 물었다. "글쎄, 난 잘 모르겠는데. 당신이 다정한 말로 좀 적어봐."), 세탁물을 관리했고, 주말에 스티브 스틸이 정복할

* 브라질의 맥주 회사.

여자를 데리고 와야 할 때면 호텔 방("뭔가 기묘하고 풍요로우며 에로틱한 분위기 있잖아. 그러니까…… 로맨틱하고…… 그녀가 감동해서 쓰러질 만한 거. 바닷가에서 좀 찾아보든지.")을 예약하기도 했다. 또 로랑 달의 두 딸에게 페덱스로 선물을 부치기도 했다. 그녀는 회사에서 보내는 대부분의 시간을 여러 가지 선물들, 인형들, 작은 유모차, 요정 놀이 장난감이나 화장품 상자를 장만하는 데 썼다. "혹시 넬리라는 여자가 전화하면……" 스티브 스틸이 책상 앞에 앉으며 말했다. "내가 앞으로 8년 동안 베네수엘라에 있을 거라고 말해줘. 레베카한테도 마찬가지야. 그 여자들 이름을 당신 수첩에 써놔. 만약 내가 이 두 이름을 영영 안 듣게 해준다면 연말에 엄청난 보너스를 줄게." 로랑 달(그는 스티브 스틸의 옆에서 손익계산서를 검토하며 "이것 좋은 것 같아"라고 말했다. "하지만 이 공매도에 대해서는 조심하자고. 이번에 큰 사고를 내서는 안 돼, 조심하라고." 스티브 스틸이 대답했다. "난 상황을 통제하고 있어. 우리가 전부 다 끌어안을 거야.")은 자기 방으로 가서 전화를 받았다. "알프레도 가르시아입니다. 암베브 가문의 패밀리 오피스를 이끌고 있지요. 우리를 아시나요?" "조금이요. 세세한 부분까지는 모르죠." "우리는 라틴아메리카의 맥주 회사입니다. 투자 금액으로 800만 달러 정도를 고민하고 있습니다." 그의 말은 계속 이어졌다. "얼마 전부터 당신들 회사에 대한 얘기를 자주 들었습니다. 그래서 꽤 큰 액수를 넣는 것을 검토하고 있는데…… 투자하고 싶어요……." "제 말씀을 들어보세요. 상황이 좀 복잡합니다. 현재 저희는 창구를 닫은 상태입니다. 저희는 1년에 두 번 창구를 열거든요. 6월과 12월에요." "그 문제에 대해서는 의논을 해야 할 겁니다……." "여기저기에서 당장 투자를 하게 해달라고 요청하는 분들이 많습니다. 어쨌든 12월이 되면 다시 회의를 열 겁니다." "12월이라면, 아주 좋아요. 우리도 관심이 있어요." "투자 금액은 최소 5천만 달러입니다." 전화기 저편이 조용해졌다. "그리고 2년 동안은 묻어두셔야 해요." 2년 동안 돈을 묻어두다니. 투자자들은 무슨 일이 벌어지면 2년이 되기 전에도 돈이 필요할 수 있었다. "최소 5천만 달러에 2년간은 회수할 수 없다고요?" 잠재적인 투자자가 놀라서 다시 한 번 물었다. "우리는 아주 특별하게 투자자를 선별한답니다. 대기자 명단은 끝이 보이지 않을 만큼 길어요." "그러니까 최소 5천만 달러에 2년 동안 자본금 고정이라……." "그렇죠. 저는 투자자들을 마구잡이로 늘리고 싶지 않습니다. 그리고 선택된 투자자들에게는 2년 동안 전적으로 저희에게 모든 것을 맡겨달라고 요구합니다." "그래도 2년 동안 묻어둬야 한다는 건 좀……." 잠재적인 투자자가 천천히, 또박또박 말했다. "좀 생각해봐야겠군요……." "협상은 불가능합니다. 들어보세요. 급격한 변동성을 가져올 수 있는 자본금을 만들었다고 칩시다. 2년 내에 한 주에 150달러까지 갈 거라고 확신하고, 한 주에 30달러짜리 주식을 샀습니다. 하지만 만약 그 주식이 그 동안에 20달러로 떨어지고…… 투자자들이 공황 상태에 빠진다 해도…… 그들이 투자금을 회수할 수 있도록 그것을 되팔고 싶지는 않습니다. 그런 데에는 관심 없어요. 불안정한 상태를 견뎌야만 합니다." 잠시 뜸을 들인 후 로랑 달이 이야기를 이어갔다. "모두들 우리에게 투자하고 싶어합니다. 2년 동안 투자금을 회수할 수 없다는 건 일종의 조건이지요." 그가 단호한 어조로 말했다. "당신은 많은 돈을 벌게 될 겁니다. 잘 아시잖아요. 스티브 스틸은 4년 동안 한 번도 손실을 입은 적이 없습니다." 1998년이 되자 이지투르는 전해 12월의 회의를 거쳐, 8억 달러의 자본금으로 시작했다. 1997년 7월에 그들은 4억 달러를 관리했고 성과는 25퍼센트였다. 매니지먼트 비용으로는 2퍼센트(회사의 운영비로 사용된 금액)를 사용했고, 투자자들에게는 1억 달러의 이익을 돌려주었다. 그리고 이익분의 20퍼센트인 2천만 달러가 스티브 스틸과 로랑 달의 인센티브로 지급되었다. 노다지였다. 이국 땅인 케이맨 제도에서 세금도 물지 않고 각자 1천만 달러씩 벌어들인 것이다. "뭐라고 해야 할지! 정말 믿기지가 않아!" 클로틸드는 너무나도 감격스러워하며 몇 차례씩이나 이 말을 되풀이했다. 그녀는 타고난 비관론자이자 회의주의자였지만, 로랑 달의 비상식적인 계획이 만들어낸 삶의 여건에 대해서는 눈꼽만큼의 불만도 없었다. 그녀는 아메리칸 익스프레스 플래티늄 카드를 발급받아 거침없이 긁어댔다. 영국인 가정부를 두었고, 특별히 돈 많은 재벌들에게만 봉사하는 부동산 에이전시의 중개로 장관들의 관사가 있는 동네에서 서재를 포함해 방이 여덟 개나 되는 호화로운 아파트를 찾아냈다. 대리석 벽, 페인트 바른 천장, 마티뇽 호텔 정원 쪽으로 난 위엄 있는 십자형 유리창들을 갖춘 그 아파트의 가격은 1,200만 프랑이나 되었다. "얼마 전 아침에 총리가 혼자 산책하는 걸 봤어! 휴대전화로 전화를 하고 있더라고! 래브라도 몇 마리가 총리 주위의 잔디밭에서 뛰어놀고 있고!" 이 화려한 집에 돈을 쏟아부은(크리스마스 휴가에 클로틸드가 친구들을 전부 초대하기 위해 반드시 빌리고 싶어했던 모로코의 궁전까지) 것과 달리, 로랑 달은 상대적으로 평범한 생활양식을 유지했다. 그가 정말로 좋아한 것은 (자신이 부유함보다 훨씬 더. 어떻게 보면 관념적인 소재인) 찬란한 직업적인 명성과 유명세, 사람들이 보이는 존경의 표시, 그의 곁을 졸졸 따라다니는 경외감 어린 시선이었다. 그를 대하는 사람들의 눈빛은 전과 180도로 달랐다. 그는 이런 유의 시선을 한 번도 느껴본 적이 없었다. 금융계와 사업계에서 유명해진 두 짝패의 존재를 모든 분야에서 부러워했다. 저녁식사, 칵테일 파티, 자선공연, 타원형 경기장에서의 고급스런 경기, 극장이나 오페라의 로열석. 스티브 스틸은 매일 저녁 로랑 달의 사무실에 불쑥 나타났다. "뭐 해? 나랑 같이 갈래?" "어디 가는데? 난 마무리할 일이 있어." "리츠 호텔의 바에서 라셸과 약속이 있어." "라셸? 그게 누군데?" "라셸! 라셸 말이야! 키가 큰 금발 여자. 그저께 만났던 여자 말야. 짧은 치마 입고 왔던. 너한테 말을 걸었었잖아." 로랑 달이 그의 말을 끊었다. "그래, 생각났어. 그 여자랑 아직 안 잤어?" 그러고 나서 그에게 뭔가를 내밀었다. "자, 이거. 목요일 전에 읽어." "너 놀랄 거야.

아직 안 잤어. 사실 약간 고집이 센 여자야. 이게 뭐야?" "뉴스레터야. 이제 막 끝냈어. 뭐 할 건데?" "밤 11시경에 '카프리스'에서 닉과 토머스를 만나기로 했어. 그러고 나서 사치 갤러리에서 기획한 엄청나게 큰 전시회 특별 초대에 갈 거야." 뉴스레터의 첫 부분 몇 줄을 읽으며 "네가 쓴 뉴스레터는 너무나 좋아"라고 스티브 스틸이 경탄했다. 로랑 달은 우쭐했다. 그는 시적 기교를 부린 문장에 금융 용어를 섞어서 뉴스레터를 작성했다. 날카로운 내용, 두운법, 정확한 어휘, 운율, 혁신적 표현, 단절, 떨림, 균형, 가속, 몇몇 문장의 냉정한 무게(설득조의 문장과 그 외 다른 몇 가지 문장들의 깃털 같은 가벼움―주식 브로커의 영광을 암시하는). 그는 이 글을 쓰느라 꽤 많은 시간을 투자했다. "한 달에 한 번 느끼는 작은 즐거움이지. 이 글들은 내가 정성 들여 작성한 후 공들여 다듬고, 다시 읽고 또 읽으며 수정을 한 거야. 요컨대 나의 말라르메를 쓴 거지." 스티브 스틸은 세 장의 종이를 반으로 접어 재킷 주머니에 넣고는 책상 모서리에 앉았다. "그건 그렇고 넌 어떻게 할 건데?" 그가 로랑 달에게 물었다. "잘 모르겠어……. 내 생각에는…… 난 일찍 자리에 들어 침대에서 책을 읽다가……" "침대에서 책을 읽는다고? 일찍 자리에 들어 침대에서 책을 읽겠다고! 제시카도 올 거야. 평소처럼 '카프리스'에서 합세할 거야." "그래서? 뭘 어쩌려고…….." 로랑 달은 책상을 정리하는 중이었다. 어떤 물건은 제자리를 찾아주고 또 어떤 물건은 서랍 속에 던져 넣었다. 종이들을 구겨 쓰레기통에 던졌다. "제시카는 널 무진장 좋아한단 말야. 제시카가 별로 마음에 안 들어? 이번 건 실패! 하지만 멀리 안 떨어졌어." "별로야……" "별로라고? 한 사내가 나더러 별로라고 대답하네! 도대체 넌 왜 그리 원칙적이냐? 어째 그리 도덕적으로 엄격하냐고, 로랑, 제기랄! 자, 그 종이는 나에게 줘. 내가 농구 선수의 슛을 보여줄 테니." 스티브 스틸은 로랑 달이 건넨 조그만 종이뭉치를 쓰레기통에다 던졌다. "나도 실패! 제기랄, 우리는 너무 재주가 없네!" 그가 계속 말을 이었다. "사내라면 대부분 그 여자를 1분이라도 껴안기 위해 자기 엄마까지도 팔려고 들걸!" "내 스타일이 아냐. 구체적으로 말하자면 너무 화려해. 저항할 수 없는 팜므파탈처럼 너무 화려해." "어쨌든 그녀는 널 무진장 좋아해. 그녀는 단 한 가지만 꿈꾼다고. 네가 자신을 덮쳐주기를 말이야." "으음, 난 그럴 생각 없어." "제수씨 때문이야?" 로랑 달은 그에게 거짓말을 했다. "그래, 집사람 때문이야." "진짜 가정적이구나, 너! 넌 금융계에서 유일무이하게 충실한 남편일 거야! 사실 난 믿지 않지만. 난 그 말이 거짓이라는 거 다 알아. 너희 부부의 애정은 이미 식었어." 스티브 스틸은 쇠로 된 에르메스 연필깎이를 이리저리 움직였다. "지나치게 싱거운 뇌전도야. 나는 전적으로 확신할 수 있어." 로랑 달이 잠시 주의 깊게 그를 바라보았다. "음, 정확해. 만약 내가 클로틸드를 사랑하고 있었다면 제시카와 잤을 거야. 그녀와 딱 하룻밤은 잤을 거야. 그렇게 보이기 위해서, 즐기기 위해서 말이야. 어쩌면 두려움에서 벗어나기 위해서." "그럼 넌 두려움에서 벗어나고 싶지 않아? 그러다간 이상적인 여인을 만난다 해도, 여자와 잠자리를 하지 않은 지 3년은 되었기 때문에 난처한 표정을 짓게 될 거야. 단언컨대 넌 구멍을 못 찾아 난처한 표정을 지을 거라고!" 로랑 달은 웃음을 터뜨렸다. 그는 셔츠를 정돈하기 위해 허리띠를 풀고 바지 단추를 끌렀다. "인생을 즐겨! 넌 아무하고도 안 자잖아. 수도사 같은 삶을 살고 있다고. 난 성적인 면을 얘기하고 싶은 거야." 로랑 달은 완강함을 띠고 스티브 스틸의 눈을 가만히 바라보았다. "난 지금 아무도 안 사귀는 것뿐이야. 뉘앙스가 달라. 난 맘에 드는 여자가 나타나면 그 여자를 사귈 거야. 너랑 내 말은 서로 다른 거라고." "좋아. 우리 뭐 할까? 올 거야, 안 올 거야?" 로랑 달은 주저했다. 그의 집에서 30미터 거리에 있는 세라피노 식당(주식 브로커들이 자주 가는 식당이었다. 그는 가끔 책 한 권을 들고 그곳에 가는 겉멋을 부리는 게 좋았다. 그러면 "헬로, 로랑! 뭘 읽는 거야?"라고 물어오는 식당 주인에게 로랑 달은 책표지를 보여주었다. "불가코프야." 그러면 주인은 끔찍한 영어 발음으로 "난 모르는 책이야. 이게 뭔데? 재밌어?"라고 말하곤 했다)에서 혼자 저녁식사를 하고 싶은 욕구와 스티브 스틸의 제안 사이에서 얼른 결정을 내리지 못하고 있었다. 세라피노 식당에서 혼자 조용히 식사하고 싶은 생각과 오늘 밤 스티브 스틸과 함께 밤새 바나 나이트클럽을 돌아다니며 인생 최고의 여인을 만나고 싶은 희망 사이에서 갈팡질팡했다. 그가 최근에 금융계에서 쌓은 명성이 꽤 높기 때문에 여자들을 유혹하는 것은 식은 죽 먹기일 터였다. "로랑 달을 소개할게. 스티브 스틸의 동업자이자 이지투르 사장이야." "어머, 이지투르, 잘 알아요. 만나서 반가워요(한 친구가 어떤 눈부시고 화려한 여자에게 그를 소개하자 그녀가 속삭였다), 당신 얘기 많이 들었어요. 정말 크게 성공하셨네요. 당신을 만나서 진짜 반가워요, 로랑." "좋아, 오케이, 가자, 놀아보자고!" 로랑 달이 일어서며 스티브 스틸에게 말했다. "하지만 미리 말해두겠는데, 오늘은 새벽 4시에 집에 들어가는 일은 없을 거야. 내리 사흘을 그럴 수는 없어." "오늘 밤 네게 무슨 일이 예약되어 있는지는 오직 신만이 아신다, 친구야!" 기뻐서 어쩔 줄을 몰라하는 스티브 스틸에게 로랑 달이 대꾸했다. "바로 그 이유 때문에 널 따라가는 거야. 단 한 가지의 이유지." 로랑 달은 자주 출장을 갔다. 스위스, 러시아, 홍콩, 독일, 미국으로 고객을 직접 찾아갔다. 바하마의 수도인 낫소, 버뮤다 제도, 리히텐슈타인에 그가 만나야 하는 아주 부유한 투자자들이 살고 있었다. 그는 마운트 스트리트 128번지에 자리잡은 마크스에서 1998년 2월, 2만 파운드의 가치가 나가는 18세기의 의식용 은제기 세트를 구입했다. 또 자신이 굉장히 좋아하는 티티안이 1562년 프라도에서 전시했던 작품의 모사품을 구입했다. 눈물에 젖은 성녀 마르가리타를 그린 그림이었는데, 창백한 얼굴의 그녀가 어깨에 붉은 머리카락을 늘어뜨린 관능적인 모습으로 잔뜩 성이 난 흉악한 용을 뛰어넘어 달아나는 장면이었다. 이제 로랑 달은 클로틸드에게서 아무런 성적 흥분도 느끼지 못했다. 두 사람 사이에는 아빠가 보는 금융 잡지에서 세일러복을 오려내 가지고 놀곤 하는 두 딸, 비비엔느와 살로메만 남았다. 로랑은 주말이면 아이들을 데리고 룩상부르그 공원에 가서, 아이들이 4월의 소나기로 축축히 젖은 미끄럼틀을 타는 동안 차가운 의자에 앉아 무관심한 사람들 속에서 책을 읽었다(그곳은 로랑을 아는 사람들이 많은 주요 활동 장소인 런던에서 벗어나, 완전한 익명 속으로 침잠할 수 있는 곳이었다. 그가 직업 세계에서 거둔 쾌거가 프랑스 사람들에게는 많이 알려지지 않았기 때문에 몇몇 친구들, 특히 클로틸드의 지인들은 여전히 그를 없애버려야 할 해로운 짐승처럼 취급했다). "이봐, 멍청한 짓 하지 마. 제발 허세 좀 그만 부리라고!" 잠재적인 투자자가 그들을 만나러 왔을 때 로랑 달이 스티브 스틸에게 말했다. "걱정하지 마. 우리는 안전하다고 네가 말해. 우리는 아주아주 손실이 없는 통계를 갖고 있다고 그 사람한테 말하라고. 또 우리는 어떤 주식 한 주를 살 때마다, 리스크를 줄이기 위해 그 업종의 다른 주식을 공매도한다고 설명해. 내가 보장할게. 잘 들어, 로랑. 진지하게 행동해. 그는 소심한 사람일 거야. 하지만 그가 안심할 수 있겠다고 생각하기만 하면 수백만 달러를 끌어들일 수 있어." 어떤 투자자는 이렇게 말했다. "만약 내가 당신들에게 투자한다면…… 그건 맘모스처럼 어마어마한 위험을 떠안는 거요. 주식을 사는 게 전부라면 나 혼자서도 할 수 있겠지. 난 레버리지 효과를 얻기 위해서 당신들한테 투자하는 거라고요." 그때 로랑 달은 눈에 잔뜩 힘을 주고 대답했다. "브라보! 그렇고말고요. 우리가 가장 위대한 브로커들이란 걸 잊지 마세요. 당연히 큰 위험이 따르죠. 그러니 큰 레버리지도 있고요. 확실히 위험할 수 있어요. 하지만 당신이 원하시는 것, 좋아요. 아주 좋아요. 얼마든지 기대하셔도 돼요." 주식 중개인으로서의 스티브 스틸의 재능은 정말 탁월했다. 그는 몇 달 전부터 신의 경지에 오른 듯한 능력을 보이고 있었다. 그의 신탁은 하나씩 차례로 구체화되었다. 자신의 판단에 대한 확실한 자신감이 그를 점점 더 민첩하고 기민하게 만들었고, 그는 거의 직감에 따라 움직이게 되었다. 마치 차분하게 공을 친 위대한 골프 선수가 몇 초 후에 기적처럼 홀 속에 떨어진 골프공을 확인하러 가는 것과 같았다. 스티브 스틸은 점점 더 위험성이 높은 내기를 했고 그렇게 해서 얻은 이익은 점점 더 그에게 강렬한 도취감을 안겨줬다. "스티브, 미안하지만 조금 자제해야 할 것 같아." "자제해? 날더러 자제하라고 했어, 지금? 미쳤냐!" "하지만 그래도…… 너무 극단적으로 공매도를 하고 있잖아. 그 종목은 끝도 없이 올라가고 있는데……. 열흘 전부터 매일 2퍼센트씩 오르고 있어." "그 오름세는 48시간 안에 무너질 거라고 장담한다." "하지만……" 로랑 달이 고집을 부렸다. "스티브, 난 네가 무서워……." "이제 날 믿지 않는 거야? 내 직감을 의심하는 거냔 말야." "그건 아냐. 하지만 이런 방식은…… 너무 무모해." 로랑 달은 제대로 잠을 자지 못했다. 지난 며칠 동안은 주가지수의 진전에 따라 위장약을 복용하는 날도 많았다. "곧 무너질 거라고 말했잖아." "하지만 주가가 계속 오를 경우를 생각해봐. 공매도를 계속 하다 보면 하룻밤 사이에 전부 다 잃을 수도 있어." "야, 너 정말 짜증나게 한다. 설사 내가 조금 지나치게 공매도를 한다 하더라도 네가 뭔 참견이야." 스티브 스틸은 눈길을 돌리는 로랑 달 앞에서 더 심한 태도를 취했다. 48시간 후, 그 종목의 주가는 하루 만에 40퍼센트나 떨어졌다. 이지투르에 잭팟이 터진 것이다. "너의 건강을 위해!" 런던 사교계에서 한창 인기가 좋은 레스토랑에 앉아 로랑 달이 스티브 스틸에게 잔을 내밀었다. "솔직히 말하면 이번에는 진짜 겁나더라. 하지만 넌 참 천재적이야. 아니, 넌 진짜 천재야, 스티브!" "《파이낸셜 타임스》의 말대로 난 실패를 모르는 증권 브로커잖아!" 스티브 스틸은 동 페리뇽*이 든 잔을 들면서 고래고래 소리쳤다(그는 하루가 끝날 즈음에는 코카인을 좀 많이 했다). "뭘 먹을까? 뭐 먹고 싶은 거 있어?" 로랑

---

* 프랑스의 품질 좋은 샴페인.

달이 그에게 물었다. "글쎄, 잘 모르겠네. 음, 굴요리는 어떨까?" 스티브 스틸은 그렇게 말한 후 화제를 돌렸다. "이렇게 조용히 우리 둘만 있는 것도 나쁘지 않네. 사실 요즘 사교 생활이 좀 과했어. 지금은 비디오나 하나 빌려서 침대 위에 누워 맥도날드 햄버거나 먹으며 뒹굴거리면 딱 좋겠다." "나도야. 오늘 너랑 같이 저녁식사를 해서 참 좋다." 6월이었다. 이지투르가 첫 발을 내딛은 지 여섯 달 만에 그들의 자본금은 약 28퍼센트나 상승했다. 스티브 스틸과 로랑 달은 이머징 마켓* 전문가를 포함해 세 명의 브로커를 채용했다. 그들이 세운 전략은 어떤 것이었을까? 유럽 증시는 극단적으로 불안했고 러시아 증시는 시장이 급성장하는 중이었다. 그들은 아시아 증시에 신경을 많이 썼다. 홍콩 주식 시장에서는 공매도를 많이 했다. 그들은 전환 가능한 공시를 살찌우기로 결정했다. 전환 가능한 채권에 많은 가능성을 부여하기로 했다. 그리고 또 무엇을 했을까? 스티브 스틸은 유럽의 통신 분야가 민영화되리라고 철석같이 믿고 있었다. 그는 국경을 가로지르는 통합과 매입이 있을 것이고 그 기회만 잘 활용하면 엄청난 돈을 벌 수 있을 거라고 확신했다. 예를 들어 그는 보다폰**이 맨스만***을 사들일 거라고 생각했다. "거의 확실한 거야." 그가 로랑 달에게 규칙적으로 말했다. "이번에는 우리가 아귀처럼 싹 쓸 거야!" 따라서 스티브 스틸은 맨스만에는 롱헤지(맨스만의 주식을 사들이는)를 하고, 보다폰에는 숏헤지(보다폰의 주식을 빌리거나 시장에 파는 공매도)를 했다. 보다폰이 맨스만을 사들인 축복받은 날("최소한 1999년 4월에는 그렇게 될 거야, 맹세코!" 스티브 스틸이 말했다), 보다폰의 주식은 떨어지고(스티브 스틸은 공매도로 돈을 벌었다), 맨스만의 주식은 올라갔다(매입했던 주식들로 스티브 스틸은 또 돈을 벌었다). 이지투르는 양쪽에서 다

---

* 막대한 금융 자본이 필요한 개발도상국들에서 금융 이익을 많이 낼 수 있는 신흥 시장.
** 영국 1위의 이동통신 사업자.
*** 독일의 이동통신사.

돈을 벌어들였다. 그러니 인생이 아름답지 않은가? "저기 저 여자 보여? 창가에 서 있는 머리 긴 여자." 두 번째 동 페리뇽 병이 테이블에 놓인 후 로랑 달이 스티브 스틸에게 물었다(스티브 스틸은 꽤 한참 동안 자리를 비웠다. 화장실에서 코카인을 조금 더 빨아들여서인지 계속 코를 킁킁거렸다). "눈에 띄지 않게 몸을 돌려봐." 스티브 스틸이 몸을 핑그르 돌렸다. "둘 중 어느 쪽?" "그야 물으나 마나 아니냐?" "쬐그맣고 고양이 상을 한 갈색 머리?" "아니, 다른 쪽! 당연히 다른 쪽이지." 스티브 스틸은 깜짝 놀라 그를 바라보았다. "뚱뚱한 빨강머리?" 로랑 달은 딱딱하게 대답했다. "우선, 저 여자는 별로 뚱뚱하지 않아⋯⋯." "무슨 소리야!" 스티브 스틸이 웃으며 말을 끊었다. "그리고 머리 색깔은 붉은 기운이 있는 금발이야. 빨강머리가 아니고. 붉은 기가 도는 금발이라고. 차이가 있어." "붉은 기운이 있는 금발, 오케이! 탐미주의적인 차이지." 스티브 스틸은 계속 빈정댔다. 그는 친구의 비위를 계속 긁고 있었다. "제기랄, 넌 몰라. 넌 내가 지금까지 만나본 사람 중에 가장 고리타분한 취향을 가졌어. 저 여자의 머리카락을 좀 봐. 제기랄, 스티브, 그녀의 머리카락 좀 봐. 머리카락이 굵고⋯⋯ 숱이 많고⋯⋯ 굽실굽실 물결치고 있어. 내가 좋아하는 스타일이야⋯⋯." "그 점이 마음에 든 거야?" "네 기분 나쁜 충고를 듣고도 내가 고백했잖아." "그렇다면 저 여자가 마음에 든다는 얘기네. 네 여자 스타일이 정확하게 어떤 건지 말해줘." "저 여자 딱 내 스타일이야." 스티브 스틸은 다시 몸을 돌려 잠깐 그녀를 바라보았다. 그리고 말을 이었다. "그리 나쁘지 않네. 전혀 내 스타일은 아니지만 그리 나쁘지 않다고 말할 수는 있겠어." 그가 함박 웃음을 지으며 말했다. "진지하게 분류해보면, 엄하고 매질을 잘 할 것 같은 초등학교 선생 분위기네. 유능해 보이긴 하네." "초등학교 선생? 뭐, 아무려면 어떠냐." "어쨌든 근엄하고 엄격하며 강압적이야. 나는 그녀가 대기업에서 엄청난 책임감을 발휘할 거라고 확신해. 네가 고른 저 안경 쓴 매정한 여인이 말이야! 저 여자는 지휘봉을 들고 애들을 움직이게 할 거야!" "난 그렇게 생각 안 해. 나한테는 너무나 달콤해 보이는걸. 도도하지만 달콤한 여자." "어쨌든 가슴은 크다. 그럼 됐어." "당당하고 도도하고 달콤한 여자." "내기 할까?" "뭐에 대해서?" "그녀가 큰 회사에서 일하는지, 아니면 교편으로 애들을 움직이는지에 대해서. 그럼 적어도 아무 후회 없게 말은 시킬 수 있잖아." 로랑 달이 하이파이브를 할 수 있게 스티브 스틸이 손을 치켜올렸다. 하지만 로랑 달은 가만히 앉아만 있었다. 스티브 스틸이 자리에서 일어나(코카인으로 대담해지고, 동 페리뇽으로 짓궂어졌으며, 무적불패인 증권 브로커의 재능으로 한껏 무모해진 그가 자리에서 일어나자, 로랑 달은 "제기랄, 스티브! 그만 해! 뭐 하는 거야!"리고 외쳤다), 두 젊은 여인이 있는 테이블로 다가가 잠시 대화를 나눴다. 로랑 달은 두 여자가 그와 악수를 하려고 자리에서 일어났다가 다시 앉는 모습을 보았다. 스티브 스틸이 여자들 옆에 쭈그리고 앉았다. 그는 그녀들에게서 담배를 하나 받았다. 그리고 팔뚝을 하얀 식탁보에 올려놓고 담배로 재떨이를 톡톡 쳤다. 로랑 달은 혼자서 흥분해서 담배에 불을 붙였다. 저기 가서 합세할까? 그는 망설였다. 그 젊은 여자 때문에 주눅이 들었다. 스티브 스틸이 몸을 돌리자, 테이블에 앉은 여자들의 시선이 로랑 달에게 고정되었다. 긴 머리를 한 젊은 여자의 작렬하는 투명한 시선이 로랑 달의 배를 관통해 그의 내부에 꽂힌 것 같았다. 그녀가 그를 보고 미소 짓고 있었다. "더 투자하세요!" 투자자들을 향한 로랑 달의 설득은 계속되었다. "더 많이 투자하시라니까요! 우리는 올해 약 30퍼센트의 이익을 얻을 겁니다!" 그런 그의 앞으로 두 딸들이 보낸 엽서가 도착했다. 그의 아내와 아이들은, 원래 독신이었는지 아니면 돌아온 싱글인지는 알 수 없지만 어쨌든 현재 독신인 게 분명한 아내의 여자친구 두 명과 함께 모리스 섬에서 여름 휴가를 보내고 있었다. 바다가 보이는 진망 좋고 화려한 호텔에서. 그러던 어느 날, 로랑 달은 우연히 둘러보게 된 파리의 서점에서 빌리에 드 릴라당의 작품인 「뜻밖의 즐거움」의 원고를 사들였다. 그 원고는 작가가 손으로 직접 쓴 것으로, 로랑 달은 런던으로 돌아와 자신의 아파트에서 그 글을 다시 읽었다. 그는 룩셈부르크 투자자의 소유지가 있던 엘베 섬에서 보낸 사흘이 너무 좋았다. 거기서 그는 그곳의 분위기(바다, 태양, 갈매기, 값비싼 알코올, 한밤중의 해수욕, 웅장한 수도원과 그곳을 둘러싸고 있는 정원의 테라스)에 영향을 받아 깜짝 놀랄 정도로 아름다운 스물네 살짜리 오스트레일리아 여성(투자자의 친구인 언론사 사장의 딸)과 '사건'을 일으켰다. 로랑 달은 레스토랑에서 스티브 스틸이 연결시켜준 '뚱뚱한 빨강머리' 빅토리아 드 윈터와는 실망스런 관계를 맺고, 몇 주 후에 관계를 끊었다. 그 빨강머리는 영국인 어머니와 오스트리아인 아버지 사이에서 태어났지만 파리에서 자랐기 때문에 프랑스인과 똑같은 프랑스어 실력을 갖고 있었으며, 제약업계의 리더인 영국 제약 그룹의 부사장 겸 프랑스 지사의 지사장이었다. "내가 뭐라고 했어!" 스티브 스틸이 소리쳤다. "끔찍한 타입이야. 자개로 만든 안경을 낀 강압적인 여자야!" 그녀는 쇄골 위로 떨어지는 길고 숱 많은 머리카락으로 로랑 달을 흥분시켰지만, 거만하고 고압적인데다 쾌활함이 지나쳐 경박하기까지 했다. 그녀가 처음 며칠 밤 동안 보여준 신중한 성격 대신, 불완전한 행복감에서 비롯된 경박함을 내보였기 때문에 로랑 달은 그녀가 곧 싫어졌다. 깔깔거리고, 장난 치고, 친구들을 만나고, 스위스에서 스키를 타고, 테니스를 치고, 형편없는 영화를 빌리고, 한 시간 안에 후딱 책을 읽어치우고, 승마를 하고, 열대 지방으로 바캉스를 떠나는 데 돈을 쓰고, 집을 사고, 회사 공금으로 움직이는 차인데도 엄청나게 큰 사륜구동차를 선택하는 등 그녀가 집착하는 공허한 쾌락, 미친 듯이 빠져드는 감정, 너무 익살스럽게 비약하는 태도를 더 이상 견딜 수가 없었다. 게다가 그런 특권을 마음대로 누릴 수 있다고 생각하는 점이 정말 끔찍했다. 그녀는 자신이나 로랑 달이 부자이고, 유복하며, 힘이 있고, 우월하므로 제도가 준 선물로 별 탈 없이 이익을 얻는 것이 당연하다고 생각하는 것 같았다(그러나 로랑 달은 큰 돈을 벌었음에도 불구하고, 상류층의 특권 의식에 좀처럼 익숙해지지 않았다. 그는 여전히 울타리 너머에 있는 평범한 사람들의 영역에도 속해 있었으므로). 전화를 걸면 그녀가 새된 목소리로 대답하는 것만으로도 로랑 달은 신물이 났다. "여보세요! 안녕! 오늘은 어때!" 하는 목소리만 듣고도 전화를 끊고 싶어지는 것이었다. 스스로는 그렇게 생각하지 않는 것 같았지만, 그녀는 거구였다. 거기서 그녀의 에너지가, 거대한 도로 포장용 롤러 같은 남성적 힘이 분출되었다. 그녀의 뚱뚱함과 단순함(모두 굵은 선으로 그려지는)이 그녀가 맞서야 하는 장애물들을 과감하게 넘어서도록 만든 것이 분명했다. 그녀는 로랑이 역겹다고 생각했던 일사분란한 쾌활함과 어두운 얼굴을 번갈아 사용해 거대 조직을 장악했다. 처음 만난 지 두 시간 만에 로랑 달은 그녀의 몸을 어루만질 수 있었다. 처음 본 사람들답지 않게 그들은 격정적으로 서로의 몸을 탐닉했다. 로랑 달은 그때 한 여자가 침대 위로 불쑥 솟아오르는 것을 보았다. 미친 듯이 격렬하게 날뛰는 여자, 흡사 짐승 같은 그녀의 얼굴이 그에게 깊은 인상을 남겼다. 그가 보기에 그녀는 세 번 변신했다. 세 개의 얼굴을 가진 여자. 멀리서 보면 그녀는 여왕의 풍모를 하고 있었다. 그러나 가까이에서 보면 그녀는 오만한 부사장일 뿐이었다. 그리고 침대 시트 아래에서 그녀는 땀을 뻘뻘 흘리고, 춤을 추는 듯도 하고 비극적이기도 한 모습으로 영감을 받은 것처럼, 섹스에 목마른 듯, 오럴섹스에 굶주린 듯, 탐욕스럽게 마구 퍼부어대는 입맞춤으로 웅대한 여인이 되었다. "우리 그만 만나는 게 좋을 것 같아." 9월 초에 로랑 달이 그녀에게 말했다. "우리 만남은 크게 잘못된 것 같아." 그후 로랑 달은 스티브 스틸과 금융업계에서 자주 만나는 그의 여자친구들과 함께 저녁 시간을 보낼 때를 제외하고는 점점 외출도 뜸해졌다. 대신 이어폰을 꽂고 음악을 들으며 몇 시간씩 거리를 걷곤

했다. 펄프*, 블러**, 피제이 하비***, 수전 베가****의 음악을 들었다. 10월 초, 가장 유명한 헤지펀드 중 하나가 떠들썩한 소음을 내며 공중분해됐다. 개인 투자자들뿐만 아니라 UBS*****, 골드만삭스, 모건스탠리, 도이치 은행에도 심각한 손실을 입히며 총 20억 달러를 잃었다. 브라이언 하놀드, 32세, 에너지 문제 전문가인 그는 자신이 운용하는 헤지펀드를 결국에는 재난을 초래했다고 밝혀진 전략으로 이끌었다. 그는 가스 주식의 정기거래에서 그라디바(지금은 분해된 헤지펀드의 이름)에 8억 달러의 이익을 가져다 줬던 만큼 설득력 있는 인물이었다. 브라이언 하놀드는 멕시코 만에서는 태풍의 계절이 끔찍할 거라 관측했다. 가스 시추용 플랫폼이 생산을 중지할 것이며 가스의 가격이 천정부지로 치솟을 거라고 내다봤다. 국제적으로 명성을 떨치고 있는 기상학자인 제노바 출신의 가을 태풍 전문가, 지안-카를로 델카레토 박사(비밀에 부쳐야 하는, 하지만 심각할 수 있는 남아 있는 금액 때문에)가 나서서 의견을 피력했다. 평소보다는 좀 빈도가 적은 태풍은 북대서양의 한류에서 길을 잃고 그 구역을 교묘히 피해갈 것이라고 했다. 가스 가격은 추락했고 그라디바가 맡고 있는 3억 달러 중 2억 달러가 공중으로 사라졌다. "제길, 아주 식겁했다." 어느 날 밤 천재적인 주식 브로커의 애스턴 마틴을 타고 하이드 파크를 따라 달리던 중에 로랑 달이 스티브 스틸에게 말했다. 이따금 빅토리아 드 윈터가 로랑 달에게 전화를 걸어 연정을 고백했다. 로랑 달은 그녀와 화산처럼 활활 타오르는 몇 번의 밤을 보낸 후 마음을 다잡고 관계를 끊었다. 이지투르는 34퍼센트라는 이례적인 성과를 내고 1998년을 마무리했다.

---

* 영국의 언더그라운드 밴드.
** 1990년대 중반 크게 인기를 끈 영국의 록밴드.
*** 영국의 얼터너티브 여성 록가수.
**** 미국의 포크 여가수.
***** 당시 스위스 연방은행.

8억 달러의 자본에서 그들은 약 2억 6천만 달러의 시세차익을 만들어냈고, 스티브 스틸과 로랑 달에게는 각각 2,700만 달러씩이 돌아갔다. 필리프가 반바지에 앞치마를 하고 맨발로, 손수 만들었다는 사실에 자랑스러움을 느끼며 속을 채운 칠면조 요리를 식탁으로 가지고 왔다. "자, 오늘의 걸작품 대령이오! 로뷔숑의 요리법 그대로 만든 속이 꽉 찬 칠면조 요리!" 필리프는 이루 말할 수 없는 벅찬 기쁨으로 크리스마스 저녁을 보내고 있었다. 그는 의붓딸의 남편에게 무한한 신뢰를 보이며, 그가 자신의 계급에 합류하게 된 것을 기뻐했다. 그야말로 그들도 패밀리 오피스가 된 것이다. 패밀리 오피스 중 한 사람이 필리프에게 합성재료로 만들어진 혁신적인 자전거 시제품을 보여주었다. 사위가 만들어낸 시세차익 덕분에 필리프 역시 꽤 많은 돈을 번 후였다. "얘들아, 메리 크리스마스다!"

동화 속 신데렐라가 마법의 힘을 빌려 꿈을 이룬 것처럼 오늘 나도 가을 덕분에 청소년 시절부터 품고 있던 오래된 소원을 이루었다는 것을 깨달았다. 외부 세계가 따뜻하게 받아들이고 박수갈채를 보내주고 기다려주기를 바랐던 소원. 가을이라는 운명을 지배한 신성이 나의 대모였다. 페르세포네*일까? 어쩌면 나의 대모는 페르세포네일까? 가을이 어떤 신성으로 나를 조종하는지는 모른다. 나는 그 대상을 찾아야만 했고 페르세포네가 적당하겠다고 생각했을 뿐이다. 따라서 『변신 이야기』에서 오비디우스가 썼던 것처럼 나도 이 여신의 이야기를 몇 마디 적어야겠다. 다음 소설을 쓰기 위해 팔레루아얄의 지하실에 나를 묻고 싶었던 그 마음에 그녀가 메아리를 보낸 만큼 말이다. 페르세포네의 신화를 바탕으

---

* 그리스 신화에 나오는 저승의 여왕이자 하데스의 아내.

로 한 장면은 수많은 백조들의 노래가 들리는 페르거스라는 깊은 호숫가에서 벌어진다. "나뭇가지들이 신선한 내음을 뿜어내고, 축축한 바닥은 꽃들로 불그스름하게 물들었으며, 봄은 영원하다"라고 오비디우스가 정확하게 묘사한 그 계절에. 그 호숫가에서 페르세포네는 함께 온 여자 친구들과 경쟁하듯이 재빠르게 바이올렛과 백합을 따서 바구니를 가득 채우고 치마에도 담으며 즐거운 시간을 보내고 있었다. 바로 그때, *아주 짧은 순간에*(**현재**에 대한 내 사랑과 거의 일치하는 이 상황은 너무나 근사하다!) 그녀에게 반한 하데스가 그녀를 납치한다. "사랑은 얼마나 재빠른지!" 번개를 염두에 두고 오비디우스가 정확하게 표현했다. 아직 어린 여신이었던 페르세포네는 예쁜 꽃들을 잃어버린 것을 슬퍼하며 친구들과 어머니인 데메테르*에게 찢어지는 비명 소리로 도움을 청했다. 데메테르는 몇 달 동안 딸의 흔적을 찾아 절망적인 모습으로, 지치지도 않고 사방을 찾아다닌다. "여신이 딸을 찾기 위해 얼마나 넓은 땅을, 얼마나 넓은 바다를 헤맸는지 그 얘기를 다 하자면 너무나 길 것이다." 그녀가 찾아낸 유일한 흔적은 시칠 시아네라는 님프가 알려준 것으로, 납치한 자가 왕홀을 휘두르자 쩍 갈라진 땅 속으로 딸이 사라졌다는 것뿐이었다. 화가 난 수확의 여신은 대지에 욕설을 퍼붓고, 은혜를 모르는 배은망덕한 존재라며 그것을 황량하게 만들기로 결심한다. 이삭들은 모두 죽어버리고 땅에서는 더 이상 아무것도 자라지 않는다. 별들과 바람, 뜨겁게 타오르는 태양과 대홍수, 나쁜 새들, 새들의 몸을 마비시키는 풀들이 경작지에 열매가 맺는 것을 막았다. 그런데 누군가가 은둔하는 페르세포네를 보고서 알페라는 님프에게 알려주어, 그 소식이 데메테르의 귀에 들어갔다. "자신의 처지를 비관하는 페르세포네의 얼굴에는 아직 지상의 여운이 남아 있었지만, 그녀는 이제 어둠의 세계의 여왕이자 여주인이 되어 있

* 대지와 곡물, 수확의 여신.

었다." 데메테르는 창공으로 날아올라, 페르세포네의 아버지이자 납치범의 형인 주피터를 서둘러 찾아가서 딸을 풀어달라고 간청한다. 이 부탁을 실행에 옮기는 데 나타난 복잡하고 돌발적인 사건들에 대한 설명은 일일이 하지 않겠다. 어쨌든 간에 얼마의 시간이 흐른 뒤, 동생과 슬픔에 잠긴 여신 사이에서 난처한 처지가 된 주피터는 1년을 두 부분으로 똑같이 나눈다. 그때부터 두 *왕국 모두의 신성이 된* 페르세포네는 어머니와 함께 몇 개월을 보내고(봄과 여름), 남편과도 똑같이 몇 개월을 보낸다(가을과 겨울). 하지만 말라르메는 『고대의 신들』이라는 책에서 다음의 내용을 밝혔다. "어떤 사람들은 넷이라 말하고, 또 어떤 사람들은 여섯이라 말하는"이라는 문장으로 나는 페르세포네가 하데스와 함께 네 달을 보낼 수 있는 거라고 결론지었다. 그 네 달은 가을이다. 오비디우스는 이렇게 썼다. "그의 외모, 영혼과 얼굴이 순식간에 변모했다. 하데스는 좀전에 태양처럼 기쁨으로 빛났던 여신(페르세포네)의 이마 위에서, 비를 머금은 먹구름 아래 잠시 숨었다가 구름을 헤치고 나오는 슬픔을 읽을 수 있었다." 말라르메는 이렇게 표현했다. "여름이 쇠퇴하는 시간, 옛날 사람들은 어둠의 존재들이 어머니에게서 아름다운 아이를 빼앗아 지하에 가두었다고 생각했다. 그래서 데메테르의 고통은 석 달간의 겨울 동안 대지 위에 군림하는 어둠과 다르지 않았다." 말라르메는 귀중한 정보로 본의 아니게 내 편을 들어주며 그 장을 마무리했다. "데메테르라는 이름은 아마도 가을이라는 의미의 산스크리트어에 뿌리를 둔 단어에서 파생되었을 것이다." 봄과 여름은 중요한 휴가를 위해 딸을 받아들여 즐거워하는 어머니의 기쁨과 상통하고, 불화나 긴장, 언쟁이 없이는 기쁨도 오래 지속될 수 없음을 아는 것과도 상통한다. 봄과 여름보다 더 흥미진진한 가을과 겨울은 향수 어린 그리움에 상응하고, 안으로 억눌린 기다림과 어머니에 대한 멀고 미래적인 부드러움과 이어지며, 특히 대지의 창자 속에, 달리 그녀 자신의 표현에 따르자면 페르세포네가 여왕이고 여주인인

은밀한 세계의 동굴 속에 그녀를 감춘 것에 상응한다. 그래서 나는 페르세포네가 가을을 맞은 나의 변신을 주재하는 요정이며, 그 요정은 나를 위해 멧돼지 가죽과 총천연색 영롱한 크리스털로 된 크리스티앙 루부탱의 샌들, 화려한 보석으로 장식한 황금 의상, 그리고 여섯 마리의 말이 이끄는 유리구슬로 된 사륜마차를 준비하리라 믿었다. 아주 환상적인 모습으로. "따라서 엄청난 침묵이 찾아왔다. 그 미지의 여인이 지닌 눈부신 아름다움을 바라보는 데 온 정신을 집중시키느라 사람들은 춤추기를 멈추고 바이올린의 현은 더 이상 울리지 않았다." 샤를 페로*는 자신의 동화에서 이렇게 묘사했다. "오직 어렴풋이 이런 소음만이 들려왔다. '아, 너무나 아름다운 여자야!' 늙은 왕도 그녀를 바라보며, 저리도 아름답고 저리도 사랑스러운 여인은 오랜만에 본다고 왕비에게 나지막이 속삭였다." 나의 대모 페르세포네는 나에게 이 경고를 알렸다. "저는 당신에게 12월 31일 자정을 넘겨서는 안 된다는 것을 말씀드립니다. 만약 당신이 그 시간을 넘겨서까지 무도회에 있게 된다면, 당신이 타고 간 사륜마차는 늙은 호박으로, 여섯 마리의 말은 생쥐로 바뀔 것이며, 하인들은 도마뱀으로 변하고, 당신이 입은 화려한 의상은 처음처럼 낡은 옷으로 돌아갈 것입니다. 봄에 그랬던 것과 마찬가지로." 그녀는 위협적인 어조로 덧붙인다. 신데렐라는 그녀의 대모가 지닌 마술의 힘으로 변신해서, 춤추고 찬란히 빛날 수 있는 단 하룻밤을 얻었다. 나는 페르세포네가 지닌 마술의 힘으로 변신해 글 쓰고 찬란히 빛나기 위해 단 한 계절만을 소유했다. 그녀의 운명의 시간은 자정이다. 내 운명의 시간은 12월 31일이다. 그 시간이 지나면 모든 것이 흔들리고 붕괴된다. 신데렐라는 재투성이 계집애로 돌아가고, 난 못생긴 본모습으로 되돌아가야 한다. 둘 다 아무런 축복도 없는 아궁이의 먼지 속으로 되돌아가야 한다. 매년 12월 31일

* 『신데렐라』를 쓴 17세기의 프랑스 작가.

자정 1초, 즉 1월 1일에 다시 불분명하고 진부한 인간으로 돌아가기 전에, 나는 가을이 최고의 축제임을 경험하곤 했다. 그러고 난 후 나는 거울 회랑의 현관으로 도망쳐, 갈퀴손톱 같은 서리로 뒤덮인 정원을 가로질러 보폭을 넓게 벌려 달린다. 다시 원래의 모습으로 돌아온 나는 내가 쓴 글들을, 출판된 책들을 남겨놓고 (멧돼지 가죽과 총천연색 영롱한 크리스털로 된 크리스티앙 루부탱의 샌들 대신) 도망친다. 왕국의 젊은 여자들이 흉측한 발에 신어본 신데렐라의 유리 구두처럼, 내가 남겨놓은 것들 덕분에 사람들은 아마도 나를 찾아낼 수 있을 것이다.

13

2002년 3월 26일 밤, 파리의 외곽 도시인 낭테르 시의회의 토론회에 참석했던 33세의 남자가 회의실을 떠나려던 시의원들에게 총을 쏘았다. 여덟 명이 사망했고, 서른 명이 부상을 입었으며 그 중 열다섯 명은 중태였다. 시장의 말. "그자는 우선 똑바로 섰어요. 그리고 사람들의 행렬을 향해 총을 쏘고 유유히 연단으로 올라갔어요." 부시장의 말. "살육은 아주 오래 걸렸어요. 그자는 탄창을 갈아 끼웠어요. 아마 마흔 발에서 쉰 발 정도의 총알을 발사했을 겁니다. 완전히 광란의 도가니였어요. 몇몇 사람은 반사적으로 책상 뒤로 몸을 던졌어요. 하지만 그는 방아쇠를 당기고, 또 당기고, 또 당겼죠." 총알을 재장전하고 잠시 머뭇거리던 리처드 던(그는 "나를 죽여줘! 나를 죽여! 나를 죽여달라고!"라고 외쳤다)은 두 번째 권총을 꺼내 또 여러 명에게 상처를 입힌 후, 마침내 무력해진 것처럼 보였다. 3월 28일 목요일, 수사를 받고 있던(그 동안 그는 자살하고 싶다며 자신이 소유하고 있던 세 자루의 자동소총 중 한 자루를 달라고 수사관들에게 여러 차례 애원했다. "나는 지금까지 살면서 이룬 것도 없고, 남기고픈 것도 없어요. 정신병원에 갇히거나, 부랑자로 살거나, 그도 아니면 감옥에서 생을 마치느니 차라리 지금 죽고 싶어요. 그때 기어이 자살했어야만 했는데.") 리처드 던은 파리 경찰서 5층에 있는 강력계 사무실의 조그만 환기창을 통해 투신하여 시체로 발견되었다. 리처드 던의 어머니의 말. "아들 녀석은 사람을 죽이고 싶단 얘길 자주 했어요. 갠 자기가 식물인간과 다름없고, 더럽고

457

추하다고 생각했어요. 직업도 없고, 친구도 전혀 없었지요. 그 앤 입버릇처럼 이렇게 말하곤 했어요. '난 거지야. 평생 엄마 집에서 살고 있잖아' 라고요." 그는 사건을 벌이러 낭테르 시의회로 가기 전에 세 통의 편지를 썼다. 그 중 두 통은 여자 친구들에게 보냈고(그녀들은 그를 안 지도 얼마 안 됐다고 주장했다), 나머지 한 통은 어머니의 집에서 발견되었다. 그 편지들에 담겨 있던 주요 내용은 인터넷을 통해 여기저기에 퍼졌고, 파트리크 네프텔은 그것을 다운받아 스크랩을 해두었다. 그들 두 사람의 운명은 비슷한 점이 아주 많았다. "빛나던 학창 시절"로 운을 뗀 몇몇 기사들은 리처드 던이 사회에서 자기 자리를 찾지 못한 머리 좋은 학생이었다고 소개했다. 사건을 맡았던 담당 형사는 이렇게 말했다. "그는 절제된 어휘로 아주 침착하게 하고 싶은 얘기를 했어요. 사용하는 어휘들로 보아 문화적 수준이 꽤 높다는 걸 알 수 있었죠." 리처드 던이 편지에 쓴 내용은, 파트리크 네프텔이 하고 싶은 말 그대로였다. "사람들을 죽이고 싶다" "자살하겠다" "불꽃처럼 화려하게 죽고 싶다" 등의 문장에 담긴 의도에 파트리크 네프텔은 가슴 깊이 동의했다. 리처드 던은 '여자 친구들' 중 한 명에게는 "나는 미쳤다. 나는 인생쓰레기다. 나는 죽어야 한다"고 썼다. 파트리크 네프텔은 자신이 가야 할 길의 선구자격인 이 분신 같은 존재에 대한 정보를 수집하느라 하루 종일 인터넷을 들여다보며 시간을 보냈다. 그는 리처드 던의 옛날 친구의 얘기를 통해 리처드가 중학교 때 왕따를 당했다는 사실을 알게 되었다. "다들 그를 리쩌어어어드라고 이상한 억양으로 불렀어요. 왜냐하면 리처드는 잘난 척하는 재수없는 애였거든요." 마살레 트라오레라는 친구가 기억을 더듬었다. 여론이 끊임없이 그를 깎아내리고 싶어하는 데 대해 그는 리처드 던이 진보적이고 섬세했으며, 원시적이고 야만적인 인간과는 거리가 먼 존재였다고 말했다. 리처드 던은 파트리크 네프텔과 마찬가지로 말라르메를 읽을 수 있었으며, 끔찍한 고통을 이해하고, 사회를 분석하고 깊이 성찰했던 사람이었다고 친구는 말했다. 리처드 던과 파트리크 네프텔처럼 남에게 업신여김을 당하고, 부모의 돈으로 살며, 그들과 비슷한 생각을 갖고 있는 사람이 그들뿐이 아니라는 걸 인정한다면, 그런 이들의 수는 전세계에 수백, 수천만 명이 아닐까? 구석진 골방의 악취 속에서 고통을 곱씹고 있는 사람들, 사회에 자신의 목소리를 전달할 방법이 그것밖에 없어 살인을 희망의 불꽃으로 여기게 된 사람들, 사회에서 완전히 동떨어진 채 잔뜩 주눅이 들어 있는 사람들이 수천만 명은 되지 않을까? 파트리크 네프텔은 리처드 던이 어떤 메시지를 전달하려 했다고 생각했다(아무도 알고 싶어하지 않은 메시지였지만. 리처드 던은 모두를 위해 치명적인 기능 장애를 남겨놓았다). 그는 알카에다의 테러리스트들이 *냉혹한 심판*을 내렸던 것과 똑같은 방식으로 *급진적인 항의*를 한 것이다. 파트리크 네프텔은 구글에 '범죄+정치'를 입력해서, 19세기에 한스 마그누스 엔첸스베르거가 러시아의 무정부주의자들에게 바친 에세이를 찾아냈다. 그 글은 '절대의 몽상가들'이라는 제목으로(매우 말라르메적인 제목이다) 1964년 독일에서 출판된 어떤 모음집에 들어 있었다. 파트리크 네프텔은 읽기 쉽고 관능적인 이 에세이를 아마존 프랑스 사이트에서 찾아냈다. 그 글은 모의자들에 대해 이루 말할 수 없는 향수 어린 경의를 표현하고 있는 듯했다. 「절대의 몽상가들」은 제국의 독재에서 벗어나 평등 사회를 세우려 애쓰며 20여 년 동안 주기적으로 비밀 장소에서 화합을 가졌던 이상주의자들(투쟁 조직과 민중의 의지로 뭉친 조직위원회)이 벌인 테러를 분석한 글이었다. 순수에 대한 이상은 그들이 저지른 테러에 밝은 빛을 입혀주었다. 그들이 목표를 이루기 위해 자신들의 존재를 희생했다는 사실로 위대함이 더욱 강조되었다. 1878년 1월 24일, 상트페테르부르크의 경찰서장인 트레포프 장군이 주간 회담을 하는 날, "지극히 경건해 보이는 옷을 입은" 25세의 젊은 여성 베라 사술리치가 경찰서장에게 청원을 하다가 손가방에서 권총을 꺼내 발사해 그에게 중상을 입혔다. 아무런 방해도 받지 않고 무기를 겨눌 수 있었던("보골류보프라는 학생에게 가해진 가혹 행위에 대한 보복이었다"고 그녀는 만족스레 설명했다) 그녀는 1878년 4월 1일 법정에 출두했다. 법원 앞에서 벌어진 시위만큼 여론의 압력도 강했다. 베라 사술리치는 자신은 보골류보프를 만난 적이 없으며, 공범이 없다고 주장했다. 작가는 이 글에서 사건의 기이함을 강조했다. 검사는 베라 사술리치가 유죄임을 주장하려 했지만, 판사는 그녀가 왜 그런 일을 저지르게 됐는지 그 동기의 진실성을 이해하고 테러를 "상처받은 인간의 존엄성에 대한 칭찬할 만한 항의"라고 설명했다—단지 개인적인 행동을 한 부분에 대해서만은 유죄 판결을 받아야 했다. 배심원들의 평결은 변론보다 더 감동적이었다. 배심원들은 만장일치로 무죄를 선언했고 페테르부르크는 그녀가 *위대한 시민*임을 인정했다. 「절대의 몽상가들」은 베라 사술리치의 빛나는 총성으로 걸쇠가 벗겨진 테러 중 몇 가지를 더 조사했다. "투쟁의 새로운 단계, 공포의 단계가 시작되었다"고 그 글은 밝혔다. 1878년 2월 1일, 프락치 노릇을 하던 니코노프가 로스토프에서 총탄을 맞았다. 1878년 2월 22일, 차장검사 코틀리예프스키가 키예프의 대로에서 총상을 입었다. 1878년 2월 25일, 경찰청장 하이킹 남작이 사람 많은 키예프의 거리에서 대낮에 칼을 맞았다. 1878년 3월 3일, 비밀경찰의 선동요원인 페티소프는 오데사에서 혁명가가 쏜 총에 쓰러졌다. 1878년 6월 14일, 음모자들의 조직에 스파이로 위장 침입했던 비밀경찰 라인슈타인과 로젠츠바이크는 신분이 드러나 폭행당했다. 다음 해인 1879년 4월 2일, 알렉상드르 솔로비요프는 겨울 궁전 앞을 산책하고 있던 차르 알렉상드르 2세에게 다섯 발의 총알을 발사했다. 그가 시도한 테러와 자살은 둘 다 실패했다. 그는 속전속결로 심판을 받고 교수형을 당했다. "제기랄!" 파트리크 네프텔은 한 손에 하이네켄 맥주 캔을 들고 팬티 차림으로 침대에서 뒹굴며 흥분했다. "대단한 인간들이야! 사실 성가신 일인데! 그 용기라니!" 조직위원회의 위원들은 많은 원칙들을 행동으로 옮겼다. 혁명적인 대의를 위해 온 힘을 바쳐 자신들의 영혼을 희생했다(파트리크 네프텔의 경우, 이 혁명적인 대의란 복수와 앙갚음이라는 절대적인 욕망의 이름으로, 자멸과 파괴적 충동의 종합체를 실현하는 것이었다. 사회가 타인들을 희생시켜 행복을 주려는 모든 사람들의 반대편에 서서 말이다). 그리고 혁명을 위해 가족, 사랑, 연민과 우정으로 이어진 모든 관계를 포기하기로 했다. 가장 필요한 곳에 목숨을 바치기로 하고, 아무것도 소유하지 않고 개인적인 욕망도 모두 버리기로 결심했다. 파트리크 네프텔은 자위를 하고 나서(그의 성기는 엄청나게 두꺼워진 넓적다리와 축 처진 뱃살에 파묻혀 조그맣게 보였다), 그 글을 다시 한 번 찬찬히 읽었다. 한스 마그누스 엔첸스베르거는 예의 수많은 테러에 대해 서술하면서, 많은 수의 배심원들이 쓴 글을 인용하고 있었다. "폭탄을 던진 어떤 사람도 거대한 익명의 사회 권력에 변화를 가져올 수는 없었다. 잠재적인 기술과 산업, 계급 사이의 관계와 형태, 소유의 조건, 행정기구 등에 어떤 변화도 일어나지 않았던 것이다. 폭탄 투척자들의 행위는 고작 일화의 수준에 머물렀다. 하지만 제대로 된 훌륭한 일화는 어떤 교과서보다 더 많은 것을 표현할 수 있다. 세기를 돌아 솟아오른 모의자들의 절망적인 행동 속에서 테러는 역사적인 우화가 되었다. 그들이 계획했던 일들의 세밀한 부분 속에서, 아직 구체화되지 않았던 사회적 의도와 그들이 꾸민 음모의 예술적인 디테일 속에서, 약간은 연극적인 면이 있는 그들의 행동 속에서, 우리는 어떤 실패로도 무너질 수 없는 유토피아의 잠재적인 존재를 알아차릴 수 있다." 파트리크 네프텔은 이 부분이 좋아서 네모를 치고 계속 되풀이해 읽었다. 우화와 같은 테러. 9·11 사건은 우화들 중에서도 가장 빛나고 가장 아름다운 우화가 아닐까? **제대로 된 훌륭한 일화는 어떤 교과서보다 더 많은 것을 표현할 수 있다.** 「절대의 몽상가들」의 저자는 "음모에 대해 지나치게 많은 훈련을 한 곡예사들"인 운동가들을 가리켜 "공포의 형이상학자"들이라고 썼다. 카뮈의 『정의의 사람들』에서 도라 둘보프가 외쳤다. "나에게 폭탄을 주세요! 내가 그 일을 하고 싶어요!" 칼리아예프는 이렇게 말했다. "공격이 빗나가지 않도록 하는 방법이 있소. 마차가 도착하면 나는 폭탄을 들고 말의 발밑에 몸을 던질 거요. 폭탄이 터지면 마차는 더 이상 갈 수 없을 테지. 혹시라도 폭탄이 터지지 않는다 해도 말들이 흥분할 테니 어쨌든 마차는 멈추게 될 거요. 그 순간, 두 번째 폭탄을 갖고 있던 사람이 행동에 들어가는 거요." 파트리크 네프텔이 배운 바에 따르면 자살 폭탄 테러를 처음으로 고안해낸 사람은 이슬람교도가 아니었다. 한스 마그누스 엔첸스베르거는 이 이상주의자들의 세대를 "공포의 예술가들"이라고 생각했다. 그들은 "매우 우아한 방법들"과 몇 가지 "흑색 유머"를 증명하는 기법들을 상상해냈다. 그리고 "극장이나 목욕탕 건물에서, 가면 무도회에서" 다시 만났다. 그들은 죄없는 사람들을 공격하는 것은 받아들일 수 없었다. 여자들과 아이들을 죽이느니 차라리 행동을 미루는 게 낫다고 생각했다. 미합중국 대통령의 암살 사건 후인 1881년 10월에 미국인들에게 보낸 공식 성명에서처럼 말이다. "우리는 이 범죄적인 행위에 반대해 항거했습니다. 자유가 보장되어 국민들이 자유롭게 생각을 드러내도록 허락하는 나라에서, 국민의 의지가 법을 만들 뿐만 아니라 그 법을 실천할 책임을 지는 사람들도 뽑는 나라에서, 정치적인 암살은 우리가 러시아에서 폐지하고자 했던 것과 비슷한 독재적인 표현입니다. 독재정치는 언제나 비난받아 마땅하고, 폭력에 반대하는 폭력일 때에만 정당화될 수 있습니다." 이 부분을 읽은 파트리크 네프텔(어떤 행동을 존중하느냐 아니냐와 상관 없이, 유죄 판결을 받는 것은 몹시 유감스럽다고 생각했다)은 깊은 영감을 받아 오랫동안 생각에 잠겨 있었다. 유쾌한 자선바자회 같은 민주 사회의 모습 아래, 사람들의 자유로운 모습 뒤에서 그가 살고 있는 사회는 러시아의 차르가 지배하던 시대와 똑같이 독재적인 폭력성이 만연해 있지 않은가? 프랑스에서 가장 큰 방송 채널인 TF1의

사장이 광고주들에게 '유연한 정신'을 모집한다고 말했을 때, 그가 숨기고 있는 본심을 달리 풀어보자면 고의로 시청자들의 실체를 비우겠다는 뜻으로, 우리가 전형적인 횡포의 실례에 맞닥뜨린 것 아닐까? 그것은 어쩌면 정신과 지식이 추방된 상황이라고도 할 수 있지 않을까? 그렇다면 국제 금융은 또 어떤가? 기업들의 지역 편중을 해소한다는 명분 아래 쓸데없는 부분을 제거하고, 재편하고, 깨끗이 청소하고, 통폐합해버리는 일들을 일삼는 투기꾼들은 자신들의 이익을 최대한 높인다는 단 하나의 목적 속에 있는 주주들이 아닐까? 히트를 기록한 마케팅과 광고의 힘, 자유 경제의 힘, 세계화된 상품과 상표의 헤게모니는 세계를 가로질러 수백만 청년들을 사로잡고 유혹하며 게걸스레 삼키고 끌어모으고 있지 않은가? 편모 가정의 어머니가 텔레비전 방송에 나와, 신발은 **나이키**를 신어야 하고 모자는 **아디다스**를 사야 하며 **아이팟**과 **플레이스 테이션**이 꼭 필요하다는 아이들의 고집을 꺾을 수 없어 힘겹다고 토로했던 적이 있다. 그녀가 자녀의 독재적인 요구를 충족시키기 위해 인터넷에서 몸을 팔아야 하는 것이 현실 아닐까? 그렇다면 우리는 독재와 폭력으로부터 자유로운 사회에서 살고 있는 것일까? 파트리크 네프텔은 전세계적으로 권력이 지엽적이고 한정적인 특권에 종속되어 있으며, 이를 위해 기꺼이 가면을 쓴 정치가들의 무능력이 '법을 만들 뿐만 아니라 그 법을 실천할 책임을 지는 사람들도 뽑는' 국민의 우월함을 실추시킨다고 혼자 계속 중얼거렸다. 위대한 방송매체가 '시민들에게' 부여한 오락거리, 자신에 대한 존중과 욕구의 정신을 완전히 제거한(곰팡내와 미지근한 맥주, 쉰내 나는 정액이 역한 냄새를 풍기는 골방에 갇혀서 "특히 자신에 대한 존중!"이라고 파트리크 네프텔은 외쳤다) 이 오락거리들은 받아들일 수 없는 가혹한 행위가 아닐까? 파트리크 네프텔은 폭력 때문에 영향을 받은 것이 아니라 바로 그 폭력에 반응한 거라고 생각하는 것이 가능할까? 4월 초, 리처드 던의 비밀 일기의 중요한 부분이 방송을 통해 퍼졌다. 파트리크 네프텔은 사건 이후 기자들이 리처드 던에게 붙인 별명인 '미치광이'의 편지 세 통을 한 달 전에 손에 넣었듯이, 인터넷을 뒤져 일기의 내용을 찾아냈다. 어쩌면 이렇게도 고통과 증오, 신랄함, 정신이 잘 통할 수 있단 말인가! 어쩌면 리처드 던의 생각은 그의 생각과 이다지도 비슷하단 말인가! 어쩌면 파트리크나 리처드와 마찬가지로 버러지처럼 사는 인간이 유럽과 미합중국을 비롯한 이 지구상에 이다지도 많단 말인가! "모든 것이 내 생각과는 반대였다고 증명된다 할지라도 나는 아직 살아있다는 것을 확인하고 싶다." "머릿속에 끊임없이 떠오르는 이 문장이 이젠 정말 지겹다. '나는 살아있지 않다. 서른 살이지만 나는 살아있는 게 아니다.'" "세상과 단절되었다는 생각을 하지 않으려고 몇 시간째 라디오를 듣는 것도, 텔레비전이 사람들을 바보로 만들고 정신을 멍하게 만든다는 것을 알면서도 몇 시간씩 그 앞에 붙어서 수많은 저녁을 보내는 것도 지겹다. 누구도 나를 필요로 하지 않고 나란 존재는 모두에게 잊혀졌음에도 불구하고, 절망적인 심정으로 전화 한 통, 편지 한 장이 오기를 기다리는 것에도 지쳤다……." "나는 나 자신에 갇혔다는 느낌이 든다. 아내가 없기 때문이다. 나는 나 자신에 갇혔다는 느낌이 든다. 나를 필요로 하는 공간과 조직이 전혀 없기 때문이다. 나는 실패자다. 이제 나에게는 사회적·감정적인 기준이 없기 때문이다. 나는 더 이상 온 세상이 내동댕이친 등록번호도 아니다. 나는 방에서 두 눈에 가리개를 하고 제자리에서 빙빙 돌아 10초에 한 번씩 가구나 벽에 가서 부딪친다." 지고의 경지. 그가 쓴 문장들은 지고의 경지에 다다랐다. 파트리크 네프텔은 리처드 던의 비밀 일기에서 그 자신의 삶을 읽었다. 이보다 더 간결하고 명확한 표현을 상상할 수 있을까? "몇 달 전부터 살육과 죽음에 대한 생각이 머릿속을 지배하고 있다. 이제는 더 이상 순종적인 인간이고 싶지 않다. 더 이상 과감성을 잃고 실패하고 싶지 않다. 왜 나는 스스로를 무너뜨리고 바보멍청이처럼 혼자 고통받아야 하는 것일까?" "서른 세 살이 넘었지만 난 평생 아무것도 하지 않았다. 내가 혼자서 자위행위를 한 게 벌써 20년도 넘었다. 여자의 몸이 어떻게 생겼는지도 모르고, 진짜 사랑을 해본 적도 없다. 외로워서, 나 자신이 역겨워서, 인생의 공허함을 잊기 위해서, 그리고 물론 쾌락을 얻으려 나는 자위행위를 한다. 하지만 그것을 통해 내가 느끼는 것은 과연 어떤 종류의 쾌락일까?" 자신이 역겨워서 자위행위를 하다니……. 만약 파트리크 네프텔이 리처드 던을 만날 수 있었다면! 만약 그들이 단결하고 어깨를 맞댈 수 있었다면, 작은 모임을 만들고 비슷한 사람들을 모을 수 있었다면, 자신들의 파괴적인 충동을 한데 모을 수 있었다면! "나는 고통받고 있으며 증오로 가득 차 있다. 하지만 이 증오는 밖으로 표출되지 않는다. 그것은 억압되었다." 결국. "순응주의자인 나는 적어도 한 번은, 내가 삶 속에서 존재한다는 감정을 느끼기 위해 인생을 으스러뜨리고 아프게 할 필요가 있다. 붕괴의 욕망. 나 자신이 항상 무(無)보다 더 못한 것처럼 살고 그렇게 보이기 때문에, 이제 붕괴의 욕망을 타인들을 향해 겨눠야만 한다. 나는 아무것도 가진 게 없고, 아무것도 아니니까. 왜 살아있는 것처럼 계속 흉내 내야 할까? 나는 살인을 하면서 다만 짧은 시간일지라도 살아있다는 것을 느낄 수 있을 것이다."

나는 이아손이 손끝으로 아이들을 허술한 전리품처럼 옮길 때, 메디아의 금속성 먼 독무에 다시 취한다. 마다가스카르 여인들이여, 오스트리아 여인들이여, 모리스 섬의 여인들이여, 만약 내가 마고를 스물세 살에 만나지 못했다면 어떻게 되었을까? 만약 마고가 마법 같은 아우라의 힘으로 나를 구렁텅이에서 건져내지 않았다면, 나는 어떤 방랑자가 되었을까? 유모 : "힘은 발휘되려는 기회가 제공될 때에만 허락되는 것이 틀림없어." 그 말에 메디아가 대답한다. "힘은 항상, 어떤 경우에도 제자리에 있지." 확실성의 원칙, 움직임의 정리(定理), 메디아는 이아손의 어쩔 수 없는 나약함을 강조한다. 이아손은 평범하기 그지없는 유혹에 이끌려 상황이 흘러가는 대로 땅 위, 세상으로 나온 존재다. 나는 프렐조카주 옆에 앉아 계속 마고와 나에 대해 생각하고 있었다. 너무나 빛나는 마고와 너무나 평범한 나에 대해, 너무나 냉혹한 마고와 너무나 부드러운 나에 대해, 너무나 급진적인 마고와 너무나 타협적인 나에 대해, 너무나 고립적인 마고와 너무나 집단융화적인 나에 대해. 나는 이아손이다. 나약하고 무모하지만 사고가 유연해 어떤 상황이 닥쳐도 쉽게 대처하는 이아손. 불확실성에, 유혹에, 타인의 칭찬에 예민한 이아손. 마고는 나와 달리 타인이 꼭 필요한 사람이 아니다. 내가 타인들의 의견으로부터 두출된 견과를 따르는 반면, 마고는 자기 자신의 판단만으로 족하다. 유모 : "어떤 희망도 너의 고뇌에 탈출구를 제공하지 못해." 메디아 : "우리가 더 이상 희망을 키우지 않는다면, 우리는 그 무엇에도 절망하지 않겠지." 나와 이아손을 구별하는 단 한 가지가 있다면, 그것은 나는 젊고 예쁜 여자들(젊고 예쁜 여자들의 사소한 진부성)에게서 경멸을 느끼고, 여신들에게게서는 마력을 느끼며, 강하고 과단성 있는 여자들은 항상 나에게 마력을 행사한다고 생각한다는 점이다. 결코 변하지 않는 특성. 메디아는 이아손을 위해 그를 가두고 있는 지옥 같은 광기와 절망을 흔들려고 가까이 다가간다. 유모 : "콜키스*는 아주 멀어. 네 남편은 약속을 지키지 않았어. 그는 그토록 강한 힘 말고는 네게 아무것도 남기지 않았어." 비가 온다. 바람이 분다. 나는 광풍에 휩쓸려 유리창에 부딪히는 비를 바라본다. 메디아는 원통함과 분노로 가득한 동물처럼, 리놀륨 바닥을 네 발로 엉금엉금 기어가며 나의 짓눌린 벤치에서 멀어진다—통증이 그녀를 벌떡 일어서게 만들고 바늘로 터뜨리기 전에. 고통스런 무질서의 심리 상태 때문에

---

* 흑해 남동 해안 지방.

뒤얽힌 복잡한 순간이다. 무너진 메디아는 이아손의 감정을 누그러뜨리려 애쓰며 절망, 분노, 유기, 고통, 원한, 부드러움, 지성, 헌신, 의기소침, 애원의 단계가 차례로 일어나도록 한다. 메디아가 말한다. "나에게는 메디아만 남았어. 나에게서 너는 바다와 대지, 강철과 불, 우상과 벼락을 본다." 극치의 아름다움이다. 나는 떨리는 목소리의 이 듀오에게 감동받는다. 그들의 언어는 너무나 현대적이지만, 오늘날에는 사랑이 끊어졌다. "만약 그에게 '난 당신이 필요해'라고 말해야 한다면 어떻게 할 거야?" 프렐조카주가 며칠 전에 마리 아녜스에게 물었다. 반복되는 이 순간의 아름다움에서 메디아와 이아손이 갑자기 동작을 멈춘다. 춤도 멈춘다. 그들은 서로를 바라본다. 과거가, 그들 사랑의 추억이 솟아올라 헤어지는 과정을 잠시 미룬다. 모두들 말을 멈추고 서로를 바라본다. 메디아는 꼼짝도 하지 않고 숨만 쉰다. 이아손 역시 꼼짝하지 않고 숨만 쉰다. 일시 정지. 조금 아까 한 말이 그들의 얼굴에도 배어 있다. "두 사람은 마지막인 것처럼 춤을 추세요." 프렐조카주가 전체적으로 연습을 하기 전에 말했다. 스타 무용수의 초자연적인 기술. 무언가 가파르고, 무언가 우리의 언어에는 낯설고, 보이지 않는 폭력에서 발생한 어떤 것이 여주인공의 절대적인 위대함을 불러일으켰다. 마리 아녜스는 이미지가 되었다. 마리 아녜스는 하늘을 창조하고, 땅을 만들어내고, 바위를 만들어냈으며, 신화적인 공간을 창조했다. 너무나 놀라운 그녀의 움직임은 단어이자 문장이고 욕설이며 애원이었다. 풍요롭고 다양한 몸짓이 터져나왔다. 육체로 만들어진 생생한 구조물. 마치 숟가락으로 공간을 파낸 것 같은 깊은 움직임. 정신착란을 일으킨 듯한 그들의 커다란 날갯짓 속에 드러난 위대한 빛. "메디아!" 프렐조카주가 내 옆에서 소리쳤다. "마리 아녜스! 천천히 앞으로 가! 위협하듯이! 두 번째 부분부터!" 메디아는 애증과 고통이 뒤섞인 시선으로 이아손을 바라본다. 자기 연민에 빠진 그녀는 그에게 고통을 주고 싶어한다. 강렬하면서도 부드럽게 그에게 고통을 가하고 싶다. 그녀가 바닥을 구른다. 관능적인 고통이 그녀의 움직임을 늦춘다. 우아한 몸짓이 구슬프다. 그녀는 다시 에너지를 충전한다. 강렬한 도약. "말해줘, 이아손. 그건 진실이 아니라고, 그건 거짓이라고 나에게 말해줘. 그건 꿈이라고 말해줘!" 이해하기 힘든 히스테리. 나는 그녀의 손가락들이 경련을 일으키고 발작하며 신들린 듯 흔들리고 저주하는 것을 본다. 그 손가락들은 고통스런 손짓을 하고 긁고 할퀴고 소리치고 표현한다. 그러고 나서 메디아는 스스로에게서 해방되어 무대 위에서 위엄스런 모습으로 움직인다. 유난히 강렬한 절정 부분은 나머지 동료들에게서 마녀를 고립시킨다. 평범한 세계로부터 고립시킨다. 그 순간 나는 메디아가 절대의 여인이 되었다고 생각했다. 절대적인 사랑을 절대적인 위협으로 바꿀 수 있는 절대의 여인. 나는 다시 마고를 생각했다. 언제든 그녀와는 타협하는 것이 불가능하다. 그녀의 품위 있는 아우라의 이면은 항상 나의 존재를 없애버릴 수 있다. 메디아가 이아손에게 다가간다. 메디아는 이아손의 넓적다리 쪽으로 머리를 떨군다. 머리가 무릎뼈에 닿으며 앞쪽의 허공으로, 느릿느릿 무겁게 떨어져 바닥에 부딪힐 준비를 한다. 이아손은 마지막 순간에 그녀의 머리를 잡는다. 마치 부드럽고 상처받기 쉬운, 깨지기 쉬운 물건인 듯, 과일이나 크리스털 잔인 듯 손바닥으로 부드럽고 섬세하게 그녀의 머리를 받친다. 메디아는 유순하고 강하며, 순종적이고 오만하며, 상처받기 쉽고 완고하다. 마고. 이 순간은 너무나 훌륭하다. 죽거나 이아손이 그녀를 구하고, 정신을 잃거나 이아손이 되돌아오며, 모든 것을 잃거나 이아손이 잘못을 뉘우친다. 그녀가 그에게 열어준 이 간격, 이 틈새로 여왕 메디아는 이아손에게 유아살해를 막을 수 있는 마지막 기회를 준다. 그리고 그녀는 다시 마녀가 된다. 이아손은 두 손으로 메디아의 머리를 잡는다. 몸을 일으킨 메디아가 돌아서더니 이아손을 저주하듯 자신의 뒤쪽으로 이끈다. 부드럽게 열 손가락으로 그의 머리를 잡은 메디아는 이 낯선 육체 사이의 간격을 이용해, 스튜

468

디오를 가로지르며 이아손을 이끌고 다닌다. 지배자의 위치가 지배적인 요소를 통제한다. 그렇다. 메디아는 절대적인 여인이다. 그녀는 한 번도 어머니였던 적이 없다. *절대적인 어머니, 백 퍼센트 어머니였던 적이 없다.* 자신의 아이들을 죽였다는 것을 깨달은 순간에도. 또한 그녀는 한 번도 여자였던 적이 없다. *절대적인 여자, 백 퍼센트 여자였던 적이 없다.* 사랑 때문에 이성을 잃고 아이들을 희생시킨 순간에도. 이것이 사랑, 과장, 부드러움, 탁월함, 섬광, 야만성을 빚는 재능으로 프렐조카주의 안무가 만들어낸, 나를 의자에서 꼼짝도 못 하게 한 그의 에로티시즘에서 유래한 유토피아이며, 믿을 수 없는 숫자이고 논리적인 비정상이며 상상할 수 없는 200퍼센트의 예술이다. "즐겨야지!" 안무가가 의자에서 일어나며 화를 냈다. "더 들어가! 사물을 제압해! 공간을 제압하라고! 여러분은 무게가 없어, 형태만 있지!" 나는 두 명의 무용수에게 다가가 지시를 하는 프렐조카주를 보았다. "예를 들어 이 장면의 의도가 잘 전달되려면 플리에*가 깊어야 하는데, 두 사람은 몸을 충분히 올리지 않고 있어." 그는 여러 번 직접 플리에 시범을 보였다. "빨리 몸을 세워야 해. 더 높게, 깜짝 놀라서 그러는 것처럼." 그는 펄쩍펄쩍 뛰면서 설명했다. "무대 위에서 하는 도약은 다 이렇게 해야 돼!" 그는 갑자기 동작을 멈추고(춤추기를 포기하고), 얼굴 밑부분에 두 손을 댔다(턱과 입술에 납작하게 손가락을 댔다). 무용수들이 만들어낸 형태를 고개를 기울여 바라보기 위해서였다(갑작스런 철학적인 자세로). "무언가가 있어야만 해. 문장이 끝났다는 것을 알리는 움직임의 톤에는. 거기 말이야. 자네들은 뭐라고 대사를 하고는 그걸로 끝이잖아. 너무 건조해. 대사를 확실히 멈추려면 어떻게 하지? 전진하면서, 전체적인 움직임 속에서 말이야." 나는 그 장면을 보고 엄청난 충격을 받았다. 스무 살에, 주문의 형식으로 된 말라르메의 「에로디아

---

* 발레에서 양쪽 다리를 구부리는 동작.

드」*를 읽었던 기억이 났다. 나는 거의 정신이 나간 채로 몇 시간 동안 파리의 거리를 걸으며 여왕을 찾아다녔다. 길 위에서도, 저녁에도, 버스 좌석에서도, 카페 테라스에서도, 궁전의 홀에서도, 근사한 동네의 버스정거장에서도. "그래, 나를 위해서다, 나를 위해서, 내가 꽃피는 것은, 황량하게! [줄 바꿔서] 당신들은 알 것이다, 끝도 없이 교묘하고 눈부신 심연속으로 [줄 바꿔서] 파묻히는 자수정 빛 정원들이여 [줄 바꿔서] 오래된 빛을 간직한 채, 알 수 없는 황금들이여 [줄 바꿔서] 최초의 대지 그 어두운 졸음 아래 묻힌, [줄 바꿔서] 순수한 보석 같은 내 눈에 당신들 돌들이여 [줄 바꿔서] 선율도 아름다운 빛을 빌려주네, 그리고 당신들 [줄 바꿔서] 나의 젊은 머리카락에 운명적인 찬란함과 [줄 바꿔서] 순진한 모습을 부여하는 금속들이여! [줄 바꿔서] 그대, 얄궂은 시대에 태어난 여인이여 [줄 바꿔서] 무녀들의 동굴에서 벌어지는 악행에 어울리게, [줄 바꿔서] 죽어야 하는 인간에 대해 이야기하누나! 그를 위해 꽃잎 같은 [줄 바꿔서] 내 옷자락에서, 야성적인 훤희에 몰든 향기처럼, [줄 바꿔서] 내 벗은 몸에서 하얀 전율이 솟아오르리 [줄 바꿔서] 예언하라, 여름의 온화한 창공이, [줄 바꿔서] 하늘을 향해 천성적으로 여자는 베일을 벗고, [줄 바꿔서] 별처럼 벌벌 떨며 부끄러워하는 나를 본다면, [줄 바꿔서] 나는 죽으리라!" 마고는 불가해하다. 마고는 바다이자 대지이고, 강철이자 불이며, 우상이자 벼락이다. 나는 여전히 마고와는 타협할 수 없다는 것을 알고 있다. 우리는 서로가 고집스레 주장하는 원칙들을 받아들이지 못한다. 내가 아는 젊은 여성들 대부분은 예민하고 섬세하며 월등하고, 그녀들의 감정은 순간순간 역겨움, 욕망, 비탄, 분노와 영혼의 상태로 더 세분화된다—그에 따라 그녀들은 더욱 우연한 방식으로 계속 방향을 바꾸곤 한다. 그녀들은 쉽게 변하고 불안정하며 불확실하고 애매

---

* 말라르메의 미완성 시편으로 상징주의 순수시를 대표하는 작품이다.

하다. 책임이 따르는 사건이 그녀들을 뒤흔들기도 한다. 그녀들은 자신들의 화물창을 가득 채우는 유머의 휘발유, 발동기용 연료에 불타오른다. 반면 마고는 개기월식처럼 자신을 포갠다. 그 젊은 여자들은 도망, 돌발적인 일, 가설들로 꽉 차 있다. 그러나 마고는 정확하다. 마고는 확정적이다. 젊은 여자들은 피곤한 상태로 잠에서 깨면 안색이 나쁘다. 반대로 푹 자고 일어나면 얼굴이 환하다. 그녀들은 조건에 매어 있다. 그녀들은 조건에 따라 몹시 기뻐하기도 하고, 어떤 사건 때문에 괴로워하거나 쓰러지기도 한다. 그로 인해 명랑하게 아양을 떨며 행복해 하고 열정적으로 행동하기도 하고, 슬퍼하고 우울해 하고 풀이 죽어 고통스러워하기도 한다. "너 나를 화나게 해!" 그녀들은 말한다. "그래서 난 신경질이 나!" 그녀들이 거칠게 내뱉는 말이다. 나는 마고처럼 거만하지 않은 여자는 본 적이 없다. 그녀의 거대한 스케일이 거만함까지도 완전히 없애버리는 것이다. 마고는 결코 악의를 품는 법이 없다. 그녀는 모든 찬양을 뛰어넘은 곳에 자리하고 있다. 내가 아는 젊은 여자들이 몸을 펴고 구르고 자신을 표현하며 슬그머니 끼어들었다. 그들의 영혼은 여기저기에서 주입되는 중요한 변수들에 반응하며 아주 다양한 결과를 만들어낸다. 두려움에서 벗어나기. 기회를 만들기. 매혹되기. 아, 이 얼마나 진부한가. 인간이라면 누구나 하는 진부한 행위다. 어느 날, 그녀들은 전보다 나를 덜 사랑하게 된다. 그리고 또 어느 날 아침엔 특별한 감정에 휩싸인다. 내 행동 몇 가지, 단어, 문장, 미소가 그녀들을 성가시게 한다. 어떤 날, 그녀들은 자신들의 머리와 내 머리가 다 싫어진다. 그녀들은 슬픔과 패배감을 느끼고 눈물을 흘리고 공격적으로 변한다. 그녀들은 침실에 틀어박혀 비스킷과 치즈를 먹어치운다. 뜻밖의 열등감이 야생엉겅퀴처럼 그녀들의 머리를 뚫고 자라난다. "눈앞에 문제가 있어. 허리가 조금 나왔어. 나는 어떤 여자보다 가장 무시당하고 가장 홀대당하고 있으며 가장 불필요한 여자일 거야!" 그녀들은 자신들에게 다다르지 못하는 것을 안타까워하는 꿈을 갖고 있다. 내가 보기에는 그녀들은 현실의 평범함을 고속도로처럼 연장시킨 존재들 같다. "얼마 전부터 당신이랑 같이 있는 게 지루해." "아, 그래? 왜? 뭐가 바뀌었을까?" "아니, 모르겠어. 만족스럽지가 않아." "뭔가 확실한 것하고 연결되어 있어? 그 상황을 분석하려 노력해봤어?" "모르겠어. 얼마 전부터야. 지루해. 당신을 보면 짜증이 나." "짜증이 난다고? 뭔가 확실한 것 때문에 짜증이 나는 거야?" "짜증이 나는 이유는 확실치 않아. 그냥 내 마음이 그래. 나도 잘 모르겠어." "확실한 이유가 있는 건 아니지만 어쨌든 내가 당신을 짜증나게 한다는 거지?" "나도 잘 모르겠어. 당신은 당신 자신한테만 관심이 있잖아. 나한테 선물도 할 수 있고, 관심도 기울일 수 있고, 뭐 그런 것을 다 할 수 있는데도 말이야." "선물? 내가 당신한테 선물을 해주길 바라는 거야?" "뭔가 놀랄 일 말이야. 지루함과 단조로움을 한꺼번에 날려버릴 어떤 것." "당신은 인생이 단조롭다고 생각해?" "모르겠어. 난 인생이 단조롭다고 생각해. 항상 똑같은 일만 일어나." "좋은 아이디어 있어? 그러니까 선물에 대한 것 말이야." "모르겠어. 어쩌면." "어쩌면?" "응, 그래. 나한테 좋은 아이디어가 있어." "뭔데?" "원피스를 하나 봤어. 근사한 원피스야. 클로디 피에를로*작품이고 갤러리 라파예트 백화점에서 봤어." 마고는 얕은 돋을새김이다. 그리고 또? 혼자를 의미하는 단어들, 빛나는 어휘들, 말라르메적인 정리(定理)를 사용하지 않고 달리 어떻게 그녀를 정의하겠는가? 여왕이란 무엇인가? 여자 마법사란 무엇인가? 절대적인 부재가 역설적으로 절대적인 존재를 초래하는 여자다. 이것이 수수께끼의 문장이다. 마고는 그녀 자신의 소유물로, 밤이, 빗줄기가, 행성이 그것들 자신의 것인 것처럼, 그녀 자신의 것이다. 존재와 절대적인 부재. 마고는 자신에 대해 생각하지 않는다. 그녀의 존재 자체가 생각이다. 마고는 자신을 제시하지도

---

* 프랑스의 의상 디자이너.

472

않고, 껍질을 벗지도 않는다. 마고는 동요하지도 않는다. 마고는 나약하고 심오하며 괴로워하고 겁먹었다. 마고는 지금까지 내가 본 사람들 중 가장 나약하고, 가장 비극적이며, 가장 지적이고, 가장 두려움에 떠는 여자다. 그녀에게는 그녀만의 두려움이 있다. 그래서 항상 빛을 향해 몸을 돌린다. 이 공포는 나누어지지 않는다. 따라서 마고 또한 나누어지지 않는다. 마고는 절대 너그럽지 않다. 그녀는 자아도취자들이 지닌 지나치게 섬세한 너그러움으로 자신의 내부로 스며드는 일 없이, 금속 조각품처럼 완벽하게 자신을 분출한다. 평범한 자아도취는 가장 위험한 경우에 자신의 존재를 드러낸다. 어둠 속에서 운명적으로 스쳐지나가는 경우와 마찬가지로. 마고는 항상 나를 주눅들게 하는 그 힘으로, 무기질의 시선 속에 물러나 있다. 마고는 자신의 실루엣, 자신의 행동에 낯설고 결정적인 분위기를 부여한다. 마고는 크리스털로 된 물건처럼 약하고 쉽게 손상된다. 완벽한 모습으로 있거나 완전히 부서진다. 중간 상태는 없다. 「에로디아드」의 단어들. 나의 마법사를 묘사하는 말라르메의 단어들. '황량한'이라는 단어. '꽃피우다'라는 동사. '자수정 빛'이라는 단어. '눈부신 심연'과 '오래된 빛'이라는 단어의 조합. 또 다른 조합. '어두운 졸음'과 '최초의 대지'. '순수한 보석'. '선율도 아름다운 빛'. '금속들'이라는 단어. '운명적인 찬란함', '야성적인 환희', '하얀 전율'. '벗은 몸'이라는 단어. '부끄러움'이라는 단어. '벌벌 떠는'이라는 형용사. '별'이라는 단어. '두려움'이라는 단어. '현기증'이라는 단어. '파충류'라는 단어. '잠자는 침묵', '다이아몬드처럼 빛나는 시선', '내 입술이라는 벌거벗은 꽃'. 무슨 다른 말을 하겠는가? 마고는 결코 논쟁을 벌이지 않는다. 그녀와 다투는 것은 거의 불가능한 일이다. 그녀는 논쟁을 시작하자마자 즉시 자신을 되돌아본다. 만약 마고가 어떤 것이 불만족스럽다는 표시를 하고 싶다면, 단 한 문장, 어떤 말대꾸도 허락하지 않는 벼락 같은 단 한마디로 족하다. 그녀가 드러내는 자연스런 영향력은 그녀의 침묵과 문장에 특별한 무게를 싣는다. 때때로 그녀는 나를 두렵게 한다. 주눅이 들게 한다. 메디아처럼. 절대적인 사랑이 절대적인 위협으로 바뀌고 마는 상황. 절대적인 사랑. 나는 그녀가 그 어떤 것보다 우리의 사랑을 우선시한다는 것을 잘 알고 있다. 마고도 나와 마찬가지로 사랑의 절대성을 열망하는 것이다. 마고는 진부하고 우발적인 우리의 사랑을 보호하기를 열망한다. 마고는 나를 위해 목숨을 바칠 수 있다고 항상 말해왔고, 나는 그 말이 사실이라는 것을 알고 있다. 만약 내가 마고를 떠난다면 그녀는 어떤 방식으로든 사라져버릴 것이라는 점도 알고 있다. 그것은 추측도 아니고 무모한 가설도 아니다. *그녀를 만드는 것은 그런 것이다.* 그녀가 지닌 이상주의, 아름다움에 대한 열망, 바라봄과 기다림과 인식과 감각에 대한 최고의 욕망들은 공통의 삶과 시간을 훼손하는 우리의 관계를 보호한다. 마고가 재앙에서 나를 구한 것도 그에 따른 것이다. 마고는 일상을 찬미한다. 마고는 평범한 일을 초월한다. 마고는 절대성을 전달한다. 마고는 쓸쓸한 진부함으로부터 나를 구해냈다. 마고는 경이로운 저 먼 세상으로 나를 데리고 가고, 추악함과 슬픔, 공포, 저속함, 현대의 단조로움을 피해 나를 은신처로 인도했다. 마고는 자기초월과 변신의 원칙으로 나의 정신에 스며들었다. 나는 마고의 능력으로, 그녀의 마법사와 같은 능력으로 현실 세계에서 고립된 세계로 옮겨졌다. "그건 거짓말이야." 어느 날, 함께 저녁식사를 하던 친구가 말했다. 그 자리에는 또 다른 친구도 있었다. "넌 사기를 치고, 거짓 선전을 하고 있어. 어떻게 16년 전부터 지금까지 똑같은 강도로 네 마누라를 사랑한다고 말할 수 있나? 그건 상상할 수도 없는 일이야." 다른 친구 : "그래, 내 생각도 같아." 첫 번째 친구 : "그것은 선전이야. 넌 네 행복을 선전하는 거야. 한 여자와 지속적으로 행복할 수 없는 무능력을 감추기 위한 거짓 선전이라고. 너 역시 한 여자를 지속적으로 사랑하는 것이 불가능한 쓸쓸한 경험을 했어. 너는 아니라고 말할지 모르지만, 너는 심각한 장애물을 넘을 수 있다는 사실을 너 스스로 믿고 싶거나, 자신의 실패와 구속에 잔인하게 복수하기 위해, 그도 아니면 위대한 사랑을 실천하고 있다고 믿게끔 하고 싶은 거야." 두 번째 친구: "누군가를 향해 처음 품었던 열정이 16년이 지나도록 변함없이 빛나는 상태로 남아 있을 순 없어. 남자와 여자는 양립할 수 없는 두 개의 원칙이야. 사랑과 열정이 같은 원천에서 끝없이 솟아날 수는 없거든." 내가 반박했다. "누가 너에게 초기의 열정에 대해 얘기했어? 사랑이 일종의 견습과정일 수는 없잖아? 나와 타인의 더딘 정복 같은 것 아닐까?" 첫 번째 친구: "그럼 초기의 열정은 없다는 거야?" 나: "절대 없어. 초기의 열정 따윈 없어. 하지만 매력은 있지. 거부할 수 없는 매혹. 그 사람 개인이 가진 매력. 그의 존재에 대한 매력. 그 사람의 불가사의한 점에 대한 매혹." 나는 계속 말을 이었다. "난 그녀의 눈빛을 아직도 기억해. 솔직히 말하자면, 첫눈에 사랑에 빠진 건 아니야. 단지 매일 밤 머리에서 떠나지 않는 그녀의 눈빛의 이미지를 가슴에 품고 잠들었을 뿐이지. 무언가에 홀린 눈빛이었어. 나를 자석처럼 끌어당기는 눈빛이었지. 두 개의 쇠공처럼 무거운 눈빛. 그녀를 내 삶 속으로 끌어들이고 싶다고 생각하게 만드는 눈빛이었어." 두 번째 친구: "아무런 열정도 없이?" 나: "그녀는 나를 사로잡았어. 나를 꼼짝 못하게 했지. 어느 날 저녁 우리는 두 명의 친구와 저녁식사를 했어. 아직은 내가 마고와 사귀기 전일 때야. 당시 나한텐 3년이나 동거했던 여자, 클로틸드가 있었거든. 그때는 나와 클로틸드가 헤어지기 직전이었는데, 그녀와의 관계는 정말 지옥 같았어. 마고는 내 옆에 앉아서 내 팔뚝을 꼬집었어. 그녀는 나를 향해 손을 내밀어 내 피부를 꼬집고 털 몇 가닥을 아프게 잡아당겼어. 그녀는 나를 아프게 하기를 조심스럽게 원하고 있었어. 나는 그녀를 바라봤지. 대지와 같은 그녀의 눈빛과 마주쳤어. 강렬한 충격을 받았어. 뭐든 할 수 있을 것 같다는 생각이 들었지." 두 번째 친구: "네 팔을 꼬집으면서 그녀가 널 유혹한 거야?" 나: "우리가 섹스를 한 건 그로부터 6개월 후야." 첫 번째 친구:

"뭐? 여섯 달?" 나 : "그건 신성한 존재를 타락시키는 순서였어." 두 번째 친구 : "그런 말할 때는 꼭 농담 같아!" 나 : "당연히 농담이야. 하지만 이 도발 속에는 진실에 대한 의혹이 있어. 나는 그녀를 이상화했어. 그녀는 내게 여신과 같았어. 나는 그녀를 우러러보며 시간을 보냈지. 다른 여자와 하는 것과 똑같은 방식으로 그녀와 사랑을 나눈다고 생각하니 고통스럽기까지 했어. 다른 어떤 여자와 마찬가지로, 평범하고 열정적으로 활활 불타듯이 화산이 폭발하듯이 말이야." 첫 번째 친구 : "그녀에게 끌리지 않았어?" 나 : "그녀의 육체보다는 존재 자체가 더 나를 사로잡았어." 두 번째 친구 : "그래도 결국엔 섹스를 했지?" 나 : "결국 길을 찾아냈어. 나를 그녀의 육체로 이끄는 길. 이 길은 본질적으로 내가 그녀에게 느꼈던 사랑을 통과하는 길이야." 나는 계속 말을 이었다. "그녀는 아름다워. 모두들 그렇게 말하고, 나도 그녀가 아름답다고 생각해. 육체적으로 나를 흥분시키는 부분들이 있어. 그녀의 다리, 그녀의 두 손, 얼굴, 세련된 분위기. 대신 나는 그녀의 너무 마른 체형이 좋지 않았어. 그녀의 엉덩이가 싫었고." 첫 번째 친구 : "그럼 시작 단계에서는 두 사람이 뜨거운 밤을 보내진 못 했을 거라는 사실이 도출되는데?" 나 : "그녀와 시작할 때는 운 좋게도 뜨거운 밤을 전혀 몰랐어." 두 번째 친구 : "운 좋게? 운이 좋았다고 했어, 지금?" 나 : "그래, 운이 좋았다고 했어. 운 좋게도 그녀와 나에겐 끝을 향해 달려가는 이야기가 시작되는 기적적인 밤은 없었어. 다시 말해 절정으로 가는 것 말야. 절정에서 시작하는 소설은 아직 아무도 안 썼지? 절정에서 시작했으니 그 강도가 약해질 수밖에 없는 소설 말이야. 얼마나 부조리한 일이야!" 두 번째 친구 : "그렇다면 우리는 원하지 않는 여자와 사랑에 빠져야만 하는 거야? 존중하는 것을 배워야 하고? 조금씩 그녀에게 욕망을 느끼는 것을 배워야 하고? 그게 지속적이고 이상적인 사랑에 대한 네 이론이냐? 평생 동안 지켜온 너의 철칙이야?" 나 : "완전히는 아냐. 하지만 난 사랑이 시선의 문제, 의지와 규율의 문제,

견습의 문제라는 확신(어쨌든 난 이 생각이 좋아)이 있어. 사랑은 수련을 요구하지. 사랑은 주의를 요구해. 사랑도 일이야. 사랑은 생동감을 요구하고, 욕구를 요구하고, 진짜로 원하는 감정을 요구해. 사랑은 예술과 같고, 글쓰기와 같으며, 우리가 쓰길 꿈꾸는 걸작과 같은 거야. 사랑은 아무 노력 없이 하늘에서 뚝 떨어지는 작품이 아니라고!" 첫 번째 친구 : "오호, 이상한 이론이 나왔네." 나 : "너희들은 게으름뱅이야. 야망이 없어. 그저 남들 다 하는 대로 따르는 것만 좋아하지. 너희들은 우리 뒤에 있는 저 예쁜 여자를 계속 바라보고 있어. 저 여자가 맘에 드는 거지. 나도 그녀가 맘에 들어. 예쁘고 매력적이며 몸도 예쁘고 가슴도 풍만하고 여우 같은 눈빛도 좋아. 아마 영리하고 교양도 있는 여자일 거야. 하지만 내겐 우리가 여기서 굴요리를 먹고 있던 두 시간의 시간이 마치 16년은 되는 것 같아. 벌써부터 그녀가 지겨워지기 시작한 거야. 저런 유의 젊은 여자들은 보는 순간부터 지겨워지기 시작해. 너희 두 사람이 저지르는 실수는 너희가 결국에는 그 여자들에게 싫증을 낼 거라는 사실을 알고 있으면서도 그런 여자들과 사랑에 빠진다는 거야. 특히 이런 이유 때문이지. 너희를 사로잡는 눈부신 매력은 일시적인 거야. 그건 그녀들의 어리석은 정신과는 아무 상관도 없어. 예쁜 가슴이 뭘 의미해? 풍만한 가슴을 쓰다듬으며 사랑을 나누는 하룻밤이 뭘 의미해? 나는 16년 동안 똑같은 빛으로, 똑같은 욕망으로, 똑같이 기적적인 강도로 그런 밤을 재생하기는 불가능하다는 걸 깨달았어. 그러면 너희에게는 뭐가 남겠어? 너희를 포옹하는 보잘것없는 한 쌍의 가슴이 남지. 나는 메디아와 사랑을 나누고 싶어. 아주 섹시한 그녀의 하녀들 중 아무나와 사랑을 하고, 섹스를 하느니 말야." 친구들이 회의적인 눈초리로 나를 바라봤다. 나 : "너희들이 의심할 수 없는 사실을 한 가지 말해줄게. 난 어떤 여자에게도 마고에게 느낀 욕망보다 더 뜨거운 욕망을 느낀 적이 없어. 이 흥분은 점점 강해져. 마고는 나에게 권력을 행사하고, 그 권력은 쉬지 않고 더욱더 강렬해지고 있어." 첫 번째 친구: "네가 원하는 것을 말할 수는 있지. 만약 네가 너희 부부에 대한 선전을 하겠다고 결정했다면, 원하는 것을 만들어내고 말할 수는 있지." 나: "난 너희가 자위행위를 할 것 같은데, 맞지?" 두 번째 친구: "저 녀석은 할 거야, 틀림없어." 첫 번째 친구: "자위행위를 하는 건 당연한 거야. 특히 우리 나이엔." 나: "난 마고를 생각하면서 자위행위를 해. 자위를 하면서도 마고를 생각한다고. 마고를 생각하면서 자위를 할 때만큼 격렬한 쾌락은 없어. 이게 짝을 이룬 자위라는 거지! 이게 증거 아냐? 내가 누구를 생각하든 내 자유잖아. 다른 여자를 생각하면서 마고를 속일 수도 있는데 말야." 첫 번째 친구: "그게 사실이라면, 미심쩍긴 하지만 존중해줄게. 그래, 그게 사실이라고 치자. 그럼 이제 넌 그걸 어떻게 설명할 거야?" 나: "우선 마고는 아직도 수수께끼야. 그녀가 단번에 나를 매혹시킨 건 여전히 불가사의해. 마고가 나에게 불가해하고 설명할 수 없는 인간으로 각인될수록 그녀는 끝없이 나를 매혹시키는 거지. 『가정의 기질』에서 난 매일 아침 낯선 여자 옆에서 깨어나는 느낌을 받는다고 썼어. 우리 사랑은 매일 아침마다 0에서 다시 시작하는 거야. 매일 아침 똑같은 놀라움, 똑같은 의심, 똑같은 매혹인 거지." 첫 번째 친구: "도대체 그 불가해함을 통해 무슨 말을 하고 싶은 건데?" 나: "비인간적인 어떤 것. 비인간적이라는 단어는 모호해. 마고는 아주 인간적인 사람이야. 다들 이렇게 말하지. 그녀는 규범적인 행동에서 볼 수 있는 어리석음에서 벗어났다고. 난 그녀가 존재하지 않는다고 생각할 때도 있어. 그녀는 내 상상력의 기적의 결과일 뿐이라고 생각하기도 하고." 첫 번째 친구가 담배에 불을 붙였다. 두 번째 친구는 눈빛으로 다음 말을 재촉하고 있었다. "그녀는 질투심이 없어. 어떤 평범한 충동도 따르지 않아. 나한테 아무런 질문도 하지 않지. 내가 깜빡 잊고 놔둔 비밀스런 수첩을 읽어보지도 않고, 내 메모들을 뒤져보지도 않아. 난 그녀에게 얘기하지. '오늘 저녁엔 늦게 들어올 거야.' 그러고 나서도 그 이유를 구구절

절 설명할 필요가 없어. 그녀는 대부분의 부부들이 일상적으로 마주치는 균열 속에 빠진 적이 한 번도 없어. 말다툼은 아예 할 일이 없지. 그녀는 천정점(天頂點)이야. 절대 비굴해지지 않아. 그녀는 사소한 것들의 병적인 시험에 절대로 굴복하지 않아. 나는 쓰고 싶은 것은 뭐든 내 책에 쓸 수 있어. 어떤 장면은 경험한 것들에서 영감을 얻거나 상상해낸 것으로, 보통 여자라면 누구라도 질문을 퍼붓지 않고 그냥 넘길 수는 없는 것들이지." 두 번째 친구: "그럼 욕망은?" 나: "그녀의 육체는 그녀와 마찬가지로 본질 그 자체야. 나는 그녀의 육체와 그녀가 지닌 수수께끼 사이에서 일종의 완벽한 정체성을 느껴. 그 두 가지는 서로 양립하는 원칙처럼 서로의 결과로 나타나는 것 같아. 비밀 이야기를 하나 해줄게. 내가 마고에게 느끼는 욕망의 기본적인 원천은 그녀의 발이야." 두 번째 친구: "네가 페티시스트라는 건 이미 알고 있어. 네 책을 읽은 사람은 다 알 수 있지." 나: "마고의 발은 너무나 아름답고, 수긍할 수 있는 한 가장 완벽해. 섹스를 할 때면 그녀의 발을 30초 정도만 바라봐도 사정을 하게 돼. 어떤 이유로 이런 믿을 수 없는 현상이 나타나는지는 잘 모르겠어. 무엇 때문일까? 그녀의 발의 움푹 파인 부분 때문이야. 흔치 않은 각도로 발이 휘어 있거든. 크리스티앙 루부탱도 그런 것을 원하지, 내가 그와 함께 만든 책에 나오는 내용인데 그가 선택한 모델들도 그렇게 휜 발을 가졌었거든. 그런데 크리스티앙 루부탱조차 마고의 발에 완전히 매혹됐어. '믿을 수가 없어. 나도 처음 봐. 정말 극도로 휜 발이야'라고 했어. 발의 휜 부분이란 뚜렷한 굴곡뿐만 아니라 과장될 정도로 둥그런 것을 말하는 거야. 거기에도 각이 있고 꺾인 부분이 있어. 급격한 변화도 있고 함몰된 부분도 있어. 그게 결정적인 어떤 것이야. 그것은 마치 비명, 한 줄기 빛 같은 것이고, 강한 결심처럼 소리를 내고, 진동하며 빛이 나. 연극 〈맥베스〉 초반에 등장하는 마녀들 기억나? 천둥 번개가 치는데 세 명의 마녀가 들어오잖아. 마고와 함께 있으면 바로 이런 상황이야. 천둥이 치고 번

개가 번쩍거리며 마법사 마고가 들어와. 마녀들은 번쩍거리는 혼란 속에 나타나지. 그들의 등장은 번쩍거림과 폭발, 시끌벅적한 소동을 동반해. 셰익스피어는 'hurly-burly*'라고 썼어. 음, 마고의 휘어 있는 발바닥 부분은 그녀가 등장하면 나타나는 번쩍거림이고, 단호한 균열이야. 평범한 우연성이고 연속적인 균열이지. 이 빛은 하늘에서 시작해 땅에 벼락을 내리는 대신, 그녀의 발에서 솟아나와 관능적이고 강렬한 긴장감으로 그녀의 육체를 비추지." 두 친구들은 내 얘기에 깜짝 놀란 모양이었다. 그들의 얼굴에 걱정스러움이 드러났다. "내가 마고와 함께 산 16년은 1초밖에 되지 않은 것 같아. 마고는 1초밖에 걸리지 않았어. 마고의 육체는 1초일 뿐이야. 매번 그 1초가 시시각각, 하루하루, 한 해 한 해 끝없이 계속되지. 마고의 호리호리한 실루엣은 1초와 똑같은 실루엣이야."

---

* 혼란스러운 소동이라는 뜻.

14

이지투르가 놀라운 성과를 낸 1998년 말(반면 대부분의 헤지펀드들은 아시아의 위기와 러시아의 붕괴로 심각한 어려움에 처했다), 많은 수의 중개인들은 닷컴, 즉 하이테크놀로지 주식에 투자하기 시작했다. 이 경향은 1999년 1분기에 더욱 뚜렷해졌다. 그러나 스티브 스틸은 과대평가된 인터넷 기업들 대부분이 아무런 가치도 없는 쭉정이일 뿐이라고 판단했다. 그의 생각에 그런 데 투자하는 것은 바보나 할 만한 짓이었다. 그런 추잡한 인간들에게, 하루 종일 황량한 사무실에 앉아 줄담배나 펴대는 *타락한 스케이트 보더 족속들에게 많은 돈을 투자하는 것은 그야말로 어리석고 부조리하고 비상식적인 짓이라고* 말이다. 그는 인터넷 기업들은 바람이고 지나가는 아이디어고 가벼운 에스프리일 뿐, 그 이상도 이하도 아니라고 생각했다. "환상이고 눈속임일 뿐이야. 탁자 위에는 코카콜라 캔이 잔뜩 널려 있고 미래에 대한 순수한 비전은 대기 속에 떠다니고 있어." 하지만 닷컴의 주식들이 몇 달 동안 많은 수익을 내자, 스티브 스틸도 그런 기업들에 대한 투자가 이익을 낼 수도 있겠다고 생각하게 되었다. 전년도의 위기 이후에 시세를 매겼을 때 매상고에 전체적인 차이가 있는 적자 기업들부터 시작해서 시장이 폭죽을 터뜨릴 가능성은 거의 없었다. 그렇기 때문에 스티브 스틸은 더욱더 아시아를 통과한 위기가 극단적으로 공격적인 양상을 띠면서 재건에 대한 의지를 부추길 것이라고 생각했다. 곧 아시아 기업들이 최소한의 비용을 들여 생산한 저가 제품으로 세계 시장을 공략할 거라는 게 그의 생각이었다. 이런 상황에서 스티브 스틸은 2월 초, 여러 닷컴 기업들의 주식을 엄청나게 공매도하기 시작했다. 여러분 중 주의가 산만한 분들을 위해 기억을 되살려보겠다. 달리 표현하자면, 그가 주식을 빌려서 시장에 즉시 되팔았다는 것이다. 그 주식들의 가치가 곤두박질치는 날, 싼 값으로 그 주식들을 다시 사서 원래의 주인들에게 돌려주고 상당한 양의 시세차익을 챙길 셈으로. 이지 투르는 2억 달러의 자본금으로, 일부 구경꾼들에게 '넷의 황제'라 불리는 마사요시 손이 이끄는 신기술 전문 일본 기업인 소프트뱅크*의 주식을 주로 공매도했다. 2월 5일에 소프트뱅크의 주식은 904엔이었다. "로랑, 이것 좀 읽어봐. 아주 유익해." 스티브 스틸이 《레제코》**를 내밀며 말했다. "그리고 알렉산드라, 미안하지만 커피 좀 부탁해." 로랑 달은 스티브 스틸 옆에 앉아 그가 가리키는 기사를 읽었다. "인터넷의 세계에서 숫자와 증가율은 한계를 알지 못한다. 지난 12개월 동안 앳홈의 주식은 284.9퍼센트, 익사이트의 주식은 259.4퍼센트 올랐다. 90년대 중반까지만 해도 존재하지도 않았던 이 두 기업의 가치는 각각 104억 4천만 달러와 34억 8천만 달러로 엄청나게 상승했지만, 지난 12개월 동안의 매출은 1억 5천만 달러도 되지 않는데다 2억 달러에 다다르는 적자를 냈다. 특히 합병 작업과는 거리가 먼 야후(일본 기업인 소프트뱅크가 자본의 30퍼센트를 통제한다)는 312억 8천만 달러라는 가치를 인정받았지만(12개월 동안 871.5퍼센트의 성장으로), 지난 12개월 동안의 매출은 2억 달러에 불과했다." 로랑 달은 고개를 들고 잡지를 테이블 위에 놓았다. "봤지?" 스티브 스틸이 크게 외쳤다. "이게 말이나 되냐? 완전히 헛소리지! 난 이 기업들을 상대로 아귀처럼 먹어치울 거야! 이제까지 경험하지 못했던

---

* 한국계 일본인 손정의가 경영하는 일본 기업으로, 고속인터넷, 전자상거래, 파이낸스, 기술 관련 분야에서 활동한다.
** 프랑스의 경제 일간지.

가장 큰 거래를 할 거라고!" 그는 잠자코 있지를 못했다. 줄곧 손이나 머리를 움직이며 사무실 안을 돌아다녔다. "숫자를 봐. 도저히 믿기지가 않아. 280퍼센트의 성장률이라고! 100억 달러의 가치 상승! 지난 열두 달 동안 2억 달러의 적자를 냈고 매출은 1억 5천만 달러에도 못 미쳤는데 말이야. 우리는 미치광이의 세상에 사는 거야! 그들은 머리가 약간 이상해. 크리스마스를 즐기는 동안 신경세포가 다 끊어진 모양이야." "어때, 뛰어들어도 괜찮겠어?" 로랑 달이 담배에 불을 붙이며 물었다. "태어난지 고작 3년밖에 안 된 기업들, 인터넷의 아기 스타들이 유서 깊은 기업들과 똑같은 무게를 자랑하고 있어. 그야말로 꿈만 같아. 지난 1월에 포드가 볼보를 65억 달러에 사들였는데, 같은 날 야후는 개인 홈페이지를 제공하는 캘리포니아의 기업 지오시티를 45억 달러에 사들였어." "정상은 아니지. 나도 네 의견에 동의해." "지오시티 창립자들의 사진을 봤어. 꽃무늬 반바지를 입은 남자 세 명이라니! 머리카락은 자외선과 바닷물의 소금기 때문에 탈색이 됐더군. 하루 종일 제트스키나 타는 건달들이었어." "언제 뛰어드는 게 좋겠어?" "서둘러야 할 것 같아. 이런 종류의 일은 오래가지 않거든. 기껏해야 한 달이나 두 달일 거야." "그렇다면 3월 말 전이네." "기껏해야 그때지, 뭐. 4월을 넘기지 않을 거란 건 확실해." "공매도할 소프트뱅크 주식은 2억 달러어치고……." "맞아, 2억 달러. 하지만 며칠 내로 더 추가할지도 몰라. 드러나는 윤곽이 너무 근사하거든. 이 미친 짓은 거품이야. 그 이상도 이하도 아니라고. 주식 거품이 빠지게 되면, 닷컴 분야 자체도 완전히 거품이 빠지게 될 거야. 내 말을 믿어!" 화려한 쾌락의 밤에 느낀 행복감에 흠뻑 빠진 스티브 스틸은 1주일 후에 태도를 확실히 했다. 그의 말에 따르면, 광란의 밤을 보내고 다음 날 아침 일어나 보니 두 발과 두 손 모두 수갑이 채워져 각각 침대 기둥에 묶여 있었다고 했다. 그리고 그에게 채찍을 휘둘렀다는, 환각이 일어날 정도로 끝내주게 환상적인 폴란드 여자가 여전히 쾌락에 빠진 채

허우적대고 있었다. "맹세컨대 그런 경험은 정말 처음이었어. 단 하룻밤 사이에 오르가즘을 열아홉 번이나 느꼈다니까." 스티브 스틸이 로랑 달에게 말했다. "하지만 네가 하고 싶은 말은 그게 아닌 것 같은데." 로랑 달이 중간에 말을 끊었다. "그래, 용건은 그게 아냐." 그는 그날 아침, 도저히 거스를 수 없는 확신의 빛 속에서 잠이 깼다고 했다. 닷컴 분야가 붕괴될 시기가 코앞으로 다가왔다는 확신. 그는 거리를 걸었다. 하늘은 높고 평화로웠다. "철학적인 개념처럼 명료해. 그게 나한테 말하는 느낌을 받았어." "누가? 누가 너한테 말을 해?" 로랑 달이 그에게 물었다. "하늘 말이야, 하늘이 나한테 말했어. 내가 하늘을 올려다보니까 나한테 말했어. 팔아라! 팔아라! 팔아라!" 스티브 스틸은 홀랜드 파크 근처에 있는 커피숍에서 아침식사가 될 만한 것들을 사서, 길을 걸으며 먹었다. "아주 뜨겁고 향기로운 커피하고 작은 치킨 샌드위치였어. 그 폴란드 여자가 내 배를 납작하게 만든 뒤였거든." 그리고 믿을 수 없는 기록을 달성한 남자는 행복한 얼굴로 사무실에 들어섰다. "이해할 수 있어?" 스티브 스틸이 물었다. "동유럽 여자 정말 죽여주더라. 너도 경험해봤는지는 모르겠지만, 열아홉 번의 오르가즘이라니!" 그가 컴퓨터 앞에 앉았다. "그래서?" 로랑 달이 그에게 물었다. "그래서 나는 소프트뱅크 주식을 1억 달러 추가로 공매도했어." "좀 과한 것 같은데……." "염려할 건 없어. 소프트뱅크 주식 한 주는 600엔의 가치밖에 안 돼. 기껏해야 700이지. 700이라 해도 분명 600으로 떨어질 거야. 어쩌면 더 떨어질지도 몰라. 550까지 말이야. 열흘 후면 그렇게 될 거야. 우리 손에 들어올 돈이나 상상해봐. 난 느껴져! 정말 믿기지 않는 일이지! 거품은 사라질 거야! 이렇게 강한 확신을 갖고 투자를 해보기도 처음이야." 그러나 스티브 스틸이 이 작업을 마무리했을 때, 소프트뱅크의 주식은 908엔이었다. 2월 24일, 위대한 증권 브로커의 본능을 건드렸다고 할 수 있는 기념비적인 후퇴를 하고 난 며칠 후인 이날에는 922엔이었다. 월말에는 933엔. 첫 번째 공매도를 할 때는 약 3퍼센트 오른 시점이었고, 두 번째 공매도를 할 때는 다시 2.5퍼센트 올랐다. "2월의 실적으로 내세우기에는 별로 좋지 않은걸." 로랑 달이 스티브 스틸에게 말했다. "투자자들이 이번에 우리가 조금 잃은 걸 알게 되겠어." 스티브 스틸은 소프트뱅크의 주가를 떨어뜨리기 위해 주식 시장을 혼돈에 빠뜨리려 애썼다. 그는 그 달의 시장이 폐장하는 날, 마지막 순간에 어마어마하게 많은 양을 매도했다. 주가는 즉시 933에서 901로 떨어졌다(로랑 달이 긍정적인 성과를 공시할 수 있도록 하는 숫자). 다음 날은 917에서 다시 시작했다. 그들은 이 작업을 채점(marking)이라고 불렀는데, 스티브 스틸은 자신의 의견을 굽히지 않고 다시 5천만 달러어치를 공매도했다. "다들 겁이 나는 거야. 난 긍정적인 성과를 공시할 수 있어. 우리가 901엔으로 공매도했던 게 지난 달 말에는 904엔이 됐잖아." 3월 3일에는 922를 기록했다. 3월 5일, 923. 3월 9일, 933. 3월 15일, 1,062. 3월 17일, 1,168. 3월 25일, 1,233. 3월 30일, 1,508. 미칠 지경이었다. 어마어마한 공포가 그들을 덮쳤다. 완전한 악몽. 스티브 스틸이 소프트뱅크의 주식을 공매도한 순간부터, 그 주식은 세 번의 중개 총합의 평균으로 1.6배 증가했고, 이지투르는 3억 5천만 달러가 아니라 이제 5억 6천만 달러어치의 주식을 사들여야 했으며, 2억 1천만 달러를 잃을 판국이었다. 다시 말해, 만약 스티브 스틸이 어떤 이유로 그가 빌린 주식들을 시장에서 되사야 한다면(금융 용어로 '자기 투자를 되산다'고 한다) 그것들을 매매해서 얻었던 3억 5천만 달러 대신 5억 6천만 달러를 지불해야만 했다. 다행히 이 손실은 스티브 스틸이 동시에 진행했던 다른 중개들에서 발생한 이익으로 일부 벌충되었다. "꽤 손해를 봤어." 로랑 달이 그에게 말했다. "이번 달에는 2년 만에 처음으로 부정적인 성과를 냈다는 걸 공표해야만 하겠군. 난 이번 거래가 슬슬 걱정이 되는데. 넌 아직도 확신이 있어?" "투자자들에게 보낼 뉴스레터는 썼어?" "쓰는 중이야." "음, 내가 직접 해명하도록 할게." "나도 알아." 로랑 달이 스티브 스틸의 말을 끊었다. "사람들이 이 상황을 믿지 않으리란 것을. 닷컴은 똥 같은 것들이고, 우리가 하이테크놀로지에 죽도록 공매도를 하는 게 합당하다는 것도. 이 상황은 한 달이면 무너질 것이고 그러면 우리는 다시 돼지처럼 살찌리라는 거지, 맞지?" "바로 그거야. 정확해." 스티브 스틸이 오른손을 들어 로랑 달에게 손바닥을 펴 보이며 소리쳤다. "전부 다 파악하고 있구나, 친구!" 로랑 달은 동업자와 가볍게 하이파이브를 했다. 뉴스레터를 쓰는 일은 로랑 달에게 있어 섬세한 표현 방법을 연습하는 장이었다. 그는 닷컴 분야는 전혀 전망이 없다고 주장하면서 자신들의 비전이 얼마나 합당한지를 투자자들에게 설득했다. 그는 몇 주 전에 집행유예가 선고된 닷컴 분야("절벽 끝에 서서"라고 로랑 달은 썼다)는 끊임없이 자신들을 미화하면서 자신들이 열매를 맺었다고 큰소리치지만, 즙이 많은 그 과일은 오래 넣어놓기를 즐기는(주식을 팔기보다는 사기를 즐기는) 헤지펀드가 투자자들에게 행복감을 나눠주는 용도로 쓰일 거라고 써서 투자자들 누구도 놓치지 않았다(뉴스레터를 읽는 것만으로도 충분했다). 4월 5일, 1,659. 4월 6일, 1,828. 4월 8일, 2,023. 4월 7일《레제코》에는 이런 기사가 실렸다. "니케이 지수는 상대적으로 제한된 환율의 부피로 0.89퍼센트 상승하면서 마감했다. 전날 월스트리트를 따라서 인터넷 분야 주식의 가치가 오른 것에 주목할 것. 야후재팬이 8.5퍼센트, 소프트뱅크는 10.2퍼센트 상승했다. 소프트뱅크가 인터넷에서 자동차를 판매하는 회사를 만들기 위해 마이크로소프트와 야후재팬과 결연을 맺었다는 사실을 통보한 후 지난 몇 주 동안 주가가 날아오른 것을 기억해야 할 것이다." "마이크로소프트의 바보 얼간이들이 주식 시장을 엉망으로 만들었어! 이 빌어먹을 똥 같은 종목이 지난밤에 11퍼센트나 올랐다고!" 스티브 스틸이 자기 사무실을 뱅글뱅글 돌며 소리쳤다. "2,023이라니! 인터넷에서 자동차를 파는 게 뭔 비전이 있다고! 그 따위 사업에 왜 시장이 열광하는 거냔 말야! 마이크로소프트가 이 몽골리즘

기업에 몇 달러 투자했다고 주식이 날아오르다니……." "이제 우린 어떻게 하지?" 로랑 달이 물었다. "우리는 어떻게 하냐니, 그게 무슨 뜻이야? 그런 멍청한 질문이 어딨냐? 넌 우리가 어떻게 했으면 좋겠어?" "내가 너한테 물은 게 바로 그거잖아. 주식이 계속 올라가는 거나 지켜보면서 손 놓고 앉아 있을 수는 없잖아. 스티브, 뭐라도 해야잖아, 제기랄!" "빌어먹을, 내가 주가가 떨어질 거라고 했잖아! 무너질 거라고 말했잖아!" "넌 2월부터 그렇게 말했어! 닷컴들은 4월 초부터 무너질 거라고. 근데 벌써 4월 8일이야. 주가는 2,023을 치고 있고 말이야." "넌 내가 되사기를 바라는 거잖아! 7억 8천만 달러의 금액 때문에 공매도한 것을 다시 사기를 바라는 거잖아!" "최소한 중단시키기는 해야지. 중단시켜, 스티브, 제기랄! 이건 뭐, 벽이 있는 걸 알면서 계속 치닫는 꼴 아냐. 1초, 1초 시간이 흐를 때마다 돈뭉치를 한 덩어리씩 잃고 있다고! 우리는 이번에 어마어마한 손해를 봤어. 이것도 최대한 완곡하게 표현한 거야." "좋아, 내가 해답을 알려주지." 스티브 스틸이 컴퓨터 모니터 앞에서 소리쳤다. "내가 해답을 알려주겠다고! 로랑 달, 중개는 내가 하는 거야! 넌 이 방에서 나가! 넌 네 일이나 하라고! 네 일이 뭐였지?" 그는 험상궂은 눈초리로 로랑 달을 쏘아보았다. "투자자들이나 찾으란 말야! 투자자들을 부추기라고! 새로 투자를 받아서 자본이나 늘려!" 하루하루 지날 때마다 사태는 더 위태로워졌다. 로랑 달은 하루 속히 해결책을 찾지 않으면 안 된다는 것을 알고 있었다. 어떤 방법으로든 이 재앙을 물리치지 않고 이번 달을 마감할 수는 없었다. 참으로 손해가 막심했다. "스티브 스틸, 내 말 좀 들어봐. 공매도를 할 순간은 아닌 것 같아." 그러자 스티브 스틸은 입을 크게 벌리고 만세를 하듯 두 팔을 들었다(하지만 승리의 소리는 입밖으로 나오지 않았다). 로랑 달은 그를 올려다보지 않고 그냥 가만히 있었다. 그것은 찬란한 찬사와 경탄의 대상이던 스타 브로커에 대한 야유이자, 이번에는 꼭 자신의 의도를 관철시키겠다는 의지의 표현이었다. "스티브, 멈춰야 해. 이제라도 손을 빼야 해. 투자 금액이 너무 커졌어. 벌써 7억 8천만 달러나 공매도했잖아. 엄청난 액수야." "너 자꾸 짜증나게 할래?" 로랑 달의 우상이 그의 말을 끊었다. "그 기업은 더러운 거름통이야. 그 쓰레기 같은 회사는 아무런 가치가 없다고." "하지만 사람들이 그 회사의 주식을 산단 말이야. 스티브, 사람들이 혈안이 돼서 그 회사 주식을 사들이는 걸 너도 봤잖아." "하지만 그 회사가 완벽하게 무가치하다는 걸 너도 잘 알잖아! 너한테 그 얘기를 한 게 3천만 번도 넘겠다." "알아! 난 안다고! 하지만 사람들이 산단 말이야! 제기랄, 넌 아무것도 할 수 없어! 온 세상하고 정반대로 가는 것 좀 이제 그만둬!" "넌 정말 짜증나!" "다른 사람들하고 반대로 하지 말라고, 스티브! 이제 좀 그만 해, 빌어먹을! 어떻게 좀 해봐!" 스티브 스틸은 대답하지 않았다. "넌 그 주식이 600엔 정도밖에 안 될 거라고 확신했어. 오케이, 600! 그런데 사람들은 그걸 2,023엔에 산단 말이야. 2,023이라고! 내일 사람들이 3,070엔에 산다면, 주가가 3,070엔이 되는 거야. 너 속담 알지, 스티브? 넌 이런 상황이 어처구니없다고 하지만, 네 돈이 다 떨어진 후까지도 이런 상황이 계속될 수 있다고." 로랑 달은 다음 날 메릴린치(그들의 모든 계좌가 있는 은행이었다)의 수석 브로커에게서 전화를 받았다. 그는 종양처럼 점점 커지는 이 비정상적인 사태를 걱정하고 있었다. "그래도…… 그래도 아주 특별한 경우죠. 조금씩 시끄러워지고 있어요. 투자자들이 당신들이 아주 짧게 공매도한다는 소식을 듣기 시작한 게 틀림없어요. 당신들이 그렇게 하기로 판단한 이유에 대해서는 우리가 뭐라 말할 수 없지요……. 하지만 투자자들은 이미 한계에 다다른 것 같아요……. 어떻게 하실 생각이신가요?" "여러 가지 방법을 생각하고 있으니 제가 곧 말씀드리겠습니다." "서둘러야 해요. 그렇게 가만히 계시면 안 돼요. 조금만 더 기다리면 당신들이 이 일을 잘 마무리할 거라고 난 믿어요." "예, 알아요, 당연하죠, 준비 중이에요, 곧 말씀드릴게요……." 로랑 달은 전화를 끊었다. "넌 실패를 인정하고 싶지 않아서 고집을 부리고 있는 거야." 자신을 만나러 온 스티브 스틸에게 로랑 달이 말했다. "그래, 네가 말한 것처럼 난 실패하고 싶지 않아서 고집을 부리는 거야." "방금 전에 경고 메시지를 받았어. 메릴린치에서 온 전화였는데, 담당자가 완곡하게 표현하긴 했지만 무척 불안해하고 있었어. 우리 목 밑에 칼이 들어와 있어. 그들은 우리에게 어서 상황을 종료하라고 강요할 거야. 투자자들도 마찬가지고. 그래, 투자자들 얘기를 좀 해야겠다. 이제 곧 그들의 전화가 걸려올 거야. 그들도 전화기를 들 거라고. 점잖고 우아하게. 그들은 정중하지. 우리는 인기 있는 중개업자잖아? 그들은 우리를 믿어. 지난 2년 동안 그들에게 충분한 이익을 안겨줬으니까. 하지만. 내 얘기 잘 들어. 그들도 우리가 소프트뱅크 주식을 공매도한 걸 알고 있어. 네가 네 투자가 성공할 거란 걸 너무나도 확신해서 내가 그 얘길 뉴스레터에 썼으니까. 그리고 그 투자가 실제로 우리 자본의 절반을 차지하지. 너의 그 대단한 폴란드식 내깃돈이 실제로 우리 자본의 절반을 차지한다고." 로랑 달의 말은 계속 이어졌다. "우리는 궁지에 몰렸어, 스티브. 해결 방법을 찾아야만 해." "여기서 중단한다면, 보유고가 20퍼센트를 차지하도록 아주 많은 주식을 되사야만 해. 그러면 엄청나게 공매도를 하는 거지. 20퍼센트나 30퍼센트. 정신병자나 쓸 만한 방법이야. 그런데 만약 내가 갖고 있던 소프트뱅크 주식들의 일부분을 팔면 주가를 낮출 수 있어. 그럼 시장이 둔해질 거야. 계속 그렇게 해서 그 선을 유지하는 거야. 유지하는 거라고. 그러는 사이에 닷컴은 무너지게 될 거야." "그거 확실한 거지? 확신이 있다면 끈덕지게 유지해야 해……." "그래, 끈덕지게. 난 확신이 있어. 아, 로랑, 내가 어리석었던 걸까? 내 생각이 틀린 걸까? 내 눈이 흐려져서 재앙이 닥칠지도 모른다는 생각이 드는 걸까?" "우린 시간을 벌어야 해. 그게 전략이야. 닷컴들의 가치가 하락할 때까지 우리는 시간을 벌어야만 해." "무슨 말을 하고 싶은 거야?" "그게 유일한 해결책이야. 내가 아는 유일한 방법. 메릴린치와 투자자들이 조금만 더 버텨주면 우리에게 승산이 있어. 내가 하고 싶은 말은, 너라는 위대한 중개인의 신탁이 실현될 때까지 우리가 버텨야 한다는 거야." "지금 날 비웃는 거야?" "방금 내가 널더러 위대한 중개인이라고 했나? 너야 천재지! 주식 거래의 천재!" 로랑 달은 천천히 종이컵을 찢었다. "제기랄, 너 지금 빈정거리는 거냐?" "전혀 아니야. 빈 정거리는 게 아니야. 불안하고 스트레스 때문에 미치겠고 고통스러워. 죽을 것같이 지랄맞은 고통이 내 뱃속을 짓누르고 있다고." "그럼 나는 어떻겠냐? 넌 내가 아무 생각도 없이 태연하게 이 상황을 지켜보고 있다고 생각하는구나." "난 밤잠을 못 이룬 게 벌써 닷새째야." "그렇다면 네 기적의 해결법은 뭐야?" "여기서 멈추지 않고도 손해를 보지 않기 위해 서는 임시변통을 할 방법이 필요해. 어젯밤에 거리를 걸으면서 생각해봤 어. 밤새도록 생각을 짜내며 거리를 돌아다녔지." 스티브 스틸은 담배에 불을 붙이고 궁금한 표정으로 로랑 달을 쳐다봤다. "세 가지 방법이 있 어. 첫째, 이번 달 말에 선물을 사서 다음 달 초에 되파는 거야. 그런 식으 로 하면 나는 투자자들에게 우리가 시장에서 주식을 매입하고 있다고 말할 수 있지. 더 공매도하는 거지만 매입하기도 하는 거지. 두 번째 방 법, 닷컴에 대한 단기 풋옵션*을 파는 거야. 투자자들에게 호소할 수 있 을 만한 단기 풋옵션의 최대량. 이 방법은 메릴린치의 요구에 대한 답이 될 거야." "닷컴에 대한 단기 풋옵션? 나더러 닷컴을 공매도하라는 거야? 네 방법은 미친 짓이야! 전혀 설득력이 없어!" "내가 단기라고 했잖아. 1개월의 풋옵션이라고. 이윤을 맞추기 위해서 말이야. 하이테크놀로지 가 4월에 무너지지는 않을 거잖아." 금융 용어를 잘 모르는 독자들을 위 해 풋(put)이라는 감미로운 개념을 상기시켜보겠다. 그것은 옵션이고 보 증이다. 투기적인 운율의 즐거움이다. 소프트뱅크의 주가가 2,023엔이

---

* 옵션 소유자가 특정 기일까지 미리 약정된 가격으로 특정자산을 그 발행자에게 매도할 권리.

라고 가정하자. 한 달 후에 상황이 어떻게 변하든 소프트뱅크의 주식을 천 엔에 양도할 수 있다는 보증을 이지투르가 파는 것이다. 만약 주가가 600엔으로 하락해도(공매도한 스티브 스틸이 오매불망 바라는 대로), 이지투르는 보증을 약속했으므로 소프트뱅크의 주식을 전부 천 엔에 사야만 한다. 이 경우, 헤지펀드는 실제 가치보다 높은 가격에 주식을 사기 위해 상당한 금액을 지불해야 한다. 주식이 천 엔 선 아래로 내려가지 않으면 이지투르는 옵션 매매에서 벌어들인 돈을 지키지만, 만약 주식이 천 선을 넘어 600, 500, 400으로 내려가기 시작한다면 비극이 닥치는 것이다. 어느 날 아침, 수천 명의 투자자들이 이지투르에 주가가 400밖에 안 되는 주식을 1천 엔에 사도록 강요하는 것이다! 로랑 달의 이 의견으로 인해 두 사람은 이상한 역설에 놓였다. a. 이미 공매도를 한 그들이 돈을 벌기 위해서는 소프트뱅크의 주식이 무너져야만 한다는 것. 하지만 b. 그들이 팔 모든 옵션을 무모하게 모험에 걸지 않으려면 소프트뱅크의 주식은 무너지지 말아야 한다는 것. 적어도 그 달에는. "그래, 거기까진 알겠어." 스티브 스틸이 다시 입을 열었다. "마지막 남은 세 번째 방법은 뭐야?" "가장 까다로운 거야. 세 가지 중 가장 걸림돌이 많은 거야. 그래서 너한테 얘기해야 하는지 망설여져." "어쩔 수 없잖아……." 스티브 스틸의 대답을 들은 로랑 달이 세 번째 방법을 내놓았다. "성과를 조작하는 거야. 임시로 말이야." "성과를 조작하자고?" "가볍게 변형하는 거지. 네가 원한다면 조정한다는 표현을 써도 되고." 스티브 스틸의 의문스러운 침묵이 이어졌다. "인터넷 기업을 하나 사서 가치가 매우 높다고 믿게 하는 거야. 증권 시장에 상장되지 않은 개인 기업으로 말야. 그 기업을 산 다음에 감사를 하게 하고 우리의 투자자들에게 그 기업이 매우 가치가 있다고 믿게끔 만드는 거야. 이 인터넷 기업의 가치는 손실을 다 빨아들일 거야. 그리고 다음 달에는 이 기업의 가치가 180퍼센트를 기록했다고 믿게 하는 거지. 그 다음 달에는 240퍼센트에 다다랐다고 믿게 하고. 그 다음 달에는 닷컴 분야가 붕괴되고 이야기는 끝나는 거야. 우리는 헤지펀드가 한 번도 실현하지 못한 가장 큰 거래인 공매도로 최대의 이익을 얻고, 이 가볍고 불법적인, 아주 가볍고 불법적인 에피소드는 우리의 기억 속에 묻히는 거지." 스티브 스틸은 아연실색하여 로랑 달을 바라보았다. 그가 컴퓨터 모니터에 담배를 비벼 불을 껐다. 그러고는 담배를 새로 한 개비 꺼내 곧장 불을 붙였다. "하지만 그건 완전히…… 네가 제안한 건 불법이야……." "불법적이고 매우 위험하지. 네 공매도보다 더하진 않지만……." "그렇게 할 순 없어……." 스티브 스틸이 로랑 달의 말을 끊었다. "좋아. 그럼 네가 중단해. 네 컴퓨터를 켜고 네가 중단시켜." "누가 그런 사기성 짙은 기업의 감사를 맡아주겠어? 우리가 사게 될 그 가상의 기업이 아주 가치가 높다는 걸 증명해달라고 누구한테 부탁할 거야?" "내가 부패한 감사관을 찾아낼 거야. 그 사람은 석 달 동안만 감사를 해주면 되는 거야. 그러고 나서 우리는 정상적인 상황에서 다시 시작하는 거야." 스티브 스틸의 눈빛은 갈등하고 있었다. 갈등하는 표정. 내적인 갈등. 내부에서 일어나는 게릴라전. 두뇌의 혼란. 로랑 달이 그를 안심시켰다. "잠깐일 뿐이야. 법을 어기는 건 아주 잠깐이라고. 사람들은 그 사실을 보지도 못하고, 알지도 못해. 사소하고 은밀한 속임수야. 난 해결 방법이라고는 이것밖에 모르겠어. 밤새 걸으면서 생각했는데 이것밖에 생각이 안 나더라고." 스티브 스틸은 생각에 잠겨 무선전화기의 긴 안테나를 뽑았다가 넣었다가를 계속 반복했다. 천천히 강박적인 행동을 하던 스티브 스틸이 잠시 후 입을 열었다. "그러면 네가 말한 인터넷 기업은 어디에서 찾아야 되지?" "런던 전화번호부에서. 닷컴으로 끝나는 회사 아무 데나 찾으면 돼." "네가 얼굴에 하얀 밀가루를 칠하고* 그들을 찾아

---

* 『늑대와 일곱 마리 아기 양』이라는 동화에서 하얀 밀가루를 칠하고 엄마 행세를 한 늑대를 비유한 말.

가겠다⋯⋯." "바로 그거야. 다들 팔 거야. 모든 개인 기업은 판다는 원칙에서 시작하는 거야. 탁자 위에 두툼한 돈뭉치를 올려놓으면 문제는 해결되는 거야." "알렉산드라!" 스티브 스틸이 문을 향해 몸을 돌리며 소리쳤다. "알렉산드라, 잠깐만!" "네!" 그녀 역시 큰 소리로 대답했다. "왜 그러시는데요?" "런던 전화번호부! 미안하지만 런던 전화번호부 좀 갖다 줘!" 로랑 달은 이상하고 건강치 못하며 정상 궤도에서 완전히 벗어난 열흘을 보냈다. 뒤틀린 과정이 그를 두렵게 만들었다. 그는 여전히 불면증에 시달렸다. 그는 생전 처음, 양심의 가책을 느끼지 않고 은밀하게 작업을 해줄 수 있는 감사관을 수소문했다. 알코올 중독에 빠져 되는 대로 살아가는 브로커가 있었는데, 그는 자신을 고용했던 회사에 큰 손실(20억 달러의 손실이라는 말이 있었다)을 입히고 퇴사한 후 뚜렷한 일거리가 없는 상태였다. 그 사람이 로랑 달에게 마리노 발두치를 소개해주었다. 마리노 발두치는 지나치게 뚱뚱하고 게으른 이탈리아 태생의 감사관이었다. 그를 소개한 알코올 중독자 브로커는 마리노를 매수하는 건 식은 죽 먹기일 거라고 말했다. "소문에 의하면 그는 결점이 없어요. 하지만 난 그가 어떤 생활을 하는지 알지요. 그는 돈이 무진장 필요한 사람이에요. 돈만 많이 주면 무슨 일이든 할 겁니다. 확실해요. 하지만 조심하세요. 라틴계 사람이니까요. 그는 자존심이 무진장 세요. 기선을 제압하는 유일한 방법은 상황을 능숙하게 끌고 가는 겁니다." 그 브로커가 로랑 달에게 속삭였다. 로랑 달은(소개비로 1만 5천 파운드의 수수료를 그에게 준 후) 마리노 발두치를 조지&버처로 초대했다. 로랑 달은 300파운드짜리 샤토 뒤켐을 주문했다. 그리고 대단히 희귀한 시가도 두 대 준비했다. 시중에 유통되는 시가 중 가장 값비싼 것이었다. 나태한 인간. 꽃과 같지는 않았다. 형체가 없는 늪 속에 빠진 수상동물 같았다. 로랑 달은 거대한 양복에 허리띠를 묶은 지방질의 몸 주위에서 추상적인 냄새를 맡았다. 실패의 냄새, 몰락의 냄새, 유린된 존재의 역한 냄새. "이 일이 끝나면 나는 완전히 사라질 겁니다." 디저트를 먹으며 마리노 발두치가 로랑 달을 안심시켰다. "다시 말씀해주시겠어요? 그게 무슨 뜻이죠?" 로랑 달은 울음이 터지려는 것을 꾹 참았다. 역겨운 남자였다. 이런 인간에게 구걸하는 일은 정말 혐오스러웠다. 점심식사에 배어든 치욕적인 감정 때문에 로랑 달은 낙담했다. 자신이 지불해야 할 터무니없이 많은 금액(감사관의 음탕한 얼굴을 보니, 쉽게 그 사실을 예상할 수 있었다) 때문에 기분이 우울해졌다. "전원 오프. 사라진다는 거죠. 새로운 곳에 가서 인생을 다시 시작할 거요." "그렇다면? 이 일은 무슨 뜻을 내포하고 있죠?" 로랑 달이 그에게 물었다. "3개월이라고 하셨죠?" "약 3개월 정도 돼요. 3개월 동안 조작된 자료를 감사하는 거죠. 내가 메릴린치의 수석 중개인과 투자자들에게 전달할 자료 말입니다. 투자자들한테 필요한 경우에만." 로랑 달은 도랑에 괴어 썩은 물 속에서 기어가는 이 타락한 남자에게서 강한 인상을 받았다. "간단한 일이군……." 터무니없이 비싼 시가에 불을 붙이며 마리노 발두치가 중얼거렸다. "메릴린치라……. 당신 사업의 존폐가 걸린 일이군요. 다들 큰 회사의 안뜰에서 놀죠." 불꽃이 크게 일어나 조심성 없이 성냥개비를 잡고 있던 그의 손가락을, 살이 많고 둥그렇고 털이 많은 그의 손가락들을 태울 기세였다. 그는 '훗' 소리가 나게 살며시 입김을 불어 불꽃을 끄고 로랑 달을 똑바로 쳐다봤다. "좋습니다. 천만 달러라면 해보죠." "난 800만 달러를 생각했습니다만." "음, 천만 달러." 로랑 달은 300만 달러가 적힌 수표에 사인을 했다. "우선 3분의 1입니다." 수표를 뜯어내며 그가 말했다. "계약서를 쓸 필요는 없을 것 같군요. 당신이 어디에 있는지는 아니까……." 감사관은 눈빛으로 로랑 달을 위협하며 천천히 말했다. "300만 달러는 다음 달에, 그리고 나머지는 5월 말에 드리죠. 그럼 되겠죠?" 로랑 달이 결론을 내렸다. "어떤 회사죠?" 마리노 발두치가 물었다. 그는 계속 시가를 바라보고 있었다. 그는 자신이 애무를 하고 있는 너무나 아름다운 여인의 몸매를 바라보듯 황홀한 눈빛으로 시

494

가를 바라보았다. "인터넷을 통해 음악을 들려주는 회사예요." "생긴 지는 오래되었나요?" "사흘 전에 생겼어요." 로랑 달이 대답했다. 이 대답을 하고 나자 로랑 달은 진짜로 테이블에 토악질을 할 것만 같아서 "실례할게요"라고 말한 후 화장실로 뛰어갔다. 스티브 스틸과 로랑 달은 문제의 회사를 얻기 위해 어떤 과정을 거친 것일까? 알렉산드라는 전화번호부에서 닷컴으로 끝나는 인터넷 회사의 이름을 약 쉰 개 정도 뽑아 리스트를 만들었다. 로랑 달이 이 모험적인 생각을 숙성시킨 뒤, 그들에게 회사 상황을 묻기 위해 전화 거는 일은 알렉산드라가 맡았다. 기획안, 매상고, 회사의 발전 상황, 연말 성과, 임원진의 프로필, 고용인의 숫자 등. 아주 부유하다고 소문난 헤지펀드였기 때문에 이지투르는 별 어려움 없이 원하는 상담을 할 수 있었다. 로랑 달은 상대방과 회의를 한 번하고는 낙담을 해서 얘기를 시작한 지 10분 후에는 회사를 인수하겠다고 제안을 했다. 위통으로 뱃속에 불이 붙는 것 같고 넓적다리 뒤쪽에 커다란 종기가 나서 너무 고통스러웠던 그는 벽에 등을 대고 서 있어야만 했다. "1억 달러 드리겠습니다." 창밖 정면으로 보이는 보도 위에서, 서른다섯 살쯤 된 젊고 창백한 금발의 여자가 세련되게 옷을 입고, 꽃으로 장식한 커다란 모자를 쓰고, 멋지게 생긴 영국식 유모차를 정성껏 밀고 있는 광경에 그리움에 젖고 가슴이 찢어질 듯한 아픔을 느끼며 로랑이 말했다. "3억 달러 주시죠." 그 회사의 사장이 대답했다. 지친 로랑 달이 그를 똑바로 바라보았다. 그 젊은 사장이 질경질경 씹고 있는 껌의 과일향이 사무실 전체에 퍼졌다. 그 남자의 지적 수준을 드러내는 단조롭고 일정한 턱의 움직임이 협상 사이에 생긴 침묵을 규칙적인 간격으로 끊었다. 그는 눈에 띄게 재빨리(하지만 제대로 파악하지 못한 이유 때문에) 무례할 정도로 흥분하여 끌어낼 수 있는 이익을 측정한 것이다. "1억 5천만 달러로 합시다." 로랑 달이 말했다. "2억 3천만 달러가 좋겠네요." 젊은 사장이 대답했다. 로랑 달이 조용히 그를 바라보았다. "내 변호사가 두 시간 후 연락드릴 겁니다." 로랑 달은 그 말을 끝으로 책상 위에 놓인 모자를 들고 우산을 낚아채 밖으로 나왔다. "잠깐만요. 사무실 보증금도 받고 싶은데요." "그것도 받게 될 거요." 로랑 달이 나가면서 그의 말을 끊었다. "그런 내용의 서류도 있을 거요." 이 새롭고 중요한 지원 덕분에, 마리노 발두치가 문서로 보증해서 메릴린치에 전한 뉴비닐닷컴의 가치와 현기증 날 정도로 엄청난 숫자의 풋옵션을 매도한 덕에 이윤 폭의 문제는 해결되었다(메릴린치의 수석 브로커가 만족했으므로). 4월에는 지수가 조금 떨어졌다. 로랑 달은 더욱 말라르메스럽고 난해하며 생략이 많은 문장들을 사용해 뉴스레터를 썼다. 목적은 이지투르의 투자에 대한 정책 방향을 다시 잡는 것이었다. 그는 골치 아팠던 투자를 난해하고 활력 있는 수사적 표현의 뒤로 일부분 사라지게 하려 노력했다. 마이크로소프트가 소프트뱅크와 맺었던 계약의 결과로 2,023엔이라는 시세의 절정에 달한 이후, 4월과 5월에는 주식이 1,700선을 둘러싸고 놀라운 발레 동작을 보여줬다. 마치 며칠이라는 공간에서 우아한 엇갈리기 스텝과 매력적인 앙트르샤를 제어해 연결하는 주연 무용수처럼 1,622를 넘어서 1,687에서 1,766까지 갔다가, 1,617을 지나 1,545에서 1,778까지 갔다. 4월 초가 되자 주가가 전에 그랬던 것처럼 정상을 향해 치솟았고, 5월 초에는 상황이 다시 악화되었다. 6월 7일, 1,755. 6월 8일, 1,955. 6월 9일, 2,025. 6월 10일, 2,066. 6월 11일, 2,071. 6월 16일, 로랑 달이 잊고 지나친 두 딸 비비엔느와 살로메의 생일 다음 날, 《레제코》에는 이런 기사가 실렸다. "인터넷 관련 기업들(야후, 사이버캐쉬, 이트레이드 등)과의 제휴와 소프트웨어 배포를 전문적으로 하는 일본 기업 소프트뱅크가 어제 첨단기술주 중심의 미국 증권거래 시장과 합작으로 재팬 나스닥을 개설하겠다고 발표했다. 이 공동 회사는 6월에 6억 엔의 자본으로 창설될 것이다." 6월 18일, 2,219. 6월 22일, 2,467. 6월 24일, 2,663. 6월 25일, 두 딸의 생일이 지났는데도 아무런 연락이 없는 로랑 달에게 잔소리를 하려고 클로틸드가 전화를 했다. "귀가 멍멍하지? 당신이 언제쯤 불쑥 나타나는지 보려고 열흘이나 기다렸어. 어떻게 할지가 궁금해서 말이야. 아버지에게 버려진 어린 딸들에게는 또 다른 농간이겠지만. 애들이 얼마나 슬퍼하는지 설명할 필요는 없겠지?" 로랑 달은 거리를 걸었다. 로랑 달은 자신이 살던 구역에 가까이 다가갔다. 그는 자신이 너무나 좋아하던 광장의 철책을 넘었다. 마운트 스트리트 가든이었다. 만약 스티브 스틸이 틀렸다면? 소프트뱅크가 계속 솟아오른다면? 공원에는 고인을 기억하며 기부 협회가 선사한 작은 표찰들이 벤치마다 붙어 있었다. 〈이 정원에서 행복한 시간을 많이 보낸 로즈 호이닉을 추억하며 선사합니다〉. 〈이 정원에서 조용한 순간을 고이 간직한, 이제는 남편 제임스와 다시 만났을 메리 브라운을 위해. 그녀의 가족이 기증합니다. 1926년~1997년〉. "알렉산드라, 미안하지만 급한 일이야. 내 딸들을 위해 괴물 같은 페덱스가 필요해." "괴물 같은 페덱스요? 괴물 같은 페덱스가 뭐예요?" 〈오랜 세월 동안 이 정원에서 즐거움을 찾았던 노먼 래스키를 기억하며〉. 과거에 대한 기록들이 만들어내는 안전하고 평화로운 삶의 분위기와 부드러움은 로랑 달을 가슴을 에는 향수 속으로 빠뜨렸다. "나도 모르겠어. 아주 특별하고 획기적인 일이 되도록, 내 두 딸아이의 생일을 축하하기 위해 책을 5천 권 보내야겠어. 서둘러줘, 빨리 서둘러야 해." "책 5천 권이요? 두 따님을 위한 선물로 책 5천 권이라고요? 뭘 원하시는 건지……. 사장님의 따님들을 위한 책 5천 권을 제가 어디서 찾아요……. 어떤 책을 고를지 기준이라도 정해주셔야죠." "기준? 나도 어떤 기준을 정해야 할지 모르겠는데. 어쨌든 빨리 서둘러요, 알렉산드라. 그게 당신 일이잖아! 내 딸들하고 같은 나이의 딸이 있는 언니한테 물어보든지!" "카드는요? 생일 카드에는 뭐라고 적어요?" 〈이 정원에서 책읽기를 좋아했던 피터 마티넬리를 기억하며〉. "나도 몰라. 나 지금 마운트 스트리트 가든에 있으니까 그리로 심부름꾼을 하나 보내. 심부름꾼 보낼 때 생일 축하 카드 두 장 들려 보내는 것 잊지 말고." 로랑 달은 잠시 동안 이 벤치에서 저 벤치로 옮겨다니며 동판에 적혀 있는 글을 읽었다. 〈정원을 사랑한 아멜리아 혜레라에게〉. 〈예술가이자 뉴요커였던 세이모어 호겐브라운, 그가 추구한 미의 오아시스였던 런던의 이 장소. 아내 에일린과 가족들로부터, 1986년 7월 15일〉. '이 정원의 벤치에서 6월의 슬픈 어느 날 오후, 존재가 무너져버린 로랑 달을 기념하며'. 그들의 미래는 내기에 걸려 있었다. 단 하나의 회사에 걸린 어마어마한 내기. 단 한 기업의 운명에 그들의 운명도 걸려 있었다. 자멸을 초래할 단 한 번의 내기 덕분에, 그 기업의 아주 작은 탄식과 사소한 변덕, 아주 작은 결정에 그들의 운명이 걸려 있었다. 그들의 전 인생이 컴퓨터 모니터에 뜨는 숫자 하나에 달려 있었다. 그들의 인생과 밤들과 그들의 생각을 빨아들이는 숫자, 그들의 육체와 일상과 생일까지 게걸스레 삼키는 숫자, 태양을 삼키고 구름을 먹어치우는 숫자, 나무를 삼키고 석양을 씹어 먹으며 런던 여인들의 꽃무늬 원피스를 모두 다 없애버리는 숫자. 모든 것에 대해 번덕스럽지는 않지만, 고집세고 악착 같으며 불안정한 단 하나의 숫자 말고는 아무것도 존재하지 않았다. 그 숫자는 결국 의인화되어, 더 이상 숫자도 아니고 추상적인 정보도 아닌, 유기적이고 정신적이며 교양 있고 세련된 완전히 현실과 동등한 것이 되어, 사고력이 있고 까다로우며 해로운 어떤 것, 그들을 소멸시키려 결정한 적대적인 힘(증가하는 일본의 힘 : 지옥 같은 아시아의 형벌)으로 사악하게 조종되는 일종의 지적인 바이러스성 질병으로 발전했다. 스티브 스틸은 몇 주 전부터 하루에 열 시간씩, 두 눈을 불태우는 모니터의 빛에서, 그의 기력을 갉아먹는 이 숫자의 정보들에서, 그의 존재를 태우는 발레동작과 같은 숫자에서 시선을 뗄 수도, 정신을 늦출 수도 없었다. 수요일 오후에는, 테라스 바닥에서 고집스럽고 맹목적으로, 부조리하고 느릿하게 움직이는 개미를 관찰하는 어린애처럼, 하루 종일 컴퓨터에서 소프트뱅크의 주식이 가리키는 빨간 숫자만 지켜보고 앉아 있었다.

7월 2일《레제코》에는 이런 기사가 실렸다. "사람들은 이렇게 생각한다. 비방디*가 '유럽에서 인터넷의 발전에 중요한 역할을 하는 배우'가 되기를 원한다고. 장 마리 메시에**는 어제 마사요시 손의 일본 그룹 소프트뱅크와 비방디가 50대 50으로 창설한 유럽 투자회사인 @Viso를 소개하면서 그 사실을 보장했다. 1981년에 설립된 소프트뱅크 코퍼레이션은 동종 분야의 60여 개 미국 회사의 참여로 이미 '사이버 공간의 세계적인 최초의 배우'로 소개된다. '우리는 투자에 대한 최대의 수익을 얻기 위해 가장 뛰어난 회사들만 선택할 것입니다'라고 마사요시 손은 말했다. 소프트뱅크는 인터넷 투자로 600~1,000퍼센트의 수익을 얻었다. 설립자는 기뻐하며 '180억 달러의 자본화'라고 말한다." 같은 날, 같은 잡지에, 불길한 7월을 알리는 기사가 또 실렸다. "인터넷 주식의 가치에 대한 '거품'에 공공연하게 의심을 드러낸 지 1년도 채 안 되어 루퍼트 머독***은 전자상거래에 열광하는 분위기로 완전히 전향한 것처럼 보인다("루퍼트, 당신은 날 실망시켰어!" 스티브 스틸은 이 마지막 문장을 읽고는 잔뜩 성이 나 역겨워하는 얼굴로 소리쳤다). 프랑스에서는 장 마리 메시에의 여세를 몰아 뉴스 코퍼레이션의 사장이 어제, 소프트뱅크와 50대 50으로 공동출자한 eVentures라는 이름의 새로운 공동 회사의 출범을 알렸다." 6월 18일, 2,219. 6월 29일, 2,716. 7월 12일, 3,244. 7월 16일자《레제코》. "이제 '웹사이트에서 180억 달러의 가치가 있는 사람'으로 알려진 마사요시 손은 이런 꿈을 좇는다. 인터넷 시대의 첫 번째 재벌 기업(종합회사)을 세우는 것. 자신의 투자를 확신하는 예언가. '3년 전에 제가 야후!에 투자한 10억 달러가 지금은 100억 달러가 되었습니다.' 그가 반복해 말했다. 이 남자는 빠른 인터넷만큼 빨리 움직이기를 원한다." 로랑 달이 마리노

---

* 프랑스의 세계적인 미디어 그룹.
** 비방디 유니버설 그룹의 당시 회장.
*** 미국의 거대한 오락 산업 기업인 뉴스 코퍼레이션의 회장.

발두치와 다시 협상을 하게 된 상황을, 어렵게 합의했던 내용을 3개월 더 갱신해야만 했던 것을 확인할 필요는 없을 것이다. 그들이 사들인 기업으로 얻은 꽤 많은 수의 유망한 파트너들은 자신들을 위해 구현된 그 미화 작업을 믿었다. 이지투르는 닷컴의 풋옵션을 파는 간격이 조금씩 길어졌다(메릴린치에 있는 그들의 여러 구좌에 자금을 조달하기 위해 : 기간이 긴 옵션일수록 협상이 잘 된다). 마침내 로랑 달은 유럽에서, 아시아에서, 미국에서 새로운 투자자들을 섭외하고, 자본금을 줄 이지투르의 역사적인 파트너들을 모집하기 위해 환상적인 설득 작전을 펼쳤다. "재벌이라고? 엿 먹어라!" 스티브 스틸이 《레제코》를 바닥에 던지며 소리쳤다. "만약 마사요시라는 이 얼간이와 주차장에서 마주친다면, 그 자식 포르쉐에 처박아 이빨을 몽땅 부러뜨려버릴 거야!" 7월 29일, 3,538. 8월 19일, 3,649. 8월 20일, 3,866. 증권 브로커는 위기감을 느꼈다. 상승세가 계속될수록 증권 브로커의 스트레스와 고통은 가중되었다. 틀렸다는 것. 매일 아침 사무실에 도착해서 느끼는 틀렸다는 감정. 매일 서녁 사무실을 떠날 때 느끼는 틀렸다는 감정. 점심 시간에 사무실을 나서면서 느끼는 틀렸다는 감정. 점심식사 후 사무실로 돌아올 때 느끼는 틀렸다는 감정. 매 시간마다 느끼는 틀렸다는 감정. 매 분마다 느끼는 틀렸다는 감정. 매 초마다 느끼는 틀렸다는 감정. 매번, 매 초마다, 매 분마다, 매 15분마다 느끼는 틀렸다는 감정. 스티브 스틸이 컴퓨터 모니터를 들여다 볼 때마다 틀렸다는 느낌을 주는 그 혐오스러운 숫자. 스티브 스틸은 신경이 바짝 곤두서서는 걸핏하면 화를 내고 신경질을 부렸다. 로랑 달은 그런 그를 말없이 지켜보았다. 현기증 날 정도로 대단했던 증권 브로커, 주목받던 스타, 하나의 신드롬이었던 그가 비관적인 생각에 빠져 무릎을 꿇고, 수렁에서 헤어나오지 못하고, 비틀거리고 어쩔 줄 몰라하며, 수염이 덥수룩하게 자라고 얼굴이 일그러진 채 약속 장소에 단추도 안 채우고 나타나는 모습을 지켜보았다. 그러던 어느 날, 스티브 스틸과 로랑 달은 함께 저녁 만찬에 참석했다. 그 자리에 나온 브로커들은 점잖지 못한 방법으로 인터넷 주식을 매매하여 돼지처럼 재산을 불린 자들이었다. 스티브 스틸은 그들에게 닷컴이 붕괴돼야 한다고 말하는 경솔한 실수를 저질렀다. 그나마 다행인 것은 자신이 투자한 규모를 밝히지 않았다는 거였다 (가을이 시작될 즈음에는 그들 중 아무도 그 사실을 알아차리지 못했다. 그를 미치광이 취급도 하지 않았고, 그가 자멸을 초래하며 그리도 많은 양을 공매도했을 거라는 사실을 짐작하지 못했다. 그들은 스티브 스틸이 그렇게 크게 일을 벌일 정도로 머리가 돌았다고는, 그래서 강박증에 시달리고 있다고는, 이따금 소프트뱅크 주식의 상승세가 중단되는 것이 그 때문이라고는 생각지 못했다). 하지만 스티브 스틸이 남들과 정반대로 투자했다는 것은 알고 있었다. 런던의 금융가들은 바에서도, 나이트클럽에서도, 레스토랑에서도 하이테크놀로지가 환각을 일으키는 혼란상에 대해 이야기하기에 바빴다. 스티브 스틸은 그 얘기가 나올 때마다 통증을 느꼈다. 더 이상 그 얘기를 하는 걸 견딜 수 없었다. 그후 스티브 스틸은 너무나 고통스러운 그런 장소들에는 자주 가지 않았다. 거기에 가면 대식가처럼 닷컴의 주식을 게걸스럽게 삼킨 브로커들과 마주쳤기 때문이다. "네가 하이테크놀로지를 믿지 않다니 놀랄 노자다!" 어느 날 저녁에 존 코넬이 스티브 스틸에게 말했다. "네가 부득이하게 매도하지 않은 것은 이해할 수 있어! 하지만 대세와 반대로 공매도를 하다니!" 낙 나이팅게일이 덧붙였다. "공매도를 해서는 안 됐어! 스티브, 이 친구야! 공매도를 해서는 안 됐다고!" 빌 하워드가 웃음을 터뜨리며 말했다. "사람들이 그 주식을 원한단 말야." 네 번째 브로커가 뛰어난 유머 감각을 자랑하듯 웃으며 덧붙였다. 로랑 달은 얼마 안 가 그 네 번째 브로커가 지난 6개월 동안 인터넷 관련 주식을 사고 팔아서 10억 달러를 벌어들였다는 사실을 알게 되었다. "사람들이 그걸 원해! 거의 미쳤다니까!" 스티브 스틸은 뱃속이 꽉 막힌 느낌이었다. 스티브 스틸의 낯빛이 점점 푸르스름하게 변했다. 스티브 스틸은 그들을 모조리 죽여버리고 싶었다. 8월 26일, 3,866. 8월 27일, 3,877. 그것은 형벌이었다. 고문이었고, 너무나 잔인한 중세의 징벌이었다. 스티브 스틸은 매일 사무실에 출근해서, 매일 컴퓨터 모니터 앞에 앉았고, 매일 자신이 틀렸음을 알려주는 그 끔찍한 숫자를 보며 이를 악물었다. 그를 짓누르는 추잡한 숫자, 그에게 모욕을 주는 비열한 숫자, 그를 파멸시킨 숫자. 9월 3일, 4,116. 9월 6일, 4,311. "말도 안 돼! 이럴 수는 없어! 아, 소리지를 거야!" 그리고 그는 소리를 질렀다. 모니터에 침을 뱉고 부셔버렸다. 키보드를 바닥에 내동댕이치고 발로 짓밟았다. 로랑 달이 그의 사무실로 들어와서 그에게 욕설을 퍼부었다. "제기랄, 빌어먹을 자식아, 도대체 뭘 어떻게 생각한 거야! 넌 이 상황이 나아질지 아닌지 알고 싶기나해! 내가 무슨 생각을 하는지 알고 싶기나 하냐고, 임마! 이 흐름이 멈출지 아닌지 알고 싶으냐고! 그거야! 아직도 그거라고! 항상 똑같은 문제라고! 내가 점쟁이였다면! 이집트의 예언자였다면! 염병할!" 로랑 달은 재떨이를 던져 안드레아 거스키*의 사진을 산산조각 냈다. 9월 7일, 4,366. 9월 14일, 4,788. 9월 21일자 《레제코》. "인터넷 기업의 첫 주주로 알려진 일본 기업 소프트뱅크가 어제, 9월 말 분기가 폐장할 때면 80억 엔(7,200만 유로)의 공채 손실이 예상된다고 알렸다." "제기랄! 말도 안 돼! 이해가 안 돼! 이해할 수 없다고! 돈덩어리를 최대로 잃었는데도 그들의 주식은 하루하루 값이 오르고 있어!" 이렇게 계속 주가가 상승하는 것을 스퀴즈라고 한다. 주가가 스퀴즈한다, 스퀴즈한다, 스퀴즈한다, 스퀴즈한다……. 스퀴즈한다는 것은 멈추지 않고 끝도 없이 주가가 상승할 때, 브로커들이 공매도에서 꽤 많은 돈을 잃고는 다시 사고 다시 사고 또 사면, 그들이 다시 사는 만큼 주가를 올리는 것을 의미한다. 이것을 스퀴즈라고 부른다. 주가가 오르고 또 오르면 스퀴즈하고, 계속 스퀴즈

* 독일의 유명한 사진 작가.

를 하는 것이다. 스티브 스틸은 전화기를 창문에 던져 박살냈다. 그는 미친 듯이 흥분해서 의자를 산산조각 낸 후, 비명을 지르며 벽에 내동댕이쳤다. 그는 집에 가만히 있을 수가 없었다. 사무실에서 아무것도 하지 않고 있을 수도 없었다. 상황이 바뀌어 주가가 내려가기만을 기다리고 있는 것을 견딜 수가 없었다. 모니터에서 손익대조표만 바라보며 손 놓고 기다리는 것. 그리고 경련이 일어날 듯한 행동, 중독성 강한, 매 순간, 매 초마다 그를 무너뜨리는 더러운 숫자를 확인하고, 들여다보고, 탐색하는 종속적인 행동. 9월 22일, 4,255. 9월 30일, 4,299. 10월 6일, 4,699. 10월 29일, 4,811. "이해가 안 돼! 이해가 안 된다고! 이해 못 해! 이해 못 해! 제기랄, 난 이해 못 하겠어! **빌어먹을, 난 이해 못 한다고!**" 스티브 스틸은 이해를 못 했다. 스티브 스틸은 이해를 못 할 뿐만 아니라, 다른 사람들과 반대로 생각한 자신이 옳다는 주장만으로 상황이 끝나지 않는다는 사실도 인정하지 못했다. "귀를 기울여야 해." 로랑 달이 말했다. "시장에 귀를 기울여야 해, 스티브. 너도 사람들이 이 주식을 사기를 원한다는 걸 알잖아! 지금이라도 멈춰야 한다고, 제기랄!" "될 대로 되라지! 내가 옳고 그들이 틀렸단 말야! 난 절대 그 얼간이들 앞에 굴복하지 않을 거야! 그 멍청이들이 옳다고 인정하느니 차라리 죽어버릴 거야! 옳은 건 나라고! 시간이 곧 너한테 그 사실을 보여줄 거야." "너만 고립됐어, 스티브!" "모두들 멍청한 자식들이야! 능력도 없는 염병할 바보 같은 놈들!" 로랑 달은 자유 낙하하는 증권 브로커의 이런 습성을 알고 있었다. 한번 모두와 반대로 행동하기 시작하면 그는 계속 그렇게 나아간다. '나는 다른 사람들이 **실패할** 것을 알고 있다. 나는 **모두가 바보 멍텅구리**라는 사실을 알고 있다.' 이런 상황은 스티브 스틸이 자주 남들과 반대 입장을 취함으로써 스타가 된 사람이었기에 더욱 심각했다. 그는 다른 사람들을 모두 멍청이라고 주장하기로 유명했다. 모두들 팔 때, 그는 **멍청한 무리들**이라며 낮은 가격으로 사들였다. 모두들 살 때,

그는 멍청한 무리들이라며 높은 가격에 팔았다. 그는 사면서 "당신들은 모두 다 멍텅구리들이야"라고 했다. 그는 팔면서 "당신들은 모두 다 멍텅구리들이야"라고 했다. 그는 "이것은 열 배가 될 거야, 이 바보 멍텅구리 무리들아! 더 오르면 난 더 팔 거야, 이 멍청한 인간들아! 난 무진장 돈을 많이 벌 거라고, 이 쪼다 바보들아!"라고 말했다. 그런데 여섯 달 전부터 그 바보 멍청이 무리들이 고집을 부리고 있다. 여섯 달 전부터 그 바보 멍텅구리 무리들은 그가 보기에도 반대로 행동하고 있다. 여섯 달 전부터 내내 그는 바보 멍텅구리 무리를 씹었다. "넌 너 자신이 만든 탑에 갇혀 있어!" 로랑 달이 소리쳤다. "넌 이제 다른 사람과 말도 하지 않잖아! 넌 진짜 자폐증 환자가 됐다고! 하루 종일 컴퓨터에 뜨는 그 망할 놈의 숫자만 들여다보고 있잖아! 제기랄, 너를 열어! 눈을 뜨고 바라봐! 시장을 봐! 시장이 너한테 무슨 말을 하는지 깨달으라고!" "우리는 70퍼센트 수익이라는 성과를 달성할 거야! 우리는 중세의 영주들처럼 큰 돈을 벌 거야! 내년이 되면 저들은 문 밖에서 기어다니게 될 거라고! 프랑수아 피노! 베르나르 아르노! 클로드 베베아! 장 뤽 라가르데르! 그 멍청이들은 우리의 발을 핥을 거야, 제길, 두고 보라고!" 그의 생각에 부딪친 이 반복적인 말들은 고통과 충돌했고, 로랑 달의 공포에 부딪혀 공처럼 튀었다. 스티브 스틸이 더 이상 통제할 수 없는 신경증적인 동작들, 경련, 떨림, 신경발작 등과 말하다 생기는 실수, 비틀거리는 몸짓을 하지 않았다면 로랑 달은 아마도 끝끝내 알지 못했을 것이다. 이 여러 가지 징후들로 로랑 달은 그가 파괴적인 충동에 의해 밤마다 퇴폐적인 공간을 찾아, 알코올·마약·섹스·창녀들·진정제 속에 파묻혀 살고 있다는 사실을 알아챘다. 스티브 스틸은 금융계 사람들로부터 도망쳤다. 그는 증권 브로커들을 만나기를 꺼렸고 그들이 있는 장소를 피했다. 그는 디제이와 스타일리스트, 모델, 음악가, 모험가, 수상쩍은 사업자, 매춘부뿐만 아니라 만인의 여인들과 미용사, 수퍼마켓의 계산원을 만났다. 아침마다 그는 턱수룩하게 수염을 기른 채, 몽유병에 걸려 밤새 헤맨 사람처럼 형편없는 몰골로 사무실에 나타났다. 그는 잠을 자지 못했고 노팅힐의 어두운 나이트클럽에서 밤새 마약을 했다. 그는 거기에서 코카인에 중독된 뚱뚱한 매춘부들을 유혹하기 위해 터무니없이 큰 돈을 낭비했다. 자신의 차 애스턴 마틴을 건물 앞 보도에 세워놓았다는 것도 잊은 채, 그는 그녀들과 차례차례 성의도 없고, 애정도 없는 섹스를 하고는 공원의 축축한 풀밭에서 잠들었다. 때로는 잠적해서 며칠씩 안 나타나는 일도 있었다. 어떤 때는 사무실로 콜걸들을 불러 휴게실의 당구대 위에서 서둘러 섹스를 하기도 했다. 알렉산드라가 스티브 스틸이 이틀 전에 들렀던 맨체스터의 어느 주차장에서 그의 애스턴 마틴을 찾아오기도 했다. 스티브 스틸이 차를 주차해둔 사실을 잊고 비행기를 탔던 것이다. 11월 1일, 4,883. 11월 8일, 5,388. 11월 10일, 6,022. 11월 17일, 6,444. 11월 25일자 《레제코》. "도쿄는 결연히 상승을 이어간다. 도쿄의 주식 시장은 특히 총체적으로 6.2퍼센트 성장한 정보 기술 분야의 주가를 끌어냈다. NTT 도코모*처럼 국제적인 관리자들에 의해 높이 평가된 종목들인 DDI**, 히라키 추신, 특히 소프트뱅크는 강한 상승세로 마감했다."

느무르 카페의 테라스에 앉아 있는데, 나와 조금 떨어진 자리에 루이 슈바이처가 혼자 앉아 《르몽드》를 열심히 읽고 있는 게 보였다. 한 손에 든 유리잔에는 오렌지색 액체가 담겨 있었다. 살구주스인가? 오랜 세월 르노 자동차의 경영자였던 루이 슈바이처는 프랑스 산업계의 가장 위대한 인물 중 한 사람이다. 부드러워 보이는 외모를 지닌 이 남자는 호감을

---

* 일본 전신회사에서 독립한 이동통신사.
** 일본의 통신회사로 2000년 이후 KDDI로 명칭이 변경되었다.

불러일으키는 언행으로 나에게 영감을 주곤 했다. 그는 공동의 이익을 염려하는 도덕적이고 인간미 넘치는 자본주의를 구현했다. 나는 약 20여 분 동안 그를 관찰하며 가까이 갈까 말까 망설였다. 그는 신문에서 눈도 떼지 않고 가끔 한 번씩 주스잔을 입으로 가져갔다가, 주스를 마시지도 않고 아무 생각 없이 천천히 잔을 다시 내려놓곤 했다. 마치 그 순간 읽은 문장이 신이 주신 음료를 한 모금 마시는 한가로운 위안을 빼앗아가기라도 하는 것처럼. 나는 용기를 내 그의 테이블로 다가갔다. "실례합니다." 그가 고개를 들어 나를 바라보았다. 상대가 누군지 얼굴을 아는 건 내 쪽뿐이었다. "잠시만 방해해도 될까요? 제가 매우 심각하게 고민하고 있는 주제에 대해 잠시 여쭙고 싶습니다만." "어떤 주제인가요?" 그가 다정하게 물었다. "세상이 어떻게 될지, 자유주의, 금융자본주의 등에 대한 주제입니다. 저는 당신 같은 분, 옛날에 회사의 경영자였던 분, 일종의 전문가들은 이런 부분을 어떻게 생각하시는지 알고 싶습니다. 사실대로 말하자면 저는 지금 감피를 못 잡고 있거든요." "그렇다면, 괜찮으시다면 이리로 앉으세요." 그는 자기 앞에 있는 의자를 가리키며 말했다. "고맙습니다, 정말 고맙습니다. 그럼 10분만 실례하겠습니다." 나는 자리에 앉았다. 내 자리에 세 테이블 가득 책이며 자료들을 잔뜩 놓아두고 왔기 때문에, 플레이아드판 말라르메와 책 더미, 수첩 따위가 제자리에 있는지 확인하느라 이야기를 나누는 동안 규칙적인 간격으로 내 자리를 돌아봐야만 했다. 날씨는 좋았다. 공기에는 약간 안개가 떠돌아 주위는 부드럽고 환상적인 분위기였다. 광장의 불빛이 빛을 부드럽게 만드는 습기를 조금 머금은 후광으로 둘러싸였다. 많은 수의 사람들이 장 미셸 오토니엘의 화려한 총천연색 사륜마차를 지나 광장에서 흩어져, 극장을 향하기도 하고, 머뭇거리기도 하고, 누군가를 기다리고, 뭔가를 바라보고 있었다. 그 중 일부는 내가 확고부동한 권위를 자랑하는 유명인사에게 조용히 질문을 하고 있는 느무르 카페의 테라스로 걸어오기도 했다. 나는 지나간 4개월의 가을만큼 감미로운, 이상하게 다시 따뜻해진 이 12월에 대해 내가 느끼는 행복감을 그에게 말하고 싶었다. 나는 이 덧없는 시대에 너무나 귀한 가을의 따뜻한 미덕에 대해 그에게 말하고 싶었다. 글로벌 기업의 주주들은 우리를 위협하는가? 가을은 우리를 위로하고, 우리의 불안감을 보호해주고, 걱정거리를 덜어준다. "날씨가 정말 놀라워요." 루이 슈바이처가 내 생각을 알아맞히기라도 한 것처럼 말했다. "12월 초에 느무르 카페의 테라스에 앉다니. 믿어져요?" "맞습니다. 기온이 올라감으로 인해 얻을 수 있는 단 한 가지 이익이죠. 평년 기온에서 5도 정도 올라간다면, 모두들 만장일치로 가을이 가장 이상적인 계절이라고 생각할 겁니다. 20도가 돼서 10월이 완벽한 날씨가 되는 것을 상상해보세요." "금융 자본주의에 대해서 말씀하시고 싶다고 하셨죠?" "예, 여쭙고 싶은 주제가 바로 그겁니다. 출구는 어디일까요? 우리는 어떻게 빠져나가야 할까요? 주주들, 금융가들, 투기 자본가들은 사회적인 선의, 인간적인 요소, 공동의 이익, 공적 재산 등을 희생시켜 얻는 이익에 집중하게 되었어요. 이 논리로 야기된 손해는 상당합니다. 이 손해들은 그것들을 만들어낸 것과 마찬가지로 지엽적이고 이차적인 것으로 인식되지요. 그 이후, 보편적인 이익의 문제는 완전히 자본의 효율에 종속되었습니다. 제 생각에, 회사의 사장들은 전통적이고 마르크스주의적인 도표 안에서 그들이 고용한 사람들과 똑같은 참호 안에 있는 것 같아요. 적어도 권력의 관계가 명확한 거죠. 프롤레타리아의 공공연한 적은 식별되고 구체화되었었죠……." "과거를 이상화하지 맙시다." 루이 슈바이처가 부드럽게 내 말을 끊었다. "르노 자동차의 역사를 볼 때, 한 기업의 역사에 관심을 가지는 그런 일반적인 방식으로 본다면, 그것은 기쁨도 아니고 영광도 아니며, 자유도 아니고, 노동의 훌륭한 조건도 아닙니다." "저는 정말 그것을 제대로 알고 싶어요. 제 아버지는 항상 꽤 적대적인 감정으로 기업과 대면하셨어요." "그래요, 바로 그겁니다." 그가 말했다. "반면

507

오늘날에는 두 가지의 큰 차이점이 존재하죠. 첫 번째 차이는, 빠른 성장과 실업률 제로입니다. 이것은 근로자와 고용인 사이의 힘의 관계가 유리하게 작용한다는 의미입니다. 왜냐하면 언제나 힘의 관계가 문제니까요. 당신에게 근로자가 부족하다면, 당신은 그들을 만족시켜 그들이 자신의 능력을 좀더 잘 발휘할 수 있게 하려고 노력할 것입니다. 오늘날 우리는 힘의 관계가 그와는 완전히 반대인 상황에 있습니다. 두 번째 차이는, 예전에는 우리가 주주들보다는 국가에 소속되어 살았다는 거지요. 국가가 법과 제도를 정하고 국민의 삶을 돌보는 건 당연한 일이죠. 국가 제도는 한 사람이 하나의 목소리를 내는 민주적인 제도입니다. 하지만 기업은 그렇지 않습니다. 이 힘의 관계에는 근로자에게 유리하게 작용하는 어떤 것, 사회—국가와 대표자들—에 유리하게 작용하는 것, 그리고 주주들—소유권을 가진 사람들—에게 유리하게 작용하는 어떤 것이 있습니다. 이 주주들의 권력이 아주 많이 강화되었습니다. 나머지 근로자들과 사회의 권력은 축소되었죠. 근로자의 권력은 실업을 이유로, 국가의 권력은 세계화된 경제를 이유로 말입니다." 루이 슈바이처는 여기까지 말하는 동안 살구주스를 단 한 모금도 마시지 않았다. 그는 잠깐잠깐 말을 멈추고 입술을 적신 후 다시 이야기를 잇곤 했다. "따라서 당신이 확실히 알고 있는 스테이크 홀더 소사이어티(stake holder society), 즉 이해 관계자들과 셰어 홀더 소사이어티(share holder society)인 주주들 사이에는 논리적인 논쟁이 있습니다. 저는 스테이크 홀더의 일원이지만, 사실은 셰어 홀더입니다." 나는 루이 슈바이처의 말을 끊고 스테이크 홀더 소사이어티의 개념을 설명해달라고 부탁했다. "스테이크 홀더란 이익을 쥐고 있는 요인들, 즉 주주, 근로자, 고객, 거래처, 이 네 결정권자들을 의미합니다. 그러므로 지도자들의 역할은 이 네 가지의 수취적인 입장을 만족시키는 것이지요. 스테이크 홀더는 수취인이라고 해석될 수 있습니다. 르노 자동차의 발전은 고객들과 근로자들, 주주들, 그리고 거래처들에 달려 있습니다. 프랑스 법은 기업을 그 자체로 하나의 개체로 인정하고 있습니다. 각 기업은 궁극적인 목적을 지닌 공동체로, 고유한 존재죠. 경영자의 책임은 이 네 가지 파트너의 이익을 고려하며 기업을 발전시키는 것입니다. 반면 앵글로색슨족의 법에서는 기업이 그 자체로 하나의 개체가 아닙니다. 열매를 거두기 위해 주주들이 위탁한 돈이 바로 기업이죠. 열매를 거두기 위해서는 근로자들에게 기쁨을 주어야만 하고, 아주 많이 열매를 거두기 위해서는 고객들에게 기쁨을 주어야만 합니다. 하지만 더 이상 기업 그 자체는 없다는 것을 우리는 잘 알고 있지요. 주주들의 돈이 열매를 거두게 하는 것만 있을 뿐입니다. 경영진의 책임은 주주들을 위한 최대의 가치를 획득하는 것입니다. 주식을 공개 매입시킬 때, 주주들의 관심을 끄는 유일한 방법은 그 주식의 가치를 높이는 것입니다. 그것뿐이에요. 프랑스의 과거의 제도에서는, 사장은 주주들과 정면으로 맞서며 총체적이고 자율적인 역할을 했어요. 중재를 했던 거죠. 부정적인 면을 본다면, 만약 사장이 무능력하다면, 변하는 것이 없는 거죠. 긍정적인 면으로는, 만약 사장이 훌륭하다면 그는 다양한 파트너들 사이에서 균형을 잡을 수 있습니다. 주주들은 기업을 효과적으로 관리한다는 측면에서 사장을 지원합니다. 오늘날 주주들은 누군가 다른 사람이 더 많은 돈을 얻게 해주겠다고 제안할 때까지만 사장을 지원합니다. 그들의 유일한 목적은 돈이니까요." "제가 당신의 빛나는 경험으로 밝히고 싶었던 것이 바로 그 주제였어요!" 내가 루이 슈바이처에게 말했다. "당신이 프랑스, 영국, 미국의 투자 자본을 모을 수 있다면, 그것을 관리하는 직업은 많은 돈을 벌죠. 따라서 이제는 힘의 균형이 완전히 바뀌었어요." "따라서라고요?" 내가 루이 슈바이처에게 물었다. "만약 누군가가 오랫동안 기업을 관리한다면…… 나도 꽤 긴 시간 동안 르노 자동차의 사장이었기 때문에…… 윤리와 능률 사이에는 일치점이 있다는 것을 깨달았어요. 좀 바보 같은 예를 하나 든다면, 만약 내가 생산비를 덜 들여 품질이 나쁜 자동차를 만든다면 단기간 동안에는 절약을 할 수 있겠죠. 하지만 고객들은 이렇게 생각하고 말 거예요. '거지 같은 차로군.' 만약 당신이 고객들을 속이면 그들을 잃고 말아요. 만약 당신이 근로자들을 언제든 폐기처분할 수 있는 물건으로 여긴다면, 그들은 더 열심히 일해야 할 동기를 얻을 수 없겠죠. 그것은 기업의 가치에 영향을 끼쳐 끔찍한 상황을 만들 수 있습니다. 단기간 동안은 기업 윤리를 덮개 아래에 감출 수 있겠지만…… 장기적으로 본다면 기업 윤리는 능률의 조건입니다. 문제는 오늘날에는 단기적인 사고가 많은 기업들을 지배하고 있다는 거지요." "주주들의 목적은 단기간 동안 가능한 한 최고의 생산성을 획득하는 것입니다. 따라서 그런 것은 그들에게 아무런 의미도 없을 거예요." 그는 즉시 내 말에 긍정했지만 이렇게 덧붙였다. "그건 조금 더 예민한 문제죠." "장기적인 안목을 잃기 시작하면 그때부터 자유주의는 비참한 결과를 불러일으킬 수 있습니다." "네, 맞아요, 당신이 옳습니다. 그런 분석을 할 수 있고 나도 당신 말씀이 맞다고 생각해요. 그러면 거기에서 우리는 어떤 결과를 끌어낼 수 있을까요?" 루이 슈바이처가 대답했다. "그것이 바로 제 질문입니다." "이 제도 안에서는 기업에 맞서는 국가는 행동 수단을 잃게 됩니다. 난 이런 격언을 하나 만들었지요. '마음대로 부리지 못하는 개는 때릴 수도 없다.' 그게 정부의 위상입니다." "정말 적절한 비유군요. 국가는 전반적으로 아무 힘이 없다고 할 수 있지요." "하지만 우리, 낙담하지는 맙시다." "저는 조금 밝은 빛을 찾기 위해 당신을 귀찮게 하기로 결심한 겁니다." "내가 당신에게 그 답을 찾아줄 수 있을지는 불확실합니다. 당신이 연금을 자본으로 투자했다고 상상해봅시다. 단기간의 투자 예측은 어렵다고 경험이 말해줍니다. 역설적으로 단기보다 장기를 예상하는 것이 훨씬 쉬워요. 왜냐하면 장기적인 것에 대해서는 주식 시장에서건, 회사에서건 당신은 경향을 추출해낼 수 있어요…….
반면 단기에 대해서는 당연히 예측이 불가능하죠. 장기가 예측하기는 훨썬 나아요, 왜냐하면 단기적인 것보다 덜 우연적이고 더 합리적인 요소에 따르니까요.” “이익을 덜 가져올 때를 제외하면요. 정말 흥미로운 것은 주식 브로커들이 돈을 불리려면 사건과 불안정성, 예측 불가능한 변화 등이 필요하다는 겁니다……. 내가 알아낸 사실 중에 가장 놀라운 것이었죠. 급격한 상황의 변화보다 그들이 더 높게 평가하는 것은 없어요.” “확실히 나는 장기 종목에 투자한 어떤 사람이 30퍼센트의 시세차익을 얻은 주식의 공개 매입을 뿌리쳤다는 말은 믿지 않아요. 물론 그는 승낙을 했지요. 반대로 만약 당신이 5년, 10년, 15년, 20년이면 틀림없이 오를 자본을 관리한다면 이렇게 생각할 거예요. ‘이것이 실현될 기회를 가장 많이 가질 수 있는 기업은 어디지?’ 그리고 또 이렇게 생각할 거예요. ‘틀림없이 기업 자체가 장기적인 안목이 있을 거야’라고. 어떤 생산품의 경우에는, 제품의 훌륭한 명성 자체가 그 제품과 기업의 발전을 보장합니다.” “당신의 의견에 동의합니다. 하지만 우리가 심각하게 균형을 잃었다는 걸 당신도 알 겁니다. 문제는 견제 세력이 전혀 없다는 겁니다!” “바로 그겁니다.” 나는 그가 살구주스를 마시도록 가만히 있었다. 살구주스가 아직도 차가운지 확인하려고 손가락을 잔에 살며시 대보았다. 그는 주스에 입술을 댔지만 얼른 다시 뗐다. 그의 얼굴에는 역겨운 듯한 표정이 떠올랐다. “미지근해졌군요…….” 내가 그에게 말했다. “네? 뭐가요?” “살구주스요. 살구주스가 미지근해졌어요. 미지근해진 살구주스는 절대 마시지 말아야 합니다. 『변호사와 마르게리트』*의 처음 부분을 기억해보세요. 아마도 가장 아름다운 소설의 도입부 중 하나일 겁니다. 그들이 모스크바에서 공원에 있는데, 우리처럼 테라스예요, 미지근한 살구주스를 가져다주지요.” “그래서요? 무슨 일이 벌어지나요?” “예측하기 어려운 다양한 결과들이 벌어지죠.” “예를 들면?” “우선, 미용실의 냄새가 공기

* 스탈린 시대에 쓰인 불가코프의 작품.

중에 퍼집니다. 그러자 그들은 딸꾹질을 하기 시작하죠. 문학사를 통틀어 가장 탁월한 딸꾹질일 겁니다. 뭐 다른 거 드실래요?" "네, 좋아요. 페리에를 마실게요." "아주 좋은 생각이십니다. 저는 화이트와인을 한 잔 마시겠습니다." 나는 절친한 느무르의 종업원을 불러 페리에 한 병과 화이트와인 한 잔을 주문했다. "지난번처럼 소비뇽 블랑*으로." 종업원은 몇 분 후 내가 주문한 것들을 가지고 왔다. "대부분의 기업의 이익이 중간 계층의 구매력을 높이는 것이라는 점은 사실입니다." 루이 슈바이처가 다시 말을 이었다. "따라서 근로자들에게 이익의 일부를 나눠줘야만 합니다. 만약 기업을 경영하면서 나 혼자 그렇게 했다면! 나의 경쟁자들은 그렇게 못 했다면! 내 가치가 높아지면, 우리 근로자들은 이익을 보는 마지막 사람들이었을 텐데! 만약 내가 집단을 위해 용감하게 행동했다면……. 하지만 나는 부대를 이끄는 대장과 같은 존재였어요. 내가 죽는다 해도 내 뒤에 있는 대원들은 이익을 얻는 거죠." "물론이에요." "예, 물론입니다. 그리고…… 따라서…… 오늘날……" 그가 입술에 미소를 띠고 짓궂게 말했다. "그건 쉽지 않아요……. 그건 쉽지 않아요……." 그가 되풀이하여 말했다. "문제는 견제력의 완전한 부재지요. 명백히 금융의 흐름이 경계를 모르기 때문에, 해결점은 세계적일 수밖에 없어요. 우리는 세계적인 규모에 따르는 지식인들의 열정을, 규칙을 부과하기 위한 전세계 지성인들의 인맥으로 훈련된 압력을 희망할 수 있을 것입니다. 몇몇 사람들이 꿈꿨던 멋진 유토피아가 도래할 거라고 믿기는 어렵지만." "가능성이 희박하죠." "그 말은 탈출구가 없다는 뜻입니다. 우리는 이제 부에 대한 욕망으로 건설된 세계를 준비해야만 해요." "아마도 그럴 테지요." 그가 신중하게 대답했다. "사실 제가 드릴 말씀은 좀 이상하게 들릴지도 모르겠어요……. 하지만 이번 가을에, 세계에 대한 제 시선이 바뀌

---

* 화이트와인을 만드는 대표적인 포도 품종.

었다는 중요한 발견을 했어요. 저는 돈을 벌기 위해서 아침에 일어나는 사람들이 있다는 것을 늘 알고 있었거든요. 제가 만난 사람들도 그랬어요. 그 사람들의 유일한 목적은 돈을 버는 것이다, 점점 더 많은 돈을 버는 것이다…… 강박적인 방법으로, 정확하게는 신경증이 걸릴 정도로…… 황폐한 고정관념…… 심지어 이해할 수 없는 사람들이라고까지 누군가가 얘기해주더군요." "우리는 다른 것을 위해서도 살죠." 루이 슈바이처가 말을 이었다. 그는 나를 보고 웃었다. 그는 너무나 부드러운 미소로 나의 고백을 인정했다. "정확해요. 난 진짜 현기증을 느꼈어요." "우리는 말이 정말 잘 통하는군요. 정말 잘 통해요……." 루이 슈바이처가 내 말을 끊으며 말했다. "그들이 원하는 것은 돈을 많이 버는 것이 아니에요……. 그것 이상이에요……." "당신에게처럼 나에게도 그것은 하나의 발견이었어요." 그가 말을 이었다. "나도 똑같은 것을 경험했어요." "따라서 내가 아마도 당신에게 충격을 줄 수 있는 이야기를 한다면, 그건 틀림없이 조금은 과장된 내용이지만…… 제가 몇 권의 책들과 이 주제에 대한 기사들을 읽으면서 경험했던 감정을 꽤 잘 요약한 것일 겁니다." 그에게 말하려는 내용 때문에 나는 약간 거북했고 두려웠으며 얼빠진 듯했다. 루이 슈바이처는 나를 아주 조심스레 고려해주었다. "저는 이 사람들이 죄인처럼 행동한다고 생각합니다. 이런 경우를 묘사한 글을 읽으면서 때때로 이런 생각도 들어요. 돈을 목적으로 행동하는 사람들은 섹스를 목적으로 하는 몇몇 정신이상자들과 비슷하다고요. 제 머릿속엔 당연히 강간범이 떠오르죠. 네, 고정관념이에요. 절대적인 욕망에 복종하는 것, 무엇보다 중요한, 어떤 희생을 치르더라도…… 가능한 한 많은 돈을 버는 경우에……. 그로 인한 손실이나 피해, 손해는 전혀 고려하지 않고 장님처럼 행동하는 것. 집단을 희생시켜 오로지 개인의 욕구만 채우겠다는 목적. 자신의 재산을 늘리기 위해 양심 없이 생산 도구를 깨버리는 것. 솟구쳐오르는 충동에 따르겠다는 단 하나의 목적으로, 거리에서 만난 여자에게 접근해 공원으로 끌고 가서 강제로 옷을 벗겨 찢어버리는 행위. 단 한 가지 차이점은 강간은 법으로 금지되어 있다는 점이죠. 하지만 인간적이고 도덕적인 관점에서 보면, 내게는 같은 것입니다." 루이 슈바이처가 이상하다는듯이 나를 바라보았다. 그의 얼굴이 일그러졌다. 내가 내놓은 충격적인 의견에 기분이 상한 것일까? 카페의 테라스에서 알지도 못하는 아무에게나 접근을 허락한 것이 경솔한 짓이었다고 생각하는 것이리라. "게다가 우리의 역사에서 어떤 시대부터 강간이 학대 행위로 여겨졌는지 알아봐야 할 겁니다. 오늘날 금융자본주의가 남용되듯이 강간이 허용되었던 시기가 있었을 겁니다." 나는 화이트와인을 한 모금 마셨다. 루이 슈바이처에게 『변호사와 마르게리트』의 1장 제목을 밝히지는 않았다. 「모르는 사람들에게 말하지 말 것」. "세상을 고찰하는 이 방법에는 무언가 믿을 수 없을 정도로 폭력적인 것이 있지 않나요?" 루이 슈바이처가 관대한 표정으로 나를 바라보았다. "당신이 옳아요. 믿을 수 없을 정도로 폭력적인 것이 있어요. 논의의 여지가 없죠. 다차원적인 프랑스식 코드와는 정반대인 일차원적인 앵글로색슨식의 코드가 정상이 되었어요. 돈이 모든 것의 척도죠. 돈은 오로지 소비하는 것만이 목적이 아닙니다. 단순히 힘의 관계를 유지하는 것 역시 목적이죠. 일차원적인 세상에서 일차원적인 방법으로 살아갈 때, 거기에서 파생된 손해들은 끔찍합니다. 예전에는 육체적인 힘이 모든 것의 척도였지요. 남자와 여자의 관계를 구속했던 것도 육체적인 힘이었죠. 우리는 아직도 그 결과로 돈을 치릅니다." "그렇다면 어떻게 해야 하나요? 우리는 무엇을 생각할 수 있는 건가요?" "균형의 회복이요. 하지만 조금 전에 언급했던 유토피아로 돌아가는 데 결핍된 것은, 정치적인 틀이에요. 세계적인 차원에서 정치적인 틀은 없어요." "예, 없죠." "이 상황이 정말 견딜 수 없을 것 같은 순간에 정치적인 틀이 나타나게 될까요? 저는 그렇게 생각합니다." "그렇게 생각하세요?" "저는 그렇게 생각해요." "하지만 어디에서 무엇이 올까요?" 루이 슈바이처가 오랫동안 심사숙고했다. "난 반항의 형태가 나타날 거라고 생각해요." "반항의 형태요? 그것으로 무엇을 알 수 있죠?" 루이 슈바이처가 또 한참 동안 생각했다. "두 가지가 있어요. 반항의 형태…… 사회적 억압의 형태…… 여기 여러 나라들의 한가운데서요. 동시에 신진 국가에서는 균형이 회복될 겁니다. 왜냐하면 제3세계 국가들은 대부분 거대한 영토에서 살고 있으니까요. 당신은 새로운 고객들과 값싼 노동력을 얻기 위해 그곳으로 갑니다. 기업과 투기꾼들이 영역을 펼칠 수 있는 근사한 어떤 것이라고 감지되었기 때문이죠. 사람들이 어떻게 생각하든 간에, 미탈 씨가 아르셀로*를 사들였을 때, 타타 씨가 코러스**를 사들였을 때, 중국이 세계에서 중요한 정치권력이 되었을 때, 우리는 거대한 영토 역시 경쟁력이라는 것을 깨닫게 되었죠. 그들은 경제 분야뿐만 아니라 정치 분야에서도 뛰어난 능력을 갖고 있습니다. 이것이 균형을 만들 수 있죠." "하지만 그들도 자본주의 논리에 갇혀 있는 건 마찬가지예요. 부자가 된 인도 사람들 역시 똑같은 행동을 하죠." "난 잘 모르겠네요……. 우리는 승리자들이 거의 규정을 만든 게임에서 우여곡절이 많은 게임으로 넘어간 거죠. 알지도 못하고, 측정도 되지 않는 우여곡절이죠." 루이 슈바이처는 시원한 페리에 잔을 들어 입술에 댔다. "소수를 구성하는 나라들의 내부에서 소수의 개인들은 자유로운 서구가 규칙의 총체를 끝없이 제한한다고 생각할 수 있을까요? 확실히 그것은 지속적이지는 않아요. 반항은 인도에서처럼 중국에서도 일어날 수 있어요." "민중들이 반란을 일으킬 거라고 생각하세요?" "내 생각엔 그럴 것 같아요. 물론 우리나라에서도 일어날 수 있는 일이고요. 그들은 어쨌든 자신들의 힘을 행사할 거예요." 루이 슈바이처가 한참 침묵을 지켰다.

* 프랑스 기업인 아르셀로미탈은 세계 최대의 철강업체다.
** 철강 회사로 인도 타타그룹의 계열사다.

나는 조심스레 그의 얼굴을 바라보았다. "당신은 마르크스가 이론화하고 해석한 체계를 알고 있어요. 러시아에서 어떤 일이 벌어졌는지는 말할 필요 없겠죠……. 1930년대에 시작해서 영광의 30년*이 종말을 맞이할 때까지 체제를 이끌어 위기에 도달한 계급투쟁에 대한 이론, 유럽과 미국에서도 일어났던 사회민주주의. 사회민주주의는 사람들로 하여금 중산 계급이 될 수 있다는 소박한 열망을 품게 했죠. 따라서 이것은 새로운 균형이에요. 세계화는 확실한 방법으로 이 사회민주주의의 기본을 깼어요." "예를 들자면, 인도 국민들의 반항은 상품의 유통에 어떤 영향을 미칠 수 있을까요?" "금융의 유통에서도 역시 더 이상 높은 생산성을 기대할 수 없다는 것을 알게 될 겁니다. 힘의 관계가 더 이상 똑같지 않다는 것을 알게 될 거예요. 금융 메커니즘의 야망은 강요되고 제한될 겁니다……. 더 이상 노동력의 무한한 보고는 없을 겁니다. 구체적인 예를 든다면, 당신은 사회적인 타협을 추구하는 데 이끌릴 겁니다." "당신은 사회적인 타협을 추구하는 데 이끌릴 겁니다. 진짜 아름다운 문장이군요." "그것이 기본적인 생각입니다. 영광의 30년 동안 자본가의 수익만큼 근로자의 월급이 급격히 오를 수 있었던 건 지도자들이 관대했기 때문이 아니었어요." "당연하죠." "그것이 힘의 관계예요. 힘의 균형을 되찾아야만 합니다." "하지만, 수익에 대한 격렬한 욕망, 결과일 수 있는 어떤 것들, 나는 그게 언제가 될지는 모릅니다……. 그 욕망이 인간에게 균열을 일으키는 것 같아요……." "그것은 항상 존재했죠." 그가 내 말을 끊었다. "유럽보다는 미국에 훨씬 많지만 어쨌든 그건 항상 존재했었죠." "10년 전부터 무엇인가 급진적인 쪽으로 기울지 않았나요? (이 질문에 루이 슈바이처는 고개를 저어 아니라는 표현을 했다.) 어쨌든 현대의 제도는, 아마도 이미 풍부하게 있었던 어떤 것을 처음으로 효용 가능하게 만들었어요.

* 세계대전 이후 지속된 30년을 뜻한다.

내가 하고 싶은 말은, 오늘날 이것이 작동하는 방법이 자유로운 유통을 허용한다는 거죠……." "바로 그겁니다. 어떤 견제세력도 없어요. 따라서 어떤 균형도 없죠. 서구의 국가들에 나타나는 반항이라든지, '옷이라면 신물이 난다'고 말하는 대부분의 사람들이든지, 또는 '참을 수 없는 물건들의 배분'이라고 말할 수 있는 사람들이든지, 아니면 다른 나라에서 온 움직임들로 이 견제 세력이 다가올 수 있다는 것이 내 관점입니다." "나는 당신이 말하는 이 타협을 찾는 데 오직 공포만이 금융 세계의 관계자들을 인도할 수 있다고 생각했어요." "아마도 공포는 아닐 거예요. 하지만 어쨌든 두려움은 맞죠. 공포에는 눈에 띄는 역사적인 의미가 있어요. 두려움이죠, 네, 물론이에요. 대답은 네예요." "이 얘기를 하는 것은 제가 아는 어떤 주식 브로커가 저한테 두려움에 대해서 말했기 때문이에요." 나는 데이비드 핀커스가 버섯 오믈렛을 만들면서 나에게 했던 이야기를 루이 슈바이처에게 들려주었다. 그는 콘도미니엄에 자리 잡고 싶은 생각도, 경호원들에게 둘러싸여 움직이고 싶은 생각도 없다고 했다. 그는 자기 부부가 각각 매년 천만 달러씩 벌어들인다는 사실이 알려질까 봐 두려워했다. 나는 이렇게 결론지었다. "이상하지만 그를 멈출 수 있는 단한 가지는 두려움이라고 느꼈어요." "그래요, 맞아요. 나도 당신의 의견에 동의해요." 루이 슈바이처가 대답했다. "어제 나는 기업을 경영해서 돈을 많이 벌고는 그 기업을 팔아버린 어떤 남자를 만났어요. 내가 왜 기업을 팔았냐고 물었죠. 그가 대답하기를 '내 회사의 명성이 점점 널리 퍼지기 시작했죠. 내가 엄청난 부자라는 것이 알려지기 시작했다고요. 나는 내 아이들이 납치당할까 봐 두려웠어요'라고 하더군요. 당신이 말한 사람과 비슷하지요?" "그래요. 완전히 똑같네요. 그리고……." 그가 내 말을 끊었다. "만약 두려움이 커다란 동력이라면 대답은 예입니다." "나를 전율하게 만드는 것은, 사물을 통제하는 유일한 방법이 결국 두려움을 조금씩 불어넣는 것이라는 점입니다. 제도란 그야말로 은밀하고 맹목적이며 이기적이고 파괴적이어서, 격분한 국민들을 이 유일한 극단에까지 밀어넣었죠. 이것은 보통의 이익을 짓밟으며 제도가 만든 확실히 가증스러운 필연적 결과예요." "네, 물론이에요. 사회 문제와는 아무런 상관도 없는 예를 하나 들어봅시다. 환경 문제와 지구 온난화. 우리 모두 오래전부터 이 문제가 중요하다는 사실을 알고 있었어요. 이 문제를 심각하게 생각하기 시작하려면 어떻게 해야 할까요? 눈에 보이는 두려움이 자리 잡아야 해요. 해결 방법을 전혀 찾을 수 없고, 서서히 퍼지는 두려움. 그때 비로소 우리의 눈에 이 두려움, 즉 위험이 구체화되는 게 보이죠. 이것은 더 이상 추상적인 문제가 아닙니다. 구체적인 것이 되었어요. 그러니까 이것은…… 이것은 무엇인가를 변화시킵니다……. 저도 당신이 옳다고 생각해요." "음, 그런 것에 다다라야만 한다는 것이 끔찍해요." "아니에요. 그것은 삶의 일부예요. 또 다른 예를 들어봅시다. 당신은 1차 세계대전까지의 문학을 전부 읽었을 거예요. 그 속에서 전쟁에 대한 찬사는 규칙적으로 자주 등장하죠. 1914년부터 1918년까지는 그랬어요. 그리고 2차 세계대전이 일어난 1939년부터 45년까지는 확실한 방법으로 전쟁이 좋은 것이 아니라는 생각이 자리 잡게 되죠. 그때까지 전쟁의 가치 속에는 마치 인간이 성숙하는 요인처럼 이상하게도 모든 것들이 다 들어 있어요." "당신이 얘기하고 싶은 것은 그러니까……" "내가 하고 싶은 얘기는, 간단히 말해 두려움이나 위기가 진보의 요소라는 겁니다. 다양한 분야에는 역사적인 논증들이 있어요. 그리고 이것이 우리가 지금 대화를 나누고 있는 분야에서 만들어지지 말라는 이유는 없어요." 나는 매우 큰 호기심을 갖고 그를 바라보았다. 그에게서 내 직관을 확인하자 몸이 떨렸다. "자, 그러니 낙관주의자가 되어야 합니다!" 그가 접시 위에 놓인 계산서를 낚아채고 함박웃음을 지으며 이야기를 마무리했다. "그래서 당신은 그들이 두려워해야 한다고 생각하시는군요." "나는 그것이 균형 회복의 한 요소라고 생각해요. 그래요. 왜냐하면 그것은 제도의 한

계를 드러내니까요. 두려움은 기본적으로 제도의 한계를 발견하는 데 있어요." 우리는 입을 다물고 한참 동안 서로의 얼굴을 바라보았다. "음, 전이만 일어날게요. 명함을 주신다면 『변호사와 마르게리트』를 보내드리죠." "이미 읽었어요. 시작 부분은 잊었지만……. 살구주스 때문에 생긴 최고의 딸꾹질 말예요. 하지만 내일 다시 읽을 생각입니다." 우리는 악수를 했다. 나는 그에게서 멀어져 내가 앉아 있던 세 개의 테이블로 돌아왔다.

　건물 현관 앞에서 나는 손가락에 깊은 자국이 남을 정도로 무거운 비닐봉지를 들고 있는 5층 여자와 마주쳤다. 마개를 씌운 병 주둥이들이 비닐봉지 밖으로 삐죽 나와 있었다. 배가 불뚝 나온 사각형 모양의 종이 상자들이 그녀의 무릎에 부딪쳤다. 평소에는 나란히 정리되어 있던 갈색 머리카락이 여러 개의 핀과 장식용 빗에 꽂혀 부자연스럽게 고정되어 있었고, 흘러내린 몇 가닥의 머리카락이 그녀의 얼굴을 가렸다. 나는 인터폰이 붙은 문 쪽으로 다가갔다. "봉지가 굉장히 무거워 보이네요. 제가 도와드릴게요." "그럴 필요 없어요. 별로 무겁지 않아요. 정말 고맙습니다만." 그녀는 자기 팔에 걸린 핸드백을 열고, 어두컴컴한 핸드백 안에서 열쇠를 찾았다. 무거운 비닐봉지는 아슬아슬하게 손에 매달려 바닥으로 기울어졌다. "아니에요. 제가 보기에는 봉지가 너무 무거워 보여요. 손가락이 아프시겠어요. 제가 갖다 드릴게요." 나는 그녀의 표정에서 의심할 여지없는 떨림의 신호를 감지했다. 그녀는 핸드백 속으로 시선(시선과 얼굴)을 돌리며 나의 시선(내 얼굴도)을 조심스레 피했다. 그러고는 검은 장갑을 낀 서투른 손짓으로 열쇠 구멍에 반짝이는 작은 열쇠를 넣었다. 그녀는 무릎으로 유리문을 밀고(하지만 내 손이 끼어들어 그녀의 복잡한 수고를 덜어주었다) 홀 안으로 들어갔다. 가을이면 용기가 솟기 때문에 나는 그녀의 냉정한 태도를 모른 척할 수 있었다. 그녀를 돕겠다는 제안이 여러 번 거절당하면서 말이 부분적으로 잘려나갔지만, 나는 엘리베이터 문 앞에서 그녀의 옆에 자리 잡았다. 그녀는 나를 외면한 채 잔뜩 흥분한 얼굴로 깜박거리는 엘리베이터의 원뿔 신호만 쳐다보고 있었다. 나는 그녀의 빛나는 옆얼굴을, 깜박거리는 속눈썹을, 벌렁거리는 콧구멍을, 턱의 옴폭한 부분을, 빛깔이 뒤섞인 눈썹을 바라보았고, 당황한 긴 침묵의 불규칙적인 호흡이 새어나오는 도톰한 입술을 바라보았다. 그녀의 눈은 초록색의, 물기가 많은 촉촉한 공 같았다. 원뿔 신호는 끊임없이 깜빡거렸다. 5층의 이웃집 여자는 장갑 낀 손으로 다시 그것을 눌렀다. 나는 그녀가 온 힘을 다해 내 존재가 자신에게 미치는 영향을 견디고 있다고 느꼈다. 나는 그녀가 자기도 모르는 사이에 가을의 마법에 굴복했다고 느꼈다. 내가 말했다. "엘리베이터가 느리네요. 항상 이렇게 느렸나요?" 숨가쁜 호흡. 그녀의 가쁜 숨결이 느껴졌다. 무언가 확실한 것이 그녀의 내부에서 꿈틀거리고 있었다. '나는 그녀가 견뎌내지 못할 것을 알았다.' 결국 그녀는 내 쪽으로 자신의 몸을, 발갛게 닳아오른 얼굴을 돌렸다. 우리는 몇 초 동안 서로의 눈을 바라보았다. 5층 여자는 나에게 자신의 과학자 친구에 대해 말을 한 후 처음으로, 그러니까 9월 초 이후 처음으로 끈질긴 내 시선에 굴복했다. 나는 그녀의 눈빛이 확실히 변화했고 온순해졌으며 부드러워졌고 깊어졌으며 촉촉해졌고 시간을 넘어섰다는 것을 알아차렸다. 그것은 모호하고 복잡하며 역설적이고 시대착오적인 긴 행렬 같았다. 나는 그녀의 손을 향해 손을 내밀었고, 눈짓으로 내게 비닐봉지를 넘기라고 조용히 명령했다. 5층 여자는 그렇게 했다. 그녀는 자신을 짓누르던 무거운 짐을 내려놓고는, 뭐랄까, 언젠가 본 적이 있는 나비가 된 것처럼 가볍게(그것은 분명 내가 베푼 친절에 걸맞은 몸짓이었다. 그런 상황은 나를 황홀하게 한다) 감사하는 눈빛으로 엘리베이터의 문을 열어주었다. 그 눈빛에는 뭔가 멋진 것이 깃들어 있었다. 설명할 수 없는 기적과 같은. 왜냐하면 그녀의 눈빛에서 확실한 여유와 나의 정중함을 부추기는 감사의 마음이 보였기 때문이다. **평범한 감사와 변화를 부추기는 감사, 즉 본질적인 감사, 이 두 가지가 다 드러났다.** "고맙습니다." 승강기 문을 잡고 그녀가 말했다. 시간과 공간의 변화, 그녀의 내면과 연대순에 따른 그녀의 현실의 변화가—5층 여자를 막 변모시켰다. 그녀는 똑같은 방법으로 아파트 문을 열었고, 나는 처음으로 그녀의 집에 들어가 앞서 가는 그녀를 따라 부엌으로 향했다. 그리고 숲 속의 흙웅덩이 색깔과 똑같은 밝은 갈색 찻잔이 놓인 원형 탁자 위에 비닐봉지들을 놓고, 주위를 둘러보았다. 벽에는 신문에서 잘라낸 기사들이 붙어 있었고, 매달린 게시문들, 항아리들, 향기 나는 꽃다발들이 즐비했으며, 크리스털 레이스로 장식된 붉은 샹들리에에는 비단 끈에 매달린 셀 수 없이 많은 엽서들, 사진들, 손으로 쓴 쪽지들, 연하장들, 복잡한 화관들이 불빛을 흐릿하게 만들었다. 5층 여자는 외투를 벗고, 몸에 꼭 맞는 앞치마를 하고, 넓은 허리띠를 졸라매고 키가 커 보이는 높은 굽의 실내화를 신고 내 앞에 나타났다. 그녀는 여전히 장갑을 낀 채로 뜻모를 미소를 지으며 나를 거실로 안내했다. 그리고 안락의자에 앉더니, 나를 향해 맞은편의 소파를 가리켰다. 거실에는 유리로 된 낮은 테이블이 있었고 책들이 굉장히 많았다. 그림은 얼마 없었다. 그리고 아무런 장식도 없는 하얀 벽. 안전유리로 된 둥근 거울. 책장 위에, 벽난로 위에, 현대적인 기다란 찬장의 선반 위에는, 사진들이 줄지어 나열되어 있었다. 몇 개는 액자에 들어 있었지만, 대부분의 사진들은 책들이나 벽에, 화병들과 조각상들에 기대어 놓여 있었다. 그 중 하나에 파스빈더의 사진이 있었다. 파졸리니의 모습도 찾아보았지만 보이지 않았다. 탁월하게 아름다운 여인들, 매우 아름다우며 어딘가 친숙하게 미소 짓고 있는 여자들이 파티를 하는 동안, 저녁식사 중에, 친구들과 대화를 나누다가 카메라에 잡힌 모습들이었다. 입술을 빨갛게 바른 채. 흑백 사진 속의 붉은 입술. 기이함과 단순함이 뒤섞인 모습. 보석들, 콘서트에 갈 때나 입는 원피스, 농사짓는 여자가 걸치는 헐렁

한 웃옷, 얼굴 한쪽을 가린 다듬지도 않은 자유분방한 헤어스타일. 그 젊은 여자들이 입고 있는 옷들과 미소, 눈빛으로 보아, 오래된 사진들인 듯했다. 이제는 더 이상 존재하지 않는 과거의 눈빛과 미소. 오늘날의 정신과는 다른 정신이 그들을 지나갔다. 반항적이고 이상적인 정신. 나는 그것이 치유 불가능한 향수를 키울 수 있다는 것을 깨달았다. "친구들이에요, 내 친구들." 5층 여자가 말했다. "가깝게 지내던 친구들 대부분이 이제는 이 세상에 없어요." 나는 눈길을 그녀에게로 돌려, 지금 현재 존재하는 미소를 지었다. "외투는 그냥 입고 있을 거예요?" 그녀가 나에게 물었다. "지금은요. 당신 장갑은요?" 그녀가 나를 보고 웃었다. "지금은요. 뭐 마실래요?" "다음에요. 오늘 저녁은 좀 바빠서요. 사람들이 기다리고 있거든요." 비현실적이게도 그녀의 시선이 유감을 표시했다. 그녀는 안락의자 끝에 의기양양하게 앉아 있었다. 우아하고 당당하게, 두 다리를 붙여 옆으로 가지런히 모으고는 장갑 낀 손을 무릎 위에 놓았다. 실내에서도 계속 장갑을 끼고 있는 그녀의 모습은 이상했다. 9월 초 그녀의 아파트 문을 두드리던 날, 나는 이런 생각을 했었다. '교살자의 장갑처럼 번쩍거리네.' 그날 나는 이런 생각도 했다. '니체스러운 5층 여자.' 그녀가 머리를 매만지지 않고, 머리카락이 이마와 귀에 흐트러진 채 그냥 내버려두는 게 의외였다. "집이 너무 예쁘네요. 저는 이런 분위기가 참 좋더군요." 그녀는 무릎에 얌전히 올려놓은 장갑 낀 손으로 뿌드득 소리를 냈다. 그때 책장 위에 놓여 있던, 풍성한 원피스를 입고 앞으로 몸을 숙인 채 한쪽 다리로 서 있는 여자와 그녀를 마주보고 서서 그녀의 몸을 잡아주고 있는 남자의 모습이 담긴 사진이 눈에 띄었다. 부드러워 보이면서도 팽팽한 긴장감이 느껴지고, 사진 속 인물들의 재능을 엿볼 수 있는 사진이었다. 사진 속 여인은 오른쪽 다리를 뒤로 길게 뻗은 채 왼쪽 발끝으로 서 있었다. 나는 소파에서 일어나 책장 선반으로 다가갔다. "부인이군요." 내가 5층 여자에게 말했다. "이 사진에 있는 여자가 부인이에요.

맙소사, 이럴 수가, 믿을 수가 없네요……." 나는 몸을 돌렸다. 안락의자에 등을 기대고 있던 5층 여자 역시 몸을 돌렸다. "어디요? 뭐, 어떤 것?" "이거요, 여기 무용수, 앞으로 몸을 내밀고 있는 여자." "미쳤군요. 그건 내가 아네요." "당신이 확실해요. 당신을 잡고 있는 이 젊은 남자는 파졸리니 감독이고요. 파졸리니 감독의 얼굴은 알아볼 수 있어요." 5층 여자가 깔깔거리며 웃다가 갑자기 뚝 그쳤다. 마치 누군가가 매정하게 소리를 뚝 끊은 것처럼. "그거 나 아니에요. 그 남자가 파졸리니란 건 더더욱 말도 안 되고요. 시드 카리스와 진 켈리예요." 나는 믿기지 않는 얼굴로 이웃집 여자를 바라보았다. 그 사진은 극적인 장면을 재현한 것이 확실했다. 5층 여자와 파졸리니가 확실했다. "아무리 그래도 제가 시드 카리스와 부인을 구별 못 할까 봐요! 그리고 진 켈리와 파졸리니 감독도요!" 나는 두 손으로 사진을 들고 주의 깊게 관찰했다. 내 얼굴이 액자의 유리에 비쳐, 파졸리니의 도움만으로 균형을 잡고 있는 5층 여자의 모습에 겹쳐졌다. 이상하고 감미로운 느낌이 들기 시작했다. 청소년 시절부터 내게 영향을 미쳤던 영화 〈브리가둔〉의 매력이 그녀를 통해 재현된 것 같은 느낌. 왜냐하면 나는 극중의 토미 앨브라이트가 지닌 고통과 같은 고통을 늘 인식하고 있었다고 생각했으니까. 되돌아갈 수 없는 슬픔, 돌이킬 수 없는 고통, 이미 발생한 사건에 집착하는 향수, 그리고 다시는 되돌아오지 않으리라는 뇌쇄적인 확실성을 알고 있다고 생각했으니까. 다만 차이가 있다면 나에게는 같은 사건이 다시 일어나지 않는다는 데에 있었다. 나의 상상력을 구성하는 소재는 한 번도 벌어지지 않은 사건에 대한 향수였다. *일어나길 바라는 사건에 대한 향수*. 나는 정확하게, 토미 앨브라이트나 〈구멍〉에서의 지오가 감옥으로 돌아갈 때와 같은 정신상태에 처해 있었다. 그 감정은 정확히 말해 기다림은 아니었고(나는 아무것도 기다리지 않았으니까), 정확히 희망도 아니었고(나는 아무것도 희망하지 않았으니까), 정확히 욕망도 아니었고(나는 아무것도 욕망하지 않았으

523

니까), 일종의 구멍, 틈새, 천공, 잠재적인 고통, 희미한 불만족의 상태였다. 하지만 눈길 한 번 주는 일 없이. 이미지도 없이. 비전도 없이. 기억도 없이. 그저 경고일 뿐. 그저 감정일 뿐. 내 상상 속에서 꾸불꾸불하게 헤매고 고통을 느끼며, 무엇인가 일어났다고 기억하려 애쓰는 유보된 어떤 것. 나는 5층 여자에게 다가가 액자에 담긴 사진을 내밀었다. "스코틀랜드에서 종려나무가 있는 장소를 본 적 있었요?" 내가 유리 위로 종려나무의 실루엣이 있는 자리를 손가락으로 가리켰다(가까워진 우리의 시선이 유리 위에 반사되었다. 그녀의 얼굴 바로 옆으로 내 얼굴이 다가갔다. 나는 그녀를 원하기 시작했다). 브리가둔의 풍경처럼 황량하게 바위들이 많고 거의 보랏빛의 풍경이었지만, 부인할 수 없는 흔적으로 원래는 남쪽 지방이라는 것을 알 수 있었다. "부인이 확실해요. 시드 카리스처럼 아름다운 당신이 위대한 파졸리니 감독과 함께 이탈리아 어딘가에서 〈브리가둔〉의 이 장면을 연출한 거예요. 언제입니까? 왜 이렇게 한 거죠? 〈브리가둔〉은 내 마음속에 중요하게 자리 잡고 있는 영화예요." "나도 알아요." 그녀가 소파의 쿠션 위에 액자를 던지며 대답했다. 나는 그녀와 얼굴을 바짝 맞대지 않으려 조금 물러섰다. "아세요? 〈브리가둔〉이 내 상상력의 중요한 기반이 되는 영화라는 걸 아신다고요?" 그녀는 눈빛으로 긍정의 표시를 했다. "그걸 어떻게 아시는 거죠? 부인이 그것을 어떻게 아시냐고요! 그런 얘기는 한 적이 없는 것 같은데!" 5층 여자는 머리카락에 꽂았던 핀들을 정리했다. 머리카락에서 핀들과 상아 빗을 빼내고(그녀는 외과용 기구 같은 핀들을 치마 위에 올려놓았다), 장갑 낀 손으로 갈색 머리카락을 가지런히 했다. 나는 일어서서 그녀의 정면에 있는 소파 위, 그녀가 던진 액자 옆에 앉았다. "어쨌든 간에 충격적인 우연이네요. 여기에서 부인과 파졸리니 감독이 재현한 〈브리가둔〉의 한 장면을 보게 되다니…… 우연이라고는 도저히 믿기지가 않아요……" 5층 여자가 머리핀들과 상아로 된 장식 빗을 다시 꽂았다. "당신이 그 말을 하지 않기를 바랐어요." 가슴 아파하는 듯 떨리는 목소리였다. 나는 쿠션 위에 있던 액자를 집어들고 다시 자세히 살펴보았다. "파졸리니 감독도 이 영화를 좋아했나요?" 거실에 침묵이 퍼졌다. 장갑이 내는 뿌드득 소리가 다시 들렸다. 거리로 버스가 지나갔다. "이 사진이 어떤 책 앞에 있었는지 알아요?" "모르겠는데요." "새로운 우연일까요?" "저한테 꼭 말씀해주셔야 돼요." "S로 시작하는 작가의 책 앞에 있었어요." "더 알려주세요." "세네카예요." 메디아다. 세네카의 메디아. "내 친구…… 내 친구 델카레토 박사하고는 언제 연락을 주고받았나요?" "그쪽에서 메일을 보내셨어요. 아주 세밀한 부분까지 적혀 있더군요. 그런데 마리-오딜 뷔시-라뷔탱은 누구입니까? 그분은 부인을 아는 것 같던데요." 5층 여자는 천천히 장갑을 벗었다. 그녀는 건조한 동작으로 열 손가락을 하나씩 뺐다(손가락이 빠진 가죽 장갑이 흐물흐물해졌다). 나는 그녀가 맨손으로 내 목을 조를 거라고 생각했다. 그녀는 지금 자신이 처한 곤란한 상황을 맨손으로 제거해버릴 것이다. "그녀를 아세요? 부인 친구신가요?" "오래전부터 좀 알고 지내는 사이이긴 하지만 친구는 아니에요." "정확하게 누굽니까? 뭐 하는 여자예요?" "많은 일을 하죠. 좀처럼 파악할 수 없는 여자예요." "저도 그렇다고 생각했어요. 심지어 제가 보낸 긴 메일에 답장도 하지 않으셨어요. 일처리가 확실한 분이란 걸 고려한다면, 적어도 편지를 받았다는 표시는 하는 게 정상일 것 같은데 말이에요." 5층 여자는 평상시와는 달리 너그러운 모습을 보였다. 내 질문이 그녀를 화나게 할 수도 있었다. 하지만 그녀는 예상과는 정반대로 감미로운 침묵을 지켰다. 그녀의 눈빛은 그녀가 자기 내부의 가장 깊은 곳에서부터 나를 인정하고 있다는 것을 말해주는 듯했다. "또 오세요. 시간이 날 때 다시 오세요." 그녀가 일어서서 장갑을 던졌고, 장갑은 탁자 위로 떨어졌다. 나는 장갑 두 짝이 기도하는 것 같은 모습으로 탁자 유리 위에 떨어지는 것을 보았다. "언제요?" "내일 며칠 일정으로 여행을 떠나요. 22일에 돌아올 겁니다." "무슨 요일이죠?" "화요일이요."

이번에는 내가 일어섰다. "비행기가 오전 11시경 도착할 거예요." "어디에서 오시는 거예요? 어디로 가시는 거죠?" 그녀는 나를 현관으로 안내하고 문을 열었다. "차 한잔 드시러 오세요. 오후 4시쯤에." "그러니까 22일에 오면 되는 거죠?" "장바구니를 들어줘서 너무 고마웠어요. 조심하세요. 신중하게 행동하세요." 나는 그녀의 한 손을 잡고 '신중하게 행동하라고?'라고 생각하며 손에 입을 맞추었다. 경쾌한 웃음이 터져나왔다. "신중하게." 그녀가 다시 한 번 강조했다. 그녀는 다른 쪽 손으로 가볍게 내 머리칼을 쓰다듬었고, 내 등뒤에서 문을 닫았다.

15

　이지투르가 소프트뱅크의 주식을 공매도하고 며칠이 지난 1999년 3월의 어느 날, 로랑 달은 마르세유 생 샤를르에서 출발해 파리 리옹역으로 가는 테제베(TGV)에서 그녀를 만났다. 플랫폼에서 한 손에 열차표를 들고 열차칸을 찾고 있던 그녀의 모습이 로랑 달의 눈에 띄었던 것이다. 그는 한눈에 그녀에게 반했다. 그녀는 그가 평생을 기다려온, 붉은 머리카락과 적당히 살집이 있는 육감적인 몸매, 하얀 피부와 초록색 눈을 지닌 기적의 여인이었다. 로랑 달은 그녀가 플랫폼에서 이리저리 움직이는 모습을 바라보았다. 그녀가 움직일 때마다 밝은 빛이 그녀의 주위를 따라다니는 것만 같았다. 지극히 평범한 움직임인데도(열차 쪽으로 걸어오고, 자기가 탈 칸을 찾고, 사람들이 많으면 멈춰 서는) 그녀는 다른 사람들과 확연히 구별되었다. 그녀에게는 황후의 우아함이 있었다. 로랑 달은 그녀가 좌석을 찾기를 기다려(열차 밖에서 유리창 너머로 그녀의 모습을 지켜보았다), 그녀에게 접근하기에 유리한 좌석을 찾아냈다. 3월의 수요일 오후에는 좌석이 반도 차지 않는다는 사실을 로랑 달은 알고 있었다. 그녀의 자리를 확인한 그는 통로를 사이에 두고 그녀의 옆자리에 앉았다. 가운데에 통로가 있을 뿐, 나란히 앉은 셈이었다. 로랑 달은 자신이 그녀를 훔쳐보고 있다는 것을 들키지 않고 무언가에 몰두하는 남자처럼 보이기 위해 조그만 테이블 위에 《뉴욕타임스》를 펼쳐놓고 제목을 죽 훑었다. 창밖을 보려고 신문에서 눈을 뗄 때마다, 그녀가 앉은 자리 너머 창밖 풍경은 여전히 마르세유였다. 얼마 지나지 않아 테제베가 빠른 속도로 달리기 시작하자, 그는 감각을 다 태워버릴 듯한 몽롱한 기분으로 그녀를 바라보았다. 순수의 결정체로 보이는 눈부시게 희고 믿을 수 없이 섬세한 그녀의 옆얼굴에 시선을 던졌다. 그녀는 다리를 꼬고 책을 읽고 있었다. 굽 높은 슬리퍼는 그녀의 발에서 벗겨져 로랑 달의 눈길이 머무는 통로에 놓여 있었다. 그녀의 무릎에 점점이 박힌 작은 주근깨들도 눈에 띄었다. 그는 희미하게 무릎 위에 퍼져 있는 작은 주근깨들이 너무 좋았다. 그녀의 육체적인 매력에 저항할 수는 없었다. 그의 예상대로 열차에는 사람이 거의 없었다. 그들이 탄 열차칸은 더욱 그러했다. 그들 말고는 아무도 없었다. 로랑 달은 그녀와 이야기를 나눌 영광스런 순간을 포착하려고 오랜 시간 뜸을 들였다. 그저 몇 마디 말이 아니라, 앞으로 그녀와 함께할 수천 시간의 첫 네 시간이 될 터이니 진정한 네 시간의 대화가 되어야 할 것 아닌가. 어떻게 시작하지? 그의 존재는 완전히 열차 속 대화의 시작을 어떻게 하느냐에 달려 있었다. 그는 완벽하지 못한 말을 내뱉어서 단번에 단호하게 거절을 당하는, 돌이킬 수 없는 일은 피하고 싶었다. 그를 뿌리치는 거절의 미소는, 그가 혐오스러울 정도로 집요하게 그녀의 주위를 맴돌면서 집적대는 파렴치하고 고집센 바람둥이가 아닌 이상, 더욱 멋진 영감을 받을 수 있는 그 다음 단계로 나아가는 것을 불가능하게 할 터였다. "죄송하지만 차표 검사 좀 하겠습니다." 그때 그들 쪽으로 다가온 검표원이 젊은 여자의 열차표를 돌려주며 "고맙습니다. 즐거운 여행 되세요"라고 말했다. 그러고는 로랑 달의 차표를 받아들었다. "선생님께서는 자리를 잘못 찾으셨네요." 그가 낭랑한 목소리로 말했다. "7호 칸에 타셔야 하는데, 여기는 12호 칸이거든요." 검표원이 젊은 여자를 힐끗 바라보았다. "게다가 12번 좌석이신데, 36번 좌석에 앉아 계시고요. 숫자를 읽는 데 문제가 있으신가요?" "아, 그래요? 제가 헷갈렸나요? 정말 죄송합니다." 로랑 달은 젊은 여자를 바라보았다. 그녀가 그를 똑바로 쳐다보고 있었다. "에, 뭐, 어차피 기차가 텅 비어 있으니 상관없죠, 뭐." 로랑 달의 차표를 건네며 검표원이 농담하듯 말했다. "멋진 여행이 되시길 빕니다, 선생님!" 더 생각해볼 필요도 없었다. SNCF*의 공무원은 (그녀를 힐끗 보고 로랑 달과 그녀가 동행이 아니란 걸 확인한 후) 일부러 그를 바보로 만든 것이었다. 로랑 달의 얼굴이 빨갛게 달아올랐다. 그는 재킷 안주머니에 표를 넣으며, 더할 나위 없이 참담한 심정을 느꼈다. 그는 고개를 돌려 젊은 여자를 바라보았다. 그녀가 그를 보며 웃고 있었다. 로랑 달은 검표원의 놀림이 그녀를 불쾌하게 만들지 않았다는 것을 확인하고 싶었다. 그녀가 그를 보고 웃고 있지 않은가. 어떤 성격의 미소지? 한마디로 정의하기는 어려웠다. 멋쩍은 상황을 무마시키려는 미소. 이 열차칸에는 그들 둘밖에는 없다는 사실을 강조하는 미소. 무언가 범상치 않은 일이 일어나기 시작했다는 것을 뜻하는 미소. 방금 전에 그를 사로잡았던 거북한 감정을 없애려는 의도를 가진 미소. 즉 로랑 달이 일부러 이런 상황을 만든 거라곤 생각하지 않는다는 뜻을 전하는 미소였다. 로랑 달은 검표원의 경솔함으로 약간은 자연스러울 수도 있었던 낭만적 만남이 이제는 어림도 없어졌다는 걸 짐작하지 못했다. 그녀의 미소에 어떻게 답하지? 그 환한 미소에 딱 알맞은 말은 어떤 것일까? 로랑 달은 혹여 그녀의 호의를 해치게 될까 봐 한 마디도 하지 못했다. 그저 일부러 웃은 게 아닌데도 저절로 그의 얼굴에 떠오른 환한 웃음을 돌려주는 것으로 만족했다. "마르세유에 사시나요? 마르세유에서는 뭘 하셨어요? 직업은 뭐죠? 저는 금융업계에서 일하고 있습니다. 런던에서 일하죠. 마르세유를 좋아하세요? 왜 마르세유를 좋아하지 않으세요? 저는 마르세유에 사는 레바논 투자자를 만나러 갔다 오는 길입니다. 가수시라고요? 혹시 패밀리 오피스를 좋아하시는지요?

---

* 프랑스 국영 철도 회사.

패밀리 오피스가 무슨 말인지 모르신다고요? 당신이 부르는 노래는 어떤 건가요? 어떤 장르죠? 저는 크게 성공한 유명한 헤지펀드를 경영하고 있습니다. 마르세유에 친구가 있으세요? 일주일 동안 누구네 집에서 묵으셨어요? 저는 작년에 2,700만 달러를 벌었답니다. 패밀리 오피스란 당신과 저 같은(특히 저 같은 사람이요!) 부자들의 재산을 관리해주는 사람을 말하는 거예요." (그는 이런 말들을 늘어놓는 약간 공허한 상상을 하며 혼자 웃었다.) 하지만 이렇게 혼자 떠들어댄다면 얼마나 혐오스럽겠는가. 그는 더 멀리 가야만 했다. 좀더 나아가 더 고상한 생각과 말 들을 해야만 했다. 젊은 여자는 이제 로랑 달에게서 고개를 돌리고, 자신이 읽던 책을 보고 있었다. 로랑 달은 자신에게 보냈던 미소의 여운이 남아 있는 그녀의 입술을 바라보았다. 그후 말 한 마디 못 붙이고 눈 한 번 마주치지 못한 채로 두 시간이 흘렀다. 그녀에게 말을 걸까? 무언가 사소한 것을 빌미 삼아 마음을 전할까? 그는 자신이 심하게 머리를 굴리고 있음을 알았다. 그녀는 자신이 도저히 범접힐 수 없는 존재여서, 가벼운 미소를 보내는 것으로 이미 자신을 거절했다고 생각했기 때문이다. 지금 상태로 현상 유지라도 하려면 우아하고 순수하게 행동해야 했다. 아마도 로랑 달이 그 두 시간만큼 자신의 인생을 깊이 숙고한 적은 없었을 것이다. 황량한 열차 안의 몽환적인 분위기는 젊은 여인의 환한 얼굴을 더욱 도드라지게 했고, 꿈처럼 강렬한 우연으로 그의 여정에 끼어든 감정을 부풀렸다. 그는 상상 속 상황을 경험하는 느낌을 받았다. 젊은 여자가 자리에서 일어났고, 로랑 달은 고개를 돌려 그녀를 바라보았다. 그녀는 그에게 미소를 짓고는 열차칸 끝으로 멀어졌다. 그는 《뉴욕타임스》를 펼쳤다. 로랑 달은 한 기사의 첫 문장만 세 번을 읽고 신문을 접어 가방 안에 넣었다. 그녀는 몇 분 후 다시 돌아와 자리에 앉았고 로랑 달은 그녀를 바라보았다. 하지만 그녀는 아무런 반응도 보이지 않았다. 그렇게 텅 빈 열차칸에서 아무 말 없이 또 30분이 흘렀다. 로랑 달은 천천히 부드럽게 흔들리는, 움직이는 열차의 실내 풍경을 바라보았다. 여유로워 보이는 그 풍경은 유리창의 표면에 시간과 공간, 속도, 불변성, 인력, 여정, 카오스, 사고, 조화, 휘어짐, 에너지, 우연성의 개념을 모두 비춰주고 있었다. 휙휙 가느다란 줄무늬로 멈춰진 듯이, 멀리서 강렬하게, 구체적이고 추상적인 풍경을 가로질러 텅 빈 열차칸의 냉정한 흔들림 속에. 젊은 여자의 목소리가 들려왔다. 책 속에 푹 빠져 가슴 아픈 소리를 내고 있는 그 목소리는 조금 독특했다. 그것은 두 사람의 관계를 시작하는 문장도, 개시를 알리는 말도 아니었다. 몸을 돌려 그녀를 바라보기도 전에 이미 로랑 달은 그녀가 책의 한부분을 극적이고 속삭이는 듯한 목소리로 읽고 있다는—그것도 이탈리아어로—것을 알았다. 로랑 달은 눈이 부신 듯한 얼굴로 그녀를 바라보았다. 음악 같은 언어로 벅차오르는 가슴을 누르며, 그 의미를 파악하지도 못한 채 미소와 눈빛을, 그 눈빛과 미소의 짓궂음과 불가사의함을, 몇몇 페이지가 만들어내는 생각 깊은 포즈를 빨아들였다. 로랑 달은 형용사, 부사, 쉼표가 나올 때마다 자신에게로 향하는 그 초록빛 눈이 너무 좋았다. 로랑 달은 그녀의 입술 사이로 새어나오는 거칠고 물결치는 운율이 너무 좋았다. 그녀는 기다란 손톱이 달린 백옥같이 흰 손가락으로 박자를 맞추었다. 그녀는 무례하지 않은 선에서 자신을 열심히 쳐다보는 그를 그냥 내버려두었다. 언어의 운율을 통해 만들어진 불투명하고 관능적이며 난해하고 매혹적인 무언가가 두 사람 사이를 믿을 수 없이 가깝게 만들어주었다. 무척이나 인상적인 낯선 여인의 육체, 그녀의 입술과 두 눈, 고른 치아와 침, 붉은 머리카락과 하얀 살결, 나지막한 목소리의 음역, 텅 빈 열차의 은밀함 속에서 모르는 여자가 만들어내는 음악적인 문장…… 그것들이 모두 더해져, 결코 그녀가 의도한 것이 아닌 새로운 분위기가 만들어졌다. 첫 번째 개념을 알고 나면 자연스레 터득되는 그 속의 두 번째 개념처럼, 첫 번째 껍질을 열면 보이는 그 속에 든 두 번째 껍질처럼 말이다. 이런 상황이

531

한 시간 동안이나 계속된 후에야 그녀가 천천히 책을 덮었다. "몬탈레예요, 에우제니오 몬탈레*. 제가 제일 좋아하는 작가죠. 아마도 당신에게 번역해드릴 수 있을 거예요. 언젠가, 어느 날 저녁에 이 내용들 중 몇 가지를요." 그녀는 여행 가방을 들고 열차칸 뒤로 사라졌다. 로랑 달은 지금의 현실이 믿기지 않았다. 가슴속과 목 안에서 무언가가 폭발하는 것을 느끼며, 그는 비명이 터지려는 것을 꾹 참았다. 젊은 여자는 20분쯤 지난 후 돌아와서 다시 자리에 앉았다. 그녀는 인간의 얼굴이라고는 믿기지 않는 창백한 낯빛을 더욱 도드라지게 하는, 목이 깊이 파인 검은색 아스트라칸** 원피스를 입고 검은 모자를 쓰고 있었으며, 그때까지 로랑 달이 봤던 발가락들 중 가장 아름다운 발가락이 드러난 굽 높은 샌들을 신었다. 그들은 역에서 내려 중앙 홀 쪽으로 플랫폼을 나란히 걸었다. 이제 뭘 해야 하지? 무슨 말을 하지? 따라가려면 어떻게 해야 하나? 나의 존재감을 드러내려면 뭘 해야 하지? 이런 고민들로 로랑 달은 숨이 막혔다. 그런데 그녀가 갑자기 멈춰 서서 로랑 달을 향해 몸을 돌리며, 채찍을 휘두르는 조련사처럼 말했다. "내가 당신을 데리고 갈게요." 그는 자신의 귀를 믿을 수가 없었다. 이 말은 항상 그가 듣기를 꿈꿨던 바로 그 문장이었다. 하물며 너무나 매력적이고 접근하기 힘든, 그녀같이 냉혹한 여왕이 파리의 리옹역에서 이런 말을 건네다니. "당신이 나를 데리고 가요?" 숨이 막힐 듯 놀란 그가 물었다. "내가 당신을 데리고 갈게요." 그가 그녀에게 미소를 지었다. 환희에 차서. "그렇다면…… 나를 어디로 데려가고 싶은가요?" "로스앤젤레스로요." "로스앤젤레스요?" "네, 로스앤젤레스요." 그녀의 진지한 눈빛에 장난기가 스며들었다. 가벼운 장난기와 극도의 진지함. "음……. 정말 좋은 생각 같군요. 그렇지 않나요?" 로랑

---

* 1975년에 노벨문학상을 수상한 이탈리아의 시인.
** 옛 소련 남동부 아스트라칸 지방에서 나는 새끼양의 가죽으로 만든 옷.

달이 묻자, 그녀가 눈빛으로 동의의 뜻을 보였다. 로랑 달은 강렬한 눈빛으로 잠시 그녀를 직시했다. "어쨌든 택시 타시는 데까지 바래다드리겠습니다." 그 순간, 젊은 여자의 눈에서 무언가가 폭발했다. 그가 내뱉은 말의 어떤 요소가 갑자기 상황을 바꿔놓은 것이었다. 로랑 달이 최고의 순간(기적적이었지만 그가 지키지 못해 공허했던 순간)을 망쳐버렸음을 깨닫고 후회하기 시작한 바로 그때부터(그후 몇 달 동안), 장난과 진지함의 결합체는 너무나 현실적으로 응답하며 너무나 현실적인 얼굴을 드러냈다. 두 사람은 거의 닿을 듯이 어깨를 가까이 하고 출구를 향해 걸었다. 미지의 여인이 허락한 이 접촉, 그러나 그는 그것이 이미 추억이 된 일임을 알았다. 그들은 택시들이 줄지어 서 있는 정류장에 도착했다. 그녀가 택시로 다가가더니 작별 인사를 하려고 그에게 손을 내밀었다. 로랑 달은 당황해서 그녀가 내민 손을 바라보았고, 손을 잡기를 거절했다. "자, 잠깐, 잠깐만요." 그가 말을 더듬었다. "잠깐만 기다려주세요……." 숨까지 헐떡이고 있었다. 로랑 달은 무언가 해결 방법을 찾으려는 듯이 주위를 두리번거렸다. 그녀가 제안했던 그 중요하고 찰나적인 순간을 따라가지 못한 그는 정신적으로는 자살한 것이나 마찬가지였다. "나는 현실을 저버릴 수 없었어요……. 불가능한 건 아니지만…… 난 그러기가 어려워요." 그녀의 손은 내밀어진 채 그 자리에 멈춰 있었다. 그 미지의 여인은 로랑 달이 16년 전부터 바라온 기적이었다. 관대하고 뚜렷한 미소, 짓궂지만 너그러우며, 압도적인 우월감이 담긴 미소가 그녀의 입가에 그려졌다. "당신이 생각하는 그런 문제 때문은 아니에요……." 로랑 달이 애처로운 목소리로 덧붙였다. "제 얘기는……" "저는 절대 아무것도 넘겨짚지 않아요. 그런데 그것이 아무런 무게도 없을 거라고 추측해야 하는 걸까요……." 젊은 여자는 내밀었던 손을 거두어들였다. 지쳤기 때문에. 하지만 실제로는 여전히 내밀고 있는 상태였다. 그녀가 손을 거두었다는 것은 로랑 달이 손가락도 펴보지 못하고 그녀와 헤어져야 한다는 뜻이었다. "비지니스, 사업 때문이에요. 사업상 저녁식사인데, 적어도 무례하게 굴면 안 되니까⋯⋯. 하지만⋯⋯." 그는 자신의 전부라도 걸 듯이 지극히 결연한 어조로 덧붙였다. "사흘 후에⋯⋯ 사흘 후에 당신을 다시 만날 수 있을 거예요. 아니, 이틀 후에⋯⋯. 그래요, 그때 우리는 같이 떠날 수 있을 겁니다. 당장 당신의 비행기 표를 취소하고(잔뜩 흥분한 그가 휴대전화를 꺼냈다) 아테네 플라자에 당신 침실을 예약할게요. 내일 둘이서 점심 식사를 하고, 이틀 후 같은 비행기를 타고 떠나요." 한없이 감미롭지만 유감의 뜻을 띤 미소가 다시 그녀의 입가에 떠올랐다. "우리는 함께할 수 있어요. 난 전용 제트기도 빌릴 수 있어요. 우리는 그렇게 할 수 있어요⋯⋯." 그는 신랄함과 비아냥거림, 질책의 의미를 담고 있는 듯한 그녀의 시선 때문에 말을 멈췄다. "미안해요. 난 서툴러요. 지금은 당신이 구상한 그 멋진 계획을 실행할 방법을 찾고 있는 중이고요⋯⋯." "하지만 이미 너무 늦은 것 같네요. 당신이 말한 것처럼 내가 그 멋진 계획을 구상했던(그녀는 반어법을 썼다) 순간에 애썼어야 했던 것 같아요." "이미 늦은 것이란 없어요. 그렇게 되지 않기를 바라는 것으로 충분해요. 이미 늦었다는 건 단호히 거부하겠습니다. 게다가 그 제안이 얼마나 멋진 것인지를 벌써부터 실감하고 있어요. 그 제안이 얼마나 근사한지 초조한 예상을 하게 되네요." 그때 로랑 달은 한 가지 사실을 떠올렸다. 언어였다. "당신이 탈 비행기는 몇 시에 떠나나요?" 그가 덧붙였다. 미지의 여인이 다시 그에게 손을 내밀었다. "당신은 L. A.에 사나요?" 그녀가 눈으로 아니라고 대답했다. "그럼 파리에?" 그녀가 눈으로 그렇다고 말했다. 로랑 달은 가슴속에서 오열이 치밀어오르는 것을 느꼈다. 그는 궤도를 이탈할 수 없는 오늘 저녁의 애꿎은 운명 앞에 반항심을 느끼며, 적의가 담긴 눈으로 주위를 둘러보면서 씩씩거렸다. 그날은 한 패밀리 오피스의 소개를 받아 이지투르에 투자한 유명 기업가의 생일이었다. 그의 시선이 조금 떨어진 곳에 서 있는 재규어에 머물렀다. 억만장자의 생일 파티장에 타고 가라고 클로틸드가 운전사와 함께 보내준 차였다. "어디에서 다시 만날 수 있을까요? 이름이 뭐예요?" 그러자 미지의 여인은 자신이 내민 손을 물끄러미 바라보았다. 그 손을 잡으려면 단 1초도 미룰 수 없었다. 그는 그녀의 손을 잡았고, 자신의 손에 와닿는 그녀의 부드러운 손가락을 느꼈다. "어디선가 당신을 다시 만날 수 있을까요?" 그는 다시 간청했다. 그는 그녀의 손을 잡고, 그녀는 그의 손을 잡고 있었다. "다시 만나고 싶어요. 당신을 잊지 않겠어요. 저한텐 정말 중요한 일입니다……." 로랑달은 둘이 같이 만들어냈던 그 감정의 고리에서 그녀가 벌써 완전히 빠져나갔다는 것을 느꼈다. "명함을 드릴게요." 그녀가 로랑 달의 손을 잡았던 손을 빼려 했다. 그는 그녀가 손을 빼게 그냥 내버려두고 명함을 꺼내 그녀에게 내밀었다. "전화해줘요, 편지 써주세요, 메일이라도 보내줘요." 그는 택시의 문을 열어주었고, 그녀는 택시 안으로 들어갔다. "제발 부탁이에요. 전화해주세요……. 제가 내일 L. A.로 당신을 만나러 갈게요." 그는 택시 문을 붙들고 있었다. 그녀가 문을 닫으려고 팔을 길게 뻗었다. 창문을 통해 그는 그녀의 시선에서, '예'도 아니고, '아니'도 아닌, '어쩌면'도 아니고, '틀림없이'도 아닌 대답을 읽었다. 그러나 두 사람 모두 그 대답을 입밖으로 소리 내어 말하지는 않았다.

　나는 욕실에서 내가 이미 말했던 구두 변론을 돌발적으로 끌어내 마음껏 쏟아냈다. 나는 공격하고 피투성이가 되었으며 혼잣말을 하고 철저하게 분석했다. 하얀 타일 탓일까? 물 때문일까? 내 머리 위로 세차게 흐르는 물 때문에? 샴푸 거품 때문에? 수도꼭지의 반짝거림 탓인가? 칫솔때문에? 치약 튜브와 그 안에 든 치약 때문에? 나는 발언자의 연단에 불쑥 나타나 쏟아져나오는 언어의 박자에 열광하며, 호전성을 드러냈다. 나는 타일에, 거울에, 수도꼭지에 호전적인 정신으로 무장된 언어들을 마구 던졌다. 어떤 사람들은 욕조에서 조 다생*의 히트곡을 부른다. "오 샹젤리제!" 그들은 흥얼거린다. "오 샹젤리제, 나나나 나나나 나나나, 오 샹젤리제!" 하지만 나는 칫솔을 물고 입가에 거품을 잔뜩 묻힌 채 입을 헤벌리고 얼빠진 얼굴로 나를 바라보는 레오나르도 앞에서 소리를 지르기 시작했다. "인물 B의 동료들은 B에게 독점적인 권한을 위임받은 사람들처럼 행동했어! 그들에게는 문학의 내재성이 문제라고! 레오나르도, 아빠는 방금 너한테 중요한 정보를 전달한 거야! 제우스가 그들에게 문학을 전파했거든! 그들이 문학을 만들기 위해서는 그저 말하듯이 언어가 흐르게 하고, 통사론이 흐르게 하는 것, 그저 흐르는 것으로 충분해!" 나는 머리를 헹구고 수도꼭지를 잠갔다. 레오나르도는 어안이 벙벙한 얼굴로 나를 쳐다보았다. 머리에서는 물이 뚝뚝 떨어지고 한기가 드는 순간, 몸을 말리려고 욕조에서 나가는 이 순간이 나는 제일 싫다. 몸을 말려야 하는 게 싫다. 축축하게 젖어 있는 것만큼 좋은 것도 없다. 라디오 방송이 나에게 테러를 가한 날, 나는 다락방 침대에 앉아 있었지만 샤워를 끝내고 막 샤워실 밖으로 나갈 때와 똑같은 느낌을 받았다. 몸은 흠뻑 젖었는데 수건도 없는 것 같은 느낌. 만약 신비로운 은유로 표현해야 한다면, 나는 그들이 숭고한 빛을 받았다고 말하리라(기성 질서, 계급 제도의 중심에서 지적인 좌파 부르주아로서). 바로 문학을. B라는 인물의 동료들이 오로지 *문체*에만 흥미를 느낀 것이 바로 그 때문이다. *문체*란 이 내재성의 표현 방식이다. 문체는 표현의 매개이자 누설이다. 나는 선반에서 내가 좋아하는 까슬까슬한 수건을 꺼냈다. 나는 세속적이고 프롤레타리아적이며 중간계급의 문체와는 근본적으로 다른 비밀스럽고 훌륭한 그들의 문체에 이름을 붙이겠노라고 덧붙였다. 언어라는 이름을. 나는 내가 좋아하는 까칠까칠한 수건으로 머리를 말렸다. 이번에는 마고가 욕실로

----

* 프랑스의 유명 가수.

들어왔다. 레오나르도는 네모난 거울에 비친 하얗고 잘생긴 자신의 얼굴을 바라보며 손가락으로 머리를 빗고 있었다. 나는 마고를 바라보았다. 매일 아침 그녀를 만날 때마다 몇 분 더 일찍 만났다면 얼마나 좋았을까 하는 감정을 느낀다고 말한 적이 있다. 나는 버스 안에서 우연히 마주치는 것처럼, 매일 아침 욕실에서 마고를 만난다. 그녀가 내게로 몸을 돌리고 미소를 지었다. 우리는 서로 입을 맞췄다. "나 샤워할 거야." 그녀가 말했다. 그녀는 타일 바닥 위에 붉은 가운을 벗고 욕조로 들어갔다. 나는 그녀의 옴폭 휘고 하얀, 믿을 수 없이 아름다운 발을 바라보았다. 발기가 일어났다. "졸부들. 특권 계급들. 라디오 방송의 얼간이들. 당신 내 얘기 듣고 있어?" 나는 욕조 안에 무릎을 꿇고 앉아 있는 마고를 보았다. 그녀는 루아시 공항의 세관원이 금속 탐지기로 훑듯이 샤워타월로 온몸을 훑었다. 그녀가 두 눈을 감고 고개를 뒤로 젖히며 대답했다. "응, 듣고 있어." 마고는 얼굴에 물줄기를 뿌리고 물방울을 우아하게 털어냈다. 물줄기가 반투명의 완벽한 포물선을 그렸다. "그들에게 문학이 내재되어 있다는 것을 드러내기 위해서는 문체를 만들어내는 것으로 충분해. 그들이 바로 문학이야. 기성 질서가 오직 자신들에게만 문학을 허락한 것처럼 구는 그런 인간들을 만들어낸 거야. 무엇 때문에 그들이 다른 질서 속으로 이동하겠어? 무슨 이유로 그들이 그 내재적인 실체를 우월한 질서 속으로 옮기겠어? 무엇 때문에 그들이 형식을 통해 그 내재적인 실체를 초월하고 싶어하겠어? 기성 질서(내가 얘기하고 싶은 것은 사회 질서다)는 문체밖에 없는 그들의 책에서 질서와 형식의 구실을 하는 거야." "너무 과장이 심해. 무슨 얘기를 하는 거야, 도대체! 그거 편집증인 거 알아?" "아니, 절대 그렇지 않아. 내 얘기 잘 들어. 지적인 좌파 부르주아들에게 무슨 일이 일어났는지 알아? 그들이 문학에서 취한 개념이 뭐야?" "당신, 나갈 준비 안 해? 레오나르도 학교에 늦겠어. 지금이 문학이론이나 떠들고 있을 시간이야? 벌써 8시 15분이라고!" "그들은 문체를 만들었어. 그들은 문체로 성공했어. 문체는 그들의 정수가 드러난 어떤 것이야. 신의 말씀을 보여주고 널리 퍼뜨리는 것으로 만족하는 사도들처럼! 여보, 내 얘기 좀 들어봐. 신의 말씀을 보여주고 널리 퍼뜨리는 것으로 만족하는 사도들처럼 말이야! 그들은 동맥을 잘라 종이 위에 피가 흐르게 내버려 둘 수 있다고! 그 얘기를 당신한테 백 번도 더 했잖아! 곰브로*가 옳았어! 그들은 미식가들이라고! 문학가들이야! 문학적인 왜가리들이지! 그들은 문학가들을 위한 문학을 해! 나는 괴물이야! 난 돼지라고! 문학은 틀림없이 괴물처럼 흉측하게 될 거야! 문학은 완전히 한계를 넘어섰어! 틀림없이 넘어서게 될 거야! 사물을 말하는 형태라고! 형태를 통해서 가장 강력한 사물을 얘기하는 거라고! 세상만큼 무분별하고, 타락하고, 역시 복잡한 재판권을 만들면서 세상에 대담해야만 한다고! 벤치 위에서 중얼거리지 말 것! 사도의 수도꼭지를 열지 말 것! 그들은 하나같이 정말 나태한 사도들이야!" 나는 욕실에서 나오자마자 티끌만큼의 가치도 없는 혼잣말을 멈추었다. 그리고 내가 할 수 있는 만큼 다시 건전한 인간이 되었다. 특히 에미넴**의 CD를 넣고 볼륨을 최고조로 올리는 순간에는. 나는 아주 작은 것 한 가지만 생각했다. 작은 추가분. 작은 추신. 옷장에서 검은 셔츠를 골랐다. 글을 어떻게 쓰는 것이 중요한가? 글을 잘 쓴다는 것은 어떤 의미인가? 사람들은 나에게 이렇게 말한다. "끔찍하게 못 쓴다"고. 그것은 무슨 뜻인가? 그 말은 무슨 의미인가? 『가정의 기질』에서 내가 추구했던 것은 폭력성, 에너지, 에미넴이 표현한 범죄적인 난폭함이었다. 자, 내 모델을 보라. 내 욕망, 내 수평선, 내가 질투하는 대상이자 나의 넘을 수 없는 기준이 누구인지. 에미넴이다. 그 강렬함, 그 문

---

* 곰브로비치. 폴란드의 전위적인 유대계 소설가이자 극작가.
** 미국의 래퍼이자 영화배우로, 2000년대에 가장 많은 음반을 판 팝아티스트 중 한 명이다. 자신을 '백인 쓰레기'라고 일컫는 그는 자신의 노래에서 조지 부시를 비롯한 유명인을 비난하거나 어머니를 조롱하기도 하고, 딸 앞에서 아내를 죽이는 내용 등을 담은 거칠고 공격적인 음악을 발표했다.

장, 그 리듬, 그 적대감, 그 솔직함, 그 순수한 에너지에 이르는 것. 에미넴이 소리지르기 시작할 때, 나도 내가 쓴 문장들을 소리지르게 하고 싶었다. 어떻게 문장들이 소리를 지르게 하냐고? 나는 몇 개월 동안 문장들을 소리지르게 하려고 일했다. 사람들이 나에게 말했다. "끔찍하게 못 쓴다"고. 에너지라는 단어. 프렐조카주의 말을 이해할 수 있다는 가정하에서, 어느 날 그가 무용수들에게 말했다. "여러분은 그림 속에 있어요. 레이스 속에 있어요. 가능한 한 더 멀리에서 움직임을 찾아봐!" 인물 B의 동료들은 이런 말을 들을 수 있을까? 가능한 한 더 멀리에서 움직임을 찾아봐! 에너지가 언어와 잘 어울릴 수 있을까? 그들이 말하는 언어가 프렐조카주가 좇는 레이스는 아니겠지? 그들은 에미넴이라는 젊은 멍청이가 자신들보다 예술적으로 한없이 우월하다는 것을 이해할 수 있을까? "당신, 좀 쉬어야 할 것 같아." 침실로 들어오며 마고가 말했다. "사도가 어쨌다느니 하는 얘기는 그만 하고." 그녀는 어이가 없다는 얼굴로 나를 똑바로 쳐다보며 계속 말했다. "설마 제노바에 가서도 그런 얘기를 하는 건 아니겠지? 조심해, 에릭! 멍청이처럼 굴지 말고!" "당신은 머리에 든 거 많은 좌파 졸부들이 기존의 질서에 알맞은 단순하고 훌륭한 이유로 형식이 필요하지 않다는 이 생각에 이의를 제기하는 거야? 그들 중 대부분이 형식이 필요 없고, 그저 흘러가며, 이 흐름에 대해 범위 역할을 하는 형식이 사회의 기존 질서라는 단순하고 적절한 이유 때문에, 언어의 형식 아래 그들이 실체를 그저 흐르게 방치하고 있다는 내 생각에 반박하는 거야? 그들은 다른 현실, 다른 질서, 다른 책을 찾으러 갈 필요가 없어. 그들은 책의 형식이 되고 새롭게 창안해낼 또 다른 질서 속에서 자신을 초월할 필요도 없다고!" "내가 이의를 제기하는 게 바로 그거야. 당신이 하는 말은 아무것도 아니라는 거. 당신은 아무 말이나 되는 대로 하고 있어. 스스로 자기 무덤을 파고 있다고. 그런 주장이 단 1초라도 인정을 받을 수 있을 것 같아? 난 당신이 입을 떡 벌릴 정도로 많은 수의 반례(返例)를 멜 수도 있어." "하지만 멋진 생각 아니야? 이를 닦는 동안 딱 한 번 말해질 자격은 있는 생각이라고. 난 이렇게 말할게. 그 생각은 멋져. 아마도 틀린 생각일 테지만 근사하긴 해. 근사한 생각의 아름다움 바로 그 속에 있는 생각이지. 저 깊은 곳에. 그것이 진실인지는 중요하지 않아. 그리고 좌파 부르주아 계급에 의해 제거된 작가들은 늘 있어왔어. 좌파 부르주아들에게 생각이란 진실만을 말하는 것이어야 하지. 그들에 의해 적출된 작가들의 명단을 만들어줄 수도 있어." 나는 마고가 옷을 입는 모습을 바라보았다. 매일 아침마다 그녀가 그토록 대담하고, 그토록 특이하며, 그토록 개성적으로 여왕의 치장을 하는 광경을 보는 일은 하나의 행복이다. 나는 액세서리, 보석, 스카프 등 잡다한 소품들이 그렇게 잘 조화되어 자연스럽게 보이는 여자는 일찍이 만난 적이 없었다. 그녀가 먼저 보여준 패션 스타일을 3개월 후 《엘르》의 패션면에서 다시 보게 되는 일이 허다했다. 그녀는 유행에 복종하는 대신 앞서가는 것이다. 많은 옷들이 침대 위에 놓여졌고, 이제 그녀가 거울에 비춰보며 하나씩 입어볼 차례가 되었다. 그녀는 그 많은 옷들 중 한 벌을 꺼내어 입은 후, 예상치 못한 브로치를 달고 머리에 터번을 두르고는, 은은한 분위기의 보석, 벨트 대신 여행 가방의 가느다란 가죽 끈을 허리에 묶고 마틴 마지엘라가 디자인한 망토 원피스, 헬무트 랑의 끈 달린 바지와 모노프리*에서 산 긴 겉옷을 걸쳤다. 그녀는 자신의 차림새가 어떠냐고 나에게 물었고, 나는 의견을 말해주었다. 경탄스러울 정도로 멋지다고 생각하는 부분과 전혀 아닌 것 같은 부분을 모두 말해주었는데, 그녀는 내 말에는 전혀 개의치 않고 계속 몸을 움직였다. 크리스티앙 루부탱의 현기증이 느껴질 정도로 굽이 높은 에스카르팽**을 신어보고, 또 역시 현기증이 날 정도로

---

* 파리의 대형 할인마트.
** 외출할 때 격식을 갖춰 신는 정장 구두.

높은 굽의 놀라울 정도로 뾰족하고 까만 크리스티앙 루부탱의 부츠도 신어보았다. "이렇게 신으니 어울려?" 그녀가 물었다. "마고, 당신은 정말 최고야. 나의 여왕이야. 눈이 부셔. 파리를 통틀어 당신이 제일 아름다워." 나는 실제로 그녀의 아름다움에 매료되었다. 그녀의 주위에 극적인 출현을 알리는 아우라가 번쩍였다. "욕실에서는 내 이론을 격렬하게 비판해서 날 혼돈에 빠뜨리더니 지금은 아름다움과 대담함으로 나를 깜짝 놀라게 하네. 당신도 매일 아침, 새로운 옷차림, 새로운 스타일로 자신을 초월하는 거야! 당신 역시 매일 아침, 하나의 형식을 공들여 만드는 거야. 그날의 기분에 따라 보석과 액세서리 들을 이용해 매번 다르고 특이한 옷차림을 만들잖아." "욕실에서 말한 당신의 이론은 그만 좀 끝냈으면 좋겠네." 마고는 거울 앞에서 화장을 하기 시작했다. "바로 이 내용이 실질적으로 내가 욕실에서 말한 이론이라고. 자기도 욕실 이론가라고 스스로 생각해야 할걸." 그러나 이것은 성서에나 나올 법한 단순함이었다. 부인할 수 없는 올바름이었다. 나는 내가 현실에서 느낀 욕구 불만 때문에, 내가 제거한 것 때문에, 형식 속에서 나 자신을 초월하지 않을 수 없었다. 글을 쓴다는 것, 처음부터 내게 그것은 하나의 형식을 만들어내는 것이었다. 한 권의 책에 대한 직관과 함께 그 구성 형식이 나에게 강한 인상을 남기지 않았다면 내가 책상에 앉는 일은 일어나지 않았을 것이다. 항상 같은 이야기다. *다른 곳*과 *절대*에 대한 추구(예술적이고 실존적이며 사랑스러운 추구. 허나 이 추구는 본래 허망한 것이다. 나에게 그것은 원동력인 동시에 고통이다) 때문에 나는 현재의 상태에서 벗어나고 나를 밀어내 *다른 곳으로 갈 수 있을지도 모른다.* 내가 나 자신을 작가라고 생각하기 시작한 청년 시절부터, 나는 위대한 작품이란 두렵고 공포스러워 감히 접근할 수도 없는 '저 너머'의 세상과 같은 것이라고 생각했다. 나는 완고하게 꿈꾸는 자의 단순한 본질을 넘어서, 내가 공들여 만든 비타협적인 재판권이 표현하는 그 다른 곳, 저 너머, 그 다른 군림, 그 최후의 질서에 이르기를 열망했다. 내가 글을 쓰려고 책상에 앉는 순간, 그 열망에서 오는 고통, 망설임, 당혹감이 나를 가두었고, 위장약, 신경안정제, 두려움이 나를 가두었다. 왜냐하면 당연히 내가 갈망하는 '절대', 내가 갈구하는 '다른 곳'은 본래 접근할 수 없고 상상할 수 없으며, 광대무변하고, 심지어 나를 마비시키는 위협적인 힘이므로.

시각적인 것이 하나의 이미지를 중심으로 하여 완성되는 것처럼 성적 취향 역시 어린 시절의 사소한 경험으로부터 만들어진다. 티에리 트로켈은 몸에 꼭 맞는 옷을 입은 여성 마술사 보조를 텔레비전에서 보고 처음으로 에로틱한 감정을 느꼈다(여섯 살 때였다. 그후로 그때의 느낌을 한 번도 잊은 적이 없다). 미소와 관능적인 포즈, 굉장히 위험한 마술인데도 아무 생각 없이 순종하는 여자의 모습. 그리고 8년 후. 티에리 트로켈은 어느 수요일 오후, 자신의 성기에서 진주 같은 불투명한 액체가 몇 방울 솟아오르는 것을 보고 깜짝 놀랐다. 그는 두 눈을 감고 문구점 여점원의 토실토실 살집 많은 몸을 상상하며 침대 시트에 기계적으로 성기를 비볐다. 오르가즘의 쾌락을 깨달은 후로는 매일(강박적으로) 그 여점원과 자신의 모습을 상상하며 자위를 하는 습관이 생겼다. 그는 엑사 앵포르마티크에서 쓸 물건들이라는 핑계를 대고 매주 노트와 볼펜, 책 들을 사러 문구점에 들렀고, 그런 물건들이 있는 선반 앞에서 꾸물거리며 여점원을 훔쳐보았다. 자위행위에 이용할 사진들도 모았다. 비닐로 포장된 《뤼》,《압수》,《팬더》,《플레이보이》 같은 에로틱한 잡지들도 손에 넣었다. 레이스로 된 얇은 잠옷 아래 비치는 아만딘의 오톨도톨한 젖꼭지와 검고 숱 많고 탐스러운 음모. 클레망틴의 타원형 젖꼭지. 창백한 얼굴로 침대에 누워 있는 덴마크 여자 이사의 탱탱한 유방. 구릿빛 피부를 가진 젊은 샤를롯트의 얇고 가벼운 머리카락과 작은 주근깨들이 점점이 흩어져 있는

보라색이 돌 정도로 창백하고 하얀 어깨. 타조 깃털로 만든 킴의 실내용
슬리퍼. 먹음직스러운 배처럼 생긴 시우의 젖가슴과 감각적으로 볼록 튀
어나온 젖꼭지. 그 주위에는 아주 가느다란 지류에서 시작된 정맥이 색
칠한 듯 드러나 있었다. 살이 찌면서 튼 매기의 피부. 삼각팬티 위로 보
이는 누군지 모를 여인의 말랑말랑한 젖가슴과 뽀얀 피부, 상류 계급일
것만 같은 풍만한 육체. 에밀리의 흐물흐물한 젖가슴과 컵받침만큼이나
넓은 유륜, 옅은 빛깔의 젖꼭지. 부채꼴 모양으로 깎은 제인의 회색빛 음
모. 길고 날씬하게 파인 데보라의 밝고 굴곡진 음부. 미스 자쿠지의 커다
란 발. 세카가 신었던 금속 굽 달린 하얀 샌들과 구부러져 있던 그녀의
발가락들. 아만다의 굽실굽실한 갈색 머리칼과 넓적다리 안쪽으로 무성
하게 돋아 있던 숱 많고 꼬불꼬불한 음모. 벨린다의 원뿔 형태의 뾰족한
젖가슴. 바바라의 길고 날씬한 다리. 순수하면서도 도도하게 느껴지는
프레클레스의 분위기와 분홍색 젖꼭지가 달린 그녀의 풍만한 가슴, 그리
고 음부에서 삐져나와 마구 헝클어져 있는 음모. 어머니가 받는 통신판
매용 카탈로그와 뜨개질 잡지 들 덕택에 그는 자신이 원하는 이미지 일
체를 완성할 수 있었다. 나는 티에리 트로켈이 바닷가의 집에서, 한 손에
망원경을 들고 빠끔히 열린 덧문 틈으로 해변에서 선탠 하는 여자들의
몸을 훔쳐보며 자위행위를 했다는 사실을 언급한 적이 있다. 그때의 그
가 탐닉하던 이미지들은 이제 사각형의 사진 속이 아니라 원형의 망원
경 안에 담긴 실제 사람들로 발전해 있었고, 그것은 하얀 테두리가 아니
라 어두컴컴한 현실 속에 둘러싸여 있었다. 게다가 윗옷을 벗고 엎드려
선탠을 하던 여자들 중 누군가가 팔로 몸을 지탱하며 상체를 일으키거
나, 수건 위로 돌아눕거나, 일어나 앉아 해변을 바라볼 수도 있었다. 그런
이미지들에 둘러싸여 자란 티에리 트로켈은 파리로 온 후로는 움직이는
이미지를 좋아하게 되었다. 그는 주기적으로 핍쇼* 업소를 찾아, 지저분
한 골방에서 춤을 추는 아가씨들을 보았다. 무대로 쓰이는 더러운 연단

이 45회전 레코드판처럼 천천히 돌았다. 그러면 그는 무희와 자신을 물리적으로 분리해놓은 유리 칸막이에 대고 사정을 했다. 학교 수업이 끝나면 그는 지하철을 타고 몇 시간씩 헤매고 다녔고(그가 대학에서 지리학을 전공했다고 앞서 밝힌 적이 있다), 군중 속에서, 창구 앞에 늘어선 긴 줄에서, 긴 의자에 앉은 여자들 사이에서, 지하철에 서서 움직이지 않는 사람들 사이에서, 바지 주머니에 손을 넣고 공공연히(가능한 한 가장 은밀한 방법으로. 그는 절대 가면을 벗지 않을 것이었다) 자위를 했다. 그러던 중 그는 어떤 파티에서 만난 장군의 딸과 사랑에 빠졌다(중세사를 공부하는 여자였다). 그는 그녀와 첫 경험을 하고(그녀도 마찬가지. 둘 다 천만다행이었다), 6년 후에 그녀와 결혼했다. 티에리 트로켈은 그녀의 육체에 찬사를 보냈다. 짝짝이 가슴(어린애 것처럼 미숙하고 작은 오른쪽 젖가슴보다, 왼쪽 젖가슴이 훨씬 크고 탐스러웠다), 하얗고 핏줄이 다 보이는 창백한 다리, 곱슬곱슬하고 숱이 많은 음모, 옴폭 휘고 큼직한 발, 37과 1/2 사이즈는 그를 황홀하게 했다. 실비의 다리는 조각상의 다리 같았다. 길고 육감적이었다. 티에리 트로켈은 실비가 옷을 벗는 모습, 욕조에서 나오는 모습, 벌거벗은 채 집 안을 걸어다니는 모습을 보는 게 좋았다. 실비와 함께 부모님 댁을 방문했을 때, 해변에 있는 그녀를 보는 것도 좋았고, 타인들 사이에 있거나 바닷가의 주택에서 파라솔의 그늘 아래 들어가 있는 그녀를 보는 것도 좋았다. 때때로 덧문 틈새로 아내의 거룩한 육체를 훔쳐보다가 자위행위를 할 때도 있었다. 기회가 닿는 매 순간, 예를 들자면 실비가 침대 위에서 발가벗고 자고 있다거나, 실비가 눈을 감고 샤워를 할 때, 친구 부부의 집 정원에서 신발을 벗고 긴 의자에 누워 책을 읽을 때, 티에리 트로켈은 아내에게 갈채를 보내며 그녀의 몸을 쓰다듬었다. 섹스

---

* 여성이 유리 칸막이 안에서 벌이는 나체 쇼. 주로 관객 한 명과 여성 한 명이 일대일로 비밀스럽게 쇼를 하는 경우가 많다.

를 할 때마다, 그는 아내의 모습을 낱낱이 눈으로 확인함으로써 자신의 머릿속에 충격적인 이미지를 새겨넣었다. 시각적인 자극 없이는 쾌락을 즐길 수가 없었다. 티에리 트로켈은 아내의 옴폭하게 휜 발을 보며, 조각상처럼 육중한 넓적다리를 보며, 탐스러운 유방의 젖꼭지를 보며 사정했다. 남편의 행동을 당황스러워하는 그녀의 표정과 땀으로 축축하게 젖은 갈색 머리카락 또한 그를 흥분시켰다. 자신에게 고정된 남편의 변태적이고 외설적인 눈빛 때문에 불안해진 그녀의 소극적인 태도에도 불구하고, 티에리 트로켈은 침실 벽에 커다란 거울을 설치했다. 두 사람이 관계를 맺을 때마다 거울 속에 펼쳐지는 장면들은 그들 부부의 성생활을 찍은 포르노그래피 영화 그 자체였다. 제자리에서 종종거리는 새들 위로 하얀 비둘기가 날아오르는 장면 같은, 아내의 극단적으로 아름다운 발과 하얀 넓적다리가 자신의 몸을 죄는 광경을 보면 그는 채 10분도 버틸 수가 없었다. 티에리 트로켈은 이따금 아내의 눈을 속이기도 했다. 여성들의 사진이 실린 잡지를 즐겨 찾는 취미는 이제 그에게 타고난 습관과도 같은 것이었다(오랜 세월 동안 아주 열정적으로 그 방법을 써왔으므로). 격렬한 섹스를 하는 육체에서 느끼는 충격은 거의 테러 수준이었다. 그에게는 자신을 강간하고, 벼락으로 치듯 충격적이며 감각을 강력하게 뒤흔드는 혼자 섭렵할 수 있는 이런 잡지들, 이런 사진들이 필요했다. 넘쳐나는 여체들은 실은 아무것도 없는 육체의 부재를 확실히 보상해주었다. 그 결과 그는 눈에 아주 잘 띄는 외모를 좋아하게 되었다. 뚱뚱하다 싶을 정도로 살집이 있고, 펑퍼짐한 엉덩이에 무질서하고 숱이 많은 음모, 지나칠 정도로 큰 클리토리스, 낙지처럼 끈적끈적한 입술, 외모가 어떻든 도발적인 신발과 치마를 착용하고 요란하게 치장을 한 여자가 좋았다. 여자의 육체가 본질적인 격렬함으로 상상력을 향해 분출되는 연극처럼 말이다. 물론 연극의 드라마투르기를 대신한 그 여자들의 기상천외한 행위는 제외하고. 티에리 트로켈은 거리의 여자들과도 수없이 잠자리를 했다. 그를 완벽하게 만족시켜준 여자는 한 명도 없었지만. 그는 오랫동안 이런 생활을 한 끝에, 그 육체들이 시각적으로는 영화 속에나 등장할 법한 강렬한 충격을 선사하지만—그 중 몇몇 여자를 보면서는 결코 평범하지 않은 자위행위를 할 수도 있었다—막상 그의 두 팔에 안기는 순간부터는 더 이상 만족을 주지 못한다는 것을 깨달았다. 그는 그 육체들의 물렁물렁한 살이 불완전하고 불균형하며 메스껍다고 여겼다. 그래서 그는 그녀들 대신 자기 마음에 드는 젊은 여자들을 닥치는 대로 벌거벗겨 안았다. 길을 오가다 만난 그 여자들은 아무런 형식도 갖추지 않아도 될 정도로 극히 가벼워 보였기 때문이다. 첫 번째 여자들의 과감한 유혹이 그가 그녀들에게 다가가게 된 이유라는 변명(그는 자신은 깨끗했다고 말했다)이 되어주었다면, 두 번째 여자들(사귄다는 조건을 내걸었던)은 그가 거의 두려움을 느낄 정도로 그를 질리게 했다. 결혼한 지 10년쯤 되었을 때, 티에리 트로켈은 포르노그래피적인 성향을 추구하며 관능적 모험을 일삼던 것을 중단하고 아내의 육체에만 전념하기로 했다. 그런 년에서 그는 운이 좋은 남자였다. 그에게 누구보다 뜨거운 욕망과 아주 생생하고 감각적인 흥분을 불러일으킨 사람은 다름 아닌 아내 실비였기 때문이다. 그는 자주 사무실을 비우고 급박한 욕정에 사로잡혀 아내의 모습을 상상하며 화장실에서 쾌락을 느끼기도 했다. 그는 디지털카메라를 사서는 아내에게 사진을 찍자고 했다. 그녀는 거울을 설치할 때처럼 주저하면서도 그 제안을 받아들였다. 티에리 트로켈은 조심스레 앞으로 나아갔다. 그는 아내에게 성도착자 취급을 받고 싶지도 않았고, 그녀의 기분을 언짢게 하고 싶지도 않았다. 실비는 늘 아주 기묘한 아이디어까지도 빨아들일 준비가 된, 자연스런 협조자였다. 그는 그녀가 샤워하는 모습, 속옷 차림으로 있거나 침대에 누워 있는 모습 등을 찍었다. 조금씩 아주 은밀하게 그녀의 은밀한 부분을 파고들어 세세한 부분까지 나아가며, 그녀의 발과 넓적다리, 짝짝이 젖가슴에까지 포커스를 맞췄다. 티에리 트로켈은 아내가 넓적다리를 벌리고 축축한 손가락을 자신의 질에 넣는 등의 포르노그래피를 모방한 관능적인 행동을 하도록 유도했다. 그는 아내가 카메라 렌즈 앞에서 스스로 즐기도록 만들었다. 티에리 트로켈은 거울을 보며 하는 아내와의 섹스를 계속 즐겼고, 변함없이 아내의 몸을 찍은 사진을 보며 자위행위를 했으며, 서류 가방에는 어린 시절의 잡지들을 꼭 닮은 비밀스런 사진들을 넣어가지고 다녔다. 하지만 집요한 환상은 티에리 트로켈을 끈질기게 괴롭혔다. 그는 마치 자신들이 야외에서 섹스를 하는 것처럼 풍경이 보이게 만들어놓고, 실비에게 자세를 취하게 했다. 그의 이상은 자신이 섹스하는 장면을 전부 다 보면서 섹스를 하는 것이었다. 거울이나 저장된 이미지를 이용하지 않고, 자신을 보면서 동시에 하는 것 말이다. 이것은 카메라를 이용하는 것으로, 거기에서 결과로 나온 장면들이 발전하여 사진과 같은 모습을 갖도록 매우 애썼다. 관건은 섹스를 하다 말고 멀찌감치 떨어져 거리를 유지하는 것이었다. 아내에게서 멀리 떨어져, 그녀가 자기 눈앞에서 오르가즘에 이르기를 기다리는 게 중요했다. 그러면 그는 아내의 다리를 볼 수 있고(평소에는 그의 양옆에 있거나 뒤쪽에서 그의 골반을 죄고 있는 그 두 다리), 두 발을 핥으며 가까이에서 관찰하고, 그것으로 쾌감을 느끼고, 공중에 있는 두 발의 옴폭하게 휜 아치를 볼 수 있을 것이다. 그는 두 사람이 육체적으로 결합되어 있는 상태로 실비에게서 독립적인 이미지를 끄집어낼 것이다. 동시에 존재함? 그는 둘로 나뉘는 능력을 달라고 신에게 기도했을까? 티에리 트로켈은 자기 부부의 섹스에 또 한 쌍의 커플을 끌어들이기로 계획을 세웠다. 상대 남자가 실비를 애무하는 동안 자신은 상대 여자의 몸 속에서 쾌락을 찾겠다는 계획이었다. 그러면 다른 여자의 몸을 안으며 자기 아내의 육체를 바라볼 수 있을 터였다. 그를 흥분시키는 또 한 가지(이 방법의 엄청난 장점인)는 낯선 남자가 자신의 아내를 흥분시킨다는 점이었다. 이 계획을 떠올리는 것만으로도 그는 성적으로 흥분되고 머릿속이 아득해졌다. 그러나 그것을 실비에게 말할 수는 없었다. 아내가 그런 제안을 받아들이기 위해서는 시간이 필요하다는 것을 그는 알고 있었다(그도 마찬가지였다. 모든 환상이 다 그렇듯이, 환상은 그를 끌어당기는 동시에 두렵게 만들었으니까). 티에리 트로켈은 인터넷을 찾아보고(부담이 없으니까), 부부의 성생활과 관련된 에로티시즘 동호인 사이트가 셀 수도 없이 많다는 것을 알게 되었다. 많은 남편들이 아내를 세상에 전시했다. 그의 아내처럼 평범한 아내들이 자신들의 육체를 온 세상에 공개한 것이다. 티에리 트로켈은 아주 흥미진진한 분위기를 만들어내기 위해 며칠을 고심했다. 그는 상업 사이트(포르노그래피에 합당한 몸매를 가진 모델들을 내세워 돈을 받는 사이트)가 아닌 공유 사이트를 택했다. 공유 사이트들을 이용하면 자신이 가진 사진들을 올리고, 남이 올린 사진들을 자유롭게 볼 수 있었다. 그가 좋아하는 사이트는 Watchersweb, Privatevoyeur, Voyeurweb, Worldwidewives, UK-Exhibitionist, Jacquieetmichel.net, Bobvoyeur, Postyourbeaver 등이었다. 그 사이트들에는 복도 끝에 사는 이웃집 여자, 회사 동료, 풍만한 문구점 여점원, 네 아이의 엄마, 피부가 창백한 약사들을 대신하려는 X급 스타들이 존재하지 않았다. 대신 일상에서 쉽게 만날 수 있는 평범하고 현실적인 여자들, 너무 가깝게 느껴져서 놀라울 정도로 평범한 여자들이 있었다. 그 여자들이 아랫도리를 드러낸 채 자신의 젖가슴을 주물렀다. 그녀들은 홀딱 벗고 욕조 가장자리에 앉아 말 없이 웃고 있었다. 그 여자들은 맨체스터 근교에 있는 자기 집 정원에서 벽돌담 뒤쪽을 달렸다. 인터넷 덕분에 티에리 트로켈은 몇 번의 클릭만으로 세계 곳곳 여자들의 사타구니 속을 모험할 수 있었다. 스위스적인 젖가슴, 독일적인 엉덩이, 터키스러운 머리카락, 그리스적인 무릎, 슬라브적인 발목, 텍사스적인 목덜미, 스웨덴스러운 클리토리스, 이탈리아적인 배꼽, 체코틱한 발가락, 멕시코적인 쇄골, 아일랜드적인 항문, 스칸디나비아스러운 커다란 입술, 브라질적인 정액, 리버풀스러운 음부, 슈투트

가르트적인 음부, 바르셀로나틱한 성기, 부다페스트적인 성기와 애틀랜타틱한 성기……. 자신의 몸을 허락한 여자들, 엄마들, 아내들, 여자친구들, 내연녀와 영악한 여자 들이 야만적으로 삼키고 뭉개고 빨아대는 성기를 보도록 허락해주었다. 그들의 육체 뒤로 부엌에 걸린 시계, 아이들의 장난감, 다림질대, 오토바이 포스터 따위가 보였다. 가전제품, 소파의 꽃무늬 덮개, 현관의 기압계, 전등갓, 벽난로 가장자리에 놓인 도자기 동물들, 외투걸이에 걸린 열쇠꾸러미 따위가 일상적인 노출을 맛깔스럽게 만들고, 등장하는 사람들을 놀랄 만큼 친숙하고 상상 가능하게 만들었다. 마이 섹시 와이프(My Sexy Wife). 허니 갈(Horny Gal). 마이 와이프 포 유(My Wife 4 You). 마이 퍼펙트 와이프(My Perfect Wife). 지에프 퍼스트 타임(GF First Time). 눈 속의 샤를린(Charlyne dans la neige). 라틴 애스(Latin Ass). 디바인 베이비(Divine Baby). 와이프 로리(Wife Lory). 케틀린 인 블랙(Caitlin In Black). 핫 인 베드(Hot In Bed). 섹시 서즈 사커 맘(Sexy Suz Soccer Mom). 마이 슬럿 와이프(My Slut Wife). 스트리핑 인 더 우드(Stripping In The Wood). 마이 고져스 45야드 올드 밀프(My Gorgeous 45yr Old MILF). 섹시 팃츠(Sexy Tits). 포유투씨(4U2C). 유케이 밀프(UK MILF). 안나 프롬 프라하(Anna From Prague). 엘스 러브스 투 포즈(Else Loves To Pose). 마이 노티 와이프(My Naughty Wife). 핫 아이리쉬 와이프(Hot Irish Wife). 쉬즈 베리 핫(She's Very Hot). 마이 고져스 와이프(My Gorgeous Wife). 이것들은 인터넷망을 통해 사진을 보낸 파일명으로, 거기에서 남자들은 저마다 자기 아내를 치켜세우며 그녀들의 엉덩이와 가슴, 섹스 스킬, 넘치는 욕정을 찬양했다. 인터넷에서 티에리 트로켈은 모르던 단어 하나를 알게 됐는데, 앵글로색슨어가 기원인 'MILF'란 단어로, 'Mother I Like to Fuck'의 약자였다. 많은 수의 주요 네티즌들이 이 숭고한 개념의 네 글자를 알고 있었다. MILF. 당연히 그는 실비를 MILF 카테고리에 넣었다. 그 또한 아이를 낳은 엄마와의 섹스를 좋아하니까. 가터벨트를 한 가정주부들('섹시 하우스 와이프 인 키트'라는 이름의)이 질 속에 아이의 장난감 막대를 꽂고 있었다. 맘 오브 3의 엄마들은 자신들이 몸달은 창녀라고 밝혔다. 가정주부들(Naughty MILF in Black)은 노골적인 표현으로 자신들을 숭배하기를 원했다. "당신은 나한테 뭘 해줄 거예요?" 폴란드 여자가 물었다. "내 몸에 대해서 어떻게 생각해요? 흥분되나요?" 멕시코 여자가 질문을 던졌다. 툴루즈에 사는 어떤 커플은 이런 답장을 보내왔다. "당신의 글 고마워요. 마리 오딜은 굉장히 감동받았어요(그 이상은 언급하지 않겠다). 그렇게 노골적인 내용으로 계속 그녀를 북돋아줘요." 포동포동하고 하얀 피부에 회색빛 눈동자, 가느다란 머리카락을 가진 독일 여자가 티에리 트로켈의 마음을 사로잡았다. 이 고운 도자기 같은 여자는 둘레가 6센티미터고 길이는 20센티미터나 되는 긴 페니스가 자신의 섬세한 음부로 들어왔던 경험담을 들려줬다. 서른일곱 살 먹은 캐나다 여자는 이렇게 썼다. "나는 섹스를 엄청 밝히고, 지금도 흥분했어요. 나를 향한 당신의 외설스러운 욕정에 대해 알고 싶어요." 쾰른에 사는 한 남자는 이런 내용을 썼다. "내 아내는 자신이 너무 뚱뚱해서 아무도 자기랑 섹스하고 싶어하지 않을 거라고 생각해요. 난 그녀가 대단하다고 생각하는데! 그녀는 내가 만난 여자 중 가장 뜨거운 여자거든요. 그녀의 몸에 대해 어떻게 생각하는지 말해주세요." 많은 여자들이 그 사이트에 들어온 사람들에게 자신들의 사진 위에 사정해달라고 부탁했다. 네티즌들은 자신들의 발기한 사진과 정액 범벅이 된 여자들의 사진들을 다시 되돌려보냈다. "나는 컴 픽스가 좋아요!" 그녀들은 입을 모아 말했다. 티에리 트로켈은 또 하나의 새로운 개념을 알게 되었다. Cum Pics. 정액을 뒤집어쓴 아내들의 사진이라는 뜻이었다. "우리가 보내준 사진들을 보고 있는 당신의 모습을 담은 사진들을 보내주면 고맙겠군요. 카롤의 이 사진들이 당신에게 자위하고 싶은 욕망을 안겨주면 좋겠어요. 카롤은 자신이 당신한테 끼친 영향을 사진이나 동영상으로 확인하고 싶어해요. 특히 배경에 그녀의 사진이 보이게끔 해서요." 티에리 트로켈은 기뻐서 미칠 지경이었다. 그는 이제까지 늘 평범한 여자들을 좋아했다. 평범한 여자들이 자신을 흥분시키는 세밀한 부분이 무엇인지를 알아내는 게 좋았다. 그는 부부간의 성생활을 넘을 수 있을 정도로 강렬한 성교는 없다고 항상 생각했다. 그리고 이제 부부 생활의 상상력을, 그 아름다움을, 섹스의 원천을, 가상의 포르노그래피를 예찬하는 백여 개의 인터넷 사이트를 발견한 것이다! 티에리 트로켈은 그 사이트들에 실비의 사진을 퍼뜨렸다. MILF의 아름다운 다리를. 그는 노골적인 말들과 음탕한 댓글을 요구했고, 자신의 아내가 그들에게 어떤 과감한 행동을 하게 했는지 인터넷 이용자들에게 질문을 던졌다. 티에리 트로켈은 그들에게 엄청난 크기의 성기가 박힌, 정액을 뒤집어쓴 실비의 사진을, 컴 픽스를 다시 보내달라고 부탁했다. 몇 달 동안, 티에리 트로켈은 서류들을 처리하고 과학 원고를 써야 한다는 핑계를 대며 저녁 시간을 사무실에 혼자 틀어박혀 보냈다. 중독이자 탐닉이었다. 그는 아내의 육체에 환호를 보내는 수백 통의 메일을 받았다. 그들은 부부가 함께 찍었거나 남자 혼자서 찍은 사진들을 보내왔다. 후배위 자세를 취한 어떤 아일랜드 여자는 빨간 립스틱으로 한쪽 엉덩이에는 '실비'라고 쓰고 다른 엉덩이에는 '티에리'라고 쓴 다음, 가운데 계곡에는 하트를 그려 보냈다. 이탈리아 여자는 풍만한 젖가슴 앞에서 사랑스러운 플래카드를 흔들었다. "사랑해요, 실비." 그리고 "비 바바라"라고 서명이 되어 있었다. 안토닉스38이라는 사람은 "부인 되시는 분이 정말 섹시하시군요. 더 보고 싶네요. 그녀가 담배를 피우나요? 그녀가 담배 피는 사진을 몇 장 보고 싶어요"라고 보냈다. 발스터라는 사람은 이렇게 썼다. "감각적인 젖꼭지와 환상적인 음부네요. 그녀의 감미롭고 부드러운 음순을 보고 싶어요." 더몬티번스라는 사람의 메시지는 이랬다. "전 맨체스터에 사는 스물여섯 살 청년입니다. 만약 당신이 저와 같은 지역에 사시는 분이라면, 당신이 원하는 걸 제가 해드릴 수 있을 것 같군요." 그리고 이런 결론을 써 보냈다. "난 당신 남편이 절대 해주지 못했던 것을 해줄 거예요. 당신이 진짜 음탕한 여자인 것처럼 말예요." 그녀는 강박적인 팬들의 열렬한 환호를 얻었다. 실비는 서른 명 정도의 남자들에게 무엇과도 비교할 수 없는 환상적인 여신이 되었다. 멜버른에 있는 남자부터 마이애미에 있는 남자까지, 런던에 사는 남자부터 바르셀로나에 사는 남자까지, 멕시코에 있는 남자부터 암스테르담에 사는 남자까지. 마크13에르트는 이렇게 말했다. "음, 정말 감미로운 구멍이네요! 그녀가 항문 섹스를 좋아하나요? 항문 삽입에 진짜 이상적인 여자예요! 그토록 멋진 몸매라니! 그 멋진 음부! 믿을 수 없이 근사한 유방! 난 그렇게 풍만한 가슴을 본 적이 없어요! 몇 시간 동안이라도 그 유방을 물어뜯고 싶네요!" 올리비에TBM은 이런 글을 보냈다. "실비, 당신의 섹시한 보지에 내 커다란 자지를 집어넣을 거요. 당신이 너무 좋아서 비명을 지를 때까지 당신의 커다란 클리토리스를 빨고, 당신의 두툼한 입술을 삼킬 겁니다." M1983y는 이렇게 썼다. "헤이, 실비! 난 스물세 살이고요. 당신의 보지를 핥고 싶어요. 당신이 나를 타고 달리게 하고도 싶고요. 당신은 믿을 수 없이 단단한 내 페니스를 맛보게 될 거예요!" 데르미샤66의 말. "실비, 당신은 그 어떤 아름다운 여인보다 더 섹시해요! 멋진 얼굴, 관능적인 눈, 커다란 입과 완벽한 몸매 모두. 난 당신에게 꽂고 싶어. 내 자지는 크고 단단하고 아주 관능적이야." 남자들이 실비의 사진에 사정을 하고, 그 사실을 증명하는 사진들을 티에리 트로켈에게 보내주었다. 오스카홀란드1978은 이렇게 적었다. "당신의 뜨거운 육체가 너무 좋아요. 당신도 내가 당신의 사진들에 사정하는 이 사진들을 좋아하면 좋겠군요." JMBoMec는 이런 메시지를 보냈다. "나는 실비처럼 털이 많은 음부와 커다란 클리토리스를 좋아해요. 늘 당신 같은 여자와 섹스하는 꿈을 꾸었죠. 당신의 사진을 볼 때마다 발기를 누그러뜨릴 수가 없고 쾌감을 멈출 수가 없어요. 당신 몸에 사정하는 나의 발기된 성기를 볼 수 있도록 사진을 보냅니다. 제발 답장을 해주세요. 당신을 만나기를 희망합니다." 발기된 성기의 모음 사진들이 티에리 트로켈에게 도착했다. 모든 형태의, 전세계의, 모든 구조의 페니스들을 다 모아놓은 듯했다. 짧고, 섬세하고, 예의 바르고, 불그스름하고, 소심해 보이고, 공격적이고, 그야말로 엄청나고, 애원하고 있고, 안으로 휘어 있는 편집증적인 모습들로 자신들의 여신을 찬양하는 오르가즘의 폭발을 이용하여, 강렬하게 실비의 욕정을 일으키려는 페니스들이었다. 티에리 트로켈은 만남을 요구하는 과장된 찬사를 읽으며, 컴퓨터 모니터 앞에서 자위행위를 멈출 수가 없었다. 그는 그 발기한 페니스들이 실비의 입 속으로, 손가락 사이로, 항문으로 들어가는 장면을 상상하며 끊없이 사정을 했다. 이 찬양의 증거들을 아내에게 폭로하고 싶어 죽을 지경이었다. 그녀 역시 인터넷망을 통해 이 은밀한 사진들을 퍼뜨리고 싶어할 것이다. 그녀의 입술을 구걸하는 이 오마주, 이 애가, 흘러내리는 정액, 귀두의 축제들이라니! 티에리 트로켈은 자신들을 만나고 싶어하는 독일인 부부와 친해졌다. 그 부부의 아내 쪽은 실비와 비슷한 스타일로, 실비와 같은 체형에 그녀와 똑같이 하얀 피부, 똑같이 엄청난 넓적다리, 똑같이 부채꼴 모양으로 확 퍼진 털 많은 음부의 소유자였다. 남편은 대단히 굵고 힘 좋은 성기를 갖고 있었는데, 그 크기가 티에리 트로켈을 깜짝 놀라게 했다. 티에리 트로켈이 카타리나(독일인 부부의 아내)를 후배위로 안으면(성기의 마찰을 구실로) 이제까지 한 번도 보지 못했던 실비를 볼 수 있을 것이다. 얼굴 가까이로 그녀의 발목과 넓적다리, 옴폭 파인 두 발이 나오며 간격을 두고 볼 수 있을 것이다. 이 이미지는 단순한 하나의 비전(그의 어두운 상상의 세계에 자리한 연극 장면처럼 강렬하게 부각되는)이 아니라, 아내와 함께 나누고 싶은 모험이었다. 위험 요소가 있다면 무엇일까? 그는 애써 이 질문을 피했다. 그런 상황을 경험하고 싶은 욕망, 기차를 타고 독일인 부부의 자동차에 앉아 숲을 가로지르고 나무와 덤불숲들, 멧돼지들을 보고 싶은 욕망, 숲 속에 있는 그 빈터로 나아가고 싶고, 10월의 어느 날 밤 그를 사로잡고 있는 이 비전에, 이 정신적인 장소에 다다르고 싶은 욕망, 이 모든 것들이 너무나 무모한 모험이 그에게 불러일으킬 불안감을 밀어냈다. 독일인 부부는 자신들의 집을 찍은 사진을 보내주었다. 숲 속에 자리 잡은 저택이었다. "우리는 빨리 당신들, 티에리와 실비가 우리를 만나러 오기를 바랍니다. 우리 넷이 다 함께 멋진 밤을 보내요!" 어느 날 저녁, 마침내 티에리 트로켈이 아내에게 말을 꺼냈다. "맙소사, 티에리! 어떻게 그럴 수가! 당신이 감히! 그건 병이나 마찬가지야! 어떻게 나한테 그런 짓을 하자고 할 수 있어? 변태짓이야! 맙소사, 자기 아내한테 그런 말을 하다니!" 그녀는 울음을 터뜨렸다. 그러나 그는 물러서지 않고 그녀를 설득했다. 그날 이후 그는 규칙적으로 자신의 계획을 아내에게 설명했다. "그건 편집증이야! 당신, 나한테 그런 짓을 하고 싶어? 내가 안 된다고 말했잖아! 싫어, 안 돼!" 그는 그녀에게 게르하르트와 카타리니의 사진을 보여주었다. 처음에는 옷을 입은 그들의 모습을. 그들은 각자 멋지고 세련된 취향으로 옷을 입고 있었다. "친절해 보이네. 이 두 사람 직업은 뭐야?" "전문직이야. 게르하르트는 대기업의 마케팅부 부장이고……." "여자는? 이 여자는 눈이 예쁘네……." "그들이 사는 도시의 종합병원 의사래. 아주 큰 병원이라던데. 그들은 관음증 환자가 아냐. 변태가 아니라고. 잠깐만, 이게 전부가 아냐. 당신한테 보여줄 게 있어……." 그는 그 사진들이 든 파일을 클릭했다. 실비는 충격을 받았다. 게르하르트의 발기한 성기를 그의 아내가 손으로 쥐고 있는 사진이었다. 그리 시적이지는 않지만, 거대하고 단단하며 강해 보이는 물건이었다. "안 돼, 나쁜 짓이야! 당신이 이런 걸 보다니. 어떻게 이런 상상까지 할 수 있는 거야……." "뭐가, 어디에 문제가 있는데?" 티에리 트로켈이 그녀의 말을 끊었다. "너무 크고 역겨워. 혐오스럽다고. 난 싫어……. 난 분명히 거절했어……." "왜, 괜찮아, 별로 크지 않

아. 그렇게 심각하게 생각할 필요 없어. 그저 섹스일 뿐이야. 당신은 나만 바라보면 돼……." "저 여자가 맘에 들어? 저 여자 말이야. 맘에 들어? 정말 저 여자를 원하는 거야? 사실은 그것 때문이지?" "내가 백 번도 넘게 설명했잖아. 이 여자가 누구든 그건 전혀 중요치 않아. 게다가 당신하고 비슷하게 생겼잖아." "그럼 나 없이 혼자 가, 내가 허락해줄게." "당신은 전혀 이해 못 했어, 실비. 내가 보고 싶은 것은 바로 당신이야. 이 여자는 아무래도 상관없어. 나는 혼자 자위할 수도 있다고." "난 모르겠어. 미친 짓 같아. 정신병자 같다고." 그녀는 다시 사진을 바라보았다. "티에리! 우리가 어떻게 그런 짓을 할 수 있어!" 그는 다음 달에 다시 부딪쳐보았다. 그리고 그 다음 달에 또다시. 카타리나는 실비를 만나 친구가 된다면 더없이 기쁠 거라는 메일을 실비에게 보냈다. "한 번만……. 딱 한 번만이야. 새로운 경험으로……." 티에리 트로켈이 말했다. "난 바보가 아니야! 단 한 번이라는 게 말이 돼? 우리는 에샹지스트가 될 거야!" "에샹지스트? 그게 뭔데?" "파트너를 바꾸는 커플들을 말하는 거야. 아주 널리 알려진 거야." 10월 초가 되어 티에리 트로켈이 더 이상 실현불가능하다고 여기고, 자신을 흥분시키는 이 계획에 엑스표를 해야겠다고 생각하는 바로 그 순간에, 실비가 말했다. "당신이 그렇게 원한다면…… 당신이 진짜로 그렇게도 원한다면…… 알았어……."

16

파트리크 네프텔은 일을 했다. 그것만이 자신의 시간에, 자신의 본질에, 황폐해진 자신의 육체에 의미를 부여하는 유일한 방법이었으므로. 그는 자신이 인간 폭탄이 될 수 있기를 바랐다. 슬프게도 작업을 시작한 후로는 그의 성기가 너무나 간단하고 강렬함 없는 즐거움만 맛보게 되었지만 상관없었다. 일을 하기 시작한 후로 그가 어머니에게 가하던 압박이 줄어들었다. 더 이상 어머니에게 욕설을 퍼붓지 않았고, 함부로 대하지 않았다. "늙은 암탉 같으니! 그 눈빛은 뭐야! 꺼져! 얼굴을 박살내기 전에 내 눈앞에서 꺼지라고!" 예전에는 걸핏하면 이렇게 욕을 퍼부어대며 어머니의 얼굴에 재떨이를 던지곤 했다. 그는 공식 성명서를 작성했다. 희생자들의 명단도 만들었다. 그는 침대 위에 적어놓은 **절대 한 번의 공격으로는 운명을 파괴하지 못한다**라는 커다란 글자 사이에 희생자가 될 사람들의 사진을 압정으로 꽂아놓았다. 그는 토크쇼 중에서도 가장 외설적인 생방송 토크쇼에 자신이 초대받는 데에 생각이 미쳤다. 갈색 머리의 디바와 씨를 빼서 우물우물 씹어 먹는 여자가 나왔던 적이 있는 토크쇼였다. 하지만 그는 이내 방송국 사람들은 그리 건성건성 일하지 않으며, 자신이 금속 탐지기 아래를 지나야만 한다는 사실을 깨달았다. 그가 스튜디오로 들어가기도 전에 경비원들이 무기를 빼앗을 게 틀림없었다. 공범을 끌어들일 수 있다면! 수백만 명의 텔레비전 시청자들 앞에서 자살이라는 유일한 해결책으로 끝장을 보아야만 할지 그는 오랜 시간 고심했다. 그가 가장 좋아하는 해결책인 이 방법은 정밀한 드라마투르기의 원칙에 따라 유명인들에게 일시적으로나마 영향을 미칠 수 있었다. 그는 수백만 가정을 가차 없이 산산조각 내고 얼어붙게 할 (시청자들의 인생에 신기원을 이루는 경험이 될 터였다. 어쩌면 그들은 모호한 쾌감을 느낄지도 모른다. 마치 고속도로에서 시체를 보았을 때처럼) 이 살육의 이미지가 인터넷과 텔레비전 채널을 통해 널리널리 퍼지며 적어도 몇 달간은 많은 반향을 얻을 수 있기를 바랐다. 한 시대의 아이콘이 된 9·11 사건이 그러했듯이. 리처드 던이 저지른 실수는 카메라가 비추지 않는 모임을 목표물로 삼았다는 거였다. 사실 어느 누가 텔레비전 생방송 중에 살육을 저지를 생각을 하겠는가? 그것도 대중들에게 잘 알려진 사람들을 표적으로 삼아서 말이다. 파트리크 네프텔이 계획하고 있는 이런 사건은 지구 위 어느 곳에서도, 심지어 미국에서조차 벌어진 적이 없었다. 파트리크 네프텔은 자신이 이 생각을 실천에 옮기기 전에 누군가가 선수를 칠까 봐 불안했다. 그 사건은 얼마나 큰 파장을 몰고 올 것인가! 얼굴에 총알을 맞은 유명인사들. 카메라에 튀는 배우들의 골수. 자신들이 뱉어내는 농담보다는 자신들에게서 쏟아지는 피 때문에 어쩔 줄 몰라하는 구멍 뚫린 코미디언들. 견갑골에 총알을 맞고 방청석을 향해 토끼처럼 달아나는 버라이어티쇼의 여자 가수들. 9밀리미터 구경의 총알은 그들의 두 눈을 뚫고, 턱뼈를 으스러뜨리고, 귀를 찢어버리고, 복부를 꿰뚫고, 붉은 피로 얼룩진 찢어진 옷을 입은 가슴에는 확실한 구멍을 만들 것이다. 그는 영상조정실까지 자신을 안내해줄 야간 당직자가 꼭 한 명 필요하다고 생각했다. 영상조정실에 가면 연출자 한 사람을 제압해서 무대의 주요 장면을 잡은 후 쓰러뜨릴 생각이었다. 파트리크 네프텔은 수첩에 이렇게 썼다. "살육이 일어나는 처음 몇 분 동안의 방송을 프로그램 연출자가 중단시키지 못하게 하는 게 절대적으로 필요하다. 영상조정실은 무대에서 멀까? 그걸 어떻게 알아내지? 방송국으로 잠입한 다음 주변을 살펴볼 것." 그는 몇 달 동안 인터넷에서 희생자처럼 살아가고 있는, 복수심에 불타는 정신 나간 벌레 같은 존재들을 찾느라 시간을 보냈다(블로그, 카페, 포르노 사이트와 미팅 사이트들을 모두 샅샅이 뒤졌다. 동조자를 찾고야 말겠다는 의지 때문에 그는 "지나치게 훈련받은 곡예사"처럼 행동했다). 파트리크 네프텔은 지구상에 그런 인간들이 수천 명은 있을 거라고 확신했다. 행동할 준비가 된 인간들. 그는 음모자들이 모이는 은밀한 감옥에 향수를 느꼈다. 그는 리처드 던과 마찬가지로 결단력 있는 "미치광이들"의 눈부신 마지막을 꽃다발로 장식하기 위해 사람들을 모으는 주동자가 되기로 했다. 하지만 인터넷에서 이슬람교도만이 지옥같이 두려운 위협을 통해 세상을 짓누를 수 있다는 수많은 본보기들을 찾을 때마다, 모두들 그 내용에 만장일치로 동의하는 것을 볼 때마다 그는 화가 났다. "앞으로 다가올 10년은 이슬람교도들의 광기로 얼룩질 것이다. 중동이라는 화약고가 얼마만큼의 파괴력을 가졌는지를 측정하기란 쉽지 않다." 이런 내용을 인터넷에서 읽을 수 있었다. 그러면 나는? 서구의 실업자들은? 자유주의의 희생자들은? 언론을 통해 공개적으로 모욕당한 사람들은? 국가로부터 잊혀진 사람들은? 사회 차별로 인한 소외 계층은? 리처드 던이 절망감에 가득 차 말한 바에 따르면, 파트리크 네프텔 같은 인간들은 전혀 중요하지도 않고 아무도 관심을 갖지 않는다. 역사학자들, 작가들, 저널리스트들, 아랍 세계의 전문가들은 방송을 통해 자신들이 합의한 의견을 중계했다. 이슬람주의자들은 조직망을 갖고 활동하고 공동체를 구성했으며, 자신들의 힘을 집결시키고 위화감을 조성하기 위해 국제적인 시설과 재정 수단을 구축했다. 그렇다면 소비 사회가 낳은 인간쓰레기들은? 파트리크 네프텔은 리처드 던이 벌인 살육 사건 이후, 인터넷에서 불쾌하기 짝이 없는 분석 기사들을 꽤 많이 읽었다. 그 내용에 따르면 "미친 짓을 벌이는 절망에 빠진 사람들"과 "철저하게 실패한 자들"(한 대학 사이트에서 그가 찾아낸 몇 페이지의 글에서 한스 마그누스 엔첸스베르거가 말한 것처럼)은 "오염되지 않은" "불확실한 시동 장치"에 따라 파란만장하고 고립된 인생을 살 수 있는 사람들이었다. "등신 같은 놈들! 그건 너무 쉽잖아! 니들은 기다려도 손해 보는 게 없잖아! 진짜 천치들! 니들은 진짜 천치들을 잊었냐? 너희들이 결과를 두려워하지 않고 우리 아가리를 닫을 수 있어? 이게 가설이냐? 이게 니들을 보호하는 편리한 가설이냐고! 두려움 없이 우리 아가리 닫기! 두려움 없이 우리를 해산시키기! 두려움 없이 지방색 없애기! 두려워하지 않고 우리를 멀리할 수 있어? 두려워하지 않고 텔레비전 무대에서 우리를 욕할 수 있냐고! 아무 두려움 없이 우리한테 건 비용으로 엄청난 돈을 벌어들이기! 두려워하지 않고 남의 일로 돈 벌기! 세금을 안 내려고 아무 두려움 없이 스위스로 도망치기! 너희들을 불안하게 하는 그놈들이 용기가 있는지 없는지 곧 알게 될 거다!" 블로그들. 카페들. 인터넷 공간. 이것들은 파트리크 네프텔이 분노, 혐오, 외로움, 모욕감, 상처받은 경험을 털어놓을 수 있는 끝없는 탑승구였다. 직접적이고 가속도가 붙은 이 정보의 회전은 새로운 공동체들을 만들어내고, 환상적이고 불확실하며 불안하고 즉흥적이고 잡다한 공동체들을 만들 수 있지 않은가? 파트리크 네프텔 역시 인터넷을 이용하여 리처드 던에게 접근하고, 그의 이력을 알아내고, 그에 대한 세밀한 정보와 발췌된 일기, 살육 현장에 대한 묘사를 수집하지 않았던가? 우리는 존엄성을 되찾고, 스스로 가능성을 부여하고, 서로의 반항심을 북돋울 수는 없었을까? 깊이 생각하고 서로 열광할 수는 없었던 것일까? 사회가 보상을 하게 만들고, 효과적으로 사회를 규탄하기 위해 그의 죽음을 이용할 수는 없었을까? 정치적으로 죽는 것이 차라리 낫다! 자기 집 정원에서 플라타너스 가지에 목을 매는 것보다는 리 오스왈드*처럼 역사에 남는 것이 차라리 낫다! 파트리크 네프텔은 인터

---

* 미국 대통령 존 F. 케네디의 저격범.

넷을 통해 자신과 심리적 상황이 비슷한 꽤 많은 사람들과 접촉했다. 그
는 회사가 구조조정을 하는 바람에 쉰 살에 실업자가 된 영국 기술자와
대화를 나누었다. 그와의 대화에서도 파트리크 네프텔이 가장 심하게 원
망하는 대상은 토크쇼에 나오는 유명인들이었다. 영국 기술자는 자신이
다니던 그룹의 주주들을 원망했으며, 특히 파괴적인 구조개혁을 시작한
런던의 투자신탁회사를 욕했다. 빌 프레스턴이라는 그 남자는 채팅창에
이렇게 썼다. "그 개 같은 자식들을 만나기만 하면, 그 자식의 염병할 아
가리를 야구 방망이로 으깨버릴 거야. 내 맹세하지! 감옥에 가도 상관없
어! 내 인생은 이미 끝났으니까!" 그는 벌써 5년째 구직 활동을 하고 있
었다. 회사들의 입장에서는 쉰 살이나 먹은 남자를 채용하는 것이 썩 마
음 내키는 일은 아닐 것이다. "난 정말 유능하고, 소성(燒成) 석회석 분야
에서 내로라하는 실력자인데도 말이지." 그가 파트리크 네프텔에게 하소
연했다. 게다가 그는 자기 고향(그 지역에는 그가 찾는 일자리가 별로 없었
다)에서 멀리 떨어진 곳으로는 갈 수가 없었다. 함께 살고 있는 어머니
(파트리크 네프텔이나 리처드 던과 마찬가지로)가 장애인인데다 질병을 앓
고 있기 때문이었다. 두 번째로 네덜란드 남자, 세 번째로 독일인, 네 번
째로 덴마크 남자, 다섯 번째로 미국인, 여섯 번째로 서른네 살 된 밀라
노 남자가 파트리크에게 고통스러운 속내를 털어놓았다. 그들은 리처드
던이 비밀 일기에 썼던 것과 마찬가지로 자신에 대한 역겨움과 증오를
토로했고, 구역질 나는 똑같은 방식으로 얘기했다. 루이지 리쿼리가 말
했다. "때때로 죽고 싶을 때가 있어요……. 언젠가 자살하지 않을까 싶어
요……." 파트리크 네프텔이 말했다. "때때로 나는 누군가를 죽이고 싶어
요. 텔레비전에 나오는 스타를 실제로 죽이는 거죠. 난 그 염병할 인간들
에게 모욕당했다고 생각해요. 그들의 건방진 행동이 나한테는 욕으로 들
려요." 그러자 루이지 리쿼리는 이렇게 대답했다. "음, 난 잘 모르겠어요.
나는 자살을 생각해보긴 했지만 누굴 죽이고 싶다는 생각은 안 해봤어

요." 빌 프레스턴은 이렇게 말했다. "그래! 해봐요! 근사할 거야!" 파트리크 네프텔이 그에게 물었다. "당신은요? 나랑 같이 텔레비전에 나오는 스타들을 죽이지 않을래요?" 파트리크 네프텔은 9·11 테러와 같이 세계적이고 거대하며 철두철미하게 계획된 화려한 사건을 벌이고 싶었다. 어떤 방송 매체도 무책임한 "미치광이"의 "절망적인 분노"에서 영감을 얻은 "무모한 망상"이라고 떠벌이거나 "고립된 광기"라고 축소·은폐시킬 수 없는 사건 말이다. 며칠 동안 연달아 런던에서, 로마에서, 파리에서, 마드리드에서, 코펜하겐에서, 암스테르담과 뉴욕에서도, 무시무시한 살육이 벌어질 것이다. 파트리크 네프텔은 새로운 공동체라는 낙오자들의 모임을 만들어, 전대미문의 자살 폭탄 테러라는 볼거리를 제공하며 텔레비전 생방송 도중에 기업과 투자신탁회사에서 살육 행위를 벌이고 싶었다. 그러나 로스앤젤레스에 사는 피터 애이어튼은 "파트리크, 넌 좀 미쳤어"라고 말했다. 빌 프레스턴도 마찬가지였다. "당신이랑요? 안타깝지만 난 그런 짓을 할 능력이 없어요." 아무도 그의 계획을 진지하게 생각하지 않았거나 감히 진지하게 생각하지 못했다. "비겁자들! 용기라고는 눈곱만치도 없는 인간들!" 파트리크 네프텔이 컴퓨터 앞에서 소리쳤다. 비겁자들. 겁쟁이들. 사회에 해를 입힐 생각은 꿈에도 하지 못하는 인간들은 자신들을 소외시킨 사회에서 소리 없이 제거된다. 사회는 자신들이 만들어낸 인간쓰레기들을 나누고 고립시키고 칸막이로 분리하고 도려내고 무력하게 만든다. 특히 서구 사회의 중산층은 텔레비전을 이용해, 지속성을 띨 수 있는 사교적 분위기를 만들지 않으려 주의를 기울인다. 분노에 찬 일종의 감시자다. 파트리크 네프텔의 채팅 상대인 낙오자들은 완전히 무너진 삶 속에서 혼자 뒹구는 것에 만족했고, 이제 곧 자살할 거라는 생각이나 하는 게 고작이었다. 사회를 벌하려는 생각을 하기보다는 부엌이나 차고에서, 사람들의 시선을 피해서, 오로지 자신들의 한 몸을 이용해 자살하는 것만 생각했다. 많이 나아가 봤자 이웃이나 친척과 같이 죽으려는 생각을 하는 게 다였다. 파트리크 네프텔은 루이지 리쿼리에게 보내는 메시지에 이렇게 썼다. "당신이 자살하면 이 사회가 진짜로 슬퍼할 거라고 생각해요? 사람들이 눈물이라도 흘려줄 거라고 믿어요? 엿이나 드쇼! 당신이 죽든지 말든지 아무도 신경 쓰지 않을 테니까!" 그날 오후 5시쯤에 어머니가 그의 침실 문을 두드렸다. "네, 들어와요." 그의 어머니가 모자 달린 재킷을 입고 나타났다. "나 나간다. 두 시간 후에 올 거야." "왜 그래, 엄마? 평소에는 나갈 때 미리 말하지 않잖아." "어쩌면…… 네가 외출할지도 모른다는 생각이 들어서……." "어디 가는데? 뭐 하러 가는데?" 그는 34세의 밀라노 남자에게 메일을 쓰던 손을 멈추지 않고 물었다. "르테리에 씨 댁에." "르테리에 씨 댁? 거기 왜 가는데?" "그분이 전화를 했더구나. 토요일 아침에 돌아온다고." 파트리크 네프텔이 엄마의 얼굴을 뚫어지게 바라보았다. "토요일 아침에 돌아온다고? 그사람은 분명히……." "휴가를 단축해야만 한대. 여동생한테 문제가 생겼나 봐. 여동생이 병원에 입원했다던데." "토요일 아침이라고 했어? 하지만……" 파트리크 네프텔은 말을 멈췄다. 그가 무기를 손에 넣어야 할 곳이 바로 르테리에 씨 댁이었다. 그는 르테리에 씨가 다음 달 말까지 집을 비울 거라고 알고 있었다. "떠난 지 닷새밖에 안 됐잖아!" 파트리크 네프텔이 애꿎은 엄마에게 성을 냈다. "그럼 또 언제 떠난대?" "그런 말은 안했어……." 그의 어머니가 대답했다. "엄마가 안 물어봤어? 제기랄! 그가 다시 떠날지 말지를 안 물어봤다는 게 말이 돼!" 그의 어머니가 깜짝 놀라서 그를 바라보았다. "왜 네가 르테리에 씨의 일과를 궁금해 하는 거야?" "엄마는 엄마 일이나 알아서 해. 그 사람한테 다시 전화해서 언제 다시 떠날 거냐고 물어봐." "그는 안 떠날 거야. 내 생각에 그는 안 떠날 것 같아." "하지만 조금 아까 말하기를…… 모른다고 했잖아! 그걸 알아야 된다고. 제기랄, 엄마는 횡설수설이야!" "정확한 날짜는 몰라. 그는 병원에 입원한 여동생을 만나러 돌아올 거라고만 말했어. 그래서 나는 그가 일단 돌아왔다가, 나중에 다시 떠날지 말지 결정할 거라고 생각한 거야." "빌어먹을! 엄마는 트릿해. 항상 그랬다고. 엄마하고 얘기하면 늘 이래. 사실은 아무것도 모르잖아! 자, 가. 얼른 꺼져버려. 르테리에 씨 집에가서 청소기나 돌리라고. 날 귀찮게 하지 말고……." 그날 밤, 엄마가 잠들었다는 확신이 들자 파트리크 네프텔은 르테리에 씨 댁의 열쇠를 들고 그 집으로 갔다. 그는 침실로 들어가, 책꽂이에서 붉은색 표지의 두꺼운 책 뒤에 숨긴 작은 열쇠를 찾아 벽장문을 열고 무기들을 찾아냈다. 기병총 한 자루, 자동소총 두 자루, 탄환들, 포르노 잡지들, 충격적인 몸매를 자랑하는 전 애인의 사진들, 실크스타킹들, 바이브레이터(파트리크 네프텔이 코를 대보았지만 플라스틱 냄새만 났다), 그리고 서류들이 있었다. 갈색 나무로 만든 노르망디 스타일의 촌스러운 금고 속에 그것들이 다 들어 있었다. 파트리크 네프텔은 자기 성기에 실크스타킹을 씌우고 항문에는 바이브레이터를 꽂은 채 여자 사진들 위에서 용두질을 했다. 엄마가 그 집을 청소하느라 두 시간 동안이나 애쓴 것은 전혀 고려하지 않고, 양탄자 위에 사정을 했다. 그리고는 커튼으로 성기를 닦고, 잭 다니엘스를 세 잔이나 마신 후, 옷장에서 찾은 담요로 무기를 싸가지고 집으로 돌아왔다. 파트리크 네프텔은 무대가 어떻게 이루어져 있는지를 알아보려고 인터넷에 접속했다. 과일의 씨를 빼서 우물우물 씹었던 마틸드처럼 멍청한 금발의 여자 코미디언과 개중 가장 저속한 세 명의 남자 코미디언들, 그가 너그럽게 보고 있는 정치인(그는 이 정치인을 매우 좋아했다. 무언가 그의 마음에 드는 부분이 있었다), 그가 증오하는 베스트셀러 작가, 버라이어티쇼에 자주 등장하는 여가수, 잘 모르는 두 명의 남자가 오늘의 게스트였다. 그는 마지막으로 자신의 영국 애인(한 번도 답장을 보내지 않았던)이 인터넷 사이트에 올린 새 사진들을 보며 수음을 했다. 그리고 언론사에 보낼 공식 성명을 마지막으로 다시 한 번 더 읽고, 쉼표를 하나 첨가하고 표현법을 한 가지 바로잡은 후 마지막 문장을 수정하고 컴퓨터를 껐다. 그리고는 침대에 누웠다.

　강당을 가득 메운 청중들이 숨을 죽이고 있었다. 청중들이 각기 지역
별로 무리 지어 앉아 있는 것을 한눈에 알 수 있었다. 일본인 그룹, 인도
인 그룹, 아프리카인 그룹, 시칠리아의 농부들, 텍사스 석유업자 대표단,
좌석의 중간을 메운 중국인들, 강당 정중앙에서 움직이는 눈부신 금발의
향연. 편한 복장을 한 사람들도 있었고, 눈이 휘둥그레질 정도로 세련된
옷차림을 한 사람들도 있었다. 이브닝드레스, 턱시도, 두건 달린 외투, 킬
트*, 가톨릭 신부가 입는 긴 옷, 고위 관직자들의 유니폼, 비단으로 만든
기모노, 터번, 키파**도 보였다. 청중들은 모두들 동시통역을 들을 수 있는
헤드폰을 끼고 있었다. 방청석 뒤에 위치한 유리 칸막이 속에서 14개국
의 언어가, 볼펜과 메모지를 앞에 놓고 집중하고 있는 동시통역사들을
통해 각 나라 사람들의 귀로 전달되었다. "강연에 앞서 한 말씀 드리자면,
저는 이 강연이(만약 여러분 중에 기차표를 예매해놓으신 분이 있다면 주의하
세요) 2005년까지 계속될 거라고 확신합니다(가까스로 귀에 들릴 정도의
작은 웃음소리, 웃음 섞인 한숨 소리가 강당에 퍼졌다). 저는 다양한 질병과 신
경, 섹스, 피, 우리 몸의 기관들, 유머 감각, 기억과 신경질적으로, 유용하
게, 고의적으로, 심리적으로, 철학적으로, 시의적절하지 않게, 상상의 것
으로 연결되어 있으며, 그 자체로 생명력을 갖고 있는 존재이자, 인간이
할 수 있는 악랄한 행위이기도 한 글쓰기에 대해 말하려 합니다. 몸을 구
성하는 각 기관의 행위처럼 시간을 구성하는 그 행위는 현재형입니다."
나는 이 말에 동의의 뜻을 표한, 놀랍도록 뽀얀 우윳빛 피부와 붉은 머리

---

* 스코틀랜드의 고유 의상으로, 남자가 입는 체크 무늬 스커트.
** 유대교 신자들이 쓰는 빵모자.

를 가졌으며 도도하게 빛을 발하고 있는 첫 번째 줄의 40대 여자를 눈여 겨보았다. 그녀는 머리부터 발끝까지 검정색으로 차려입고 팔뚝은 맨살로 드러냈으며 머리에 앙증맞은 모자를 쓰고 크리스털 잎사귀로 장식된 모슬린 샌들을 신었다. 두 다리의 풍만한 살집을 찬양하라는 듯 그녀가 다리를 꼬았을 때, 나는 그녀가 반짝반짝 빛나는 줄무늬 실크스타킹을 신었다는 것을 알 수 있었다. 나는 샌들 바닥이 빨간 것을 보고 그것이 크리스티앙 루부탱의 신발이라는 것을 알아차렸다. "제 책들에 대해 말씀 드리자면, 제가 다루는 주제는 위기와 충동, 위급함, 섹스, 폭발, 육체, 탈선, 배설, 중독, 절망으로만 한정되어 있습니다. 저는 공증인과 비교될 정도로 냉정한 작가들의 부류에는 속하지 않습니다. 그런 작가들은 글쓰기가 자신들의 사회적 역할, 문화, 위상, 지성, 경력의 연장이라고 생각합니다. 저는 예의 바르게 구성하듯 책을 쓰지는 않았습니다. 인간이길 원하는 저의 존엄성을 정화하길 바라며 책을 쓰지도 않았지요. 제 마이너스 통장의 잔액을 보고 의뭉스러운 미소를 던지는 은행 여직원이 옳다는 것을 인정하기 위해 글을 쓴 것도 아닙니다. 무질서와 악덕, 패륜, 긴급함, 광기를 위해 썼지요. 저의 은행 계좌는 미치광이의 것입니다. 제가 거래하는 은행의 직원은 정신이상자와 마주하고 있기라도 한 것처럼 극도로 흥분해서 자판을 두들깁니다. 저는 바닥을 기고 스며들고 우글거리고 누를 끼치고 비명을 지르고 강간하고 저 자신을 강간하고 저 자신에게 칼질을 하며, 살인자로, 마약 중독자로, 테러리스트로, 간질병 환자로, 국경을 넘는 도망자로 변신합니다." 오후에 막 접어들었을 무렵 나는 제노바에 도착했고, 크리스토포로 콜롬보 공항에서는 젊은 여자 세 명이 나를 기다리고 있었다. 정확하게 말하자면 그 여자들은 짐들과 사람들이 나오는 홀에서, 의심 많은 세관원들의 감시 아래 마중 나온 사람들을 만날 수 있는 유리문 뒤에 서서 나를 기다리고 있었다. 사흘 동안 자란 수염, 위선적인 외모, 포주가 입는 것같이 몸에 꼭 맞는 긴 망토, 음모자의 유죄를 눈치 채게 만드는 꿈꾸는 듯한 표정은 내 앞에서 비틀거리며 걸어가는 로커보다는 세관 관리들의 흥미를 덜 끌어, 나는 그들이 그 로커에게 몸을 던지는 광경을 즐길 수 있었다. 나는 '라인하르트 씨'라고 쓴 피켓과 탐스러운 장미꽃다발, 가죽 서류 가방을 들고 있는 그녀들을 한눈에 알아보았다. "반갑습니다." 그들 중 한 여자(피켓을 든 여자)가 이탈리아식 억양으로 말했다. "여행은 즐거우셨어요? 선생님께서 묵으실 호텔로 안내해드릴게요." 태양. 부드러운 공기. 파란 하늘. 세 명의 대사관 직원들 중 제일 나이 많은 여자가 세련된 외교 능력을 발휘해 프랑스의 상징 마크가 붙어 있는 자동차를 운전했다. 그녀는 세 개의 백미러로 앞뒤를 확인하고 신속하게 깜빡이등을 작동시키며, 브레이크도 밟지 않고 속도를 늦추고는 비켜서는 운전자들에게 손으로 예의 바른 신호를 보냈다. "운이 좋으시네요. 정오까지만 해도 비가 왔거든요. 구름이 걷힌 지 한 시간밖에 안 됐어요." 세 여자 모두 인상이 좋았다. 운전을 하는 여자를 제외한 나머지 두 명의 여자들은 학교에서 돌아오는 길에 명상에 빠진, 규율을 잘 준수하는 소녀들처럼 뒷자리에 앉아 안전벨트를 단단히 매고 있었다. 나는 그녀들이 건네준 장미꽃다발과 가죽 서류 가방을 무릎 위에 놓고 앉아 있었다. 서류 가방 속에는 도토레 지안 카를로 델카레토가 보낸 환영한다는 내용의 편지와 축하 행사의 프로그램, "선생님께 유용할 거"라던 제노바의 지도, 주최자 측의 전화번호가 들어 있었다. "필요한 경우가 생기면 주저하지 마시고 그 전화번호를 사용하세요"라고 젊은 여자들 중 한 명이 말했다. 그녀는 키가 작고 피부가 창백했으며, 자신의 얼굴과는 잘 어울리지 않는 돋보기 안경을 끼고 있었다. 꼭 파리 눈처럼 보이는 안경이었다. 그녀는 나를 뚫어지게 바라보았다. "잊지 않을게요." 내가 대답하자, "댁에 계실 때처럼 편하신 시간에 전화를 거시면 됩니다"라고 그녀가 미소를 지으며 말했다. 강당을 가득 메운 범세계적인 청중들은 귀기울여 내 말을 들었다. 나는 내가 쓴 짧은 이야기를 언급하며 계속 이야기했다. "그것은 티에리 트로켈의 이야기였습니다. 아내를 너무나 사랑하고, 그녀의 육체를, 다리를, 미소를 너무나 사랑했던 남자의 이야기였어요. 그는 아내를 떠올릴 때마다 욕정을 참지 못하고 자위를 하곤 했지요. 티에리는 공공사업과 관련이 있는 석회 생산 회사에 다녔는데, 하루에 여섯 번씩 경영단의 사무실이 있는 5층의 화장실(그는 그곳이 가장 안전한 장소라는 걸 알고 있었거든요. 경영단은 비디오 게임에나 등장하는 아바타 같은 인간들이어서, 여비서들이나 경리사원들과는 달리 좀처럼 장을 비우는 일이 없었거든요)로 들어가 문을 잠갔어요. 그리고 자신을 사로잡는 음탕한 충동에 복종했죠. 그는 회사 화장실의 크림색 벽에 대고 하루에 여섯 번씩 쾌락을 느꼈어요. 저녁 때 집으로 돌아와서는 너무나 매력적이고 섹시한데다 자기 마음대로 할 수 있는 아내를 다시 만났죠. 그런데 우리 이야기의 주인공은 더 이상 그녀와 섹스를 할 수가 없었어요. 그는 회사일로 고민스럽고 편두통까지 있다는 핑계를 댔죠. '내가 고안해낸, 새로 개발한 석회가 제 구실을 하지 못했어.' 그가 속옷차림의 아내에게 말했어요. '내 계산 때문에 지난밤에 한국에서 다리가 무너졌어.' '당신 계산 때문에?' '응, 화학적 계산이지. 그 계산으로 나온 석회가 점토질 땅에서 잘 반응하지 않았어.' '그렇다면 여보, 당신이 어떻게 해야 해?' '계산을 다시 해야지. 실험도 다시 하고. 가서 자요.' 그가 할 수 있는 유일한 일은 이불 속으로 들어가 아내를 만나기 전에 일곱 번째 자위를 하는 겁니다. 젖먹이의 피부처럼 연한 살덩어리가 길게 늘어나면서 얻어지는 슬프게도 조합적이고 도식적인 흥분. 결말은 정액 세 방울이 조그맣게 맺히는 우스꽝스러운 장면이죠." 내 눈 아래에서 웃음이 번지는 강당이 잠깐 동안 산들바람으로 물결치는 밀밭처럼 느껴졌다. 나는 *부부간의, 젖먹이, 살덩어리, 우스꽝스럽게도* 등의 단어를 스페인어로, 포르투갈어로, 중국어로, 아이슬란드어로, 일본어로, 이탈리아어로 통역하는 통역가들이 유리벽 뒤에서 웃겨 죽는 모습을 보았다. 나는 장내가 진정되기를 잠깐 동안 기다렸다. "이 짧은 이야기는 글쓰기의 우화적 표현입니다. 글을 쓰는 동안 하루에 여섯 번씩 쾌감을 느끼는 작가의 탈진 상태를 그린 것이지요. 몇 줄을 더 써야 하는 작업을 끝으로 하루를 마감할 때면 기진맥진하는 작가의 모습을 그린 거예요. 특히 단호한 선택을 해야 할 때, 사물 그 자체보다 오히려 사물의 이미지를 즐겨야 하는 단호한 선택, 오 얼마나 의심스러운지. 작가는 과연 선택을 했을까요? 단호한 선택을 했을까요? 작가는 불손한 복슬강아지입니다." 박수갈채가 강당을 뒤흔들었다. 석유 사업자들은 즐거운 마음으로 모자를 벗어 들고 흔들었다. 첫 번째 줄의 빨강머리 여자도 자리에서 일어났다. 나는 그녀의 투명하고 음악적인 두 팔이 출렁이며 전율하는 것을 보았다. "자, 여기예요." 자동차를 운전했던 여자가 내 앞에서, 급사가 방금 문을 딴 호텔 방문을 밀며 은혜를 베푸는 기쁨에 차서 말했다. "방이 선생님 마음에 들었으면 좋겠어요. 이 방은 브리스톨 팔래스 호텔에서 단연코 가장 위엄 있고 역사적인 허니문용 스위트룸입니다." 나는 세 명의 대사관 여직원들을 따라 방으로 들어갔다. 여러 개의 긴 의자들과 안락의자들, 낮은 탁자 하나, 장관이 쓰는 것 같은 책상, 능직물 벽지 무늬가 비치고 에나멜 부츠처럼 빛나는 그랜드 피아노, 벽을 장식한 여러 점의 그림들, 방을 4등분하는 꽃다발들이 있었다. "침실은 바로 옆에 있어요." 어릴 때부터 지금까지 쭉 그렇게 살아왔을 것처럼 보이는 커다란 파리 눈을 한 젊은 여자가 놀라서인지 눈이 부셔서인지 눈을 휘둥그렇게 뜬 채 말했다. 나는 그녀의 짧은 손가락이 가리키는 대로 이중으로 열린 문 쪽으로 갔다. 천창 아래에 인상적인 크기의 침대가 있었고, 그 침대 위에서라면 마음껏 흥분할 수 있을 것 같았다. "선생님께서 이 기상천외한 장치를 유용하게 잘 사용하셨으면 좋겠네요!" 세 여자들 중 두 번째 여자가 크게 웃으며 농담을 했다. 급사가 그 웃음소리를 듣고 흠칫 놀랐다. 농담을 한 여자는 키가 크고 여성적인 굴곡이 있으면서도 호리호리한 몸매를 갖고 있어서 마치 여자 마술사나 곡예사 같아

568

보였는데, 나이는 좀 있는 것 같았다. 그녀는 가느다란 줄 위에서 걷거나, 달리는 암말의 등 위에 앉아 균형을 잡고 있는 것 같은 느낌을 주었다. "알렉산드라……. 우린 이제 갑시다, 가요." 자동차를 운전했던 여자가 상황을 수습하려 했다. 뒤쪽으로 물러나 있던 곡예사는 나를 향해 공중에서 반 회전 돌아서서 웃었다. "죄송해요. 죄송합니다. 하지만 침대가 너무 재미있어서요." "그렇게 틀에 박힌 방식으로 무슨 말을 하고 싶은 건데?" 아페리티프 시간에 거실의 긴 의자에 누워서 마고가 물었다. "난 틀을 말하고 싶은 거야. 내가 믿는 틀. 뭐라고 해야 하나, 위험한 틀에 대해 필요한 설명을 했어. '위험한'은 적절한 단어가 아니지. '진정할 수 없는'도 아니고. 철학자들이 이해하는 의미의 틀 말이야." "철학자들이 이해하는지 당신이 어떻게 알아?" "빈정대지 마. 난 개념을 얘기하고 싶은 거야. 여러 가지 양상의 개념. 미래를 전망하는 틀. 틀을 구성하는 개념적인 구조. 틀도 정확한 용어는 아냐." "당신은 애매모호해. 강연을 하기 전에 당신 자신이나 확실하게 하라고!" 나는 그 호텔 방 벽에 똑바로 걸린, 위압적인 그림을 한 점 발견했다. 17세기의 그림으로, 오래돼서 유화 물감이 갈라졌으며 황금빛 종이로 된 액자에 끼워져 있었다. 중앙에는 화려한 의상을 입고 가발을 쓰고서 밀담을 하고 있는 세 명의 인물이 있고, 여러 명의 보조적 인물들이 그들을 둘러싸고 있는 그림이었다. 항아리처럼 커다란 안경을 낀 젊은 여자가 몸을 돌리더니 나를 뚫어지게 쳐다보며 말했다. "1684년, 제노바의 총독은 프랑스의 적국이었던 스페인에 갤리선을 제공하면서 루이 14세에게 대항하는 실수를 저질렀어요. 게다가 생-톨롱의 기사였던 프랑수아 피두라는 프랑스 사절에게 무례를 범하기까지 했지요. 프랑스 국왕의 명령을 받은 해군 재무관인 세넬리 후작은 아브라함 뒤케스네스 군대의 사령관을 대동하고 제노바 원정대를 조직했어요. 우리 마을은 잔인한 폭격을 견뎌야 했죠. 그리고 1685년 5월, 제노바의 총독은 결국 항복하러 베르사유에 가게 됩니다." 그녀는 손가락을 뻗어 그림을 가리켰다. 이로 물어뜯은 자국이 있는 짧은 손톱이 고위 관리의 모욕적인 무릎뼈 위를 찍었다. "총독이 거울 회랑에서 루이 14세 앞에 무릎을 꿇고 있는 모습입니다." "안나-마리아 씨는 도서관 사서랍니다." 자동차를 운전한 여자가 설명했다. "마음에 드세요? 이 스위트룸이 선생님께 잘 맞을까요?" "왕자가 된 것 같은데요. 총독에게나 어울리는 극진한 대접을 해주셔서 감사합니다." "저기에는 초콜릿과 과일 젤리, 잼이 조금 마련되어 있어요." 뒤로 물러선 곡예사가 덧붙었다. 나는 서랍장 위 비단 쿠션 위에서 로고가 친숙한 열쇠고리를 발견했다. 알파 로메오 로고였다. "자동차 열쇠예요. 차의 뚜껑을 여닫을 수 있는 쿠페를 렌트했어요." 자동차를 운전했던 여자가 친절하게 설명했다. "차는 호텔 주차장에 있어요. 차를 타고 외출하고 싶으시면 출구에 있는 관리인에게 말씀하세요. 오늘 밤에라도 나가고 싶으시다면요." "나는 서로 아무 관계도 없는 요소들을 그물로 연결할 거야. 그것들을 모으는 개념적인 구조의 유일한 힘으로 함께 유지될 요소들이지. 마치 계산용 소프트웨어 같은 거야. 자화상을 만들어내는 수학적 소프트웨어 같은." 마고는 한 손에 캄파리*가 든 잔을 들고 나를 향해 미소 지었다. "이제 좀 이해하기 시작했어." "내 작업에서 시간이 얼마나 중요한지 당신 알지? 특히 현재가." "응, 알아." "또 여자의 발이 얼마나 중요한지도 알지? 특히 당신 발." "그것도 알아." "따라서 당신은 구두가 얼마나 중요한지 알 거야. 특히 크리스티앙 루부탱의 구두. 또 여왕의 기본적인 중요성도 알지? 특히 나의, 나만의 여왕." 검은 모슬린 샌들을 신고 불쑥 일어선, 쉽게 상상할 수 없을 정도로 흰 피부를 가진 거대하고 벌거벗은 첫 번째 줄의 여자가 몬테베르디의 〈라멘토 델라 닌파〉를 아카펠라로 막 시작했다. 그녀는 분홍색 매니큐어를 칠한 통통한 손 하나를 피아노 위에 올려놓고, 다른 한 손으로는 긴 의자

---

* 이탈리아에서 생산되는 붉은 리큐어. 식전주로 애용된다.

위에 벌거벗고 누워 스카치 잔을 들고 있는 나를 가리켰다. 분홍빛 손톱. 손톱이라는 재질로 강조된 피부의 분홍빛. 붉고 굵으며 구불구불한 그녀의 머리카락이 빛나는 어깨 위로 폭포처럼 흘러내려와 있었다. 흰색과 붉은색, 창백함과 충만함, 비물질적인 것과 선동적인 것의 두 가지 뉘앙스들의 대조가 어둠 속에서 폭발한다. 그녀의 입술에서 베니시앙의 슬픈 노래가 솟아올라 흘러넘치자, 손톱처럼 분홍빛으로 빛나는 시선, 그 흐릿한 시선 때문에 생각에 잠긴 듯이 보이는 풍만하고 활짝 핀 젖가슴이 사람들의 물결로 출렁대며 들린다. 그녀는 나의 두 눈을 삼킨다. 눈가에 맺힌 눈물이 그녀의 두 눈을 더욱 빛나게 한다. 그녀는 입술을 '오' 모양으로 벌리며 내게 미소 짓는다. 그녀는 나만을 위해 가슴을 에는 시를 낭독한다. 나를 매혹시킨 초록빛 시선은 가을밤처럼 짙다. "이 이름에 어울리는 모든 틀, 즉 시스템 말이야. 철학적이거나 기계적인 내 시스템은 하나의 시선을 포함해. 가상의 시선, 이론적인 시선, 견고한 관점 말이야. 관찰자의 눈의 위치가 중요한 초상화처럼. 경우에 따라 이 관점은 팔레루아얄에 있는 느무르 카페의 테라스에 앉아 있는 관찰자의 시선이 되기도 하지." 나는 마고가 잠시 침묵을 지키는 것을 바라보았다. 내 설명을 듣는 동안 그녀의 얼굴이 미세하게 떨렸다(지루해서 그런 것일까? 아니면 불안이나 의심 때문에?). "지루해? 나를 걱정하는 거야? 의심스러워?" "전혀 아니야. 계속해. 듣고 있으니까." "음, 자 그럼. 그걸 신데렐라 시스템이라고 해. 이 시스템의 결과로 꽤 많은 수의 불안한 정신적 자화상이 형성되는 거지. 이 시스템이 수천 가지 방식으로 연결될 운명에 놓인 기본적인 요소는 다음 것들이야. 아주 폭넓은 목록이지. 팔레루아얄. 가을. 신데렐라. 무도회장. 구두. 공간. 시간. 현재. 황홀경. 연극. 여자. 여왕. 순간. 우아함. 춤. 마술. 마법. 변화. 저 너머. 저 너머를 대체할 만한 다른 곳. 광장에서부터 팔레루아얄의 정원에 이르기까지, 길을 열어주는 돌 같은 쉼표를 통해 내 시스템에서 상징화되어, 영역 밖에 세워진 이 공간을 향해 모든 것이 한 점으로 모이는 거야. 이 시스템은 나의 축소판이기도 해. 이 시스템이 내가 누구인지를 알려주지. 나는 제노바의 청중들에게 내가 누구인지 말할 거야. 그들 앞에서 이 개념적인 작은 시스템을 작동시키면서 말이야. 내가 나열했던 이 요소들은 서로 맞물린 채 운동장에서 뛰어노는 초등학생들처럼 즐겁게 놀아. 다른 곳이라는 의미는 신데렐라에서 나온 거야. 해방과 빛에의 도달(〈브리가둔〉과 〈구멍〉에서 언뜻 본 것처럼)은 신데렐라에서, 그리고 퍼져가는 여왕의 형태에서 나온 것이지. 신데렐라는 무도회장에서 나온 거고. 신데렐라의 사륜마차는 장 미셸 오토니엘의 지하철 입구에서 나온 거야. 무도회장은 광장에 있는 일곱 개의 가로등에서 나왔지. 가을 역시 무도회장에서 나왔어. 가을이라는 공간과 신데렐라의 무도회장이라는 공간은 완벽하게 일치해. 황홀한 기하학적인 검증을 이용하여 그것들의 투명성을 포개는 것은 팔레루아얄의 광장이야. 마법은 가을에서 나온 거야. 또 신데렐라에서 나온 것이기도 하고. 〈구멍〉은 팔레루아얄 근처에 있는 내 지하실에서 나온 거야. 페르세포네도 팔레루아얄 근처의 내 지하실에서 나온 거지. 가을은 페르세포네에게서 나온 거고. 시간은 역시 신데렐라에서 나온 거지. 절대는 한밤중으로부터 나온 거야. 현재라는 시제는 프랑스 국립극장에서 나왔어. 다른 곳이라는 의미는 돌 같은 쉼표에서 나온 거고. 춤, 우아함, 순간은 대로의 끝, 오페라 극장에 있는 프렐조카주의 스튜디오에서 나왔을 뿐만 아니라, 연극의 한 장면처럼 강한 인상을 준 팔레루아얄의 광장에서도 나왔어. 〈브리가둔〉은 무용을 통해 나왔고. 신데렐라의 구두는 크리스티앙 루부탱을 통해 나왔지. 당신도 크리스티앙 루부탱의 사무실이 팔레루아얄에 있다는 걸 모르지는 않을 거야. 여왕은 팔레루아얄에서 나왔어. 여왕은 메디아에서 나오기도 했지. 크리스티앙 루부탱의 구두들은 별들의 뾰족한 부분에서 나온 거고." 엄청난 박수갈채와 함성이 강당을 뒤덮었다. 행복과 감동으로 얼굴이 붉게 달아올라, 자리에서 일어선 채 손바닥을 마구 두드리며 뺨에 흐르는 깨달음의 눈물을 닦아내는 첫 번째 줄의 별같이 반짝이는 빨강머리 여인이 보였다. 나는 메모와 도표 들로 뒤덮인 종이에서 눈을 떼고 고개를 들었다. 수많은 청중들의 얼굴을 밝히는 환한 미소들과 동감하여 끄덕이는 고갯짓들, 끊이지 않는 박수 소리가 겁나게 나를 도취시켰다. "다른 예를 더 들어야 해?" 내가 마고에게 물었다. "계속 이 시스템을 열거했으면 좋겠어?" 마고는 캄파리를 한 잔 더 마시려고 자리에서 일어났다. "다른 끝이 있을까? 당신은 어떤 끝을 원해? 당신이 골라봐." "한 잔 줄까? 캄파리 마실래?" "응, 그래." 난 자리에서 일어나, 잔을 가져오기 위해 부엌으로 갔다. 브리스톨 팰리스 호텔의 관리인이 나에게 알파 로메오 자동차의 열쇠를 내밀었다. "차는 문 앞에 있어요. 수고스러우시겠지만요." 창밖으로 보이는 풍경은 너무 멋졌다. 나는 차의 뚜껑을 완전히 열어젖히고, 새벽 4시의 적막한 분위기와 반짝이는 별빛에 둘러싸인 채 보름달의 감시를 받으며 바다가 있다고 느껴지는 어두운 낭떠러지 위 절벽길을 달렸다. 믿을 수 없이 부드러운 바람이 우리를 스쳤다. 여자 청중의 머리카락이 그녀의 화려한 미소 위로, 어두운 밤에 물결치는 붉은 불꽃처럼 너울거렸다. 그녀가 나를 바라보았다. 우리가 따라 달리는 긴 도로의 풍경 속에 드러난 여가수의 놀라운 가슴, 그리고 머리가 돌아간 인형처럼 나를 향해 고개를 돌린 얼굴, 그녀는 내 옆에서 신의 섭리가 작용하는 존재감으로 특이한 분위기를 조성했다. 그녀의 이 고정된 행위는 지속성의 원칙을 구현하는 것 같았다. "나는 당신의 신데렐라 얘기가 맘에 들어요. 남자가 그토록 섬세하고, 그토록 보편적인 여성적 형상을 구현한다는 건 쉬운 일이 아니거든요." 그녀는 뱃속에 녹음기가 장착된 황후 인형처럼 말했다. 나는 그녀의 입술이 나에게 들리는 말과는 약간 다른 모양으로 움직이는 것을 보았다. 마치 더빙이 잘못된 영화처럼. "당신이 신데렐라라고 이름 붙인 그 시스템이 완벽하게 작동하네요. 지성으로 누릴 수 있는 희열이지요! 그 시스템은 정밀한 메커니즘과 관련된 순수한 경이로움이에요!" 술병에서 흘러나온 리큐르가 찰랑거리며 내 잔으로 들어왔다. 나는 탁자 위에 병을 놓고 마고 옆의 소파에 앉았다. "그게 제노바에서 강연할 얘기야? 석 달 전부터 그 주제를 붙들고 씨름하고 있었던 거야?" "그래, 이 주제에 대해서 석 달 전부터 작업한 거야." "당신은 그렇게 생각하지 않았어……." 마고는 대담하게 입을 열었다. "내가 하고 싶은 얘기는…… 그래야만 하지 않을까?" "우리는 어디로 가는 걸까요? 어떤 미지의 장소로 흘러가는 걸까요?" 내가 조수석에 앉은 여자에게 물었다. 계속 불꽃 모양으로, 자동차 엔진의 분사구에서 빠져나온 가스 때문에 불꽃의 형태로 머리카락이 날리는 그녀가 나를 뚫어지게 바라보았다. 여가수의 압도적인 젖가슴이 달빛을 받아 새하얗게 빛나며 우리가 나아갈 방향을 단호하게 가리키는 것 같았다. "당신은 정말로 내가 당신을 데려가기를 바라나요?" "난 가을 다음에 또 가을이 끝도 없이 이어졌으면 좋겠어요." "당신 정말로 아까 한 내 얘기에 대해 깊게 생각한 건가요?" "난 피곤해요. 지쳤어요. 오늘 저녁, 가을의 이 마지막 순간들이 날 너무 행복하게 하네요. 이것은 내가 초등학교 3학년 때부터 근육을 만들려 애쓴 꾸준한 노력과 같은 거예요. 초등학교 3학년 때, 난 손잡이 비슷한 것을 손에 넣고는 그날부터 꾸준히 그 손잡이로 연습을 했어요. 영원히 지속되는 것은 바로 그 순간이고, 그것이 내 인생이라고 말할 수 있죠. 지금의 나는 여덟 살 때의 나와 똑같아요. 전혀 변하지 않았어요. 똑같은 두뇌, 똑같은 의식, 똑같은 생각, 똑같은 희망과 힘, 똑같은 두려움, 똑같은 나약함, 똑같은 통찰력, 뭔가를 결심하게 하는 똑같은 내부의 빛. 지속성의 어마어마한 원칙. 거리를 걷는 여덟 살 때의 내 모습이 보여요. 나는 나 자신에 대해서 생각하죠. 아주 명확하게 기억이 나요. 나는 그날 내가 어디에 서 있었는지 그 장소로 당신을 안내할 수도 있고, 그날 내 머리에 떠오른 생각과 감정이 어떤 것이었는지도 정확하게 얘기할 수 있어요. 바로 오늘과 똑같아요. 어떤 종류의 단절도 나에게서 그것을 분리하지 못해요. 그 시기부터 계속되는 항상 동일한 긴장, 동일한 노력이죠. 나는 이제 손잡이를 놓고 싶어요." "그럼 갈까요?" 꼼짝 않고 조수석에 앉아 있는 여자가 말했다. "나 자신에게서 벗어나고 싶어. 누구나 이 말이 무슨 뜻인지 이해할 겁니다……. 나를 어디로 데리고 가는 거죠?" "아무도 알지 못하고 지도에도 안 나와 있는 곳으로요. 계속 내가 살았고, 나의 부모가 내게 물려준 땅이죠." "그곳을 벗어난 적이 한 번도 없어요? 그런데 누가 우리를 쫓아오는 것 같아요." "물론 벗어나봤죠. 여행도 하고 틈 사이로 끼어들기도 하고, 공간을 팽창시키기도 했으며, 날기도 하고 멀리 퍼지기도 하고 밀어내기도 했으며, 순간을 키우기도 하고, 기적 같은 순간 속에서 시간을 뛰어넘기도 했죠. 그런데 누가 우리를 쫓아온다고요?" 첫 번째 줄에 앉았던 창백한 여자가 몸을 돌리지도 않고 인형이 머리를 돌리듯 알파 로메오가 지나간 자리를 향해 고개를 획 돌렸다. "네, 당신 말이 맞아요. 우리 뒤에 자동차가 한 대 있네요. 하지만 저 차가 우리를 쫓아오고 있다는 걸 어떻게 알죠?" 나는 백미러를 계속 주시했고, 내 눈에 뭔가를 탐색하는 듯한 빛, 작은 다이아몬드처럼 반짝이는 재규어의 둥근 헤드라이트가 들어왔다. "제노바에서부터 우리를 쫓아왔어요. 브리스톨 팰리스 호텔에서 출발했을 때부터요." "음, 그럼 우리 속도를 높여요. 가속 페달을 밟아요." 주의의 풍경이 전속력으로 우리를 스쳐 지나갔고, 어둠 속에 배치된 어마어마한 수의 환풍기들이 우리의 머리카락에, 우리의 얼굴 위에, 우리의 옷 위에 폭풍우처럼 강한 회오리바람을 일으켰다. 페달에 힘을 줄 필요도 없이 자동차의 속도는 점점 더 빨라졌다. 속도계의 바늘이 계기판 유리 안에서 정밀하게 시속 150, 160, 170, 180킬로미터로 올라가는 것이 보였다. "당신은 그 강연회의 원고를 전통적인 방식대로 쓸 생각이 없는 거야?" "그들이 아직도 계속 쫓아와요?" 첫 번째 줄의 여가수가 나에게 물었다. "계속 우리를 쫓아와요? 아니면 그들을 따돌렸나요?" 도로에 갑자기 나타나는 모퉁이를 돌 때마다, 네 개의 둥근 헤드라이트가 잠깐씩 백미러에서 사라지곤 했다. 그리고 재규어가 다시 나타날 때마다 자동차의 크기가 점점 작아졌다. 둥근 네 개의 헤드라이트는 이제 밝은 점이나 빛나는 못, 별빛보다 작아졌다. "그런 것 같아요. 우리가 그들을 따돌렸어요. 전통적인 방식이라고?" 우리는 날았다. 우리는 도로 위로 미끄러졌다. 우리는 황홀경에 빠진 것처럼 아무 생각도 없이 모퉁이들을 하나씩 주파했다. "당신의 신데렐라 시스템은 약간 위험해. 굉장히 좋긴 하지만 약간 위험한 게 사실이야. 좀 고전적인 강연으로 만족할 수도 있지 않을까? 그렇게 생각하지 않아?" 나는 소파에서 일어나 키 작은 탁자에 잔을 놓고 부엌으로 갔다. 아주 짧은 순간, 도로의 가장자리에서, 빛의 방울에 갇힌 검은 옷을 입은 마고와 아이들의 모습이 언뜻 눈에 띄었다. 도나시앙은 경찰차를 들고 놀고 있었고, 레오나르도는 손수건에 얼굴을 묻고 있었다. 지금 가볍게 나를 할퀴며 아라베스크 무늬를 그리는 첫째 줄 여자의 분홍빛 손톱이 뺨에 느껴진다. 백미러에는 이제 아무것도 보이지 않는다. 변덕스럽게 이리저리 꺾이던 도로도 이제는 곧게 뻗어 있다. 밤은 광대하고 별처럼 반짝이며 관대하고 향기롭다. 비스듬히 경사진 자동차 앞유리 너머로 레몬의 이미지가 점점 풍성해진다. 내 옆에 앉은 가수 겸 붉은 머리를 가진 이탈리아 여왕은 여전히 나를 뚫어지게 바라보고 있다. 나는 운전대에서 손을 떼고 그녀의 눈부신 얼굴을 어루만진다. 갈색 별들이 점점이 찍힌 창백한 그녀의 피부를 쓰다듬기 위해, 그녀의 초록색 눈빛에 잠기기 위해, 그녀가 나에게 바라는 깊은 키스를 하기 위해 오픈카의 운전대에서 스스로 손을 뗀 단 1초가, 마치 영원한 가을처럼 끝없는 그녀의 닫힌 공간 속으로 나를 밀어 넣는다.

17

    12월 22일 오후 4시, 열흘 전에 했던 약속대로 나는 5층 여자 집의 인터폰을 누르고 "올라오세요"라는 대답을 들었다. 우리는 거실에서 재회했는데, 지난번처럼 그녀는 안락의자에 앉고 나는 조금 긴장한 채로 한 손에 찻잔을 들고 소파 끝에 앉았다. "어떻게, 잘 지내셨어요?" 내가 인삿말을 건네자, 그녀는 내 찻잔을 가리키며 물었다. "설탕 넣어드릴까요? 아니면 우유를 드릴까? 마들렌 드실래요?" "아뇨. 지금 이대로가 좋습니다. 고맙습니다만 배가 안 고프군요. 그런데 얼굴이 좋아 보이시네요. 햇빛이 좋은 곳에 다녀오셨나요?" "잘 알아맞히시네요. 예, 볕이 좋은 곳에 갔었어요." "당신은 참 묘한 분이에요. 다녀오신 곳이 프랑스인가요? 아니면 외국?" 우리는 잠시 침묵 속에서 서로를 바라보았다. 그날 5층 여자의 차림새는 아주 매력적이었다. 그녀는 에나멜 구두를 신고 엉덩이 선을 강조하는 딱 달라붙는 스커트와 하얀 실크 블라우스를 입고는 과감하게 단추를 몇 개 풀어놓았다. 깊게 파인 가슴 부위로 목걸이 줄이 보였다. 찻잔을 쥔 손에는 실내용 레이스 장갑을 끼고 있었다. 나는 5층 여자의 특성을 다시 한 번 축약해 보여주는 이 의상 분위기가 좋았다. 세련되고 섹시하며 냉랭하고 주의 깊은, 다루기 힘든 듯하지만 틈새를 보여주는 그녀의 분위기가 이 순간 나를 환호하며 맞아하는 것 같다는 생각에 나는 이미 10분 전부터 발기가 된 상태였지만, 그녀는 당황해서는 찻잔을 꼭 잡고 나를 뚫어지게 보고만 있었다. 그녀의 아파트는 내 아파트와 구조가 똑같았다. 나는 두 개의 방 중 큰 방이 침실로 쓰이고, 작은 방은 번역 작업을 하는 은신처로 쓰일 거라고 짐작했다. 나는 일어서서 낮은 탁자에 찻잔을 놓은 후, 5층 여자의 손을 잡고 침실로 갔다. 그리고 천천히 그녀의 옷을 벗겼다. 그녀의 몸을 감싸고 있던 옷을 하나씩 벗기며 그녀의 육체를 감상했고, 그녀와 더불어 쾌감을 즐겼다. 그녀가 가터벨트를 착용한 것을 보니, 고맙다는 생각이 들었다. 실용성은 별로 없는 그 도구에는 나를 유혹하려는 의도가 담겨 있었다. 에로틱하게 보이고 싶다는 저의. 나는 옷을 벗고 그녀를 침대 위에 눕혔다. 그녀에게서 눈을 떼지 않은 채 나 역시 옷을 벗었다. 우리는 엄숙하게 서로를 기다렸다(그 순간이 에로틱했다는 뜻이다. 난 우리 두 사람의 육체가 서로 소통할 것이지만 어떤 방법으로 소통할지는 아직 몰랐다는 점을 말하고 싶다. 어떤 방법을 사용해야 할지 아직 몰랐다). 나는 그녀의 피부 위에서 찰랑거리는 세 줄의 가터벨트와 마찬가지로, 그녀가 유혹적인 장갑(교살용은 아니었다)은 그냥 끼고 있게 내버려두었다. 나는 새틴 누비이불 위, 그녀의 옆에 누웠다. 발기한 내 성기를 바라보는 그녀의 눈빛이 흔들렸다. 그 틈을 타(가을을 정복한 기다림, 잠복, 욕망을 알아내는 데 주의를 기울이며) 그녀의 안으로 들어가는 건 중요한 게 아니었다. 나는 예순 살 먹은 여자의 젖가슴을 쓰다듬었다. 우리는 계속 서로에게서 눈을 떼지 않고 있었다. 그녀의 시선, 촛불을 밝힌 동굴에서 나오는 듯한 그 깊은 시선이 좋았다. 그 깊은 시선에서 마치 돌의 반짝임과도 같은 그녀를 뒤흔드는 회한, 여러 가지 생각들, 욕정이 빛났다. 그 순간, 나는 그 여자를 사랑하고 그녀의 고통, 그녀의 우울, 그녀가 감추어둔 보물들을 사랑했다. 언제까지나 그녀의 뒤에 머물러 있는 그녀의 무너진 과거를 사랑하고, 그 무너진 과거가 만들어내는 그녀의 아우라를 사랑했다. 나는 그녀가 오늘 자신의 육체 속에 새로운 가치를 부여할, 이 뜻밖의 순간을 그 과거에 수줍게 바치리라 예감했다. 그것은 내가 느끼는 감정이고, 내가 미리 느끼는 감정이며, 나의 감정을 더욱 증폭시키기 위한 감정이었다. 입으로 하든, 그녀도 내 성기를 음미해보라고 성기를 내어주든, 마음껏 포르노그래피를 펼쳐보라고 그녀에게 주도권을 주든, 구체적인 방법은 중요치 않았다. 모든 것은 눈빛을 통해 이루어질 것이었다. 모든 것은 그녀의 눈 속에서 일어날 것이었다. 모든 것은 그녀의 상상 속에서 벌어질 것이었다. 나는 그녀가 알아들을 수 있는 명확한 의미, 세련된 표현, 동사가 있는 하나의 문장일 수도 있을 정중한 조심성을 발휘하여, 그녀의 뾰족한 젖꼭지를 가볍게 물었다. 나는 이렇게 말하며 그녀의 배에 손을 올려놓았다. "불안해 하지 마세요." 그녀가 나에게 미소 지었다. 나도 미소를 지으며 속삭였다. "나한테 맡기세요." 내가 그녀에게 "당신을 사랑합니다"라고 말하자, 그녀가 대답했다. "어리석은 말 하지 말아요." 나는 미세하게 꿈틀거리는 파충류처럼 5층 여자의 음부를 향해 천천히 움직였다. 내가 그녀의 넓적다리를 벌리자, 그녀는 힘을 주며 반항했다. 나는 부드럽게 그녀의 다리를 쓰다듬고, 그녀가 신은 스타킹의 질감을, 번쩍거리는 나일론의 섬세함을 찬양했다. 나는 인내심을 갖고 그녀의 넓적다리를 천천히 벌렸다. 그녀의 사고가 무뎌지면서 수많은 영상들과 감정들이 머릿속을 스쳐 지나가고, 그러는 동안 두 다리가 서서히 벌어질 거라는 사실을 알고 있었다. 나는 칼집에서 나온 검처럼 그녀의 육체가 이어지는 연장선상에 정확하게 누워 그녀와 소통하고 있었다. 내 혀는 그녀의 성기 위에 머물렀고, 관자놀이에는 까슬까슬한 스타킹의 감촉이 느껴졌다. 공장(초콜릿 공장, 또는 동물용 향수 공장)에서 나는 것같이 그녀를 둘러싼 이미지들이 전력을 다해 만들어내는 냄새(내가 너무나 좋아하는)가 그녀의 음부에서 풍겨나왔다. 나는 젊은 아가씨들의 미성숙한 그것과 달리 완벽한 클리토리스를 품고 있는, 가장자리가 두툼한 음순을 찬양하며 이로 음순을 살며시 물었다가 늘였다가 했다(약간 고음으로 작게 울려퍼지는 쾌락의 비명 소리). 나는 그 은밀한 부분의 두툼한 살집이 그녀의 입술이라도 되는 양 애무했다. 사랑스럽게, 또는 열정적으로, 또는 격렬하게. 나는 나의 행위가 그녀에게 그렇게 받아들여질 것을 알고 있었다. 젊은 연인들이 얼굴에 얼굴을 맞대고, 턱과 턱을 대고, 혀와 혀가 맞물린 상태로 하는 프렌치 키스와 같은 의미로. 로마에서였을까? 아니면 스페인의 광장? 30년 전, 이른 여름의 아침에 스페인의 광장에서 전날 밤에 만난 회색빛 눈동자의 예술가에게 받았던 키스? 이제 됐다. 영화가 시작되었다. 나는 핥고, 끌어안고, 돌고, 속도를 높이고, 가볍게 깨물고, 멈춰 서고, 몸을 던지고, 도망가고, 방향을 바꾸고, 쏘았다. 5층 여자의 축축한 구멍과 클리토리스와 음순에. 그녀는 헐떡이고, 중얼거리고, 말을 하고, 호흡이 가빠지고, 신음하고, 감동받고, 놀라고, 몸을 세우고, 도망가고, 꼼짝 않고, 부드럽게 나를 바라보았다(적어도 나는 그렇게 생각한다. 때때로 그녀가 힘주어 내 손가락을 잡으며 나에게 그런 감정을 표현하는 것이라고). 나는 영사기를 돌리는 기사다. 눈앞으로 연이어 지나가는 장면들에 빠져 있는 단 한 명의 고독한 여자 관객을 앞에 두고 수요일 오후, 영화관에서 필름을 돌리는 영사 기사나. 두 시간 동안 상영되는 복잡하고 거친 영화. 베를린, 로마, 뉴욕에서 촬영하고, 코펜하겐의 아파트와 암스테르담의 아파트, 생 트로페의 아파트에서 찍은 영화. 주인공들은 파스빈더, 파졸리니, 나의 이웃인 5층 여자, 이름을 알 수 없는 사람들(5층 여자의 앙상한 그림자에 가려져 그들의 얼굴은 보이지 않는다. 영화관 건물처럼 그녀의 머리가 이기적으로 그들의 얼굴을 가렸다)이며, 자동차 여행, 작은 만의 물 속으로 뛰어드는 다이빙, 축제, 파티, 애무, 회벽칠을 한 작은 침실 속의 침대로 스며들던 잊을 수 없는 기억이 펼쳐진다. 1972년 4월 런던에서 산 빨간 모자, 그녀는 그날 저녁, 라 스칼라 광장의 계단에서 자신을 두렵게 한 만남에 가려고 이 빨간 모자를 썼다. "너무 좋아요……." 그녀가 중얼거렸다. "근사해요……. 최고예요……. 이 느낌은 오래갈 거예요……. 오후 내내……." 나는 사랑을 담아 그녀의 음부를 애무하기를 멈추지 않고 미소 지었다. 이 느낌? 이 느낌은 오래갈 거라고? 그녀는 예술작품이나 영화에 대해 얘기할 때와 똑같이 그 순간에 대해 말했다. 나는 결말이 다가오고 있음을 느꼈다. 그것은 이 주관적인 픽션의 절정을 지시하고 점점 극치를 향해 치닫는 악보의 마지막 장과도 같았다(한숨과 헐떡임, 때때로 비명이 섞인 그 음악은 베개 조금 위쪽에서 울려퍼졌다). 그리고 화면에 '끝'이라는 단어가 나타날 때가 되자 그녀는 몸을 곤추세우고, 쾌락에 몸을 떨고, 폭발하고, 내 얼굴 위쪽에 있는 가터벨트의 검은 조임쇠를 움켜쥐고, 나를 꼼짝도 못 하게 했으며(나를 삼켜버린, 잔뜩 긴장한 육체의 어둠 속에서 오직 나의 혀만이 계속하여 빠르게 움직이고 있었다), 내 머리카락을 움켜쥐고 있던 그녀의 두 손이 넓적다리로 내려오더니 내 얼굴을 잡아 그녀의 은밀한 곳에서 흘러나오는 애액(愛液)에 힘껏 갖다 댔다.

나는 5층 여자의 침대에서 담배를 폈다. 그녀는 다시 옷을 입고 싶다며 가운을 걸치고 싶어했지만, 나는 그녀가 스타킹과 에스카르팽, 하얀 목걸이와 레이스 장갑만 착용한 채 벌거벗고 있게 했다. 우리는 나른한 기분으로 이야기를 나누었다. 그녀는 내 몸을 건드리지 않았다. 나 역시 머릿속으로만 그녀의 몸에 환한 스포트라이트를 비추며, 선을 넘지 않았다. 우리는 말은 거의 하지 않고, 함께 부드러움을 나누고 있었다. 간간이 이어지는 대화에서는 주로 내가 질문을 던지면, 그녀가 한참 후에 대답하거나 사려 깊은 생각을 내보이며 반대 의견을 말하곤 했다. 우리의 생각은 잠깐씩 흐름에서 벗어나기도 했다. "배고파요?" 그녀가 물었다. "조금요. 조금 고파요. 당신은요?" "뭔가 간단하게 먹을 게 있으면 좋겠네요. 우리를 위해 무엇을 준비할 수 있는지 부엌에 가서 볼게요." "당신이 우리라고 말하니까 좋네요." "네?" 그녀가 놀란 얼굴로 미소를 지으며 물었다. "지금 우리라고 하셨잖아요. '우리를 위해 무엇을 준비할 수 있는지'라고 말씀하셨잖아요. 그 우리라는 표현이 맘에 들어요." 그러자 그녀는 불길한 생각이 떠올랐는지 어쩔 줄 몰라했고, 시간이 지날수록 점점 더 불안해 했다. 우리가 함께 침대에서 보낸 오늘 오후를 후회하는 것일까? "뭐 잘못된 거 있어요? 내가 어서 가길 바라세요?" 그녀는 나의 의심을 확인해주는 표정으로 나를 바라보았다. 나는 그녀를 껴안았다. "아뇨, 그런 게 아니에요……. 너무 좋았어요……. 너무나 황홀했어요……." "그럼 왜 그래요? 뭐 안 좋은 일 있어요?" 침묵이 흘렀다. 그녀가 망설이는 것이 느껴졌다. "그러니까…… 당신한테 하고 싶은 얘기는……" "뭔데요? 하고 싶은 얘기가 뭔데요?" "거기 가지 말아요." 나는 호기심 어린 표정으로 그녀를 바라보았다. "제노바 말이에요. 거기에 가지 말아요……. 절대 거기에 가지 마세요……." 나는 그녀가 방금 꺼낸 얘기 때문에 그녀 자신이 기분 나빠졌다고 느꼈다. 그녀의 배반이 그녀 자신을 타오르는 불쾌함 속으로 빠뜨렸다는 생각이 들었다. 하지만 그와 동시에 짐을 덜었다는 기쁨이 빛이 그녀의 얼굴과 초록빛 두 눈, 그녀의 몸짓에 떠올랐다. 그녀가 내 손가락을 어루만졌다. "제노바에 가지 말라니 무슨 수로요? 그게 무슨 말씀이시죠?" "자세히는 말 안 할 거예요. 꼭 지켜야 할 비밀이거든요. 여하튼 가지 마세요. 집안에 문제가 생겼다고 핑계를 대세요." "왜 가면 안 된다는 거죠? 전 제노바에서 강연을 하게 된 게 맘에 드는데요. 사람들이 내 일에 관심을 갖는 건 아주 드문 일이에요. 게다가 난 그 도시를 굉장히 좋아해요. 나는 그들, 당신 친구들인 그 주최자들이 특별하다는 (최대한 완곡하게 표현한 것이었다) 데에는 신경 안 써요." 여러분도 예상했겠지만 나는 그녀의 말을 따르지 않겠다는 걸 분명히 했다. "그 강연회는 그들이 당신에게 친 올가미예요." "올가미요? 무슨 얘기를 하시는 거예요?" "함정이에요. 미리 준비된. 교묘하게 계획된 함정이라고요." "무엇 때문에 함정을 파요? 누가요?" "우리들 중 누군가가 한 거예요. 당신한테 다 털어놓을게요. 내가 주요 주모자예요. 왜냐하면 운명이 우리가 이웃이기를 원했기 때문에……." 나는 호기심 어린 눈길로 5층 여자를 바라보았다. "잘 들어요. 좀 복잡해요. 우리는 그룹을 형성하고 있어요. 소집단이라고 할 수 있겠죠. 멤버는 마흔 명 가량 되고, 한 달에 한 번씩 모여요. 필요하면 더 자주 만날 때도 있고요. 모임 장소는 생 쉴피스 광장에 있는 아파트예요. 당신한테 이 얘기를 하려니 참 거북하군요……." 5층 여자가 침대에서 내려가더니 붉은 가운을 걸쳤다. "이제 훨씬 낫네요. 훨씬 마음 편하게 말할 수 있겠어요." "그 가운 당신한테 잘 어울려요. 내가 보기에도 더 나은 것 같아요. 당신이 옳아요, 입고 말하는 게 나아요." 나도 와이셔츠를 입고 다시 이불 속으로 들어갔다. "자, 이제 계속하시죠. 그 집단은 무엇 때문에 존재하는 건가요?" "내가 지금 하는 얘기는 꼭 비밀로 해주셔야 해요. 약속해줘요." "절대 발설하지 않을게요. 약속합니다." "우리 집단의 목적은 좌파 부르주아 지식인들의 이익을 보호하는 거예요." 나는 웃음을 터뜨렸다. "뭐요? 좌파 부르주아 지식인들의 이익 보호요?" "권력과 지배적인 지위도……." "좌파 부르주아 지식인들의 권력과 지배적인 지위까지요? 지금 농담하시는 거죠? 당신이 이끄는 그 집단의 존재 이유가 그겁니까? 허 참, 웃겨 죽겠네요!" "나는 그 집단을 이끄는 사람이 아니에요. 그 집단의 맨 앞줄에서 나를 찾을 수는 있겠지만…… 당신과 관련된 그 사건에서처럼요……." "나와 관련된 사건이라고요? 나와 관련된 사건이 정말 있기는 한 거군요! 우와아아아아! 나와 관련된 사건은 어떻게 구성되었나요?" "우리는 당신이라는 사람이 주목받는 상황을 끝장내기로 결정했어요. 그건……." "나라는 사람이 주목받는 상황이라고요?" "그렇죠. 당신이라는 사람이 주목받는 상황요. 우리 모두가 느낀 바로는……." "잠깐만요! 하필이면 왜 접니까? 그 말이 무슨 뜻이죠? 나 정도 관심을 받는 사람이야 한둘이 아니잖아요." "그야 그렇죠. 하지만 당신은 중산층 출신이고, 중산층의 삶에 대한 이야기를 온 세상에 퍼뜨리는 흔치 않은 사람들 중 한 명이죠.

옹졸하고 포용력이 없으며 초라하고 평범한 프티부르주아, 즉 중산 계급의 요건을 모두 갖고 있는 당신은 충분히 우리의 표적이 될 만했죠. 명성에 어울리는 학위가 전혀 없다는 것은 차치하고라도 말이에요. 당신은 악착같이 독학을 한 사람들 중 하나죠. 우리가 싫어하는 대표적인 인간들이 바로 일요일에 손노동을 하는 사람, 건방진 예술 애호가, 악착 같은 독학생들이에요." "좀더 자세한 얘기를 듣고 싶어요." 완전히 얼이 빠진 내가 5층 여자에게 말했다. "미안하지만 담배 한 대만 주세요. 내 것은 거실에 놔두고 와서." "얼마든지 피우세요. 내 담배가 너무 독하지 않았으면 좋겠네요." 나는 그녀에게 담뱃갑을 내밀었고, 그녀가 입에 문 담배에 불을 붙여주었다. 그녀의 손이 떨리는 것이 보였다. 사랑이 담긴 우리의 오후가 아직도 계속되고 있다는 것 때문에 불안했다. "고마워요." 그녀가 말했다. "그래서요?" 내가 다음 말을 재촉했다. "파리에, 그랑제콜에, 대학들에, 출판사들에, 방송국에, 주요 일간지들에, 문학 시장에 당신 같은 사람들 수천 명이 세균처럼 파고들어서는, 우리가 그들을 가두었던 굴욕감, 열등감, 수치심, 일상적인 비굴함에서 벗어나기 위해 꿈틀거리고 있다고 생각해보세요. 게다가 그 움직임이 10년 넘게 계속되면서 급속히 확산되고 있다면요……. 그들 중 한 사람이, 예를 들어 당신이 구속에서 풀려나 스스로를 치켜세우면서, 자기 뒤에 있는 다른 수천 명의 결단과 야망, 욕망을 충동질하는 걸 상상해봐요. 좌파 부르주아 지식인에게 대항해 중산 계급이 만들어낸 '경쟁'이라는 거대한 저수지를 생각해보라고요. 머릿속에 악몽이 떠오르지 않나요? 끔찍한 공포, 진짜 악몽이요! 자동업무처리 회사의 임원진의 아이들이 에콜 노르말 쉬페리외르 입학을 꿈꾸기 시작하고…… 그들이 초인적인 노력을 해서…… 결국 성공한다고 상상해보세요!" "그러니까 요지는, 좌파 부르주아 지식인들은 자신들의 전유물인 권력을 어떤 일이 있더라도 지켜야 한다는 게 당신네 모임의 목적이라는 거군요……." "간단히 말하자면 그렇게 말할 수 있겠죠.""사람들은 나에게 문화, 평등, 사회적 정의를 수호하려면 좌파가 되어야 한다고 가르쳤어요. 그래서 고백컨대, 자비로운 좌파 지식인에 대한 이 가상의 상황이 쉽게 믿기지 않네요.""그거 기분 좋은 일인걸요!" 5층 여자가 감탄했다. "하지만 믿기 어렵다 해도 내 말은 다 사실이에요. 만약 좌파 부르주아 지식인들이 절대 하지 않을 일이 한 가지 있다면, 그건 다른 계급과 권력을 나누는 거지요. 그건 같은 길을 걷자고 다른 계급을 초대하는 거예요. 좌파 부르주아들이 특권을 갖고 있던 학교의 문을 열어주는 것으로, 정말 큰 문제라고 할 수 있지요.""당신들 중 한 분을 통해 이렇게 명확한 설명을 들을 수 있어서 다행입니다. 당신의 솔직함을 존경합니다.""당신을 유혹하기 위해 심지어 더 멀리까지도 가려고 했어요……. 당신 맘에 들 궁리만 했던 거, 당신도 알잖아요…….""좌파 부르주아 지식인의 대표와 한 침대에 누워본 건 처음이에요.""당신이 속한 사회의 사람들이 달걀 속에 갇혀 질식해 죽지 않고 밖으로 나가기 위해 잡을 수 있는 유일한 기회는 시장, 자유주의, 자유 경쟁이에요. 그건 우파의 가치죠. 모두를 향해 열려 있고, 개인의 재능을 인정한다는 원칙과 시장 경제에 기반을 두고 있는, 지방분권적인 미국의 시스템 말이에요. 그에 대립되는 개념은 급진적 민주주의, 보수주의, 계급 제도의 정신, 권력의 중앙화죠. 좌파 부르주아들은 자신들이 피를 흘려 얻은 권리를 내세우고, 그것을 다시 세습해가며 그 엘리트주의 시스템을 10년 넘게 끈질기게 지켜왔고요.""그 말씀은 꽤 감미로운 역설이군요." 내가 5층 여자에게 말했다. "실제로 감미로운 역설이죠. 이 역설은 우리에게 번영을 허락해요. 사람들에게는 저마다의 자리가 있어요! 좌파 지식인은 좌파 지식인의 자리가 있고, 중간 계급이긴 하지만 능력 있는 사람들은 그들 나름의 자리가 있지요. 우파 심술쟁이들도 그들의 자리가 있고요. 주간지 편집장들도 자기 자리가 있어요. 아, 물론 이 원칙이 바뀌기를 바라는 지식인들도 자기 자리가 있지요. 근데 왜 바뀌기를 바라는 걸까요?

왜 우리 모두의 은인, 카를라 브루니*는 우리 조직에 돈을 지원하는 호의를 베풀면서도 이 원칙이 바뀌기를 바랄까요? 모든 것은 최고의 세상에서 더 좋은 것을 향해 나아가는 건데 말이에요!" "당신 말은 좌파를 지지하는 유권자들이 크게 착각을 했단 거군요." "그런데 발기했네요, 내 친구! 텐트처럼, 곡마단의 천막처럼 불쑥 솟아올랐어요. 이불 아래 숨은 그 발기된 성기, 그 오롯이 솟은 구릉을 보여줘요." 나는 그녀에게 내 성기를 보여주었다. 내 성기는 5층 여자의 비웃는 듯한 장난스러운 시선 아래, 아무 일 없다는 듯 우뚝 솟아 있었다. "호르몬이 원활하게 분비될 수만은 없는 상황에서도 발기한 거네요." "네, 그래요. 희생자가 된다는 것이 나를 흥분시켜요. 지배당한다는 것도 나를 흥분시키고요." "음, 무슨 얘긴지 좀 들어볼까요?" 5층 여자가 감탄 어린 미소를 지으며 말했다. "이게 내 계급의 특수성이에요. 당신도 잘 아는 부끄러운 현실이 이런 결과를 만들어내도록 우리를 강제했어요. 당신은 나에게 끔찍한 이야기를 하고, 나는 발기를 하고 당신을 원하고……." 5층 여자는 레이스 장갑 낀 손으로 내 성기를 쥐고 손아귀를 조이기 시작했다. "아파요?" 그녀가 물었다. "아뇨." 나는 고개를 저었다. "여기는요? 아파요?" 난 이번에도 "아뇨"라고 말하며 고개를 저었다. "그럼 지금은, 아파요?" "지금은 조금 아파요. 약간 아프기 시작했어요." "좋아요? 이렇게 아픈 거 좋아해요?" 나는 대답을 망설였다. 진짜로 아팠던 것이다. "점점 더 강하게 발기가 되네요, 느껴져요." "예, 좋아요. 이런 고통은 감미로워요." 그녀가 내 성기를 더 세게 쥐었다. "아야! 그만 해요……. 진짜 아파요……." 그녀는 손의 힘을 조금 풀고 나를 향해 미소 지었다. "자, 끝이에요. 이제 끝났어요." 그녀는 손톱으로 귀두를 애무했다. "예쁜 귀두와 아주 멋진 성기를 가졌군요. 1차 세계대전에 출전한 병사의 것이라고 해도 믿겠어요." 나

---

* 사르코지 대통령의 부인. 그녀는 결혼 전부터 좌파 지지자였다.

는 웃음을 터뜨렸다. "파스빈더도 이랬었죠. 보병의 군복을 입은, 이것과 똑같은 성기였어요. 그이 역시 기교와 겉멋, 실크스타킹, 에스카르팽, 하이힐, 진주 목걸이, 가터벨트를 좋아했어요. 내 발도 엄청 좋아했죠. 쉬지 않고 내 발을 핥았어요. 누가 짐작이나 했겠어요? 누가 그이 같은 거친 남자가 검은 실크 옷을 입은, 창백하고 부드러운 피부를 찬양한다는 걸 상상이나 했겠어요." "저요. 저는 짐작하고 있었어요. 저는 초등학교 3학년 때, 바위에 붙은 홍합처럼 인생, 문화와 욕망, 능력, 기준, 열정, 우주, 유사성, 광기 등 완전히 개인적인 문학 이론에 나 자신을 접목시켰어요. 나는 불확실하게 포개어진 상태로, 석회암처럼 완전히 혼자서 나 자신을 구체화했죠. 내부에서 진동하는 초등학교 3학년 학생은 생기 있고, 감수성이 극도로 예민하고, 모든 것에 주의 깊고, 자극을 받으면 즉각적으로 반응했어요. 나는 인식을 동경하는, 잘 교육받은, 육체가 있는 모험적이고 기념비적인 작품이에요. 그런데 왜 나를 거부하는 거죠?" 5층 여자는 아마도 이불 위에 갑자기 나타난 위로할 수 없는 초등학생 때문에, 내 골반 위에 자리 잡고 앉아 발기한 내 성기를 자신의 질 속으로 천천히 집어넣었다. 나는 그녀의 은밀한 곳이 따뜻하고 부드럽고 축축하게 젖어드는 것을 느꼈다…… "왜죠?" 내가 다시 물었다. "왜 날 반기지 않죠? 그게 궁금해요." "자유주의는 당신이 중간 계급 출신이든 부르주아든 상관 안 해요. 시장 경제는 당신이 생 쉴피스가 아니라 클리시-수-부아에서 자랐다는 사실에도 신경 안 써요." "뭐라고요? 내가 클리시-수-부아에서 자랐다는 걸 어떻게 알죠?" 나는 깜짝 놀라 5층 여자에게 물었다. "소설에는…… 내가 라 로슈-쉬르-용에서 자랐다고 썼는데! 클리시-수-부아에서 5년 동안 살았다는 걸 은근히 감췄는데!" "우리는 당신에 대해 굉장히 많은 것을 알아요." "그렇다면 우파에게 투표하는 게 나한테 이익이라는 것도 알겠네요?" "당연하죠. 당연하고말고요." "하지만 내 능력 너머에 있는 것도 있음을 알려드려야겠군요. 내가 우파에게 표를

587

주는 일은 절대 일어나지 않을 겁니다." "하지만 미셸 우엘벡*을 봐요! 시장(市場)이 그를 구했어요. 시장이 없었다면 우엘벡은 죽었어요. 벌써 살해당해 땅에 묻혔어요. 시장이 없었다면 좌파 지식인들이 이끄는 기관들이 그를 총살했거나, 사회에서 매장시켰거나, 아니면 사지를 잘게 찢어 쓰레기통에 던져버렸을 거라고요. 우리가 그를 쓰러뜨리기 위해 얼마나 많은 에너지를 쏟아부었는지 당신은 상상도 못 할 거예요." 잠깐 동안 침묵이 흐른 후, 그녀가 다시 말했다. "당신은 절대 유명한 작가가 되지 못할 거예요. 설사 당신이 아주 위대한 걸작을 쓴다 할지라도…… 아직 당신이 쓰지 못한 듯한 걸작 말이에요." "그 점에 대해서는 당신의 의견에 동의합니다. 난 아직까지 단 한 권의 걸작도 쓰지 못했죠. 하지만 열심히 일하고 있어요." 5층 여자의 엉덩이를 잡으며 내가 말했다. "음, 어쨌든 당신이 작가로서 유명해지는 일은 절대 없을 거예요. 심지어 유명하지 않은 작가로라도…… 초라한 작가로라도…… 증명서를 내주는 좌파의 문화 관청이 거부할 테니까……." "당신들이 그렇게 자신만만하면 왜 나한테 올가미를 씌웠죠? 그래, 내게 증명서를 발급해주지 않을 생각을 하니 만족스러워요?" 내 발기한 성기 위에서 이기적으로 움직이고 있는 그녀를 바라보며 내가 말했다. "두 가지 이유가 있어요. 하나는 시스템에 균열이 생겼기 때문이에요……. 상처받기 쉽게 되어버렸어요……." 5층 여자는 이제 눈을 감고 신음 소리를 내기 시작했고, 내 성기를 넣은 자신의 음부를 점점 더 빠르게 움직이고 있었다. "그리고 당신의 출현이…… 우리의 신경을 건드렸어요……. 몇몇 사람이 신경이 예민해져서는 규칙을 어겼어요. 좋아요……. 이렇게 하는 게 좋아요……. 조금 더 빨리……." 우리는 잠시 아무 말 없이 섹스에 열중했다. 5층 여자는 내 성기 전체가

---

* 주로 자유시장경제에서의 인간관계와 성(性) 문제를 다루는 도발적인 작품을 쓰는 프랑스의 베스트셀러 작가.

자기의 음부 속에 완전히 들어가게 신경을 썼다. 내 성기가 그녀의 질 속 깊숙이 삽입되게 하고, 자신의 몸이 내게서 멀어질 때마다 샘이 열려 축축한 구멍에서 액체가 나오도록 했다. 짧은 동작이 아니었다, 절대로. 신경질적인 왕복 운동이 아니었다, 절대로. 그것은 오르락내리락하는 골반의 움직임으로 전달되는, 열성적이고 풍부하며 느린 사랑이 담긴 움직임이었다. 그녀의 질 내부는 축축하게 젖어 있었고, 그 안에서 내 성기는 미끄러지듯 부드럽게 움직였다. 나는 사정하지 않으려 집중하며, 공격적으로 그녀의 가운을 벗기고 젖꼭지를 가볍게 물었다. 나는 사정하지 않기 위해 그녀를 움직이지 못하게 꽉 붙잡았다. "얼마나 좋은지……. 당신과 섹스하는 게 너무 좋아요……." 그녀가, 5층에 사는 이웃집 여자가 내 몸 위로 쓰러지며 내 귀에다 속삭였다. 그녀는 땀을 뻘뻘 흘리고 있었다. 그녀의 온몸이 땀에 흠뻑 젖었다. 나는 그녀의 향기가 좋았다. "나도 좋아요, 나도……. 우리는 어디 있는 거죠? 뭐라고 말씀하셨어요?" "당신은 잔인해요……. 나를 괴롭혀요……. 왜 거기서 멈추는 거예요, 내 멋진 사랑……." 그녀는 입을 다물고는 반복해서 나에게 뽀뽀를 했다. 나는 창문을 통해(내 얼굴에 바싹 붙인 그녀의 얼굴 너머로) 나뭇가지를 바라보았다. 바람에 가볍게 흔들리는 나뭇가지들. 창문의 네모난 유리 너머로 눈 쌓인 숲이 보이고 계곡이 보이고 피요르드 지형이 보이는 당신들, 공원이 보이고 탑들이 보이고 산이 보이고 과수원이 보이고 사막이 보이는 당신들, 대초원이 보이고 마천루가 보이고 논이 보이고 야자수가 보이는 당신들, 센트럴 파크가 보이고 티볼리 정원이 보이고 사원들이 보이고 대성당이 보이고 현수교가 보이고 홀랜드 파크가 보이고 히말라야 산맥이 보이고 기와지붕이 보이는 당신들, 내 친구들, 나를 이 좁고 촘촘히 얽혀 있는 내 조국에서 제거하지 말아주세요! 이 자아도취적이고 지나치게 미묘하며 성감이 발달한 나라에 나 혼자만 고립시키지 말아요! 난 숨이 막혀요! 질식할 것 같아요! 나를 구해줘요! 나를 당신들에게로 초

대해줘요! 내게 웃어줘요! 나를 반겨줘요! 나를 끌어들여줘요! 나를 받아줘요! 나를 혼자 두지 말아요! 나를 세계적인 인간으로 만들어주세요! 당신들에게 내 간이라도 꺼내드릴게요, 친구들이여. 바로 이 이유 때문에, 그들의 목소리를 들을 수 있게 되기 위해, 그들의 목소리를 들으려 시도라도 하기 위해, 슬프게도 아무것도 들을 수 없게 된 그림으로만 남은 이 나라의 정확한 중심에, 루브르에서 200미터 떨어진 팔레루아알 주변에 내가 9월 초에 자리를 잡았던 것이다. 만약 내가 더 이상 예전과 같지 않고, 겉치레와 겉멋을 좋아하고 시대착오적이며 불길한 예외가 된 이 나라의 세계적인 중심에 자리 잡는다면, 아마도 들을 수 있을까(내 생각에)? "그래서요? 당신이 참여하고 있다는 집단에 대해 더 들려주세요. 호기심이 생기네요." "정말이에요? 다른 말을 하고 싶은 거 아니에요?" 그녀가 물렁물렁해진 내 성기 위에서 계속 몸을 비틀며 장난스럽게 말했다. "정말이에요. 당신은 그 집단에 대해 아직 덜 얘기했거나 너무 많이 털어놓았어요. 게다가 내기 다시 발기하기를 원한다면 너 얘기해야만 할걸요……" 이것이 바로 상대를 꼼짝 못 하게 하는 결정적 힘이라고 말할 수 있겠다. 5층 여자는 계속 비밀의 장막을 걷어냈다. "음, 우리는 당신의 뒤를 밟았어요. 당신을 염탐하고, 아주 세심하게 주의를 기울여 당신의 실체를 감시했어요. 우리는 당신의 명예를 훼손시키고, 창피를 주었으며, 당신을 나약하게 만들었고, 사람들이 당신을 의심하게 했으며, 가장 해로운 요소들을 투입시켰어요. 현재까지 우리는 당신이 문화적으로, 지적으로 소양이 덜 된 인간이라는 걸 입증해 보였다고 생각해요. 당신은 진짜 열등감으로 똘똘 뭉친 존재예요! 우리는 엄청나게 당신을 모욕했어요. 당신이 자신의 약점을 과도하게 인정하게 했다고요. 그런데 만약 우리가 모르는 사이에 당신이 성공을 하고, 그 성공이 당신에게 날개를 달아주었다면 어땠을까요? 그로 인해 당신이 고무되었다면요. 그리고 당신이 속한 사회에 전염시켰다고 생각해보세요. 우리가 모인 이유가 바로 그것 때문이에요. 우린 우리의 연결망을 작동시켰죠. 거의 모든 곳에 우리의 연락병이 있지요. 신문사에도…… 방송국에도…… 라디오에도…… 출판사에도…… 문화부에도. 우리의 결집력이자 계급의 합의죠." "그렇다면 내가 과녁이었군요. 당신들은 나를 쓰러뜨리고 싶었어요. 그래서 쇠스랑을 높이 쳐들고 사방에서 달려들었죠. 뾰족하고 날카로운 쇠스랑을 들고!" "쇠스랑은 바로 우리예요. 당신이 말한 것처럼 뾰족한 쇠스랑. 날카롭고, 극심한 고통을 안겨주는. 우리는 기꺼이 당신을 쇠스랑에 박아 처형하려 했죠. 하지만 당신은 가죽처럼 질기더군요. 가죽처럼 질겼다는 표현이 맞아요! 아주 고집스럽게 버텼어요." "그건 조상에게 물려받은 거예요. 내 아버지 역시 누구도 그분을 쓰러뜨리지 못했어요. 심지어 돌아가실 때는 흉기에 찔려 배가 찢어졌는데도, 몸을 움직이고, 기고, 팔을 움직여 결국에는 일어나셨거든요." "우리도 알았던 사실이에요. 라디오 방송 기억나요?" "물론 기억하지요. 라디오 테러 사건! 당연히 기억하고말고요. 매일 아침 욕실에 들어갈 때마다 그 일이 머릿속에 떠올라요. 방송이 나간 날부터 단 1초도 내 머리에서 떠난 적이 없는걸요." "음, 당신을 쓰러뜨린 평론가들 중 두 명이 우리 회원이에요. 우리는 가장 강력하고 효과적인 방법으로 당신을 공격했지요. 화염방사기로! 네이팜탄으로! 중성자탄으로! 우리는 당신이 앞으로 12년 동안은 단한 줄도 글을 쓰지 못할 거라고 생각했어요. 우리의 공격 대상은 주로 예술가들, 상처받기 쉬운 사람들이기 때문에 우리는 그들로 하여금 의심을 품게 하고, 그들의 도덕을 타락시키고, 그들을 불안하게 만들고, 그들의 머릿속에 타락한 생각을 주입시키는 걸 공격의 주요 원칙으로 삼아요. 우리 일원 중 몇 명은 당신과 단속적으로 마주쳤어요. 당신은 몰랐겠지만……. 그들은 당신의 친구로 자처했죠……. 그들은 당신을 믿는 척했어요……. 그들의 역할은 적당한 순간에, 대화 도중에, 보이지 않게 위장한 독이 묻은 화살을 날려보내는 거예요. 당신의 정신에 침투한 그 요상하고 사악하며 오래 지속되는 독은 당신의 생각을 오염시키고, 당신이 아침마다 욕조 안에서 혼잣말을 하게 만들었어요. 당신에게 상처를 입히고, 기운을 빼놓고, 당신의 가치를 깎아내리고, 당신의 에너지를 먹어치우는 독이죠. 만약 내가 그들의 이름을 말한다면!" "계속하세요……. 계속하세요……." 5층 여자가 골반을 움직이기 시작했다. 하지만 나는 움직이지 못하게 그녀를 꽉 잡았다. "당신, 나빠요……." 환심을 사려고 그녀가 속삭였다. "계속 말하라고 했잖아요. 당신이 해주는 이야기가 정말 흥미롭거든요." "우린 당신을 미행했어요. 쓰레기통도 뒤졌죠. 그렇게 해서 제노바와 브리스톨 팔래스 호텔에 대한 당신의 불가사의한 열정을 알게 된 거예요. 거기에서 우리의 후원자인 자비로운 카를라 브루니에게 재정 지원을 받아 제노바 강연회를 열자는 아이디어가 나온 거죠." "카를라 브루니라니……. 맙소사, 카를라 브루니라고요?" 어깨를 으쓱하며 내가 말했다. "주무세요, 난 그걸 원해요……. 주무세요……. 중간 계급들…… 평범한 사람들…… 분양받은 주택에 사는 내 친구들……. 곰브리치는 읽지 마세요……. 내 얘기 들어요……. 내 목소리를 들어요……. 가세요……. 흔들리도록 내버려두세요……. 주무세요……. 주무세요……. 다 잘될 거예요……. 당신의 불쌍한 처지를 잊을 수 있도록 카를라 브루니가 당신에게 감미로운 노래를 불러줄 거예요……. 그래요, 그렇게…… 아주 좋아요……. 부드럽게 하세요. 내 친구들……." "그렇군요. 아주 잘 알았어요!" "그게 정확하게 카를라 브루니의 역할이에요! 주무세요, 난 그걸 원해요!" "일어나세요, 난 그걸 원해요! 난 중간 계급의 귀에다 대고 소리를 지를 거예요. 일어나세요, 난 그걸 원해요!" "바로 그 이유 때문에 당신을 최대한 빨리 쓰러뜨리려 한 거예요." "내가 의혹을 갖기 시작했다는 걸 알았어야죠." "당신이 마리-오딜 뷔시-라뷔탱에게 보낸 메일을 읽으며 그 사실을 깨달았어요. 우리 계획의 의도를 정확하게 파악한 당신을 보고 내가 잘못 생각한 부분이 꽤 많다는 걸 알았죠." "도대체 그녀는 누구

592

예요? 그 마리-오딜이라는 여자는?" "당신 추측대로 아무도 아니에요. 그저 이름일 뿐이죠. 우리는 번갈아가며 당신한테 메일을 보냈어요. 거기에서 당신이 알아낸 이상한 오류가 나타난 거죠. 당신을 여성형으로 지칭한 건 내 실수였어요. 난 당신이 실제로 매우 여성적이라고 생각했거든요. 또한 거기에서, 이 상황에서, 나를 가득 채우는 지칠 줄 모르는 이 섹스로……" "그럼 그 외설적인 메일들은요? 그 외설적인 메일들도 당신이 보낸 거군요? 내 컴퓨터에까지 침투한 거예요. 내 컴퓨터를 메일 발송의 플랫폼으로 사용했어요. 그렇게 해서 문화계에 불명예스러운 첨부 파일을 퍼뜨렸죠." "최근엔 우리들 중 한 명이 소아성애적인 성격의 메시지를 퍼뜨리자는 의견을 낸 적도 있었어요. 작가 겸 편집자고 언론에 글을 쓰고 라디오 프로그램도 만들며 문학상 심사위원이기도 한 사람이 낸 아이디어였어요. 대부분은 찬성을 했지만 나는 반대했지요." "고마워요, 세심하게 신경 써줘서……" "고마워하기보다는 날 원망해야 할 거라고 말씀드려야 할 것 같군요. 어쨌든 당신은 감옥에 갈 위험을 감수해야 해요." "내가 감방에서 썩기를 바라다니!" "내가 이리로 이사까지 하면서 애초 계획했던 조치보다는 훨씬 나은 거예요. 아주 과격한 공격을 하려 했으니까요." "과격한 공격이요? 그게 뭐였는데요?" "처음에는 그저 당신에게 모욕을 주려고만 했어요. 우리는 당신이 쉽게 상처받는 사람이란 걸 알고 있었거든요. 당신의 강연은 강연 내내 휘파람 소리와 야유로 뒤덮이다가, 청중들이 하나둘 빠져나가 거의 텅 빈 강연장에서, 마지막 말이 지루함을 드러내는 의례적인 박수 소리로 장식될 예정이었죠. 그런데 이런 결말이 불확실하고 추상적인 해결책이라며 이의를 제기하는 사람들이 생겼어요." "그래서 이젠 어쩔 셈이죠?" "그건 절대 말할 수 없어요." "절대 말할 수 없다고요?" "네, 그 말은 그냥 잊어버려요. 대신 당신이 알아야 할 게 하나 있어요. 붉은 머리의 풍만하고 강렬하며 아주 아름다운 목소리를 가진 젊은 여자는 당신을 유혹하라고 고용된 여자예요. 이탈리아 여자인데, 꽤 높은 액수의 현금을 받고 당신과 밤을 보내기로 했죠." "참 세심하게도 준비하셨군요……." "네. 우리는 당신의 아킬레스건이 뭔지를 알고 있으니까요. 그녀는 돈을 받은 대가로 당신을 유혹할 거고…… 당신은 그녀에게 끌릴 거예요. 자기도 모르게……." "그래요? 어디에서요? 올가미 안에서요?" "더 이상은 말할 수 없어요. 당신한테 정말 충고하고 싶은 게 하나 있는데, 제노바에서 당신을 위해 준비해놓을 오픈카는 절대 사용하지 말라는 거예요. 붉은 머리카락을 지닌 젊은 여자가 바닷가 해수욕장으로 밤 소풍을 가자고 하면 단호하게 거절하세요." "왜 그래야 하는지 알고 싶어요." "이유를 알 수는 없을 거예요. 더 이상은 말하지 않을 거니까요." "당신이 입을 열게 할 방법이 있어요." "아, 그래요? 뭔데요?" 나는 5층 여자의 항문에 손가락을 넣었다. 그녀는 목구멍에 지렁이가 붙어버린 자고새처럼 딸꾹질을 하고는 내 귀에 속삭였다. "나쁜 남자……. 당신은 어떻게 행동해야 하는지를 아는군요……. 내 아킬레스건이 바로 이거예요……."

로랑 달은 서른 명이나 되는 사람들과 함께 저녁식사 테이블에 앉아 있었다. 한쪽 구석에 꼼짝 않고 서 있는 집사의 은밀한 손동작과 눈짓에 따라 말없이 움직이는 두 명의 남자 종업원이 시중을 들었다. 로랑 달은 거기 모인 사람들 중 현직 장관을 한 사람, 프랑수아 미테랑 대통령 시절의 전직 장관 두 명, 욕실 타일 전문 예술가, 신문사 논설위원, 수염이 텁수룩한 철학자, 은퇴한 테니스 선수, 로랑 달을 만날 생각을 여러 번 했었다는 부자를 알아보았다. 또 그 자리에는 나이 지긋한 여자들―십중팔구 거기 있는 남자들의 부인들일 터였다―과 지적인 몇몇 얼굴들, 매우 아름다운 톱모델 두 명도 있었다. 로랑 달의 옆에는 전직 장관의 부인이 앉아 있었다. 그녀는 입을 꼭 다문 채로 톱모델들이 주고받는 패션 관련 정보를 넋을 놓고 듣고 있었다. 그곳에서 로랑 달은 표류하는 잔해에 불과했다. 그는 테제베에서 만난 미지의 여자가 자신에게 전화하지 않으리란 것을 분명히 알고 있었다. 정치, 오페라, 산업, 걸프 만, 예술작품, 항공술, 자본, 유전학, 투기에 대해 사람들이 주고받는 이야기가 중간중간 내용이 생략된 채로, 익명으로, 은밀하게, 사람이나 장소, 기업의 이름은 쏙 빠진 채로 오갔다. 그러는 사이 누군가가 재치 있는 농담을 하면, 테이블에 둘러앉은 사람들 사이에서 소리 높은 웃음이 터져나오곤 했다. 사람들은 이 자리가 아무것도 결정되지 않고 정해지지 않은 채 물 흐르듯 감미롭게 시간이 흐르도록 애써야 하는, 일종의 가장무도회임을 알고 있었다. 로랑 달에게는 그들의 이야기가 뭔지 모를 소프트웨어를 통해 암호화되고 왜곡되어 흘러나오는 소리 같았다. 그 이야기들만으로도 로랑 달은 이질감과 눈앞이 뿌옇게 보이는 것을 느꼈다. 하지만 초대된 사람들은 모두를 편안하게 그곳에 머무르며, 영혼에서 나온 단어와 수수께끼 같은 문장을 내뱉고 있었다. 로랑 달은 자신의 오른편에 앉은 젊은 여자와 패션, 언어, 뉴욕, 영화, 사진 등의 잡다한 주제들에 대해 변죽만 울렸다. 로랑 달이 내뱉는 문장도 금세 의미 없이 사라져버리는 것은 다른 사람들의 말과 마찬가지였지만, 그 이유는 달랐다. 그는 인간이 느낄 수 있는 가장 생생한 고통으로 신음하고 있었던 것이다. 참을 수 없는 고통이었다. 로랑 달은 옆에 앉은 여자에게 사과의 말을 건네곤 식사 도중에 집사와 함께 밖으로 나왔다. "미안해요, 노베르(로랑 달은 사냥꾼들과 함께 여러 번 이곳에 초대된 적이 있었기 때문에 집사의 이름을 알고 있었다). 화장실에 좀 다녀와야겠어요("몸이 좀 안 좋아요." 로랑 달은 은밀한 어조로 속삭였다). 그리고 아주 중요한 건데, 최대한 빨리 컴퓨터와 인터넷을 사용할 수 있도록 도와줘요. 나를 위해 이런 정도의 친절은 베풀어주시겠죠, 부탁해요……." 로랑 달은 공원 쪽으로 난, 벽면이 온통 책으로 장식되어 있고 사치스럽게 꾸며진 사무실로 안내되었다. 노베르가 호출을 하자 낯선 남자 종업원이 제복이 아닌 사복 차림으로 건물의 행정 구역에서 불쑥 나오더니, 컴퓨터를 켜고 인터넷에 접속해주었다. "혹시 필요한 게 있으면 부르세요. 전 옆방에 있을 테니까요. 주저하지 마시고요." 종업원은 그렇게 말한 후 사라졌다. 우선 로랑 달은 각 항공 노선의 일정표들을 모두 볼 수 있다고 알려진 여행 사이트에 들어갔다. 그는 자신의 예상과 맞아떨어질 가능성이 있는 일정을 세 가지 발견했다. 우선 그녀가 루프트한자 4221편을 타고 20시 30분에 떠나 프랑크푸르트에서 456편으로 갈아타는 방법이 있었다. 또 에어 프랑스 1018편으로 20시 55분에 떠나 프랑크푸르트에서 유나이티드 항공 8845편으로 갈아탈 수도 있었다. 대한항공 902편으로 20시 55분에 떠나 서울에서 아시아나항공 204편으로 갈아타는 일정도 있었다. 앞의 두 비행기 편을 자세히 살펴본 후, 로랑 달은 그녀가 21시 45분(루프트한자를 탔을 경우)이나 21시 35분(에어 프랑스를 탔을 경우)에 프랑크푸르트에 도착해서, 다음 날 아침 9시 45분에 다시 비행기를 탔을 거라고(둘 중 어느 방법을 선택했든 상관 없이) 생각했다. 이 무슨 어리석은 생각인가……. 왜 파리에서 하룻밤을 보내고 다음 날 아침에 떠나는 비행 편이 아닌, 프랑크푸르트에서 하룻밤을 지내야 하는 비행기를 선택했을까……. 로랑 달은 자리에서 일어서서, 잭 다니엘스를 반 잔 정도 따라 단숨에 들이켰다. 공원 호수에 떠 있는 백조 몇 마리가 꼭 하얀 얼룩처럼 보였다. 백조의 깃털이 보름달 빛을 환하게 반사하고 있었다. 어떻게 하지? 그는 다시 컴퓨터 앞에 앉아, 절망스런 심정으로 구글에 어휘로 된 수많은 방정식을 쳤다. 붉은 머리 이탈리아 여자 몬탈레. 붉은 머리 이탈리아 여자 마르세유. 붉은 머리 여자 마르세유 로스앤젤레스. 붉은 머리 여자 몬탈레 로스앤젤레스. 붉은 머리 여자 연극 로스앤젤레스. 붉은 머리 여자 연극 마르세유 로스앤젤레스. 붉은 머리 여자 연극 몬탈레 마르세유 TGV 로스앤젤레스. 미지의 붉은 머리 이탈리아 여자 TGV 텅 빈 열차. 그는 문장의 단편들, 부스러기들, 불합리하게 흩어진 조각들밖에 잡을 수 없었다. 예를 들어 마르세유에서 붉은 섬으로 가는 페리호의 일정표를 찾게 되는 식이었다. "마르세유-파리 간 TGV의 완전히 텅 빈 열차칸에서 만난 내 인생의 여인은 붉은 머리에 창백한 피부를 가졌고, 열차에서 나에게 몬탈레의 작품을 읽어주고, 로스앤젤레스행 비행기를 탔다." 이렇게 쓰고 검색 결과를 살펴보았다. 그는 인터넷 사이트가 즉시 다음과 같은 환상적인 답장을 보여주기를 바랐다. "저도 당신을 사랑해요. 자, 제 전화번호예요. 최대한 빨리 제게 전화를 거서서 우리, 다시 만나요. 당신은 내가 오매불망 기다려왔던 남자예요." 하지만 현실은 다음과 같았다. "찾는 자료에 맞는 검색 결과가 없습니다. 제안 : 철자가 맞는지 확인하세요.", "다른 단어로 검색해보세요.", "보다 일반적인 단어를 사용하세요.", "단어들을 최소한으로 명시하세요." 그는 이번에는 이렇게 써넣었다. "나는 죽을 거야." 그러고는 자리에서 벌떡 일어나 "나는 죽을 거야"라고 중얼거리며 빈 잔을 벽에 힘껏 던지는 걸로 분풀이를 했다. 그러자 곧장 노베르가 달려와 부드럽게 문을 두드렸다. "무슨 문제가 있으신가요, 선생님?", "아니에요. 아무 문제 없어요. 고마워요. 잠시만 혼자 있게 해줘요. 부탁합니다.", "네, 선생님. 편한 대로 하세요. 치울 사람을 보낼게요.", "당분간은 필요 없을 것 같아요. 그냥 내버려두세요.", "그리고 주인어른께서 선생님을 만나러 여기에 와도 되실지 알고 싶어하셨어요. 선생님께서 몸이 좀 안 좋다고 제가 말씀드리긴 했습니다만.", "지금은 별로네요, 혼자 있고 싶어요.", "알겠습니다." 그가 사라지자 로랑 달은 책장 옆에 놓인 긴 의자 위에 몸을 누였다. 그는 두 눈을 감고 그 미지의 여인에 대해 세밀한 부분을 떠올리려 애썼다. 손톱, 눈, 귀, 치아, 몸짓, 향기, 발가락, 머리카락, 미소, 목소리, 그녀가 사용한 어휘, 말, 눈빛……. 계속 생각해도 싫증나지 않았다. 네 시간 동안 걸렸던 마법의 순간이 하나하나 다 기억났다. 그는 한참 후에 사무실에서 나와 성(城)의 복도들을 이리저리 돌아다녔다. 그러다가 두 명의 전직 장관이 조용히 당구를 치고 있는 커다란 방으로 들어가게 되었다. 명쾌하고 자명하게 부딪는 당구공 소리가 절정에 다다른 그 경기의 품격을 높여주고 있었다. 커다란 동상 밑에서 반라의 톱모델이 재무장관의 성기를 게걸스럽게 핥고 있는 모습이 조금 멀리 떨어진 곳에 서 있는 로랑 달의 눈에 띄었다. "죄송합니다." 로랑 달이 그 자리를 뜨기 전에 나지막이 말했다. "오, 제기랄, 괜찮아, 계속해." 그가 중앙 거실로 다시 가려고 계단을 급히 내려가는데 뒤에서 그런 말이 들려왔다. 중앙 거실에서는 현악 4중주곡이 연주되며 많은 커플을 플로어로 이끌고 있었다. 왈츠였다. 로랑 달은 왈츠를 출 줄 몰랐다. 혼자 남아 있던 톱모델이 그의 팔을 잡더니 플로어로 이끌었다. 그러나 로랑 달은 기분이 좋지 않았기 때문에 춤추자는 제의를 거절하고 (여자의 보지를 빨아줄 기분이 아니었다), 부유한 사업가 옆의 안락의자에 앉았다. 이제 어떻게 해야 할까? 어떻게 그녀를 찾아야 할까? 다양한 가설들이 머릿속에서 교차했다. 부유한 사업가는 로랑 달과 대화를 나누려 했지만, 로랑 달은 그의 말을 한 귀로 듣고 한 귀로 흘리며 머릿속으로 파고드는 의례적인 질문에 기계적으로 대답했다. "이지투르요? 이지투르! 아, 이지투르! 물론이오. 사람들이 끊임없이 당신에 대해 얘기하더구만. 두 프랑스인이 런던에서 연 그 헤지펀드에 대해서는 동료들에게 누누이 들었어요. 이런 우연이 있나!" "다음에 한번 저희에게 시간을 내주십시오. 여기, 제 명함입니다." 로랑 달이 그에게 대답했다. "오래전부터 저희의 계획에 대해 알려드리려 사장님을 만나 뵙고 싶었습니다." 로랑 달은 그에게 명함을 주고 일어섰다. "그런데 죄송해서 어쩌죠. 정말 죄송합니다. 제가 지금 가봐야 해서요." 로랑 달은 그에게서 멀어져 생일을 맞은 억만장자를 찾아나섰다. 그는 잔뜩 골이 나서 나가다가 긴 머리의 철학자와 마주쳤다. "우리의 위대한 재무장관 못 보셨나요?" 철학자가 그에게 묻는 소리가 들렸다. "우리는 그의 빛이 필요할 거예요." "모릅니다. 저는 못 봤습니다." "그가 어떤 사람인지 알잖아요. 틀림없이 복도에서 그 짓을…… 하는 중일 거예요." 긴 머리의 철학자가 짓궂게 말했다. "나쁜 생각은 하지 마세요." 억만장자가 나타나 그의 말을 끊었다. 그러고는 로랑달에게 말했다. "괜찮아지셨나요? 노베르가 당신이 몸이 안 좋다는 얘기를 하던데." "조금이요. 아니, 조금 많이요. 몸이 아파요. 살로메가 저한테 위염을 옮긴 게 분명해요." "그럼 주무시고 가실래요? 침실을 준비해드릴 수 있어요." "가야죠. 운전사가 밖에서 기다리고 있어요. 최고의 저녁식사를 하게 해주신 것 다시 한 번 감사드립니다." 홀까지 배웅을 받은 로랑달은 하인이 가져다준 외투를 입었다. 장 자크가 재규어의 문을 열어주었다. 그들이 지나가자 정문이 자동으로 열렸다. 그들은 깊은 숲 속에 긴 칼처럼 뻗어 있는 불가사의한 분위기의 도로를 달렸다. "장 자크?" "예, 사장님." "우리, 프랑크푸르트로 갑시다." "프랑크푸르트요?" "그래요, 프랑크푸르트." "하지만…… 사모님께서는……" "음, 급한 일로 프랑크푸르트에 간다고 내가 집사람에게 말할게." "예, 사장님께서 직접 말씀해주셔야 할 것 같습니다. 전 아침 8시 15분에 따님들을 학교에 데려다준 후, 사모님이 외출하실지도 모르니 대기하라는 지시를 받았거든요." "으음, 내가 적당한 때에 클로틸드에게 미리 알릴게. 애들은 클로틸드가 손수 운전해서 학교에 데려다주게 될 거야. 그리고 아내의 수상쩍은 일탈은 나중으로 미루면 되고." "예, 사장님. 알겠습니다. 이 길은 아마도 동부 고속도로와 만나게 될 겁니다." 로랑달은 재규어의 뒷좌석에 앉아 스피커에서 흘러나오는 음악에 흔들리며 반쯤 졸면서 독일을 통과하는 길에, 지금 가고 있는 여정을 무기력하게 떠올려보았다(안전벨트가 너무 팽팽했다. 점점 팽팽해지며 숨이 막혀왔다). 그는 자신이 할 수 있는 일은 모두 다 했고, 모든 노력을 기울였고, 자신에게 씌워진 굴레를 끊어내려 애썼으며, 초등학교 3학년 때 처음 홍역을 치른 후로 수많은 시험을 거쳤고, 세상에 대한 두려움을 깨닫도록 내던져졌으며, 있는 힘을 다해 그 공포에 맞섰다. 그래서 벌써 초등학교 3학년 때 지금과 완벽하게 똑같이 겉늙어버린

몸과 마음으로 런던에 헤지펀드를 세웠다. 그는 엄청난 자본을 끌어모았고, 몇 년 전부터 한 이 일들은 모두 단 한 가지를 위해서였다―그것을 위해 그는 마지막으로 모든 노력을 쏟을 것이다. 그녀를 찾아낼 것이다. 그런데 어떻게 그녀를 찾아야 할까? 그는 새벽 2시경에 비서인 알렉산드라에게 전화를 걸어 프랑크푸르트 국제공항 근처에 있는 호텔들의 목록을 뽑아달라고 부탁했다. "시내에 있는 가장 큰 호텔 이름도 세 개만 알려줘. 그 리스트를 지금 당장 만들어서 집사람의 재규어에 있는 팩스로 보내줘. 번호는 알아?" 로랑 달이 그녀에게 물었다. "예, 번호는 알아요. 문제 없어요. 근데 지금 몇 시죠?" 알렉산드라가 갈라진 목소리로 물었다. "새벽 2시. 2시 다 됐어. 지금 굉장히 중대한 문제가 생겨서 말이야, 미안하지만 내일 약속들은 다 취소해줘." "지금 프랑크푸르트에 계세요?" 알렉산드라가 물었다. "고속도로. 지금 프랑크푸르트로 가고 있는 중이야. 방금 국경을 지났어." 로랑 달 일행은 새벽 4시경에 프랑크푸르트에 도착했다. 공항 근처로 간 그들은 불안해 보이는 오렌지색 불빛의 음산하고 적막한 도로들과 육교들, 입체교차로, 연결도로들이 복잡하게 뒤섞인 길 위에 서 있었다. 멀리 관제탑과 공항 건물들이 보였다. 깜깜한 어둠 속에서 움직이지 않는 장거리 화물 비행기의 하얀 동체가 눈에 띄었고, 고객들을 만나러 여러 번 온 적이 있어서 로랑 달이 잘 알고 있는 금융가(街)의 실루엣 위로는 어두운 하늘 아래 밝게 빛나는 호텔 표지판이 보였다. "저쪽부터 가볼까요?" 장 자크가 로랑 달에게 물었다. "그렇게 해요. 난 잘 모르겠어. 되는 대로 가봅시다." 그들은 목록에 있는 모든 호텔을 차례로 찾아갔다. 쉐라톤 프랑크푸르트 호텔&타워스, 스타인베르거 에어포트 호텔, 머큐어 프랑크푸르트 에어포트 호텔, 이비스 프랑크푸르트 에어포트 호텔. 매번, 제복을 입고 손에 모자를 든 장 자크가 점잖은 태도로 안내데스크에 가서 자신을 소개한 후 종업원들에게 물었다. 그는 여기까지 오면서 재규어에서 두 시간 동안 교육을 받았으므로 "키가 크고,

머리카락은 붉은색인, 검은 드레스를 입은 "아름답고 매우 고급스런" 젊은 아가씨를 찾는다고 설명하고, 그녀가 공항 로비에 "매우 사적이며 귀한 것"을 남겨놓았고 자신의 주인이 그녀에게 그것을 돌려주기를 원하는데 "그녀의 이름은 알지 못하고 다만 그녀가 공항 근처에서 밤을 보내리라는 사실만 알고 있다"고 설명을 하고는 "혹시 그녀가 이 호텔에 묵고 있나요?"라고 물었다. 그러는 사이, 날이 샜다. 로랑 달은 흐리고 지저분한 잿빛 아침이라고 생각했다. "어떻게 됐어?" 장 자크가 차로 돌아오자 로랑 달이 물었다. "없어요. 아무도 그런 여자를 못 봤대요." "여기가 목록에 있는 마지막 호텔이지?" "예, 목록에 있던 마지막 호텔 맞아요. 이제 어떻게 하죠?" "지금 7시 30분이야. 공항으로 갑시다. 출발 로비로." 로랑 달과 장 자크는 공항으로 가서 한 사람은 유나이티드 항공사의 안내데스크 앞에서, 다른 한 사람은 루프트한자 항공사의 안내데스크 앞에서 두 시간 동안 주의 깊게 로비를 감시하면서 휴대전화로 서로에게 연락을 했다. "여전히 아무 성과도 없어?" 로랑 달이 1분마다 공모자에게 전화를 걸어 물었고, "네, 전혀요. 머리가 붉은 여자는 보이지 않네요"라는 대답을 반복해서 들었다. 그러면 그는 가슴이 칼로 베이는 듯한 통증과 실망감을 느끼면서 "오케이, 휴대전화 전원 나가지 않게 주의해. 경계를 게을리 하지 말고"라고 말하며 전화를 끊었다. 10시경이 되자, 일찍이 알지 못했던 깊은 절망감에 지칠 대로 지친 로랑 달이 이제 망보기를 그만두자고 했다. "나는 런던행 비행기를 탈 테니, 당신은 차를 갖고 파리로 돌아가요." "예, 사장님. 정말 유감입니다. 아무 걱정 마세요. 이 일은 저와 사장님만 알고 있는 비밀이니까요." "상관없어. 클로틸드에게 어젯밤 일을 아주 상세한 부분까지 설명해도 괜찮아." 로랑 달은 3킬로그램은 살이 빠진 듯한 창백한 낯빛에 초췌한 몰골로 브리티시 에어웨이즈의 안내데스크 쪽으로 밀어져갔다. 말로 표현할 수 없는 크나큰 슬픔에 잠긴 그는 손에 들고 있던 《월스트리트 저널》을 갈기갈기 찢으며 VIP용 대기실 의자

601

에 앉아 눈물을 흘렸다. 그녀를 찾으려면 어떻게 해야 할까? 무슨 짓이라도 할 수 있었다. 그는 그녀가 처음 자신의 앞에 나타났던 우연을 기대하면서, 다시 그녀를 만나기 위해서라면 앞으로 다가올 몇 달 동안 무슨 짓이라도 다 하리라 생각했다. 그들의 만남은 꿈결 같은 비현실적인 맥락 속에서 일어났으므로 로랑 달은 반드시 그녀를 찾을 수 있을 거라고 여러 번 중얼거렸다—그런 꿈들은 대개 몇 년에 걸쳐 여러 번 일어나는 법이므로. 아내에게는 알리지 않고 며칠씩 다른 곳에서 지내는 게 일상화된 그는 파리에서 며칠을 묵었다. 로랑 달은 본능적으로 이 방황이 자신을 팔레루아얄로 이끌고 있다는 사실에 주목했다. 마치 그곳이 그들의 두 번째 만남을 위한 운명의 장소라도 되는 것처럼. 그는 루브르 호텔의 스위트룸을 하나 빌렸고, 느무르 카페의 테라스에서 그 미지의 여인이 다시 나타나기를 몇 시간이고 기다렸다. 그녀가 거기에 나타날 것이 틀림없었다. 정신적인 장소이자 공간 속의 한 지점이며 기하학적인 가장 정확한 지점은 팔레루아얄이었다. 한편 우리가 이미 알다시피, 이지투르는 엄청난 난관에 빠져 있었다. 4월이 되자 소프트뱅크의 주가는 2월의 두 배가 되었다. 7월이 되자 그 금액은 네 배가 되었고, 11월에는 아홉 배에 달하게 되었다. 이 결과에서 발생한 손실을 보전하기 위해 로랑 달은 점점 더 많은 자본을 끌어모아야 했다. 하지만 그는 더 큰 슬픔에 빠져 있었기에 이런 상황쯤이야 두렵지 않다고 생각하게 되었다. 그는 융단 폭격을 퍼붓듯 거칠게 투자자들을 사로잡았다. 그는 거침없이 여기저기를 누볐다. 어디서나 그를 환영했다. 로랑 달은 수많은 저녁식사, 칵테일 파티, 주말 파티, 전시회 개막전에 초대되었고, 그는 그 미지의 여인을 다시 만나게 될지도 모른다는 어리석은 희망 때문에, 그리고 그녀에 대한 갈망을 잊기 위하여, 환호와 아첨을 받기 위하여, 살아가고 즐기는 기쁨을 되찾기 위하여 초대에 응했다. 로랑 달은 엄청난 유명인사가 되어 있었다. 그를 찬양하는 증거들이 금융 잡지 여기저기에 드러나 있었다. 뉴스매거진, 일간지, 라디오와 텔레비전은 인터뷰를 하려고 그에게 연락을 했고, 이곳저곳에서 부름을 받는 그의 모습을 다루기 위해 다시 앞다투어 그를 찾았으며, 시사토론에까지 그를 참석시키려 했다. 그건 로랑 달이 다음 두 가지 특성을 대표하는 인물이었기 때문이다. 성공하기 위해 런던에 투자한 프랑스인이라는 점(싫증내지 않고 계속 관심을 갖고 접근하는 언론들 덕에 인기 있는 주제가 된)과 투기로 부자가 된 상황. 로랑 달은 뛰어난 언변으로 기자들의 호기심을 충족시켰고, 런던과 금융가, 성공 스토리, 외국으로 진출한 인재들에 관한 실제 사례가 필요할 때마다 기자들은 그를 찾았다. 설사 그것이 스티브 스틸의 위험한 도박에 기반을 두었고, 자멸을 예상하고 미리 도망치듯 술수로 얻은 것이며, 자신의 실존을 기만하는 절망감 위에 쌓아올린 것이라 할지라도, 겉보기에 로랑 달이 찬란한 성공을 이룬 것은 명백한 사실이었다. 로랑 달은 자신이 리오넬 조스팽*에게 점심식사를 대접받은 것, 같은 날 텔레비전 토론회에 참가하게 된 것, 자신에게 관심을 보이는 매혹적인 아가씨들이 점점 많아지고 있다는 것이 신기했고―그가 직업을 통해 얻고 싶었던 것들이었다―광장을 지켜보기 위해 자신이 느무르 카페의 테라스에 앉아 있는 것도, 공포로 얼어붙은 스티브 스틸의 얼굴을 확인하러 사무실로 가는 것도, 위험을 감수한 채 점점 더 긴 간격을 두고 풋옵션을 팔기 위해 사무실에 앉아 있는 것도, 어느 날 엔진이 폭발한 것처럼 그들의 모험이 허공에 흩어져버린 것도 다 신기했다. 그것은 거짓말, 속임수, 사기, 어설픈 위장이었다. 나날이 도취감이 커지고 점점 더 씀씀이가 헤퍼진 클로틸드는 급기야 앙쥬라는 도시에 있는 17세기의 성(城)을 사들였고, 사이 톰블리**의 그림도 구입했다. "당신도 좋지?" 그녀가 로랑 달에게 물었다. "글쎄,

* 프랑스의 전 총리. 이 소설에서는 현 총리다.
** 그림과 낙서, 드로잉을 장난스럽게 결합하는 독창적인 화법을 추구하는 미국의 추상주의 화가.

난 잘 모르겠어. 왜 성을 사려는 거지?" "그냥 그러고 싶어서. 성을 하나 갖고 있다는 거 재밌잖아. 지난 주말에 카트린느하고 같이 둘러봤어." "난 잘 모르겠으니 당신 맘대로 해. 난 아무래도 좋아. 어차피 돈을 관리하는 건 당신이니까. 어쨌든 간에 투자 가치는 있겠지." 그러자 클로틸드가 맞장구를 쳤다. "투자? 맞아. 성은 언제든 다시 팔 수 있으니까." 로랑 달은 자신이 점점 더 성공의 효과에 취하고 있으며, 자신이 지휘하는 곡예에 맞춰 일을 하고 있음을 느꼈다. 그는 이지투르가 끝내 실패할 것임을 정확하게 예견하고 있었다. 자신의 유죄가 입증될 것이고 어마어마한 벌금을 내야 할 것은 물론이요, 어쩌면 감옥에 가게 될지도 모른다는 사실도 알고 있었다. 로랑 달은 점점 더 긴장감을 느꼈고, 예민해졌고, 깜빡깜빡 뭔가를 까먹는 일이 잦아졌으며, 늘 취하고 싶었고, 기억상실증에 걸리면 좋겠다는 생각을 했고, 사람과의 만남에 굶주렸다. 일요일 저녁, 로랑 달은 그르넬 거리에서 부모님을 만났다. 투생*에 있는 친가에서 방학을 보내게 하기 위해 손녀들인 비비엔느와 살로메를 데리러 부모님이 직접 오신 것이었다. 두 아이들은 할아버지와 할머니를 무척 좋아했고, 교외에 있는 할아버지네 빌라에서 지내는 것을 즐거워했다. 다음 날 모스크바로 출장을 가야 했기 때문에 마침 로랑 달도 파리에 있었다. 그들은 이런저런 이야기를 나누었다. 로랑 달의 아버지는 가방에서 마개가 핏빛처럼 빨간 작은 병을 꺼내, 쉴 새 없이 흔들며 로랑 달을 자극했다. 병에는 아버지가 외과 수술을 했을 때 꺼낸 결석이 들어 있었다. 비비엔느와 살로메는 할아버지 댁에 가 있는 동안 이미 본 것이었다. 로랑 달의 아버지는 친척들에게 자랑하기 위해 그 결석을 보관하고 있었다. "아유, 뭐야! 결석이 결석이죠 뭐!" 역겨워하며 클로틸드가 로랑 달에게 병을 건넸다. 안락의자에 앉은 로랑 달의 아버지는 어린 염소처럼 들떠 있었다. 쉽게

* 파리 서북쪽에 있는 교외 도시.

납득이 되지 않는 행동이었다. 로랑 달은 조그마한 연구용 병을 손가락으로 잡았다. 그 안에는 기묘한 속셈을 품고 악취를 풍기며, 끈적거리는 액체 속에서 움직임 없이 부유하고, 벌집구멍처럼 기하학적이고 기묘한 형태를 띤, 갈색으로 썩어가는 둥그런 골프공 같기도 하고 과일 같기도 한 아버지의 결석이 들어 있었다. 기술자의 계획에 따라 공장에서 찍어낸 물건과 달리 전혀 조형미가 없는 이런 형체를 자연은 어떻게 만들어냈을까? 로랑 달이 떠올릴 수 있는 최악의 장소이자 가장 심오한 곳, 가장 비열하고 혐오스러우며 결코 떠올리지 말아야 할 곳, 가장 완강하고 적대적이고 완벽하게 머릿속에서 지워버려야 할 곳이 바로 *사람의 뱃속 아닐까?* 로랑 달은 한순간 분위기를 얼어붙게 할 만한 적대적인 몸짓으로 그 병을 어머니에게 넘기고, 담배에 불을 붙였다. 그때 클로틸드가 차를 가져왔고, 비비엔느는 쿠키를 들고 왔다. 로랑 달의 어머니는 남편과 함께 즐겁게 다녀왔던 패키지여행을 화제에 올렸고, 로랑 달의 아버지(연구용 약병을 가방에 다시 넣은 그는 아주 기분이 좋았다)는 자랑 삼아 관광 안내서를 펼쳐 보여주며 너무나 대단한 그 나라의 아름다움을 이야기했다. "수영장이 있는 별 네 개짜리 최고급 호텔이란다. 로베르랑 모니카도 함께 갔었지. 이 호텔을 좀 봐라." 아버지가 아들에게 안내서를 내밀며 덧붙였다. 아들은 바로 그 순간, 말할 수 없이 폭력적인 분노의 감정을 느꼈다. 힘있는 자 앞에서는 꼼짝도 못 하는 이 비겁하고 나약하고 겁 많은 존재, 자기 아내의 자존심을 무너뜨리고 아들인 로랑 달의 청소년 시절을 산산조각 낸 것으로도 모자라 아들을 미칠 지경으로 몰아넣은 노예근성에 찌든 겁쟁이, 초등학교 3학년짜리 어린애를 세상의 고통을 모두 맛본 어른으로 만들어버린 후 지금까지도 계속하여 불안감을 주는 인간, 쉴 새 없이 공격을 받으면서도 그 고통을 매일 가족에게 전가시키며 *꿋꿋하고* 끈질기게 20년 이상을 버티고 무사히 은퇴한 이 인간이 오늘, 구원된 지금, 험난한 직업의 세계에서 죽지 않고 살아남아 종착지에 다다른 현재에 자, 보라, 그가 얼마나 행복한지! 그가 고통 없이 안락의 자에 앉아 편히 쉬고 있는 모습을 보라! 희희낙락하며 여행을 다녀온 모습을 보라! 자기 행동의 무게도 깨닫지 못하고 자기 몸에서 꺼낸 결석을 흔드는 모습을 보라! 로랑 달의 어머니는 로랑 달의 아파트에 커튼이 없기에 커튼을 가져왔다고 말했다. "커튼 없이는 살 수 없는 거야." 어머니가 말했다. "커튼을 안 달고 지낸 지가 벌써 2년이나 됐더구나. 그래서 내가 사왔단다. 아주 예쁜……" "고맙지만 됐어요." 로랑 달이 어머니의 말을 끊었다. "전에도 말했잖아요. 난 커튼이 싫다고." "하지만 일부러 산 건데……" 당황한 로랑 달의 어머니가 실망스러운 목소리로 말했다. "꽃무늬가 아주 예쁜 커튼이야. 현관 앞에 놔뒀어. 대체 커튼이 왜 싫다는 거니?" 로랑 달이 퉁명스럽게 대꾸했다. "다시 가져가요. 내가 살아 있는 한 이 아파트에 커튼은 안 달 거야. 난 싫어. 그게 다예요." 그러자 그의 어머니는 울음을 터뜨렸고, 여느 때와 마찬가지로 아버지가 어머니 편을 들며 로랑 달의 거친 언행을 비난하려고 두 사람 사이에 끼어들었다. "아버지는 그냥 가만히 계세요. 끼어들지 마시라고요. 이건 엄마랑 내 문제니까. 내가 엄마한테 조용히 설명할 거야." 하지만 로랑 달의 아버지는 열등감을 느끼는 겁쟁이처럼 공격적으로 고집을 부렸다. "제기랄, 아버지는 입 닥치라고! 거기 구석에 얌전히 처박혀 있으란 말이야! 하필이면 왜 오늘 날 괴롭히러 온 거야! 엄마하고의 문제는 내가 알아서 할 테니, 빌어먹을, 아버지는 입 다물란 말이야!" 분노한 로랑 달의 아버지는 폭풍우에 흔들이는 포플러나무의 이파리처럼 온몸을 부들부들 떨며(그의 피부에서 일어난 허연 살비듬이 바람을 타고 잘못 날아온 은빛 이파리들처럼 거실을 떠다녔다. 그걸 본 로랑 달은 당장이라도 아버지를 죽이고 싶은 살인 충동이 일어났다) 아들을 비난하기 시작했다. "또 시작이군. 당신도 봤지? 저런 자식은……" 로랑 달의 아버지가 아들을 손가락질 하며 아내에게 말했다. "또 시작이야. 여보, 갑시다, 가요. 저 자식은 정말……" 그러고는 로랑 달의 어머니를 끌고 문 쪽으로 갔다. "엄마는 가지 마세요. 우리 조용히 얘기해요." 왈칵 눈물을 쏟을 듯 울먹이며 로랑 달이 말했다. "아버지 말 듣지 마요. 엄마는 가지 말라고요. 내가 커튼 달 테니까 마음 푸세요." 그러나 그의 어머니는 울면서 남편의 부축을 받아 아들 집에서 나갔다. 다음 날, 로랑 달은 루아시 공항에서 《레제코》지를 샀다. "영국 정부와 세 군데의 후원사, 머독, 비방디 그리고 소프트뱅크의 적극적인 지원으로 궤도에 오른 유럽 나스닥이 다른 주식 시장들과 유럽의 금융 제도들로 활동 범위를 넓힐 준비가 되었다고 발표했다." 로랑 달은 모스크바로 가서, 이지투르에 총 8억 달러를 투자할 세 명의 투자자들을 만났다. 예외적으로 큰 성과였다. 혹시 이 도시에서 테제베에서 만났던 여인과 재회할 수 있을까? 3월부터 로랑 달은 매주 국제적인 신문과 잡지(정확하게는 프랑스 신문과 잡지, 이탈리아 것, 영국 것, 미국 것)를 모두 구입하라고 클로틸드의 운전사에게 돈을 주고 있었다(로랑 달은 그에게 은행 현금카드를 주었으며, 이 단 하나의 목적 때문에 사무실을 빌리기까지 했다). 기차에서 만난 미지의 여인이 유명인들과 어울린다면 그녀의 모습이 담긴 기사가 실릴 가능성이 있었다. 장 자크는 신문과 잡지 들을 하나하나 꼼꼼히 훑어보면서, 신문이나 잡지의 각 페이지에서 발견되는 붉은 머리 여자들의 사진이란 사진은 모조리 오려냈다. 그리고 문제의 약병……. 로랑 달은 시시때때로 머릿속에 떠올라 혐오스러운 망상을 일으키는 그 약병의 모습을 끝내 떨쳐내지 못했다. 로랑 달이 두 눈으로 똑똑히 보고 손으로 만지기까지 했던 결석 말이다. 그 결석은 로랑 달을 일종의 신경 쇠약과 비슷한 황폐함 속으로 빠뜨렸다(신경이 날카로워진데다 균형을 잃은 이지투르와 찾지 못하고 있는 미지의 여인에 대한 고민이 합해져서). 매일 밤 잠들기 전에 눈앞에 골프공의 형상을 한 결석이 보였다. 그 골프공은 아주 지대한 영향을 미치는 영화적인 효과로 그의 머릿속에 강한 인상을 남겼다. 로랑 달은 약병에서 결석을 꺼내 와작와작 씹고, 질감이 느껴지는 벌집 모양의 형체를 물어뜯어 잇몸에 고름이 분수처럼 터지게 하고, 키위만 한 종양 속의 독이 든 액체를 게걸스레 삼키며 희열에 차서 살덩어리를 맛보고, 잘게 찢어진 결석 조각을 잘근잘근 씹고, 그 갈색 조각을 혀 밑에 숨기고, 쓰고 물렁물렁하고 따가운 감각을 느꼈다. 겁에 질려 침대에서 벌떡 일어난 로랑 달은 불을 켜고, 텔레비전을 켜고, 라디오도 켜고, 침실의 창문들을 모두 활짝 열고 호텔 맞은편에 있는 룩상부르그 공원의 공기를 들이마셨다. 그는 어머니에게 사과하려고 여러 번 전화를 걸었지만, 어머니는 그와 대화를 하지 않으려 했다. 그가 전화를 걸 때마다 매번 아버지가 전화를 받았다. 로랑 달은 아무 말도 하지 않고 있다가 어머니를 바꿔달라고 말했다. "네 엄마가 싫대. 다시는 너하고 말하지 않겠단다." 그 말을 들은 로랑 달은 생각했다. '다 아버지 때문이야. 만약 아버지가 아무 말 안 했다면, 그냥 안락의자에 앉아 조용히 그 장면을 지켜봤다면, 엄마와 나는 얘기가 잘 풀렸을 거야. 10분도 안 돼 화해했을 거라고.' 로랑 달이 아버지에게 말했다. "엄마께 전화해달라고 전해줘요. 진짜로 할 말이 있어요." "네 엄마는 지금 잔다. 너 어디서 전화하고 있는 거냐?" "룩상부르그 공원이요. 가서 엄마 좀 깨워요. 아들이 전화했다고 말해줘." "네 엄마는 너하고 다시는 말하고 싶지 않댔어." "엄마가 다시는 나랑 말을 안 할 거라고 하다니…… 고작 커튼 하나 때문에……." "그것만은 아냐. 전부 다 때문이지. 네 엄마는 네가 우리를 싫어한다고 생각해……." "내가 두 分을 싫어한다고요? 엄마가 내가 두 分을 싫어한다고 생각한다고요?" 아버지가 입을 다물었다. "그건 절대 아닌데. 난 아버지만 싫어하는 거예요. 참 역설적이네요. 이 역설이 감미롭다는 생각까지 들어요('감미롭다'는 단어를 발음하면서 그는 매일 밤 잠들며 씹어먹는 결석을 생각했다). 그런데 아버지는 나하고 말을 하고요. 정말 웃기죠?" "네가 전화를 걸었으니 어쩔 수 없잖니." "오늘 저녁에 꼭 해야 할 말이 하나 있어요. 아주 중요한 거예요. 난 이 어이없이 전도된 상황을 못 참겠어요." "어이없이 전도된 상황?" "예, 아주 말도 안 되게 전도된 상황이요. 내가 싫어하는 사람은 아버지인데, 난 지금 아버지하고 대화를 하고 있고 엄마한테는 접근조차 할 수 없게 됐어요. 난 정말이지 아버지랑은 얘기하고 싶지 않아. 절대, 다시는 절대로……. 엄마는 그렇게 생각하겠죠. 아버지 잘못을 가지고 내가 엄마를 원망한다고. 내가 엄마를 사랑하지 않는다고. 그건 정말 아닌데." 로랑 달은 아버지가 또다시 열등감에 찬 분노의 악순환 속으로 들어가는 걸 느꼈다. "난 아버지가 어떻게 그렇게도 잘 견디는지 모르겠어요. 아버지는 평생 동안 견디기만 하면서 인생을 낭비했어. 사람들은 아버지를 쓰러뜨리길 원했고, 회사 역시 단 1초도 멈추지 않고 끊임없이 아버지를 쓰러뜨리고 싶어했어요. 그런데 아버지는 버텼어. 아버지는 버티느라 자기 자신을 완전히 낭비했다고요. 그런 상황이라면 어떤 이들은 신경쇠약에 걸릴 테고, 또 누군가는 자살을 시도할 테고, 두 손을 바짝 들고 항복해버리는 사람들도 있을 텐데 말이에요." 그렇게 말하면서 로랑 달은 마음속으로 중얼거렸다. '그래, 난 다른 사람들에게 두려움을 주는 존재는 될 수 없어.' "나는 친절하고 헌신적이며 너그럽고 자선을 베푸는 사람이 될 거고, 다른 사람들과도 잘 지낼 거예요. 난 도무지 모르겠어. 그 조건 없는 견딤. 난 도저히 이해가 안 돼요. 죽을까 봐 두려웠던 거라고밖에는 생각이 안 돼요. 그렇게 견딘 건 생존 본능을 충실하게 따른 거라고밖엔 생각할 수 없다고요. 무엇보다 강렬한 생존 본능 말예요! 그 무엇보다 경멸스럽고 파렴치한 본능! 때때로 나는 사람들이 아버지한테 이렇게 말한 게 아닐까 생각했어요. '자, 당신이 선택하구려. 당신이 죽는 쪽, 아니면 당신 자식들이 죽는 쪽.' 음, 아버지는 분명히 자식들을 죽이겠다고 했을 거야. 난 전적으로 확신해." 거기까지 들은 로랑 달의 아버지는 전화를 끊었다. 로랑 달은 다시 전화를 걸었지만, 아무도 받지 않았다. 그는 침실 창문을 활짝 열고 룩상부르그 궁전의 지붕을 바라보며 담배를 피웠다. 한 시간 후, 로랑 달은 다시 전화를 걸었다. 전화를 받은 아버지는 수화기를 드는 것과 동시에 로랑 달에게 분통을 터뜨렸다. "이제 그만하면 됐어! 네 엄마는 네가 한 짓 때문에 아직도 울고 있다! 더 이상 뭘 더 원해!" "아버지가 그렇게 말했기 때문이겠죠. 아버지는 내가 아버지와 엄마 두 사람한테 그런 것처럼 엄마한테 말했을 테죠. 두 분을 한데 묶어서. 하지만 내가 한 말은 아버지하고만 관련된 것 아녜요? 그 얘길 엄마한테 해야죠. 아버지가 문제라고!" "전화 끊으마." "안 돼요, 딱 한 가지만. 마지막으로 하나만 더 말할게요. 오늘 저녁에 얘기한 것 중 제일 중요한 거예요." 그의 아버지가 귀를 기울였다. 로랑 달은 수화기 너머로 아버지의 숨소리를 들었다. "아버지가 주위에 있는 것들을 모두 무너뜨리며 견딘 지 20여 년이 지난 지금, 난 아버지가 아무렇지도 않은 것처럼 그렇게 행복하게 살고 있는 게 너무나 혐오스러워요. 은퇴 후의 행복이라니, 위험에서 벗어난 아버지의 평온함이라니, 너무나 파렴치해요. 너무도 불쾌하기 짝이 없고, 용납도 안 되고, 참을 수 없이 수치스러워요. 난 내 아버지가 존엄성, 용기, 위대함을 지니고 세상에 과감히 맞서는 존재이길 바랐어요……. 결단을 낼 수 있는 남자이기를 바랐죠……. 난 그게 너무나 수치스러워요……." 잠시 침묵이 흐른 후. 로랑 달은 아버지가 아직 전화를 끊지 않았다는 사실에 놀랐다. 아들이 무슨 말을 하고 싶어하는지 아직 깨닫지 못한 것일까? "아버지는 그 빚을 우리에게 갚아야만 해요. 보상의 행위로 우리에게 갚아야만 한다고요……. 속죄의 행동으로……. 그 행위는 아버지 자신도 구원할 거예요……. 아버지가 잃게 되는 건 뭘까? 클럽메드 여행? 내년에 가려는 플로리다 여행? 로베르 아저씨와 모니카 아주머니랑 같이 하는 저녁식사? 그것들은 어떤 면에서는 아버지가 진 빚 같은 거예요. 그렇게 생각 안 하세요? 그러니까 나는 아버지한테 요구하는 거예요, 간절하게, 격식을 갖춰서, 오늘 저녁, 오늘 밤, 남아 있는 것들이라도 구원할 수 있도록, 특히 엄마를 위한 내 사랑을 구원하……" 로랑 달의 아버지는 아들이 말을 다 마치기도 전에 전화를 툭 끊었다(아마도 갑자기 깨달은 것이리라, 그 파편의 날에 생각이 장작처럼 두 조각으로 잘리면서). 다음 날, 로랑 달은 런던으로 돌아갔다. 스티브 스틸이 종이를 갈기갈기 찢어 창밖으로 날리며 목구멍에 병째로 위스키를 들이붓고 있었다. 어떤 주식 중개인이 예상이 빗나가 실패한다면, 매일 이해할 수 없는 벽에 부딪힌다면, 그것은 파멸의 시작인 동시에 악순환 속으로 빠져드는 것이고 끝도 없는 낭떠러지로 추락하는 것이며 눈앞이 아찔한 나락으로 떨어지는 것이다. 그것은 폭력적인 일이다. 몹시 극단적인 폭력. "왜 다들 날 그렇게 보는 거야?" 그날 아침, 스티브 스틸이 소리쳤다. "이 갈보 년아!" 그건 알렉산드라에게 한 말이었다. "그렇게 젖퉁이를 반만 내놓지 말고 완전히 다 내놔봐! 동물원 원숭이처럼 내 아가리만 쳐다보고 있지 말고 네 끝내주는 젖퉁이나 우리한테 보여주라고! 자, 해봐! 네 젖퉁이를 주물러봐! 매춘부처럼 투실투실한 네 유방을 쓰다듬어보라고. 그리고 이리 와서 내 자지 좀 빨아봐. 우리 좀 즐겨보자!" 스티브 스틸은 발기해서 커다랗게 솟아오른 성기를 꺼내어 알렉산드라 앞에 떡 버티고 섰다. 찬물을 끼얹은 듯 사무실에 냉랭한 침묵이 흘렀고, 스티브 스틸은 한 자, 한 자 힘주어 말하며 그 침묵을 깼다. "미친놈 보듯 날 쳐다보지 말고 이리 와서 내 자지나 빨라니까!" 11월 18일, 6,722. 11월 19일, 7,166. 11월 22일, 7,722. 작은아버지가 로랑 달에게 전화를 했다. "네가 아버지한테 자살하라고 했다며?" "말이 그렇게 돌고 있나요?" "네 엄마가 쓰러졌어. 네 엄마가 자살하고 싶다며 계속 울고만 있어." "확실한 건 아버지는 절대 자살할 생각이 없다는 거군요. 아버지는 모든 것을 견뎌냈고, 이번에도 견딜 테니 걱정 마세요." "그래도 어떻게! 어떻게 네 아버지한테 그런 소리를 하니!" "농담한 거예요. 우리 식구들은 모든 걸 진지하게 받아들인다니까. 언제나 비상식적으로 중요하게 생각한다니까." "로랑, 아버지한테 그런 말을 하다니! 아버지한테 자살하라고 하다니! 그것도 간절하게, 격식을 갖춰서라니! 네 엄마를 좀 생각해라!" "제가 아버지한테 자살하라고 한 것도 바로 엄마를 생각해서예요." "너 정말 그랬으면 좋겠어? 진심으로 아버지가 네가 한 말처럼 했으면 좋겠니? 정말로 네 아버지가 제정신으로 목을 매달기를 바라니?" "제가 솔직하게 대답하길 바라세요?" "그래, 솔직하게 말해줬으면 좋겠다." "그건 그냥 농담이었어요. 고약한 농담이었다고요." 로랑 달의 작은아버지는 거드름을 피우며 말하기 시작했다. "네 어머니를 다시 일으키고 싶으면 그러지 마라. 네 엄마는 굉장히 상심했어." 그러고는 아버지에게 전화해서 사과하라는 말을 덧붙였다. "차라리 죽을래요. 엄마한테 전화해서 내가 힘들게 한 걸 사과할 수는 있지만 아버지한테는 아니에요. 아버지한테 사과하느니 차라리 죽는 게 나아요." 그러자 로랑 달의 작은아버지는 이러쿵저러쿵 또 쓸데없는 말을 했다. "우리 피붙이들은 하나같이 날 들들 볶아대는군요!" 로랑 달이 소리쳤다. "친척들하고 집안 얘기는 날 무진장 귀찮게 한다니까! 결론은, 이제 곧 나는 우리 친척들하고는 아무 관계도 없는 사람이 될 거라는 거예요. 아마도 작은아버지는 아버지가 뱃속에서 꺼낸 결석을 나한테 보여준 건 모를걸요? 연구용 약병에 넣어서 집으로 가져왔더라고요. 아버지가 내 눈앞에 대고, 자기 창자에서 꺼낸 그 괴상한 조각을 내 머릿속에 박아넣었다고요!" "그건 내가 모르는 얘기구나. 근데 그게 뭐?" "근데라뇨? 지금 근데라고 하셨어요? 그런 짓은 아버지가 할 수 있는 진짜 마지막 행동이라고요! 가장 몰상식하고 가장 무책임한 짓이죠!" "난 이해가 안 된다. 도저히 이해가 안 돼. 네가 머리가 돌았구나. 이 녀석아, 네가 머리가 돌았어." "만약 내 머리가 돌았다면, 완벽하지 않고 핏빛이며 잘게 찢긴 그것, 그 조각이 뭔지 몰랐을 거예요! 피해갈 수 있었을 거라고요! 하지만 거기에 있었단 말야! 그 결석! 대단한 걸작! 동그란 공! 주술 걸린 물건! 그 걸작이 나를 가뒀어요! 그 조화로움이 나를 옭아맨다고! 나는 포위됐어! 난 이제 풀려날 수 없어요! 그 생각이 머릿속에서 떠나질 않는다고요!" "음, 우리가 어떻게 해야······" 그의 작은아버지가 말을 끊었다. "우리가 어떻게 하다니, 그게 무슨 뜻이죠?" "너 아버지한테 전화할 거니, 말 거니?" "내가 만약 전화를 한다면 그건 아버지가 할 수 있는 단 한 가지 일을 행동에 옮기라고 요구하기 위해서예요." 로랑 달은 그 말을 끝으로 전화를 끊었다. 11월 24일, 8,277. 12월 26일, 8,488. 《레제코》. "도쿄의 증시는 0.92퍼센트 하락한 가운데 마감했다. 225개 인기 종목의 니케이 지수가 1,827,178주, 17,443포인트 떨어졌다. 토픽스* 지수는 164,891주, 1,944포인트 하락했다. 하지만 일반적인 수준의 니케이 지수의 하락은 NTT 도코모, 그리고 소프트뱅크와 같은 인터넷 관련주들의 상승을 막지는 못했다." 로랑 달은 마리노 발두치(불안할 정도로 중요한 위치를 차지한 남자. 로랑 달은 이제 감옥에 들어간 자신의 모습을 머릿속에 훤히 그릴 수 있었다)가 효과적으로 아름답게 외과 수술을 하도록 질질 끌어야 했으며, 완벽히 자멸하는 롱 기간의 풋옵션을 많이 팔도록 추가 지원하기 위해 손을 써야만 했다(또다시 출장을 가야 한다는 뜻이었다). 어쨌든 간에(로랑 달은 감옥에 가지 않고 교묘하게 피했다. 파국으로 완전히 젖은, 고통스럽고 불안한 망각 속으로 그를 이끈 가장 불가사의한 억누름, 그 완전한 망각은 아주 강박적인 요철 모양으로 생긴 뱃속에 있던 골프공이었다) 이지투르가 팔았던 롱 기간의 풋옵션은 하이테크놀로지가 붕괴될 만큼 엄청나게 많은 숫자였고, 헤지펀드가 이 계약을 지키기 위해 지불해야만 하는 금액은 스티브 스틸이 공매도로 벌어들인 이익을 초과했다. 왜냐하면 당시 상황에서 소프트뱅크 주식의 가치는 2월에서 11월 사이에 아홉 배가 올랐고, 이지투르는 31억 5천만 달러밖에 공매도하지 않았지만 그게 31억 5천만 달러가 되어버렸으니까! 그들이 그 난관에서

---

* 일본의 도쿄 증권거래소가 발표하는 주가지수로, 'Tokyo stock price index'의 머리글자를 딴 것이다.

빠져나올 수 있는 유일한 길은 12월 20일이 되기 전에 닷컴들이 약 20퍼센트의 손실(지금까지 쌓아올린 닷컴들의 명성을 생각하면, 그건 몹시 고약하고 강한 충격이리라)을 기록하면서 무더기로 붕괴되는 것뿐이었다. 그러면 다음 해에 재기를 노려볼 수 있었다. 그렇게 되지 않으면 아버지에게 한 말을 로랑 달 자신이 실행에 옮기거나, 오스카 와일드처럼 2년 정도 런던의 감옥에서 썩는 수밖에 없었다. 다음 날, 스티브 스틸은 함께 일하던 세 명의 중개인 중 두 명을 해고했다. "너 도대체 무슨 짓을 한 거냐?" 로랑 달이 스티브 스틸에게 물었다. "제프와 빌이 나를 만나러 왔더라. 네가 사무실에 들어오자마자 그들을 해고했다며?" "너한테도 말할 생각이었어. 그 녀석들은 말이 너무 많아. 그들이 나가는 모임에는 헤지펀드나 증권사의 중개인들이 쫙 깔렸어. 잘라버리는 게 나아." 그 두 명의 중개인은 오래전부터 스티브 스틸의 직관이 제대로 작동하지 못한다는 것을 알고 있었다. 자신의 변화에 그들이 반응하는 모습을 스티브 스틸은 견딜 수 없었다. 조수들 앞에서 체면을 잃는 것도 더 이상 참을 수 없었다. "그럼 그들에게 모욕을 주면서 해고했으니 그들이 입을 꾹 다물고 있겠구나? 오히려 더 마음껏 지껄이겠지!" "네가 그놈들에게 해고수당으로 100만 달러씩 주면 되잖아. 두 달간 발레아 제도에 머물라고 그리로 보내버려. 그들에게 두 달 동안 발레아 제도에 가 있든지, 아니면 빈손으로 떠나든지 결정해서 서류에 사인하라고 하면 되잖아." 12월 2일, 7,077. 12월 3일, 7,377. 12월 6일, 7,888. 로랑 달이 스티브 스틸에게 물었다. "너 아직도 닷컴 신화를 안 믿어? 아직도 네 생각이 가능할 것 같아? 넌 정말로 이게 무너질 수 있을 거라 생각해?" 12월 13일, 7,722. 12월 14일, 7,511. 로랑 달은 장 자크가 자신에게 페덱스로 보내주는, 날짜별로 잘 정리된 서류의 내용을 이틀에 한 번꼴로 자세히 살펴봤다. 그 서류는 장 자크가 찾아낸 전세계의 붉은 머리 여자들의 사진들로(대부분이 붉은 머리가 아니었다. 멍청한 장 자크는 섞여 있는 사진들을 제대로 구분하지 못했다) 여가수들, 여배우들, 여자 스포츠 선수들, 호화 부유층 여자들, 여자 아나운서들의 모습을 담고 있었는데, 그 중 그 미지의 여자를 닮은 사람은 아무도 없었다. 12월 15일, 7,566. 로랑 달은 더 이상 투자자들과 전화 통화를 하지 않았다. 그런 와중에 마리노 발두치가 300만 달러를 달라고 요구했다. 로랑 달은 그를 돼지 취급하면서 무시했다. "돼지라고? 당신, 날 돼지 취급했어!" 그가 수화기 너머에서 고래고래 고함을 질렀다. "내가 돼지인지 아닌지 어디 두고 봐! 당장에 달려가서 네놈의 아가리를 날려버릴 테니까!" 로랑 달은 서둘러 사무실을 떠나 노팅힐에 있는 호텔 침실에 틀어박혔다. 12월 16일, 7,688. 12월 17일, 7,699. 로랑 달은 파리로 가서 루브르 호텔의 스위트룸을 빌렸다. 그는 느무르 카페의 테라스에서 하루 종일 시간을 보내며, 미지의 여인을 찾으려 광장을 낱낱이 살펴보았다. 그는 헤지펀드의 이름을 이지투르가 아니라 신데렐라라고 지었어야 했다고 생각했다. 12월 20일, 7,622. 12월 21일, 7,533. 12월 22일, 8,088. 로랑 달은 오스망 대로를 거닐다가, 어느 패밀리 오피스의 책임자와 마주쳤다. 그가 로랑 달의 앞을 가로막았다. "우리 자본금을 빼겠어요." "2년 동안 묵히기로 약정하셨잖습니까?" 그렇게 말하며 로랑 달은 이 상황에서 벗어나기 위해 빈 택시가 있는지를 살폈다. "만기일이 얼마 남지 않았습니다. 당신네 회사에 꽤 많은 자본을 넣은 투자자들과 접촉을 해봤어요. 모두들 다 똑같은 상황이더군요. 열흘 전부터 당신네들은 완전히 침묵을 지키고 있고. 그래서 나는 당신들이 원하는 바와는 반대인 상황에서 공매도(십중팔구 닷컴에 대해서)가 이루어졌을 거라고 판단하게 됐습니다." "그럴 리가요. 절대 아닙니다." 로랑 달이 반박했다. 그는 빈 택시가 온 걸 보고 소리쳐 차를 세웠다. 메르세데스 택시가 멈춰 섰다. "잠깐만, 뭐 하는 거예요? 어디 가요?" 패밀리 오피스의 책임자가 그에게 물었다. "지금 중요한 약속이 있어요. 우리 내일 만나요. 아테네 플라자에서 한잔하는 거 어떠세요? 오후 6시쯤?" 투자자가 적대적인 표정으로 그를 바라보며 말했다. "아뇨, 지금 얘기를 끝냅시다. 당장 정산을 하자고요." 로랑 달은 그를 밀치고 택시로 뛰어갔다. 남자는 로랑 달을 붙잡을까 말까 망설이다가 휴대전화로 잡는 게 더 낫다고 판단했다. 그는 로랑 달에게서 눈을 떼지 않은 채 번호를 눌렀다. 로랑 달은 택시문을 닫고 운전사에게 말했다. "빨리 움직여요. 루아시 샤를르 드 골 공항으로 어서 갑시다." 뒤를 돌아보니, 택시 뒷유리 너머로 손바닥에 택시 번호를 적는 투자자의 모습이 보였다.